丰泰庵

王彬 著

作家出版社

热水镇

雨，涔涔地飘洒着。

武器广场上的国王雕像逐渐濡湿变黑，顺着衣襟开始滴落灰色冰冷的水珠。

游人纷纷躲进广场边上的连廊，有的看雨，更多的是挤进连廊后面繁密的小店里买东西。导游小魏拉着李力的手挤在人堆里一晃就不见了。小魏刚大学毕业不久，是个美丽活泼的姑娘，李力在中国历史所工作，从事明史研究，是我旅游的团友。2018年我和妻子参加了南美五国旅游团，从10月24日到11月17日，行程二十五天。那是一次美丽而辛苦的旅程，至今让我念念不忘，而且让我无论如何没想到的是，我们的南美之行竟然与崇祯的女儿长平公主发生了联系，后来居然还参与了其著作的编辑与出版！清夜踽踽，难免不发生种种怪异联想，如果没有《烧饼歌》中"八千女鬼乱朝纲"，怎么会有长平公主的故事？自然也就不会出现南美的机缘，冥冥之中真的有一种运数，数理盈虚难以窥识，不是不说，而是天机难测，说也说不清。

我们从北京出发至美国的达拉斯转机，抵达智利的首都圣地亚哥，之后便是阿根廷、乌拉圭、秘鲁与巴西。秘鲁的景点一是利马，一是库斯科,一是马丘比丘。利马是秘鲁今之首都,库斯科是秘鲁旧都,也就是印加时期的国都。库斯科处于高原之上,我们去的时候正是冬季,虽然无雪,但高原上的冬雨也依旧寒气袭人,许多没有带冬衣的团友,到了库斯科的第一件事便是挤商店购买羽绒服,李力便属于这类团友。很快,他从人丛里挤出来,买了一件深蓝色(肩膀是黑色)的"北面",而且已然穿在身上,不再有瑟瑟之色了。我问他:

"买了?"

"买了。小魏呢?"

"还在买东西。"

"你昨天说崇祯皇帝曾经是天主教徒?"

"是的。"

李力看我狐疑的神色,笑了笑:

"我是有书为证的。文徵明你知道,明朝的大才子。他的曾孙文震孟是天启二年壬戌科状元,崇祯时期的阁老,也是著名人物。"

"这个我知道。"

"文震孟有个儿子叫文秉,写过一本《烈皇小识》,记述崇祯帝的生平,便记载了这件事……"

"李力!"小魏突然从后面走过来又拉着他跑了。

"这个小魏。"妻子看着小魏的背影不禁笑了。我知道这笑的含意,从首都机场 T3 航站楼初次相见,这对年轻人便有些意思,当然小魏更为主动。李力对小姑娘颇有吸引力,高而帅,说起话来有一种磁性,单凭嗓音就可以把小姑娘迷住。

雨慢慢止住。小魏再次把团友集合起来,带领我们去参观附近的天主教堂。教堂是巴洛克式建筑,小魏指着巨石磊磊的墙基说,这是印加王宫的遗址,西班牙人将王宫拆除,只保留了这些墙基,在上面修建了教堂。教堂里面悬挂着宣传天主教的大型油画,有一幅是《最后的晚餐》,基督前面的盘内放着一只烤熟的豚鼠,这是当地特有的食品,到了秘鲁,基督也不得不入乡随俗。为了宣布教义,早期的传教士有一种坚韧的献身精神,在他们的感召下当地的土著文化却逐渐消泯了。我们晚间在饭店吃饭,便有烤豚鼠这道菜。吃饭时,又说到崇祯入天主教的事,李力说:

"那时,不仅皇帝入教,亲王入教,大臣也入教,著名的大臣有内阁大学士徐光启。早期的传教士意大利人利玛窦,想尽办法来到北京,获得万历皇帝的首肯,在北京宣武门内修建了南堂,得到了在北京传教的立脚点。徐光启和利玛窦合作翻译了《几何原理》、修订了《崇祯新历》。皇宫里的内侍也有不少人加入了天主教,有一位叫庞天寿的,在清人入关后,跑到云南参加了永历的军队,最后牺牲在抗清战场上。"

"崇祯为什么加入天主教,原因何在?"

我在一家大型文学刊物做编辑,虽然不是历史学者,但对历史尤其是明史很有兴趣,认真读了几册书,什么《明史》呀,《国榷》呀,《明史纪事本末》呀,《永历实录》呀,《大明三百年》呀,自以为对明史多少有些了解,还是有发言权的,但从未听说崇祯入过天主教,今天听此一说,真是闻所未闻由不得不大吃一惊,明朝的皇帝竟然是天主教徒!

"原因么,"李力沉吟道,"从历史背景看,应该与当时国情有关。熟悉明史的人都知道,从万历开始,明朝已然处于颓败的局面,到天启朝,便濒于崩溃,没有崩溃不过是做惯性运动罢了。崇祯虽然夙兴夜寐、励精图治,只不过是给大明续了十七年的命而已!崇祯曾经在御前会上心酸地说:'朕非亡国之君,事事乃亡国之象',这是崇祯的悲剧，也是他儿女的不幸。"

"比如被崇祯刺伤的长平公主！"

"是的。为了研究长平公主，我和一个叫薇妮的意大利姑娘，她那时在北大读博，花了三年光阴，得出了许多出人意料的结论，咱们留在后面细说。崇祯性格骨鲠，宁肯自缢而死于社稷，将女儿刺杀，也不让残暴的胜利者侮辱她。明朝灭亡的原因很多，不能排斥崇祯的性格缺陷与治国能力不足，但客观环境也实在太坏，当时正处于小冰河时期，天气严寒土地歉收；加之吏治腐败，国家机器运转失灵；民变与外侵交叠蜂起，天时、地利、人和都不在崇祯这边，运气坏透了，大厦将倾，走投无路的崇祯也许认为天主教可以挽救大明吧！"

"是这样？"

"是的。但这只是我个人推测，有些事我至今没有梳理清楚。比如，崇祯入教的准确时间，他入教时的心理状态，谁介绍他入教，谁给他做的洗礼，入教仪式在何处举办，是在宫中，还是在南堂？等等，都没有考察清楚。你今天的询问促使我下定决心抓紧研究。你不是询问崇祯入教的出处吗？"李力呷了一口红酒继续说：

"文震孟的儿子文秉在《烈皇小识》里这样写道，我几乎可以默诵下来：'上初年崇奉天主教，……既入政府，力进天主教之说，将宫内俱养诸铜佛像，尽行毁碎。'揣摩文意，崇祯应该是在信王府时期，在登基之前入教，登基之后，便大力推进天主教，将宫内的铜佛像全部打碎。基督教是一神论，天主之外的神全部是邪神，因此要将佛像打碎，但是为什么只打碎铜佛，泥与木制作的佛，不毁弃呢？"

"从哪里可以找到文秉的这本书？"

"1936年中国历史研究社编辑了一套'中国内乱外祸历史丛书'，记述中国历史中的民变、外患、边将作乱、宫廷政变等事件。1951

年神州国光社再次出版，1982年上海书店根据神州国光社的版本影印发行。我依据的就是这个本子，第160页记载得清清楚楚。"

对他的记忆和学问，我佩服得只有点头，在他面前，我的那点明史知识不过是鹤知夜半而已，李力继续侃侃而言：

"崇祯入教的目的和原因，虽然一时说不明白，但他的脱离天主教的原因与时间却十分清晰，而且具有悲剧色彩。文秉的《烈皇小识》中还有这样一段文字：'至是，悼灵王病笃，上临视之，王指九莲娘娘现立空中。历数毁坏三宝之罪，及苛求武清云云，言讫而薨。上大惊惧，极力挽回，亦无及矣。'据《明史》记载，崇祯有七个儿子，周皇后生有太子慈烺等三兄弟，田贵妃生有永王慈昭等四兄弟，其中悼灵王慈焕是田贵妃的第二个儿子，排行老五，夭折后追封为悼灵王。九莲娘娘是崇祯的曾祖母，万历皇帝的母亲李太后。李太后奉佛，修建了不少寺庙，最著名的长椿寺，今天还在，在北京市西城区南部的长椿街上。李太后薨后相传做了九莲菩萨，崇祯非常信服她，仰慕她。李太后的一位侄孙李国瑞继承了武清侯的爵位，也就是'苛求武清云云'的李国瑞。"

"为什么苛求李国瑞，崇祯苛求他什么呢？"

"崇祯有一位内阁首辅薛国观，陕西韩城人，曾经为崇祯设谋，大意是：目前朝廷财政困难，但民间的赋税已经到了极限，在这种情况下只有向百官与皇亲借款。朝廷百官，他说，由微臣承担；皇亲国戚，由陛下负责。武清侯李国瑞家资富有，号称李半城，北京城里的房子一半是他的。但是，他薄待庶兄李国臣，李国臣痛恨他，便欺骗崇祯说他的父亲留有四十万两白银，他理应得到一半，但是一两也没有得到，都被李国瑞扣住。请崇祯出面，将应得的银两还给他，他愿将这二十万两银子悉数捐给朝廷。崇祯于是向李国瑞商借四十万两白银（包括李国臣的二十万两），李国瑞当然不同意，而且他也没有四十万两白银，只捐了四万两，崇祯认为太少，继续追要，李国瑞为了示穷，便将府邸中的房屋拆毁变卖，甚至将家具器物，比如一张瘸腿的胡椅、一双破烂的朝靴摆到天街上贩卖。崇祯发怒，剥夺了李国瑞的封爵，年迈的李国瑞又惊又惧，很快便死了。看到李国瑞的下场，皇亲国戚人人自危，便制造流言，哄传李太后升天为九莲菩萨，指责崇祯犯了三宗罪：一是相信邪教，也就是天主教；二是毁坏佛家三宝，佛像是三宝之一；三是逼迫外戚捐献银子，上天将惩罚他，而将灾难落到他儿子身上。果然不久他的第五个儿子朱慈焕病故，崇祯追悔莫及。"

"这与崇祯脱离天主教有什么关系？"

"死了一个儿子，崇祯万分害怕，生怕再死儿子，急忙让李国瑞七岁的儿子李存善继承武清侯的爵位，将他交出的银子全部退还，并由此怀恨薛国观，认为是他出了坏主意，导致自己的儿子之死，但又不好立时发作，过了一段时间才寻机将他杀掉，这在当时是轰动朝野的大事。皇上为了借款，吓死了一位外戚、夭折了一位皇子、斩杀了一位首辅，牺牲了三条性命，借款的事才不了了之。在这个事件之后，崇祯与天主教应该没有关系了。因为文秉随后记了这么一句话：'但愿佛天祖宗知，不愿人知也。'这些事与自己的心思只愿意佛祖与自己的祖宗知晓，'不愿人知'，是应该包括天主教人士的。杀薛国观是十三年（1640）六月，崇祯脱离天主教应该在这个时间点上。"

正说得热闹，小魏与一位姓马的地导从小餐厅里走出来，招呼大家抓紧用餐，大巴司机已经端坐在驾驶舱，等候我们了。我们立即停止对话，迅速吃完走出餐厅。

夜幕下的库斯科路灯幽明，房屋的立面处于半透明状态，商店门口的灯光黄灿灿的，给城市夜色带来斑斓光点。星空疏朗而美丽，香灰色的天穹上，漂泊几朵柔和的云团，泛出砗磲一样波动的白光。

次日早起，我们乘大巴至热水镇，由此至马丘比丘。

马丘比丘在奇楚亚语中的意思是"古老的山"，山顶之上留有印加帝国的宫城遗存，长期以来湮没无闻，1911年被美国学者宾厄姆发现，从此惊艳天下。马丘比丘距离库斯科120公里左右，群山巍峨耸立，下临乌鲁班巴河谷，是世界新七大奇迹之一，去秘鲁必然的打卡地。

热水镇一面是乌鲁班巴河，一面是一条不宽的小溪，小溪之上架着一座桥梁，一头通向市场，一头通向铁路。铁路内侧是旅社，外侧是饭店，再外便是乌鲁班巴河。此地温泉密布，原来是矿区，现在是著名的旅游区。我们从这里乘火车至马丘比丘山下，再换中巴到马丘比丘门口，验过票便开始沿着石阶爬山了。果真是苍山如梦，云涛似海，绿树宛若童话精灵分布于岩石之间。我们先后浏览了拴日石、三窗庙、太阳神庙、主神庙，以及一排一排的宫殿，庙宇与宫殿的屋顶都不存在了，只剩下坚硬的灰色石墙在群山之间静默矗立。在拴日石前面，我和妻子盘桓了许久。拴日石是一块朝向东方的长方形石头，棱角齐整，表面平滑，通过拴日石印加人观测太阳光影的变化，用以确定季节循环编制日历。印加人的新正从6月21日开始，一年12个月，每月30天，每年另加5天，此外每4年再加2天。6月21日的冬至和12月21日的夏至，是祭拜太阳神的盛大节日。印加人崇拜太阳，认为黄金是太阳的眼泪，因此用黄金装饰神庙。印加国王阿塔华尔帕本被入侵的西班牙人皮萨罗俘虏，表示愿意用装满一间房子的黄金赎回生命，皮萨罗得到了黄金，但还是将其杀掉。我和妻子正在感叹印加人的古老智慧与悲惨不幸时,李力走了过来,又说起昨日的话题,他说此次来秘鲁不仅是旅游,还有一个重要目的,就是考察这里的山川形势,为他的一部书稿搜集背景材料。

"是明代的吗?"

"是的。是关于长平公主的。"

长平公主与马丘比丘有什么关系,他为什么要从中国飞到万里之遥的马丘比丘搜集材料,二者之间难道有什么隐秘关联?李力狡黠地向我挤挤眼,呵呵笑着却不说话。瞅着他如此诡秘的神态,我和妻子都不禁笑了。

那就再说。

中午我们返回热水镇,在Visitr饭店用餐。这是一家很大的饭店,楼上点餐,楼下自助,店堂里盘踞着几只巨大的黑色烤炉。我和妻子找了一张靠窗的大餐桌,很快李力与小魏端着盘子走来和我们坐在一起。正是吃饭当口,饭店虽然很大,但在游客密集时,餐桌仍然不免紧张。过了一会儿,走来一位年轻的西方少妇,带着两个小朋友,走到我们餐桌旁。

"您好!打扰了,请问这里可以落座吗?"

"可以。"我和妻子向里面靠拢,给她们让出三把椅子。

"请坐吧。"

"谢谢。"

"薇妮!"李力突然抬起头,看着那个少妇,张大眼睛轻声呼喊。

"是你!"少妇惊异地站起来。两个小孩子本来已经坐好,也随着站起来。

李力激动地离开座位,走过来,似乎要拥抱薇妮,但是看看小魏，最终只是伸出手。薇妮目光晶莹迟疑，也只是伸出手。李力向我们介绍：

"汉学家薇妮。这是……"李力看着那两个小朋友，不知如何介绍。

"我的两个宝贝儿，犬子大卫，小女碧莎。"

果然是汉学家，即使介绍自己儿女仍不忘中国古风，大家不禁笑了。薇妮看着李力，问他来马丘比丘的目的，李力不答，笑道，你的目的呢？薇妮不说话，也只是莞尔一笑。看来他们彼此在隐瞒什么，又彼此知道什么，也许因为我们的缘故不便透露。我看看妻子，又看看小魏，小魏目光闪烁犹豫了一下，随着我们离开餐桌，留给他们一个说话空间吧！

我们穿过小桥来到市场，买了几件工艺品。这个市场很大，但是十分简易，咖色的人字形铁皮屋顶，被两排空心铁管支撑着。妻子买了一个羊驼绒做的玩偶，小魏买了一件色彩鲜艳的披肩。这时浮云流动，开始飘起浅浅的银色雨滴，雨滴不大然而冰凉，我们急忙跑回Visitr饭店。

薇妮已经走了，李力孤独地站在窗口眺望乌鲁班巴河，褐色的河水咆哮着在巨石之间跳跃奔腾，汹涌地激起灰白色浪花，不时翻卷上来伤感地溅在饭店的窗玻璃上。我叫了他一声，他回过头，向我默默点点头，同时用忧郁的眼睛寻找小魏，而小魏早已进入忙碌状态，开始招呼团友集合，准备离开热水镇了。

在回程的路上，李力告诉我，薇妮是意大利姑娘，他过去热恋以至于准备结婚的女友，他曾经协助她进行长平公主研究，在研究的过程中，他们幸运地发现了长平公主的一部札记，详细记述了崇祯时期的历史人物与宫廷秘辛，颠覆了许多史学界曾经认为是真实的史料，他花了大力气把它整理出来，至于他来马丘比丘的目的是否与长平公主有关，他在书稿的末尾进行了交代。如果我有兴趣不妨看看，同时，他客气地说，请我指正。我当然愿意拜读，因为通过与他的接触、他的讲述、他和薇妮神神秘秘的样子，早已经勾起了我的浓厚兴趣。

"如果你认为能够发表，就请推荐到贵刊发出吧！"

回到北京以后，我把李力的书稿推荐给了主编，主编审读过立即批准付印。刊物面世后大受欢迎，很快便加印三次，修订后又出版了单行本。在单行本中，李力增加了不少梳理性的阐述，为了便于阅读，我在编辑中，将二者以不同的字体字号区分开来，长平公主的叙述排四号宋体，她所做的解释文字放在括号内。李力的阐述排五号楷体，但第六章第三节，由于原文过长，为了读者阅读方便也采取四号宋体。此外，我也做了一些简单注释，以脚注的形式置于页下。

不多说了，愿朋友们阅读，并进而欢喜。

谢谢。

目录

第一章　薇妮 / 001

第二章　大朝会 / 031

第三章　荡秋千的猫 / 065

第四章　英雄安在 / 096

第五章　正直的人苦恼着 / 139

第六章　星光将要落到他的肩上 / 176

第七章　册封太子哥哥 / 218

第八章　东林党的鸽子 / 255

第九章　绿水鬼 / 289

第十章　烈火战车 / 327

第十一章　蓝色妖姬 / 361

第十二章　绛河绿雾星明灭 / 397

第十三章　桃花你就红来杏花你就白 / 428

棠棣：不是结尾的结尾 / 463

第一章　薇妮

1

文津图书馆的阅览室一派宁静。

在安静的朦胧中突然听到有人在前台与工作人员低语，隐约之间传来"媺娖"与"长平"这样的字眼。媺娖，是崇祯皇帝的长女，而长平是她的封号，五岁那年，崇祯赐封她为长平公主。什么人在谈论这个历史人物呢？我不禁循声望去，大概那个和工作人员低语的人感到了背后的视线，也不禁回头寻找凝视她的目光。原来是个外国姑娘，一个漂亮妞儿，却说一口流利的北京话，我的目光不禁凝重了。好像是西方人喜欢说，上帝说要有光，于是就有了光。我感觉有一道光，刹那间明亮地刺进了我的心。

中午我在阅览室廊下散步，看见她倚在汉白玉栏杆上默默沉思，我走过去。

"你是意大利人吗？"

"你怎么知道我是意大利人？"她惊异地扬扬眉毛。

"我学过几天意大利语，"我说，"多少有些分辨能力。"

"是吗？"她笑了起来，她的牙齿很白。我问她叫什么名字。

"薇妮。你呢？"

"李力。"

"果树的李。是吗？"

我也笑了，"我的父母都姓李，给我起名的时候，两人互不相让，都要加上自己的姓，这样便是'李李'。李李什么意思？是两株李树，初春绽放白色花朵的李树吗？后来我妈妈妥协了，把她的'李'改为'力'，力量的力。有力量的李，可以家暴那个不听话的花心李！如果我爸爸坏心思养小三。"

"你做什么工作？"薇妮笑着问我。

"我在历史所做明宫史研究。"

薇妮说，她父亲曾经是意大利驻北京的外交官，幼年时她在北京芳草地国际小学读书，读到三年级便随父母回国了。她现在北京大学历史系读博，目下正在搜集博士论文资料。

"搜集什么资料呢？"

"明末，崇祯的，他的儿女，更准确说是长平公主嬿婗的。我从小就对她感兴趣。那么漂亮的公主，花朵一样的年纪，还没有绽放，便被罡风吹落了。但我的导师不支持我写这个题目，资料太少，难以支撑。能够找到的书籍，《明史》呀，《国榷》呀，还有什么《烈皇小识》《崇祯长编》《甲申传信录》《荒书》《流寇志》《甲申朝事小纪》《明季北略》《甲申核真略》，还有朝鲜史官撰写的《朝鲜李朝实录》，等等，能够找到的，我都查阅了。"

"你的导师是对的，虽然众多明末典籍里都有嬿婗的记载，但大同小异，都只是寥寥数句。"

"是的。然而我还是不死心。一个小姑娘出生在帝王之家，原本是难得的上苍眷顾，哪里想到结局却是那样悲惨，她的父亲，竟然狠心要用宝剑将她砍死，后来又刺死了她的妹妹——昭仁公主，崇祯说的那句话'奈何生我家'，真是令人锥心刺骨！我几次想放弃这个题目，但是每当想起这句话，又不甘心，再次把这个题目从往日的溪流里捞起来。"薇妮有些动情，漂亮的蓝眼睛泛起泪花儿，她极力睁大眼睛，不让眼泪流下来，只在眼眶里不停转。

"崇祯是担心亡国之后，女儿遭受流寇的凌辱。"明朝的皇帝虽然不乏昏庸之辈，但与北宋的徽、钦相比，还是有骨气，有一股天子守国门、死社稷的牺牲精神。

"听说这里是明代的玉熙宫？"

"是。就是那个嘉靖皇帝，险些被十六个宫娥勒死，长平公主的祖上明世宗，深夜的玄修之所。"

"这是个坏皇帝。史学家说，明朝灭亡是从嘉靖开始的，风起于青蘋之末，崇祯实在是无力回天了。"

"是的。始于嘉靖，坏于万历，亡于天启，崇祯不过是给大明续了十七年的命而已。"

"那些宫娥有多可怜！"

"是的，不幸而且可怜。"

"那次事件，是在这里吗？"

"史书说在西苑，但在哪处宫殿没有记载，兴许就在这玉熙宫，这是可以想象，甚至可以认定的。那年是壬寅年。"

"老虎年？公元1542年。"

"是的。虎年往往是凶年，那十六个年轻宫娥被凶恶的老虎吞噬了。"

薇妮惊讶地扬起了眉毛。我奇怪她研究明史竟然不知道"壬寅事

件",她说只是略微知道,但详细情况不清楚。我近日恰好研读了沈德符《万历野获编》一类史料,便统合起来讲给她:

"嘉靖皇帝崇奉道教,迷恋长生不老之术,每天都要食用一种叫'红铅'的丹药。这种丹药的成分之一是处女的经血,为了保障来源充足,宫女们被迫服用催经药,许多宫女不是失血过多,就是血崩而亡。在这样的迫害下,年轻的宫女们实在受不了了,她们不过十几岁,用今人的角度看,还是幼稚的花季少女。壬寅公元1542年十月丁酉,以杨金英为首的十几个宫娥进入嘉靖的寝宫,酒醉的嘉靖此时正在深睡,杨金英等人于是将一根花色绳子套进他的脖子,又拿出一块黄色抹布塞入他的口中,一个穿茜色裙子的宫娥骑在他肥硕的肚皮上堵住他的嘴,四个宫娥拉那根绳子,想把嘉靖勒死。但不知为什么,四个人左右各二人,下死劲儿拉,却拉了半天也拉不紧,勒不住嘉靖的脖颈,这时嘉靖突然醒了,拼命反抗,事后才知道,那些宫女过于紧张,竟然将绳子打了个死结。有一个宫娥见势不妙,跑到方皇后那儿告密,方皇后匆匆赶来救下了嘉靖。这根花麻绳和黄色抹布,后来都作为宫女弑君的证物而封收官库。"

"后来呢?"

"工部尚书掌太医院许绅用桃仁、红花、大黄诸下血药,给嘉靖服下,辰时(上午七点到九点)喝下,未时(下午一点到三点)吐出了不少紫色血块,申时(十五时到十七时)便可以说话了。后来又喝了几服活血平气的药,身体就平复了。在这个案件中,有十六个宫女被以大逆(弑君)罪判了剐刑,她们的家属也受到牵连,被绑到西市问斩。"

"宫女都是谁,她们叫什么名字?"

"她们是:杨金英、刘妙莲、王槐香、杨莲香、关梅香、张金莲、苏川药、黄秀莲、徐秋花、姚淑翠、黄玉莲、张春景、邢翠莲、尹翠香、邓金香、陈菊花。家属以外，受牵连的还有嘉靖的端妃曹氏和宁嫔王氏，也在西市被分尸处死。史料记载，行刑那天，'大雾弥漫，昼夜不解者凡三四日'。百姓为她们感到冤屈。"

薇妮摇摇头，美丽的眼睛有些湿润了，"后来呢？"

"后来，许绅因为救主有功晋升为太子太保，从工部尚书改为吏部尚书，祖上四代都沾光，被封为一品职衔，这就是光宗耀祖；儿子也给了官，这就是泽荫后人，至于是什么官就不知道了。然而，第二年，许绅因为给皇帝用了狠药，感到后怕，惊忧病死。嘉靖则多活了二十五年。"

"你们说什么呢？"突然走来一位穿橘红工装（肩膀上印绿色荧光条）的清洁女工，"说什么嬿婗？"她年纪颇大，脸颊消瘦作栗皮色而眼睛向里抠。

"你也知道嬿婗？"薇妮惊异地问她。

"是的。我知道嬿婗，那是个好公主。你研究嬿婗？"清洁工把肩上的铁皮簸箕重重放在地上，冷冷问。

"是的，研究嬿婗公主。"

"研究，研究什么？"

"研究嬿婗的历史。"

"喔。"

"这和你有关系吗？"我反问她。

两个穿浅粉色短裙的小女孩追逐、呼喊着，兴奋地冲我们跑来，我们赶紧躲开，让她们穿过去。不一会儿她们又折回来，我们又赶紧躲开。我突然注意到，她们脚上穿的是赤色绣花鞋，很精致很漂亮，但样式古老；她们穿着白色的细布袜，袜筒细长遮住了膝盖。

清洁工把簸箕拎上肩，看着薇妮说：

"应该研究。我知道，你们应该研究。"

说过这句话，她摇摇头笑笑走了。她的目光有点诡秘，笑声枯涩而让人发凉。

"真不简单，图书馆里的清洁工也知道孍妮。"薇妮感叹道。

"十字架前魔鬼多，教堂里的猫咪也会诵经。在图书馆里扫地，待久了，熏成文化人了。"我笑着说。

"不过，这个人有点古怪。"薇妮说。

"是的，叫人讨厌。"看着清洁工走远了，我说。她虽然远离我们，却仍然不时冷眼向我们瞥，令我们不舒服。

我们走出图书馆。

"这里过去应该是美丽的。"

"是的，"我说，"现在也是美丽的呀！"

"这么美丽的地方却发生了这么悲惨的事情。"

薇妮叹息了半天。我们走向图书馆东侧的北海大桥。

时光虽然已是残夏，但咫尺之遥，北海的荷花却开得正艳，幸福地绽放粉嫩的光芒，阳光不再炎热，穿进水波清澄地反射在朱砂颜色的宫墙上，幻化出一种波动的光影的漪澜，琼华岛上的白塔尖儿也幸福得像花儿一样，在婀娜的十三天上绽放炫目的金色光泽。

"我们是否可以假设，崇祯的儿女们，男孩子、女孩子，长平、昭仁、皇太子、皇三子、皇五子曾经在这儿泛舟、玩耍。"薇妮沉思了一会儿，突然脑洞大开，对我说。

"对。我们甚至可以假设，那些年幼的公主与皇子，锦衣鲜明地在宫娥的陪伴下，今天还在玉熙宫嬉闹，如同刚才那两个小姑娘，在墙根、树丛里藏猫猫。"

"是的,也不妨这样假设。"薇妮认真地说。

"你如果用这样的心态写论文,你的论文就有十足温度了。"

"清朝的时候,那里还是玉熙宫吗?"

"改做了马圈。"

"真叫人扫兴。"

仿佛深夜之间,突然被遥远的奔驰的汽车大灯照亮了一般,听了薇妮的话,我的心底突然灵光一闪,脱口而出,你查过清朝老档吗?关于嫩妮,在满人的文献里兴许会有记载。

薇妮高兴地跳起来:

"这真是个好主意!我明天就去历史档案馆。"

"我们一块去。"

"好的。"

2

历史档案馆在故宫西华门里。

这是两座灰色的仿古建筑,属于"文革"时期的作品,分别踞于西华门两侧。灰墙,红窗,金色大屋顶,与西华门城楼保持在一个高度,仿佛巨大的屏风把故宫西侧遮挡得风雨不透。

负责借阅满语档案的管理员是一位白净的中年妇女,问我们检索哪一朝的档案,薇妮说,顺治朝的,又补充说再向前推,包括皇太极天聪、崇德朝的。

"你们究竟看哪朝、哪年的?"管理员有些不耐烦。

"皇太极天聪四年。"天聪四年对应的是崇祯三年,正是嫩妮出生的时间,折合公历1630年。

"你们得等会儿。"管理员说,"后台找档案手续挺繁杂。"

我与薇妮走到窗旁,西华门一带十分寂静,进出大多是工作人员,再有就是查档案的人了。我们静默伫立,端详窗外的景色。沿着城根,有一行高耸的毛白杨,叶片厚重黑绿,很有马口铁般的金属质感,闪亮地翻动银色光斑,偶然发出一些寂静的骚响。树根周围丛生绽放小黄花的蒲公英、花瓣上印有浅紫条纹的野葵,以及山桃草、花苜蓿与一些不知名字的杂草。土地又干又硬,泛出暗白的颜色。蝉声若有若无,游丝一般断续传来低吟。砖灰色的有白色尖顶的云朵,一朵接一朵,在略带暗紫色阴影的天空上缓缓向南飘,似乎可以闻到雷声喑哑的呼吸了,然而大雷雨却迟迟不至。

等了很久很久,管理员抱着一个蓝布包走过来,放在桌上说:"这是天聪四年元月的档案,你们慢慢看吧。"随后,又递给我们两副白手套,低声嘱咐:

"看档案,戴手套。"

看着薇妮戴上手套慢慢翻阅档案,我突然想起一件十年前的往事。

那年我参加一个集体项目——整理清朝的禁书工作。因为是禁毁之书,因此基本只有存目,但是也有个别劫余存留下来。有一本保存在古籍图书馆里,我把检索单子交给管理员,那是个年轻的小姑娘。扫了一眼检索,说:

"换一本类似内容的书不可以吗?"

"不可以。"

小姑娘不高兴了,"你和我下来。"

她打开柜台左侧的折叠门,让我进去,跟着她走到一个楼梯口,她在前面,我在她后面,下了一道楼梯,在楼梯转折的平台上,她把手伸到棕色的护墙板上方，把墙上的开关摁了一下，一支圆形的顶灯泛散出暗黄的光晕，我这才看到平台下方还有一道楼梯。走下这道楼梯，她把我带到楼梯左侧拐角，指着一只硕大的松木箱子，上面堆着一个蓝布包袱，你自己打开吧，你检索的书，应该就在包袱里。说完，急匆匆奔上楼梯回去了。蓝包袱上面至少堆着两指厚的灰尘，我尽量用最轻的动作打开，但灰尘依然像漠北的沙尘暴扑面袭来，我的头发、脸颊立即灰扑扑的了。我这才明白小姑娘为什么急于走开。我后来知道，这是已故藏书家郑先生家属捐赠的图书，大概有几千册，自捐献之日，三十年无人动过，我的那个检索目录，还是家属赠书时制作的。

但是，薇妮的蓝包袱很干净，里面的档案也很干净，只是发黄发脆，翻动时得小心又小心。

中午，我们到西华门外一家山西刀削面馆吃饭，未去旁边那家"北京炸酱面馆"。这条街上有不少经营炸酱面的饭馆，但只是炒作概念——面，是挂面；酱，只有盐而几乎没有酱更几乎没有肉，只是哄骗外地游客而已。吃饭的时候，薇妮叹了口气：

"这条路也难走。"

"为什么？"我问她。她苦笑道：

"这批档案里的确有资料，但我的满语水平太低，不过略识之无。如果没有人帮忙，这条路也难走。"

"我给你推荐一个人。"我们抬起头，是那个管理员。她也到这家面馆吃饭。在这儿吃饭的大都是参观北海的游人，或者去故宫的办事者，当然也有周围单位的工作人员。

"真太感谢了。谁呢？"薇妮问道。

"我侄子。我们是新疆的锡伯族，我们在家乡说的就是满语，我们的文字也是满文,可惜我满文懂得不多,我侄子懂,他在中央民族大学攻读博士研究生。"新疆的锡伯族,至今保留着说满语写满文的传统,现在整理满文档案的基本是新疆的锡伯人。

管理员姓佟,我们称她佟老师,在档案馆工作近三十年了,虽然档案馆与故宫不是一个单位,但是由于在故宫的院里,因此对故宫的事情十分熟悉,什么历史旧闻,当下新闻,以及一些稀奇古怪的灵异事件,说起来滔滔不绝。薇妮问她,发生在故宫里的灵异之事果真有么?佟老师笑笑说,这个也不好说,比如前年发生的那件事:

"那年,故宫Z部为了迎接春节,在午门城楼举办明朝服饰展,展出了一只明代的高跟鞋。"

"明代有高跟鞋?"

"有的。与清代的高跟鞋不同,清代的高跟在鞋底中部,俗称花盆鞋。明代与今日的高跟鞋一样,跟在鞋底的后部。"

"你们说什么呢?"突然,那位清洁工,我们在文津图书馆遇到的那个老女人不知什么时候走进来,站在饭桌旁边。

"我们说高跟鞋。"薇妮说。

"高跟鞋和你们有什么关系?"那个老女人急切地问,瞳孔里蠕动幽细的光泽。

"和我们没有任何关系。"对她的问话,我、薇妮、佟老师都有些诧异。

"怎么没关系?"她痴呆似的反问我们。

"没有关系!"我有些恼火。

清洁工不再说话,只是斜眼瞅着我们,黑眼珠转了转,突然转身迅速离开,走到门口,拎起铁皮簸箕,重重地"挖"了佟老师一眼。看着她走远,佟老师吐了一口气说这个人真怪,接着说:

"那只高跟鞋不大,大概三十三码,不是三寸金莲,是正常女人天足穿的鞋。鞋脸是珍珠灰色,鞋跟是雪青色,鞋脸上绣有一只黄嘴绿鹦鹉,鞋跟上也有一只,两只鹦鹉颉颃翻飞,鞋脸上绣了几粒红色的樱桃。"

"这么美丽!"

"是的,是用手工绣的,真的很漂亮。在那次展览中,这只鞋最'吸睛'。Z部的工作人员也很珍视这只鞋,单独把它放在一个玻璃展柜里,四面和顶部都是玻璃,观众可以从五个角度观赏。在这只高跟鞋面前,华丽的龙袍呀、凤冠呀,都逊色了。我还记得,当时有记者报道说,这只鞋是那次展览中的镇馆之宝。"

"为什么不是一双,只有一只呢?"

"不清楚。不过,虽然不是一双,只是一只,看过的人都说,那也值了,真的是美轮美奂!后来出了一件怪事。有一天,一个保安值夜班,突然听到有开动展柜的声响,他惊问:'谁在动展柜?!'赶紧跑过去,朦胧中看到一个身量不高脸色苍白的小姑娘,从陈列高跟鞋的展柜前匆匆跑走。他跑到展柜前,展柜上的玻璃门已经被撬开了,他立即拉响警报,所有的保安都跑出来,将午门城楼仔仔细细翻了个遍,却没见到一个人影。大家埋怨保安夜里犯迷糊,保安也无话可说。但是展柜的玻璃门如何解释?难道是自己打开的?当然不会。众人不敢大意。将近黎明的时候,朦胧中保安又听到打开展柜的声音,大家又跑过去,看见一个披散乌黑长发、穿粉色衣服的小姑娘,脸蛋白白的,绕着城楼里的大红柱子跑,众人在后面追,跑过几根柱子,听到一声纤细的脆响,从女孩长发上滑下一只银光灿烂的发卡,又跑过几根红柱子,女孩跑上二楼,在楼梯口的大红柱子后面一闪就不见了。"

"小姑娘是谁呢?"

"不知道。第二天这事儿就传开了,来了不少记者采访,也来了更多的观众看那只鞋。"

"后来呢?"

"那只鞋第二天便撤出了展柜。"

"发卡呢?"

"没有找到。大家都听见了发卡落地的声音,也有人看到了发卡,是那种弯曲折叠的有波浪皱纹的发卡,但是怎么也找不到。"

"保安呢?"

"第二天就提交辞职报告,回老家了。"

"他是什么地方人?"

"怀柔汤河口的,姓陈,我记得叫陈敬亭。"

吃完饭,管理员给侄子打手机,侄子叫佟国伟,很爽快地答应了。他说正在写皇太极的论文,可以顺便留心嫄娅,如果有,或者与她有关的资料便译为汉语,在手机上发给薇妮,我们随即建群,约好明晚在前海"舢板吧"请佟国伟餐叙。

我们把管理员送到西华门。之后我送薇妮回北大,分手时她突然说:

"在刀削面馆问话的那个清洁工,我们在文津图书馆见过,怎么又出现在西华门了?"

"这不很正常吗?她是清洁工,具有流动性,西华门在文津图书馆东南,从文津街扫地到西华门,不是很正常吗?"

"不是这样,清洁工的清扫地界没那么大。"

"偶尔路过,也可以理解吧。"

"静默寺门口右侧,放着一个清洁工用的铁簸箕,你看到了吗?"

"没有。这有什么意思呢?"

"再向北是万寿兴隆寺,门口有很高的台阶。"

"是呀。你观察得真仔细。兴隆寺是明代兵杖局的内官衙署。"

"我知道。那个女清洁工就坐在上面。她因为坐在高台阶上面,裤腿提了上去,露出很长一段袜子,袜子的质地很好,是白色细布,与我们在图书馆见到的小女孩穿的袜子很近似。"

"这有什么可奇怪的呢?"

我觉得薇妮莫名其妙,那个清洁工即便出现过几次,又能说明什么?

"她问嬿妮做什么?一个清洁工怎会知道嬿妮?"

"你不要忘记,这儿是北京,拉三轮的也许是清朝的王爷后裔。"我笑起来,笑薇妮不了解北京,尽管她的童年是在北京度过的,毕竟还是外国人。薇妮也笑了笑,但是笑得勉强:

"我总觉得有些怪异。你不知道,查档案的时候,总感到有一双眼睛紧紧盯着我。"

"我就是那双眼睛的主人。"

"你不是。你的眼睛热诚、清澈,你不是那双眼睛的主人。那双眼睛黑黢黢的,透着幽怨而让人恐怖。"

天际发出隐隐闷响,仿佛重载汽车压着铁板在远方行驶,有些云层边缘冒出游蛇一样惊悚的闪光,但是大部分依旧默默无声,突然风喘着凉气一口一口从西北方向吹来,将云层的帷幕慢慢撕开,行道树的树冠随着气流向东南倾倒,发出窸窣的叹息,惊慌地睁开苍绿的眼睛,而这时,被乌云边缘遮蔽的绯红晚霞,开始吐出孤寂的暗光。

城市的温度慢慢降下来,胡同里的暗影斑驳眨动,不那么闷热难受了。

3

周日，我和薇妮开车去汤河口。

自从听到佟老师讲那只高跟鞋的故事后，薇妮便有些发癫。总说那只鞋是嬿妮的，一定要找那个叫陈敬亭的保安询问详细。我虽然觉得薇妮的想法不切实际，但是既然薇妮说了，就应该满足，何况意大利人常说，爱神是盲目的呢！

陈敬亭住在汤河口镇下面的一个山村里，人还在，只是有些魔怔，村里人说他原本是一个精精神神、利利索索的小伙子，自从遇到那事就变了，村里人都知道高跟鞋的事儿，还有人说，他有一枚银发卡，但大家都没有见过，只是听说而已。刚回来的时候，陈敬亭还不错，过了半年慢慢魔怔，而且越来越魔怔，就是你们见到的这个样子。陈敬亭也说不出更多的，只是把佟老师讲的重复了一遍，至于发卡则坚称不知道。

我们都很失望。

返回的路上，我们在汤河口镇休息了一会儿。周围都是大山，近山松绿，远山溢出浅蓝的光。汤河口镇处在山谷里，中心是一处宽展平地，公路围着绕了一个圈，公路外侧是镇政府及其附属机构与一所学校。汤河与白河在这里汇合后沿着公路向下流淌。河床深邃，水流湍急，两岸种植高耸的杨树，叶片黑亮，树皮白净，薇妮站在树下注视奔腾的河流发呆，两只黑白相间的山喜鹊，站在她头顶的树枝上"喳喳"鸣叫。我担心她有些走火入魔。

汤河口镇的那处平地具有服务区性质，可以停泊汽车，有卫生间和几处小店，也有不少村民在那里摆摊，出售当地的有机蔬菜、水果、土特产与小商品。我和薇妮在那儿买了两个"看瓜",橙红的颜色,十分喜兴耐看,在接近瓜蒂的部位,红色素逐渐减少,而青色素逐渐增加,瓜蒂就完全变成苍绿的颜色了。我们都喜欢,一个给薇妮,一个我自己留下,在我房间里摆放了很长时间。

第二天,我们去故宫Z部,继续寻找答案,可以预料,当然是一无所获,Z部的工作人员拒绝对那只高跟鞋进行任何讲述与任何评论。至于发卡则干脆说从来不知道此事,反问我们,你们见过吗?

我上大学时读过十九世纪法国作家梅里美的短篇小说《伊尔的美神》:

伊尔小城的柏雷阿拉德是一位乡绅,我是一名考古学家,听说柏雷阿拉德先生从田地里发掘出一尊青铜美神,便前去拜访。

美神并不美,充满了令人不安的高傲和阴险,刚出土就砸断了一个人的腿。大家认为这尊雕像不吉利,然而柏雷阿拉德先生却执意将它留下,陶醉在它与众不同的魅力中。

柏雷阿拉德先生的儿子亚尔芬斯,婚礼前夕,把本应赠给新娘的戒指随手套在雕像的手指上,然后,然后——就取不下来了。婚礼第二天清晨,亚尔芬斯惨死在新房里。据惊魂甫定的新娘哭诉,美神雕像半夜闯进新房,紧紧搂住他——因为亚尔芬斯把结婚戒指套在了她的手指上,使其窒息而杀死了亚尔芬斯。

从此再无人敢接近这尊可怕的雕像,柏雷阿拉德先生也在思念儿子的忧郁中谢世。

柏雷阿拉德太太把那尊雕像送给了教堂,神甫将其熔化，铸成了一口教堂用的钟。但是，小说结尾写道："仿佛有一个厄运追随着占有这青铜的人们似的，自从这钟在伊尔响着的时候起，葡萄已经冻坏过两次了。"

这篇小说与我们听到的故事有什么关联吗？应该是一点也没有，我只是觉得梅里美笔下的戒指与陈敬亭的发卡有近似之处，都是通过一个细小的物件而将神与人沟通，于冥冥之中潜伏关联。

佟国伟效率很高，每三天必给薇妮发来嬿婗的史料，多则数百，少则数十，有一次竟然发来数千字，按照这样的速度，薇妮的论文不用数米下锅了。薇妮十分高兴，一再感谢佟国伟，我甚至有些嫉妒他了。

我的寻找也有进展。一天，一个大学同窗说，他父亲，一位研究北京历史地理的学者，曾经发现嬿婗离开皇宫时的一段史料。我和薇妮登门请教，老先生说，方便时你们去丰泰庵看看，嬿婗就是到那里梵修的。我们听了很高兴，又担心会不会被拆掉了。应该不会，老先生说，那个地方是文保单位。

丰泰庵在后海南沿36号。

后海是北京什刹海的一部分。什刹海是永定河故道，从西北向东南迤逦流淌，分别有西海、后海与前海三处湖泊，是北京唯一一处环水而居的胡同区域。明人《帝京景物略》描摹这里是"西湖春，秦淮夏，洞庭秋"，春天仿佛西湖，夏日好似秦淮，秋季宛如洞庭，是北京最温情动人的地方。2003年北京闹"非典"，三里屯的酒吧纷纷迁徙于此，临街的房屋便基本改成酒吧了。这个地方入夜才热闹，老板们开玩笑说，他们遵循的是美国时间，有一家北京的生活媒体形容这里是：海水微澜，不时送来酒的绿波、灯的虹霓与大功率低音贝斯；夜色旖旎，散发温热的躁动着小资氛围。酒吧里人头攒动，被旋转的镭射灯忽悠得红一块紫一块蓝一块绿一块黄一块。

我们去时尚早，游人不多，酒吧基本没有营业。但小学开始放学了，不时看到红领巾的纤小身影，三三两两在道路上打打闹闹。我们小心翼翼地数着门牌，从东向西寻找。20号以前全是酒吧，20号以后开始出现了零星住户，但是很快出现了一条南北走向的胡同，接续相连的门牌一下子断开了。走了很远又出现了一条南北走向的胡同。36号会不会拐进胡同里去？但是没有。穿过这条胡同口，又开始出现后海南沿的门牌，然而只出现了几处，又不见了，而且在本应该是院落的地方竟然出现了一座垃圾站，几个年老的清洁工进进出出，我向他们询问丰泰庵，他们说不清楚。

"36号呢？"

"向前走。"

"36号就是丰泰庵！"突然，传来一个苍老的女声，我和薇妮愣了一下，下意识地寻找声音的主人，但只感到空气的流动，没有找到说话人的踪迹。

再向前，又出现了几个院子，而且是肩并肩地靠在一起：30号、32号、34号，却独独没有36号。再向前，又是一处房子，我与薇妮快步走过去，但并不是36号而是一家酒吧，大门紧锁，窗玻璃上布满了蛛网与灰尘，看来已经歇业很久了。我简直有些绝望，薇妮重重叹了一口气。

再向前，远处是一座浅灰色的两层楼房。

"丰泰庵会不会已经拆掉盖楼了？"

"那也要走过去看看。"薇妮说，"即使拆掉了，我们也要看清楚。"

我们不敢大意，贴着院墙疾走，眼睛不眨地盯着门牌，突然发现丰泰庵还在，就在那座灰楼的下边，山门、朵殿都在，西朵殿的西侧开辟了一座清水脊的小门楼，中槛左侧钉着一块红底白字的门牌，上面写道："36号"，其上是一行小字："后海南沿"。

丰泰庵新近修葺了，灰色的墙壁与朱红的门窗，从吻兽到门槛都新得耀眼，只是所有的殿宇，包括山门早已改作民居。山门与大殿之间填满了小棚子。庵内静悄悄的，阒无人影，一只黑猫蹲在左侧的吻兽上，睃着我们，大的圆眼睛放出幽幽绿光。听得到山门里有人说话，仿佛是从山谷另一端传过来，是两个上了年纪的妇女，听得见声音但听不清她们的谈话内容。

我和薇妮走到大殿与配殿之间，那里有一片空地，转过去是一条细长通道，大殿后面是高耸的围墙，空地西侧有一道笔直的涂着蓝漆的金属楼梯。楼梯顶端是一间小房子，小房子的屋顶是白色的，楼梯的顶部也盖了一个屋顶——其实就是一个倾斜的盖子，与屋顶的颜色一样，材质也一样，都是那种轻型建材。我和薇妮想爬上楼梯，站在小房子门前俯瞰丰泰庵，这样才能把它的格局看清楚，但是我们又犹豫，担心院子里尤其是小房子的主人不高兴。

正在犹豫，听到在背后有人急切地说：

"上去，上去，你们犹豫什么！"

一个老女人站在我们身后，又是那个清洁工！只是没有穿橘红色工装，而是穿了一件黑色的圆领短袖T恤，因为没有衣领，露出脖子上的皱纹，一圈套一圈，宛如车辙，十分深刻。那只原本蹲在吻兽上的黑猫尾随在她的身后，尾巴高高耸立，歪着头，一会儿瞟瞟我们，一会儿看看她。

"你为什么不上去？"她推着薇妮的肩膀，低沉而粗粝地催促，"快，快！上楼梯！上去才能看清，你们不是来这里调查嘛！"

薇妮惊叫一声。我厉声阻止，"你干什么？！"她不说话，继续推着薇妮。我推开她的手，她鼓起眼睛，射出一股黑黝黝的煞气。

"谁在院子里？"

西配殿的门打开，走出一个年轻人。我对他说，我们是游客，到这里看看。"这里不对外"，话虽如此，年轻人十分和善，走到我们身边，说话之间那个老女人与黑猫却不见了。此时楼梯上的小房间也打开了门，走出一位老先生，白发苍苍地站在楼梯顶部，细声颤巍巍问：

"谁在下面呀？"

"秦大爷，没事，没事。"

年轻人说。老者不再说话，关门回到房间去了。我们稍稍静下心，薇妮问他：

"有个明朝的公主曾经住在这里吗？"

"是。是崇祯皇帝的女儿，被崇祯砍掉了一条胳膊。"

"有文字资料吗？"

"有。我有一本复印的小册子。"说着他返回房间，取来一本薄薄的书，不过二十来页，他翻开让我看丰泰庵的那页，果然里面有长平公主在这里梵修的记载。

"我可以照下来吗？"

"可以。"

我掏出手机，把小册子从头到尾拍下来，问他：

"那位老妇女是哪儿的？"

"是个清洁工，她认识东厢的王大妈，因此常来聊天。"

"她是哪儿的清洁工？"

"前面那个垃圾站的。你们别怕，没什么。"

此时的薇妮，用古典小说常见的笔法是真有点："花容失色"。看着薇妮惊魂未定的神态，年轻人安慰她：

"这个清洁工不是坏人，就是行事说话有点儿古怪。"

"吓死人了。"薇妮说。

那本小书，我后来知道了，是从《什刹海志》里节选出来，被当地居委会复制，用作旅游宣传品发放给居民，年轻人就是这样得到的。年轻人和我年龄相仿，叫李光复。当时无论如何也不会想到，我后来居然在美国黄石公园游览时再次见到他。

我们在"七月七日晴"旁边的一家酒吧吃简餐。每人一杯玛奇朵，一块三明治。薇妮安定下来，啜着咖啡说：

"这个老婆子真可怕，为什么总盯着我们？"

"是的，真讨厌！"

"明代的皇室还有后人吗？"

"当然有。溥仪的英文老师庄士敦在《紫禁城的黄昏》里说，朱明皇室有个后裔被雍正封为延恩侯，他曾经见过延恩侯的后人，这个人叫朱煜勋。"

朱煜勋每年两次去十三陵祭祖。这当然是秉持清代皇帝的旨意。庄士敦说，他在1921年11月看到《宫门抄》中有这样一则新闻：

> 本日朱侯起程前赴明陵致祭；
> 延恩侯祭毕明陵，归来谢恩。

延恩侯每次祭祀明陵后,要给内务府写一则报告,汇报他祭祀明陵的过程,这样就可以领取一笔旅途与祭祀费用。这个报告通过内务府转达给皇帝。庄士敦说,1924年以前延恩侯从来没有见过皇帝。庄士敦自从见到《宫门抄》后,产生了一个强烈的愿望,即:让清朝的最后一位皇帝和明代皇帝的后裔碰面,他将这个想法告诉了溥仪,引起了溥仪的兴趣。后来溥仪召见了他。

一天,仆人给庄士敦送来一张名片,上面印着:"明裔延恩侯朱煜勋,炳南,东直门、北小街、羊管胡同"。朱煜勋盛装装束,穿着清代的官服走进来,说是奉皇上之命前来向他道谢。这个人很文静,也很谦虚,告诉庄士敦说他已经四十三岁了,有两个儿子,一个九岁,一个四岁,他不满意这两个儿子,都是举止粗鲁、没出息的小家伙。庄士敦给他拍了一张照片,说过几天去回访,但延恩侯诚恳而坚决地回绝,说家境贫寒,只有一间陋室,没有会客室,难以接待贵人,"你不要认为我穿的这套官服是我自己的,是我为了这次谒见而借来的。"朱煜勋拉起长袍露出里面破烂的衣服。

过了几天,庄士敦派仆人把照片和一点小礼物送给他,仆人回来禀告,他确实住在一间东倒西歪的房子里。两个月以后,溥仪被逐出皇宫,迁到天津,朱煜勋好不容易凑了一笔钱,去朝拜他流亡的故君。这一年是1924年,已经进入民国,距离清朝覆灭十三年,距大明覆灭二百八十年 那个朱煜勋据说并不是朱元璋的后裔,只是一个住在山东朱姓人士的后裔,他的祖上是清雍正帝找来的傀儡,用来平复汉人情绪。

听了这个故事,薇妮说:

"朱煜勋有两个儿子,儿子还会有儿子,说不准他的某个儿子,或者他儿子的儿子还住在东直门的羊管胡同 已经拆掉 里。"

"不排除这种可能性。"

我对她的说法也有兴趣。

架子鼓响起来,鼓手是个生手,鼓点喝醉了似的磕磕绊绊。薇妮招呼服务生,"能让那个打架子鼓的先生歇会儿吗?"服务生说得请示老板。过了一会儿,请薇妮上台代替那个鼓手。

鼓点立即变得流畅、火爆,仿佛天边的怒雷滚滚而来,酒吧的气氛顿时热烈了,不时响起喝彩之声。我要了一杯红酒,慢慢品,不眨眼看薇妮打鼓,让那鼓声一记一记击打我的心田。正看得带劲,服务生走来说,"外面有人找薇妮。"谁找薇妮找到这儿?我走出去,门外并无找薇妮的人。门童看见我问:

"您是薇妮?"

"不,我是薇妮的朋友。"

"薇妮呢?"

"在台上打架子鼓。"

门童递给我一个鼓鼓的牛皮纸口袋,叮嘱一定交到薇妮手里。

"谁给你的?"

"一个老女人。"

"穿黑色T恤?"

"是的。"

我头皮发麻,脑子轰地响了一下。

我强迫自己静下心来,抬头看看苍茫的夜空,虽然已是晚上八点,但天色依旧明亮,浅灰之中透出一点微蓝的层次,一片灰白颜色的云团从西边迟缓飘来,将远处高楼窗口的零星灯光遮暗了一会儿。海水翻动柔柔、黑黑、腻腻的波浪,每朵波浪的顶端都闪耀银色光点，交织成一张波动闪光的网，风在浪里穿行，也变得湿漉漉的闪闪发光了。一条橹船慢慢摇来，把海面划开一条银色的仿佛生锈的浅浪，一个穿白裙的少女蹲在前舱板上，把一只纸船放在水面上。纸船上点着一支小巧的红蜡烛，随着水波的摇摇晃动，纸船也摇摇晃动，小巧蜡烛的微火也摇摇晃动，努力屏住呼吸不使自己跌进摇摇晃动的浪窝里。

薇妮打完架子鼓，坐在桌边等我。我把纸袋递给她。打开纸袋，从里面冒出一股霉旧的纸张与灰尘味道。我们迅速地将这些纸张摊开，这些纸张已经发黄，有的甚至泛黑了，有的却依然很白仿佛新的一样，然而无论什么颜色都是柔软的绵纸，上面写着娟秀的毛笔小楷。看样子这些纸张经过认真整理，一张一张用细线连在一起，若干张一沓，仿佛线装书，总计三十六本。

薇妮突然惊叫一声，指着一本翻开的页子让我看，上面豁然写道：

　　皇明崇祯三十七年
　　　　不肖女
　　　　　嫩妮
　　　　　　泣记

这是第一页，再翻开一页，上面写道：

　　皇明崇祯十七年。三月十八日、十九日。父皇　母后辞国。每念及此心如刀剐。
　　皇明崇祯十七年。四月廿九日。闻李贼登基武英殿。

皇明崇祯十七年。四月三十日。李贼焚烧大内。火焰黑红蔽天。

这难道是嫦娥的日记？！

思宗在位十七年，这本日记结束于崇祯三十七年，长平公主依然在延续她父亲的年号，虽然这时已经是康熙时代，然而在长平的记述里，依旧是煌煌大明，而这时长平应该接近不惑的年纪了。

这日记是真的吗？

我与薇妮简直不敢相信自己的眼睛，薇妮捏着我的手指，轻轻说，我的天，如果是，这是惊天发现耶！

4

自从收到那个神秘文件以后，我们一直处于亢奋状态。

我们根据流传下来的史料与嫦娥的记载进行核对，基本是吻合的，但也有一部分不符甚至完全相反。比如李自成的军师牛金星，在大顺覆灭以后不知所终，但在嫦娥的记载里，却是言之凿凿地死在了他儿子家中。

嫦娥的记述还有一部分牵涉到史迹，和以往的史述也基本吻合。在嫦娥的笔下，崇祯、周后、田贵妃、袁贵妃、太子与几位皇子，谁住在哪座宫殿，都记得清清爽爽，而且这些宫殿至今尚在，从而提供了可以调查的蓝本，只是嫦娥本人的住处，有的史书说居于寿宁宫，但她本人却说住在景仁宫，还有的史料说，景仁宫原先叫寿宁宫。我和薇妮费了很长时间，做了很多功课，也难以落下实锤。寿宁宫和景仁宫一时搞不明白，我不禁有些焦虑，薇妮却淡定地说，我们根据嫦妮的记述，去故宫调查，看看那些宫殿现状，至于嫔妮的住处，就以她的记述为准，信其有不信其无，即使没有其他史料佐证，有了嫔妮的记述也是对历史深层的发掘与进步。

北京今年的天气很怪，不仅夏天多雨，湿淋淋的仿佛海滨城市，即使入秋以后，也依旧多雨，而且不是婉约的缠绵微雨，而是纵横粗犷的豪雨，飘然而至，骤然而止，却不一定落在北京的什么地方，天气预报员解说是分散式阵雨。我们去故宫的那天就赶上了这样的天气，刚进故宫时蓝天白云，哪料午后却突然翻脸了呢！

这是后话，我们先说踏勘调查过程。

我们在翊坤宫逗留的时间不长。

翊坤宫是袁贵妃的寝宫，前面是永寿宫，后面是储秀宫，光绪时，秉国的慈禧把翊坤宫的后寝与储秀宫的宫门拆掉，修建了体和殿。这意味，在拆改之前，二百多年的时间，翊坤宫是独立的，与袁贵妃居住时没有变化。前殿里几乎没有任何家具，只是东梢间的金砖上，放了一架类似摄像的机器支在三脚架上，从机器的圆孔里吐出淡淡红光。

"如果泉下有知，袁贵妃不知会有什么感想？"薇妮看着，突然提出了这个问题。

"她应该向有关部门索取她的家具与私人物品。"

"是的，要落实政策。"薇妮认真地说。看着她认真的小脸，我不禁笑起来。

突然被谁厚重的手掌狠狠推了一把，我不禁向前趔趄了一下，四处看看，却不见一个人影。在我张望时，薇妮的身体也倏地前倾了一下，再向四周看看，依旧一个人影也没有。翊坤宫几乎没有游客，人们都拥到后面的体和殿，那儿是慈禧为光绪选后的地方，霸道的慈禧强迫懦弱的光绪，把一柄美丽的如意递给她不美丽的侄女，也就是后来的隆裕皇后，再后来被尊为隆裕皇太后。

一只大橘猫摊开四肢躺在台阶上休憩，发现我们打量它时，长长地伸个懒腰，瞅了我们一眼跳下台阶跑走了。

谁推了薇妮，推了我，推了我们？

我们有些惴惴不安。

离开翊坤宫，我们去钟粹宫。在去钟粹宫之前，我要对东六宫与西六宫做些介绍。

翊坤宫，位于坤宁宫西侧，属于西六宫。坤宁宫是明代皇后的住处，也是清朝皇帝大婚时的洞房。坤宁宫的东侧是东六宫，东西六宫主要是后妃的寝宫，东六宫有六座宫殿（分东西两排，一排三座），西六宫也有六座宫殿（亦分东西两排，一排三座），在地理位置上相互对应，位于宫城中心两侧，如同人之两腋，因此自汉朝以来便称"掖廷"。

东六宫最北端是钟粹宫。

钟粹宫是崇祯的长子慈烺太子的居所。十五岁时，慈烺从这里迁到慈庆宫。清代咸丰皇帝做太子时也曾在这里居住。咸丰故世后，他的皇后钮祜禄氏，也就是东太后，从长春宫搬到这里。光绪在世时，又曾是隆裕的寝宫，光绪故后，隆裕被尊为皇太后，从这里移居到长春宫了。

与东西六宫一样，钟粹宫也是前殿后寝，红墙黄瓦，东西配殿，二进三合院，四周缭绕高墙，南面正中构宫门，两侧设便门。当然也有不同，钟粹宫的前殿与后寝之间有一道高出地面的阁道。

"在这条阁道上，"我对薇妮说，"如果你看见穿红色袍子的慈烺太子从这里走过来，会有什么感受？"

薇妮没有回答。她对这个话题没有兴趣，她有兴趣的只是长平公主。

现实是，钟粹宫是铁将军把门，我与薇妮只能从门缝里张望，里面竖立一座红色影壁，什么也看不到。隔壁三皇子居住的景阳宫也是大门紧闭，不知又是什么原因。宫苑生荒草，衣冠成古丘，那些消泯在时间长河里的历史人物呀！

钟粹宫的南面是承乾宫，初曰永宁宫，崇祯五年八月改为今名，这一年，田贵妃开始住在这里。乾者天也，承乾，承接上天的雨露，可见崇祯对田氏的宠爱。田贵妃曾经短暂离开这里，后来在这里辞世。清顺治帝的董鄂妃也曾经在这里居住，最终也在这里病故，时年只有二十一岁。田贵妃死时也是二十一岁，因为儿子的死而死，董鄂妃之死也因为儿子，这两位妃子的死因与死去的年龄居然一模一样！而且她们都是深受帝王宠爱的美女，印证了那句红颜薄命的老话。

承乾宫现在是青铜器展览馆，门口的布告写道"暂停展览"，两扇红油宫门搭着钌铞，挂着锁。钌铞有两个，都是那种黑色铸铁的曲尺形状，一个横在金铺首下方，一个横在包着铜皮的门槛上方。锁是同样形状与同样的金色。

与钟粹宫一样，依旧是进不去。我看看薇妮，薇妮也看看我，幽幽地说：

"美人难见。"

那就去嬿婉的景仁宫吧！

嬿婉以后，景仁宫住过不少妃子，最凄惨的是光绪漂亮的珍妃，被淹死在后院的水井里，也有人说是在东北方向贞顺门内的另一口井。不知是否由于这个原因,景仁宫被认为是一座不祥的宫院,频频流传闹鬼的故事。据说,为了祛除鬼祟,在景仁宫南夹道地沟的石头上雕了一道门。南夹道就是景仁宫前面的小街,东西有两座门,东面是景曜门,西面是咸和左门,长度不过五十米,两门之间就是南夹道。曾经有两个宫娥在这里给亡人烧纸,被巡视的内侍抓住,送到蒋养房做惩罚性劳动。我与薇妮多次到这里寻找那块刻有门的石头,却至今没有找到。也许根本就没有,只是传说罢了。

今天,景仁宫开放,但只开放大殿与前院,大殿已经打通了,正在举办捐赠展览。明堂内北侧立着一块展牌,写着"景仁榜"三字。展柜内展出八十位捐赠者的姓名。灯光郁暗,只有展柜内的射灯投注在展品上,人影憧憧迷离模糊。我与薇妮很扫兴。翊坤宫虽然没有了家具、物品,但是殿内格局依旧,没有想到这里的格局竟然也变了!突然有人说,"后院里有好东西,怎么不去看呢?"我们回头见是一对中年夫妇,便随着他们,向后院走。

后院与前院之间横着一道暗红颜色的铁马,铁马与宫墙之间有一道缝隙,我们从缝隙里挤过去。静悄悄的没有一个游客,刚刚进入后院,中年夫妇却不见了。

后院立着一口覆盖着亭子的井。亭子是露天的,丹柱金瓦,顶部有四条横脊围出一个方孔,上苍幽怨的雨水可以明净地从亭子的顶部滑落到苍碧的井水里。

"他们去哪儿了?"

"我看见他们进后院了。"薇妮说。

"前面是后寝,也许进后寝了。"

我们走近后寝,所有的窗户与门都挂着蓝灰窗帘,什么也看不见。

"小朋友慢慢跑!"薇妮突然喊道。

"哪儿有小朋友？……"我问薇妮。

"没有呀？"我的话没说完，左腿被撞了一下。

"两个小姑娘。"

我揉揉眼睛，哪儿有小姑娘？！

"我看见了，一前一后，跑进后寝了。"可是后寝的门是上了锁的呀，就是宫门上那种明晃晃的金锁。

"我看见了，是她们，黄长袍，双丫角，小红绣花鞋，追笑着，跑进后寝了。"薇妮惊恐地抓住我的手。

"谁呀？"

"我们在玉熙宫见到的那两个小姑娘。"

半空中响起女孩爽朗的笑声：

"你追呀，追呀！"

"等等我，你跑得太快了！"

"我怎么没看见！"

我的话没有说完，从后寝传出小朋友欢乐的笑声。

"你们是谁？我不怕你们！"

薇妮脸色煞白，紧张、愤怒地高喊。

"你们怎么进来了？"

一个黑衣人站在我们身后。胳膊上套红袖章，一直套在肩膀上，他是这儿的保安。

雨，癫狂如魔。

我和薇妮站在太和门的后廊下，看那雨发癫，风发狂，风把雨横扫进来，我和薇妮向深处躲，太和殿丹陛上的石螭首，喷出的水柱有天高，砸出"哗哗"的轰响，腾起雪白的烟雾万丈，似乎要把太和殿吞没。云团苍暗,沿着笔直的大脊翻滚呐喊,金色的吻链剧烈抖动,发出"咔咔"尖叫。雷霆以万钧之势锤下来,闪电深蓝,在惊雷中炸出惨白的光焰,檐角高耸的仙人,小脸黄黄的被惊得一闪一闪的。

我和薇妮被深深震撼了,薇妮脸颊苍白,紧紧贴着我的胸口,红唇翕动,呐呐自语:嬿姬,嬿姬,我就是嬿姬……

嬿姬的故事刚刚开始。

第二章　大朝会

1

今天是冬至，大朝会的日子。

昨日，霞光刚刚落山的时候，王承恩便急匆匆来到景仁宫，向刘妈妈借取暖的手炉。景仁宫有两个手炉，都是仿宋烧斑色，在红黄的质地上，凸显五彩斑点，是宣德爷爷 在长平的叙述中，万历以上的皇帝，一概简称爷爷，为了区别在爷爷之前加上年号，比如此处的宣德爷爷 传下的，椭圆的盖子上镂有团龙暗纹，磨出了漂亮的包浆，光光滑滑摸着很舒适。

王承恩是父皇最贴心的内侍，父皇叫他伴伴，我们也叫他伴伴，但更喜欢叫他大伴，有时又称他为王伴；刘妈妈是我的乳母，我叫她刘妈。在我们宫里，乳母也有名分，称夫人。而且夫人之前有加封的美誉。天启伯伯的乳母客氏称"奉圣夫人"。人们都说天启伯伯做事没章法，喜欢做木工活，是个木匠皇帝，客氏的"奉圣夫人"就是他推刨子时随口封的。大伴说不是，说这是遵循祖训，是成祖老爷爷开的先河，永乐三年加封他的乳母冯氏为"保圣贞顺"夫人，后来便因以为例了。

"明天我对父皇说，封刘妈妈为保明夫人，保卫我们皇明万万年。"

"这不成，封号是有成法的，乳母的封号要围绕'圣'字。圣，就是皇帝，卫圣呀，奉圣呀；卫就是保卫，奉就是双手捧着。宣德爷的乳母李氏就被封为奉圣夫人，哼！比客氏不知早几百辈子！"说到客氏、魏忠贤，大伴便由不得愠怒而从无好话。

"宣德爷爷，我知道，就是那个喜欢养蟋蟀的爷爷。"

"长平！"刘妈阻止我。大伴连连打自己的脸颊说，掌嘴，掌嘴，宣德爷恕罪。看他这样，刘妈和我都笑了。刘妈把手炉递给他，大伴却不接，说明天大朝会，我平旦就过来，到时你把炭装好就是了。

"什么是大朝会？"我问他。

"冬至，正旦，圣诞，这三天举办的朝会。"大伴说，"可壮观啦。勋戚、朝臣们都要参加，要行大礼。"

"什么是大礼呀？"

"就是三跪九叩首。鸿胪寺的赞官——负责礼仪的官员，呼唱：跪。朝臣下跪。呼唱：叩首。朝臣磕三个头。呼唱：起。朝臣站起来。如此三遍。还有呐，单是锦衣卫、神枢营的将军，好几千名将军都要参加的！"

"这么多将军？"

"是的。"大伴掰着手指，慢慢给我和刘妈计算：

"咱们从皇极门说起。皇极门上排列将军24人：锦衣卫20人，8人金盔甲、8人明盔甲、4人红盔甲；神枢营4人，与锦衣卫不同，他们是红盔青甲。这些将军均悬金牌、挎佩刀、持金瓜。"

"什么是明盔甲呀？"我问。

"铁盔铁甲。"大伴继续说：

"还有，皇极门东西两侧的弘正门和宣治门也各排列将军24人：

锦衣卫16人，红盔青甲，悬金牌、佩刀，手持金瓜；神枢营8人，也是红盔青甲，悬金牌、佩刀，但手持弓矢。

"皇极门广场的内金水桥上排列将军16人：锦衣卫、神枢营各8人，均是红盔青甲，悬金牌、弓矢、佩腰刀。

"还有，皇极殿东侧的中左门前站立将军16人，西侧的中右门前也站立将军16人。均是锦衣卫8人，神枢营8人。锦衣卫是红盔青甲，悬金牌、持金瓜；神枢营是红盔青甲，悬金牌、佩刀、持弓矢。

"皇极殿前的丹陛上站立将军60人：锦衣卫20人，神枢营40人。锦衣卫4人金盔甲，16人明盔甲，悬金牌、佩刀，持金瓜；神枢营40人，红盔青甲，腰悬金牌，手持大红刀。"

"什么是大红刀呀？"我问。

"刀杆是红色的。"大伴回答我。

"我见过这种刀杆红色的刀。"我说。

"公主见多识广。"大伴夸奖我，同时来了兴致：

"还有呢！还有上下缠腰将军34人：锦衣卫4人金盔金甲，佩刀，持金瓜；神枢营30人，红盔青甲，悬金牌，手持鹁鸽头刀。踏蹬将军32人：锦衣卫16人，红盔青甲，金牌、佩刀，持铁瓜；神枢营16人，红盔青甲，金牌、佩刀，持弓矢。

"东西戗廊将军各16人：锦衣卫8人，红盔青甲，悬金牌、持金瓜；神枢营8人，红盔青甲，金牌、佩刀，持弓矢。

"这些门前廊下丹陛之上不同名目的将军，总计有246名。至于站在皇极殿前丹墀上的站立将军那就'海'了，有1907名！"大伴激动得兴奋起来：

"锦衣卫968人，神枢营939人。锦衣卫854人衣青甲，戴红盔，悬驾牌、挂佩刀。其中50人头戴红皮盔身穿戗金甲，50人头戴红皮盔身穿描银甲,均是悬驾牌、佩刀,持金瓜。另有14人是红盔青甲,悬金牌,手持开鞘大刀。神枢营558人穿青甲、戴大红头盔,悬金牌、佩刀、弓矢,手持金瓜与大黑刀——刀杆是黑色。381人,明盔明甲,悬金牌,手持出鞘红刀。

"还有呢!丹墀的四个角上,还站有200名锦衣卫将军,均是红盔青甲,腰悬驾牌与佩刀,排成四队。"

"这么多的将军!"我不禁惊呼起来。

"还有呐!"大伴继续说:

"皇极殿的殿门两侧站有殿门将军36人:锦衣卫16人,金盔金甲,金牌、佩刀,持金瓜;神枢营20人,红盔青甲,金牌、佩刀,持弓矢。还有伞下锦衣卫将军6人,扇头锦衣卫将军2人,殿角与石柱锦衣卫将军各2人,均是金盔金甲,金牌、佩刀,持金瓜。皇上进入皇极殿后,御座两侧还站有118名将军呐!

"皇上进入皇极殿时,先在中极殿暂歇,中极殿内有导驾官,其中又有18名将军。这些各处的将军总计有2537人。"

"真了不得!这么多将军。"刘妈啧啧叹道。

"还有呢!"大伴接着说:

"丹墀四周还有2000名五军营的官军,排成四十队,均是红盔青甲,有的手持金枪,有的手持叉刀。"

"总而言之,言而拢之,"大伴说,"金盔金甲、明盔明甲、红盔青甲,金瓜、铁瓜、大红刀、大黑刀、金枪、叉刀,闭上眼都可以看得见,咱们的大明朝有多么威武!"

大伴陶醉在自己的叙述里而眯缝着眼睛。

"我明天要看大朝会!"

"不行,长平。"刘妈说。为什么不可以?刘妈不说话,只把暖阁的帷幕拉上说,"乖长平,睡觉。"

帷幕里面很快昏暗下来。

自从父皇减少红罗炭的数量以后,宫里寒冷多了,原来每间房内都有一只景泰蓝珐琅掐丝兽头火盆,里面堆满了红罗炭,只要进到宫内,就可以闻到细细的燃烧的炭香。现在,只有我睡觉的房间里还有,烧起来暖暖、红红的。父皇居住的乾清宫也是冷气袭人像是冰窖。刚才大伴说,父皇手炉的盖子有些变形,合不严了,平放在桌子上可以,放在袖子里万一露出炭屑,岂不糟糕?说到父皇,大伴和刘妈摇头叹息说,没见过这样的好皇帝,真真是尧舜托生,体恤下民,只是时光不靖,这该怪谁呢?

因为要看父皇的大朝会,我今天早早起来,等大伴。大伴果然很早就来了,王妈在明堂的门口等他。大伴接过铜手炉,揣进袖口里,快步向外走。我裹上一件大毛的长袍,围上一条里外发烧、茶褐色的大风领,躲开刘妈,蹑手蹑脚地跟在大伴后面。走出后左门,大伴加快了脚步,我也加快了脚步。

雪,从昨晚起更之时便开始飘落,现在丝毫没有停止的意思,风把雪吹白了头发,而雪则把风撕成了碎片,风与雪搅在一起,眼看着变成了暴风雪,呼啸着在宫内长巷反复盘旋,我的大风领上很快落满了雪花,厚重而绵密。雪花沾在眼睫上冷冰冰的,我喜欢这样的感觉。天空灰突突地压住宫墙,红色的宫墙生锈似的有些发乌,檐角上金黄的走兽几乎被深厚的积雪掩埋。我跟着大伴,爬上中极殿台阶,看到一群将军正向皇极殿走。

"父皇在哪儿呢?"我拉住大伴的袍角。

"噫!你怎么跟来了?"

"父皇在哪儿？"

"已经进入皇极殿了。"

听说父皇已经进入皇极殿，我顾不上理他，放开腿跑起来，看见我跑，大伴在后面也跟着跑。跑到皇极殿的丹墀时，果然看见将军们树木一样矗立在那里一动不动，那是一片将军的森林。我在森林里穿行，有的将军发现了我，但也依旧不动，只是垂下目光，看我从他们身边跑过去，铁甲发出袭人的金属寒气，雪把他们黑色的战靴埋住了，赤色的胫甲也掩埋了一半，但头盔缨枪上的红色小角旗依旧光艳。到了皇极殿门，两位戴凤翅冠的将军拦住我。

"我要见父皇！"

我对他们喊，他们不搭理，只是弯下腰，用双手挡住我。我仰头看他们，他们都有胡须，坚硬而乌黑，须尖搭在金色的护项上，泛出一股凛冽寒气。大伴气喘吁吁跑过来说，这是长平公主，这是长平公主！把我抱起来，进入大殿。

大殿真的很冷，怪不得大伴要给父皇借手炉。父皇端坐在金台之上的金龙椅上，他今天没有戴翼善冠，也没有穿黄龙袍，而是戴了一顶样式古怪的帽子，帽顶平坦，帽檐前后悬挂着许多珠串，璀璨地泛出柔和的光泽，我后来知道这是衮冕，是最尊贵的帽子，只有在大朝会才戴上的。父皇今天的服饰也不同往常，他的上衣是玄色的，下裳是黄色的，袜子是红色的，鞋子是赤色的。我挣脱大伴，向金台上跑。台阶很陡，我费劲地向上爬。蓦然，我的手被一双大手握住，把我拉上金台。

"长平，你怎么来了？"

"我要看大朝会！"

"回去！"

父皇沉下脸。我忽然感到委屈，抽抽搭搭哭泣起来。父皇低下头拍拍我的后背，我仰起脸，泪水流下来，那些珠串（我后来知道叫旒）上的珠子，冰凉地一颗一颗从我的脸颊滑下去。父皇用袖口把我的眼泪一颗一颗拭净。我突然觉得，自从有了昭仁妹妹以后，父皇从来没有对我这么细心这么慈祥。看到我，朝臣一阵骚动，但很快平静下来。父皇抱着我对朝臣说："这是朕的长女媺娖，长平公主。"群臣弯下腰齐声祝颂，"公主千秋。"他们戴黑色梁冠，佩玉带 三品以上用玉，四品以下用药玉（一种乳白色的琉璃），穿赤罗青缘之衣，起伏之时，发出一派袍服窸窣与玉佩珊珊的摇曳之声。

父皇抱着我走下金台，走到一个白胡子老臣身边：

"这是朕的老先生。"

"老先生好。你叫什么名字呀？"

"臣，文震孟，祝公主千秋。"

我垂下目光，发现他的黑靴子开绽了，靴面与靴底之间裂开一道细长的缝。

"老先生，你的靴子进水了。"

"公主恕罪。这是昨晚山妻缝的，手艺不佳，惭愧了。"

"这是钱谦益。"父皇指着文老先生边上的一个大臣说。他的脸白光光的。

"你怎没有胡子呀？"

"臣后进。"钱谦益的眼睛很亮，有一道，大伴说，有一道贼光。父皇又指着一个身材细长的花白胡子说：

"这是钱龙锡。内阁次辅。"

钱龙锡拱拱手。父皇又指着他身旁的中年大臣说：

"这是温体仁，朕的爱卿。"

温体仁的皮靴黑得发光。

"你的靴子真漂亮。"

"这是微臣的小厮昨晚从花市上三条'三山斋'赊来的。"

"这是黄道周,有学问的先生。"这个人身量不高,皮肤微黑,下巴丛生乱蓬蓬的短胡子,胡子有些向上撅。他微微点头,咧开嘴笑笑,不说话。

"这是周延儒,朕的好好先生。"父皇指着一个身材修长一团和气的大臣说。

"陛下万岁,公主千岁。"

周延儒垂下眼睛慢慢说。

父皇抱着我走出殿门。雪花如醉如痴,旋转着跌落下来,一片接一片,仿佛有人在织机上织布,又密又快,很快便织出一匹一匹的白布,垂天而降遮住我的眼睛。天空泥醉一般发呆,宫阙失去了往日的光彩,丹墀上的将军犹如泥塑而几乎变成雪人。父皇喃喃地说,这就是大明,大明的江山。又对我说,长平,你记住,这是我们的大明。记住了吗?

我点点头。

我后来听说,父皇当天让内侍给文震孟家送去一双新靴子。文先生下朝回家,刚进大门文夫人便喜冲冲迎上来告诉他这件事。文先生和夫人进到堂屋,把新靴子放到"天地君亲师"牌位下面的榆木翘头案上,拜了三拜,对夫人说,"这是今上的恩赐,不可以亵渎。"文夫人叹了口气,只好继续缝补破靴子,为了加固靴底与靴面,在里面加了一层毛毡,直到二更天才缝好,手指被锥子扎了好几个口子,流了不少血。

文先生是文徵明的曾孙。他的祖上不用说了,书法、绘画、文章都好,人品也好而孤芳高洁,域外之人来到苏州往往要拜见他,见不到,也会对他住的地方行礼,以示仰慕。

文先生在弱冠之年便考中了举人,却哪里料到在日后的会试中蹭蹬不已,连续九次铩羽而归,而受到钟惺的轻薄[1]。一天,钟惺拜访其弟文震亨,恰巧文先生也在。文先生持所作之文向钟惺讨教。钟惺敷衍他,事后却说:"像他这样一位老举人,还有什么希望中进士。不如以举人身份选个官算了。"

天启二年,文先生第十次进京参加会试,高中那年的壬戌科状元。按照惯例,文先生入翰林院做修撰,掌修国史,是一个很有前途的官,沿着正常的路径走,日后做阁臣甚至首辅也是可以期许的。然而,不过几个月,这位新科状元便在当年十月——其时已经四十九岁,接近天命,不是年轻的毛头小伙了,却依然热血沸腾,指斥魏逆乱政,上了一道《勤政讲学疏》,大意是说,现在四方多难,无岁不蹙地陷城、覆军杀将,此乃上下卧薪尝胆之日。如果因循粉饰,将使祖宗创立的基业日月削弱,希望陛下打破常规,振作精神,鼓舞天下豪杰共同勤力。他在奏疏中写道:

"陛下昧爽临朝,寒暑靡辍,政非不勤,然鸿胪引奏,跪拜起立,如傀儡登场已耳。请按祖宗制,唱六部六科,则六部六科以次白事,纠弹敷奏,陛下与辅弼大臣面裁决焉。"

建议熹宗伯伯远离魏逆一伙,摆脱他们的控制,按照大明的以往制度,和臣下共同议事,与辅弼大臣当面裁决政务。

魏阉明白这道奏疏的锋芒指向,采取了搁置不奏的办法。一日,在熹宗伯伯观剧时,魏阉摘引奏疏中"傀儡登场"一语,指出这是把伯伯比为傀儡,是对上不敬,不杀无以示天下,伯伯听了点点头。这

039

是魏阉的惯用伎俩，总是在伯伯做木工活时上奏，伯伯正忙得不可开交，便挥挥手说，你看着拟旨吧，由是中了魏阉的计。

过了几天，魏阉传旨，将文先生推到廷下打了八十板子。首辅叶向高正在休假，次辅韩爌极力为他辩争，庶吉士郑鄤再次上疏，熹宗伯伯（其实是魏阉）下旨，把文与郑贬官到外地。谏官们纷纷上疏论救，伯伯也不予采纳。文先生索性不去调任之地，径直回家读书去了。后来，熊廷弼的事又牵扯到他[2]，文先生再次被贬，贬为普通百姓。

文先生走路一瘸一拐，就"得益于"那八十板子[3]，居然未死已是奇迹。可见上苍佑护好人，当然也是老先生命大！

父皇改元那年，以侍读身份，将他召回来，不久升为左中允，充日讲官。翰林院编修是从六品，左中允是六品，升了半格。

那只手炉，不知道大伴是何时交给父皇的。后来听说，那只手炉不知道什么原因被丢在皇极殿里，每当初一子夜便在殿里转动，发出"豁朗豁朗"的声响，有时竟然跳上金台，跳上龙椅，然后又跳下来，再跳上去，复跳下来围绕黄金的柱子"霍霍"旋转，时不时发出一声叹息。宫人们多次听到这些奇异的声响，打开殿门却什么也看不到，而宫殿外面月朗星稀，什么声音也听不到，只有丹墀边缘上的雪白栏杆，投出层层叠叠曲折透明的茶色暗影。

是不是这样，我不知道。但我再也没有见过那只手炉则是真真确确，而且大伴再没有说起过那只手炉，也许他认为根本没有必要说。

注释：

[1] 钟惺，万历三十八年，庚戌科进士，竟陵（今湖北天

门市）派的代表人物。

[2]万历时，熊廷弼视学江南，场规严苛，诸生哗然。熊廷弼说："本院千军万马尚且不怕，还怕尔等诸生乎？"文震孟与试，最后交卷，熊廷弼坐以待之。写完了文章，文震孟高声朗读，拍案喊道："此文要吓杀老熊矣。"熊廷弼大怒，要责罚他。文震孟说："通场如果能寻出有胜于我这篇文章的，您再责未迟。"结果文震孟的文章果然被取为第一。

后来熊廷弼被冤杀，有人写诗悼念被捕，波及文震孟。

[3]《日下旧闻考》卷三十三《宫室》引《明刑法志》：

"故事：凡杖者以绳缚两腕，囚服逮赴午门外，每入一门，门扉随合。至杖所，列校百人衣襞衣，执木棍林立。司礼监宣驾帖讫，坐午门西墀下左，锦衣卫使坐右，其下绯而趋走者数十人。须臾缚囚定，左右厉声喝。喝搁棍，则一人持棍出，搁于囚股上；喝打，则行杖；杖之三，则喝令著实打；或伺上意不测，曰用心打，则囚无生理矣。五杖而易一人，喝如前。每喝，环列者群和之，喊声动地，闻者股栗。凡杖，以布承囚，四人舁之。杖毕，举布掷诸地，几绝者十恒八九。"

又《查浦辑闻》：

"午门廷杖，司礼监、锦衣卫使分坐左右。列校行杖者之轻重，匪独察二人之语言辨其颜色也。黠者每视其足，足如箕张，则囚可生；靴尖一敛，则囚无生理矣。闻诸恶少年习行杖时，先缚草为二人，一寘砖于中，一纸裹其外，俱以衣覆之，杖寘砖者视之若轻，徐解而观，则砖都裂，杖纸裹者视之极重，而纸无伤，能如是则入选。"

综合以上两文，廷杖的经过大概是这样：

1. 行刑的地点在午门西侧平地。司礼监长官坐在左侧,锦衣卫长官坐在右侧,监督廷杖;

2. 司礼监宣读驾帖(皇帝下谕,刑科盖章后的文书);

3. 行刑者穿红色带褶的衣服,一百人站成两排,每人手里持一根木棍,犯官(此时被视为囚犯)被捆缚在一张大布之后,这些人齐声厉声高呼;

4. 有人喊,搁棍,将木棍搁在犯官的大腿上;

5. 喝打,开始行刑;

6. 打三棍后,行刑者根据指挥者的话决定犯官的生死。喝令"着实打"者,尚有生还希望,喝令"用心打"者,则无生还机会。指挥者不仅发布指令,还通过靴子的姿态暗示犯官的生死,足尖开张,则犯官可生;足尖并拢,则犯官必死;

7. 开始正式打,打五次棍子换一名行刑者,打时还要高呼,环列者群和之;

8. 打完了,"以布承囚",四名行刑者将犯官高举之后掷在地上,被打的犯官十有八九被打死了。

明代在午门前廷杖,以正德和嘉靖两朝最多最狠。正德十四年群臣劝阻武宗到江南游幸,武宗暴怒将一百四十六位官员押出午门廷杖,当场打死十一人。嘉靖三年,世宗为亲生父母争帝后名分,将上书反对的一百三十四位官员全部廷杖,当场打死十六人。

虽然如此,也有不怕死的官员,杨继盛因为疏劾奸相严嵩被诏杖一百,"或以蚺蛇胆遗之,谓服之可以御杖。继盛曰:'山椒自有胆,何必蚺蛇哉!'"

2

我至今记得太奶奶和母后她们打马吊牌的情景。

太奶奶是神宗太爷爷的妃子,其时封为昭妃,是神宗太爷爷唯一在世的遗孀。天启伯伯与父皇两朝,太奶奶作为太妃,住在慈宁宫掌管太后宝玺。父皇即位时,太奶奶已经七十一岁了。太奶奶为人端谨、敦厚,善待诸王,对父皇尤其慈爱,因此在宫中很有威望。父皇视其为祖母,我们这一代(我、太子、三弟、四弟)则叫她太奶奶。母后、张后(熹宗伯伯的皇后,我的婶子)、袁妃也愿意和她来往,时不时到慈宁宫打马吊牌。

关于马吊牌我在后面介绍,我现在先说那天打牌的一个细节性情景。

大概是秋天的一个下午,梧桐的叶子将落未落,金枝槐的枝丫黄得不能再黄,云层暧靆,微雨廉纤,云石阶沿下的白茅草透出些许仲秋的症候,墙脚下的老鹳草蓄谋已久地挤出一条细茎,探头探脑地冒出一朵并不洁白的小花。四处可以闻到冰凉的带有秋日雨季草木味道的潮湿气息。刘妈给我加了一件遍地金的加棉红比甲。打马吊牌的时候,太奶奶上首,袁妃下首,母后与张后相向而坐。因为下雨,殿内的光线有些迟钝而幽暗,我站在母后身后看她们摸牌、出牌。马吊牌总共四十张,整整齐齐垒在桌子中央,打牌的时候,四个人每人先抓八张,剩下的八张放在桌子中央。伸手摸牌的时候,她们的手镯、戒指难免发生碰撞,发出好听的玉石叩击的微响。那些祖母绿、鸽血红、帕帕拉恰什么的,美丽的光泽迸射交织,给人一种珠光宝气的感觉。光,自然是光泽,气是什么?我后来明白了,是指云霞凝结的一种大气现象,将云霞之气与宝石之光遥相对应,真是再好不过的描述。古人有句"昆岗有玉,天有云霞",吟哦的便是这二者的对应关系。她们打牌时也是这样,满宫殿充盈着宝石迸射的光。

吃过晚饭,母后要带我回去,太奶奶不让,说:

"让长平陪我住几天,我喜欢这丫头。"

"要听太奶奶的话。"母后说罢,叮嘱刘妈妈好生照看我,"不许再犯大朝会那样的错误!"

因为擅闯大朝会,我被母后罚跪了一个时辰,面向景仁宫大殿的东墙,刘妈也被罚跪,面向大殿西墙。晚上睡觉的时候,刘妈搂住我亲了又亲,都是刘妈不好,让长平受委屈了,我的小祖宗,你可要长记性。太奶奶听说了这件事,反而夸奖我有出息,长大后肯定是大明朝的花木兰。我当时不明白她这句话是什么意思,现在明白了,可是大明朝已经没了,花木兰还有什么用!

太奶奶和我谈了两天,每次都是单独和我谈,不让任何人参加,刘妈自然也是如此,太奶奶一定找出充足的理由让她离开。太奶奶说,世界上有好人也有坏人,女人有坏人也有好人,坏女人如果有了权,一定是好女人的灾难。"我的好妹妹,你的老祖",她突然哽咽起来,用暗紫色的袖口抹抹眼角,按照为长者讳的原则,我不应该讲这个故事,但是为了把原委说清楚,让后世明白宫斗的血腥与残暴,我还是要写出来。慎重起见,自然是改变笔法为好。

故事大概是这样:

一天,一位少年天子去看望太后——他的母亲,但太后不在,宫殿里只有一个年轻的宫娥。

那年,天子十九岁,风度翩翩;宫娥只有十六岁,正是如花似玉的年纪。天子索水洗手，宫娥端水上殿。天子一下子看上了她，搂住求欢，强迫与宫娥发生了关系。从此再无任何联系。宫娥姓王，不知来自南方的什么地方，总之是一个偏远的地方，至于她为什么做了宫娥，也没有什么明确解释。

好像是上天有意作梗，自那以后，小宫娥的腹部一天一天鼓起来，小宫娥为此痛哭了好几次。这样的情况自然瞒不过太后。宫里有几千名宫娥，但只有一个真正的男人，那就是她的宝贝儿子。但是，儿子不承认。太后拿出内官的纪注，天子的脸顿时红涨起来。太后说，我已经老了，迫切见第三代，如果是个男孩，不是好上加好的好事，祖宗社稷的福佑吗？

"他是都人的儿子！"天子脱口而出。

"你也是都人的儿子！"太后沉下脸来。

天子惶恐地伏在地上，久久不敢起身。

在明朝，内廷呼宫娥为都人，都人是蒙古语，太后也是宫娥出身，因此听了天子的话不由震怒。

十月怀胎，王氏果然生下一个男孩，这就是皇长子。在太后的逼迫下，天子不情愿地把王氏封为妃子，而将宠幸的郑姓女人封为贵妃。天子讨厌这个儿子，喜欢他与郑贵妃的儿子，便将王氏母子发配到冷宫里居住，冷灶寒锅，不见天日。

慢慢地，皇子长大，已经十三岁了。郑贵妃向天子，现在已经是壮年的皇帝，进谗说王氏宫娥的儿子，也就是皇长子品行有亏，"好与宫人嬉，已非复童体矣。"天子于是派使臣去冷宫查验宫女们的贞洁情况。王氏看到来使，号泣说：

"我与皇子十三年住在一起，不敢顷刻分离，就是为了今天，果不其然，该来的终于来了。"

王氏早就担心郑贵妃指摘儿子道德缺失，一直预防儿子出错，每天与儿子睡在同一间房子里。使臣没有查到失贞的宫女，对天子如实报告。

后来，在太后的坚持与大臣的争取下，王氏的儿子被立为太子。但王氏的命运却更加悲惨，被迫与太子分开居住。天子将太子迁居到迎禧宫，不得探视母亲。王氏思念儿子，日夜哭泣，最后哭瞎了眼睛。又过了若干年，王氏病危，太子闻知以后，请求天子允许前去探望。获准以后，太子急忙奔向冷宫，只见宫门紧闭，横着一道黑色的铁锁。太子奋力打开铁锁，进入宫中，见到母亲。已经失明的王氏只能以手代眼，拉住太子的衣袖，摸着他的脸颊说："儿已如此，我死何恨！"之后便断了气。

那个少年天子是神宗皇帝——我的太爷爷。王氏宫娥是我的太奶奶，后来被追封为孝靖太后，安葬在大峪山东麓。她的儿子是我的爷爷，只做了四个月的光宗皇帝。而那座冷宫就是景阳宫，原来叫长阳宫，位于东六宫最东最北的位置。

很快，郑贵妃，见太子的母亲已经故去，便把她的仇恨转移到太子身上。这事我们后面慢慢细说。悲惨的事情说多了，心里不舒服，诸君也会不愉快，人间事本来愉快的不多，我何必多说那些不愉快的往事呢？

我现在把马吊牌说清楚。

上面说到，马吊牌有四十张，可以四人打。去掉十张，这样三个人也可以打。再撤掉二十张，如果是这样，两个人也可以打。

马吊牌有四种花色。即：文钱、索子、万字与十字。

文钱有十一张（尊空无文、半文钱、一钱、二钱、三钱、四钱、五钱、六钱、七钱、八钱、九钱）；

索子有九张（一索、二索、三索、四索、五索、六索、七索、八索、尊九索）；

万字九张（一万贯、二万贯、三万贯、四万贯、五万贯、六万贯、七万贯、八万贯、尊九万贯）；

十字十一张（二十一万、三十一万、四十一万、五十一万、六十一万、七十一万、八十一万、九十一万、百万、千万、尊万万贯）。

不同的花色，绘有不同图案。文钱就是铜钱，尊空无文就是一文不文，一个铜钱也没有，半文是半个铜钱，以此类推，九文就是九个铜钱。索子是指穿铜钱的绳，一索是一贯，一贯有一千个铜钱，折合一两银子。万字是万贯，以万贯起步，到九万贯为止。十字门以二十一万贯起步，至万万贯止步。

十字与万字门每一张牌都画有《水浒传》人物肖像。尊万万贯画的是梁山首领天魁星宋江。一贯是一两银子。万万贯是一亿两银子。大盗有大钱，宋江是梁山盗贼的首领，因此成为万万贯的代表 相当于塔罗牌的"大王"。索子、万字和十字门，均以大为尊，但在文钱门中，却是以空为尊，尊空无文是最大的，标曰"空一文"，画矮足墨靴，或题曰"矮脚虎"，相当于"小王"。如果我制作马吊牌，一定将他的夫人一丈青也画上，这样画面就匀称，有女人味了。宋江是大王，有

047

万万贯,矮脚虎王英是小王,空无一文,光脚的不怕穿草鞋的,两个强盗,一个托底,一个托天,天罗地网,昏天黑地。打起牌来,以大剋小,手中大牌多,出手自然快,最先把牌沽清者,就是赢家。

打马吊牌实质是纸面上的赌博,有时太奶奶她们也下注,一般是二三两银子,最多不超过十两,她们真的没什么钱。如果她们有万万贯,大明朝何至于垮台呢?!

太奶奶、张后、母后都是打马吊的高手,但在袁妃面前,她们就差了一截。在袁妃,无论手中的牌有多坏,她都能够尽早脱手,尤其是在太奶奶遇到困境时,她总能不动声色地予以援手。因此,太奶奶最喜欢和她结对。

不知什么原因,田妃很少来太奶奶的慈宁宫,而且从不打马吊牌,也许她另有打牌的伙伴,只是我不知道而已。

3

今天是经筵会讲,地点在文华殿。

为了今天的会讲,父皇昨天沐浴斋戒后换上皮弁服,向九圣、周公与孔圣的神位行奠告礼。

九圣,是指皇师伏羲、神农、轩辕氏、帝师陶唐氏、有虞氏,王师夏禹、商汤、周文王、周武王,九圣皆南向。周公西向,孔圣东向,他们的神位都供奉在文华殿东室。父皇把羹、酒、果、脯、帛一一供在他们的神位前面,之后又一一施礼。

关于皮弁服,我要在这里向后世的读者(如果你们有幸读到我这些笔记)啰嗦几句,那是仅次于大典时穿的礼服,大朝会那天,父皇穿的是冕服,皮弁服相对冕服低了一个档次。从头到脚,简单地说是进贤冠、绛纱袍、革带、玉佩、白袜、黑履。在历史上，进贤冠是用白鹿皮制作的，白色的鹿皮有些浅黄色的绒毛，远远看去发出淡黄的色调。后来用黑纱制作了，帽子前后有十二道褶，每道褶上镶嵌贵重的玉石，这样的帽子称进贤冠。绛，是大红颜色，俗说大红难工，能成者方为巧工。刘妈妈每次看到父皇的绛纱袍，都啧啧赞叹，说这样的颜色，只有天帝的女儿才可以漂染，在这样的颜色面前，什么龙啊，斧啊，华虫啊，海涛啊，十二章啊，统统没有任何意义了。我也想有这样一件绛纱袍，可惜这样的想法只能在依稀的梦乡里向刘妈妈说，刘妈妈的回答是赶快睡觉！

那一天，礼成后，父皇回到乾清宫，读孔圣的《鲁论》，我问他为什么一定要读《鲁论》，他说这是《论语》流传在山东的本子，最接近孔圣的原旨。又说，这是文先生指定的本子，为明天会讲做些预习。父皇读书成癖，举凡停留的地方都放些书籍，以备随时阅览。有词臣作诗称扬他是"居然风度是书生，坐处旋闻洛咏声"，如果参加科举考试，也会金榜题名。父皇最熟悉的是《论语》，最不熟悉的是《春秋》，而极想听到这方面的指导。然而，温体仁迟迟没有提供讲解《春秋》的大臣。催了几次，始终没有结果，也就不好再催。

父皇说，经筵是太祖爷爷制定的规矩，每年二月中旬到四月下旬，八月中旬到十月下旬，熟悉经书的大臣要给皇帝进讲经书。平日日讲，逢二（每月的二、十二、二十二日）会讲。会讲时除了进讲的大臣，还有贵族勋戚、内阁学士、六部尚书、都御史、大理卿、通政使、鸿胪卿、锦衣卫指挥使，以及负责仪式的御史、给事、序班与鸣赞官等人。讲官和四品以上官员穿绣金绯袍，御史以下着绣金青袍。

经筵在文华殿。文华殿是一座工字形建筑，有前后两殿，前殿称文华殿，后殿称主敬殿，二者之间是一道穿廊。文华殿内横书一匾，上面写道："学二帝三王治天下大经大法"十二字。据说出自神宗太爷爷的手书。会讲在文华殿内，日讲在穿廊里。日讲与会讲不同，日讲规模小，君臣共用一张讲案，讲案上只放一部书，书放在皇帝面前，讲官只能倒着看书上的字。讲官手持一根红色牙签，诵读或者讲解到哪里，便用红色牙签指向哪里。

因为是经筵，导驾的将军们也变得斯文起来，刘妈撇嘴说什么斯文，不过是"猪鼻孔插葱"罢了，那些将军，在那天说话也有意低声细语，假醋酸文的，不穿甲胄而改穿袍服，带队的勋戚也改穿金绣蟒袍，但将军们依旧手持金瓜一类武器，刘妈称哭丧棒。

父皇来到文华殿，见将军们已经在东西墙下站好，御座东南摆着御案，下方是讲案，各放着一部经书和一份讲义，书的封面上赫然刻着"鲁论"两字，便向王承恩点点头说："进来。"王承恩示意站在殿门两侧的将军打开殿门，勋戚和朝臣从东西殿门进来后相向站立；六名负责朝会礼仪的御史、给事与序班，在中门两侧向北站立。序班是鸿胪寺的基层官员，站好之后，两人将御案举至御前，从东西走来两个司礼监内侍，接过御案，放至御座前面。御案蒙着桌帷，正面是青绿团花锦，立面是小团花图案与赭黄颜色的龙。御案上放着两条金尺，用以镇压讲章。

御案布置停当后，在其下面放好讲案。赞官呼唱：

"进讲。"

身着绣金绯袍的两名讲官出班相向站立。面西的是文震孟先生，面东的是哪位，我现在记不起来了，父皇说，面东的那位，无论是口才还是学识皆平平而不见精彩。说话间，身着绣金青袍的两名展书官走出班来，右边的不动，左边的走到地平，膝行至御案前，将《鲁论》和讲义打开，用金尺压住退下。文先生给父皇施礼后开讲。

今天的主讲是"仁"。他说,樊迟问稼,孔圣说我不如老农;又请学圃,孔圣说我不如老圃;问仁,孔圣云"爱人"。所谓"爱人"者,即是体恤下民。父皇点点头,赞赏文先生所讲,剀切简要深得夫子精髓。

"有一点不明,"父皇问,"孔圣论仁之处颇多,诸如克己复礼为仁,天下归仁之类,为什么又说夫子罕言仁呢?"

"陛下所说极是。圣人并不罕言仁,只是弟子的理解不同而已。理解者不认为罕言,不理解者则认为罕言耳。"

"老先生所说极是。"父皇笑了笑,"但朕仍有一点不明,请问何者为命,何者为仁,二者如何区别?"

"这个么,"文先生沉吟了一会儿说,"二者总是一理,在天者为命,在心者为仁,上天以好生为德,以仁为是,根本上是没有区别的。"

"那么,一日克复,则天下归仁,修己以安百姓。就是这个道理么?"父皇问。

"圣上洞彻明鉴。"温体仁出列说,又出来几位辅臣,一位说,"帝王学问,只是明德新民。"另一位说,"明明德于天下,便是天下归仁了。"听了这些话,父皇不禁欣喜,不觉把左脚放在右膝之上,没想到文先生却不再讲了,他这时正好讲到《尚书·夏书》中的五子之歌,只是用眼睛直视父皇的左脚,拱手说道:

"为人上者,奈何不敬?"

这是五子之歌第一首的最后两句。

又拱手说:

"为人上者,奈何不敬?"

再拱手说:

"为人上者,奈何不敬!"

文华殿内一片静寂,穿绯袍与穿青袍的朝臣们都低下头不再说话。静寂中只感觉御座前金鹤嘴中所衔线香冒出的微细香气,在空气里一丝一丝缭绕地凝滞。在香气的凝滞中,只听到文先生不停地重复:

"为人上者,奈何不敬!!"

"为人上者,奈何不敬!!!"

他的声音越来越高,金色的梁栋上面,浅紫色的灰尘似乎都被震落下来。父皇倏然憬悟,急忙用衣袖遮住,把左脚慢慢移下来。文先生这才继续开讲。

按照祖宗的规矩,讲官讲经时,皇帝必须端坐,如果有失仪容,讲官便要警戒提示,直到皇帝醒悟才恢复讲经。优秀的讲官讲经时,往往要有所"献替",结合经义对时政得失有所讽谏,因此讲官不仅要为皇帝讲解儒学经义,还担负着匡正君主得失的责任。所谓天下事,宰相当言,但不得言时,御史当言,也不得言时,讲官却可以言时,"不怕言官言,就怕讲官讲",因为讲官有经义依据,又处于帝师之位,他们的讽谏,皇帝不能不重视。皇帝当然可以在经筵上提出问题,寻求答案,也可以说明自己不同于讲官的观点,但是即使讲官水平低劣,皇帝感到不快,也不能当场流露,只能在事后提出。经筵时讲官所受的优礼,乃是多年历史传统淀积的产物。

然而,凡事总有例外,讲官的尊崇待遇,也得看是什么皇帝。武宗爷爷顽皮好动,现在有学者说他是快乐的皇帝,不知这些人的三观怎么会如此颓废!听讲官讲经,对武宗爷爷已是极大折磨,每次都是耐着性子听完。如果讲官还要说些时弊的话,他就更烦透了。但也不好当面发作,只能事后对那个坏太监刘瑾说:"讲经就够折磨人了,怎么还添出那么多废话！"

有一天他干脆放了讲官李廷相的鸽子。那天，李廷相当值会讲，刚刚开讲，不知武宗爷爷哪根神经搭错了位置，突然跳下宝座，退到屏风后面，离开文华殿。内侍、将军、勋戚与朝官也都随之退出。武宗爷爷传话让这些人散了回家吧。他去西苑荡舟游玩去了。只有李廷相依旧兀立在讲案前面，晚间也没回家，在内臣的房间里休息。次日继续进讲，大家以为李廷相一定劳乏了，没有想到开讲时，李廷相依旧声音洪亮，理智详明风采不变。武宗爷爷没有料到会是这样，又惊又愧又喜。而李廷相的讲经也出奇好，题目是孟子的"君孰与不足"，武宗爷爷深有感悟。因为这个缘故，让李廷相到内阁办事，也就是入阁，这是上天掉下凤凰一样的好事，朝臣们到他家致贺，李廷相却不为所动，说讲经是我分内事，讲好是应该的，讲不好是不应该的。我没有什么积劳，不应该因为讲经受到圣上的恩宠，而拒绝入阁。

那天，父皇说，他有一点深受启发。在讲经结尾时，父皇问文先生："请先生教我何以至诚？"

文先生反问道："陛下临朝之时面对群臣，何以存心？"

"至诚而已。"父皇回答。

"退朝之后，面对宫人、嫔御，陛下又是如何存心？"

"以至诚。"父皇再答。文先生又问：

"陛下独居一室，静坐之时，何以至诚？"

父皇面色有些迟疑。

"只这迟疑，已是不可。"文先生说，"诚就是仁，圣人以诚至仁，就是这个道理。孔圣云：大哉乾元，万物资始。一动一静，莫不如此，颜子三月不违仁，就是这个意思。"

听了这话，父皇经筵后对母后说，他当时升起一种豁然开朗、心底洒满月光的清凉之感，不觉说道：

"近来雨旸时若，节令深佳，令人欣喜。"

朝臣、勋戚纷纷出列向父皇道贺，说这是陛下潜心修仁的结果。父皇很高兴地离开文华殿。大臣们也鱼贯退出，来到皇极门东庑吃饭。这顿饭就是经筵之"筵"，是皇上对朝臣讲经之后的馈赠，经筵上的酒食由光禄寺准备。朝臣按照品级面西就座，讲官、展书官以及抄写讲义（讲经的讲官要预先写出讲义，再由书法好的翰林抄写后送至内阁审批）的官员则坐在同一品级的官员之上。按照祖宗规矩，有经就有筵，但嘉靖、万历爷爷多年不临朝，也就没有经筵，以至有些没出息的官员抱怨，不讲经也就算了，没什么损失，吃不上光禄寺大厨的筵席则损失太大。因为照规矩，大臣的仆人可以将筵后的剩余酒食，也就是"馂食"打包回家，一来可以节省自己的花销，二来也可以请家人品尝光禄寺的美味。

皇帝不临朝，这些都被大风吹啦。

4

夜。

月光从华丽如梦的屋脊上滑落下来，流淌在乾清门广场的光影里，一半是铁灰，一半是银灰色。

一只夜鸟从西边的宫阙飞来，移动地投下透明的铁锈一样颜色的斑影。夜鸟翅膀羽毛的边缘飘动着，被半残的月光投射出参差苍褐的光。

父皇端坐在乾清门前廊的东侧。黄昏时，忠勇营提督太监涂文辅带着六个小黄门来到信王府，说是奉皇后懿旨、大行皇帝的遗诏请他进宫御位,本来很快就可以到,但不知何故绕来绕去,来到乾清门时宫门已然关闭了。涂文辅穿了一件红贴里,绣了满身金虎,光耀射目,晃得父皇的眼睛有些疼。他们陪着父皇在乾清门前恭立,大约有半个时辰,涂文辅吩咐小黄门搬来桌椅,请父皇坐下,又让小黄门点燃一支蜡烛,便辞别而去。随着涂文辅起身告辞,他满身咆哮的金虎也波浪般消融在残阳最后的光迹里。不久,小黄门也相继告退,只丢下父皇一人枯坐在乾清门的前廊下面。

时令已过中秋,月光不再撩人,夜色也不再温柔,仿佛山谷中的一潭碧水,安静而使人感到寒意。突然,父皇听到门板后面响起了鼾声,分明是值夜的内侍抵抗不住困意了。乾清门是内廷与外朝的分界线。以内,夜间只允许一个成年男人睡在里面,这自然是皇帝。然而,任何话都不能说满。乾清门以内的夜晚,关于男人的数量,也只能是理论上的,现实是除皇帝外,乾清门里还有两个值夜男人。一个是为皇帝记述起居的记注官,另一个是太医院的太医。这两个男人一个住在乾清宫的西庑南侧,另一个住在乾清宫的东庑南侧。在西庑值班的男人不得走下东台阶,有内侍监视;在东庑值班的男人则不得走下西台阶,也有内侍监视。

父皇听到的鼾声原本只是轻微的断续之声,突然不知为什么,鼾声发作起来,而且每一座宫殿都传来了鼾声,一瞬间鼾声如雷,整个宫城变成了鼾声制造工厂。父皇震惊地揉揉眼睛,凝望月色依旧皎洁,只是略微有些西斜,银河隐约,星光迷乱,启明星却明丽起来,战栗着淡蓝的光泽。但是很快,浅灰的云层雾霭似的从西边天际慢慢爬上来,略带暗紫色阴影的天空不那么明亮了。阴影里疾步走来一个内侍,不是路过,而是有意识地走过来,登上乾清门西边的台阶,父皇下意识地摸摸靴筒,里面装有一把刀锋上涂满毒液的匕首。

中秋前,熹宗伯伯病重,先是召见群臣,之后召见父皇。父皇走进乾清宫西暖阁,向熹宗伯伯请安问疾,熹宗伯伯不说话,只是看着父皇,端详了一会儿说:

"皇弟如何这等消瘦?要多加保重珍摄。"

看着伯伯,父皇只是跪在地上呜咽。过了一会儿,伯伯又说:

"吾弟当为尧舜。"

听了这话,父皇惊惧不已,伏地不起,沉默了很久说:

"臣死罪,陛下为此言,臣当万死。"

"吾意已定,皇弟不可推辞。"

"臣死罪,死罪。"

看到伯伯憔悴的脸色,父皇的眼圈有些发红,他强忍住泪水,不让它流下来,忍了一会儿,实在忍不住了,举起袖口擦拭眼角。七年前,伯伯继承大统时,特意来看父皇。父皇那时年幼懵懂,问伯伯:

"皇帝是个什么官儿?"

"不知道。肯定是个大官。"

"这个官儿我可做得?"

"我做几年,当与汝做。"

"皇帝管什么呢?"

"不知道。"

那一年伯伯十六岁,父皇十岁,都属于心智没有发育的年纪。谁料到竟然会是今天这样生离死别的结局呢?

在客氏与魏忠贤的威权面前,父皇一向深自韬晦以避祸。他在信王府邸时,总是摆出与世无争的姿态:衣冠不正不见内侍,坐不倚侧,目不旁视,不疾言不苟笑,用一种木讷的姿态消除魏忠贤的疑忌。听到熹宗伯伯的话,父皇自然要推辞。但是此时,上苍留给熹宗伯伯的时间已经不多，据熹宗伯伯的实录记载，熹宗伯伯先是慰勉再三，之后再三叮嘱父皇两件事。一件是"善视中宫"，一件是"继续重用魏忠贤"。中宫是熹宗伯伯的皇后，我的婶婶。父皇对他的嫂子一向尊重，视之如母。对魏忠贤，早已恨之入骨，但是在当时的场合，自然不会拒绝。在父皇看来，魏忠贤犹如瘟神，躲之唯恐不及，怎么会重用呢？

大明朝有三个权阉，一个是英宗朝的王振，唆使英宗爷爷出关与瓦剌打仗，失败后成为俘虏，他也成了战场上的亡魂孤鬼。一个是武宗爷爷时期的刘瑾，权力大得头脑发昏乃至造反，失败后被绑到西市，吃了3600刀。与他们不同，魏忠贤是借助客氏攫取权力的。客氏是熹宗伯伯的乳母，而熹宗伯伯昏聩弱智，被客氏控制。魏忠贤通过与客氏结为菜户——内侍与宫女结为夫妻，而获得权力。他们意有所图，为了长久控制熹宗伯伯，魏阉与客氏勾结，用尽一切手段迫害怀孕的嫔妃，就是张皇后，我的婶婶也不能幸免。熹宗伯伯本来有三个皇子，都因为魏、客造孽而夭亡。

婶婶为人正派，看不惯客氏与魏阉的专擅、跋扈、阴毒，曾经把客氏召到中宫，想要以法惩治她，但被熹宗伯伯保护下来。一日，伯伯在坤宁宫看到书案上放有一册图书，问婶婶看什么书。婶婶说，《赵高传》。伯父听后沉默不语。这件事被魏阉侦知了，认为这是影射他而怒不可遏，次日便在宫内帷幕后面埋伏了数名甲士，然而不知是什么原因，也许是有意让伯伯发现，而被搜查出来，看到这些甲士身怀利刃，伯伯大怒，下旨将这些甲士押送东厂审讯。魏阉窃喜，妄图借题发挥，诬告婶婶的父亲张国纪"心存叛逆，谋立信王"，以此废掉婶婶，册立侄子魏良卿的女儿为后。司礼监掌印太监王体乾一向听命魏阉，这次却极力劝阻，对魏阉说：

"主上糊涂，做事从来昏愦，但是独于夫妻、兄弟情义不薄。此事如果处理不好，我辈就没命了。"王体乾的原话是"无噍类矣"，没有活口了。

听了这话，魏阉大惊失色，匆匆杀了那些甲士灭口。

天启三年，婶婶有孕，客氏与魏阉把她身边的人统统撤掉，换上私党，婶婶偶然腰疼，宫娥给她按摩，用力捶击使得婶婶流产，打下的竟是一个将成形的男孩。

慧妃范氏，不久也生了一个儿子，这是伯伯的次子，伯伯喜出望外而大赦天下，但是不到一年又死掉了，慧妃由此失宠。

后来，裕妃张氏也怀孕了，伯伯特意为她举办了铺宫礼。裕妃无意中得罪了客氏与魏阉，这二人便矫旨将裕妃幽禁别宫，把她身边的宫女全部逐出，并断绝她的饮食。一天下雨，裕妃饥渴难耐，匍匐在地上，爬到屋檐下面喝滴落的雨水，喝了两口慢慢死去，腹中的婴儿也夭折了。

成妃李氏负责伯伯的寝居，同情慧妃代向伯伯乞怜，伯伯心生悲悯，客氏和魏阉知道以后，矫旨将慧妃幽禁。有鉴于裕妃惨死的前例，慧妃预藏食物，把食物藏在檐瓦砖缝里，半月不死，被放出来后贬为普通宫人。客氏和魏阉仿佛专吃小孩的恶魔，而且是专吃宫中男孩的恶魔，把伯伯的孩子都吃光了。

伯伯病危之际，阉党中有人向魏忠贤献计：诡称皇后有孕，暗中将魏良卿之子抱入，或者客氏之子侯国兴的儿子，采取狸猫换太子的方式，由魏忠贤辅佐，进而效仿西汉末年王莽，以辅佐孺子婴的方式过渡登上帝位。魏阉派人向婶婶吹风，婶婶断然拒绝，说："从命是死，不从命也是死，同样是死，不从命还可以见二祖列宗于在天之灵。"

婶婶把这件事告诉了伯伯，伯伯再糊涂也明白这个道理，于是秘密召见父皇。据说，父皇再三推辞，伯伯急得拍打炕沿，大殿内灯烛荧惑，浅红的灯花突然跳了一下，爆出一股苍褐色的烟缕，在接近天花的地方慢慢稀薄幻化，天花上圆鼓心内的金色行龙随之闪烁了几下，仿佛要从殿顶上爬下来。父皇趴在地上不停磕头。这时，婶婶素颜、淡服从屏风后面缓缓走出来说：

"事危急矣，皇叔万勿推辞！"

听了这话，父皇不禁呜咽流涕，这才俯首受命。

次日伯伯驾崩，婶婶立即传下遗诏，命英国公张惟贤等人迎立父皇。魏忠贤原想密不发丧，徐图后计，没料到婶婶棋先一步，这才不得不对外宣布：

"召信王入继大统！"

今天，父皇原以为是英国公张惟贤前来迎立，没想到来的却是忠勇营的提督太监涂文辅，不禁警觉起来。母后看到这个情景，让父皇少候，从内室取出手帕裹住一张白面烙饼（史书作"麦饼"），偷偷塞进父皇的衣袖。我后来听母后说，婶婶在宫中再三秘嘱父皇："勿食宫中食！"而那张烙饼是外祖母亲手烙的。

那个内侍很快登上台阶，向父皇下跪，说：

"奴才奉刘老娘娘之命前来守护陛下。"

父皇盯着他，一时不知说什么好。那个内侍很年轻，眼神流利，脸蛋白白的，过了一会儿，问他姓名。内侍说：

"奴才姓王，贱名承恩，北直省顺德府邢台县人氏。"

"伴伴在刘老娘娘处做何事？"

"奴才略识几字，寄在曹（化淳）公公名下，分发在刘老娘娘处做提督之事。"

"你是曹伴的人?"

"是的。"

曹化淳是司礼监掌印太监王安的人,后来进入信王府陪伴父皇而依为亲信。天启伯伯初年,魏忠贤依附王安名下的魏朝,获得王安的信赖。客氏先是与魏朝好,后又与魏忠贤好,为了争夺客氏,魏朝和魏忠贤爆发矛盾,王安支持魏忠贤强迫魏朝离开客氏。王安刚直疏放,身体多病,与天启伯伯不能经常见面,而逐渐疏远;客、魏则整天与天启伯伯泡在一起,日渐得志,图谋陷害王安。魏忠贤尚有不忍之心。客氏说:"你难道要留后患吗?"魏忠贤于是唆使给事中霍维华弹劾王安,定罪发配到南海子做"净军",也就是从事淘粪工作,又安排一个与王安有旧怨的太监刘朝做南海子提督。王安到了南海子,刘朝已经在任上,便断绝了他的饮食。王安饥饿难耐,取篱笆里的葫芦吃,三天不死,刘朝就派人打死了他。曹化淳也受到牵连,被魏忠贤发配到南京戴罪。听到曹化淳的名字,父皇对王承恩的警觉不禁放松,微微笑着,继续问他:

"你的腰刀可否借我一阅?"

"正要献与陛下,这是刘老娘娘特命奴才献与陛下的。"

王承恩把刀从腰间解下,跪下双手举过头顶献给父皇。父皇猛地拔出来,眼前立即爆出冰冷斑斓的锐利光芒,暗红的烛焰也随之昏黄地抖动了几下。

"这是成祖爷爷在大漠征战时用过的刀。每当月圆之夜,这柄刀便在刀鞘里嘶吼,迸出烂银的光,顺着刀鞘淌出几滴黑血。"

"是这样?"

"是的。成祖爷的刀快得很,一刀挥下去,可以砍断碗口粗的树干。"

"怎么会在刘老娘娘处？"

"那年慈宁宫闹祟，神宗爷爷将这把刀拿来做镇物，放在宫中一直未动，昨夜刘老娘娘命奴才取出这把刀，让我专程赶来交给圣上，佑护圣上平安。"

抚摸着错金的刀柄，父皇感到胆子有些强壮起来。

星光逐渐冥迷、晦暗，倏地从鬼魅般的暗影中，蹿出一只黑乎乎狗一样的东西，三步并作两步冲上台阶，"嗷"的一声向父皇奔来。父皇下意识躲开，顺势一刀砍下去，手起刀落，把那个东西砍为两截。王承恩举起蜡烛，原来是一只黑眚。尖嘴、金眼睛，有金钱豹那样大，嘴边胡须硬扎扎的宛如钢刺。黑眚的头颅虽然已经离开身躯，却依旧向前冲，突然奋力地向前一跳，咬住父皇的袖角，王承恩急中生智抓起烛台，把燃烧的红蜡烛戳进黑眚的右眼角，黑眚惨叫一声松开嘴跌落在地上，王承恩顺势把黑眚的头踢下台阶，向父皇跪下道：

"陛下真乃成祖爷复生！"

过了一会儿，又跪下三叩首道：

"陛下真乃成祖爷复生！"

父皇看着他不说话，只是暗自觉得心跳不已。

黑眚是一种不祥之物，有人说是一种戾气而源于水，水在五行中处于北方属黑，因此叫黑眚。也有人说是一种妖兽，状类犬狐，还有人说是一个黑皮肤的小人。无论是何物，对百姓都是灾难，而且它们往往以儿童为吞噬对象。因为儿童的骨头脆，皮肤嫩，肌肉细，汁水多。成化年间，宪宗爷爷临朝时，多次出现黑眚，一次是成化七年四月丙辰，天降黑沙，色如黑漆，蔽天而来；次年在山东的临清、德州一带又出现了黑眚，从西北向东南蔓延过来遮住太阳，把白昼变成了黑夜。最可怕的是成化十二年七月庚戌，根据宪宗爷爷的实录，我做一次文抄公，说明不是我不负责任的编造：

> 七月庚戌，京师黑眚见。民间男女露宿，有物金睛修尾，状如犬狸，负黑气入牖，直抵密室，至则人昏迷。遍城惊扰，操刃张灯，鸣金鼓逐之，不可得。帝尝朝奉天门，侍卫见之而哗，帝欲起。怀恩持帝衣，顷之乃定。

黑眚有金色眼睛，长尾巴，长得像是狗或者狐狸，与父皇所见的一样。黑眚裹着黑气从窗户潜入百姓室内，使人昏迷，整个京城都被惊扰了，但是捉不到它。黑眚甚至闯进皇宫的奉天门，侍卫们都惊呼起来，其时宪宗爷爷正在奉天门办公，受到惊吓想躲避，内侍怀恩——司礼监秉笔太监，胆子大，拉住宪宗爷爷的衣角，过了一会儿才镇静下来。

宫城里房子老，数百年了，空房子也多，藏匿一些成精的动物原不算什么，但是后来阉党中人说，这是魏忠贤与客氏豢养的黑眚，在那晚被放出来欲加害父皇。

哪里料到父皇神勇！

父皇后来知道了，涂文辅所以不带他径直到乾清门，就是要故意绕来绕去拖时间，从而让父皇在乾清门的前廊下过夜，以便黑眚袭击。涂文辅迟迟不归的原因是，在他向魏忠贤报告后，魏阉害怕事情败露，派力士把他勒死了。魏阉豢养了几个心狠手辣的力士，他们有许多杀人方法，之一是诱使被杀的对象回头看，趁机掏出一根红色短绳套在其脖子上，他们称为法绳，然后向后一背，背在自己的后背上，顷刻之间将人勒死。这个方法，他们叫"背娘舅"。

那六个小黄门也被连夜派到南海子做苦役，过几天找理由处理掉了。

但是黑眚的事，涂文辅并不知道，那是阉党中另外人所为。说来可怕，这个涂文辅还是阉党的核心人物，客氏的儿子侯国兴就拜他为师学习。侯国兴肥蠢异常，口甚小而神志不清，有嗜睡之病，与人共坐，还没打哈欠便已经进入梦乡。因此用他的儿子狸猫换太子，魏忠贤也并不反对。

夜色之中，深灰夹杂浅白的云朵奔涌而来，一层一层交互叠压激荡而大雨将至，父皇这时隐隐听到铜铃摇动的声响，便问王承恩：

"这是军人夜巡的声响吗？"

"是。"

当年，为了保护皇城，在皇城内外设有两重红铺，每处红铺安排十名士兵值守。外面设七十二座红铺，里面设三十六处红铺，总值班室在阙左门，由一名勋臣值守。阙左门在午门左侧，对面的阙右门，在午门右侧。每天夜晚，在里面一重值夜的军人提着铜铃，从阙右门外第一处红铺开始巡行，走到第二处红铺后换人继续传递，如此重复进行，直至阙左门止，次晚复从阙右门开始巡夜。

父皇侧耳倾听了一会儿：

"夜巡的军人十分辛苦，夜间有酒食吗？"

"没有。"

"赏赐酒食的事，由哪个部门负责？"父皇又问。

"光禄寺负责。"王承恩回道。

父皇遂命王承恩传旨，让光禄寺为夜巡的军人提供酒食。过了一会儿，蓦地传来铜铃轰动之音，宛如秋天大河的波浪，同时夹杂军人的欢呼，关于这个欢呼，史官的记载是"欢声如雷"。而这时，从西北方向也传来殷殷雷吼，云层里闪烁着金光沸沸的电光，仿佛有万千军马在那里奔腾驰骋,紫禁城里苍暗的金色屋顶"哗哗"地发出密集爆响,大雷雨骤然而至了。

惊雷和闪电不停地在蓝墨色的夜空里爆炸,犹如万千金伞接连地打开、收拢,再打开,再收拢。

那一晚,母后在信王府一刻不停地为父皇祈祷,外祖母在廊下不合眼地盯着那雨水瀑布一般滚落下来,唯恐父皇有丝毫闪失。今天忆起,历历如在目前,哪里想到已是六十年前的如烟往事。

行文至此,宁不戳人泪腺乎?

第三章　荡秋千的猫

1

二月二，龙抬头。

从这一天起，龙王不再蛰伏，开始行云播雨了。

按照习俗，这一天要吃猪头肉，以抄手胡同的华家煮猪头最为有名，据说蓟镇一带将帅，甚至派遣士兵三百里加急跑来购买。有文人说这是当日太平盛况的写真，我却觉得有一种说不清道不明、五味杂陈的滋味。为了满足口腹之欲，动用抵御建虏的勇士与铁骑，依靠这样的将帅镇守边地，大明朝还能有什么指望？

在这一天，宫里还要吃河豚，饮芦芽汤，以解其"热"。所谓热就是毒。微热可解，大热就不行了。河豚鲜美，但河豚的卵、眼睛与内脏有毒，处理不干净，吃下去是要死人的，而且河豚来自江南，父皇出于安全与节省把这个习俗改掉了。然而，芦芽汤却保留下来。芦芽是初春时，从田里冒出不超过十日的芦笋尖子，颜色碧绿只有手指粗细，透出一股清新的略微有些青涩气息，原本也是产自江南，后来京师菜户营的农民把它当洞子活〔暖房里种植〕培植，免掉江南进贡了。

临近中午的时候，母后派来四个小黄门送芦芽汤。小黄门穿青色长袍，戴砂锅片，排成两行托着芦芽汤慢慢踱来，很有仪式的感觉。带头的是内使乐勇，刘妈和他很熟，原因是他与刘妈的儿子刘俊鼎熟悉，儿子的朋友母亲也就熟稔了。乐勇与刘妈说了几句话便匆匆告辞，他还要给太子哥哥送芦芽汤，再晚汤就凉了。我要跟着去，被刘妈拦住了。大朝会以后，刘妈防我如同防贼，休想离开她半步。

乐勇带着小黄门走出咸和左门，顺着东一长街向北走，临近广和左门时，突然从广和左门里跑出一只雪白的小猫，一个叫黄廷耀的小黄门一把将它抱起来。这时从广和左门里也跑出几个小黄门，带头的内使叫田豫阶，是田妃手下的得力人物，平时看人总是把鼻子仰起来，人们说他不用眼睛而是用鼻孔看人。看到黄廷耀手里的猫一把夺过去，横了一眼，准确说是横了黄廷耀一个鼻孔：

"怪不得前些日子，宫里总是丢猫，原来贼在这里！"

"你说谁是贼？"

"你就是贼！"

"你不要污蔑人！"

"污蔑？你手里的是什么？"

"是猫，怎么了？"

"我们宫里的猫怎么在你手里？"

"你？！"黄廷耀气得说不出话。他原本是出于下意识将猫抱起来，丝毫没有偷窃的意思。

乐勇对田豫阶说：

"嘴下积德，少说几句吧。"

"嘀，大贼头在这儿呢！"

宫中养猫，我至今没有考证清楚是从何时开始，只知道现在每座宫中都养有若干只猫,从猫的角度说,每一只,或者一群猫都有自己的领地。如果一只猫擅自进入其他猫的地域,往往要发生厮打,少者两只,多者三四只,甚至一群,也就是打群架,于高冷的星空之下,在危耸的宫阙上缠斗悲号。嘉靖爷爷有一只狮子猫,通体毛色微青,但眼睛上侧有两块白毛,号称霜眉。这只猫善解人意,终日追随在嘉靖爷爷身边,每当嘉靖爷爷凭几假寐时,它就相依而卧片刻不离。这只猫很有灵性,即使饥渴便溺,也要等嘉靖爷爷醒来之后才去办理。后来这只猫死了,被埋葬在万岁山北侧,立了一小块石碑,上题"虬龙之墓"。我曾经和太子哥哥、三弟去寻找,却怎么也没有找到。如今宫里养猫成风,雌性的称"丫头",雄性的称"小斯",被骟的称"老爹",有的还有具体名字。黄廷耀抱起的那只白色小猫叫"晴雪",当然是个小丫头,是田妃的心爱之物。不知别人如何看,我是不喜欢猫的,我始终认为猫是不祥的阴柔之物,尤其在闹春的季节,那种哭号的呻吟叫人恐怖乃至绝望。有些刚刚诞生不久的小皇子,听到猫的嚎哭甚至惊悸而亡。天启伯伯的次子,慧妃生育的那个小皇子,未满周岁便夭折了,就是被猫吓死的。但王承恩说不是,猫闹春是有季节的,不会十二个月闹,除非那猫成精!据他说,是客氏差遣心腹小伙,每夜藏匿在慧妃宫中的屋顶上,装猫嘶嚎,有时甚至派两三个小伙,模拟猫在屋顶上打斗跳掷,更有甚者乃至把屋瓦揭开,丢到地上发出爆响,不仅婴儿被吓得整夜啼哭,即便是成人也往往惊惧欲死。

因为要给太子送芦芽汤,乐勇不愿纠缠,推着黄廷耀的肩膀向前走,却没有料到,无论是谁——乐勇,还是田豫阶,都没有料到田豫阶手下的一个小黄门突然冲上来,将乐勇的砂锅片扯下,丢在地上用脚踩。乐勇转过身将砂锅片捡起,放在自己的衣袖里继续向前走。

按照宫中规矩,内侍是分为若干等级的,在太祖爷爷时代,宫中的内侍不过百人，官阶也不高，最高不过四品。后来内侍逐渐增多，竟然有十万之众，官阶也从四品升为一品，形成一个庞大臃肿的宦官体系。当然，并不是所有内侍都有品级，大量内侍是没有品级的，比如小伙之类，从事底层的基础性工作，也就是未入流的小黄门。

官阶不同，内侍的服饰也不同，高级内侍，举凡掌印、秉笔可以戴九梁进贤冠，系玉带，穿红色坐蟒圆领袍服，而小伙等人则只能穿青袍，戴平巾，一种简陋的只有前屋没有后山的帽子，因为没有后山，故而只能在相当后山的位置缀一幅披巾，遮盖绾在脑后的发髻。披巾用罗制成，长一尺左右，俗称砂锅片。

乐勇让黄廷耀他们赶紧去钟粹宫，给太子送芦芽汤，自己则挡住田豫阶与他的小黄门。田豫阶的小黄门依仗人多，围住他拉扯，甚至有人挥拳打他的头，但由于乐勇身材高，打不到，便用脚踹他的腿。正闹得不可开交，高起潜带着几个力士走过来，吆喝道：

"闹什么！"

小黄门不再喷声，田豫阶指着乐勇说：

"捉了一个偷猫贼。"

"怪不得最近宫里的猫丢了不少。"

"我没偷猫。"

"你做了贼还不承认？"

田豫阶趁乐勇分神的当儿伸手向他的脸颊抽去。乐勇躲开，抓住他的手腕，顺手一巴掌将他的鼻子打破，鲜血立即流在他的青色袍子上。高起潜见状飞起一脚，向乐勇踢去，乐勇侧身闪过，顺势抓住高起潜踢来的腿，向后一推，高起潜不禁向后退了两步，高声喊道：

"奴才反了！"

力士们一拥而上，乐勇找个空当钻出去，向北跑，却没料到高起潜早已挡在前面（这家伙轻功不错，从众人头顶飞过来），向前一拥，两手合拢将他紧紧抱住，命力士押送到坤宁宫去。

母后令坤宁宫提督宫桂滋，押着乐勇与黄廷耀到承乾宫，请田妃处置。

照例，田妃应该将乐勇与黄廷耀放还，带着田豫阶与小黄门来到坤宁宫檐下，请求陛见母后而法外开恩。但是，田妃没来，这一天母后数次询问宫桂滋天色如何，得到的回答都是天色未变。问了三次，最后的回答是："老爷儿 在北京话里是太阳之意 已经下山了。"

很快，月光仿佛暗绿的蟾蜍将黄金的檐角，一口一口慢慢吞噬，月光曲折，把岿嶷屋脊的苍绿色阴影，玲珑地投射在暗红的宫墙上。又过了一会儿，月色升高了，明亮地一部分积潴在瓦垄上，一部分滑落下来，沉淀在暗郁的瓦沟里，在黑与银雕刻的光波中，泛起湖水般平静的漪涟。云汉皎洁，宛如瑰丽的雕花玉带，横亘在透明的天穹之上。

宫桂滋开始苍凉地喊："灯烛伺候，小心钱粮"了。

据说，我在这里只能是据说，因为我不在现场，未能身历其境，或者说"推测"更为准确，当晚父皇到承乾宫临幸，田妃向父皇吹了枕边风。第二天清晨，乐勇与黄廷耀便被押解到司礼监经厂大刑伺候。

乐勇趴在条凳上，两个力士一左一右压住他的双腿，又有两个力士一左一右压住他的手臂。一个力士举起板子打他的屁股，一个力士站在对面计算数字，以免多打或者少打。举板子的力士问打多少？高起潜慢悠悠挥手说：

"看着打！"

按规矩，被打的人被打一次要喊："奴才知错了，饶了我吧！"打一次喊一次，表示认罪。打了十板子，乐勇一声不吭，高起潜的脸气得变了颜色，他的脸本来是暗白色的，现在像蜡一样白得发黄，喊道：

"好奴才！再打！"

行刑人将板子高高举起，正要落下，王承恩匆匆走来，喊道："且慢！"把高起潜拉出房间说：

"高监，这乐勇、黄廷耀是坤宁宫的人，总要给坤宁宫面子。"

高起潜在内府没有固定职务，大家都说他"知兵"，懂军事，因此父皇往往派他做监军，监督部队的军事行动（说是监督，其实是剥夺了军事负责人的领导权）。因为这个缘故，大家都称他为高监军，简称高监。

"这个我岂不知？但这是圣意，谁敢违背？"

"行刑之前，你宣告驾帖，杖责的原因了吗？"大伴冷冷反问。

"这个……"高起潜一时语塞。

"来人，宣告祖宗规矩。"话音未落，走出一位刑名老夫子，背书似的朗声宣告：

"内官禁令：

"一、凡内使于宫城内相骂詈者：先发而理屈者杖五十，后发而理直者不坐；不服本官钤束而抵骂者杖六十；内使骂奉御者杖六十；骂门官、监官者杖七十，殴伤者加一等，后应理直而无伤者笞五十。

"一、于宫城内斗殴者：先斗而理屈者杖七十，殴伤加一等，后应理直而无伤者笞五十；不服本官钤束而殴之者杖八十，殴伤加一等；殴奉御者杖八十；殴门官、监官者杖一百，伤者各加一等。

"一、内使有心怀恶逆，出不道之言者，凌迟处死，知情而蔽之者同罪，知而不首者，斩；首者赏银三百两。"

"高监，你的驾帖呢？请问乐勇究竟触犯了哪则律法，他是先斗，还是后斗？他有理，还是无理？他打了谁？是门官、监官，还是奉御，又该打多少板子为宜？这些没有调查清楚，谁敢举起板子！"

大伴知道高起潜是文盲，斗大字不识半升，对律法更是一窍不通，因此搬出了《内官禁令》，怼得高起潜无话可说。发了一会儿蒙，对大伴拱手道：

"谢印公赐教！"

大伴是司礼监的秉笔，他的师傅曹化淳是司礼监掌印。司礼监有两位首领：掌印与秉笔，曹化淳多年抱病在家，因此司礼监的实际领导只有大伴一人。高起潜称大伴为印公，自然是恭维。司礼监在内府二十四衙门中处于首位，是核心的权力部门。司礼监秉笔可以代替皇帝批复奏章，司礼监的太监之所以敢于，而且可以弄权的原因就在于此。司礼监管理的范围颇宽，不仅要代替皇帝批复奏章，而且负责管理皇城的礼仪、刑名以及钤束长随、内使、听差、关防门禁等。负责这些事项的是一个叫"经厂"的部门。经厂的主业是管理经书印版以及佛藏、道藏、藩藏，这是经厂的主要业务，再有就是负责对下层人员的惩罚与约束。打乐勇板子，照规矩自然要经过司礼监经厂，但是绕过司礼监秉笔，则是违背宫中规矩了。因此高起潜虽然服软，但大伴并不松口，他深知此人一向诡谲嚣张，自恃知兵受到圣上倚重，不把同侪放在眼中，是个目中无人的家伙，今天一定要煞煞他的威风，让他知道谁才是内府一哥，以便日后好共事，于是又追问道：

"行刑之事该由谁家负责？"

高起潜明白这个道理，自知理亏，原本气黄的脸顿时涨得赪红。他原以为上谕在握，打个小小内使不算什么，却哪儿想碰到大伴这个硬杠，真的吵到上面，也是理亏在先，虽然奉有上谕，可是皇上并没有让你直接打人耶！

高起潜蜡泪一样慢慢堆出笑容，对大伴说：

"是咱家考虑不周了。"

"还望高监再请上谕，明确由谁家行刑。"

"圣上宵衣旰食，怎敢再打扰圣上？望王兄，不，印公海涵。"

高起潜接连打了三个拱。大伴突然眼睛放光，盯着他不说话。愣了一会儿，高起潜喝令行刑之人退下，又喝问乐勇的师傅是谁，乐勇高声吼道：

"五军都督府中军百户王讳贵升者！"

"好小子，是条汉子！"

高起潜笑了，赪红的脸恢复了白色。

大伴向他拱拱手。

自那以后，乐勇他们给太子哥哥送东西，再也不走东一长街，也不走东二长街，而是走东侧的一条无名长巷。为了把这些道路的地理关系说清，我在这里啰嗦几句。

在东一长街和无名长巷之间，分布有六座宫殿，泛称东六宫。东一长街的南端是顺德左门，北端是长庚左门，西侧，从南向北坐落景仁宫、承乾宫与钟粹宫。这些宫殿之东是东二长街，街的北端是千婴门，南端是麒趾门。东侧也有三座宫殿，分别是延琪宫、永和宫与景阳宫，东侧便是那条无名长巷。

景仁宫与延琪宫的南面是奉先殿与奉慈殿的后墙，它们之间有一条东西方向的甬道，甬道西端是咸和左门，东端有门但无名称。再东是嘉德左门，嘉德左门再东是苍震门，走出苍震门，便走出东六宫了。景仁宫与承乾宫之间也有一条甬道，西端是广和左门，东端亦有门无称。再北，承乾宫与钟粹宫之间也有一条甬道，西端是大成左门，东端也有一座没有名字的门。这些门都属于街门范畴，红墙红门金钉黄瓦，一模一样没有大屋顶的墙垣门。

田妃居住的承乾宫，原本叫永宁宫，作为田妃的寝宫以后，父皇便改了这个称谓，乾者天也；承，承接，父皇自然是天，承乾，承接来自上苍的雨露恩宠，可见父皇对她的深情美意。

乐勇他们为了回避再次可能发生不愉快的事情，宁可绕远也不路经广和左门。他们的路线是进咸和左门，经过景仁宫、延琪宫，出嘉德左门，进入无名胡同，出北口向西，折进东二长街北端的千婴门，入门后向南走到第一个路口，便向西拐，进入钟粹宫。

这路比原来远多啦！可是有什么办法呢？

2

我喜欢奔驰的骏马。

我喜欢骑在奔驰的骏马上，让长发像黑暴雨一样飘散开来。

我喜欢在长发飘散的瞬间，感受黄金的发卡从飘散的长发中慢慢滑落，滑出发梢，跌落在芳香柔嫩的草尖上，我感到草的尖新的清冷呼吸，那么一种瞬间的感受，而这种感受又是那么绵长，从遥远云端慢慢滑进幽秘的梦境之中，今天想来依旧飘溢着芬芳、甜蜜，可惜这种芬芳、甜蜜即便是在梦境之中也难以回味难以寻觅了。

那飘逸的长发啊，在穿透云端的时候，我自己也化成了阵雨和虹霓，那是初春的虹霓，带着布谷初绽的歌喉与刚刚吹拂过金银花、蔷薇花、九里香，来自海洋的南风，那样一种清爽的甜蜜，是彩虹里迸射的日光无比晶莹，伴随着甘醇的阵雨在苍穹里游弋，倾洒在紫色的风铃花、荔枝草、风信子、矢车菊、黑苜蓿、一把伞兰心、黄金熠熠的华鬘、洁白云石的阁道与丹墀上。

我的长发像闪电一样奔放，乌云一样欢笑飘散。

总而言之，我喜欢马在云中飘飞的感觉，我和马变成了一体，我就是马，马就是我，而马与云又变成了一体，马就是云，云就是马。在劈面而来的疾风中，享受那样一种自由的奔腾体验。但是，这样的感受我从来没有和三弟，也没有与大哥交流过。三弟骑马三鞭子就没影了，马跑得比风快。他最喜欢的那匹马就叫"追风"，而大哥骑马则喜欢有模有样四平八稳，三弟说这是要做太平天子的骑法，让他做皇帝，我们做驭手好了，我说是的，最好去野狐岭北部的大漠，罡风凛冽，寒气袭肘，马毛带雪汗气蒸，我乌黑的长发挂满了凌乱的冰甲，在落日斑驳四射的余晖中，挽长弓，射金雕，白骨纷如雪，草长匈奴马儿肥，金甲将军夜不脱，汉家大将，横戈出征，铁骑星驰，多么威武浩瀚！

四弟年龄尚稚，只能骑从云南进贡的果树马，那马比绵羊大不了多少，由一个老成的宫监牵着，在校场旁边慢慢遛，他还小，心智还没有发展，还是儿童，我的这些感受自然更不会与他交流。

怎么可能呢？

我骑着马从大哥身边飞驰而过。他穿一件浅色红袍，茶褐色半高勒的靴子，气定神闲一副读书人模样。我的肩膀擦着他肩膀时，对他说：

"大哥千秋，小妹失礼了！"

"小心！千万小心！"

大哥对人一向友善，对我格外关爱。我很快从他身边疾驰而过，就在这一瞬间，朦胧中一团飘着蓝绿色烟雾的火光扑面而来，从我的脸颊飞掠过去，只听到大哥惊呼一声，我赶紧勒住马，跳下来，向他跑去，东宫的侍卫已经把他团团围住。这时，从右前方甲字号堆房中又射来一团火光，马的左前腿受伤了，扑倒在泥地上，压住大哥的左腿，侍卫抬起马，大哥站起来说，"没事，没事。"说话之间，噗的一声，又一团火光飞过来，从他的头顶掠过去。

"有刺客！"突然有人惊呼。

"抓刺客！！"多人高喊。

"快抓刺客！！！"所有人都呐喊起来。

侍卫们一些人护住大哥，我也冲过来搀着他向校场的右侧退去，另一些则向前冲，校场周围的锦衣卫也向甲字号堆房围拢过去，校场乱成了一窝蜂。这时三弟跑回来，站在大哥身侧，抽出腰刀做护卫。混乱中，跑来一位穿蓝布甲的军人，大家误以为是自己人，放松了警惕，哪料到那人跑近来，对着大哥挥刀就砍，幸亏三弟反应快，把腰刀向上猛地一磕，"噌"的一声，刀刃相交，迸出一团锐利的赤色火花，东宫的侍卫这时也反应过来，乱刀齐砍，将蓝布甲剁成肉泥。

突然，从大哥的背后又冲来一位穿红袍服的内侍，举起拍刀（一种双刃刀）向他的后颈砍来，一个侍卫眼尖，举起大红刀劈去，大哥喊："刀下留人！"然而，刀光比喊声快，早已将那人的刀砍掉，再一刀把天灵盖削掉了。

很快拥来一群人，有穿橙色军服的缇骑，也有戴尖顶帽子，蹬白皮靴的番子，这么一群人押住一个黄白脸色，头戴褐色兜鍪，身着半身玄色齐腰甲的人，这么一个年纪轻轻的小个子内侍，会是刺客吗？

075

下午，大伴来到我们宫里，他经常找刘妈聊天，刘妈问他，抓住的刺客可是内侍？不是，不是，大伴摇头说：

"是从宫外混进来的，是客氏的余党。"

"客氏不是早被鞭子抽死了吗？"

"是呀。要么说是余党！"

客氏是熹宗伯伯的奶妈，因为奶水好，被征召到灯市西口的奶子府（这样的妇女称奶口），后来的事就不用说了。我在这里对"客"这个字，啰嗦两句："客"，一是指姓氏，一是指客人，你们家来"客"了。无论是哪种意思，"客"在京师与河北一带都读"且"。在客氏和魏逆当权的时候，一位在朝天宫借宿的道士，一天走到闹市中唱道："委鬼当朝立，茄花满地红"，便是用拆字和谐音的方法指斥这两个坏蛋。客氏，据说长得十分妖娆，按理太子七岁时奶妈就应该离宫，却不知为什么客氏没有走。我说一句不该说的话，兴许与光宗爷爷有关。熹宗伯伯小时淘气，一天用右小指抠殿门上梭叶（宫门上有花纹的金属看叶，具有实用和装饰性）里的土，光宗爷爷突然走过来，客氏赶紧把熹宗伯伯抱起来，因为抱起得急，伯伯的指甲被"梭叶"钩伤了，伯伯疼得哭起来，客氏担心被光宗爷爷斥责，愣在那里不说话，不料爷爷却说：

"不妨不妨，带破些寿长。"

客氏低下头不知如何回答。爷爷继续好语慰勉：

"没事，今后用心就是了。"

可见爷爷为人宽厚仁慈。

我不这么看，有一种说法光宗是好色之人，看到客氏一下子酥了，后面的事当然不必细说。客氏迟迟不离开熹宗，光宗应当起了重要作用。在万历时代，光宗作为皇太子,是储君,而熹宗作为皇元孙是储二。无论是储君还是储二,与客氏似乎都有一条挣脱不掉的红丝,长平公主回避这个问题是为长者讳。

伯伯要大婚了,他相中了祥符 今河南省开封市祥符区 张国纪的女儿张嫣,也就是我的婶婶。婶婶端庄而有仪容,客氏反对,但是伯伯坚持,客氏没有办法。朝臣上书,皇帝大婚以后作为奶妈的客氏应该离开皇宫,伯伯被迫同意。但是,大婚当日,又下旨接客氏回宫,说离开客氏,寝食不安。据说,当晚伯伯不是与婶婶而是与客氏在一起。当然,这都属于陈芝麻烂谷子的往事,不说也罢。

刘妈问大伴:"那个内侍招了吗?"

"招了。人进了东厂,犹如铁进了洪炉,还由得她?"

"那个人,"他突然压低声音,"是个女的!"

"真的?"

"这还有假!"

"她是定兴人,叫客未,是客氏出了五服的亲戚,专门负责给客氏捏脚捶肩。她还有个弟弟,原本住客氏正义街西的府里,客氏鞭死以后,被轰出来,住在后门桥西北火神庙南侧的一溜胡同。"

"她为啥要做刺客?"

"她说前天晚上来了个熟人,也是在客氏那儿当差的叫占役礼,进门就问她,客氏对她如何?她说,好。她父亲早亡,母亲去年病故,没钱埋葬,客氏给了她二十两银子,被她感恩戴德地记住了。占役礼说对有恩的人应当报恩,客未点点头。第二天占役礼带她去黄寺校场,指导她打三眼铳。客未是个蠢人,怎么也学不会,只学会了点火绳。"

"后来呢?"

"今儿清早，占役礼带她到北安门，出来一个穿蓝布甲的军人把她带进皇城，在内宫监胡同 今恭俭胡同 的米盐库 今称米粮库，给她换了服装，进入校场前又来了个穿红袍的内侍把她带入甲字号堆房，那里空无一人，只在窗口里放着三把四尺四寸的三眼铳，里面装满了火药与弹丸，铳口都对着校场，火门里插上了火绳，叮嘱她只要把火绳点上就行了。原来值守的军士，早已被他们预先清理了。穿红袍的告诉她，看见骑红马的就点火绳，点完就跑，有人保护她脱身。为什么要打骑红马的？那人说，骑红马的就是害死客氏的仇人儿子。"

"占役礼呢？"

"早跑了，还有他兄弟，把她送到后门，两人便一溜烟跑了。"

"幸亏那三把三眼铳，客未只点着了一把。还有，"大伴说，"今天下午，不，现在马上就要稽查，稽查带她进入皇城与内校场的人。"

"能查到吗？"

"这么多内侍、军官，哪儿查去？都说东厂的番子神，我看多半是吃货。"大伴摇摇头，看看周围，看到只有我和刘妈，说，"客未在供词中说，宫里有三千阴兵，宫里的猫邪乎，小心为是。"

宫里有三千阴兵，阴兵在哪儿？我一时想不通。再说，宫里的猫多了，哪只邪乎，是田妃的晴雪，还是其他宫猫，或者所有的猫都邪乎？这么想着又到吃晚饭的时候了，饭后在烛光下读我喜欢的李太白《侠客行》："十步杀一人，千里不留行。事了拂衣去，深藏身与名。"我崇拜这样的侠客，可惜我是女儿身，只能在梦境中想象骑着雄峻的白马，"银鞍照白马"，仿佛乱云中的流星一闪而过。

突然听到有猫在屋顶上叫，先是一只，后是两只，一长一短相互交替地叫，我、刘妈与宫娥走出殿门，看见两只猫，一只是白色，另一只是黑色，蹲在屋脊两侧的正吻上，在暗蓝闪烁的星空中，深情地相互凝望，停一会儿，叫一会儿，画着曲线摇曳地叫，听着瘆人，叫人烦。但是没有办法，对待猫那样"高冷"的东西，它在高处，你在低处，拿它有什么办法？

月光白冷冷升起来，黑猫的影子被放大十倍，黝黑地投射在宫殿前面雪白的丹陛上，白猫跑过去依偎在黑猫右侧，不知道下一步它们要做什么。这时，又跑来一只橘猫，爬在前檐的瓦当上，把脑袋向檐子里头弯着，流着长长闪烁的泪水，向大殿里看。大殿灰蒙蒙的，只有一支宫烛的光焰，在橙色的寂静中慢慢飘曳。

银河如梦，星光散漫如沙，在暗影的浓密中，白露清凉，朦胧中有一团萤火蓝蓝、幽幽地飘。

这三只猫与客未所说宫中的猫"邪乎"，有什么关系吗？

到了冥夜，闹得更不可开交了，不是一只，也不是两只，而是一群，至少有几十只，在屋顶上跑来跑去闹成了一锅粥。奇怪的是，田妃的承乾宫却听不到一丝猫的叫声。静悄悄安静极了。猫都集中到我们景仁宫了。黑夜给了我一双黑眼睛，而黑眼睛比黑猫的毛还要黑，但黑猫的眼睛可不是黑色，而是绿色，莹莹发光的绿色呀！

很长时间，每当深夜难寐之时，闭上双眸，我就看见一张橘色的猫脸，双目垂泪，绿森森地向大殿里看。

3

炜彤今天给我画了"雾眉"。

炜彤说，眉毛分眉根、眉梢与眉峰三部分。接近鼻根的地方是眉根，额头与颧骨相交的地方是眉峰，颧骨的地方是眉梢。眉根粗，眉梢细，而眉峰高。画眉毛的时候，先用棕色的眉笔画出眉形，之后用黑色的眉笔加深整理。她说，画眉如同作画，首先要心中所有，当然相对作画简单多了。画眉的基本法则是眉根要粗，眉梢要细，眉峰要高，最后的结果是要让眉毛的主人，您，殿下满意。

她今天给我画雾眉，基本没有用黑色眉笔，即使是棕色眉笔，也只是淡淡地蘸些颜色，眉根与眉梢的颜色更淡，若有若无，只是在眉峰的地方用淡墨略微点染了几下。画好了，我对着镜子看看，真是漂亮极了，与我当时落寞的心情十分贴合。

炜彤是"尚仪"，是负责给我化妆的宫娥，她以画眉见长。母后也喜欢让她画眉。有一次，她给母后画"春山眉"，画好后，母后对着镜子照了又照，高兴得不得了。据说父皇看见那一天的母后也喜欢极了，捧着母后的脸颊亲了又亲，弄得母后有些不好意思了。我问她画眉有什么诀窍，她说，画眉一定要和眼影结合，只画眉不涂眼影，是画不好的。当然，还要涂腮红。我嫌她啰嗦，问她画春山眉有什么奥秘，她笑笑说：

"整理眉毛时，黑色要淡，关键是要夹杂一些青绿颜色，真的要把春天的欣喜表现出来，最后，在眉影中点几粒金色就好了！"

炜彤是广西南宁人，原名叫莫桂花。炜彤是我给她改的。不知为什么，宫娥的名字都十分乡土，什么莲花、菊花、兰花[1]，分至景仁宫后，我给她们重新起了名字。负责管理衣服的"尚衣"刘兰花，改为绛雪，负责管理膳食的"尚膳"刘菊花改为柔荑，负责灯烛、薪炭与清洁的"尚工"章彩花改为思筠。

炜彤原来在南京皇宫，前年不知什么原因被重新分到北京，至于分到景仁宫，我知道，那就与刘妈有关联了。炜彤是个美人胚，小脸白白的，眉毛黑黑的，眉梢飞起来，透出一种野性的美。有人偷偷说，她长得比母后美，说这话的人没见过年轻时的母后，而且母后是何等人，那种母仪天下的气度有谁可以超越呢！

炜彤的始祖可以追溯到北宋开宝七年 公元974年，那年莫洪燕纳土归宋，这是莫家的第一任土司，到了她的祖父已经是第三十五任了。南丹[2]这个地方出朱砂，处于京城南方，炜彤当时给我讲她的故乡南丹时，我并没有任何感觉，后来，多少年以后，我到了那里，对南丹这个地方的感觉就亲切深邃而大不一样了，那里的山没有山脊，只有孤立的山峰高耸峭立，泛射各种蓝色的调子，什么黛蓝、蔚蓝、湖蓝、宝石蓝、冰川一样清凌凌的蓝色，不同层次的蓝山叠现辉映，花一样绽放，给人的感觉瑰丽极了。在南丹，我明白了她叫莫桂花的原因。南丹有一种高大乔木，有柿树似的厚重郁绿的叶子，盛放玉兰一样的花朵，丰硕洁白，播送清甜的香气。这种花，当地人叫"缅桂花"，炜彤的桂花，是南丹的缅桂，并不是内地的桂花。这种花，北京人叫"把儿兰"，每年初夏之际，小贩放在篮子里吆喝，女人们买一朵（不是盛开的，是含苞的花蕾）别在衣襟上，白皙的身体一天都是香的。

大概是在武宗爷爷时代，南丹附近的思恩和田州一带的蛮人发生了叛乱，武宗爷爷派兵平叛。看到金甲鲜明的大军，蛮人一哄而散。虽然如此，事情并没有解决。武宗爷爷认为除恶务尽，又派新建伯王阳明前去。王阳明很有威名，听说他来了，蛮人恐慌极了。王阳明见蛮人的部队声势浩大，揣度不可能全部歼灭。于是上书朝廷，大意是：思恩、田州的蛮人造反，已经危害两年了，如果用武力剿灭，会有十条危害；如果进行安抚，便会有十条好处。臣到达南宁以后，下令撤下调来的军队，几日内脱下战衣回去的有数万人，数千名湖广士兵因为道路遥远难以立即回去，但是臣也让他们脱下战衣在南宁休养，等待机会回去。蛮人的首领卢苏、王受等人看到这个情景受到感召，派一个叫黄富的人前来，请求免死，让他们返回本土投奔生路。臣用朝廷的威严晓谕他们，限期速降以免一死。不久，卢苏、王受等首犯捆绑自己来到南宁。臣对他们说："朝廷赦免了你们的死罪，但是你们依赖险阻，长期聚众危害乡土，如果不惩罚你们，则朝廷的威信何在？"于是把他们各打了一百杖，之后解开了绑在他们身上的绳子。训谕他们："朝廷有好生之德，因此饶恕了你们，今天杖打你们，是臣子执法的原则。"这些人听了，纷纷罗拜阶下，表示心悦诚服。臣于是随同他们到军营中，安抚平定了七万多人。委派布政使林富等人进行安置，命令他们全部恢复旧业。

王阳明很懂为人臣的道理，所以取得这样的成果，结尾中他这样写道：

> 是皆皇上至孝达顺之德，神武不杀之威，未期月而蛮民率服，不折一矢，不伤一人，而全服数万生灵，即古舞干之化 大禹征服三苗时没有动用军队，只是在阶下演练阵容，从而起到震慑作用，所谓"舞干羽于两阶"，奚以加焉？

恭维武宗爷爷以孝治理天下，英明神武不滥用刑罚，不到一个月造反的蛮人都降服了。武宗爷爷看到王阳明的奏议十分满意，也很高兴。但是，在这个事件的后面，却出现了一个谁也没有料到的风波。我上面说到，炜彤的家族是莫氏土司，到她祖父已经是第三十五任。照理，父亲故世，儿子接任，顺理成章。而且南丹早有朝廷驻军，莫家和南丹卫的关系也很融洽，然而想不到的是，恰恰在内部出了问题。炜彤有个远房叔祖，思恩造反时被裹挟其中，后来造反平息了，这个叔祖回到南丹无处可去，炜彤的祖父看在同宗的情意上，让他住进莫府。可是这个远方叔祖不但不思报恩,反而心生恶念,通过行贿的方法,买通了南丹卫指挥使,诬告炜彤的祖父私蓄狼兵图谋不轨,本来土司可以私养狼兵,但是与谋反联系在一起,就是大逆不道了。于是,炜彤的祖父被投进监狱,不久瘐死狱中,祖母申冤无望气死了。那个人则继任了莫氏土司。炜彤的父亲,被充军到偏远的烟瘴之地,在那里娶了一个蛮人姑娘,生下哥哥、她和妹妹,由于是罪人后代,她和妹妹在幼年时,便被发配到南京皇宫做了宫娥,哥哥则留在父亲身边。那一年她不过十岁。怪不得她刚来景仁宫时,眼睛里总是充满敌意与冷冷的光。听了她的故事,我说:

"明天我对父皇说,把那个指挥使抓来,给你父母报仇!"

"算了吧!抓个蚁子官,还用什么牛刀,明天和大伴说说就行了!"

听了我的话,刘妈笑了。后来的事情果真如刘妈所说,过了几天,大伴找了一个姓王的给事中和一个姓邢的御史先后上书参奏广西都司纵容南丹卫指挥使冒渎滥职。给事中与御史虽然都是穿绿袍的七品小官,但是位卑权重。

给事中直接对皇帝负责,与六部对应分为六科,全称是六科给事中,这些人具有封驳、科参、客抄与注销的职能,辅佐皇帝处理章奏,稽查六部事务,监督行政机关在指定期限内奉旨处理的政务。有一年,孝宗爷爷和幼年的武宗来到归极门西南六科廊(给事中值班的房间,重要的章疏档案存放在那里,也就是精微科所在地)附近,正是夜间,有官员在这里值宿。武宗高声问孝宗爷爷:"这是什么地方?"孝宗爷爷小声对他说:"你不要高声说话,这是六科官员住宿的地方。"武宗不解地问:"他们不也是您的臣下吗?"孝宗爷爷说:"朝廷设六科给事中,是要他们纠察皇帝德行的,你不小心惊动了他们,明天纠劾的奏疏就会立刻送到我们面前!"这些人脾气大得很,如果不满意皇帝的谕旨，可以不客气地打回去，这就叫"封驳"。

御史是都察院的下层官员，职责是纠弹百官，对应当时的十三省（陕西、山西、山东、河南、浙江、江西、湖广、广东、福建、广西、四川、贵州与云南），分为十三道御史。大伴找的那个御史负责广西，敢说敢干，与大伴的关系自然极好。他们的奏本通过会极门的内侍转到文书房，文书房是司礼监的下属机构，负责大臣的章奏、内阁的阁票与皇帝圣谕的管理与转达。文书房内的内侍将给事中与广西道御史的奏疏交给大伴，大伴接到后一一呈送给父皇，父皇让大伴拟出旨意，下达给内阁，很快便将南丹卫指挥使抓了起来，炜彤的远房叔祖自然也没有好下场，此时他们虽然都已经垂垂老矣，也依然被拿进黑牢，做坏事的人一定要受到惩罚！

炜彤的父亲从烟瘴之地释放回来，继承了莫氏家族的第三十六任土司。后来，大伴找了个机会，让炜彤回南丹看望父母。大概有两个月，炜彤回来了，她突然会笑了，眼睛里再没有了冷冷的光。

大伴与刘妈的关系可以追忆到十年以前。

刘妈是京师大兴人。京师有两个附廓县，一是宛平，一是大兴。这两个县以鼓楼下大街为界，以东是大兴，以西是宛平。宛平的管理范围直到西山山麓，大兴的北侧是昌平，东侧是通州，南侧与廊坊连接，县域大得很。如果在风声如吼的寒冬夜晚，鼓楼下大街出现倒卧，靠东的由大兴县，靠西的由宛平县负责，如果位于街道中心，便以倒卧的头为判断标准，头朝东的由大兴县，朝西的则由宛平县负责。

刘妈的父亲是更夫，起更以后负责打钟。京师中轴线的北端有鼓楼也有钟楼，钟楼在鼓楼后面，每天夜间刘妈的父亲沿着陡峭的石阶爬上高峻的钟楼，击打高悬的硕大的铜钟，在悠远绵长的声响中发出

"邪邪"的尾音，父亲说，这是铸钟娘娘向他要"鞋"了。

刘妈住在大兴县胡同。胡同西段北侧是大兴县衙，对面是大兴县城隍庙，刘妈一家人住西廊下，大伴一家住东廊下。大伴的父亲没有固定职业，每天清早到鼓楼附近茶馆门口等待打零工。后来，实在混不下去，带着家人回邢台了。走之前，刘妈的父亲请大伴的父亲喝了一顿烧刀子，喝了一夜，两人都喝倒了。那一夜，刘妈的父亲没有去钟楼打钟，但是在醉意中还在计算钟声的节奏：紧十八，慢十八，不紧不慢又十八，娘娘该要"鞋"了。

那一晚，月光滔滔，城市的暗影越爬越长，越长越白越凉，钟声慢慢爬进暗影，慢慢喑哑沉醉，慢慢变黑了。[3]

再见面，是在皇宫，其时刘妈的父亲已经谢世，大伴做了刘老娘娘永寿宫的提督了。由于这层关系，大伴把刘妈的儿子刘俊鼎认为义子，推荐到五军营做了一名小旗，与神机营的提督内臣戴进说好了，明年有机会推举做总旗官。虽然刘俊鼎不是军籍，但是朝中有人好做官，有大伴在，谁人不肯顺水推舟呢？刘妈忧虑俊鼎没有做过官，做不好，但那个戴进说，谁生下来就会做官？小旗不过是管十个兵的绿豆粒大的官，但做官要从根上做起，以后方知为官做宰的不易，给今上办事，咱家的孩子靠得住！

过了半年，俊鼎穿着大汉将军的甲胄来看望刘妈，其实是来看炜彤，但是炜彤并不看他，弄得他有些讪讪的，临走时，刘妈与我们全部躲开，特意把炜彤留下来，不知他们最后说了些什么。

注释：

[1]《万历野获编》卷三《宫人姓名》云："本朝宫女，命名最不典雅，如世宗壬寅宫婢逆案，其名俱莲、菊、兰、荷之属，

与外间粗婢命名无异。"

［2］今南丹县属广西壮族自治区河池市管辖，红水河流过其境。南丹县之称始见宋元丰年前，以出产丹砂（朱砂）著称，又因地处南方故称南丹。今南丹县西北部月里、六寨、里湖一带，是古夜郎国属地。明洪武元年（1368），南丹土官莫天护纳土归明。

［3］钟楼上的铜钟有一个凄凉传说。据说，铸钟的时候总是造不好，期限将近，工匠们面临杀身之祸。一天，为了挽救父亲与众工友的生命，工匠的女儿奋身跃进冶炼的炉子里，工匠急忙阻止女儿，但是为时已晚，女儿已经跃进炉内，只抢到女儿的一只鞋。钟铸好了，音响极佳，但是尾音总有"邪邪"的声音，尤其是在风雨连绵之夜，更有一种凄恻之意，传说这是工匠的女儿在要她的鞋呢！

为了纪念工匠的女儿，人们在钟楼西侧的小黑虎胡同24号修建了一座娘娘庙，庙今天尚在，只是已经残败不堪了。

那要鞋的姑娘姓邓。

铜钟之前原来有一口铁钟，因为音质不好（才改铸铜钟），撤下来放置在鼓楼墙外的西北角，一置数百年，没有丝毫变动。有一年冬天我路过那里，看到铁钟的顶部盖满了积雪，正是傍晚时分，光线发黄沉郁，从西天云际泛射过来，铁钟投下长长的阴影，行人缤纷地在阴影中往来走过，当时心中充满了无限感慨。1983年，这口铁钟被移往大钟寺博物馆。

今天是上元节，想到历史里那么多人物的凄惨命运，不禁愀然。

4

今天是清明。

昨天匠人们在坤宁宫后面，搭起了秋千架。两根立柱，一根横梁，四根戗柱，从横梁上垂下两根粗绳子，绳子下面是画板，秋千就做好啦！

坤宁宫是母后居住的地方，南面是交泰殿，再南的乾清宫是父皇居住的地方。坤宁宫与乾清宫都不设东西厢，但是两侧都设有朵殿（夹室），为了符合"无东西厢有室曰寝"的古制，这四座被当作"室"的朵殿，四周都围以红墙，从而形成四个独立小院，即：乾清宫东侧的昭仁殿小院，西侧的弘德殿小院；坤宁宫东侧的东暖殿小院与西侧的西暖殿小院。坤宁宫后面是坤宁门，东西两侧也有两个小院，称坤宁门东小院与坤宁门西小院。这样一共是六个小院，从而形成三宫六院，民间流传的三宫六院，反映在内寝的建筑格局上就是这样。

回忆宫中生活，美好的事情少之又少，让我记忆深刻而且高兴的事情之一是荡秋千，坐在画板上，穿着新换季的罗衣，不仅身体是轻松的，感受到春之来临，头脑里的那些小想法也轻松起来，尤其戴上柳圈，享受到柳枝的娇嫩抚摸，仿佛婴儿肌肤那样光滑柔腻，萦绕一种尖新却又弥散青涩的气息，脑海里难免不荡起阵阵涟漪，当然这种涟漪最终要归入画板的波浪起伏之中。

今日辰时之前，父皇带领我们在奉先殿，给爷爷们，那么多的老爷爷，熟悉的与陌生的、亲近的与疏远的——磕头。腰和腿都酸软了。吃午膳的时候，母后说日侧（未时）三刻请田妃与袁妃前来赏青，荡秋千。请袁妃是当然的了，她对母后尊重，母后对她也敬惜，而且母后比她年长两岁，姐姐对妹妹怎么能不好呢？但是请田妃，我就不理解了，尤其是乐勇的事件之后，我对田妃始终耿耿于怀不能忘却，有时甚至在梦中，蓦地天降暴雨，所有的宫殿都漏雨了，田妃居住的承乾宫，不仅漏雨，而且勾连搭的前厦塌落了一角，塌落的砖瓦把那只白色的"晴雪"压在下面，待宫人扒出来，那只猫已经没有呼吸。想到田妃抱住她钟爱的宠物，悲痛欲绝的神态，我不禁"哏儿哏儿"笑了，甚至笑得坐起来，把刘妈吓了一跳。

母后的理由很简单，一国之母，要心怀大度，以家国之事为己任，居于后宫中枢，就要有母仪天下的模样，不能小肚鸡肠竞长逐短，让宫人笑话。听了母后的话，我自然是无话可说。但是母后看着我的眼睛又叮嘱道：

"到时不要甩脸子！"

"是，母后。"我说。

"说到做到。"母后叮嘱我。

"一言既出，驷马难追。"

说完这话，我笑笑，我是君子，岂能言而无信？走出坤宁宫，看到内侍已经把母后喜欢的茉莉花一盆一盆摆了出来，都是一人高的大树形状，栽在大木盆里，外面涂着绿漆，三个内侍搬起来都很吃力。大概有六十余盆，摆在坤宁宫的后阶下面。由于匠人的侍弄，每年的茉莉都要在这时——清明前后不差一天，提前绽放。从此母后每天都早早起来摘花，穿着素白的衣衫，在芬芳的花丛里转来转去，把摘下的花朵扎成花球插在发髻上，也有时穿成手链放在袖口里，每天如此，直到七月。在这些日子，坤宁宫，包括居住在宫里的人，母后、宫娥、内侍，都沉浸在茉莉花的芳香里，帷幕上金鹧鸪脖颈上的羽毛是香的,梁栋上的彩荷是香的;华蕙上龙吻的触须,檐角上的斗什、仙人的坐骑是香的,甚至斜射在瓦垄上清冷月光的眼睛也都是香的。花期过了,这些茉莉花依旧摆在坤宁宫后面,直到十月方才搬到花洞子里。

在这些茉莉花里,有两株最为母后喜爱,一株是"飘潭绿雪",一株是"夕雾春涧"。绿雪的花萼厚重,颜色深绿,把花朵的白色映出淡淡绿光。与绿雪不同,绿雪是单瓣,夕雾是双瓣,花朵洁白凝重,仿佛是山谷里积雪融化,顺着溪涧蜿蜒流下。绿雪的香气清冷、纯净、鲜爽,春涧厚重而温柔。这两株茉莉上面的花朵,母后从不允许他人采摘,每天都是自己动手,采摘下来,分别送给父皇、张后婶婶和太奶奶。其他树上的茉莉花由宫娥们采摘,留下一部分,大部分交给一个来自福州的内侍——这个人叫于小莫,入宫有三十年了,现在大家不再叫他小莫,而改叫老莫,和今年新采下的绿茶窨制,喝起来香味馥郁,舌尖、牙齿萦绕一种尖冷的香气,五脏六腑都干净起来,而头脑为之一爽。不知什么缘故,这种茶在后世官场流行起来,婉约的称呼是"香片",流传到坊间径直叫茉莉花茶。再后来传到丽水大山里的银官桥茶坊,有一种茶称"泡茶待花开",就是香片。看沸水中茶叶与花朵徐徐舒展,花香与茶香糅合在一起,在洁白的杯口细腻萦绕,飘到半空缓缓浮动,是一种多么美好的极致享受,整整一天都处于玲珑的说不清的幸福里。在当时,这也是稀罕物,不是什么人都可以品尝的。

极致的茉莉花茶现在也不是人人都可以享受的。

这就是岁月缱绻,白云苍狗,时间流淌得快吧!而今晚,夜深似海,青灯如豆,灯花爆裂时碎为惨绿的颜色,阶下的寒蛩叽叽不已,后海苍绿的波浪厚厚地徐徐涌动,在绵绵冰冷的月色下面,闪烁粼粼银光,回想几十年前的往事,想到父皇、母后、太子哥哥、三弟、四弟,想到袁妃、田妃,那些远逝的可恨与可爱的亲人,晨光似的在黑红之间飘忽,想到曾经的大明转瞬化为永远的遥远,烛火一样慢慢熄灭,而我从上苍垂顾的大明公主变为丰泰庵形影相吊形容枯槁的尼僧,真的如同梦魇,宁不泪奔乎?

不知为什么,母后今天高兴,请田妃和袁妃采摘绿雪与春涧的花朵,两个人犹豫了一下,母后笑着说:

"今天请两位妹妹来,就是要劳动两位,一来赏青,一来采摘,这也是我们姊妹的缘分。"

田妃与袁妃都很高兴,分别向母后道谢,母后命宫娥给她们一人一个细竹编的小篮子。田妃敏捷,袁妃迟缓,很快采摘完了,田妃的竹篮装得满满,袁妃只摘了不到半篮,母后看在眼里,没有说话。大家都很高兴。

然后是荡秋千。

荡秋千这事,在天启伯伯时代,喧哗而艳丽,不仅后宫荡,天启伯伯也荡,而且要举行荡秋千比赛,看谁荡得高,荡得险,有一首宫词写道:

金花官帽柳枝编,新赐罗衣向御前。
彩架遥看天外起,六宫都教戏秋千。

父王即位以后,此风被大大刹住,不再举行秋千大会,秋千也不再竖那么高了。

秋千竖在坤宁宫左后檐的下面。立柱与戗柱上扎满了彩绸,好像是一座花牌楼,喜气洋洋的。

母后坐在画板上荡了几次，便下来了。之后是田妃、袁妃也都坐在画板上荡了几次，也都下来了。这不是玩，而是仪式。仪式完成了，母后对田妃说：

"妹妹一向荡得好，今天难得聚在一起，你放松放松，也让我们长长眼。"

听了这话，田妃的眼睛立即放出光芒，站起来向母后致谢，轻快地坐在画板上。承乾宫的两个宫女走过来，欲推动画板，田妃摇摇手，自己开始摆动画板，摆动了几下，田妃猛地挺身站在画板上，双手紧紧抓住绳子，双脚用力，大腿用力，腰肢也用力，把画板慢慢荡起来，身子也随之慢慢荡起来，越荡越高，荡得让人心跳了。

今天，袁妃的衣着很端庄，茶白色的上衣绣着大朵粉荷，青色中单的领口平织万字花纹，下面是满地金葱绿色裙子，膝裤上是缠枝花卉与麒麟望月的图案，玉质革带，白袜青鞋。因为要荡秋千，她没有戴官帽，只是把头发绾成一个髻，上面罩了银色特髻，点缀几粒宝石，红、绿的光射出有多么远。田妃也没有戴官帽，也没有戴特髻，只是鬓角插了一枝嫩柳，头发松松地绾在脑后，发根上系了一圈珍珠勒子，穿了一件立领右衽大襟高开衩的窄袖长袍，颜色是银狐色的，里面的中单是浅粉色的，薄底小靴上绣有两只镂金飞凤。她这个打扮，不像是皇帝的贵妃，倒像是翩翩佳公子。她的秋千荡得好高，很快荡过了我们的头顶，母后喊她，让她快下来，她笑笑，牙齿白白的，不说话，荡得更高了，黑亮的长发飞起来，袍襟也飞起来，露出了里面的中单，银狐与浅粉糅杂在一起，仿佛风中翻飞的花朵，美丽极了，天空蔚蓝是美丽的，田妃矫健，也是美丽的，我突然喜欢她了，希望她就这样站在画板上，永远地荡下去，神仙一样在白云的海洋里恣睢徜徉。

次日清晨，母后亲手摘了一篮"绿雪"，派小黄门送到坤仪宫，袁妃收到后，写了一封拜谢帖子，从此她们往来更密切了。

我曾经读过一则小说，讲述元代一个秋千引发的故事。

话说大德年间，宣徽院使色目人孛罗，有个女儿叫速哥失里。孛罗府在大都的海子桥 即万宁桥，俗称后门桥，位于什刹海与通惠河之间，是北京城中轴线北部的重要节点 西侧。孛罗有两家邻居，一家是金判奄都剌，一家是经历东平王荣甫，三家相连，通家往来。孛罗府后面有一座花园唤作"杏园"。每年春季这三家小姐，都在园中荡秋千，盛陈饮宴，欢笑竟日，称"秋千会"，自二月末到清明后方才结束。

再说枢密院同佥帖木儿不花有个公子叫拜柱，一天骑马从杏园墙外走过，听到墙内女子欢乐的笑声，在马上欠身望去，看见一个穿红衣的绝色女子，不禁惊呆了，于是勒住马，潜身在柳树后面偷觑。管门的老园公听见墙外有马铃响，走出来，认识是同佥的公子拜柱，拜柱不好意思，离开了杏园，回家对母亲说到此事，母亲明白儿子的心思，便请媒婆到孛罗家说亲。孛罗笑道："吾正要择婿，教他到吾家来看看，才貌若好便当许亲。"

拜柱于是来到孛罗家。孛罗看他丰神俊美，已有几分喜欢，但不知才学如何，遂对拜柱说："足下喜看秋千，何不以此为题，赋《菩萨蛮》一调？"听了这话，拜柱一挥而就，其词曰：

红绳画板柔荑指，东风燕子双双起。夸俊要争高，更将裙系牢。　牙床和困睡，一任金钗坠。推枕起来迟，纱窗月上时。

孛罗见他才思敏捷，不禁心中大喜，吩咐安排盛席款待。饮酒时孛罗突然想到："适间咏秋千词，虽是流丽，或者是那日看过秋千，便已有题咏，或许是今日偶合题目。不然如何恁般来得快？"这时，恰好听得树上有黄莺巧啭，孛罗便对拜柱说道："老夫再欲求教，作《满江红》调赋《黄莺》一首。望不吝珠玉，意下如何？"拜柱微微一笑即席赋曰：

嫩日舒晴，韶光艳，碧天新霁。正桃腮半吐，莺声初试。孤枕乍闻弦索悄，曲屏时听笙簧细。爱绵蛮柔舌韵东风，愈娇媚。　　幽梦醒，闲愁泥。残杏褪，重门闭。巧音芳韵，十分流丽。入柳穿花来又去，欲求好友真无计。望上林，何日得双栖？心迢递。

孛罗见他词翰两工心下欢喜，及至读到末句，晓得拜柱暗藏求婚之意，便说："老夫的三夫人有个小女，名唤速哥失里堪配君子。待老夫唤出相见。"于是请三夫人与小姐上堂，拜柱见了三夫人，又与小姐相见，心中喜乐不可名状。

但好事多磨，待要成亲时，拜柱的父亲帖木儿不花被御史参奏，家境突然败落，门户不当了，孛罗便把速哥失里许配给另一家。速哥失里抗婚不成，在成亲的路上于轿内自杀了。

孛罗和夫人既后悔又伤心，把速哥失里殓进棺木，寄存在清安寺中。拜柱明白小姐是为己而死，晚间去寺内哭祭，突然听到速哥失里说："快快开棺，我已经活了。"拜柱请寺内的和尚帮忙打开棺木，把小姐救出。这之后，二人就私奔了，一路向北，跑到开平，也就是上都，觅得一家教书的事情隐身下来。学生呢？是几个蒙古孩子。后来，皇帝指派孛罗去做开平的长官，也就是开平府尹，要找一个记室以代笔札之劳。有人推荐了拜柱，故事一下便兜转过来了。

这是一个由秋千引出的故事。今天看到田妃，我突发联想，如果父皇是拜柱，田妃是速哥失里，这个故事又该怎样进行呢？我为什么会产生这样的想法，一时也说不清。多少年以后，我明白了，父皇是读书的种子，而田妃漂亮，符合男才女貌的原则，因此难免产生联想，从而将他们对号入座。只是他们的命太苦了，不是以喜剧而是以悲剧谢幕。如果他们不是贵为天子的皇帝与尊为贵妃的妃子呢？

上面说到，清明的前一天，匠人们在坤宁宫安装了秋千，我忘说了，那一天在其他后宫，也要安装秋千，后宫里的女孩子们是都可以荡秋千的，不仅年轻的小姑娘，就是刘妈也有时坐在画板上荡几下。因此清明节又叫秋千节，这是后人无论如何也想不到的吧！这其实是一件好事，却不知为什么没有延续下来，要知道，清明并不仅仅是祭奠这样一件事的。

照理说，清明前后多雨，清明时节雨纷纷，但这几天却晴空如洗，只是在傍晚时分，从西边山谷升起一痕淡紫色的微云，飘向天空，而此时新月也已经升起来了，月光新嫩，将云层照射得琉璃一般清澄柔美。我突然看见，田妃正在荡秋千，荡得高高的，高出了承乾宫的金色屋顶，田妃不是站，而是安详地坐在画板上，身后是弯弯新月，仿佛一把杏黄色的镰刀，她怀里抱着那只叫晴雪的猫，小猫仰起头来，睁大圆亮的眼睛，凝视田妃，田妃俯首抚摸它的脑袋，温柔极了。如果她怀抱的不是猫，而是一只长耳朵兔子，我真的会认为她就是广寒仙子。

自此，很长一段时间，每天我都看见田妃荡秋千。但也有例外，一天晚间，承乾宫里的秋千又荡起来，但是没有看见田妃，也没有看见任何人，一个人影也没有，只有画板空空如也一上一下荡来荡去。还有一次，画板上蹲着一只猫，就是那只叫晴雪的猫，随着画板荡啊，荡啊，荡了一会儿，那只猫突然跳下画板，随后又跳上来，画板荡得快，它的动作也快，跳下复跳上，随着画板荡漾，那只猫也飞速上下，仿佛成了精。最后，这只猫安静下来，端坐在画板上，两条后腿舒畅地垂下来，尾巴松松地盘在身后，尾巴尖轻轻摇动。

这还是猫么？

第四章　英雄安在

1

黄昏时光总是使人留恋。

眺望西山,从青翠变为淡紫,又从淡紫转为深紫,这样一个光线与颜色的变化,你就会理解《滕王阁序》"烟光凝而暮山紫"的描摹是如何精妙了。再过一会儿,太阳低垂,起伏的山峦便会镶嵌一道发光的红色边缘,随着红光的消逝,灰蓝的天际逐渐转化为暗粉色的苍茫云气了。

我所说的黄昏时光就是这么一个时间段。

那一天傍晚,我至今记得,我和三弟,炜彤和几名内侍在弓箭大院遇到了袁崇焕将军。如同名字所昭示的,弓箭大院,其一,是一座院子,有围墙,但是没有院门;其二,是一处制造弓箭的地方,里面大概有二十来处作坊,我和三弟要去的那家叫"隆兴盛"。老板姓李,带一个儿子与一个徒弟弯弓削箭。他做的弓并不出色,但他做的箭不仅种类多,而且质量好,射出的箭走得稳,至于准确与否,那就要看是谁在开弓,如果是三弟,或者是野狼一样的高起潜,那就是稳、准、狠了。

李老板正在和两位客官说箭。一人问，可有好箭？李老板说，好箭自然有，但是价钱贵，说着从柜台下面取出一支箭递给一位中年人说：

"袁将军，您看，箭身是上好的六道木，箭镞是精铁，箭羽是金雕翅膀上的羽毛。"

"真是好箭，多少钱一支？"

"这个吗？"李老板犹豫了半响没有吭声，只是说：

"如果是一石的臂力射出去，可以穿透三层皮甲。"

"要多少钱？"

"一百文一支。"

袁将军不急于还价，看看身旁的同伴，让他也端详这支箭。箭身笔挺光滑，箭羽黄黄的仿佛一团火，箭镞的"尖"和"脊"微微吐出吃人的寒光。端的是好箭！

"佘锋，你看如何？"

"好箭，真是好箭，就是有些小贵。"佘锋笑笑。

"燕兵夜娖银胡䩮，汉箭朝飞金仆姑。"那个被称为袁将军的轻声吟道，"你这个箭可有名称？"

"我们老板叫她'小姑娘'！"李老板的徒弟快人快语。听了这个称呼，大家哄笑起来，小姑娘，杀人的小姑娘！

这位袁将军身量中等，眉清目秀，白面微须，望之可亲，身穿红色圆领苎罗长袍，腰系一条鹦哥绿丝绦。他的同伴有一张紫糖色阔脸，挓挲着络腮胡子，胡子尖儿战栗微微红光，穿一件交领浅灰长衫，束着杂色卡簧腰带。二人头上均裹减银扭丝双环鸦青头巾，脚蹬一双黄褐牛皮短靴。

这时，三弟不禁插进他们的谈话，对李老板说："这样的箭，你目下有多少支？"

"不多，只有一百支。"

"十两银子，我都要了。"三弟说。佘锋横了三弟一眼说：

"事情总有先后，要买也轮不到你！"

"你？"三弟有些恼怒，眉毛立起来。袁将军有多精明！看看三弟的服饰，用指尖轻轻拉拉他的袖口说：

"贵人息怒，鄙人要买一时也拿不出这许多银子！"

"你是袁崇焕将军！"看着他，三弟的眉毛突然扬起来，说，"父皇过几天要在平台召见你的。"

"贵人是？"

"三皇子。"炜彤说，又介绍我：

"长平公主。"

袁崇焕与佘锋连连向我们施礼，李老板与店里其他人早已惊呆了。平静后，袁崇焕向我致歉，我知道他致歉的原因是吟诵"燕兵夜娖银胡簶"中的"娖"字冒犯了我的名字，但这是无意冒犯，何必计较呢？

三弟让内侍把十两银子撂在柜台上，说：

"那一百支箭我要了，送给袁将军、佘将军！"

袁崇焕急忙摆手阻拦。三弟朗声说道：

"你们去山海之地的榆关 今山海关 抵御建房，需用好箭，可惜这一百支也太少了。这箭也不是送你一人的，哪位将军臂力好，目力准，你就送他几支，一支箭射穿一个敌酋，让这样的利箭多射杀几个敌酋。一百文买一个敌酋的首级，值得！"

"好！多射杀几个敌酋！"佘锋高兴地说道。

三弟问他们住在何处,他们说住在海岱门脸花市。三弟很高兴,说附近有一处"云仙居",他家造的"秋露白"清冽醇香。又说:

"南方出好茶,北方出好酒,北方的水质重,酿出的酒却清爽甘甜。酒是别人的,胃是自己的,你们从南边来,不饮京师好酒,那就是白来京师一趟,对不住自己的胃了。为了我们的胃痛快干一杯!"

三弟是个好交际,无架子的人,而且自来熟,人来疯,说话随意,颇有江湖气象,而袁、佘将军也敢想敢说没有顾虑,三人很快熟络起来,把我和炜彤冷在一旁。我看看天色,已经转黑,新月即将升起来了,便对三弟说:

"我要去隆福寺降香,再晚就来不及了。你怎样?"

"不去了。我和袁将军、佘将军去云仙居喝酒,你对圆融大和尚说明天三皇子单独来。"

听他这样说,袁将军几次阻拦,却哪里拦得住?三弟是个热心肠,在皇宫拘束久了,难得见到袁将军这样的真性情人,怎能轻易放过而不一见如故?

弓箭大院南边是清真古寺的北墙,北边是双碾街 今东四西大街,在北京市东城区 ,东边是东四牌楼,穿过双碾街向西不远,有一道泄水沟,从北向南流淌,水流凝滞泛射一种灰绿的波光。水沟西边是隆福寺的神路街。神路街北端是隆福寺山门。我们还没走到山门便看见圆融大和尚带着寺监智真、知客空海等一队僧众,已然在山门外远远恭候,听说他们足足等了半个时辰。接近山门时,圆融大和尚快走几步,紧趋过来,双手合十躬身道:

"阿弥陀佛,公主殿下远来,有失迎迓,罪过罪过!"

"有劳大和尚。"我笑笑对圆融说,"我来晚了,耽误大和尚晚课。"过一会儿他们就该上殿做晚课了。

　　隆福寺是皇家寺院，是京师著名的番、禅合住大寺，虽然是番、禅合住，但还是以汉地僧人为主。这个圆融便是北直隶三河县人氏，年龄不大却运气极佳，出家不过十年就当了京师最有地位的隆福寺住持，大家都说他运气好，其实是他人脉广善经营，与僧录司的长官是拜把子的哥儿们，长袖善舞，每年的香火钱至少有一半走了僧录司。是否这样，我不清楚，我知道的只是一鳞半爪，但这与我无关，我今天来就是替父皇与母后还愿，给我的祖母祈福，原本想在寺里随喜，但是时间晚了，只能改日再膜拜了。

　　圆融请我去方丈室喝茶，说是有今年池州九华明前的好毛峰（佛系好茶），还有西山深处的好泉水，当然了，还有精致的他们自己烘烤的素点心。我说今天就免了，圆融有多乖巧，而且不啰嗦不让人讨厌，听了这话，便陪我径直去覆盖绿色琉璃瓦的正觉殿降香祈福。

　　正觉殿汉白玉的须弥座上设有三个莲座，供奉三尊佛祖。左边是琉璃世界的药师佛，胁侍为日光、月光菩萨；右边是极乐世界的阿弥陀佛，胁侍为观世音、大势至菩萨；居中的是娑婆世界的释迦牟尼佛，两侧站立伽南、迦叶，胁侍为文殊、普贤菩萨。佛祖为金装，侍者、胁侍为彩塑。前面是长条香案、四方供台，供台前面又是一张小香几。香案上摆放香炉一只，花瓶与烛台各一对，供台四周用五彩刻丝杏黄色桌帏围护，亦摆放同样数量的供具与五碟时鲜供品。香几上放着一张紫檀香盘，上置一个秘色小香炉与两只同样颜色的小香盒，均是内府制造，精美无比。炜彤把带来的沉香递给我，又揭开小香盒盖，每个盒里都放着一双乌银洋錾的短箸，我用短箸夹住沉香，分别置于盒内，大和尚再帮我夹出放在香炉内点燃，注视袅袅升起的淡蓝香雾，也就是宋词常说的烟篆吧，缓缓飘向昏暗的空际。我正欲下跪时，圆融急忙阻止，对我说，殿下不必行此大礼，躬身行礼即可，我于是双手合十，微闭双目，在心中默默祷告，代表父皇、母后，当然也包括我，为祖母祈福，祝她老人家冥福安详。这时清脆的磬声响起，如此三次，礼成，而功德圆满了。我睁开双眼，正好与佛祖微微下垂的视线相交，刹那之间感受到佛的慈爱与眷顾。

这时，圆融命殿上的值日僧点燃蜡烛，冥暗的殿堂霍地辉煌起来，他指点我看佛祖上面的藻井，每个佛祖的头顶之上都有一个深邃的藻井，居中的最为华丽繁缛，藻井的顶部居然是一片苍蓝悠邈的星空！黄金的群星明灭繁密闪烁，我的心猛地跳动了一下，在心的战栗中脑海里浮现出我的祖母，虽然我从来没有见过她，只见过她绢上的画像，却做梦似的，仿佛她就在那片浩瀚的星海，在某个星辰上对我绽放慈祥的微笑，我的眼泪不禁忽地流淌下来了。

昨天，我去看望太奶奶刘老娘娘，她告诉我祖母的故事。祖母也姓刘，初入太子宫时只是低于才人、选侍的淑女，熹宗伯伯的生母王氏是选侍，父皇与熹宗伯伯是同父异母兄弟，二人相差五岁。祖母生于万历二十年，卒于万历四十二年，享强寿二十三岁。她是在万历三十八年诞育父皇的，那年她十八岁，正当韶华之年，然而不久便失宠被谴而郁闷亡故。祖父担心父皇知道母亲去世的消息，告诫身旁近侍不得泄露，瞒着父皇把祖母葬于西山山麓。

祖父于是把父皇委托给选侍李氏抚育。后来，李氏生了一个女婴，顾不上他了，祖父便把他交给另一个也是姓李的选侍抚养。为了区别二人，前一个选侍，在宫中，人称西李，后一个，人称东李。虽然都是选侍，同为李姓，但二人的脾气秉性却截然不同。西李美貌嚣张深得祖父宠爱，祖父病危时，缠绵病榻，向大臣托命，封西李为皇贵妃，但是西李不答应，在帘后让熹宗伯伯走出来传话，封她为皇后，但这怎么可能呢？天鹅还没捉到，谈什么鹅绒背心！于是西李赖在乾清宫不走，大臣们担心她垂帘听政，便联名上疏——从一品大学士到七品御史，西李虽然最终被撵到仁寿殿，却闹出了多少是非！

东李的地位虽然居于西李之前，但是宠幸不及西李。东李为人厚道仁慈，对父皇倾心抚育，父皇对她也很敬重，每天清晨起床后，先是拜天，之后去东李处请安。天启元年，熹宗伯伯封东李为"庄妃"。东李为人刚正，客氏和魏逆弄权时，憎恶她坚持正道，将她宫中的礼仪大多裁损，致使她在忧愤中慢慢死去。对于东李之死，父皇的悲痛不异于生母。生母与养母的亡故，对父皇影响极大，父皇的隐忍、刚毅与某些内心深处的压抑、孤独性格，或者与此不无关系。

父皇封为信王之后，祖母随之被追封为"贤妃"，父皇当时住在勖勤宫，知道了母亲的事情，问近侍：

"西山有申懿王坟乎？"

"有。"

"旁边有刘娘娘坟吗？"

"有。"

父皇于是偷偷拿出银两委托人前去祭祀。

即位以后，父皇为祖母上尊谥为"孝纯恭懿淑穆庄静毗天毓圣皇太后"，迁至庆陵与祖父合葬。

父皇五岁失去母亲，思念母亲时，因为年纪小而没有印象，便问傅懿妃，傅懿妃与祖母在当时同为淑人，而且居住相近，熟悉祖母，傅懿妃说，找一位宫中与祖母相貌相近的人，再请祖母的母亲，也就是我的太外祖母"瀛国太夫人"指导画工作画，庶几可以得到祖母近似的容颜。不久，祖母的图像画好了，父皇派法驾（仪仗队）从正阳门迎接入宫，在午门跪迎，悬挂宫中，呼老宫婢相认，有人说像，也有人说不像。父皇泪如雨下，六宫也跟着哀哀哭泣。

在隆福寺，看到藻井上的神秘星辰，我突然流下泪水，或者这就是祖母的灵魂对我的遥远呼唤吧。

回到景仁宫，突然想到圆融送给我的礼物，三包精细素点心，一包送给父皇，一包送给母后，一包留给自己。还有一包裹着大红纸，圆融交代是给我的，打开一看原来是二十两马蹄金，难怪他再三叮嘱。马蹄形状的金锞子，一两一个，整整二十个。我想了一下，四个一份，分成五份，炜彤、绛雪、柔荑、思筠每人四个，剩下的四个与素点心给刘妈。看着黄澄澄的金锞子与雪白带红点的素点心，刘妈眉开眼笑说长平懂得孝敬了，我说你的奶养大了我，怎么会不孝敬你呢！听我这么说，她突然哭起来，弄得我怪伤心的，而月光这时从檐下的支窗洒进来，浑浊地溜进她的眼角，她的眼睛看去朦朦胧胧的了。

长平所说她的祖母曾经葬在西山，准确说是安葬在金山，颐和园西北侧的金山口，那里是明朝埋葬皇室宫人的地方。景帝薨后也埋于此地。那一带现在只有景帝陵尚有遗存，其他坟墓都被平掉了。记得明代有个叫殷奎的写有一首七绝：

景帝陵前野草花，也曾沾被旧繁华。
只今开遍无人管，付与牛羊卧日斜。

诗的题目是"二月七日省牲诸陵沿道杂赋"。检查明史一类图书，殷奎是十四世纪人，与明代的景帝差了一个世纪，景帝是十五世纪，他诗中吟咏的应是陕西汉朝的景帝陵，与长平家无涉，抄录在这里算是移录，我喜欢这诗的味道，权作招魂，不仅是对长平祖上，也是对长平公主的一点追思吧。

檐角上的黑猫唱歌般曼声长嚎起来，宫中已经陷入浅褐的暗影，或者说被浅褐的暗影掩埋了，宫中的人都已经进入睡乡，只有暗夜为了蜕变为明天还在黑猫的歌声里潮水似的寂静奔波。

我突然睁开了眼睛。

2

自从见到袁将军以后，三弟便心心念念要去榆关，披坚执锐抵御建虏。

据说，他和父皇说了，父皇态度暧昧，既不说同意，也不说不同意，只是把三弟的事情搁在那里。有几次晚间，三弟去乾清宫，殿上的提督说父皇已经休息了。还有一次听说父皇在承乾宫，三弟兴致勃勃跑去，在宫门外，听到父皇与田妃的笑声，田妃的笑声宛如银铃，父皇笑声低沉优雅，近日很少听到父皇这样开心的笑声了。小黄门过了一会儿出来说，皇上现在不便，请改日再来吧。三弟闻听眉毛就立起来了，推开小黄门，怒气冲冲闯进去，看见父皇与田妃在后院并排坐在秋千的画板上，慢慢地荡。小黄门在前边拦，三弟在后面闯，惊动了父皇。父皇的脸色立即变坏了。跳下画板命三弟走到承乾宫前院。

三弟跪在父皇面前说：

"儿臣拜见父皇。"

"不必多言。你的事情，朕知道了。"

"建虏欺我大明，觊觎我大明社稷，以下逆上，岂能容忍！我想随同袁大将军去榆关杀敌建功。"

"炯儿（三弟叫慈炯）有此志向，自是好事，但按照祖制，你现在去不得！"

说完这话，父皇拂袖而去，回到后院与田妃继续荡秋千，只是不再笑了，脸色阴得可以拧出水来。听到这话，三弟也不再说话，他知道祖制的内涵，按照太祖爷爷定的规制，皇子成年以后分封到京师以外就藩，称藩王，当时不少皇子被分到北部边地，成祖爷爷就是分到燕地，封为燕王，后来清君侧而与南边打了四年仗，这曾经是个敏感话题不可以随便说的。三弟尚未封王，自然不能离开京城，他现在要离开京城北上，是什么意思？他要离开京师，父皇就要给他封王，但是父皇现在并没有给他封王的意思，无论他怎样想，都会有胁迫父皇的架势，胁迫父皇怎么可以呢！这自然是三弟的年轻幼稚，以身报国自然应该鼓励，但是岳武穆精忠报国的惨痛教训难道不应该记取吗？母后听到三弟的事情以后，把三弟叫到坤宁宫狠狠教训了一顿。他后来对我发牢骚，都是千年修炼得道的老狐，谁没有见过谁的尾巴耶！我知道狐狸的指向，当然不是母后，也不是父皇，而是另有所指，他疑心承乾宫里的人物在背后挑唆。

自此以后，三弟的门卫便换了新人，三弟出入都要请示注册，但这自然拦不住他，因为他可以从墙上飞来飞去的，门卫看着也不说话，只要不从门下走就行，因为在父皇的谕旨中，没有限制他不可以翻墙头，而且也没有人敢对父皇说，只要遵照父皇的谕旨在门口挡住三弟，没有违背旨意就可以了，何必多事，给自己找麻烦呢！

有几次，我看见三弟从墙头翻出来，我问他去何处，他说当然是花市了，说到花市，我知道又去找袁将军了，他那时对袁将军简直是入了魔，每天谈到深夜才回宫，当然是翻墙头回宫，在暗夜的魅蓝的掩护下，像是江湖飞贼。每当我看到他鬼鬼祟祟的身影，就禁不住笑出声来，皇帝的儿子应该是这样的吗？但皇子的模本又应该怎样呢？

有一天，我拦住他，问道：
"你和袁将军每天谈什么？"
"长城饮马，虎帐谈兵。"
三弟是个不喜读书之人，突然进出这么清雄雅健的话，难免使我吃惊。
"这是袁将军说的。"三弟说，"建房的历史，榆关的形态，被动防守，主动出击，长枪短砲，火铳与利箭，还有什么战术、谋略，多得很。"
"你每天这样翻墙头，小心被父皇侦知。"
"知道又怎样？"三弟满不在乎，"我又没有做什么坏事，我和你不一样，你是公主我是皇子。"
"公主怎样，皇子又怎样？"
"公主十五以后，下嫁一个好驸马就行了。皇子不可以，皇子应该捍卫大明，保卫家国社稷，不知晓军事怎么可以？好不容易遇到袁将军这样的人，我怎能轻易放过！"
"高监知兵，你多向他请教不是方便得很吗？"
"那是个坏蛋！"他狠狠地说，"事情就坏在高监这些奴才身上，我想不通，父皇如此睿智圣明，怎么会看不透这些奴才！"
我不同意他的说法，我觉得高监尽管粗鲁，精于拍马，但宫里的人都是这样，不这样怎么生存？因此这也算不得什么大毛病。三弟听我这么说，不禁苦笑道：
"你在深宫之中，哪知人间疾苦。这几年天气恒久寒冷，禾稼难长，西北多年闹灾，有的地方甚至绝收，不收一粒粮食，黎元黔首没得吃，只能吃土！"

"吃土？什么土可以吃！"

"观音土，吃下去，屙不出，当时挡饿，最后肚胀而亡。"三弟叹息道，又说：

"百姓没得吃，原本的良民成了流民，莠民乘机挑唆鼓动，遍地流民便成了燎原大火。现在西北民变乱得很！像是割韭菜，割了一茬又一茬。

"还有，榆关以外，辽河以东的土地都丢光了，辽西也岌岌可危，建房步步紧逼，西北民变，东北建房，这两把大火烤得父皇焦虑不安。

"我不明白为什么要派内侍监军，这简直是火上浇油！这些人对战局没有一丝一毫的作用，只会搜刮军饷，干扰将军们的指挥，高监就是这里最坏的坏蛋！"

他连连叹气，我突然觉得三弟长大了，穷年忧黎元，叹息肠内热，不再是那个只知打打闹闹舞刀弄枪发呆卖萌的小男孩。

次日，我问绛雪，她是陕西榆林人，我问她家人可好？她迟疑了半晌不说话，突然向我下跪，她的父母兄弟半年前都饿死了。说完这话，她放声痛哭，抽噎不止，跪在地上久久不起来。过了一会儿，又抽泣地说：

"我原想把殿下赠我的马蹄金托人带给父母，近日打听，问了几个人，东问西问，才问清楚，谁知他们早已不在人世了！"

说完她又恸哭不已，哭得嗓子都嘶哑了。

那晚，我又看见了那只黑猫，蹲在宫殿的屋脊上哀哀长号，月亮圆圆的被无限放大，把黑猫套在有暗灰色桂花树影的月轮里。

桂花是香的。

冷的。

现在，我给你们讲述建虏与大明的前因后果。父皇在平台召见袁崇焕的事，我留在后面叙述。

在以往爷爷们的实录里，在榆关的极北之地，有一处叫建州（即我们熟知的双城子，位于海参崴西北）的地方，住在那里的部落称熟女真，是金人后裔，再北是生女真，也是金人的后裔。建州这个地方是大明的疆土，设有建州卫，朝廷指派当地的酋长做指挥使，也就是建州卫的司令官。后来生女真南侵，熟女真被迫向西南迁徙，一部分迁到赫图阿拉城（辽宁新宾县），一部分迁到阿木河（朝鲜会宁），一部分迁到古勒城（辽宁抚顺县古楼村），分别称建州卫、建州左卫与建州右卫。建州卫与建州左卫，后来合并为建州卫。万历爷爷年间，建州右卫开始骚动，辽东总兵李成梁率部平叛。建州卫下面有两个部落，一个是苏克素护河部落，酋长叫尼堪外兰；一个是觉罗部落，酋长叫觉昌安，协助明军，分别担任向导。觉昌安奉命到古勒城 建州右卫所在地，今辽宁新宾满族自治县 劝降时被对方囚禁起来。古勒城后来被李部攻陷，觉昌安的儿子塔克世冲进城，抢救他的父亲，但已经迟了，觉昌安在大火中被烧死了，混战之中，不知什么缘故，塔克世也被明军杀掉。

为什么会发生这样的事？

当时就传说，这是尼堪外兰与李成梁合谋，目的是铲除潜在的敌人。然而，历史的战车并不那么任人摆布，塔克世有个儿子叫努尔哈赤，忍辱负重获得朝廷信任，没过几年被任命为建州卫的都督佥事，可以理解是代理司令吧！三年后，努尔哈赤击斩了尼堪外兰，将女真部落整合起来，自命为后金国的可汗，以"七大恨"祭告天地，宣布脱离大明的领导。"七大恨"中的第一恨，就是大明杀死了他的祖父与父亲，这其实只是一种猜测，并不能坐实，其他的"恨"不过是一地鸡毛，可见那时的努尔哈赤身边没有好谋士，只能像农村妇女那样，做鸡一嘴鸭一嘴的文案拼图。

从此，榆关外面的森林燃起了熊熊野火，后金处于攻势，大明处于守势，节节败退，辽河以东的土地基本丢失殆尽，如果做个比喻，那局面犹如曾经的主人被过去的仆人放倒在地上摩擦、胖揍不止，丢尽了颜面。这时孙承宗以兵部尚书兼东阁大学士，也就是督师的身份来到榆关，他到任以后，接受了袁崇焕固守宁远的建议，最终形成了宁远、锦州防线，稳定了辽河以西的战局。

孙承宗在巩固了宁锦防线以后，给熹宗伯伯上书，欲对后金发动攻击，将被动防御变主动进攻，请求速发二十四万两军饷，鼓舞士气，率军出击，这样大功可以立成。伯伯很高兴，他相信他的导师，立即命令兵、户二部如数筹措拨发。但是兵、户两部的人却另有想法，私下商议说：

"如果孙承宗的兵饷足了，他便会任意妄为，今后不好控制，不如答应他而不给他，通过拖延公文往来的方式，就把这事拖过去了。"

孙承宗在榆关久等多日，天天向京师方向看，所谓"鹄候"吧，"鹄"就是天鹅，像天鹅一样伸长脖子站着；"候"就是守望，想到孙老先生整天以这样的姿态向京师方向看，现在想来未免滑稽，然而无论怎样看，终究是只看到云彩，云彩虽厚，却看不到一滴雨，更没有见到一辆运银子的车，闻不到一锭银子的香气。孙承宗叹口气，这事便不了了之了。

孙承宗没有办法，伯伯也没有办法。

一日，伯伯突然心动，派遣内侍刘应坤带十万钱币去榆关犒赏将士，赐孙承宗"坐蟒""膝襕"，并辅以钱币。坐蟒与膝襕，后世的读

109

者可能不太明白，肯定会"蒙圈"，我在这里做些简单解释。在当时，我们的大明，有四种赐服：蟒、飞鱼、斗牛与麒麟服。蟒袍是当时内府高官与外廷宰辅，蒙恩特赐最高级别的赐服，十分难得珍贵。蟒与龙的形状非常近似，唯一的区别是龙"五"爪，蟒"四"爪。蟒服有坐蟒与行蟒之别。坐蟒正向而坐，行蟒侧面而行，坐蟒高于行蟒。蟒袍加身被认为是位极人臣的巨大荣耀。膝襕，相当于护腿，从脚腕至膝盖，织有精美的云蟒图案，是与蟒袍相连的服饰。

由于孙承宗与伯伯的关系密切，而且有军功，声望高，魏逆希望攀附他，而刘应坤是魏逆的人，见到孙承宗便转达魏逆的致意，孙承宗反感魏逆，知晓了魏逆的意思后，不再和刘应坤说一句话，甚至见一面都感到厌恶。魏逆因此十分怨恨他。慢慢地，魏逆权势日涨，驱逐杨涟、赵南星、高攀龙等东林党人，孙承宗异常愤怒，一天来到西部，巡视蓟、昌，他想如果上疏直言，伯伯未必能够看到，回想过去在文华殿御前讲席上，和伯伯直接对话该有多便利，于是请求在圣上生日那天，入朝祝寿，以便利用这个机会弹劾魏逆。伯伯在位时，孙承宗曾经以左庶子充经筵讲官，每次听孙先生讲课，伯伯都深受启发，感到"心开了"，二人关系很好，有师生之缘，因此孙承宗涌出了这个念头。

一个叫魏广微的辅臣知道了，惶急跑去告诉魏逆，说：

"孙承宗要进京面圣，他掌握数万人马，说要清君侧，他如果进京，我们就粉身碎骨了。"

听到这话魏逆吓得魂飞魄散，急忙去找伯伯，连连磕头，以至磕出几个大血包，围绕御床呜呜哭泣，对伯伯说：

"孙承宗说要进京清君侧，把陛下周围的人统统撤掉。我们如果都走了，谁伺候陛下呢？"

"他是这么说的吗？"

"这是臣听魏广微说的。"

魏逆之前，内宦在圣上面前自称"奴婢"，阉党掌权以后，不再称奴才而改称"臣"了。对这个称呼的改变，外廷的朝臣十分愤怒，认为这是对他们的极大耻辱，朝臣与阉人怎能混为一谈呢？但伯伯却不计较，认为臣与奴婢并无两样。臣就是奴婢，奴婢就是臣。

魏逆编造谣言时从不说是自己说的，况且这次真是听魏广微说的。

"你把他叫来。"伯伯慢慢地对他说。

魏逆把魏广微找来，这个人跪在伯伯的脚下，一句话不说，只是浑身发抖，而且有意抖动双肩，以示惊悸恐惧。看到这个情景，伯伯叹了口气，也为之心动，命令内阁拟旨，次辅顾秉乾奋笔疾书：

"没有接到圣旨，擅自离开关防之地，这是违背了祖宗法度，凡是违背的人，无论官职高下绝不宽恕！"

又连夜打开大内门禁，召兵部尚书火速入宫，接连派出三道飞骑阻止孙承宗进京。再矫旨——假传圣旨，告谕京师九门中守门的阉臣，如果孙承宗来到齐化门 这是元大都的称谓，明称朝阳门，但明人依旧喜欢沿用旧称，就把他反绑双手押进来！此时孙承宗已然来到通州，听到伯伯的圣旨便不再前行，返回榆关了。但是，魏逆仍不放心，派人出城侦探，远远地看见大道上，自东向西，在浮动的透明的微沙里，缓缓走来一辆柿黄马、红轮车——柿子一样黄色的马，朱砂一样红色的车，车轮高耸，上面支着篾席编织的篷子，篷子是玄色的，前后是本色木板门，打开门看，里面放着一顶月白色的头巾——官员闲居时戴的高筒帽，除此之外，什么也没有。魏逆这才放心。

也有史料记载，车厢里放着一个包袱，里面只有几件旧衣服，所谓"襆被"而已。

第二天，魏逆联络同党李蕃、崔呈秀、徐大化上疏诋毁孙承宗，把他比为王敦和李怀光——东晋初与唐代末的两个反叛将领。孙承宗于是闭门不出请求罢官。伯伯不批准他这个请求。

孙承宗相貌奇伟，生有一部络腮胡子，胡子坚硬，开张如戟，与人谈话时嗓音深宏，墙壁都感到震动。在老家直隶高阳做县学生的时候，孙承宗就关心边事，经常往来飞狐、拒马之间，策蹇驴到白登考察，之后沿旧道南下返回。白登是大同东北方向的白登山，是汉高祖刘邦被匈奴围困的地方；飞狐则是蒙古高原通往华北的一条山谷，称飞狐峪；拒马就是拒马河了。他喜欢与边地老兵聊天，究问险要关隘，由此通晓边防军务。孙承宗督师榆关四年内，修复了九座大城，四十五处城堡，训练了十一万精兵，建立了十二处车营、五处水营、二处火营、八处前锋后劲营，造甲胄、器械、弓矢、炮石、渠答、卤盾之具数百万。渠答是铁蒺藜，把铁蒺藜穿成一条线，撒在道路上，阻滞建虏的骑兵。卤盾是大盾牌。"拓地四百里，开屯五千顷，岁入十五万。"建虏自此不来骚扰了。

然而，孙承宗还是被迫告老回乡了。

据说，他离开榆关的时候，袁将军在宁远城头对关内方向久跪不起，身后是黑压压下跪的士兵与哀哀哭泣的百姓。山海夹杂，东风猛恶，笳声悲凉，马鸣交织萧萧的风声，"落日照大旗"，这是后句，前句忘记了，我忘记这是哪位诗人写的，大概是杜诗，我喜欢这诗的苍凉与浩瀚，然而在历史的现实中，岂止是诗的苍凉、浩瀚，而是流不尽的鲜血与悲怆，我们大明，我们大明的太阳，在孙承宗离开榆关的时刻就注定陨落了，这是大明的悲剧。茫茫百感，倚栏长啸，英雄安在？山河斟酌，忧怀欲诉，连山以为琴，长河为之弦，真不知该从何处落墨呢！

不要写了，再写又要奔泪失眠，豪竹哀丝，还是搁笔吧。

3

孙承宗走了，高第来了。

高第是魏逆的亲信，万历十七年辛巳科进士，此人对军事一窍不通，却侈言边事，因为要排挤孙承宗，魏逆便向伯伯推荐他做兵部尚书，经略蓟、辽，驰马榆关抵御建虏。

高第听到这个任命很害怕，日夜忧泣，甚至跪在魏逆面前，磕头乞免。魏逆十分奇怪地问：

"你喜谈兵事，又是滦州人 今滦州市，属河北省唐山市管辖 ，靠近榆关熟悉情况，委任你去榆关，不是满足你的志向吗？"

高第无话可答，只好硬着头皮上任。

看到高第的神情，魏逆不禁有些惶惑，但此时阉党和东林党人撕扯得你死我活犹如热窑一般，举凡被认定是东林党的一律被挤出朝廷，一些没本事、没气节，曾经被东林党人看不起的朝官，看到魏逆气焰熏天便摇尾投靠。当然啦，银子是敲门砖，诡黠而又不想破财的则另觅门路，编纂东林党人名录之类，贡献给魏逆，让他按图索骥，一个一个打击。孙承宗就在这些名录中，属于打击对象。

根据我后来看到的材料，这样的东林党名录有十几种以上，几乎每个名录上都列有孙承宗，魏逆又唆使一些没有廉耻的言官，时不时递奏本，时间长了，伯伯也不由得对老师产生怀疑。三人成虎、众口铄金就是这个道理。

一日，魏逆在吉安所前殿东庑闲坐撸猫，那是一只珍稀的蓝猫，茂密的短毛蓝而发灰，大大的黑眼珠围着黄眼圈，这是一只公猫，魏逆给它起名叫海龙，与客氏的那只白猫，叫山媚，当然是母猫，相互对应。魏逆正撸得开心，突然文书房一个小内侍喜笑颜开地跑过来，对着魏逆喊：

"公公，公公，大好事，大好事！"

魏逆看看他，这是一个不起眼的小内侍。

"你吃了什么蜜？嘴这么甜，有什么喜事让你这么高兴！"

魏逆有一个特点，即便是对不起眼的小人物也施以好颜色，让他错以为和自己亲近。这个内侍叫德才，京北昌平涧头村的，年龄不大，刚进宫不久，但为人伶俐识字，因此被分到文书房传递文书。德才从袖口掏出一个细长折子，双膝下跪双手捧出献给魏逆。魏逆看也不看，放在身边茶几上，顺手端起一只珐琅开光山水粉彩盖碗，打开盖子，慢慢啜饮，看着德才一句话不说。

德才突然醒悟魏逆不识字，赶紧跪下请罪，说：

"这是王大人秘送的《东林点将录》。"

"何意？"

"王大人将《水浒传》一百单八将和东林党人——也挑选一百零八人，天罡星三十六，地煞星七十二，相互对应，纂成名录。"

"第一名及时雨宋江对应谁？"

"不是宋江。第一名是开山元帅托塔天王晁盖，对应的是南京户部尚书李三才。"

"糊涂！这不是一百零九名了？怎么是一百单八将！数都算不清楚。你今天吃饭了吗？"魏逆突然虎起脸，把《点将录》丢在地上。这叫恩威并用。蓝猫看主人不开心，偷偷溜走了。

魏逆虽然不识字，但是民间野史却颇记住几部，尤其是三国、水浒里面的人物、故事与计谋，熟谙于心非常人可比。而且，魏逆的口才好，能把死汉子说翻身。

德才吓得连连叩头。魏逆想了想，说：

"你把王大人叫来。"

德才爬起来，捡起《点将录》，小心翼翼地放在金漆板足的茶几上，溜湫了一眼魏逆，眼睛盯着鞋尖，倒退着去传唤王大人。魏逆生于戊辰 _{隆庆二年（1568）}正月晦日 _{每月的最后一天}，自从得势后，半个月以前，从元宵节开始，祝寿的人便络绎不绝于途，当然都不是空手来，到了正日子，祝寿的人绯袍玉带，挤满了乾清宫两侧台阶，绶带摩擦挤击之声铿然而响，甚至有挤下台阶摔坏腿，崴了脚的。看得见和看不见魏逆的齐声山呼：

"千岁，千千岁！"

"千岁，千千岁！！"

每天早起，魏逆用一副银漱盂漱口，清洗牙刷时，把牙刷在银漱盂里狠命搅动，有意撞击银漱盂，放肆地发出最大声响，完全不顾伯伯就在附近睡觉，所谓宸居咫尺，不知伯伯听见，该做何种感想。

刚才，德才说的王大人叫王绍徽，陕西咸宁 _{今陕西省西安市长安区} 人，是吏部尚书王用宾的从孙，光宗爷爷时期，被弹劾罢官，后来钻了魏忠贤的门子，从陕西爬回来，但是一直也没有得到魏逆的青眼。昨晚，僚友韩敬来访，送来一部《东林点将录》请他斧正。韩敬，浙江归安 _{今浙江省湖州市} 人，神宗太爷爷钦点的状元，据说他的试卷为其他考官所弃，却被业师汤宾尹强录第一，又在宫内使了银钱才得以高中。京察（吏部对京官的定期考核，每六年考核一次）之时，东林党人揭发此事，导致汤宾尹被罢。韩敬虽然中了状元，但是由于手段卑污，被朝官侧目，难以立足只有辞官回家。一说，被贬为行人司副，一个从七品的小官，当然也是一种羞辱，但总算得到宽大

115

处理。看到魏逆得势,也觉得有机可乘,挖空心思耗了多日纂出一本《东林点将录》,请王绍徽点拨,却哪里料到被王绍徽偷偷献给魏逆请功呢!

王绍徽正在东华门外的皇恩桥上候着,看着真武大帝的神像发呆 _{上面建有真武庙,民国十年(1921)移建在桥下北侧,建筑今尚存,但已改为民居},见德才来了,赶紧深施一礼,随着德才来到吉安所。看到他,魏逆嘻嘻笑着站起来指着《点将录》说:

"请王大人教我。"

王绍徽拱手道:

"请魏公指点。这本《东林点将录》是门下几个学生耗费多日整理出来的,总计一百零九名。第一名是南京户部尚书李三才,对应开山元帅,托塔天王晁盖。以下是总兵都头领二员:天魁星,及时雨宋江,对应大学士叶向高;天罡星,玉麒麟卢俊义,对应吏部尚书赵南星。掌管机密军师二员:天机星,智多星吴用,对应左谕德缪昌期;天闲星,入云龙公孙胜,对应左都御史高攀龙。还有天杀星,黑旋风李逵,对应吏科都给事中魏大中。天勇星,大刀关胜,对应左副都御史杨涟。天雄星,豹子头林冲,对应左佥都御史左光斗。"

王绍徽本想称魏逆作"老叔",这是与魏逆亲近内侍对他的称呼,但是如此称呼也过于掉价,何况他又不是阉人!

"好,好!"魏逆兴奋得站起来,连连踱步,问道:

"孙承宗对应何人?"

"他嘛,在东林党里是个小人物,不过是颗绿豆,有什么能量,能放在什么锅里?只能放在地煞星这口锅里煮。"王绍徽俯身指点:

"呶,在这里,地短星,出林龙邹渊,对应的是大学士孙承宗。"

"邹渊有何作为?"

"哪有什么作为！是个不出名的小人物。小个子，高不过常人的腰，故名地短星。"

魏逆虽然熟悉水浒，却也实在想不起邹渊做了什么事。可见人物之小。

"好好，好好，地短星，小个子，小人物。"魏逆惊叹道：

"王大人，看不出你妩媚如闺人，却笔挟风霜，铦如利剑，真吾家之金不换耳！"

魏逆呵呵笑起来，笑得双肩竟然有些抖动。笑了一会儿，盯着窗外红墙，魏逆高声说：

"孙承宗呀，孙承宗，你以为你是什么天大人物，不过是小个子地短星罢了！好，好，好！"

将孙承宗对应地短星邹渊，王绍徽料到魏逆会高兴，但没料到竟会如此高兴，于是也顺势朗声笑道：

"苍天有眼放过谁？天道轮回，绿豆就是绿豆，黄米就是黄米，小人物就是小人物嘛！"

王绍徽偷偷觑了一眼魏逆，因为天热，魏逆没有戴官帽（以竹丝做胎，真青绉纱蒙之，所谓"刚叉帽"也），花白的头发上插满了皎洁的栀子花，从鬓角到头顶再到脑后，插了不下数十朵，喷出馥郁的香气。魏逆这些人由于身体受过戕害，小便不易排净，身上难免有异味，天冷时衣服厚重尚可遮掩，三月初四宫内换穿罗衣以后，衣着轻薄便会释放出来，因此要佩戴一只香囊，即便是底层的小黄门借钱也要淘换好香，这是他们进身的资本，浑身异味如何接近主子？魏逆刚进宫时也是如此，发达有条件了，便将栀子、茉莉这些鲜花插戴满头，说是喜欢其实更多是遮味。

"好，好极了。"魏逆笑得很开心，鬓角上的两朵栀子花，被他的笑声震下来。王绍徽赶紧拾起，替魏逆插进鬓角。拾起栀子花时，王绍徽发现有一朵是白绫做的绢花，不知洒了什么药水，竟比真的还香。见王绍徽眼光狐疑，魏逆笑说："王大人，这是红毛夷贡来的香水，别名'毒液'，你要是喜欢，过几天让小黄门拿几瓶送到府上。"听魏逆这么说，王绍徽立即眉开眼笑，站起来逊谢不止。王绍徽脾气古怪，但在魏逆面前却柔顺如面团，人称王媳妇，当然是魏逆的媳妇。

那只蓝猫不知什么时候又溜进来，围着王绍徽的腿打转。王绍徽是有洁癖的人，讨厌猫狗之类的小动物，但在魏逆的宠物面前却显得格外有爱心，伸出双手准备把蓝猫抱起来，但蓝猫只把尾巴旗杆似的竖起来，冲他轻轻叫了两声又溜出去了。魏逆看着王绍徽笑笑说："王大人也喜欢猫？"王绍徽附和说："是的，大人这猫有多可爱！"魏逆有多精明，看着王绍徽呵呵笑起来。

因为这个《点将录》，王绍徽次日便被擢为左副都御史，三日后晋为户部侍郎，再升为吏部尚书。

再说与孙承宗对应的邹渊，在《水浒传》中是个跳蚤式人物，他做过什么事没人说得清，我就说不清，只知道他有个侄子叫邹润，头上有颗肉瘤，绰号独角龙，没啥武功，就是用头撞，发起威来一头撞去，曾经撞断过一株树。将邹渊和孙承宗对应在一起，自然显示了对孙承宗的轻蔑。魏逆开心就是这个缘故！这就是王绍徽的精心和诡秘之处，他在得到韩敬的《点将录》后思索半夜，琢磨把某位东林党人和某位梁山好汉相对应，会引起魏逆何种反应，下了一番狠心思，这就是韩敬的呆，远不及他的地方了。

晚上，魏逆让德才把《点将录》细细说了一遍，第二天便到乾清宫去了。伯伯正歪在西暖阁看几个宫女搬演小戏。他最近身体不好，怕光、怕水、怕冷，尤其是怕水。为什么怕水我留在后面细说。魏逆刚进到殿门，伯伯便闻到一股栀子花的甜香，不由说：

"魏公好香！"

"圣上恩典。"魏逆道。

魏逆向伯伯磕了一个头，又说：

"臣是借来的香，借龙体散发出来的圣香而已。奴才的香就是圣上的香，圣上开恩，让臣多沾点儿香气。"

魏逆这个人巧言令色，深得伯伯欢心。魏逆那时五十多岁，原是肃宁县混混赌棍出身，穷得恨不得跳河而自宫进宫，什么下作的事做不出？伯伯还不到二十岁，生于深宫之中，长于妇人之手，对世事浑然不知，没有半点生活、理政的能力和经验，而且早被客氏控制，因此对魏逆深信不疑。魏逆从袖口掏出一个折子，呈给伯伯，伯伯看也不看丢在御案上：

"你说吧！"

魏逆低头斜眼瞅瞅殿内的宫女，不说话。伯伯对宫女挥挥手。待宫女退下，魏逆说：

"臣昨日得到一个折子。"说着他膝行到御案，拿起上面的折子，俯身指着托塔天王晁盖对伯伯说，"此人与南京户部尚书李三才相对应。"伯伯不晓得《水浒传》，更不晓得晁盖是何许人。看到伯伯木讷的神情，魏逆解释道：

"这人是个乡绅，身材高伟力大无穷。村口有一条大溪，他住的村子叫东溪村，在溪水东边，西边的叫西溪村。晁盖没有妻室。每日只是打熬筋骨，练得一身好武艺。西溪村常常闹鬼，有个僧人指点村民用青石凿了一座宝塔，有上千斤，放在西溪边上，这样鬼都跑到东溪村了。晁盖得知大怒，独自从溪里走过去，将青石宝塔夺过放在溪水东边。周围都轰动了,称他作托塔天王,由此江湖人拥戴他做山大王。"

伯伯听得入迷,魏逆暗自窃喜,又说道:

"这个李三才就是当今晁盖,最善蛊惑人心,在官绅中很有声望,专一和陛下做对。最近散播谣言说圣上用人有误,周围有许多坏人,要一网打尽。"

"勇哉,勇哉!好个晁盖,真乃开山元帅,好汉也!"伯伯突然鼓掌大叫。又不禁站起来说,"真是好汉,你把他找来,让朕看看他的臂力与腿脚功夫。"

听了伯伯的话,魏逆恨不得抽自己嘴巴,但是覆水难收,此时魏逆死了的心都有。好在伯伯并不深究,只是说:

"你下去处理吧。"伯伯挥挥手,内侍招呼那几个宫女小步疾走上到殿来,开始搬演小戏的后半部。

"圣上圣明,臣愚黯难及。"魏逆磕过头高兴地退下殿。

这两个人,伯伯基本不识字,一字认作扁担;魏逆也基本不识字,一斗不识半升,两人都是文盲。但是伯伯糊涂,魏逆精明,而且记忆超常,伯伯的话他都能记住,回到内书堂,让那些"写字奉御"蘸着朱砂秉笔拟旨就是。这就是"批红"。最后,由掌印太监审核盖章,此时的掌印太监是王体潜,与魏逆蛇蝎一窟,深险柔佞,哪有拒绝的道理?拟出的旨意,哪些是伯伯,哪些是魏逆的,谁能分辨得清!但我们可以知道的是,无论怎样,《点将录》里的东林人物不久便慢慢从朝廷消失了。即使已然回家做乡绅也难逃魏逆魔爪,孙承宗大人能够从榆关安稳退下,回到高阳以后魏逆没有再寻隙觅缝地找他麻烦,已是万幸之万幸了。

我后来托大伴在文渊阁的夹室里找到那本《点将录》。王绍徽的字，果然如传说的那样娟秀，有一种美女簪花的清媚之感，而其心却如此阴狠，人如其书，不知该如何解释。我还有一点不解，都是同朝为官，都是饱读孔孟圣贤之书，何以做人的心肝却如此不同！

在那本《点将录》中，内阁、六部、三法司等主官与各道御史基本都被记录在案，罕有幸免，可以说是瓜蔓抄。在一个人的心目中，将朝廷上几乎所有的同僚视为仇敌，可见怨恨之深，有多大的戾气！《点将录》被封在一个深蓝的布套内，上面粘着一条黄底红框的竖签，内中写道：

奉　　　魏公大人　　咸宁　王　敬缄

然而，不知什么缘故，那个细长折子有些水迹，因此纸张的边角有些发黄发脆。我现在把它移录下来缀在后面，算是奇文共欣赏，有兴趣的朋友不妨翻阅，没兴趣的赶快掷下，直接进入后面章节就是，何必浪费自己的光阴呢。

附：

东林点将录：

开山元帅
托塔天王晁盖——南京户部尚书李三才

总兵都头领二员：
天魁星　及时雨宋江——大学士叶向高
天罡星　玉麒麟卢俊义——吏部尚书赵南星

掌管机密军师二员：

天机星　智多星吴用——左谕德缪昌期

天闲星　入云龙公孙胜——左都御史高攀龙

协同参赞军务头领一员：

地魁星　神机军师朱武——礼部员外郎顾大章

正先锋一员：

天杀星　黑旋风李逵——吏科都给事中魏大中

左右先锋二员：

天暗星　青面兽杨志——浙江道御史房可壮

地周星　跳涧虎陈达——福建道御史周宗建

马军五虎将五员：

天勇星　大刀手关胜——左副都御史杨涟

天雄星　豹子头林冲——左佥都御史左光斗

天猛星　霹雳火秦明——大理寺少卿惠世扬

天威星　双鞭将呼延灼——太仆寺少卿周朝瑞

天立星　双枪将董平——河南道御史袁化中

马军八骠骑八员：

天英星　小李广花荣——福建道御史李应升

天捷星　没羽箭张清——陕西道御史蒋允仪

天空星　急先锋索超——山东道御史黄尊素

天退星　插翅虎雷横——浙江道御史夏之令
天究星　没遮拦穆弘——吏科给事中刘宏化
天满星　美髯公朱仝——刑科给事中解学龙
地猖星　毛头星孔明——刑科给事中毛士龙
地镇星　小遮拦穆春——工科给事中刘懋

总探声息走报机密头领二员：

天速星　神行太保戴宗——尚宝司丞吴尔成
地速星　中箭虎丁得孙——光禄寺少卿丁元荐

行文走檄调兵遣将头领一员：

地囚星　旱地忽律朱贵——广西道御史游士任

掌管钱粮头领二员：

天富星　扑天雕李应——礼部主事贺烺
地狗星　金毛犬段景住——尚宝司少卿黄正宾

定功赏罚军政司头领二员：

地正星　铁面孔目裴宣——左佥都御史程正己
地奴星　催命判官李立——左通政涂一臻

掌管行刑刽子手头领二员：

地损星　一枝花蔡庆——礼部尚书孙慎行
地平星　铁臂膊蔡富——刑部尚书王之寀

把捧帅字旗将校一员：

地贼星　鼓上蚤时迁——内阁中书汪文言

守护中军大将十二员：

天寿星　混江龙李俊——大学士刘一燝

天微星　九纹龙史进——大学士韩爌

地短星　出林龙邹渊——大学士孙承宗

天剑星　立地太岁阮小二——吏部尚书周嘉谟

地角星　独角龙邹润——吏部尚书张问达

天伤星　武行者武松——左都御史邹元标

天贵星　小旋风柴进——右都御史曹于汴

地轴星　轰天雷凌振——礼部尚书王图

天牢星　病关索杨雄——刑部尚书乔允升

地强星　锦毛虎燕顺——工部尚书冯从吾

地藏星　笑面虎朱富——吏部左侍郎陈于廷

天巧星　浪子燕青——左春坊左谕德钱谦益

四方打听邀接来宾头领十二员：

地明星　铁笛仙马麟——户部左侍郎郑三俊

地壮星　母夜叉孙二娘——礼部右侍郎张鼐

地妖星　摸着天杜万——光禄寺少卿史记事

地全星　鬼脸儿杜兴——光禄寺寺丞李炳恭

地文星　圣手书生萧让——翰林院修撰文震孟

地阔星　摩云金翅欧鹏——翰林院检讨姚希孟

地阴星　母大虫顾大嫂——翰林院检讨顾锡畴

地异星　白面郎君郑天寿——翰林院庶吉士郑鄤
地满星　玉幡竿孟康——吏部员外郎周顺昌
地兽星　紫髯伯皇甫端——吏部员外郎张光前
地慧星　一丈青扈三娘——吏部员外郎孙必显
地暗星　锦豹子杨林——礼部主事荆养乔

马步三军头领四十六员：

天慧星　拼命三郎石秀——刑部尚书王纪
天孤星　花和尚鲁智深——兵部左侍郎李瑾
天暴星　两头蛇解珍——兵部右侍郎孙居相
地勇星　病尉迟孙立——兵部右侍郎李邦华
地恶星　没面目焦挺——兵部右侍郎刘策
地佐星　小温侯吕方——兵部右侍郎何士晋
地奇星　圣水将单廷圭——户部右侍郎陈所学
天哭星　双尾蝎解宝——左副都御史孙鼎相
天祐星　金枪手徐宁——右佥都御史徐良彦
地刑星　菜园子张青——右佥都御史周起元
地丑星　石将军石勇——右佥都御史张凤翔
地狂星　独火星孔亮——右佥都御史朱世守
地巧星　玉臂匠金大坚——右佥都御史程绍
地暴星　丧门神鲍旭——右佥都御史王洽
地健星　险道神郁保四——右佥都御史李若星
天异星　赤发鬼刘唐——左通政使刘宗周
地俊星　铁扇子宋清——大理寺少卿韦藩
地空星　小霸王周通——太常寺少卿韩继嗣

125

地会星　　神算子蒋敬——太常寺少卿赵时用

地祐星　　赛仁贵郭盛——太常寺少卿李应魁

地阖星　　火眼狻猊邓飞——太常寺少卿程注

地稽星　　操刀鬼曹正——太常寺少卿沈应奎

地飞星　　八臂哪吒项充——吏部郎中夏嘉遇

地走星　　飞天大圣李衮——吏部郎中邹维琏

地察星　　青眼虎李云——吏科给事中陈良训

地煞星　　镇三山黄信——兵科给事中甄淑

地雄星　　井木犴郝思文——户科给事中郝土膏

地杰星　　丑郡马宣赞——兵科给事中沈惟炳

地幽星　　病大虫薛永——户科给事中薛文周

地孤星　　金钱豹子汤隆——兵科给事中萧基

天罪星　　短命二郎阮小五——湖广道御史刘芳

天败星　　活阎罗阮小七——江西道御史方震孺

地僻星　　打虎将李忠——山东道御史李元

地微星　　矮脚虎王英——福建道御史魏光绪

地捷星　　花项虎龚旺——四川道御史练国事

地威星　　百胜将韩滔——河南道御史谢文锦

地数星　　小尉迟孙新——云南道御史李日宣

地猛星　　神火将魏定国——贵州道御史张慎言

地乐星　　铁叫子乐和——山东道御史刘思诲

地伏星　　金眼彪施恩——湖南道御史刘其忠

地隐星　　白花蛇杨春——河南道御史杨新期

地耗星　　白日鼠白胜——湖广道御史刘大受

地遂星　　通臂猿侯健——山西道御史侯恂

地灵星　神医手安道全——云南道御史胡良机
地魔星　云里金刚宋万——四川道御史宋师襄
地理星　九尾龟陶宗望——河南道御史熊则祯

镇守南京正将一员：
地然星　混世魔王樊瑞——右佥都御史熊明遇

分守南京汛地头领六员：
天平星　船火儿张横——南京广东道御史王允成
天损星　浪里白条张顺——南京吏部郎中王象春
地英星　天目将彭玘——南京江西道御史陈必谦
地进星　出洞蛟童威——南京山西道御史黄公辅
地退星　翻江蜃童猛——南京四川道御史万言扬
地劣星　活闪婆王定六——南京工科给事中徐宪卿

4

高第自从来到榆关，每夜都被不同的声响惊醒，甚至一只夜鸟在枝上的啼鸣也会把他吓出一身冷汗。很快，高第消瘦下来，下人们议论，说他在京长日谈兵论剑，满腹韬略，豪气万丈，怎么到了边关就这样孱弱惺怯，实在不可理喻。有一位读过几本旧书的老夫子笑道，"这不奇怪，君不闻带汁之诸葛亮乎？"或问出于何典，那个老夫子说，"出于后蜀王昭远与南宋郭倪典也。"

后蜀的王昭远我不知道，南宋的郭倪，我是清楚的，那个郭倪是金宋时期的南宋将军，自谓胸有甲兵，颇以议论自负，在自己的扇子上题有这样两句诗,一面是"三顾频烦天下计",一面是"两朝开济老臣心",以孔明自许,但此人是赵括式人物,在与金人交战时大败,败也就败了,胜败乃兵家常事,算不得什么,被人耻笑的是此公在逃跑时惊恐万状,甚至把头蒙起来躲在被窝里颤抖不已,问仆人金人到哪儿了?逃到后方,与客人见面时眼目红肿,泣数行而下,不再自负韬略了。一时成为笑谈,人称其为"带汁的诸葛亮",也就是流眼泪的孔明。

不久,高第想出了一个主意,命令将榆关以外的锦州、前屯、右屯、大小凌河、松山、杏山、塔山,孙承宗镇守榆关时收复的四百里土地全部放弃。宁远视情况而定,适当时机也可放弃,只保留榆关。他说关外必不可守,这样可以集中兵力,守住榆关。经过多年经营,那些地方已聚集了不少士农工商,民生安详,如今高第下令全部撤到榆关以内,那里的百姓便会再次丧失家园,蒙受灾难而成为流民。

对这样荒唐的命令,袁崇焕岂肯俯首听命,他对高第说:

"锦、右、大凌,都是前锋要地,如果收兵撤退,已经安定的百姓将再次流亡,已经收复的疆土会再次沦丧,我们为什么要干这种蠢事?"

高第看了他一眼,不说话。袁崇焕看着他,继续说:

"如果将锦、右、大凌撤掉,宁、前就会失掉屏障,榆关必然震动。其实只要选好良将守城,必定没有忧虑。还望经略三思。"

"本经略已经说清了,关外难守,集中兵力退守榆关有何不对?"

"兵法云有进无退。现在锦、右、大凌已经收复,而且占据要地易守难攻,岂能轻易撤退?"

"不撤退怎样,你能守住关外吗?"

"只要经略精勇,如何守不住!"

"本经略决心已定,休得啰嗦,你难道要抗命吗?"

"抗命怎样?不抗命又怎样?你身为经略不发一兵,不放一箭,放弃大明四百里土地该当何罪?我是宁前道的主官,当与此道共存亡,要死也死在宁前道上,决不撤退!"

"来人!"高第恼羞成怒。两个执法的校尉向前准备动手,但是看到站在袁崇焕背后的佘锋,有些含糊,佘锋此时已将腰刀抽出一半,寒光冷冷闪烁。僵持之间,总兵满桂、参将祖大寿向前劝说:

"经略息怒,袁将军也是为国,不可自家窝里斗,让建虏看笑话。"

高第看着众人,一时没了主意,"哼"了一声退下去。

袁崇焕与佘锋退出榆关,连夜骑马向东疾驰。当他们接近宁远城门的时候,发现满桂、祖大寿还有一名叫赵率教的将军也跟在后面。袁崇焕跳下马拱手对他们朗声道:

"三位将军寅夜追来有何教诲?"

满桂三人立即跳下马也拱手说:

"某等三人愿随袁将军抵御建虏!"

袁崇焕望着三位将军,突然感到鼻子有些酸涩。冷月淡黄,星光疏朗,尚未融化干净的积雪泛出凛冽的灰白寒意。深夜中传来苍凉的筚篥,再远似乎可以感觉到墨色的夹杂冰块的海涛沉重翻滚,漫上沙滩,又从沙滩退回的微细之音。一只玄色夜鸟"阁阁"扇动沉重的翅膀,怪叫着从他们的头顶慢慢飞过,飞向首山漆黑的山坳里去了。

夜空中弥漫着浅浅的海水的腥味。

在这里我要暂时打住,啰嗦几句"宁前道"的事,或者说宁前道是个管什么事的官。说清了这个事,后面的事就好说了。

先说宁前。宁前是宁远卫 _{驻地兴城市} 与前屯卫 _{驻地绥中县前屯}

129

合称。道，是布政使与按察使的下属机构，布政使派出的是分守道；按察使派出的是分巡道。道或者统管几府，或者专任某事，主官称道员。袁崇焕当时任宁前道主官，驻地宁远。袁崇焕先是做右参政，后来晋升为按察使充任宁前道，但办理的公事与原来一样，只负责宁前道的事，包括民事与军事。

道员是文职，不是武将。英宗爷爷以后，文臣地位逐渐提高，朝廷采取以文制武的策略，战争时派遣文臣担任总督或者提督军务经画谋略，武将只负责领军作战。根据军队规模，派出的文臣可以分为五个层级。第一层级是督师，以大学士充任；第二层级是总督，以兵部尚书（或兵部侍郎兼任都御史衔）充任；第三层级是经略，以兵部尚书充任；第四层级是巡抚，以都御史、副佥都御史、兵部尚书、兵部侍郎等充任；第五层级是总兵官，以都督或侯伯充任。无论是督师还是总兵官，下属军队编制都是一样的。从上向下的层级是：都指挥使 领导若干卫、指挥使 卫的主官，一个卫有五千六百人、千户 千人长、百户 百人长、总旗 五十人长、小旗 十人长。此外，总兵官还有下属将领：副将；或者副总兵、参将、游击将军、守备与把总等。在即将爆发的宁远大战中，高第是以兵部尚书充任蓟辽经略，袁崇焕是以按察使充任宁前道，满桂是以从都督佥事充任总兵官，在以文臣制武臣的背景下，满桂要听从袁崇焕的指挥。

袁这个人，在大明是一位难得的英雄人物，他是广东东莞 今广东省辖地级市 人，一说祖籍广西，万历四十七年乙未科进士，官授邵武 今福建省南平市代管的县级市 知县。这个人慷慨有胆略而喜谈兵，遇到老兵和退伍的士卒，便和他们谈论边塞上的事情，从而了解了边塞，他自己也以边才自许。天启伯伯上位的次年正月，袁崇焕上京朝见，受到御史侯恂的赏识，将他破格提拔为兵部职方司主事。不久广宁兵败,朝廷商议扼守榆关,袁崇焕不和任何人说,便单骑出关巡视榆关内外的地理环境。兵部失去了袁主事,家里失去了顶梁柱,都不知道他去何处了。慌乱之中,袁崇焕从榆关回来了,详细陈述了关内关外的情形,说:"予我军马钱粮,我一个人就可守住这个地方!"廷臣们赞赏他的才能,再次越级提升他为佥事,监督关内外军队,也就是监军,同时调给他二十万两银子,让他招募士兵。当时榆关外面被哈刺慎诸部落占据,袁崇焕把他们招抚,关外情形顿时大变。经略王在晋于是命令崇焕移驻中前所,监督参将周守廉、游击左辅的部队,经营管理前屯卫事务。袁崇焕接到命令后,立即赶赴前屯安置辽人中的失业者,袁崇焕在夜间行进在荆棘虎豹之中,四更天便进入前屯,将士莫不壮其胆气而折服。在对建房的斗争中,袁崇焕主张坚守宁远,得到大学士孙承宗的支持。袁,这个人清廉无比,一两银子也不肯多拿,而且也以此要求属下,有一次,袁崇焕查核军队名额,发现有一支部队虚报名额,便立即将那支部队的长官斩首,孙承宗知道后发怒质问:

"监军可以擅自杀人吗?"

袁崇焕俯首认错,他就是这么一个人 敢作敢为但不失莽撞 。

袁崇焕与满桂等人进入宁远城后略事休息,立即把留在宁远的副将朱梅、守备何刚、同知程维英、通判金启倧召集商议守城。在孔庙的彝伦堂里,袁崇焕刺破手指,将血滴在酒海中,众人也纷纷刺破手指,将血滴入酒海,随后歃血为盟。袁崇焕率领众人向京师方向跪拜,袁崇焕说道:

"某等身为大明官员,践土食毛,守土有责,今在此盟誓,誓与宁远共存亡,人在城在,城亡人亡,河山有灵,神鬼鉴之!"

"河山有灵，神鬼鉴之！"

"神鬼鉴之！！"

众人随之齐声呐喊。

袁崇焕决定将宁远城外的城堡、驻军、武器、百姓、粮食、财物全部撤进城内，城外的屋舍全部焚毁，实行坚壁清野。程维英负责纠察，严查后金奸细；金启倧组织民夫，负责粮草供应；满桂提督全城防务，兼管西南城垣防御；左辅城东，朱梅城北，祖大寿负责城南。袁崇焕总督全局，佘锋作为中军协助他，并传达指令。民间穿长衫的秀才，袁崇焕也组织起来，让他们把守巷口，管理好编户。

为了鼓舞士气，袁崇焕命金启倧把库存的一万两白银搬上东城楼，宣谕道：

凡射杀建虏：一人者，奖银一锭；二人者，两锭；三人者，三锭；凡不畏艰险，死于守城者，家属给银五锭抚恤。当时士兵的月薪是九钱银子，榆关是边塞，故而多发一钱，也就是十钱银子。袁崇焕奖励的银子一锭是二两铸，而且来自户部大库，成色足，雪白锃亮得晃人眼。

赵率教督阵，凡退缩者杀！

言出法随，战时有一人乱动者即杀！

安排好了，东方天际开始现出淡淡的石青色，曙光朦胧地渐渐浮现了。众人散去后，袁崇焕不放心，与佘锋爬上东城门长久地凝视了半天。随后又到城池四角敌台，查看上面的红衣大炮。负责红衣大炮的百户罗力，看见他立即跑过来说已经准备好啦，只等建虏前来攻城，到时让他们有来无回。罗力是闽人，袁崇焕在福建任绍武知县时认识的，此人曾在澳门岛向红夷学习制炮与射击技术，袁崇焕来到榆关以后，专一请他来训练士兵学习红衣大炮的射击技术，现在已经训练出近百名炮手了。袁崇焕伸手抚摸红衣大炮的炮身,炮身蛇一样冰凉光滑,又探头看看炮膛,也擦拭得很干净,再看看堆房里的火药桶,做引线的火绳与溜圆的石球,问罗力这些器物可安全?罗力说,之所以把它们放在堆房里,就是防止建虏用飞石、利箭袭击。他指着梁柱让袁崇焕看,不仅梁柱粗壮,檩条也都粗壮,的确可以抵御建虏的飞石、利箭。

回到驻地,袁崇焕依旧处于亢奋状态,在房间里踱步,踱了几步坐在书案前,挥笔写道:

五载离家别路愁,送君寒浸宝刀头。
欲知肺腑同生死,何用安危问去留?
杖策必因图雪耻,横戈原不为封侯。
故园亲侣如相问,愧我边尘尚未收!

写罢掷笔,呼呼大睡,不觉东方之既白。

三天以后,天启六年正月二十三日,建虏果然兵抵城下。

建虏派人送来一封劝降信,袁崇焕看也不看,撕得粉碎,重新装进一个信封里,让那人带回去。建虏大怒立即攻城,命令放箭。建虏的箭镞锐利,箭杆长粗,威力很大。但是袁崇焕早有准备,给每个守城的士兵配发了一个卤盾,卤盾有齐肩高,用上好的松木制作,优质的卤盾外面还蒙有一层牛皮,蹲在卤盾后面,将卤盾微微倾斜保护住上半身,下半身也就护住了,基本不会受到伤害。这次,建虏发狠要攻破宁远,因此射箭的时间格外长久密集,有士兵卤盾的外面几乎布满了箭,士兵们抽出腰刀将箭杆砍去,只留箭镞,反而多了一层保护。

发过箭雨,建房的步兵推着楯车冲过来,但是刚冲到护城河边上,有不少推楯车的士兵便栽倒了。原来明军在护城河两岸布满渠答——一种三角形状的铁蒺藜,再用铁丝把渠答串起来,掩埋在草丛里,用以刺破士兵的战靴与马蹄。

宁远城头鸦雀无声,仿佛熟睡一般,并无半点音响。建房正在愣怔,突然一声梆子响,雉堞间旌旗纷纷竖起,火铳与大炮发出惊天怒吼,在烈焰炽热的燃烧中,愤怒的礌石骤雨一般,砸在建房的头上,扎进建房的四肢、手脚、腹背,引爆出一片撕心裂肺的惨叫之声。

第一波进攻,就这样结束了。

这时,金启倧组织民夫送来食物,有烙饼,也有煮熟的牛肉、羊肉,裹在烙饼里面吃。城外的建房也开始吃饭。

很快,第二波进攻又开始了。

吃了上次暗算,建房不再推着楯车向前疾冲,而是小心翼翼地向前走,躲在楯车下面寻找渠答,把它们拆掉。虽然明军的火力凶猛,但还是有不少建房冲到岸边,把装满泥土的袋子,一袋一袋扔进护城河,再铺上木板,踩着木板冲到城墙下面,在楯车的保护下开始凿墙。楯车是在手推车的前面安装一张大盾牌,在盾牌的外面再蒙上牛皮。士兵躲在盾牌后面从事土工作业,掘洞或者挖墙。楯车在城池的西南角越聚越多,很快便把城墙挖出几个大洞,建房躲在洞里挖掘得更带劲了。满桂杀红了眼,指挥士兵不停地把滚木礌石扔下去,砸毁了不少楯车,也砸死了不少士兵,但楯车却越聚越多,甚至有建房踩着云梯开始爬城了。正在危急之时,金启倧组织民夫上城送火药,看到这个情景灵机一动,将火药撒在被褥、草帘上,抛到城垣脚下,再射出火箭,把火药点燃,大火一起,建房立时慌了手脚,纷纷后退,楯车燃烧起来，不少建房也被烧着，在地上打滚，滚到护城河里，爬到对岸，像个泥猴，又被明军用火铳射死。也有很多建房，在暴虐的烈火里挣扎，惨不忍睹地被活活烧死。城头上的明军也被建房射死不少，满桂也被射中两箭，亏得穿了两层胸甲，铁衣坚厚才无大碍。攻防双方到了白热化地步，对躲在被挖开城墙洞里的建房，城上的明军一时没有办法。洞口越挖越大，城墙岌岌可危。这时祖大寿急匆匆赶来，组织冲锋营的死士从城头垂到城垣下半截，把裹着火药的被褥卷成圆筒扔到洞口，再用火箭点燃，大火高昂地伸出火舌，贪婪而残忍地将挖洞的建房大部烧死，没烧死的，慌急地爬出洞口，还没有跑过护城河就被明军要么用火铳，要么用利箭射死。冲锋营的死士也被建房射杀了将近一半。

白天的战事突然结束了。

太阳已经落到首山背后，晚霞布满天空仿佛士兵的鲜血，在天际与群山之间汩汩流淌，首山慢慢变成黑色，红与黑的对比分外刺目，似乎可以闻到血腥的气息。

袁崇焕端坐东边的城楼上，佘锋与程维英匆匆走来。看到他们，袁崇焕站起来询问战况。说完了战事，程维英说："建房狡诈，白天攻城失利，小心晚间偷城。"袁崇焕点头称是，让佘锋把满桂等人请来商议。

子夜时分，星月全无，天空黑漆漆的，建房果然趁着夜色偷城。他们换上软甲、软靴，悄悄把绳子抛上城墙的垛口，沿着绳子攀爬，哪料到明军早有准备，守住雉堞，看见抛上的绳套，不动声色，只待他们接近城头时，才挥刀砍断绳子。然而，也有漏网之鱼，有一名建房，高大矫健，黑色棉甲，把辫子缠在脖子上，咬着刀，鬼魅一般爬上来,挥刀砍死看守雉堞的明军,其他明军见状,举枪刺去,有一枪刺向他的面部,实在躲无可躲,那个建房索性张开嘴,将刺来的枪头咬住,顺手一刀将明军的胳膊砍断,明军疼得倒在地上打滚,其他明军都吓跑了。幸好佘锋巡城过来,看到这个情景挥刀相斗,竟一时拿不下他。斗了三合,佘锋一刀砍在他的披膊上,他反手一刀砍在佘锋的臂甲上,幸亏双方的甲衣坚韧,谁也没有伤了谁。这时,被打散的明军又跑回来,举枪乱刺,刺个透明,把尸体抛下去。

那个被刺死的建房是个贝勒,后金大汗努尔哈赤的侄子鄂敏。

次日,战事更加凶险,但是明军的火器发挥了出奇的好作用。在罗力的指挥下,红衣大炮不停地吐出浓烈的火焰,随着每一次火焰的喷出,原本圆圆的礌石被炸裂成碎片,具有极大的杀伤力。炮手们越打越勇,炮口都打红了。建房死伤得越来越多,很快便积尸遍野了。建房打出白旗要求搬回尸体,明军也乘机休息整顿。建房把尸体堆放在城西郊外的砖窑里,码一层尸体夹一层木柴,撒上火药点燃,把尸体烧成灰,放进陶土罐子里。焚烧尸体的时候,建房跪下来放声恸哭。

慢慢地,建房的攻击减弱了。

战后,人们经过那里,看到窑底上淤积了一层厚厚的尸灰,很长一段时间,不再用这个窑烧砖。过了若干年,在流水似的日子里战事渐渐被淡忘,又启动了这个窑,并没有什么异常,只是烧出的砖,无论采取什么办法都是暗红的颜色,而且用这些砖垒的墙,总是发出一些微细的音响,仿佛有僧人趺坐在墙里念经,有人说是陀罗尼经,也有人说是萨满太太跳神时唱的某一个片段。

蓦地,罗力跑过来对袁崇焕说,在离城东南一里左右的地方出现了一队人马,打头的簇拥着黄麾,看得见甲胄的反光,他判断应该

是建房的首领,也许就是努尔哈赤。听了他的话,袁崇焕十分兴奋,问道:

"红衣大炮的射程可以达到吗?"

"可以。有效距离一里,最远可以打三里。"

罗力陪着袁崇焕来到东南角敌台,那里放着三尊红衣大炮,袁崇焕让罗力把三尊大炮都装上火药礌石,两尊按照一里,一尊按照二里的距离,调整好炮口,同时对准簇拥黄麾的人射击。罗力和两名士兵同时点燃火绳,三尊大炮顿时恐怖地嘶吼起来,喷发出通红的火焰,滚圆的礌石爆炸成耀眼的碎石,惊天动地地抛射出去,火雨一般倾洒下来,把对面的人马打散了,黄麾被撕成碎片,打头的人倒地不起,很快被后面的人搀扶起来,放在马背上跑远了。

不久,建虏撤军了。

被红衣大炮击伤的是后金大汗努尔哈赤。

他有两处被礌石击伤,一处在头部,一处在左肩,虽然他戴的兜鍪是精铁制作的,但扛不住礌石的打击,瞬间被砸得昏晕过去。左肩则被砸得脱臼。

努尔哈赤以十三副衣甲起兵,以少击多攻无不克战无不胜,自萨尔浒之役后,攻陷了大明的开原、铁岭、辽阳、沈阳,从辽东到辽南,纵横千里,跃马驰骋,从未失手。在他的刀锋下,明军不过是砧板上的鱼肉,任由其宰割,没想到二十万大军却在小小的宁远城——宁远的守军不足一万,遭到败衄,努尔哈赤深感耻辱,不由得毒火内蕴,背上生疽,半年以后辞世了。据说,病危时他问:

"朕自用兵以来,未有抗行者,没有人能够抵抗我,袁崇焕是什么人,乃能而耶?竟然把我们打败了!"

137

听了他的话,皇太极默然无语。过了一会儿走出殿外站在前檐下,双手掩面痛哭,泪水顺着指缝流下来;昨夜残留在瓦沟上的宿雨间断滴下,冰凉地浸湿了黄马褂的左肩,他起初没有感觉,感到水的冰凉以后,黄马褂已经湿透了。

捷报传到京师,大明朝野欢呼,这是自萨尔浒之战,八年以来,明军第一次力挫贼锋,击退建房。熹宗伯伯特赐奖谕,并发十万两白银犒赏坚守宁远的将士。

那一年,努尔哈赤六十七岁,袁崇焕四十二岁,果然是以少胜多,英雄出于少士!

第五章　正直的人苦恼着

1

日子飞鸟似的很快过去了。

九月的关外已经可以闻到落叶气息，湖泊开始结冰，大雁与仙鹤结队南飞了。雁声杂沓而鹤声高远，每次听到仙鹤嘹亮的鸣唳，我都感到兴奋而遐想无边，《诗经》：鹤鸣九皋，声闻于天，就是这种感受吧！我居住的景仁宫饲养了两只，只是它们翅膀上的羽毛被剪短了，每当南来的雁群——鹤群很少从皇城上空飞过，听到雁鸣，那两只仙鹤都激动地拍打翅膀，有一只奋力飞上宫殿的前檐，却再也飞不动，只能在金色的殿顶上焦灼地走来走去，躁动着伸长脖颈，注视逐渐远去的远房兄弟，而此时是云端缥缈，美丽的云朵层层翻卷，不知在它们可爱的小脑袋里，有什么想法忽闪过去了。

天气慢慢冷了。

这天，在宁前道的花厅里，袁崇焕与程维英、金启倧布置给士兵分发棉衣。不知什么原因，今年发来的棉衣少了三千件，袁崇焕请程维英与金启倧起草一份给兵、户二部的文书。说话之间，佘锋，此时已经提升为游击将军了,带着一个叫李端的书生走进,说李先生今早从沈阳赶来,有紧急事务禀报。听了这话,袁崇焕立即与众人来到后庭一处大堂。这座大堂是宁前道研判紧密军情的处所,室内宽展,只有少量桌椅,室内后檐上悬挂一方白色横匾,写有三个青色大字:"射声堂"。在大堂外面的一射之处,竖有一面木牌,写道:"机密要地,不可擅入,违者治罪不赦。"

分宾主落座后,李端起身对袁崇焕说:

"学生日前在沈阳听说,努尔哈赤已于八月亡故,故而今早赶来禀报,请少司马定夺。"宁远之战后,宁远的官员将领都被拔擢,袁崇焕也升为兵部侍郎充任辽东巡抚,故称少司马,但驻地仍在宁远。

这个李端是万历四十三年乙卯科秀才,与同样居住在沈阳的范文程是同年。建房攻陷沈阳后,范文程被抓住,投在正白旗下为奴,李端则流亡到宁远,经常以做生意的名义,去沈阳刺探军情,是袁崇焕极为重要的谍报人物。建房狡猾,在和明军的交战中,经常有意透泄情报,努尔哈赤就多次自造身故消息,以诈死麻痹敌方制造军机。听到这个信息,大家不敢遽信,商议以吊唁的名义派遣一个使团去沈阳侦探。程维英做正使,金启倧做左副使,佘锋做右副使;李端做通事,也就是翻译;率领一个总旗的士兵,携带礼品,赶着马车奔沈阳而去。

到了沈阳,住在驿馆里,驿丞问:

"贵使所来何干?"

"听说大汗身故,袁将军特派使团吊唁。"

"岂有此理,大汗身体好好的,你们竟然前来吊唁,实在没有道理。"

听了这番话,大家面面相觑,努尔哈赤这个老狐狸,难道尚在人间!晚间大家商议,程维英说,明天与建房见面,不说吊唁,只说拜望，如何？

次日，内侍引导他们到大政殿，努尔哈赤端坐在金座上，侧面站着一位挎刀的侍卫。程维英看到这个情况，自然不再说吊唁的话，只说代表袁将军问候大汗，并献上绸缎、蓝布等礼品，内侍收下，努尔哈赤话不多，随意问了几句，站起来走了几步，让内侍回敬了一些野参、毛皮一类礼品，请转问袁将军好，抬眼看看那位挎刀侍卫，觐见便结束了。

回到驿馆，大家觉得有些怪异。努尔哈赤是个性格外露的人，今天怎么如此寡言，而且神情木讷，在大殿上走步好像在表演，难道是个假大汗？努尔哈赤身边的那位将军倒是神采奕奕，这里面会有什么文章。李端说，他午后去范文程处刺探。程维英说：

"这就有劳李先生了，但此时的范文程已经死心塌地为建虏卖命，与他交谈谨慎为是。"

"敢不谨慎！此人已经落水，成为敌方之人了。"说过这话，李端想了一下说：

"如果努尔哈赤已然亡故，必然惊动杠房，我再去杠房打探，或许会得到一些消息。"

"那也要有劳先生了。"

范文程的住宅门口竖立了许多棍子，在建虏的习俗里，棍子是身份标志，棍子越多，身份越高。范文程说，大汗金体健硕，虽老而益壮。说到皇太极，范文程说八皇子青春正富，是个好储君哩！听他说这些话，李端觉得很无味，将要走的时候，范文程说，兄弟近日新纳了一位小星，嫩得很，说罢请出给李端斟茶。小星果然艳媚，但哪里料到，日后竟会给范文程扯来天大的耻辱。

在日升号杠房李端果然有收获。有个杠头与李端是旧日邻居，偷偷对李端说，努尔哈赤是在八月十一日晚上故世的，三日后请日升号抬的棺，暂厝在沈阳东边的天柱山麓，那个地方现在已经封山，不让樵采了。内务府给了他们杠房不少钱，每名杠夫也多给了六钱银子，条件是不得泄露。

之后，是宁锦大战。

这时，建房已经降服朝鲜，皇太极做了后金大汗。

熹宗伯伯在世的最后一年，天启七年五月，皇太极率军渡过辽河，五天后来到锦州。皇太极派人到城下喊话：

"大汗有话对赵率教将军说。"

此时，赵率教已经升任总兵，派两人缒城而下，来到建房营中。皇太极质问：

"明军为什么在锦州驻兵？"

"这本是大明的土地，为什么不可以驻军？"派去的人说。

皇太极又派两人随同明军来到锦州，劝降赵率教，被断然拒绝：

"大明只有抗敌的将军，岂有投敌的将军！"

皇太极大怒，命令攻城。因为吃过红衣大炮的亏，他本人远远地离开锦州城池，躲在三里之外指挥攻城，猛攻锦州城的西、北两面。有了宁远守城的经验，赵率教不慌不忙用火铳、火箭与红衣大炮还击，建房很难靠近城垣。好不容易渡过护城河，靠近城垣，又被滚木礌石打散。建房一时想不出好主意，也用火器攻城，但是他们的火器落后，射程短，威力小，造不成什么危害。

一天，皇太极突然撤兵，试图引诱赵率教出城，以打明军伏击，但是赵将军久经沙场，只是坚守不发一兵出城。皇太极原以为袁崇焕会发兵驰援，妄图围点打援，利用建州铁骑冲突明军。然而，袁崇焕早就看透了他的意图,给明军下了两条死命令,第一,没有他的命令,任何部队不得盲目出兵驰援锦州,违令者斩!第二,从榆关驻军选出一万精兵,由满桂率领,到达宁远之后,袁崇焕再从中选出两千,又从宁远守军中遴选两千,共得四千精兵,交给满桂与另一位将领尤世禄率领,奔赴锦州解围。这四千将士都是明军多年老兵,有浙兵、闽兵,还有一部分广西的狼兵,勇悍凶猛,久经沙场,且有临敌经验。满桂率领的明军行至笊篱山时,突然与清军遭遇,皇太极大喜,命令用铁骑冲击。满桂有条不紊地布好阵势,下令用火炮轰击,之后派出骑兵与建虏缠斗。此时明军在野战中已经获得一些经验,将炮兵与骑兵交互使用,先是用火炮轰击,待建虏被打残后再派出骑兵,以骑兵打骑兵,明军的骑兵多是辽人,在体魄上与建虏相类,并不吃亏,而且由于火炮对建虏的摧毁,在心理上已经占据了一定优势。战斗很快就结束了,建虏甚至比明军的伤亡还要高。皇太极很是愤怒,但一时无计可施,退至塔山扎营,满桂让一部分士兵进入宁远城内,另一部分由他和尤世禄率领屯驻在城外原来明军的校场里。

皇太极写信给袁崇焕,说他明日只身到宁远城下,与袁崇焕晤面交谈国是,袁崇焕答应了(袁崇焕此时已到宁远)。第二日,皇太极白盔白甲骑一匹黄骠马前来,果真未带一兵一卒。袁崇焕也一人一骑,明盔蓝甲骑一匹银色马驰出城门,与皇太极隔河对话。皇太极说:

"皇太极致意元素将军阁下。贵国主上暗弱,内竖当道,将军英武过人,如蒙不弃,当以贝勒待之。望将军三思。"听了皇太极的话,袁崇焕说:

"袁崇焕致意皇太极汗家帐下。尔等本是我大明藩属,不知听信何人捏造,反叛朝廷,大汗今如憬悟,我圣上当不计前嫌,而以藩王待之，愿汗家思之。"

"我乃后金之主，与尔明朝何涉？"

"尔祖尔父也曾是大明建州将领，怎么与大明无涉？"

"我先祖觉昌安、塔克世被尔国杀掉，此仇不报，何以为人！"

"尔先祖是被尼堪外兰部杀掉，尼堪与尔本是同一族类，属于兄弟相残，与我大明何干？"

皇太极听袁崇焕如此说，茶褐色的脸颊蓦然变成白色，干笑几声，说：

"早闻袁将军钢牙铁嘴，铁嘴钢牙，果然好辩才，好辩才，但杀我先祖之事岂是你能洗白的！"

"汗家错谬！自尔举兵以来，十年锋镝，饮血刀枪，肝脑涂三韩 古代朝鲜半岛的马韩、辰韩、弁韩，合称三韩 ，膏泽沃野草；且尔占我辽东之地，掳我辽民为奴，千里之野，赤血逆流成河，无复闻鸡鸣，辽人骨骸坟墟皆在辽土，让辽人情何以堪？反观尔等亦如是，刀兵之下岂有圆满之家？姑婆觅儿寻夫，千家尽哭，万户悲声，此乃天愁地惨，极悲极痛之事，汗家如何不思？我皇上明睿宽宏，以道义为则，既往之事概不追究。上天爱惜下民，以好生为德，一念杀机，起世上无穷劫运；一念生机，保身后多少吉祥，愿汗家为己为后为民深思之。"

"你是让我罢兵吗？"

"刀兵入库，两国修好，使生灵免遭涂炭，百姓安堵自然要称颂汗家，难道不好吗？！"

"辽东之地，是我国凭力洒血得之，汝欲得之，请用万千头颅来换！我有二十万雄兵在握，岂肯轻易收手！"

"据我所知，汗家不过有六万兵耳！"

听了袁崇焕的话，皇太极眯起暗黄色眼珠微微一笑：

"这是尔说。尔等如欲休兵，当满足我之条件：尔国当以黄金五万两、白银五十万两、绸缎五十万匹、毛青细蓝布五百万匹送我。我国以东珠十粒、黑狐狸皮二张、玄狐狸皮十张、貂皮二百张、人参一千斤回送，以为和好之礼，如何？"

听了这话，袁崇焕纵声大笑起来。

"还有，"皇太极继续说：

"两国既和，每岁尔国再以黄金一万两、白银十万两、绸缎十万匹、毛青细蓝布三十万匹送我，我国再以东珠十粒、人参千斤回送，复以貂皮五百张送尔，以示修睦，如何？"

"天下之心即我之心，也即汗家之心，汗家所言是诚心乎？尔如诚心，岂可做如此夸诞虚假之言，尔以为天下之人可欺乎？徒增天下笑尔。"

说完这句话，袁崇焕不再说话，向皇太极拱拱手，便调转马头回到城内。皇太极看着他进城，转身回到中军下令攻城，但一时也没有好办法，突然想到有一架新打造用来攻城的云楼，下面有木轮可以推着行走，楼上有厚木栏板，可以站在上面施箭放炮。然而，昨晚刚刚下过大雨，乌黑的道路泥泞没膝，没有走出几步，云楼的木轮便陷进泥泞里，歪在道路下面了。指挥红衣大炮的罗力眼睛有多尖，看见云楼，让士兵对准云楼打，只一炮，便把云楼打碎，文雅的说法是打成齑粉。

皇太极没有办法，只好让建房放箭，真的是箭如骤雨，射在城楼的椽子、立柱、槛框、雀替、斗拱、大额枋、小额枋、垫板、拱眼壁、走马板上，把前檐上面的仙人、走兽、瓦当与滴水都射碎了，有一支箭甚至气哼哼地射进城楼，扎在袁崇焕饮酒的桌子上。袁，这个人,每临大事有静气,即便是泰山崩于前也不露声色,这一次,他在城楼与朝鲜人韩瑗饮酒,韩是朝鲜人,是明军与朝鲜的联络人员,此人虽是外籍,但是精通汉语,对杜诗深有研究,受到袁的器重。袁崇焕问他:

"杜工部有诗:'宿雨南江涨,波涛乱远峰。'不知'南江'是何所指?"

"据学生浅见,嘉陵江有支流曰渠江,渠江有支流称难江,'难'与'南'同音,即杜工部诗中之南江也。"

"老先生高见。这诗在杜诗中少见,先生竟也如此熟悉……"

话未说完,那支箭便"嗖"的一声射过来,"铮"的一声钉在桌子上,距离袁崇焕的酒杯不过寸余,袁崇焕端起酒杯,那箭杆兀自抖动,带动箭羽颤动,"咔咔"闪烁出一点模糊的金色。袁崇焕拔下箭,看看箭羽,竟然是雕羽!再看箭杆上细细描写四字:"二大王代"。

"都说建房的箭做得好,果然不差。"

袁崇焕说罢,举起酒盏,看看还余有半盏烧酒,泛滥一种东北特有的高粱香气,对韩瑗说,"喝完这盏,建房的箭也该射完了。"

饮完酒,袁崇焕喝令校尉擂起鼓来。

宁远突然打开东南两座城门,明军犹如猛虎从城内冲出来,先是步军,站稳阵脚,向建房射箭,此时的建房已经无箭可射,只能纷纷躲避,躲闪不及者,被射杀不少,又一声梆子响,马军从城内冲出,将渡过护城河的建房全部砍死,随即又冲过护城河向建房冲击,建房竟然不敢还击,调转头跑得远远的了。

这一仗,史称宁锦之役,仅在宁远城下,建房便战殁了三四千人,射死了两个贝勒,一个叫召力兔,中箭穿胸;一个叫浪荡宁古,被射中头颅。另一个叫济尔哈朗的贝勒也受了伤,这个人是努尔哈赤的侄子，后来被封为郑亲王，满人入关后的八大铁帽子王之一。

据说，皇太极回到沈阳以后抱头痛哭。这一仗打出了明军野战的信心，自从萨尔浒之战后，明军从不敢和建虏野战，现在终于可以了，而且打得不差。袁崇焕在给伯伯的奏疏说：

"十年来尽天下之兵，未尝敢与奴战，合马交锋，今始一刀一枪拼命，不知有夷之凶狠剽悍。职复凭堞大呼，分路进追。诸军愤恨此贼，一战挫之，满镇之力居多。"

满镇就是满桂。镇是镇守之地的意思。镇守这个地方的军事长官，便称"某镇"，"某"是军事长官的姓氏。在这次战役中，满桂身中数箭，战马被射伤，佘锋把自己的战马让给他，自己抢了建虏一匹斑驳的杂色马骑上去，一口气砍下三个建虏的首级。在和第四个建虏拼杀时，怎么也砍不动那个建虏的头，战后发现腰刀的刃已经崩了。

熹宗伯伯看到塘报以后，高兴极了，但是此时伯伯已经被病魔折磨得奄奄一息，朝政完全被魏阉把持，由于宁锦之役的胜利，许多人得到升迁、赏赐，据说有数百人之多，但是得到好处的，不少人与此役并无关系。魏忠贤累受封赏，他的一个侄子被封为公爵，竟然代表伯伯去天坛祭天。那个高起潜也参加了这次战役，本来他想随部分士兵进入宁远，被满桂拒绝，无奈只好追随满桂到校场里面，战后他也膨胀起来，受到厚厚赏赐，从此获得知兵之名。

袁崇焕非但没有受到应有封赏，反而饱受攻击。魏阉指示党羽说他战守乖方，暮气沉沉，没有将士应有的锐气，应撤职查办。袁崇焕于是上《乞休疏》，谓"积劳血耗，脾胃干焦"，请求回籍调理。伯伯批准了他的请求。

正直的人苦恼着。

2

今天韩女史给我们讲课。

地方在清望阁 _{清人改称延晖阁} 。

清望阁是一座两层楼阁，但底层和二层之间有一道夹层，因此实为两层半。底层檐子敷设绿琉璃瓦，顶层是黄琉璃瓦绿剪边。清望阁东侧是堆绣山，北侧是御花园红墙，南侧是繁花佳木，父皇十分喜爱这里，每当春秋佳日，都要携带翰林院的词臣，登高远望吟诗作赋。

上课的地方在清望阁的底层东间。临南边槛窗的东壁上悬挂孔圣画像，下面摆着一张小巧的紫檀雕花托泥案，上放一只茄皮侈口桥耳香炉，每次上课，我们都要给孔圣上香，我、炜彤、柔荑，每人三支，神三鬼四，孔圣是神，天不生仲尼，万古如暗夜，这是大明至高无上的神，与建房的神祇（萨满太太）完全是风马牛。

这幅孔圣画像出自文衡山（徵明）先生之手，和祥里透出一股威猛之色。衡山先生是文震孟的太爷爷，一身傲骨，内阁首辅杨一清曾受过他父亲的奖掖，对他说及此事，他那时在翰林院做待诏，但他却说：

"先君弃不肖三十年矣，苟有一字及者，学生岂敢忘之？实不知相公与先君有交往矣。"

拒绝杨一清抬举。

据说衡山先生曾经蒙诏来过这里，对阁前花圃里的一株牡丹十分喜爱。那株牡丹一日可以生出三种颜色，晓时做珂雪色 _{古诗：夜摩天上珂雪色，便是指那种电光闪出的白色} ，巳时后做嫩黄色，午间又变为少女的腮红色，因此名为"芙蓉三变"。然而父皇不喜欢它，谓其过于妖冶，但我却喜欢，我是梦中传彩笔，女孩子不美丽岂不辜负韶华青春？

谁愿意锦衣夜行！

韩女史叫韩玉娥，是尚仪局司籍司的女史。司籍司有十名女史，负责管理经籍、图书、笔札、几案诸事。韩女史具体负责的事情是整理图书，还有就是给宫女授课，教授她们读经、写作。韩女史很喜欢她的职业，宫女也喜欢她。

说来诸君可能不信，为宫女们设置的课程，比我的要丰富许多，韩女史至少可以给她们讲如何写诗，而我除了《兔园册》 唐五代时称私塾教授学童的课本为《兔园册》，长平公主在这里沿用旧辞 一类的浅近读本，再就是《古今列女传》与历代母后圣训，只是由于我的坚持要求，才破例让女史单独给我授课，除了必讲的那些内容，还可以讲诗词歌赋了。

我后来明白了。这是祖辈给宫女们提供一个上升机会。有了文化，宫女可以上升，至少可以做女史，这是个正经儿八百的官儿，正八品，在九品十八阶中，处于第十五档。当然，机缘好，还可以做司籍司的司籍，甚至做尚仪局的尚仪，那就是正五品，也未必不是不可以期许的。有了上升机会，宫女们才会安心在宫里做事。那么，公主呢？有文化是公主，没文化难道就不是公主了吗？公主的身份不要求有多么广博的文化，只要晓得、遵循宫中种种繁杂礼仪就可以了。公主不过是个象征，在国难危急的时候，还可以当礼物送出去！

女史今天讲律诗的平仄之拗口。

她先读一遍李太白的《夜泊牛渚怀古》，之后让炜彤复读：

牛渚西江夜，青天无片云。

149

登舟望秋月，空忆谢将军。

余亦能高咏，斯人不可闻。

明朝挂帆去，枫叶落纷纷。

听炜彤用"下廓街"味的官话朗读，我不禁笑了起来。她的朗读哪里分辨出什么拗不拗的？女史不高兴了，轰柔黉出去，罚她到清望阁外面站着思过。我倒希望这个惩罚能落到我头上，站在阁前，嗅闻花木散发出来的清幽体香，总比看女史的黄脸颊要舒心罢！但那是不可能的。炜彤与柔黉在清望阁读书，完全是陪读，当然是陪太子，不，陪公主读书。我的书读不好，往往这两位要受到惩罚，所谓"成王有过，则挞伯禽"就是这个意思。

女史说：

"拗口就是不顺口，就是拗句，不合平仄。李太白的《夜泊牛渚怀古》是一首仄起的五律：'仄仄平平仄，平平仄仄平。平平平仄仄，仄仄仄平平。'这是范式。后四句重复一遍。但是，在此诗首联次句中却出现了拗句：'青天无片云'中的'无'字为平声，但这个地方应该是仄声；颈联首句'登舟望秋月'之'望秋'是仄平，依律应该是平仄；还有尾联的'明朝挂帆去'之'挂帆'为仄平，按规定应为平仄。这些都是拗句。"

"拗句是否要救呢？"我问女史。

"可以救，也可以不救。"

听了她的答复，我一时有些蒙圈，既然出现了拗句，为什么不在下句中以拗纠拗呢？我后来明白了，女史的意思是既然出现了拗句，已经错了，如果在下句中再有意识地制造拗句，以求补救，便是错上加错，只要不"犯孤平"就可以不管它。

课下，我让柔荑将炜彤从南丹携回的"六龙古瓮"茶，给女史斟了一盏，茶汤清纯，空山灵雨般荡漾着一波早春松针的翠绿，女史抿了一口，极力称赞，我知道这是女史在讲究礼节，南丹茶的确不差，但也的确没有女史称赞得那么好！

饮茶时，女史评说我写的那首《宫怨》。不说好，也不说坏，只是说，我的这首五绝很有发展前途。说完她让炜彤诵读李太白的五言《怨情》：

"美人卷珠帘，深坐颦蛾眉。但见泪痕湿，不知心恨谁？"

我这次没有笑，生怕女史不高兴，耐心听她解说，大意是这是一首有"味外味"的诗，看似表达宫中女子的幽怨之情，却似乎并不那么单纯：

"夜色明媚，树影清澄，一幅珠帘蓦地分开，一位少艾的宫女微蹙眉尖儿坐在雕花的窗子里。她为什么不高兴？李太白写这诗目的何在？表层是写宫怨，但背后传达出另一种味道。"

"讲官，背后，背后是什么意思，有什么味道呢？"炜彤低下眼角小心翼翼地问。

她今天在眼角细细地涂了一抹缥缈的微红，而且微红的线条略微上折，将原本精致的五官衬托得更为精致有味。这个炜彤总会画出让人出其不意的妆容，要不然刘妈会死心找她做儿媳！女史长长地凝视了一会儿，不是看她，而是看远处的虚空，轻轻地"哎"了一声说：

"思无邪。"

说完这三个字，她不再说话，端起茶盏，一口一口细细品。

女史早年是神宗太爷爷琛妃未央宫的一位宫女，因为识字，执掌文书一类杂务。琛妃是当时宫中少有的才女，姓少，这是一个小姓，浙江昌化人，家境贫寒，父亲以淘沙养家，迫于生计将她送到杭州的一位内侍那里。少氏很有姿色，人也聪明，内侍很喜欢她，教了她许多宫中礼仪。内侍喜欢唐诗，她也学会了作唐诗，据说能够背诵三千首。过了几年，宫里征聘懂礼的女官，内侍送她去应聘，果然一去就选中了。但是当时，神宗太爷爷宠幸郑贵妃，郑贵妃恃宠而骄，宫中的女眷纷纷回避，少氏躲在西苑一处别院里做杂事。

一天黄昏，太阳将落未落，拈起粉紫的暮霭在宫墙上空，偷偷地迷离浮动，柳丝骀荡，海水缓缓生出许多闪光的美丽漪沦，神宗爷爷来到西苑游幸，听到别院里一个年轻姑娘吟咏，声音清婉，使人感到这声音的主人也应该是秀丽的：

宫漏沉沉滴绛河，绣鞋无奈怯春罗。
曾将旧恨题红叶，惹得新愁上翠娥。
雨过玉阶秋气冷，风摇金锁夜声多。
几年不见君王面，咫尺蓬莱奈如何？

当晚，太爷爷就与少氏在别院共度良宵，不久封她为琛妃。在未央宫做事时，女史因为喜欢诗，被琛妃引为知己，经常和她谈诗论文。然而，彩云易散，琉璃难以坚久，神宗爷爷大行后，光宗爷爷即位，几个月后也撒手西向，熹宗伯伯御极，客氏与魏逆掌权了，大肆迫害熹宗伯伯的妃子，有一个妃子，就是我在前面说到的慧妃，因为预先藏了许多食物，在被囚禁时没有饿死。不知是谁揭发，说这些食物是女史提供的，哪位女史呢？不知道，于是所有女史都受到牵连，韩女史也受到惩罚，被发配在宫中巡夜。

巡夜路线从乾清门东庑的日精门开始，绕过坤宁宫后身，再到西庑的月华门，复回日精门。这是一圈，如此循环往复直到天明。宫女如果犯了过失，惩罚之一便是提着铁铃巡夜，边走边摇动铁铃高喊："天下太平，——天下太平啊——"

即使风酸雨冷，雪白如絮不绝也是如此。有一首宫词："五夜提铃绕殿行，月华门外待天明。太平高唱声声婉，半待悲风怨雨晴。"

在一个风雨交集之夕，听到外面传来"天下太平"的凄婉之音，父皇不禁心生悲悯，命内侍将巡夜的宫女传进来，原来是韩玉娥，听到她的陈述，立即免去她的刑罚，充任为司仪局女史。过了两年，不知为什么，她突然又被发配到新开道街东侧<small>曾称蒋养房，今称新街口东街，在北京市西城区</small>的浣衣局做苦工。女史左思右想实在想不明白又被谁"黑"了。说来也巧，浣衣局换了掌印太监刘喜常，和她相识，女史问他自己犯了什么罪？刘喜常看到她也很奇怪，问她为什么来浣衣局？两相对应，才知道女史竟然被诬告为客氏余孽，这真是匪夷所思，没有任何道理好讲。于是再次平反，但是女史已经在浣衣局待了三年。进浣衣局时，她的长发还宛如乌鸦翅膀一样黑，从浣衣局出来，变得蕈子似的半白不白了。

女史和刘妈有私谊，但是从不说她在浣衣局遭受的苦难。

刘妈说，女史的父亲韩雄是锦衣卫的一千户，十岁时母亲罹病故世，当时她的弟弟亚雄五岁，妹妹亚兰七岁。不久，父亲娶了继母焦氏，生了一个小弟弟亚奴。五年后，万历二十五年，倭酋丰臣秀吉再次侵入朝鲜，朝鲜国王请神宗爷爷发兵援助，女史的父亲就是在这次援朝之役中战殁的。按规矩，父亲的千户应该由长子亚雄继承。但是继母焦氏有心让自己的儿子亚奴承袭，便逼迫十岁的亚雄去朝鲜寻找父亲骸骨。焦氏满心以为亚雄会死在朝鲜，从而满足自己的私念。然而，皇天不昧，父亲有灵，年幼的亚雄居然背负父亲的骸骨回来了。不久，焦氏将亚雄下鸩毒杀；把亚兰卖给他人做童养媳，朝夕拷打虐待身亡；又污指女史有奸情，不孝父母，把她送进监狱。有奸情的理由是女史写过两首七言诗。一首是《送春》：

柴门寂寂锁残春，满地榆钱不疗贫。
云鬟霞裳伴泥土，野花何似一愁人。

再一首是《别燕》：

新巢泥满旧时巢，春满疏帘欲掩迟。
愁对呢喃终一别，画堂依旧主人非。

这两首诗本是女史感诸身心形诸笔端的咏春之作，却哪里料到竟然遇到了一位糊涂昏官，判了她一个"剐"字，秋后行刑。幸亏复审时，女史冒死辩白，才释放出来。出狱后已经无家可归，恰好宫中招聘识字的女官，女史前去应聘便被录用了。入宫以后，女史将自己原来的名字亚娥，改为玉娥。我在知道女史的经历之前，从来没听说写诗会被判刑，而且是重刑，是磔杀，是三千六百零八刀的剐刑，想一想都觉得害怕，浑身禁不住涌起阵阵寒栗！

怎么会是这样呢？

那一晚，我又梦见了那只猫，嘴巴流着口水，趴在画着卍字的飞椽上，弯着头向殿里窥视。大殿黑黢黢的，只有一支宫烛的红色暗影明晃晃抖动，慢慢向前延宕，很快爬进我睡觉的暖阁了。

两个月以后，我查到一张万历二十六年九月的塘报。其中有一节涉及女史父亲之死的战事，大意是，一天，东征的将士分道进兵。刘綎率领的川兵与西路日酋行长的军队对垒，双方拼杀了几天不分胜负，刘綎约行长来中军大营赴宴会谈。行长复信曰次日带五十人前来，刘綎很高兴，立即分布诸将四面设伏，同时令一个长相威严的百户伪装他，他则诈为小卒，执酒壶站在假刘綎身旁，谋划好了与左右约定：

"看见我走到帐外，你们就开炮，把那些倭寇歼灭掉！"

翌日，行长果然骑一匹卷毛高头大洋马，率领五十名骑兵来了，那些兵，每个人都佩着太刀、肋差，前拥后簇把行长围拢在中间。那个假刘綎站在大帐外面，身穿金甲，斜披红袍，头扎黑色软巾，足蹬褐色战靴；行长是一身浅黑具足，黑色兜鍪前端有一个很宽的金色眉庇，两侧镶嵌高叉的鹿角肋立，腰插红色肋差，手持军配团扇，黑色的扇面上用泥金画着金刚界大日如来头像，木柄上密缀彩色布条。看到行长到来，中军大营立即大吹大擂，旌旗招展，假刘綎拱手将日酋迎入帐内。宾主坐定，打起聒厅鼓，唱起迎宾曲，随即将酒食摆上，行长缓缓巡视一周，用团扇指指点点，眯眼笑着，对那个执金酒壶穿半身短袖橙色布甲灰色战袍的士兵说：

"你这个人有福气，是有大福的人。"

听了行长的话，刘綎大吃一惊，不禁放下酒壶走出大帐。看到他走出来，负责这事的副将立即挥动三角形状的朱色号旗，下令开炮，于是众炮齐鸣，喷出长长的赤色火舌，齐向那顶帐篷打。行长这个倭酋，长了毛比猴儿还精，听到炮声迅速跑出帐篷腾跃上马，随从他的五十名骑兵也雁翅排开，霍地拔出太刀，风驰电掣，旋转格杀，夺路而走。

第二天，行长假惺惺派人谢宴，刘綎也顺势遣官致礼，解释说昨天放炮是欢迎客人的礼炮，请不要产生疑心。行长不说话，只闭着眼嘿嘿一笑，复派人给刘绖送来一只礼盒，刘绖命旗牌官打开，里面放着一副女人披戴的绯色头巾。刘绖见后也抖动长眉，哈哈大笑请来人转告行长：

"来日再战！"

炮击中，刘绖走了，行长跑了，假装刘绖的百户却动作迟缓被炮击身亡。那个百户就是女史的父亲。战后刘绖为女史的父亲请功，将他从百户擢为千户，而且这个千户之职后人可以承袭，哪里想到这个可以承袭的职位竟会给他的儿女带来那么大灾难！

我把这张塘报送给女史，女史小心收好，眼圈红了又红，泪水咸咸地在眼眶里转来转去，始终被强力忍住没有流下来。又过了两个月，她来到景仁宫，向刘妈和我们辞行，她已经五十岁，应该离开皇宫了。刘妈问她离开皇宫后去什么地方？她说：

"丰泰庵。"

"丰泰庵在什么地方？"我问她。

"后海南河沿。一座小庙，只有一座大殿，一座后楼，我早年拜的师傅净慧在那里做庵主。"

说完这话，她微微一笑，笑得很苦涩。我无论如何没有想到，若干年后，我也会到那里去拜她为师，她那时的身份也是丰泰庵的庵主，法号叫空如。

3

每年的五月端一，父皇都要阅兵。

阅兵的地点在内校场。

内校场位于西苑西侧与赃罚库之间，不足四十亩，相对黄寺校场小多了。但是虽然小，却也容得数千军人操练。参加内操阅兵的有三个军种，一是京军，一是班军，一是中官军。京军就是拱卫京师的部队，有三个兵种，一曰五军，一曰三千，一曰神机，合称京军。

五军，是太祖爷爷设立的，原设大都督府，用以节制中外诸军，后来拆分成前、后、中、左、右五军都督府；三千营，以边外降丁组成，原来只有三千人，现在当然不止三千人；神机营，专用火器。成祖爷爷平定交趾时得到火器，组织了这个兵种。

卫戍京师的部队除在京的卫所外，早先每年分调中都、山东、河南、大宁之兵轮番进京操练，依据祖制，进京的士兵，不能逗留京师，过一段时间就要返回驻地，但是武宗爷爷破坏了这个制度，他从宣府、大同、延绥、辽东调来的镇兵住在皇城西北角的太平仓（武宗爷爷将其改为镇国府），其中大同、延绥、辽东三镇的士兵不再返镇，京营兵也不再往大同、延绥、辽东值汛。而同样住在太平仓，从宣府调来的镇兵则仍要与京营兵轮番更替。正德九年九月，武宗爷爷下旨，住在太平仓的宣府兵3133人上班赴京操练，下班回镇听调；京营兵3133人，上班去宣府防守，下班则交兑回京。班军之称由此而来。

中官军，也称内操军，从内侍中选出年轻的精壮人员组成，是武宗爷爷成立的，这个爷爷喜欢武功，自封威武大将军，后来又改称威远大将军，从内侍中选出一些会拳脚、伸胳臂踢腿的天天导从前后。

父皇即位后，阅兵的军种虽然还是那些，但是人数大大减少，不过五六千人。虽然人数少了，但质量却提升不少，尤其是中官军，在高起潜的训练下，小内侍们的实战功夫大有改进，不仅仅是花拳绣腿。父皇很高兴，说只凭这些内侍就可以一刀一枪与敌寇拼杀一阵。这话不知应该如何理解，真的遇到敌寇，这些内侍会玩命？但不管怎样讲，让这些年轻力壮的内侍操练一下总是好事，至少免去闲得没事打架生非，而且至少可以看家护院吧！

内校场东西长，南北短，南北各有一座白石高台，各设一座歇山顶三开间敞厅，北面的脊檩与额枋之间悬挂一方蓝匾，上写三个金色大字"阅武厅"，南边的亦有匾额曰"演武厅"。与往年相比，今天的天气不那么燥热，甚至有些凉风吹在脸上很舒服。阅武厅白石月台上插着翠华旗与日月旗，龙椅两侧站着数十名大汉将军。对面演武厅正中的旗杆上，悬挂一面杏黄色大纛旗，写着一个乌黑的"帅"字。高起潜全身披挂鲜明，大咧咧站在月台右侧，头戴一顶熟牛皮抹金凤翅盔，顶上的红缨十分抢眼。曹化淳站在月台左侧，穿了一领灰色战袍，戴一顶金色四明盔，只扎了腕甲与胫甲，没有穿战靴，他是司礼监掌印太监，提督京营戎政。与高起潜不同，曹化淳为人正派，又不擅权，深受父皇倚重。但是，对他也有一种不同声音，谓其大奸若忠，父皇被他迷惑乱了心迟早要吃大亏的。

京军、班军站在演武台东侧，内操军站在西侧，下面站立百十对金鼓手。高起潜与曹化淳走下演武台快速跑来，对父皇躬身施军礼，高声吼道：

"三军已安，请圣旨！"

"演武！"

"奉旨！"

高起潜与曹化淳跑回演武厅，曹化淳退后，高起潜站到月台边上挥动红旗，金鼓顿时大擂起来，三军迅速摆好阵势，他又摇动白旗，校场立即安静下来。

右侧有谁轻咳了一声，他狠狠地把眼睛横过去，那边立即安静下来并且腾起杀气。父皇喜欢他，说他知兵不是没有道理，父皇也喜欢曹化淳，将京军交给他统领，也不是没有道理，因为他不喜欢兵而喜欢诗。我至今记得他写过一首近体诗："日霁风和试雪翰，盘空更上五云端。外边认是宫廷鸽，依约铃声揭处看。"翊坤宫有放鸽台，袁妃喜欢鸽子，养了不少名鸽，每届丽日风清，袁妃就把鸽子放出去，洁白的头鸽翅膀上绑着鸽哨，在云端盘旋飞翔发出美妙哨音，那真是天上的仙乐，曾经是我少年时难得的享受。

不知什么原因，她的那两只头鸽突然在笼子里不吃不饮，挨了五天死掉了，袁妃哭天抹泪，但又不敢放声大哭，母后把她叫到坤宁宫，和她一起去太奶奶那里打马吊牌，过几天也就好了。过了半年，不知她又从哪里淘来两只名贵的凤头鸽，袁妃称它们为"鹦鹉"，有了这两个小宝贝儿，又可以看到鸽群在簇拥着金色屋顶的蓝天上翱翔，却不知为什么再也听不到云中仙乐了。

原来，鸽哨伴随两只头鸽被埋葬在景山东麓的一个角落里，用黄土堆了一个小小的坟丘，立了一块并不算小的石碣，正面镌刻"鸽冢"，北面阴刻两行小字，好像是"短歌绝，明月阙，佳城郁郁，中有碧血"之类，时间久远，我有些记忆模糊了。但是，我分明记得我曾经与炜彤寻找过那座鸽冢，坟丘上杂花丛生，环境清幽而颇有出尘之致。小内侍说，袁妃每年要给他们若干银子，请他们帮忙清扫。后来 那已经是大明灭亡以后了 ，我在一本从报国寺淘来的《明宫词》中看到一首七言绝句，相传是袁妃写的，其中有这样两句："飘零风雨可怜生，香梦迷离绿满汀。"说是为悼念两只亡鸽而作。我怀疑是伪托，因为我从来没有听说袁妃写诗，然而宫内的事情复杂，别人的事怎么会让你那么清晰知道呢！

我当时不明白，现在明白了袁妃为什么那么酷爱鸽子，因为她既没有小皇子也没有小公主，在她的绮梦中那些鸽子就是她的命！

高起潜再次招动旗帜，这次换了一面黄颜色的，画角倏地响起来，士兵们突然呐喊，爆发出海潮似欢呼的吼声，分明听得是：

"皇上万岁，万岁，万万岁！"

高起潜又开始挥动旗帜，这次又是红色的，金鼓再次擂起，发出惊天动地的雄壮音响，五军与班军手执器械肃穆地从演武厅东侧列队走到校场东侧居中的位置。高起潜放下红旗，再次摇动白旗，校场瞬时静寂。高起潜瞄一眼东侧的队伍，放下白旗，复举红旗，在半空停了一下，突然磨动——推磨一样绕着圈，把红旗舞动起来，队伍立即潮水似的奔涌过来。最前边是扛着洋铳的神机营，后面是背着弓箭的三千营，再后是五军营的士兵，依照中军、左腋、右腋、左哨、右哨的阵势走过来，最后是班军挎着腰刀，手持长矛，骑着一色枣红马小步疾行前来。看着这些盔甲鲜明的队伍如此整肃雄壮，父皇很高兴，从敞厅走到月台栏杆边上，乾清宫提督贺希贤招呼小内侍赶紧把龙椅摆好，又把黄龙华盖举过来，盖定在父皇背后。大汉将军们也都迅速过来，雁翅排列在父皇左右。父皇坐下慢慢地看，不知他在想什么。

五军和班军从台前走过去了。演武台上的高起潜开始向西磨动红旗，中官军看见红旗立即肃然，整齐地列队走到阅武台前，站住转身面向父皇高喊：

"皇上万岁，万岁，万万岁！"

金鼓再次擂起，中官军两人一组演练起来。一人持枪，一人左手举盾，右手持刀，枪刺，盾挡，刀砍，不亦乐乎。内侍们都很年轻，一招一式严肃认真，父亲看着也很高兴。

大部队走过去后开始个人演练。

高起潜在月台上向西磨动一面旗帜，这面旗帜是青色的，几乎是同时，乐勇从内操军的行列中走跑出来，站在阅武台下，向父皇行礼后打了一套内家拳。内家拳与外家拳不同，外家拳是硬功，外练筋骨皮，内家拳是内功，通过舒筋易骨而脱胎换骨，用意念练气，以气运行发功。看得出，乐勇的内家拳到了一定火候，因为高起潜也是练内家拳的，而且是高手，他的轻功也不错，纵身可以抓住树梢上的麻雀，从他的目光中，可以看出他对乐勇的赞赏。打完了拳，乐勇很高兴，但是在他退场向西走的半途，东边的神机营中发出一声不算高，但是绝对可以听清的声音：

"这算什么，这个能上战场杀敌吗？"

听了这话，乐勇站住不走了，扭头向东边看。

"不许喧哗！"高起潜怒吼，又吼道：

"喧哗者杖五十军棍！"

一个身材高大的年轻人从神机营的队列雄赳赳走出来，径直走到父皇前面，单膝下跪说道：

"请陛下恕罪。我是意大利人安东尼奥，是神机营的教习兼总旗。"总旗在小旗之上，是领导五十个士兵的小官。父皇盯着他，愣了一下，很快笑起来：

"站起来说话。"

"陛下恕罪，安东才敢站起来。"这个安东看来很狡猾。

"恕你无罪，站起来说话！"父皇今天心情很好。

"安东认为，在伟大天朝的陛下面前不可以说谎。我认为刚才那个内侍的拳术是花架子，不能够上战场杀敌。"

"不要胡说！"高起潜从演武台走下来，搬着安东的右臂向后拉，安东猛然使劲将他甩开。乐勇也走过来，盯着安东说：

"你如果不服气，可以比一比。"

"比什么？"

161

"由你!"

"那就比拳头!"二人拉开架势准备动手。高起潜看着父皇,父皇说,那就让他们比一比。突然,刘妈的儿子刘俊鼎从五军营跑过来,推开乐勇,对安东说:

"他刚练过拳,体力下降,我和你比如何?"

安东点点头。两人卸下甲胄,动起手来。安东金发碧眼高大魁梧,但是刘俊鼎步法灵活,安东用拳,俊鼎更多是以脚,手是两扇门,全凭脚打人,丝毫也不吃亏。两人斗了十来回合,高起潜看看父皇的脸色,突然横过来,把手中的青旗自上向下一挥,横在二人中间,笑道:

"二位都是好汉,可以终止了。"蓦地又怒吼:

"速速归队!"

金鼓再次擂起,倒海翻江似的响。

父皇骑着他喜爱的"照玉杯"白马走进校场,从东向西检阅校场上的士兵。他走到哪里,哪里的士兵便发出暴雷一样的呼声。父皇没有穿戎装(他不喜欢戎装,从心里排斥),只穿了一件半旧的白色盘领窄袖四开衩的长袍,长袍前后与两肩柿蒂窠各织有一条金盘龙,所谓的四团龙。腰束深青色玉带,头戴乌纱翼善冠,脚上穿了一双穿了多年的黑色长靴。那个田妃居然陪同父皇来了,她也穿了一件半新不旧的窄袖长袍,只是长袍上的图案不是龙而是凤,不是金色而是银红色,所谓的四团凤。腰间系了一条墨绿宫绦,乌黑的长发盘起来戴着一个黄金鬏髻,上面插着几支彩色凤钗,凤嘴里衔的珍珠,吐出的白光炫人眼目。她穿了一双织金云头凤靴,踩在朱红的马镫里又小巧又有一股飒爽之姿。

说真的，每次见到田妃我都不禁产生一种嫉妒之情，而且奇怪的是在这种嫉妒里，还往往产生一种怜惜之心，这是为什么，有什么道理可言？比如眼下的桃花马，是我做梦都想的，所谓的梦中情人，而现实却是田妃的坐骑，那么一个人，骑着这么一匹马，叫我说什么好？是田妃不美吗？田妃的父亲叫田弘遇，祖籍陕西，原本是贩马商人，后来移居扬州，因此田妃童年就会骑马，谁叫母后不会骑马呢？

然而，会骑马又怎样？父皇会让母后陪同他检阅军队吗？

不知道。

是母后不漂亮吗？不是。母后、田妃、袁妃都是人间少有的美人胚，而且肤色白嫩，母后白如辛夷，袁妃白如凝脂，田妃不仅是白，而且白得透明，是一种使人感到明澈、冰肌玉骨的白，如果我是父皇，我应该更宠爱谁？不过这个田妃也有好处，为人做事低调，陪同父皇出席活动，是少之又少，如果是宪宗爷爷的万贵妃，那就糟糕了。那时，每当宪宗爷爷出行，万贵妃都要戎装挎刀大模大样走在前面。太奶奶说，那个万贵妃也很漂亮，姿色丰艳，而田妃纤妍，如果田妃与她同朝，不知谁更能获得君王宠幸。正在胡思乱想，三弟偷偷凑过来，悄悄对我说：

"不像话！骑桃花马的应该是母后，怎么会是她！"

"你别乱说，小心父皇听见。"

"这么远，父皇听不见。"

"隔墙有耳。"我示意他周围的内侍，你知道哪个内侍不是宫内眼线，锦衣卫的番子！

"你瞧她那个骚劲！你看那些大兵，眼睛都直了，尤其是那些班军，不像话！那样的眼光，简直是有辱圣眷！"

说话间，父皇、田妃来到神机营队列前面。父皇拉住马和那个叫安东尼奥的意大利人说话。安东尼奥走出队列把右手放在胸口上向父皇施礼，之后竟然又走到田妃马前，向田妃施礼，真是胆大妄为！但是父皇并不生气，只是笑笑，田妃也笑笑，并辔前行。看到这个情景，士兵们仿佛被打了鸡血（用你们今天的话），呼喊得更带劲了。三弟从袖口偷偷掏出一面圆圆的西洋小镜子，倏忽向校场东侧晃了一下，又把镜子收回去。我奇怪他这个举动，他要干什么？但我很快就明白了，因为几乎同时，田妃胯下的桃花马突然把头摆动了一下，高高扬起前蹄，将田妃几乎甩下去，幸亏父皇机警，在她将要落马时，一手抱住，再一使劲把她揽到怀里，两人骑在同一匹马上了。大兵们一下子疯了，跳着脚尖狂呼乱喊：

"皇上万岁，万万岁！"

"贵妃千岁，千千岁！"

我一下子目瞪口呆，三弟气得说不出话。

父皇和田妃骑在一匹马上，坚持检阅完部队，没有再回来。阅武厅上的人，不仅有我、太子哥哥，还有一些外戚勋侯，等了一会儿，见父皇不再回来，也就慢慢散去。我和三弟走出校场的时候，被锦衣卫的一个校尉拦住，让三弟交出衣袖里的东西，三弟甩甩衣袖，让他看，什么东西也藏不住。这时高起潜走来，让那个校尉搜查三弟，三弟大怒，一脚踢翻了那个校尉，校尉爬起来不敢上前，其他校尉都愣在那里，不知如何是好，但也不让三弟走。正在僵持，大伴气喘吁吁带着一个穿二色衣的小御前牌子跑来，伏在高起潜肩上悄悄说了几句话。高起潜突然笑笑（皮笑肉不笑），挥挥手，让那些校尉散开，对三弟拱手说：

"殿下知晓就好,知晓就好。"

我明白,三弟这次惹上大祸了。

4

翌日,父皇接见袁崇焕将军。

翌日就是端二。京师过端午,要过五天,端一、端二、端三、端四、端五,"五"也写作"午",端午也作端阳,这一天苍龙七宿飞升在正南中央,处于全年"中正之位",是飞龙在天的吉祥之日。但是,不知为什么,在这一天出生的孩子,按照旧习俗,被认为对父母不利,而要将其消灭在刚刚出生的摇篮里,三弟就是在这一天出生的,不然为什么父皇会对他那么凶?

对男孩子是这样,对女孩子端午却是洋溢幸福的滋味,因此又称女儿节。在那几天,女孩子要相互赠送手工做的小饰品,当然也不一定是自己做的,只要对方喜欢就好。炜彤送了一个她自己做的二色金春梦一样颜色的香囊,正面绣了一个唱歌的女子,她说是老家的歌仙;背面是一株桃树,上面结着两个硕大的粉红仙桃。香囊里放一只桂香手串,手串真香,闻起来心肝儿都是香的,仿佛进入了缥缈的婆婆世界。我回赠了一只墨绿八棱琉璃胭脂盒,这是佛朗机国的贡品,贡来三只,母后给了我一只。盒子的两面都有阴线雕刻。正面是一个髻发的妙龄女子,怀里抱着一束鲜花;背面是一个穿甲胄的骑马武士。马做奔驰状,四腿飞腾,肚皮几乎贴地,武士手持长矛,将手臂伸直,长矛与手臂保持在同一方向,只是比手臂伸得更远。正面左侧有一行洋文,背面右侧有两行洋文。请通事翻译,正面是"我爱你";背面是"我用骏马与长矛,攻陷你的心"。

炜彤非常喜欢它，从第一次见到就喜欢。我一直要送给她，她总是拒绝。今天有这个机会送她，她谢了再谢，看得出，她是真心喜欢。后来，有几次我看见她偷偷亲吻背面的武士，她是将武士视为刘俊鼎吗？

做了媳妇的在这一天要带小宝贝儿回娘家省亲，享受暌违久矣的做姑娘的幸福日子。田妃在这一天带着五弟回到铁狮子胡同的田府，母后与袁妃没有回娘家，母后不回是因为担心动静太大，可袁妃为什么不回娘家呢？我盼望端午，因为在这一天，可以吃到紫红香甜的樱桃，加蒜过水面，还有碧绿尖嫩的马齿苋，据说吃了可以长寿，因此又叫长命菜。

这是后话，还是先说端二。那一天，天碧如洗，琉璃一样闪闪发光，灰白的云朵泛出丝一样浅蓝光芒，被缓缓的东风推着向西飘，很长一段时间将太阳遮住，投下凉爽的蝉翼似的暗影，连绵的金顶、红墙和雪花一样冰凉的玉石栏杆，被大面积的暗影微尘似的笼罩，也发出柔丝一样的光芒了。

父皇在平台召见袁崇焕。平台就是后左门，是父皇举行常朝的地方。

早年，成祖爷爷的常朝在奉天门 今之太和门 ，称御门听政。在当时，奉天门里放着一个有阶梯的台座，称金台，也就是御座，上面放置龙椅。成祖爷爷登上金台以后，一名内侍手执黄盖随之站上来。一名力士站在御座后面，手执黄罗袱——形状如同收紧的雨扇，里面藏着一把三棱尖刀，用铁线圈箍着，一旦发生紧急情况，可以立即捋掉铁线圈。有一种说法，这个黄罗袱唤作"卓影"，是朝鲜国进贡用来辟邪的。究竟能否辟邪，我不得而知。成祖爷爷坐定后，又一名内侍捧着一只镂刻山河图案的香炉走上来，放在御座前面的黄案上，奏报：

"安定了。"

于是听政开始。

后来，就改在后左门了。后左门西侧是后右门，两门之间是建极殿 今之保和殿 。建极殿南面是中极殿 今之中和殿 ，再南是皇极殿 今之太和殿 ，三座大殿矗立在巍峨的三层汉白玉高台上。建极殿北边是前乾清门，是通向内廷的正门。建极殿又称云台门，两侧的后左门与后右门称平台。

自从袁崇焕离开榆关，建虏的气焰又高涨起来，父皇即位后，朝臣争相请求父皇召回袁崇焕，父皇同意了，任命他以兵部尚书兼右副都御史，督率蓟辽，兼督登、莱、天津军务。袁崇焕刚从福建来到京师，身材消瘦，但是意气踔厉，让父皇很满意。父皇说：

"建虏跳梁，封疆沦丧，辽民涂炭，已有十年矣。卿万里赴召，忠勇之情可嘉，所有平辽方略，可具实奏闻。"

袁崇焕说：

"圣人在上，臣之所有方略，已经另有奏本。臣深受圣上特恩眷顾，敢不尽忠尽力！圣上召臣于万里之外，臣自是心心念念，勠力为国，倘圣上给臣以便宜处理戎机之权，臣则可以腾手放脚，五年之内必定弭平建虏，而全辽可复！"

听到袁崇焕如此斩钉截铁的话，父皇不禁面露喜色：

"卿既如此说，五年便是方略。望卿努力尽职，以解天下倒悬，则百姓幸甚，天下幸甚，朕自不吝封侯之赏，卿之子孙亦可世世受福！"

"谢圣上！圣上既如此说，微臣敢不尽力！"

袁崇焕谢过父皇后暂退，父皇也去便殿休憩。

听了父皇与袁崇焕的对话，在场的朝臣纷纷赞叹，觉得东事有盼了。

吏科给事中许誉卿与袁崇焕是旧识，陪着他从后左门沿着东庑散步，他们从北向南行，走到皇极殿的东侧面，袁崇焕和许誉卿停住脚步细细端详。袁崇焕赞叹道：

"这座大殿，肯堂肯构，先帝好土木，亦岂天启其兆耶？流金䕞丹而檐牙高啄，与天上宫阙何异！"

"是的。不过火灾也过于频繁了。永乐十九年四月建好不久就被烧掉，之后是嘉靖二十六年四月，最近是万历二十五年六月，一把大火烧得干干净净。每次路过这里看到这一片瓦砾场，殊非全盛景象，心里真不是滋味。圣人云天象示儆。难道……"

许誉卿摇摇头，叹了口气。袁崇焕也随着叹口气，眼下的皇极殿是熹宗伯伯复建的，从天启五年二月到天启七年八月，用了两年零三个月，花费了596万两银子。袁崇焕是在修复后第一次见到，故而禁不住要仔细端详。皇极殿是举行大典的场所，我大朝会那天找父皇就跑到了这里，现在想来真是任意的无知莽撞！皇极殿升金梁那天，风雨雷电不止，风被雨撕成冰冷碎片，而暴雨如注，碎石一般砸下来，雷声隆隆，电光围绕皇极殿发疯似的旋转，工人们不肯上去，生怕被雷火殛中，可是伯伯已经在奉先殿昭告列祖列宗了，如果今天不上梁，如何向列祖列宗交代？听内侍说工匠不肯上梁，伯伯是精通木作的人，便披上雨衣，提着一把木工斧，来到皇极殿，那雨愈加猛烈，雷电从皇极殿顶部像魔鬼的手一样拕挈五指，几次探到白石的殿基，炸出深湛的蓝色火花，刺激人们的眼睛不敢睁开。伯伯突然跪在地上，喃喃祷告：

"上苍，上苍，我是您的儿子，您的儿子……"

说罢脱下雨衣,赤膊上身,拎着斧子沿着马道向大殿的顶部攀爬,大臣和工匠都惊呆了,工部尚书魏凤翔带着几个不畏死的工匠,也跟着爬上去。雷声中电光围绕伯伯细弱苍白的身体转圜,伯伯猴子一般很快爬到中柱的角背上,抱住脊瓜柱,说来你不信,突然雷歇雨霁,工匠们立即冲过来,用千斤把金梁升起来,伯伯盯着金梁的卯慢慢卧进脊瓜柱的榫口里,用斧子猛击了两下,梁与柱便合龙了。伯父再用斧头拍拍,便让内侍送酒来,端坐在合龙的金梁上饮酒。魏凤翔从不饮酒,这次也破例陪伯伯饮了一杯。伯伯嗜酒如命,尤其喜欢在看小戏时饮酒,有六七十种名色,什么秋露白、荷花蕊、佛手汤、桂花酝、菊花浆、芙蓉液、君子汤、兰花饮、金盘露,等等,不知伯伯坐在金梁上饮了什么名色的酒。是芙蓉液、荷花蕊?还是金盘露或者佛手汤?喝了三杯,魏逆赶过来,冲伯伯高喊,听不清他喊什么,只见伯伯顺手把斧头扔下来,雪白耀眼地顺着魏逆的伞边滑下,吓得他跌倒在地上,顺势趴在地上,给伯伯连连磕了三个头,高呼:"皇上万岁,万万岁!"

袁崇焕和许誉卿看过皇极殿后往回走,在接近后左门时,袁崇焕指着东庑西檐下一根方形飞椽的梢部说:

"这根椽子被雨雪浸得有些糟朽,该换了。"

许誉卿看看,摇摇头:

"是,但现在换不了。新圣人厉行节俭,早有严谕,禁中宫殿一概不得修缮。今上所穿衣物也大都是信王邸时的旧物,衣靴破绽,让后宫缝补再穿。"

"是这样!"袁崇焕凛然一惊,不由顿生敬意。

"元素,你所说五年平定建房,收复全辽,可有具体韬略?"

"这个嘛,聊慰圣意耳!"袁崇焕脱口而出。听袁崇焕如此说,

169

许誉卿大吃一惊道：

"今上英明，岂可浪对？翌日按期责功，奈何？元素，你怎么办呢！"

袁崇焕惊出一身冷汗，感到在父皇面前失言了。待父皇回到平台，立即上奏，对五年复辽提出了四个条件：

"臣再奏，东边之事已有四十年，此局原不易解。但圣上留心封疆，宵旰于上，臣子何敢言难！自当枕戈待旦尽职尽力。只是五年之内，须事事应手，方可有期。"

"卿忠劳久著，朕心知之，卿有何请，直说不妨。"

"首先是钱粮。"袁崇焕开口道。

父皇立即给户部右侍郎王家祯下谕，着力措办，务使前方不得缺粮。袁崇焕又说：

"建房蓄谋已久，武器犀利、马匹精良，今后解运武器、马匹亦应犀利、精良。"

父皇立即给工部侍郎张维枢下谕，所有解运到榆关的武器必须铸定监造官员与工匠姓名，倘有脆薄不堪用者，必定俟查究办。

"五年之内，事变难料。请吏兵二部保证臣以用人之权，当用之人选与臣用，不当用之人即以罢斥。"

父皇立即给吏部尚书王永光、兵部尚书王在晋下谕，依照袁崇焕之意办理。

"一出国门，便成万里。以臣之力制辽有余，然调和众口则不足，望圣上节制。浮言无根，流言无涯，虽不至于掣臣之肘，但亦足以乱臣之心。"

袁崇焕的话，对父皇很是触动，倾听一半不禁站起来，寻思了一会儿，立即下谕：

"卿之条对井然，切勿瞻顾，战守机宜，悉听便宜从事，至于浮言，朕自有鉴别，不必以浮言为介！"

听到父皇如此说，内阁辅臣刘鸿讯立即上奏云，应给袁崇焕以便宜行事之权，赐给他一柄尚方宝剑，而将王之臣、满桂的尚方宝剑撤回，将事权统一在袁崇焕一人之手，父皇点点头，下谕照办。即将结束陛见的时候，父皇招呼袁崇焕走近些，对他说：

"朕愿卿早日平定建虏，以纾四海苍生之困。平息之日，朕当在东郊筑台，以迎将军。"

听到父皇如此说，袁崇焕感激涕零，把手举到额角说：

"臣所学何事？所做何官？圣上以四海苍生为念，臣敢不仰体圣人之心，披肝沥胆早日了却君王之事！"

"朕听卿所言更见忠爱，望卿严明号令，抚恤士卒，上下同心，勠力杀贼，建虏何愁不灭！"

"臣敢不肝脑涂地，凛遵明旨！圣上之谕，臣已铭之肺腑，此去榆关，必当宣化圣人威德，畋灭建虏！"

听了袁崇焕的上奏，父皇很高兴，谕内侍取笔墨来，恭恭敬敬写道：

大将东征胆气豪，腰横秋水雁翎刀。
风吹金鼓山河动，电掣旌旗日月高。
天上麒麟原有种，穴中蝼蚁岂能逃？
太平待诏归来日，朕与将军解战袍。

写罢，掷笔，看了看，将尾联末句首字"朕"涂掉，改为"我"，再看看，思忖了一会儿，点点头，复将"我"改回"朕"，对袁崇焕说：

171

"这首七律是世宗肃皇帝写给毛伯温南征,讨伐莫登庸之乱而作。毛伯温不负圣望,不动刀兵一年之间平定了安南。朕恭书而略改几字送与将军,将军在前方征战,朕定会倾朝廷之力以援将军。愿将军早立肤功而午门奏凯。"

袁崇焕连连叩首说:"圣上如此英睿,微臣敢不尽力!"

父皇将诗赐给袁崇焕,又谕乾清宫提督贺希贤让鸿胪寺安排酒馔,设宴招待袁崇焕。

铁山寺 今尚存,在珠市口东大街217号 的住持弘湛与袁崇焕是旧交,每次进京袁崇焕都住在这里。这个寺的历史不长,建于武宗爷爷时期,不过百年有余,开山的和尚法号铁山,因此便以其为称。不过,寺里也有一尊乌黑的铁佛供在后殿,说是地藏菩萨,疏浚河道 三里河 挖出来的。大殿与后殿之间十分狭窄,只是一条甬道而已。站在后殿凝视前面的大殿,檐角高高飞起,在铁马空寂的叮咚声中,下午的风温热地在云端静悄悄飘过去。佛陀前面的香一点一点缩短,香的气息却更加沉醉,蓝蓝地浮起来,慢慢稀释为浅浅的玫瑰灰,在佛陀深蓝发髻上丝絮似的徐徐萦绕,佛陀垂下黄金的眼皮,在佛陀绵长的视线里,几只白或灰的蛾子慌慌张张地飞,有一只突然向斜飞,白光似的一闪,落到殿门方格窗眼棕红的棱条上。

磬声,在大殿寂静而空荡地回响起来。

因为是在外城,又靠近三里河,故而铁山寺十分幽静。虽然幽静,但今天袁崇焕却烦躁不安,仿佛是被吹皱的一池秋水平静不下来。弘湛带他到一处僻静的法堂,坐了两刻禅,心内才安静下来。

刚回到住所,许誉卿来访,说及平台陛见之事,许誉卿提醒袁崇焕,陛见时所说的四项事务必在奏本里写清楚。又说了会话,许誉卿便告辞了。

许誉卿刚走，次辅钱龙锡又来拜访。钱是松江华亭 今上海市松江区 人，就是他向父皇力荐袁崇焕出任蓟辽督师，在袁离开京师之前特意前来叮嘱，到了榆关一定要小心从事，万万不可懈怠大意。

送走钱龙锡，袁崇焕静下心来，有了腹稿，便奋笔疾书，很快写好了对父皇所说的四件事，接后便是方略：

> 夫辽事恢复之计，不外以辽人守辽土，以辽土养辽人，以守为正着，战为奇着，款（和议）为旁着。

应将防守作为主要手段，其次是战，再次是和议。这是袁崇焕奏本的核心内容。

写完这段话，袁崇焕停了一会儿，又写道："法在渐不在骤，在实不在虚，此皆臣与在边文武诸臣所能为，而无烦圣虑者。"边防上的事自有边臣处理，圣上不必忧虑，但"用人之人，与为人用之人，俱于皇上司其钥，何以任而勿二，信而不疑，皆非用人者与为人用者所得与"。疑而不用，信而不疑。"故当论边臣成败之大局，不必过求于一言一行之微瑕"。不要斤斤计较，吹毛求疵。写到这里，袁崇焕思索了一会儿，继续写道："盖着着作实，为怨则多，凡有利于封疆者，必不利于此身者也。"端居庙堂者，能够理解边臣苦衷吗？袁崇焕不禁叹口气，写道："况图敌之急，敌又从外而间之，是以为边臣者甚难。"为将者，最怕敌人实施反间计，袁崇焕写这句话时，大概无论如何也想不到，这句话竟然会成为他人生的谶语！

袁崇焕最后写道："我皇上爱臣至而知臣深，臣何必过为不必然之惧，但衷有所危，不敢不告。"写完这句话，袁崇焕放下笔，长长

173

舒了一口气，将奏本封好，让家人送到宫内会极门。我朝的规矩是，中央各衙门上奏的本章称"题本"，由通政司送达宫中御览，其副本则送交给事中办事处，即六科廊房。朝臣以个人名义呈送的称"奏本"，直接交到会极门，由管门的内侍接受，遇到坏了良心的有时要索取小钞。

　　写好奏本，吃了一碟弘湛送来的素点心，袁崇焕走出铁山寺，来到三里河边，河水从北向南流淌，在河流下稍转弯的地方，有一座单孔石桥横跨河道，那一带就叫大石桥。铁山寺在石桥西侧，袁崇焕从西走到桥中，俯看桥下的河水汩汩流淌。河水的颜色浅绿深褐，发出淡淡的湿润气息。河中心淤积着数堆砂石，形成几片狭窄的茶褐色沙洲，丛生香蒲、芦苇、千屈菜一类植物，都长得不高，拉杂地将沙洲遮住，千屈菜已经绽开花朵，将一片淡紫的颜色生动地乱哄哄地拼凑在一起。河水在流过碎石的地方，翻起碎网状的深银色水波，青翠的水藻被碎石棱角钩住，丝帛一般在水波里上下漂浮，几尾白条小鱼在水藻下面游来游去，不时将嘴透出水面，发出唼喋微响。风飘来微涩、灰暗的野花香气。如果是白兰花，可不是这样，袁崇焕家乡的白兰花，香气可人，海潮似的一波一波推送过来，躲都躲不开，把衣衫都浸湿了。

　　看了一会儿，袁崇焕返回铁山寺。佘锋已经回来，告诉他走之前的诸事均已做好，又说三皇子缠着要去榆关，袁崇焕摇摇头笑笑，可惜他的年纪尚小，否则倒是干练之才，皇室有此人也是圣上的福泽所致。

　　今天午牌，袁崇焕在宫内之时，三弟和佘锋在云仙居喝酒。佘锋奔赴榆关，要做许多行前必备之事，因此二人只饮了数杯，便分手了，三弟不愿回宫，带着几个经常做些骑马蹲裆式的小黄门，又去肉市街查楼买醉,喝得酒气熏天。三弟是个没有酒德的人,喝多了便不免发酒疯,先是摔桌子砸板凳,之后又把堂倌踹倒了几个,恰逢南城巡城御史在楼下饮酒,也是个吃生米的,眼里不揉沙子,此人刚从山东调入北京,分辨不出三弟是何等人,指挥手下的兵丁与三弟混战一场,巡城御史人多势众,把三弟和那几个小黄门人人揍了个鼻青脸肿。哪想到第二天瀛国夫人进宫,与父皇和母后见面,父皇让太子哥哥与三弟陪同,看到他鼻青脸肿的样子,父皇不去惩治巡城御史——他认为巡城御史是对的,他的职责是缉拿奸宄,而三弟正是应该被严打的青皮游棍,立即翻了脸,喝命锦衣卫力士把三弟绑起来,押到武英殿偏殿听候发落。

第六章　星光将要落到他的肩上

1

三弟是五月五日，也就是端午那天出生的，与战国的孟尝君同一个生日。三弟出生很顺利，母后没受罪，不像太子哥哥，也许是头胎，母后受大罪了。

三弟从小顽劣，不喜欢读书，但是聪明，无论什么书，讲官说一遍，三弟就明白了。三弟自幼喜欢舞刀弄棒，父皇多次训斥他，但似乎没什么用。太奶奶说，这小子与武宗爷爷类似，兴许是武宗爷爷转世。

在祖宗的谱系里，武宗爷爷与众不同，身为天子却自封为大将军，所做之事，往往出人意表。有一天，他路过南京微服私访，看到国子监前面竖立一根长杆，顶上悬挂一个人的头颅，问这是怎么回事？有人告诉他，太祖爷爷监规苛刻，监生甚至有饿死者，监生们闹起学潮。有个叫赵麟的监生闹得最凶，成了过河卒子，照监规应该杖一百充军。但这事不知怎么被太祖爷爷知道了，不但不减刑，反而发狠，在国子监外竖立一根长杆，将赵麟枭首示众，这个比杀头还重一等的刑罚，称"枭令"。

武宗爷爷弄明白了这段历史，摇摇头说：

"不妥，不妥，这儿是学校，不是刑场。"叹息了一会儿又说，"可怜，可怜呀，仁者能好人能恶人，生生不息之为道，学校岂是刑场！"

下旨立即把杆子撤掉。自从太祖爷爷竖立，到武宗爷爷撤掉，这根杆子竖立了一百二十六年，没有人敢动，因为这是太祖爷爷竖立的，谁敢违背祖训？

和武宗爷爷近似，三弟说话行事往往不考虑祖宗制度，时常由着自己的性子出宫游荡而让父皇愤怒。

这一次，他后来对我说，在鲜鱼巷内云仙居与佘锋分手后心情郁闷，便去查楼，没想到那儿新进的京东烧锅，劲儿大，喝了一碗便犯迷糊，先是打桌子、打板凳，后是打堂倌，最后是被巡城御史的兵丁打。三弟的武功打两人尚可，打三个人就要被打。他带的那几个小黄门，只会些花拳绣腿，太奶奶说他们是绣花荷包，没打几下便散了架。本来三弟可以跳窗逃走，但是回头见小黄门没有一个逃脱，都被巡城御史的兵丁围殴，一时不忍便返回来，结果不但于事无补，自己也被围住痛打，打得鼻青脸肿。兵书说，慈不掌兵就是这个道理。心怀慈悲，三弟是这样，心肠软，武宗爷爷也是这样吧！

三弟打别人的时间长，因此被别人打的时间也长，脸、身上的青肿也就多。打完了，兵丁把他们像螃蟹一样细细捆起来押去抽分厂 遗址在今北京东城区健康里 。抽分厂是税务机关，商品不同抽取的比例也不同，洪武爷爷时期，如果是稻草、茅草则三分取一，如果是薪柴竹木，则十分取二。抽分厂占地颇广，四周是围墙，中间是空场，存放抽取来的东西。抽分厂在崇文门外蒜市口，大石桥西面，坐北朝

177

南，前面的道儿便叫"抽分厂大街"位于北京东城广渠门内大街西段路北。抽分厂大街道路尚存，但名称已消失。抽分厂北面围墙有个豁口，外面是粪场，中间有个粪坑，面积不大，却深不见底，粪坑周围是晾晒的梅干色粪饼（卖给城外的菜农）。粪场的老板姓余，是个瘸子，身量高大，可惜瘸了一条腿，垄断了正东、崇北、崇南三坊几十条粪道，是当地一霸——粪霸！不知为什么，巡城御史把三弟几个人押到抽分厂里，也许他那个衙门地方浅仄，关不了几个人。但是抽分厂也没有多余的地方，便把他们押到豁口外面的粪场里。粪坑周围跪了一圈人，仿佛均匀地撒了一圈绿豆，都是逃税，多一半是逃酒税的。看见三弟他们来了纷纷站起来，把自己的"好"位置让给他们，三弟哪里肯跪？余老板一脚把他踹倒。三弟他们沿着粪坑跪好，那几个让出"好"位置的便自然而然地跪在他们外圈，远离粪坑了。后来听人说，这个余老板与抽分厂早有勾结，他的粪场作为抽分厂临时关押犯人的地方，而抽分厂的抽头自然要分一些给他。

三弟虽然是习武之人，身体底子好，但是酒喝多了，又被毒打，烈日当头跪在粪坑旁边，粪味凶猛恶烈，被熏得不禁呕吐起来，身体一软，栽进粪坑里了。幸亏那几个小黄门有良心拼死命将他捞出，浑身都是姜黄色大粪，白色蛆虫在他盘旋的发髻上爬来爬去，臭秽不可闻，三弟一下子昏晕过去。也是苍天长眼，三弟带出来的小黄门里有一个鬼精，在查楼厮打时溜了出来，一溜烟奔回大内寻到大伴跪在地上哭诉，大伴火急带领八十名锦衣卫去查楼，说是被南城御史押走了，又急忙赶到南城御史衙门。

当时京师设有东南西北中五个城区，对应设有五城兵马司，即东城兵马司、西城兵马司、南城兵马司、北城兵马司与中城兵马司。五城兵马司各设指挥一人，副指挥四人，吏目一人，各领弓兵八十人，火甲若干，负责坊巷治安。指挥的品级是正六品，副指挥为正七品。我的外祖父就做过南城兵马司副指挥，这是后话，留在后面再说吧！

兵马司之上是五城察院，由都察院分派，亦设有五处衙署，主官称巡城御史，对五城兵马司进行监督。中城巡城御史衙门在兵部洼，北城在红井胡同，西城在高碑胡同，东城在正阳门内西侧的马道北边，南城亦如之。大伴赶到南城御史衙门时，那位御史还在巡城，听刚回来的兵丁说，三弟等人被关在抽分厂。于是又赶到抽分厂。看到锦衣卫，抽分厂的人吓坏了，急忙把三弟与那些小黄门搀扶出来，用汲满清水的救火唧筒对着三弟一顿乱喷，湍急的银色水流把他身上的大粪蛆虫都冲洗干净，再给他换上干净衣服。三弟讨过一位力士的腰刀返回粪场，余老板瘸着腿正要逃跑，三弟奔向前，一脚将他踹翻，举刀就剁，寒光闪处，说时迟那时快，却在接近脖颈的刹那停住，那个余老板早已吓得屎尿皆出，三弟一脚把他踢进粪坑，算是报了粪坑之仇。

余老板在粪坑里探头探脑地挣扎不敢上来，待三弟走远了，才爬上来，跪在粪坑边，对着三弟走远的方向磕了三个头，方慌忙爬起清洗。

回到景阳宫，三弟重新梳洗后便蒙头呼呼大睡，自然不会对父皇说，但大伴怎敢不禀报父皇呢？

第二天昧爽，父皇命力士将三弟绑至武英殿。父皇脸色气得煞白，一句话不说，让三弟自己说。三弟连连磕头：

"儿臣知罪了，请父皇处罚。"

"你既然知罪，也没有必要再说。人来！"

喝命力士，把三弟扔到武英殿阶下廷杖八十。

大伴急忙跪下给三弟求情，父皇不答应，反让大伴带力士执行，这就给大伴机会了。他让一名力士禀报母后，一名力士跑到文华殿，知晓给他授课的两名讲官——陈、贺先生，也就是他的老师，正等三弟上课，听到三弟要被廷杖，慌慌张张跑来，帽子都跑掉了。母后听说，赶紧和太奶奶一并来到武英殿后殿。

陈讲官与贺讲官直挺挺跪在父皇前面，请求父亲责罚他们。父皇感到奇怪：

"你们有什么罪？"

"弟子有过，为师之罪也。当仁不让于师，诚者天之道，思诚者师之道，学生光彩，老师也光彩，学生做错了事，自是为师没有教好。陛下责罚学生，为师者故而应该担之。"

听他们这样说，父皇一时语塞，迟疑了一会儿问：

"那逆子学完几本经书了？"

"三皇子已经学完《大学》《中庸》《论语》，目下在学习《孟子·公孙丑章句下》。三皇子人极聪明，每天的课讲一遍，说一遍，第二天三皇子便可以复述出来。"

"是这样？"父皇很吃惊。父皇是个喜欢读书的人，听到自己的儿子竟然有过目不忘之资，太子哥哥虽然为人端厚，但在读书上却远不及三弟，没有三弟的悟性与聪明。听讲官如此说，父皇不免触动，便让讲官把三弟读书的事儿说清楚。两位讲官齐声说：

"微臣不敢欺瞒圣上，端赖上天垂顾，陛下睿智。三皇子的确读书有灵性。"两位讲官说罢俯下身，磕了一个头，又说：

"陛下不妨考考三皇子。微臣最近给他加了一门《承华事略》，三皇子已经读完《广孝》《立爱》《端本》《进学》《择术》五章。"

"唤那逆子上来。"

大伴巴不得有父皇这句话，赶紧退下去把三弟带到殿上。父皇命人取来一本《承华事略》，翻开前半部问道：

"逆畜！这《广孝》的第一节如何说？"

三弟跪在父皇膝下，磕了一个头，直起身来说：

"请父皇恕罪。"

"让你说你就说！"父皇不耐烦了。

陈讲官与贺讲官这时已经站起来，看着跪在御案前的三弟，急得向他使眼色。三弟眨眨眼，看看讲官，再看看父皇，又向父皇叩首，之后挺起身说：

"第一节：'文王之为世子，朝于王季，日三。'意思是说：周文王做世子的时候，每天向他的父亲王季问安，早中晚各一次。"

"嗯。"父皇看看书，"再说。"

"是。'鸡初鸣而至于寝门外，问内臣曰："今日安否？"内臣曰："安。"文王乃喜。'意思是，周文王每天听到第一声鸡鸣，便走到父亲的寝室门前问内臣："父亲今天好吗？"内臣说："睡得好。"文王于是放心了。"

"再说。"

"'及日中又至，亦如之。'中午，文王又去父亲那儿问安，同上午一样。"父皇不说话，看着他。三弟继续说：

"'及暮又至，亦如之。食上，必在，视寒暖之节。食下，问所膳，命膳宰曰："未有原。"应曰："诺。"然后退。武王帅而行之，不敢有加。'意思是：黄昏时文王又到父亲那儿，同上午、中午一样问候。父亲的饭菜送上来，文王一定在场，查看饭菜冷热。吃过后，文王还要看饭菜剩下多少，吩咐负责膳食的内侍说：'吃剩的饭菜不要再送上来.'内侍回答:'是.'然后退下,武王遵循文王的做法……"

三弟还要解释,被父皇打断,冲他挥挥手:

"下去。"

那两位讲官也随之退下,又不敢走,大伴把他们带到西边偏殿等候父皇发落。

父皇连忙来到后殿,给太奶奶请安。具体细节我就不说了,只是后来听母后说,太奶奶只说了一句话,八十大板下去,还有三皇孙吗?皇帝难道不心疼?说完这句话,太奶奶从袖口掏出白手帕拭泪。那手帕还是太爷爷送给她的,正面一个角绣了一条龙,龙的后半身转到背面。背面一个角绣了一只凤,凤的后半身转到正面。母后也哭了,掏出手帕拭泪,手帕破了一个小洞,母后精心补绣了一朵水红颜色的芍药。手帕是月白色缎子,掐牙缠枝绿边,父皇十分喜欢,故而送给母后,母后回赠父皇一个手绣的香囊。两面都是芍药花。母后从小喜欢芍药,至今如故,她住的坤宁宫后院(坤宁门西小院)里,有一个芍药圃,里面有不少珍贵品种,有一种从西域来的芍药,花朵的颜色艳丽多彩,是母后多年淘来的。受母后影响,父皇也喜欢芍药,早些年春和景明之时,时常与母后到后院赏花。有一次母后抱着我,摘下一朵半开的西域芍药,插进我的头发里,可是当时我的头发稀少,别不住,父皇接过来别在我的耳朵上,也别不住,便顺手别在太子哥哥的耳边,我"哇"的一声哭了,这是我的花为什么给了别人呢!然而自从田妃入宫之后,这样的事儿就稀罕了。回想宫里的生活,幸福的事儿少之又少,最后竟然被父皇砍了一剑!公主的命是这样的吗?这本是不该说的话,但是我依旧控制不住要说出来,说出比不说堵在心里舒服些。还是说母后的手帕,母后补绣芍药所用的丝线是在水红里加了一点银灰,故而战栗着泪水似的微光,有情芍药含春泪,在东风沉醉的夜晚泪点与星光迷离闪烁,那是父皇送给母后的定情之物。

看她擦拭泪水,痴痴地看着母后,父皇叹口气,脸色慢慢转好,把大伴叫来,让他传旨:

"请陈、贺二先生回文华殿。那个逆畜也去文华殿好生读书!"

自此以后,三弟洗心革面,不再外出游荡,闲时约上刘俊鼎和安东尼奥在内校场练武。刘俊鼎和安东尼奥不打不相识,自从在内校场比武后成了好朋友。

查楼的事就这样云散烟消,我只是不明白三弟用镜子晃田妃马的事,父皇为什么会隐忍下来。

我至今不明白。

日子就这样,锁链似的手拉手,一天天慢慢过去了。

2

"混账王八蛋!"

范文程大吼一声,随手把桌上的茶杯拂到地上,发出一派好瓷器的精致碎响。范文程仍不解气,把剩下的三只茶杯一只一只继续推下去。看着地上的碎瓷,范文程胸中的怒火突然爆发,双手举起茶壶,举过头顶,狠命摔下去。"哗啦"一声惊动了闺中人,很快从内室飘进一个娇媚的身影:

"老爷,你这是做什么?"

说话的是范文程的小妾,原是隔壁卖豆腐老王的幺女,被范文程看中,花了五十两银子从后门抬到后院做了三房姨太太。两个多月前，这位小妾去北山给母亲上坟，不知怎么被多铎看见了，一路追到范文程府邸，把门兵丁不让进，多铎一脚踹开，带着几名悍将向里冲，吓得那个小妾向后院跑，惊动了范文程的夫人出来拦阻，见是多铎便立即跪下，那个小妾精得很，连忙躲起来，藏进后院密室。多铎是努尔哈赤的十五子，皇太极的弟弟，正白旗的旗主_{皇太极死后与其兄多尔衮换旗，变成镶白旗主}，范文程是正白旗包衣，属于多铎家奴一类人物。在旗主的权力下，家奴属于个人物品，具有生杀之权，这些人的女人是可以随便占用的。范文程虽然是三品大员，但身份依旧是正白旗包衣，属于奴才一类而毫无尊严。多铎的眼睛锥子一样盯着范文程的夫人瞄了一会儿，虽然处于半老徐娘阶段，但尚是初级阶段，不是很老，相比那个小妾多了几分端正，小妾既然跑了，贼不走空，范文程的老婆也不错，何况还是三品官员的老婆，二话不说，把范文程的老婆抱到马上便走。范文程下朝回来，已经生米煮成熟饭，气得目瞪口呆，又不敢去多铎府要人，只是生闷气，掐指算来，自己的老婆被多铎享用，已经将近三个月了。

"没有你这个家鬼，怎么会引来外贼，让夫人受辱！"

范文程骂着仍不解恨，顺手抽了一个嘴巴，小妾哭着捂着脸跑回内室，泪水委屈得把脸颊上的脂粉冲出一条一条深沟。范文程发火时，仆人都不敢进来，因为他们又是他的奴仆，属于他的物品，具有生杀之权，谁愿意触发范文程的雷霆之怒呢？最后还是一个忠厚的老仆进来把地上的碎瓷扫走。看着仆人清扫，范文程一句话不说，只是呆鸟似的愣在那里一动不动，盘算夫人的事情如何处理。窗外已经泛白，乌黑的屋脊后面渐渐吐出蚕丝一样发黄的红光，不知何处响起了遥远的荒鸡啼声。啼声里，似乎可以听到隔壁卖豆腐的——已经不是老王啦，推动石磨的"辘辘"之音。

又过了几天，范文程的夫人被放回来，雪白的胴体上遍布多铎细细的银鼠一样的牙齿印。夫人屈辱得痛哭不已，指着范文程的鼻子责骂：

"当初李端劝你回关内，你执意不走。待在沈阳也就罢了，你却主动投靠要求入旗做旗主的包衣，成了旗主的奴仆。你说有了这样的身份好做官，容易熬出头。"

听着夫人责骂，范文程一声不吭。夫人看他死鱼不张嘴更加气愤，继续骂道：

"前些日子李端从榆关看你，你得意地说，你和李端是同年的生员，你说你和李端打赌，我在后金，尔在大明，看谁混得好，谁最先出人头地。李端如今依旧是一介布衣，我却已经是披红系玉骑马御前行走的三品大员了！你说凭你的资历在大明朝混出来，难，大明的人才多，后金没文化，像你这样识几个字的人少，容易出人头地，你要逆袭。你倒是逆袭成功，做了内秘书院的大学士，三品大员，三品大员呐！

"我问你，三品大员保不住自己的老婆，你这三品大员有什么用？有什么用！自结婚那天你就对我说：饿死事小，失节为大。妾的身体已经被那个满狗奸污，三个月呐，还有什么面目存活于世！你这三品大员还有什么颜面？你这后金的国之人才，朝廷的栋梁呀！"

夫人哭着冲向墙壁，那墙壁刚粉刷几天，在蜡烛的辉映下透出蚌壳似的白色微光，范文程急忙抱住，喝命丫鬟扶夫人进内室，自己坐在桌子旁边的太师椅上，默默无语，垂头丧气。生了一会儿闷气看看室外，月光早已西斜，夜晚的魅影凶如恶虎，慢慢将月光吞没，月光逐渐变墨，浅茶色的夜鸟在半空游动，发出"桀桀"怪叫，不知被什么东西惊扰了。范文程不好意思去夫人房间，叹口气，便去小妾那儿

185

睡觉去了。

仆人进来打扫房间，扫完地后，又将插在烛台上的蜡烛一一熄灭，原本洁白如雪的墙壁顿时陷入一片混沌的黑暗之中。

范文程的夫人之所以被多铎放出来，还是皇太极出面的结果。范文程虽然是正白旗包衣，毕竟也是后金的三品大员，多铎的做法影响了汉人，尤其是投降汉人的心态，便将八旗的旗主们召集商议此事，商议的结果是：多铎放范文程的老婆回家，再罚一千两银子，算是了事。一千两银子对多铎不过是水缸里的半瓢水，算不得什么，多铎淫笑着对他的兄弟说，范文程老婆虽然半老，但床上的味道很不错，况且不是普通民女，是命妇，三品夫人呐！花一千两银子享用，值。范文程听了气得病了半个月。此事在沈阳传为笑谈，有人在范文程的大门上贴了一张白色揭帖，上面写着四句不成事体的话：

三品大员范文程，老婆好比杏花明。
居然老了还有味，送与主子去陶情。

四句话的后面还批了四个字："忘八无耻"。又一行小字写道："范文程者，大明之生员也。其祖为明之官员，本为汉人，却甘心附逆满狗自献为奴。此真真是国之丑类，天下之人宜讨之。"门丁清早起来开门，看到揭帖，不敢给范文程看，想偷偷撕了完事。但还是被范文程看见，喝问门丁上面写的什么？门丁不敢隐瞒，慌忙呈上那帖儿，范文程看了，气得手脚冰凉发昏章第十一，骂一句"乌龟王八蛋"，却也无计可施，担心附近还有，流传开来不好看，命门丁到附近搜寻，果然在范文程上朝的路上又发现三张贴在墙上，门丁一一揭下来，呈给范文程，和贴在门上的那张一并放在灶上烧了完事。

这天，范文程躺在炕上生闷气，突然来了两个穿黄马褂的内侍，捧着一盒百年老参，说是奉大汗谕旨前来看望范先生。范文程一骨碌爬起来，跪在地上冲皇宫方向深深磕了三个响头，放了三个长长的虚恭，心中的郁闷随之散发出去，顿时觉得浑身舒泰多了。

翌日，范文程卯时初刻便从炕上爬起来，换了一件簇新的石青色大褂子，一双乌黑的新朝靴，让小妾帮着把辫子编好。据说，后金的男人要把大部分头发剃掉，只在脑后留一点头发，留发的面积大概有一枚铜钱大小，再将小手指细的一绺头发，拧成麻绳一样垂下来，时称"金钱鼠尾"。就这么一个辫子，因为要朝见皇太极，范文程仍要精心梳理，在辫梢上系了一只缀有两个东珠的发卡。进入皇宫，范文程刚迈过崇政殿的门槛便下跪叩谢皇恩。皇太极眨着眼珠看着他，呵呵笑道：

"范章京何必如此！闻听章京贵体微恙，今日可好？"

"蒙大汗厚恩，奴才已经大愈了。"

"朕有一事要问计章京，"皇太极指着石青色的龙袍说，"朕这件龙袍已经磨出毛边，却没有可以替换的衣料。如今榆关城高壕阔，加之宁远、锦州围拢，袁崇焕坐镇，八旗兵竟一时没有办法。"

建房没有什么出产，天寒地冻不过有些狍子野鹿，尤其是那狍子傻得很，不值什么钱。值点钱的是东珠、野参，与大明交恶后，原来的互市终止了，东珠、野参没了交易对象。明白地说，没了互市，建房又不生产衣料粮食，对方有而自己没有自然只有抢，但对方是城坚壕阔、兵强马壮，怎么抢？难怪皇太极焦虑不安。

范文程缓缓站起来，趋至皇太极的御案前面，从袖口掏出一个小小的卷轴，徐徐展开，上面细细画着山川道路城池屋舍，指着榆关说：

"大汗请看，这榆关目下难进，咱就不进，让袁崇焕困守在那里。但是别处，"范文程复指地图，"榆关难进，奴才以为可以不走，可否换路而行？"

"章京欲换哪条路？"

"走雁门关这条路。"

"章京写个奏疏上来。"

"奴才已经写好。"范文程说着将昨晚漏夜写的奏疏呈给皇太极，略曰：

查我军情状，志皆在深入。然，榆关城坚壕阔，依奴才之见不如易关而进。若计所从入，惟雁门为便，道既无阻，道旁居民富庶，可资以为粮。

上如虑师无名，当显谕其民，言察哈尔汗远遁，所部归于我，道远不可以徒行，来与尔国议和，假尔马以济我新附之众。和议成，偿马值；不成，异日兴师，荷天之宠，以版图归我，凡军兴而扰及者，当量免赋税数年。此所谓堂堂正正之师也。

否则，作书抵近边诸将吏，使以议和请于其主，为期决进至。彼朝臣内挠，边将外谇，迁延逾所期，我师即趁衅而入。

我师进，利在深入，半途而返。无益也。

"此计乃袭用三国邓艾偷渡阴平之策。"范文程指点舆图说。

皇太极沉默不语，过了一会儿突然眯着眼睛朗声笑起来：

"章京真乃朕之诸葛亮也！"

说罢再俯首细看范文程呈送的舆图：

"章京以为何日出兵为妥？"

"待秋风草长为是。"

"好，就等那秋风草长，万事俱备，只欠秋风也。"

第二天，皇太极又把范文程找来说：

"朕昨天询问熟悉边关的诸王，诸王道，去雁门关不如走迁安之龙井关、大安口、喜峰口一带，也没有必要假仁假义地啰嗦，那些关多年不修，也无重兵把守，正是我们出兵的好地方。"

"这就好。"范文程顺着皇太极说，皇太极很高兴，请他在宫内吃饭。看到宫内膳人送来一道绿莹莹的炖菜放到桌上，闻着十分鲜美，范文程从未吃过，却控制自己，犹豫半天不肯下箸，皇太极看着他笑道：

"章京为何不食？难道有什么顾虑不成？"

"奴才之父没有吃过这道美味，故而奴才逡巡不肯下箸也。"

听了他这句话，皇太极立即命宫内膳人将这道菜撤下打包送给范文程。范文程下跪道：

"奴才深谢大汗，奴才代奴才之父深谢大汗。"

皇太极眨巴着黄眼珠笑了，笑得很开心，眼睛里绽放菊花一样淡黄的光芒，他的眼睛真黄，连睫毛都是黄颜色的。

范文程这道奏疏，使皇太极脑洞大开，那年秋天，选了个利于发兵的吉日，杀了几个明军俘虏祭旗，绕开榆关，便去攻打大安口了。那里虽然险峻，乱石颠崖，怪树丛薄，但塞垣颓落，军务废弛，果然一攻就破，不过几个老兵守城，见到建房毫无抵抗之力，只在城头放了几道狼烟，便下城躲起来。皇太极策马驰过关城，到了一个大宽转的平地，勒住马，用马鞭指着前面平展广阔的绿野说：

"与明人打了十几年的仗，今日方进入大明的边墙之内！诸位王爷，你们以为如何？"

说罢，扬鞭大笑。听到他的话，那些王爷、贝勒、贝子纷纷跳下马，罗拜在皇太极的马前。皇太极伸开双臂，再次朗声高笑，笑得仰起脸，黄眼珠放出黄色的光，红胡子也翘起来。笑罢，叫范文程过来，让他与自己并辔，对众人说：

"没有范章京，我们焉能至此！章京一人抵十万精兵，谢章京！"

说罢对范文程一拱手，瞬即鞭坐下马，那马立即奔腾起来，范文程迟疑了一下也策马疾驰在皇太极之后，其后是王爷、贝勒、贝子们，再后是浩浩荡荡的马队，扬起的黄沙尘把即将下落的脂粉色的太阳遮住，散发石灰一样洁白的光线，暗蓝色的霾气秋雾一般在天边隐约浮动，远处棕色的茅屋与苍翠大树被笼罩在黄昏特有的幽明氛围里了。

数万名八旗兵丁挥刀策马，"啾啾"狂喊，在秋风凉爽的裹挟之下，以蒙古人为向导，很快便冲入京畿，兵临北京城下，史称己巳之变。

那些日子，皇太极焚庐舍、抢财物、掠妇女，不亦乐乎。回到沈阳以后，满载而归的皇太极小人乍富，高兴得不得了，立即做了十二件石青色的龙袍，赏了几个绝色女子，都是从河北抢来的姑娘，范文程高高兴兴收下，对那个磨豆腐的小妾慢慢冷淡，即便是奉父母之命，媒妁之言，用大红轿子从正门抬进来的原配正室夫人，也旬日不见，所谓妾身已污，难以侍奉将军了。

有人建议给范文程以"固山额真"(旗主副职)的职务,皇太极不肯:

"不是我舍不得,范章京自然胜任这个职务,但固山额真只是军职,让范章京做这个职务,就太小看他了。范章京是我依赖的心膂,再考虑其他更好的职位吧!"

皇太极对范文程愈加重视。范文程看过或者签署的文件,皇太极不再过目,那意思是范章京把关的不会错。

大安口之战,算是开了先河,皇太极自此绕开榆关,凡是缺东少西之时,就选择一个关口出入,大明的长城(时称边墙)成了筛子,皇太极的马队在大明腹地驰骋蹂躏,最远深至山东,杀人、放火、劫色、掠财,豺狼虎豹一般,弄得父皇头疼不已,几次欲与皇太极议款,终因有朝臣反对,摇摆于战和之间,意见不一而作罢。

3

父皇在文华殿星夜召见孙承宗。

父皇说:

"据飞报,建虏已经从蓟镇入关,向京师而来,袁崇焕率部南下抵御。"

"袁崇焕如何部署?"孙承宗急切地问。

"袁崇焕部署:以前总兵朱梅、副总兵徐敷奏防守榆关,参将杨春防守永平;游击将军满库防守迁安;都司刘振华防守建昌;参将邹宗武防守丰润;游击将军蔡裕防守玉田;昌平总兵尤世威防护诸陵;宣府总兵侯世禄驻军三河,阻遏建虏西下;保定总兵曹鸣雷、辽东总兵祖大寿驻军蓟州(今天津蓟县),阻遏建虏。袁崇焕居中应援。"

"臣闻袁崇焕驻蓟州、满桂驻顺义、侯世禄驻三河,在此三地阻遏建房甚为得策。又闻尤世威驻军昌平,侯世禄驻军通州（今北京通县）似为不妥。"孙承宗认为阻遏建房,应该远离京师,在蓟州、三河、顺义一线,不赞同退守昌平、通州,这样距离京师过近,风险太大。父皇问：

"老先生欲守三河,有何道理？"

"三河位于蓟、通之间,守三河一线可以阻敌西奔,进犯京师；也可以遏敌南下,防备建房绕香河、武清包抄京师南翼。"

"当下京师之急应当如何应对？"

"当务之要是：整器械,厚犒劳,固人心。"

父皇点头称善,当即下谕：

"孙承宗总督京城内外守御事务,仍参帷幄。"

孙承宗离开皇宫,便去城上查检京师防守情况。十一月的京城,天气已经寒冷,闪闪星光霜似的又白又冷,城楼乌黑蹲在夜空之下,城池外面,远处的西山与更远的北山,起伏的山脊与夜空融为一道清寒的灰色。城头不时腾起画角之声,京城不见刀兵近二百年矣,早已忘记烽火的血腥与惨痛,在画角的悲鸣中,慌恐的波涛一圈一圈荡漾开来。

孙承宗从城上下来,迎头看见神机营的炮手们衣着单薄,忙着将一尊一尊的红衣大炮沿着马道向城上推。马道下面是几个小内侍,乱哄哄地拿着白蜡杆的红缨枪,披着蓝马甲戴着铁兜鍪,正在列队,打头的年纪大些,拤着腰刀,看见孙承宗骑马过来,赶紧俯下身说,给大人请安。那个内侍便是乐勇。孙承宗没有说话,只是点点头。回到驻地立即给户部和兵部写信,请二部给士兵速发冬衣。

让孙承宗没料到的是,翌日半夜,父皇又改变了主意,传旨孙承宗驻守通州。接旨后，孙承宗立即带着三十名兵丁从东便门出城，顶着冷彻的星光向通州疾驰，田野黑洞洞的，马眼亮晶晶的，只有发白的道路凉森森的勉强可辨，星光四射似乎发出蓝色的脆响，将要落到他的肩膀上。

甫抵通州，孙承宗立即与保定巡抚解经传、御史方大任、总兵杨国栋登城固守。

按：

我在序章《热水镇》中曾经交代，"第六章第三节，由于原文过长，为了读者阅读方便也采取四号字。"记得《水浒传》作者曾经感叹道，说书人只有一张嘴，只能说完一边，再说另一边，原因是故事繁琐，头绪众多，我在这里也只好强行断开长平这边，而讲述另一边，引进李力与薇妮的叙述：

袁崇焕如何从榆关率部疾驰勤王，长平公主没有记录，我与薇妮在档案馆查到部将周文郁的一份档案。这份档案逐日记录，相当于战时日志，详细地保留了当时战况。

周文郁官至副总兵，从头至尾经历了己巳之战，真实地记述了袁崇焕的思路、情感、方略、行踪与当时战场的状态。为了方便阅读，我写了一些解读性文字，如果读者诸公认为没有必要，自然可以不读，直接阅读周文郁的原文就是了。

七月，谍者得奴情欲渡河，公随疏闻，谆谆以蓟镇为虑。余亦启曰："辽事颇整，奴来无恙，惟蓟镇单薄，我当速发一劲旅往备乃可。倘奴谍知，亦可潜伐其谋。"公然之。

大安口、喜峰口一带是蓟镇辖区，是谭纶与戚继光督修的，但六十年过去了，从未再修，也无重兵成守，故而皇太极攻击时没遇到像样的抵抗，就破城入塞直逼北京了。

对此，袁崇焕早有预警，他在崇祯二年三月初二日《请准与西夷通市疏》中云："惟蓟门陵京肩背，而兵力不加。万一夷为向导，通奴入犯，祸有不可知者。"同年四月至五月之间又接连上疏，其中《蓟门固御为急着疏》称："蓟门单弱，敌所窃窥。臣身在辽，辽无足虑。严饬蓟督，峻防固御，为今日急着。"《蓟门单弱宜宿重兵》："臣在宁远，敌必不得越关而西。蓟门单弱。宜宿重兵。"但朝廷没有任何举措，终成大难。

重九前一日，又报奴已渡河，公即发参将谢尚政等备蓟。及至彼，蓟抚以奴信未确，仍勒之归。然而逆奴踪迹，亦竟诡秘难闻，故蓟益懈。

十一月朔，公自宁远往山海，过前屯，得报：奴已困遵化矣，盖前月廿七日，从大安口入矣，于是疾趋关。先令赵总兵率教统所率部援遵；飞檄祖总兵大寿精简辽士入援。初四日，辽兵至关。次日，公遂亲帅以西，令余主旗鼓。初六日至永平，闻遵化已陷，抚军王公元雅死之，赵总兵亦力战以死。公擐甲星驰，次榛子镇，奉上谕，令公调度各镇援兵，相机进止。

赵率教奉命后，三昼夜至三屯营（蓟镇的驻地），但蓟镇总兵朱国彦不让他的部队入城，便策马西行，十一月初四日，在遵化与满蒙骑兵激战，身中流矢而殁。

初九日，入蓟料理战守，以旧总兵朱梅、副将徐敷奏等守山海；参将杨春守永平；游击满库守迁安；都司刘镇华守建昌；参将邹宗武守丰润；游击蔡裕守玉田；以昌镇尤总兵世威仍还昌镇，保陵寝；宣镇侯总兵世禄前守三河，以防贼西奔；保镇曹总兵鸣雷同辽镇祖总兵等驻蓟以遏敌。

十二日，辽卒哨至马伸桥，与奴遇，大败之，斩获酋长，军声大振。余亟启曰："奴既来马伸桥，离蓟城二十里耳。此必系前哨，大队定在后，我当速为之计。"公遂同诸镇将宿城东楼以待。

十三日，侵晨，报奴全军过石门驿，公令马步兵尽出城外列营，营甫定，有奴骑二百余，分四队扎我军之东南，相持两时，并不见贼大兵。公令我发砲，贼闻砲即四队排为一字，忽退去。竟日无一骑复至，使我欲战而无可战。

十四日，乃探奴大队潜越蓟西矣。公即督辽将士西追，镇将议从间道绕出贼前，余请必分兵为二，以一出其前，以一蹑其后。镇将咸以兵寡不可分。

皇太极十分狡诈，行军诡秘，在蓟州回避与袁崇焕对阵，以最快的速度向京师方向奔袭，袁崇焕率领的辽军只能在后面追蹑。周文郁提出"以一出其前，以一蹑其后"的分兵之策，但是兵寡不可分，因为袁崇焕只有九千骑兵。

十六日，至河西务，营城外。有一兵擅取民家饼，当即枭示。薄暮，集诸将议进取，皆云宜径趋京师，以先根本。余谓："大兵宜向贼，不宜先入都。"诸将又言士马疲敝，恐难野战。余曰："不然，今贼在通、张湾（即张家湾），距通仅十五里，我兵若屯张湾，取食于河西务，令侦者确探，如贼易，则明与决战，一了百了；倘贼坚，则我趁夜出奇，击其不意，彼孤军深入，势必站立不住。此一定之策也。"众将乃狙以勤王之师，必当进京请旨。公曰："周君言是。第恐逆奴狡诈异常，又如蓟州显持阴遁，不与我战。倘径逼都城，则从未遇敌之人心，一旦摇动，其关系又不忍言。必我兵先至城下，背障神京，面迎劲虏，方是完策。"余又曰："外镇之兵，未奉明旨，而径至城下，可乎？"公曰："君父有急，何遑他恤？苟得济事，虽死无憾！"故决意趋京师。先发哨拨六人前行，遇保镇逃兵抢掠地方，哨拨斥之，保兵遂操戈相向，伤五拨丁，仅一丁脱回报知。公当差家丁追捕，擒六人以报，于韦公寺审明而斩之。

周文郁认为应该在通县一带与皇太极对阵，"彼孤军深入，势必站立不住。"袁崇焕认为周文郁对策是正确的，然而担心建虏狡诈，不与我战。"倘径逼都城，则从未遇敌之人心，一旦摇动，其关系又不忍言。必我兵先至城下，背障神京，面迎劲虏，方是完策。"周文郁说："外镇之兵，未奉明旨，而径至城下，可乎？"然而，袁崇焕一心勤王，"君父有急，何遑他恤？苟得济事，虽死无憾！"他的这个想法是逼迫自己向火坑里跳，在他那个时代，袁的想法是正常而又正常的，读书人就是这样被教育的，读圣贤书，所为何事？解君王之急，拯民之倒悬，然而他怎么会料到无论是君王还是黎民百姓，都竟然会要他的命呢！

我与薇妮叹息了好几天。薇妮说周是对的，袁是错的，如果按照周的方略，历史也许在张家湾转捩了。然而历史没有假设，只有铁一样沉重的叹息。忠臣烈士的归宿往往是悲剧，而奸佞却往往得以寿终且以大团圆结局。历史的诡异就是如此，衮衮众生的出气口只能搬演在出将入相的舞台之上。然而，舞台歌榭，总被风吹雨打去，又有什么办法！周文郁的档案不可以复印，只能抄录，由于时间长远，笔墨漫汗不好辨认，因此抄得很慢。

战乱时期，逃兵抢掠、伤害百姓是常有之事，袁崇焕在行军中还能够顾及此事，显示出他爱民的殷殷之情。

第二天，我们把那份档案借出继续抄录。

是晚，抵左安门，乃十七日也。下令军"韦公寺"前，不许一兵入民家，即野外树木，也不得伤损。其时京城戒严，塘报不能即入，直至更时，始有兵部差官至营，公附奏于差官。

十八日，上遣内臣冯允升等六员，诣军中查看，内臣回奏，乃下户、兵二部议发粮草。更差司礼监内臣吕直斋领御前青盐千斤，禄米百石、酒十坛，羊百只，银万两犒师。

十九日，又赐公玉带一围，六币有副；祖帅玉带一围，四币有副；其诸将各红蟒一袭。户部始发刍豆粮米，然士马已冻馁两日矣。是夕，公密令参将刘天禄等劫奴营，不意行至高密店，为奴哨觉，贼营有备，不得入而返。

十七日晚，袁崇焕把他的部队驻扎在韦公寺外面，不许士兵进入百姓之家,即使是野外的树木也不得损坏。第三天,户部始发放粮草,士马已经冻馁两日了。

韦公寺是武宗朝常侍韦霦修建的,赐额"弘善寺",附近有村便以寺称。弘善寺在明代极园林花木之胜,有殿宇掩映,假山峰立,深溪纵横,以海棠、苹婆与寺外的柰子著称。苹婆亦称凤眼果,花萼粉红;柰子,是李子的变种,花朵是白色的。这些树都是大树,尤其是柰子,旁枝低丫,树下可以容纳数十席。花开之日,海棠红于苹婆,苹婆红于柰子,深红粉白汇为花海,是都城著名的游览场所。李攀龙、王世贞、袁中道、袁宏道、陶望龄、钟惺都在这里留下屐印。称赞这里是:"西望风云双凤阙,香娇新绿红尘里。"竟陵派的刘侗和于奕正写过一册《帝京景物略》,其中云:"崇祯己巳冬之警,我师驻寺,海棠苹婆以存,柰子树,敌薪之。"弘善寺已然不存,但是以其为名的村庄仍在,其北是华威南路,东是南三环东路,西是东二环南路,南是左安路,是十八里店乡的自然村。2005年前后,弘善寺村北部的农田被征用建设弘善家园。弘善寺旧址上兴建的弘善市场于2018年拆除,成为垃圾临时转运站,《新京报》记者曾去那里探访,目测那里至少有五个篮球场大。

高密店即高碑店(村),位于京通快速路南侧,现在以经营中式家具著称。十九日晚,袁崇焕密令参将刘天禄等人偷袭皇太极,但是被对方前哨发现,便撤回来了。

揣摩周文郁的行文,高碑店应是皇太极部队驻地,皇太极自然也应住于此地。

高密店与韦公寺的直线距离大概有八公里左右。

二十日早,报奴大队分六股西来,公传令开营门迎敌。

先遣都司戴承恩择战地于广渠门，余随行间。公令余回，余不从。公又曰："我有奏疏二通，子可速回，为我料理。"且嘱勿再来。余还寺，即将奏疏阅发，遂披甲跃马，仍驰军前。而公正在布阵，其祖帅正兵阵南面，副将王承胤等列西北，公与余扎正西，缺东面以待敌。

奴拥众直冲东南角，我兵奋力殊死战，奴奔北，见前面有承胤等兵，立马无措，若承胤等合力向前，则奴已大创，不意承胤等乃徙阵南避，翻致奴复回，径闯西面。一贼抡刀砍值公，适旁有材官袁升高以刀架隔，刃相对而折。公获免。复一巨酋背黄旗者，扑向余，余以夜役高得富射贼落马。时贼矢雨骤，公与余两肋如猬，赖有重甲不透。得南面大军复合，贼始却。我兵亦倍奋砍杀，游击刘应国、罗景荣、千总宝溍等，直追贼至运河边。贼忙迫拥渡，冰陷，淹没者无数。此一战也，自午至酉，鏖战三时，杀贼千计，内伤东奴伪六王子，及西房名酋都令。我兵亦伤数百。

盖九边尚首虏，每以争割首级误事。公深鉴陋规，于未战之先，与诸将士约，惟尽歼为期，不许割级，故将士得一意剿杀，以获此胜。是晚收兵，直至二鼓方罢。

二十日清晨，袁崇焕在广渠门外排兵布阵，祖大寿在南面，王承胤在西北，袁崇焕在正西，留出东面迎击皇太极。皇太极从东向西而来，也就是"西来"。战斗十分惨烈，时间也很久，从午时杀至酉时，历经六小时，袁崇焕身先士卒与敌厮杀，两肋插满了建虏射的箭，仿佛刺猬一样，幸亏披有重甲，没有被射透。有一个建虏冲向袁崇焕抡刀砍来，适旁有材官 遴选出来的勇猛之士 袁升高以刀架隔，刀刃相对而折。有一个背着黄旗的巨酋，扑向周文郁举枪就刺，幸亏夜役士兵 高得富将他射落下马，随即一刀砍死。皇太极被打败了，被打得满地找牙，建房六王子负伤，西房名酋都令被击毙，溃败的士兵被追到通惠河——周文郁称运河，这时已经结冰，为了逃命，争抢渡河把冰踩碎，纷纷落进水里，淹死了不少。溃逃时，皇太极夹在亲兵队伍中狂奔，有眼尖的明军士兵惊呼：

"穿金甲的是皇太极！"

皇太极慌张得不知所措，幸有一名亲兵脱下自己的黄布甲披在他的金甲上，随即戴上皇太极的金兜鍪，沿着通惠河左岸狂跑以吸引明军注意，很快被乱箭射中倒栽下来，被奔腾的马蹄踏为肉泥。又有明军士兵高喊：

"黄纛旗下面的是皇太极！"

皇太极慌忙让部下扔掉纛旗，混在黄布甲中沿着通惠河疾驰，袁崇焕让明军的弓弩手对准黄布甲的队伍齐射，箭雨之下黄布甲纷纷落马，皇太极左腿也中了一箭，亏得有两层铁甲保护，只是将头层的甲衣穿透，虽然没有伤到筋肉，却也将大腿击打得隐隐作痛，好几天走路一瘸一拐的。

广渠门之战，皇太极的士兵死以千计，明军也伤了数百人。

皇太极大败。

　　当蒙皇上颁发酒肉各数千斤、麦饼五万劳军。公先望阙叩谢，然后分发诸营。犹诣带伤诸将士所，一一抚慰。回时东已白矣。其中军何副将问之曰："旗鼓乃军中主要官，何早间反令之回？"公曰："彼署事官，兵凶战危，何忍相累？即兵马冻馁三日，而迫之战，亦非得已。赖主上威灵，诸公勠力，获此一捷，实出意外。然贼自阑入以来，未尝一矢加遗，今遭此挫，其气必沮。俟士马休息数日，再以奇着，破之必矣。"

正语间，忽有报，昨夜战时，满大将军桂，在安定门与西虏束来不的战，败绩，且不知处。营中遗辎重甚多。公亟令寻觅满帅，并检所遗军器。少顷，回报满帅带有败卒百余，卧关圣庙中。其所遗弃军食，见有城上内臣在彼收取。公时犹虑满帅。迨二十二日，则满帅且调入内城矣。

崇祯皇帝颁发酒、肉各数千斤，烙饼五万张慰劳袁崇焕的士兵。

满桂一说在德胜门与蒙古骑兵，也就是西虏厮杀，城上神机营士兵发炮助战，但是射术不精，误击明军，满桂也被击伤，退入关庙，再退入德胜门瓮城。

安定门和德胜门都是北京北部的城门。袁崇焕担心满桂不免受到制裁，却哪里料到，满桂后来竟然成为崇祯磔杀他的口实！

二十三日，贼移营南海子。晚上接上谕，令速进兵。

二十四日，召对，赐公狐裘一领，盔甲一副。

二十五、二十六日，奴陈兵于前战处，似进不进，盖欲疲我也。

二十七日，奴攻外罗城南面，城上炮矢击退之。辽将于永绶、郑一麟营，炮药失火，兵立火中不敢退，公当即给赏。每人二十金。

二十八日，休兵一日。

二十九日，用向导任守忠策，以五百火炮手，潜往海

201

子，距贼营里许，四面攻打，贼大乱，随移营出海子。

二十三日，皇太极打了败仗，将兵马转至南海子。南海子在今天北京市大兴区，是明代的皇家苑囿。二十七日，皇太极进攻外城，被城上的火炮、箭矢击退。二十九日，用向导任守忠之策，以五百火炮手，潜往南海子，用炮火四面攻打，皇太极赶紧移营离开南海子了。

广渠门之战与南海子偷袭，皇太极都打了败仗，战争天平向大明的方向倾斜，然而长平公主的父亲这时却犯了一个不可饶恕的低级错误。

十二月一日，正遣发副将张弘谟等追蹑，忽报召公与祖帅。公等戎服趋命。酉刻，祖帅出，闻公已下诏狱。随有内臣车应祥奉命谕辽东将士，将士放声大哭。从此人心惊惧，不复有固志矣。

余时暂主旗鼓，非专司兵马，既不能立歼狂奴以赎公罪，又不能长叩九阍以白公心。遂于二日，护持剑符节回山海。

初四日，辽兵惊溃而东。其前所分守各州、县兵将，亦咸生猜忌，间有径自驱逐者。无何，良乡破，固安屠，房山下，迁安陷。滦、永据，卢沟桥则有申甫之败，永定门则有大将军满桂、孙祖寿之死，麻登云、黑云龙之执，马步数万，一掷而空。至蓟州更有兵侍刘公之伦之惨死。贼遂纵横畿辅，如入无人之境矣。

诏狱是锦衣卫东厂管辖的监狱，周文郁当然不知道袁崇焕为什么会被捉入诏狱，袁崇焕本人也不会明白，而皇太极是明白的，大明的最高统帅竟然如此昏聩幼稚，不仅葬送了这场战役，而且祸及多年，十多年后，更是将大明、他与他的家人葬送了！

许多年以后，到了乾隆时期，这个内幕被揭开了。

广渠门之战失败后，皇太极十分沮丧，夜间，范文程秘密去他的帐中献了一计。皇太极听罢哈哈大笑，他的眼珠本来是黄的，现在笑得眉毛也变黄了，问计出何方？范文程躬身说，出自蒋干盗书。范文程脸颊白皙，双眉如墨，身材魁梧，但是双肩微耸，在皇太极面前，总是低俯身子，显得比皇太极低矮许多。

"如此如此，这般这般"，献出计策，范文程便垂着手倒着身子慢慢退下，在后退的过程中，情不自禁地合了一下眼睛，又猛地睁开，眼光迸射，把皇太极吓了一跳，或者说吃了一惊：

"范章京眼睁眼闭的，有什么心事吗？"

"奴才近日患了眼疾，总觉得眼前有飞蠓飘舞，而且眼珠酸疼，不由自主地要闭一会儿。"

听范文程如此对答，皇太极将刚才升起的疑心慢慢放下，笑吟吟道：

"我家有一偏方，用童子尿洗洗，三日便好。"

"奴才深谢大汗。"

回到沈阳以后，范文程果然用心地让那个磨豆腐的小妾努力生了一个男童，自此天天用童子尿洗脸，主要是清洗眼睛，却始终没有治愈，但因为这是皇太极的口谕，不敢违背，日久成习，他白皙的脸总是隐隐散发童尿臊气。

我突然想到了蒋干盗书。

那一晚，蒋干夜宿周瑜帐中。心中有事，翻来覆去如何睡得着？此时已经鼓打二更，烛焰逐渐萎缩变红，不时跳出幽蓝灯花，爆出油脂枯焦的微渺气息。周瑜鼾声如雷睡得正浓。营帐内几案上堆满文书，蒋干起来偷窥，都是往来书信，其中有一封写道：蔡瑁、张允致周公大都督。略曰：某等降曹迫于势耳。但得其便，定将曹贼首级掷献帐下。蒋干阅后大吃一惊，慌忙将此信藏于衣袋内。这时，有人进帐附耳对周瑜说，江北来人了。周瑜随着那人走到帐外，蒋干竖起耳朵，此时他全身都是耳朵，听到来人说，蔡、张二将军，急切不能下手。再下面的话便听不清了。少顷，周瑜回到帐内，蒋干装睡，挨至五更，夜影的苍蓝还没有变得透明，便慌忙戴上浅绿色的巾帻潜出帐外，找到藏于渡口芦苇丛中的扁舟，唤醒船夫，于白雾横江中，飞棹返回江北。

蒋干盗书，出自《三国演义》第四十五回，为读者熟知。作为皇太极反间计的当事人——鲍承先本是明朝副将，降清之后仍授予副将，他的传记附录在《范文程传》（《清史稿》卷二百三十二）后面。其中记载：

> 翌日，上诫诸军勿进攻，召承先及副将高鸿中授以秘计，使近阵获明内监系所并坐，故相耳语，云：'今日撤兵乃上计也。顷见上单骑向敌，有二人自敌中出来，见上，乃语良久乃去。意袁经略有密约，此事可立就矣。'内监杨某佯卧窃听，越日，纵之归，以告明帝，遂杀袁崇焕。

皇太极命鲍承先与另一个降将高鸿中，并排坐在一起，议论皇太极与袁崇焕有密约，有意让一个被抓住的明廷内侍杨某窃听。

广渠门东北过去有金章宗时期的苑囿，地平如掌，古树偃仰，高冢交错。入明以后成为鹿场，故称鹿园，游客每每在这里骑马逐鹿以为游戏。这个地方明代有织染局的外署"蓝靛厂"（另一处在西郊火器营），存有大批漂染好的细蓝布，是皇太极重点光顾的地方，那个被安排窃听的杨某是承乾宫内侍，前天来这里办事没走，故而被皇太极抓住。鹿园后来演变为大鹿园和小鹿园两个村子，上世纪五十年代在此地建设北京起重机器厂职工宿舍，现在是居民小区，称大鹿圈。

第二天，把杨某放走了。这是个蒋干似的人物，回到宫内立即密告长平公主的父皇，而自以为得计。

从档案馆出来，已是晚霞燃烧的时候，黄昏又芬芳又美好，微风吹拂少女蓝色的裙裾，漫天的流云娇嫩如春丝，仿佛美丽杭州的绚丽织锦，预示明天将是个好天气。我的心却沉甸甸的，不仅因为历史上的袁崇焕，还因为我和薇妮，我有一种预感，我与她有一种说不清的分歧，而这个分歧难以弥合。

4

安东尼奥、刘俊鼎皆上城防守去了。

安东尼奥在神机营，刘俊鼎在五军营前哨。两人都是总旗小兵官，刘俊鼎手下有五十名士兵，每名士兵配有盾牌、腰刀，因为是守城，有的士兵还配有长矛，但是器械不足，只能放在垛口边上，谁值守，谁持有。按防守规矩一个垛口两名士兵，但是兵力不足，只能三个垛口由两名士兵负责。

安东尼奥尚好，三尊红衣大炮，配有三十名炮手，人手够了，但能够熟练操作火炮的士兵并不多，还有几名上了岁数应该回家抱孙子的老兵，安东尼奥倒聪明，索性让他们做些后勤工作。三弟喜欢火炮便加入安东尼奥的总旗，做一名火炮的实习生。虽是皇子，安东尼奥对三弟也不客气，三弟很高兴，说这样才能学到真本事，在战场上用火炮杀敌。父皇这次一改常态，非但没有阻拦三弟上城防守，而且鼓励太子哥哥上城，学习士兵们布防；鼓励他骑快马，别再那样慢条斯理，他对哥哥说要向三弟学习，但哥哥是标准的读书人，向三弟学习并不那么容易。四弟也不再骑果下马，而改乘了一匹半岁稚马，在内校场以散步的姿态小跑了。

一天夜里，三弟带着安东尼奥、刘俊鼎和几名士兵，背着一百斤熟牛肉，都是上好的前腿腱子肉，三百斤白面烙饼去看望袁崇焕。袁崇焕正在中军大帐布置夜袭任务。待袁崇焕布置任务后，佘锋带他们去见袁崇焕，袁将军很高兴。三弟说要参加夜袭任务。袁崇焕坚决不同意，说任务凶险，五百名士兵都是辽军中的"死士"——视死如归的勇士。最后，拗不过三弟勉强同意了，指派佘锋前去跟定三弟，要用自己的命保护三弟的命。

皇太极围城的那几天，天气都很好，夜袭那天也不错，星光笼罩四野，泛出一派静穆的银灰色，只是气温很低，前去偷营的死士都穿着厚重皮衣，外罩浅赭色的铁钉布甲，兜鍪的插管里插一枚白羽毛。在接近南海子宫门的地方_{今称旧宫，北京市大兴区旧宫镇。明初辟建南海子，设上林苑内监提督官署，清初改建行宫，称旧衙门行宫，简称旧宫}，指挥这次夜袭的参将刘天禄留下一百名士兵做接应，其余的四百名骑着马，向南海子建房大营疾驰而去。士兵们每人嘴里含着一只竹子做的"枚"，大家都不说话，只是用战靴上的马刺不时"刺"马疾行，为了避免出现马蹄之声，每个马蹄子上都裹着毡子。三弟骑一匹黑马，穿着黑布甲、黑战靴、黑兜鍪，挎一把宿铁戚家刀，围着黄褐色的大风领，呼出的哈气把风领的茸茸细毛染成冰冷的烂银色。佘锋紧紧挨着他，生怕他离开自己的视线。四百人的马队，紧贴在冷嗖嗖的黑土地上，鸦群一样迅疾飘过。在接近建房大营时，士兵们跳下马，两人一组把"虎蹲炮"摆好，刘天禄把手臂向下一挥，二百尊虎蹲炮同时喷出赤色火焰。建房的大营立即燃烧起来，将银灰的天际烧成樱桃色，间歇地迸出琥珀夹杂黑光的烟柱，大地呻吟地颤抖着。火药礌石打光了，士兵们便迅速调转马头向回疾驰。

在这次夜袭中三弟接连放了三次虎蹲炮，目不转睛地盯着裹着火焰的礌石向建房大营砸去，他后来对我说，那一瞬间胸中淤积的闷气发泄出去了。我们大明、我们大明的子民、我们大明的皇帝不可欺辱，我们有能力抵御建房、战胜他们！

袁崇焕站在韦公寺山门外面等候三弟他们。看到袁将军，三弟激动地跳下马，袁崇焕则健步迎上与三弟互施军礼，走进帐内已然将天近五更，略说几句，三弟还要赶回城便匆匆告别。

袁崇焕让佘锋护送三弟，看到他们被接应上城，才返回大营。夜色中，三弟从城头看袁崇焕返身回到韦公寺后，立即被高大的树木雾沉沉黑压压遮住，枝枝桠桠重重叠叠透出一股隐隐杀气，下沉的纤细残月宛如一枚鹅黄的羽毛，西风烈，吹得有些摇摇晃晃。三弟忽然感到一阵伤感，随手摘下兜鍪上的白色羽毛。刘俊鼎与安东尼奥凑近他说："殿下，该走了。"三弟愣了一会儿，转过身与他们回到各自汛地。

十二月一日。

清晨。

袁崇焕在中军帐内遣发参将张弘谟与游击佘锋等人追击建房，父皇派人传谕召见他与祖大寿。

二人来不及换掉戎装，便急忙跟着内侍进宫，刚进入东华门，一名内侍匆匆迎面走来，对袁崇焕说，万岁爷在平台，速入！袁崇焕和祖大寿随着那名内侍，用近乎跑步的速度来到平台。父皇高踞在金台上，金台两侧是锦衣卫力士，前方两边站着朝臣勋贵，还有满桂与黑云龙。黑云龙是一名骁将，己巳之变时，随满桂进京勤王，赵率教战殁后，被擢拔为榆关总兵。

袁崇焕对父皇行礼后，父皇突然变了脸色：

"袁崇焕！你擅杀毛文龙、射伤满桂、与皇太极私订密约，引建虏入阙，骚扰京师，该当何罪？！"

袁崇焕没有料到父皇这样问话，一时语塞不知如何应对。不等他回答，父皇下谕满桂出班，解开上衣，露出后背，后背都是伤痕，用白帛缠裹，命袁崇焕看。袁崇焕看看，说道：

"微臣敢不上奏：毛文龙拥兵自重不听调遣，关涉榆关大局，故而用尚方之剑斩之，此事已在奏疏中说明，何来擅杀？满帅在北城与西虏鏖战，臣在南城，彼此并不见面，哪有机会用箭射他？臣在榆关与皇太极往来乃羁縻之策，往来书信俱在军中，由李端存档，谈何私订密约？万望圣上明鉴。"

"袁崇焕，朕知道你能言善辩，舌巧如簧。我且问你，李端何在？"

"尚在榆关衙内。"

"李喇嘛又是谁？"

"正是李端。为了和建虏往来，故而化名李喇嘛。"

父皇冷冷一笑，掷下一册文书，对袁崇焕说，你自己看吧！袁崇焕捡起来，正是上次程维英、李端等人得努尔哈赤死讯后去沈阳以烧纸为名往侦之，给皇太极的信。其中有言："袁督爷身为活佛，断不俾诸申有失，是非之处，彼心自明矣。"后面尚有："良辰易遇，善诸难逢。王、喇嘛我二人，在此斟酌解说，不至误事。汗与诸贝勒等还存善心，可弃者弃之，难忍者忍之。佛说道，苦海无边，回头是岸。停息干戈，便是极乐矣。我之种种比喻，皆为解化以求安逸也。遂将我佛家法门，敬修褚以报。"不知何故，"后面尚有"的文字没有抄录。袁崇焕深知东厂番子厉害，但不知竟然如此厉害，可以取其所需地改造文书而汇报天聪。袁崇焕叹口气，一时无话可说。父皇喝命：

"力士何在？！"

话音刚落，立即扑下几名力士将袁崇焕掀翻，褫去衣冠，掷于阶下，押往北镇抚司监候 轻信而狐疑，这是一个毫无治国经验者的做法，即便是政治素人也未必如此，崇祯的无能与刚愎自用到达顶点，大明从此开始奔向覆灭的道路，可以说是崇祯自己葬送了大明王朝 。祖大寿看着不禁股栗，真是天威难测！父皇当即下谕满桂为总理，节制各路勤王之师。父皇难道不知，祖、桂素来不睦，这样的任命将会招致将帅不服？这时，内阁次辅钱龙锡出班对父皇说：

"望圣上息怒。敌在城下，临阵易将，非此时也！"

"这个岂用你说！锦衣卫拿掷殿下！"父皇几乎是怒吼道。父皇痛恨钱龙锡甚过袁崇焕，因为正是钱力荐袁，恶其余胥，这时钱应该躲起来，现在反而站出来为袁说话，怎叫父皇不恼？

钱龙锡也被褫夺衣冠，也押往北镇抚司。看着钱龙锡蹒跚的背影，父皇怒火依旧未息，喝道：

"王凤翔下狱！"

再喝道：

"许观吉、周长应、朱长世廷杖八十！"

王凤翔是工部尚书,许观吉是营缮司郎中,周长应是都水司郎中,朱长世是屯田司郎中,北京城防工事敷衍草率,因此父皇恼火。兔死狐悲,内阁辅臣一起下跪祈请宽宥。父皇说:

"大明与建虏目下仅有一墙之隔,宗庙社稷都靠这堵墙,此墙一旦坍塌,宗庙社稷还有什么可以依靠?这帮人平日酒食征逐,全不以宗庙社稷为重,建虏就在城下,如不重处,何以告列祖列宗?!"

王凤翔、许观吉、周长应、朱长世也被褫夺衣冠,王凤翔发往南镇抚司,许观吉、周长应、朱长世三人被掷到后左门阶下,当即开打。事情未了,父皇又喝道:

"王洽何在?"

"臣在。"王恰出班向父皇施礼。父皇看也不看吼道:

"力士,拿下这厮!"

王洽,万历三十二年甲辰科进士,任兵部尚书,不过一年,本是文臣不习边事,应变非其所长,建虏破关三日后才上报,父皇十分恼火。前一天,内阁辅臣周延儒与礼部尚书温体仁分别密奏:

"兵部尚书王洽备御疏忽,调度乖张,致使建虏嚣狂,当引世宗皇帝斩兵部尚书丁汝夔例。"

父皇深以为是。

王洽,山东临沂人,为人廉能,仪表顾伟,端坐堂上望之宛如神明。召对时,父皇见他相貌伟岸,不禁赞叹:"真似门神也!"遂让他接替原来的兵部尚书王在晋。一位擅长相术的袁先生,听说,笑道:

"本兵 _{兵部尚书别称} 之座不久矣!"

因为门神贴在门上,一年即换。

袁先生的祖上叫袁珙,鄞县 _{今浙江省宁波市鄞州区} 人,天生异禀,能诗好学，曾经到海外珞珈山游历，遇到一个奇特的和尚别古崖，袁珙拜他为师，别古崖向他传授相面之术。先仰头注视明亮的太阳，看得眼睛昏花了，在暗室撒下红、黑颜色的豆子，进行辨认；再将五色丝线悬挂在窗外，在月光下辨析，这些都做到了才可以相人。方法是，在夜间点燃两支巨烛，审视对象的相貌气色，同时参考这个人的出生年月，就这样，百次相面而无一失误。

太祖爷爷时，袁珙在嵩山寺遇到姚广孝，对姚说："公，刘秉忠一类人也，望能自重。"姚广孝把他推荐给燕王爷爷，将他召到北平。为了试探袁珙的能力，燕王爷爷挑选了九位长相类似的卫士，手持弓矢，混杂在酒店里饮酒嬉笑，旁人莫辨。然而，袁珙瞄了一眼，便立即跪到燕王爷爷的脚下说："殿下为何轻身至此？"那九个卫士嘲笑他胡说认错人了。但袁珙辞情愈加恳切，燕王这才起身离去召他进宫。袁珙对燕王爷爷说："殿下走路如龙似虎，前额高耸，是太平天子之相。四十岁时，胡须长过肚脐，便可以登上帝位了。"燕王爷爷做了天子以后，拜他为太常寺丞，赏赐给他衣冠、鞍马、绸缎和宅邸。后来又请他为太子相面。太子身躯肥胖，成祖爷爷难下决心。袁珙相看太子后说："此乃万岁天子也！"成祖爷爷这才下定决心。太子就是仁宗爷爷。

为两位天子相面，在历朝历代，只有袁珙一人。

袁珙的儿子忠彻，少年时即学到了父亲传授的相术，随从父亲谒见燕王，一次，燕王爷爷宴请朝廷驻北平的官员，燕王爷爷让忠彻给这些人相面，之后他对燕王爷爷说：

"都督宋忠脸方耳大，身材短小气度浮躁；布政使张昺脸方五官小，走路晃动如蛇；都指挥谢贵臃肿肥胖，呼吸短促；都督耿瓛颧骨突出，脸色赤红；佥都御史景清身材矮小，声音洪亮，根据相术，这

211

些人都是依法应该处死的人。"

听了他的话，燕王爷爷大喜。及至做了皇帝，封忠彻为鸿胪寺序班，赏给他十分丰厚的财物。

宣德初年，忠彻看到宣宗爷爷的面色说，"七天之内，皇族中会有人谋反。"七天之内，汉王朱高煦果然谋反。忠彻的相术不亚于乃父，他在代宗爷爷时为吏部尚书王文看相说，"面无人色，相法称滤血头。"又为兵部尚书于谦看相说，"目常上视，相法称望刀眼。"这两个人的结局后来果然如他所云。

忠彻与乃父袁珙不同，忠彻性格阴险，与大臣们有矛盾时，便借相术在皇帝面前中伤他们，被中伤的大臣自然要报复他，寻机将他投入监狱，被罚金赎罪后不得不退休。他的父亲袁珙为人厚道，给人看相后便知其心术好坏，世人不畏惧大义，但畏惧灾祸，袁珙利用世人的这个普遍心理进行引导，由于他的缘故，许多人听了他的话而改变行径，从不善良到善良了。袁珙为人善良，对族人也多有恩德，他家住在鄞县城西，住宅周围种植柳树，自称"柳庄居士"，著有《柳庄相法》《柳庄集》。忠彻也喜欢著述，著有《人相大成》《凤池吟稿》和《符台外集》，故世时八十二岁，比其父多享了六年阳寿。我很想读他们的书，也想找他们，当然只能是类似他们的传人，给父皇、母后、太子哥哥、三弟、太奶奶、婶婶和我相面，看我与他们的命运如何。现在想来，有多么幼稚，恶人有好报而善良的人未必有好报，天道无亲，常与善人，是这样吗？

第二天，上朝之前，兵部职方司郎中余大成，对刚上任的兵部尚书梁廷栋说：

"袁崇焕入狱。辽兵无主，不败即溃矣。目下之策，莫若出崇焕以固军心，促其将建虏驱逐出境，如此既可以夺建虏之魄，亦可存辽左之兵。"

"有祖大寿在，辽兵岂能溃乎？"

"乌有巢覆，鸟殁而雏能独存乎！"

周延儒，——此时刚刚做了内阁首辅，不禁问道：

"公虑祖大寿反耶？"

"是的。"

"迟速？"

"不出三日必反！"

"为何？"

"袁崇焕入狱，祖大寿第一天以为很快就会释放，因为建虏猖獗，需要袁崇焕，昨日不放，今日或许出之。至三日，则知圣上之意不可回，廷议果欲杀崇焕矣。大寿与崇焕本为枝叶一体，功罪均担，大寿不反何待？"

"奈何？"

"公为元老，当为圣上言之。"

周延儒作为内阁首辅，可以直接面对父皇奏事。但是周延儒不说，此事也就作罢。周延儒堪比琉璃杯，滑得很，让君主高兴的事，他上奏十分及时，不高兴的事则绝不奏报，而总是和喜庆相连。

又过了一天，十二月四日，祖大寿果然率军东行，准备回宁远老家。只有佘锋没有走，反而潜回京城，一时不知他的具体住处，三弟几次去铁山寺寻找，都没有找到，问住持弘湛，只是摇头叹息，那几天，三弟像是丢了魂。兵部尚书梁廷栋闻知祖大寿东行后大惊，立即上奏，父皇没有想到风云突变到这种程度，问梁廷栋如何处理。梁廷栋说：

213

"臣司官余大成早有预见，乞召问之。"

余大成前来召对。余大成说：

"祖大寿非反朝廷，所以向东疾行，是因为袁崇焕入狱而被震慑。圣上如欲召还大寿，非崇焕手书不可。"父皇沉吟了一会儿，对梁廷栋说：

"尔部如何办事？动辄张皇，事有可行，速速去办！"

内阁、九卿火速来到诏狱，鸡鸭同声地劝说袁崇焕给祖大寿写信，袁崇焕不肯，说：

"祖大寿所以听命于我，因为我是督师。我如今是罪人，祖大寿岂能再听命于我？我未奉明诏，不敢以缧臣参与国是。诸位请勿再劝。"

大佬们互相看看，一时无话可说。余大成说：

"公之忠心何人不知？只手擎辽，生死惟命，捐之久矣！天下之人莫不服公之大义，而谅公之赤心。臣子之义，生死明君，苟利于国，不惜发肤而已。死于敌与死与法，孰是孰得？今明旨虽未及公，而君上业已示意，公其图耶！"

袁崇焕合上双目不说话，过了一会儿睁开眼睛，众人急忙捧来笔砚，恭立袁崇焕身后静候，看着袁崇焕一笔一笔地写了一封蜡书。众人即将蜡书呈送父皇，父皇看后派遣余大成，——此时被任为专使，持蜡书星夜疾驰，在距离锦州一日之地追上了祖大寿。祖大寿下马捧读袁崇焕手书，不禁放声大泣，三军尽哭，但是依然拿不准主意。随军东行的祖大寿老母，白发苍苍已八十岁矣，问清原因说：

"事情所以至此，为失袁督师耳。今督师未死，尔何不立功赎罪，祈主上还督师命耶！"

祖大寿听到母亲如此说，下令返回关内，收复了被建虏侵占的永平、遵化等地。祖大寿收复滦州时，见城壕宽阔，命令士兵人砍一柳，顷刻之间将城壕填平，很快就攻克了滦州。那一天大雨横泼，溃兵冒雨逃出城，又被祖大寿打了伏击，将溃兵杀掉。皇太极听说滦州被攻破后为之气短，便偷偷从冷水口遁走了。

父皇又下谕孙承宗从中斡旋，祖大寿是孙的旧部，从而舒缓了矛盾。三弟听说他敬爱的袁将军竟然被抓进诏狱，便去乾清宫求见父皇，但是父皇不在，内侍说在承乾宫，三弟又到承乾宫，到了宫门口，被两名内侍拦住，三弟怒火冲三丈，一拳头一个打翻在地，正要闯宫时看见父皇携手田妃慢慢走出来。

看见田妃，三弟的无名业火升起三千丈，把头发都烧成刚出窑的焦炭色。那个被皇太极故意释放的内侍杨某，叫杨松焕，是承乾宫里负责衣物的提督，前几天去蓝靛厂取几匹精细蓝布，本该当天就回，却被在那儿当差的相识拉住喝酒，喝高了住下，没想到当夜被建虏偷袭抓住。

再说田的父亲在西北贩马发家，喜欢马，向袁崇焕索要好马，那时战事正紧，征战的马尚且不足，哪有富余的马给他？何况他索要的是日跑三百里的良驹宝马，都是千里挑一，找起来也难。袁崇焕不愿意得罪他，说选好了马就送到田府，没想到田父不高兴了，以后再说吧！哪里料到在这时起了关键作用呢！

田妃看见三弟，扭头回去了。三弟向父皇请安后，跟着父皇来到乾清宫，三弟说：

"儿臣曾随辽兵夜袭建虏，袁崇焕与皇太极如有密约必不会做此事。且臣儿与袁崇焕多有接触，观察此人忠心赤胆，非卖国求荣之辈，他如卖国，将榆关献给建虏就是，何必费时费力如此周折？祈望父皇明察。"

说罢，三弟叩首不起。

父皇沉思不语，过了一会儿说："看来还得靠蛮子。"袁是广东东莞人，因此父皇称他为蛮子。

当晚，三弟带了一些宫中细点，一只广东烧鹅，还有两瓶云仙居的秋露白看望袁崇焕，看到三弟袁将军吃了一惊，问辽军如何了？三弟告诉他，祖大寿统领辽军收复了遵化等地，袁崇焕舒展眉头说这就好。三弟打开酒，袁崇焕斟上酒端起酒杯说：

"谢三皇子殿下，袁某能够交结殿下，也是袁某的缘分！这第一杯，我借殿下的酒祭奠那些阵亡的辽军将士。"

说罢将酒倾在地上。袁崇焕又斟满第二杯，再次倾在地上：

"这第二杯，悼念那些被建房杀害的大明子民。"

接着是第三杯，袁崇焕一饮而尽，说：

"这第三杯，袁某自己喝了。"

泼洒在地上的秋露白腾起一股酒香，在半空蓬起来，压住了诏狱里多年的冤屈秽气。

三弟不禁痛哭失声，哭得控制不住自己。更声已深，夜色凉薄，时间不早了，袁崇焕劝三弟回去，临别时叫住他，从破炕席下面摸出一张皱巴巴的纸塞给三弟，展开看时上面写道：

> 战守辽东著兜鍪，缘何至此动深愁。
> 荣华我已知庄梦，忠愤人将谓杞忧。
> 边衅久开今未定，室戈方操几时休？
> 片云孤月应肠断，大树凋零又一秋。

随后袁崇焕叫狱卒送来笔墨，在诗后补写道："白云苍狗，世事难堪，往来安危君莫问，忠魂依旧守辽东。狱中话别，送三皇子及诸位亲朋友侣。"

袁似乎预料到了什么。而他，三弟说，无论如何没有料到这竟然是与袁将军的最后一面。如果料知，即便是被父皇剥掉三层皮也要把他救出去。

三弟哪里料到就在他看望袁崇焕的次日，内阁大佬、六部、三法掌印官与锦衣卫堂上官便会集东厂，秉持父皇旨意将袁崇焕以大逆罪，依律磔杀！

三弟知道后痛哭不已，带着几个小黄门去查楼买醉，喝得不知宫门开在何方，被小黄门搀扶回来。

过了几天，亥时三刻睡得蒙眬时，隐约听到一派海潮汹涌而来的涛音，先是模糊、轻微的，仿佛林梢的骚动，很快越来越猛，惊涛裂岸似的就要翻过宫墙，涌进室内，我猛地惊醒了，刘妈与炜彤她们也惊醒了，大家面面相觑，相互看着发呆。愣怔中听到内侍喧嚣的呼喊，履音杂沓地匆匆跑过去，但是很快什么声音都没有了。我穿好衣服走出宫门，看不见任何人，也听不到任何声响，墨色的夜空里，几只杂色猫在宫阙之间跳跃，像是上苍派遣的幽灵，而月光已经从残月变成新月，两头尖尖，淡淡的宛若少女的春山，西风多少恨，吹不散眉弯，在我心底沙一样一层一层淤积下来。

第二天，大伴说，昨夜三弟撒酒疯带着几个小黄门在午门两侧的会极门、归极门的白石栏杆上吹石别拉。会极门、归极门的栏杆顶部凿有圆洞，圆洞下面凿空，空洞里放有连珠石球，使用时，用一种特制的小喇叭插入石孔中，用力吹之便会发出海螺般的呜呜之声，从而响彻内廷，这是一种报警工具。三弟昨夜带着小黄门就是做了这事。父皇清早起来，也不和三弟见面，便命锦衣卫将三弟押送到凤阳守皇陵去了。

第七章　册封太子哥哥

1

在磔杀袁崇焕的过程中，父皇和朝臣是如何处理的，我不在现场，不是很清晰，后来询问了在场的王大伴，查阅了一些史料，才大致厘清事情的原委。

据说，袁崇焕被关进诏狱以后，他的好友许誉卿发了几天愣，不知如何应对是好，旬日后，给父皇写了一个奏本，略道："袁崇焕为人耿直，忠心捧日，不谋己私，身居大将未尝为子弟谋一职，自握兵以来，第宅萧然，衣食如故，且在建房入关后，疾驰勤王，广渠门一战重挫皇太极。深望我皇上，超释袁崇焕，照资拔用。"父皇看了批道："览卿奏，具见忠爱，袁崇焕鞫问明白，即着前去榆关立功。另议擢用。"许誉卿知道后很高兴，去诏狱内告诉袁崇焕，叮嘱他务必耐得住，等候父皇开释。

然而，天有不测风云，山东道御史史范对次辅钱龙锡不满，看准机会像狼看准兔子，也上了一道奏疏，捏造钱龙锡和袁崇焕勾结，鼓吹"五年平辽方略"，实为"欺君卖国，秦桧莫过"！还有，袁崇焕将辽兵的战马盗卖了五万两白银，送给钱龙锡，巧为钻营，致使国法不申，望圣上责成三法司对袁崇焕、钱龙锡从实严讯查明真相。看了这道奏疏，据说父皇在乾清宫内来回走了几圈，愤怒至极，立即颁旨，袁崇焕是"擅杀逞私，谋款致敌，欺藐君父，失误封疆，限刑部五日内具奏"；钱龙锡是"职仁辅弼，私结边臣，商嘱情谋，互谋不举，下廷臣会议其罪"。"谋款致敌，欺藐君父"的意思是与敌人私下勾结议和，藐视欺蒙当今圣上，这两罪中的任何一款，都是死罪中的重犯，就这样将袁崇焕定谳，推向不归路。我有时奇怪，父皇如此圣明，何以轻易下这样的决心？当然这是在我有了人生经验，大明亡国之后的思虑，如果没有承乾宫杨内侍的密报，史范的密奏能起到这样的决定性作用吗？

我住在南面的景仁宫，太子哥哥住在北面的钟粹宫，中间是田妃居住的承乾宫，我和三弟有时懒得说田妃的名字，便以"中间的"代称，一说中间的，我和三弟就笑，后来大家——至少是我们景仁宫的上上下下都知道，说明大家同仇敌忾地讨厌她。我现在仍然不敢确指，袁将军之死和田妃有什么实质性关系，然而那个被皇太极作为棋子摆布的内侍杨松焕是承乾宫的尚衣提督，向袁将军索马不得的田弘遇是田妃的父亲，则是真真的千真万确，这难道还不够吗？

三月十六日下午，父皇在乾清宫暖阁召见内阁阁员。之后，在平台召见内阁、五府、六部、三法司、翰林院、科道掌印官和锦衣卫堂上官，商议处决袁崇焕，父皇说：

"袁崇焕为人不忠，专意欺隐，以市米则资盗，以谋款则斩帅，纵敌长驱，顿兵不战，援兵四集则溃散，及辽兵薄城下后，又潜携喇嘛，心怀叵测，坚请入城。种种罪恶，众卿已知，司法罪案当如何处置？"

听父皇说得如此严重,朝臣都不说话。只有首辅成基命出班说:

"袁崇焕罪大,但罪不当诛,匹夫易求,良将难得,切望圣上深思缓行。"

父皇看了他半天,我在一份史料中看到是:"视良久"。其他朝臣纷纷跪下,皆说:"其罪不恕。"父皇看了一眼跪在下面的朝臣说:"都起来吧。"

成基命已经七十余岁,久跪于地,一时站不起来,趔趄了几下方才站稳。按照往常,父皇一定会命内侍搀扶,但是父皇今天不高兴,视同无物,而任他自己努力挣挫。第二天成老先生便写了乞休疏,父皇没有搭理,也没有慰留,这事儿便搁在那儿,直到周延儒和温体仁入阁后才允准他回家退养。

停顿了一会儿,父皇宣布:

"依律磔之!"

听到"磔"字,朝臣不禁凛然一惊,这是要寸寸碎割而死呀!父皇又说:

"依律:家属十六岁以上者处斩,十五岁以下给功臣家为奴。今止流其妻妾子女及同产兄弟于二千里外。余俱开释不问。"

金台下面死一般沉寂。朝臣们都丧失了思索与说话的嘴巴。父皇又问:

"诸卿复有何言?"

这时,周延儒出班,说:

"袁崇焕其罪不宥,圣上已是法外开恩。"

父皇听后,立即下谕刑部侍郎涂国鼎前往西市监刑。

涂国鼎来到西市时,场面几近失控,听到消息的市民围住袁崇焕的囚车,发疯一般怒吼,袁崇焕合闭双眼沉默无语,涂国鼎命兵丁用皮鞭、木棒驱散百姓,将袁崇焕押到四牌楼中间的路口,待午牌三刻,刽子手狂吼一声:"恶煞都来!"便用锥子似的小刀,开始行刑,割了两天,最后将头颅割下传首九边。每割下一块肉,京师百姓压肩叠背地从刽子手手中"争取之",我后来在江南书生张岱的笔记中读到:

  百姓以钱买其肉,顷刻立尽;开膛取其肠胃,百姓群起抢之,得其一节者,和烧酒生啖,血流颊间,犹唾骂不已;拾得其骨者,以刀斧碎磔之。

  噫!乌合之众何至于此 有这样的百姓大明不亡才怪!

父皇派锦衣卫去抄袁崇焕的家,但是并无余资,只有父皇赏赐的几件朝衣供奉在瓜棱腿方角柜里,唯一值几个钱的是一把黄花梨的禅椅,作为罚没财产卖了三五两银子。他的妻子早已亡故,只有一个小妾,也没有子嗣,按照律令和袁崇焕哥哥的家人从广东流放至福建,后来就没有下文了。

我原来以为,父皇和太子哥哥一样,是个读书人,做了皇帝不过是读书的天子,没有料到父皇会有这样的霹雳手段,将大臣杀掉也就可以,竟然是一刀一刀磔杀,可见手段之辣。我在前面说到父皇的生母刘氏,我的亲奶奶,在父皇小时就病故了,五岁时父皇被光宗爷爷托付给选侍李氏,人称西李;西李生育孩子后,又把他交给另一个选侍李氏,人称东李,东李为人正派,看不惯客、魏,受到迫害抑郁而终。生母与养母的抑郁而死,对父皇的影响很大,这种隐忍的抑郁一旦爆发,便是火山喷发,那样的爆发是常人难以想象的吧 明朝的皇帝残忍者多,崇祯的血液里应该流淌这个基因 。

一天下午，大伴送来一本书，让我帮着看看。大伴这个人对父皇忠心耿耿，只是文化不高，他周围信得过的人文化也都不高，我就算是高水平了。这本书的作者叫刘若愚，书名是《酌中志》。看前面自述，他的父兄均任军职，十六岁时因感异梦而自宫。在魏逆乱政时，在司礼监里做写字奉御，后来升为监承，在内值房里经管文书。魏逆大字不识，那些假借熹宗伯伯颁发的谕旨自然不少出自他的腕下。在父皇钦定魏忠贤逆党时，刘名列其中，被判斩监候。但司礼监掌印、首席太监王体乾却因为有钱，用金子买命，成了漏网之鱼，刘深感冤屈，在幽囚的悲愤中，记述宫中见闻，从中为自己申冤。

我大致看了看，他这本书有不少是揄扬父皇的，也有一些客氏和魏逆擅权乱政的记述。不看他的记述，无论如何想象不到客、魏二逆在宫中如何作威作福，而熹宗伯伯是如何厚待他们。伯伯曾经赏给二人两颗金印，一颗是"钦赐顾命元辅忠贤印"；一颗是"钦赐奉圣夫人客氏印"。每颗金印重二百两。想到袁崇焕被抄，家中不过有一把三五两银子的禅椅，不禁悯然。

刘若愚记载：客氏是北直隶定兴县人，丈夫侯二，育有一子叫侯国兴，是个半智障人。丈夫死了多年未嫁。因为奶水好，被选进宫，做了熹宗伯伯的奶妈，光宗爷爷做了皇帝的第一年，熹宗伯伯成为储君，福泽鸡犬，客氏被封为"奉圣夫人"。

魏忠贤是北直隶肃宁县人，父亲魏志敏，母亲刘氏，妻子冯氏，生女魏氏，嫁给杨六哥。因不耐贫寒自宫，妻子改适他人。魏逆在万历爷爷时进宫，隶属在司礼监秉笔掌东厂太监孙暹名下，派与御马监刘吉祥照管。有个叫魏朝的太监与客氏相好，魏朝与魏逆是拜把子兄弟，贤逆居长，朝次之，时称大魏、二魏。魏逆觊觎客氏久矣，与魏朝争宠成仇。一天深夜，二人在乾清宫暖阁内喝醉了相互骂詈，惊醒了熟睡中的熹宗伯伯。伯伯问客氏：

"客奶，尔只说尔处心要著谁替尔管事？我替尔断。"

"魏朝儇薄，忠贤朴实，好管事。"

站在伯伯身旁的司礼监秉笔王安已然被客、魏买通，见伯伯与客氏这样态度，便给魏朝一个嘴巴，勒令他滚回兵杖局养病（魏朝此时已经改名王国臣，升为乾清宫管事，掌管兵杖局）远离御前。然而，王安哪里料到自己后来的遭遇比魏朝更悲惨呢？

伯伯离不开客氏，客氏先住乾清宫二所，后来移居咸安宫。每日天亮，客氏即来到乾清宫，恭候伯伯睡醒，伺候他，甲夜（初更）才回去。客氏自视为伯伯的八母之一 按：实为保姆 。每年客氏生日，伯伯必然临幸，为其祝寿，升座欢宴，赏赐无算。在平日的生活中，客氏甚至超过伯伯，夏天"大凉棚储冰无算也，冬则大地炕贮炭无量也"。客氏每次从宫里回到宫外私宅，必先奏知伯伯，于是传一特旨："某月某日奉圣夫人往私第"云云，命司礼监安排。那天五更时，钦差乾清宫管事牌子涂文辅等与暖殿内侍数十员，便到客氏住所前面恭候，这些人均束玉带穿红圆领袍，客氏搭着两个宫娥的手慢步走出来（她不过四十来岁，并不老）。涂文辅带领众人立即下跪：

"给老祖太请安！"

客氏颔首，看看众人。众人又高呼：

"请老祖太上舆！"

客氏坐进四人小轿后，众人便在前面摆队步行。这时又有大小内侍数百人，每人都穿窄袖红蟒，在客氏轿子前后围随，客氏则乘轿在宫内穿行。在宝宁门值班的司礼监内侍，看见客氏来了，老早便跪在道路两侧俯首高呼；

"老祖太安康！"

客氏依旧一言不发，这些人如果被客氏，瞅一眼，或者点点头，都被认为是无上荣光。宝宁门是大内后寝西侧的最后一道门，由司礼监内侍把守。出了宝宁门，抬到西下马门后，客氏便换上八人大围轿，由外役抬着走。轿子前面，灯烛荧煌，还有数对提炉，"燃沉香如雾"，"呼殿之声，远在圣驾游幸之上"。刘若愚描述客氏出行的队伍是："灯火簇烈，照如白昼，衣服鲜美，俨若神仙，人如流水，马如游龙"，帝都人士"从来不见此也"。到了私宅，客氏端坐大厅中间，左后侧是那颗二百两重的金印，裹着秋香色的蟠龙包袱，放在一张花楠 即黄花梨，黄花梨家具在明代嘉（靖）万（历）年间出现，深受时人喜爱 万寿不断纹海棠式小几上。大厅面阔九间，覆盖黄色琉璃瓦，檐下悬挂一只云纹华板竖匾，蓝底金字曰"贶亲殿"，据说是伯伯所赐。客氏坐定后，自仆人至内侍，依次进入叩头祝曰：

"老祖太，千千岁！"

客氏以银帛（都是宫中之物）赏之。——祝福完了，这些人复次集体进入大厅，罗拜客氏膝下，在管事牌子的带领下齐声高呼：

"老祖太，千千岁！"

"千千千岁！！千千千千岁！！！"

客氏再次以银帛赐之。客氏的母亲，劝她惜福持满，客氏哪肯听！

客氏私宅在正义街[1]西侧的席市街北，魏逆也有一处，在街南斜对门。那一带花木葳蕤，绿荫如幄，二人满心指望退至林下后，在这里享清福齐眉到老，哪料到伯伯蓦然龙驭归天。那天五更，宫门沉重地刚刚打开，客氏穿着白色丧服来到仁智——俗称白虎殿，伯伯的梓宫前面，拿出一个有黄色龙纹的包裹，打开一只小木函，里面装着伯伯小时的胎发、疮痂、掉落的牙齿、累年剃发与剪下的指甲，客氏一一拿出来，痛哭、焚化而去。我有时闭上眼睛想，客氏去伯伯灵前祭奠，天色微白，大殿黑沉沉的，客氏穿着一袭白衣（大领孝服）跪在伯伯高大的梓宫前面，灵前烛光明灭眨动，梓宫投下暗影，闪烁地将她笼罩，暗影里倏地冒出唱歌似的号哭，咒语似的经声细密而充满张力地围绕她，怎么想都是阴森森有一种鬼魅的感觉。

很快，奉旨将客氏籍没，押解她步行到浣衣局。十一月的一天，钦差乾清宫管事赵本政来到浣衣局监督执刑，用鞭子将客氏抽死，发到净乐堂（也作静乐堂，今在阜成门外中露园胡同一带）焚尸扬灰。客氏的傻儿子侯国兴被斩，兄弟客光先遣戍，是否执行没有下文。

据说，客氏在宫内豢养了八个即将临盆的宫女，准备在熹宗伯伯驾崩后，指定一个新生婴儿继承大统。

据说，侯国兴伏诛时问刽子手，去哪儿？刽子手说，送你回家。侯国兴说，我要找娘。刽子手说，你娘在前面等你呢！

客氏离不开魏逆，魏逆更离不开客氏。魏逆懂得做饭，曾经给熹宗伯伯的生母王才人办膳。客氏也懂得做饭，熹宗伯伯所进之膳都是客氏吩咐内官造办，名曰"老太家膳"，伯伯非常喜欢吃。魏逆所行之事，举其大端，一是自称九千岁（也有说是九千九百九十九岁，比伯伯只差一岁）；一是以徒子徒孙（有"五彪""十狗""十孩儿""四十孙"）网络党羽把持朝政；一是迫害正直的东林党人，扰乱朝纲；一是为自己建立生祠以求生前即享受死后千秋万岁的名声。这些举世皆知，不必细数。只说魏逆的出行相对客氏，又是另一番扰民的凶狠景象，凡外出之日，先期十数日做准备，出行之时：

小民户设香案，插杨柳枝花朵，焚香跪接。冠盖车马缤纷奔驰，若雷若电，尘埃障天，而声闻于野。有狂奔死者，有挤蹈死者，燕京若干大都人马，雇赁迨尽。凡达官、戏子、蹴鞠、厨役、劳役、赶马、抬杠之人，其数不止数万，每遇逆贤远出，则京中街市寂然空虚，顿异寻常者数日焉。大约外廷之欲亲炙逆贤，内廷之欲献谀乞怜者，凡四人之轿将数百乘矣。怒马鲜衣束玉而为之前后追随、左右拥护者，又百千余矣。跑马射响箭，鸣镝之声，不绝于耳。鼓乐笙管数十余簇，且行且奏。夏天则大车载冰，冬天则炭火如山，古今所罕见也。逆贤坐八人大轿，前用骡二头或四头拉拽之，疾如飞焉。逆贤饱则正坐，倦则卧，醉则凭轼，两眼迷离，不知行至何处也。

魏逆乘坐的八人大轿，前面用"二头或四头"骡子拉拽。揣摩文义，应该是骡车。魏逆的骡车有两匹，或者四匹骡子。如果是后者，则两匹驾辕，两匹拉边套，因此跑起来速度快，"疾如飞焉"。"八人大轿"，是指骡车的空间相当于八人大轿，八人抬的轿子空间大，故而在里面可以坐、卧，"醉则凭轼"矣，相对客氏，魏逆的出行多了几分强横的霸气和匪气。

伯伯驾崩后，魏逆曾想篡权称帝而与王体乾商量，王认为不可而不得不作罢。父皇即位后，罢掉了他的司礼监秉笔与东厂印公，斥令他去白虎殿给伯伯守灵。自此以后，魏逆离开了大内，窝在席市街的私宅里长吁短叹，偶尔出来看看客氏大门上的白色封条发呆。有一对白姓弟兄，住在魏逆隔壁，哥哥叫白简，弟弟叫白易，是京师里的书会先生，两人合伙写了一首散曲《桂枝儿》，嘲讽魏逆，在书馆里搬演，一时间轰动京城，坊巷传唱，魏逆气得目瞪口呆。

过了几天，十二月初二日，父皇将魏逆发配凤阳，走到距阜城 河北省衡水市下属县，在河北省东南部 二十里，一个叫新店的地方，住在一个叫尤克简的家里。白氏兄弟听说魏逆发配，便约上几个相好的书会先生，赁了一辆骡车，尾随在魏逆身后，坐在车里，弹着几只弦索，浩浩荡荡唱那首《桂枝儿》。晚间又坐在车里，驱赶驾辕的大青骡子，围着尤克简家不停地转，不停地相继唱闹，直到东方泛红金鸡三啼。魏逆听了十分恼怒，气翻了天灵盖，然而此时不比当年，手中没有杀人刀，只能忍受羞辱。思来想去到凤阳也是死路——他被发配做"净军"，也就是淘茅厕。到了发配地，其守备大珰端坐堂上高呼"取执事来"，旋即将一副淘粪的长勺与木桶，放到犯人前面。或许死相更为凄惨狼狈，便和随从李朝钦，将两根腰带搭在房梁上相对自缢。

《桂枝儿》唱的是：

听初更，鼓正敲，心儿懊恼。想当初，开夜宴，何等奢豪。进羊羔，斟美酒，笙歌聒噪。如今寂寥荒店里，只好醉村醪。又怕酒淡愁浓也，怎把愁肠扫？

二更时，展转愁，梦儿难就。想当初，睡牙床，锦绣衾裯。如今芦为帷，土为炕，寒风入牖。壁穿寒月冷，檐浅夜萤愁。可怜满枕凄凉也，重起绕房走。

夜将中，鼓咚咚，更锣三下。梦才成，还惊觉，无限嗟呀。想当初，势倾朝，谁人不敬？九卿称晚辈，宰相谒私衙。如今势去时衰也，零落如飘草。

城楼上，鼓四敲，星移斗转。思量起，当日里，蟒玉朝天。如今别龙楼，辞凤阙，凄凄孤馆。鸡声茅店月，月影草桥烟。真个目断长途也，一望一回远。

闹嚷嚷，人催起，五更天气。正寒冬，风凛冽，霜拂征衣。更何人，效殷勤，寒温彼此。随行的是寒月影，吆喝的是马声嘶。似这般荒凉也，真个不如死！

魏逆死了，父皇下谕抄了他的家，抄出不少黄米和白米，父皇问："黄米是什么，白米又是什么？"
抄家的锦衣卫回说：
"黄米是金子，白米是银子，各以千万计！"
父皇愤怒，便将他的侄子魏良卿（封宁国公，加太师，曾替熹宗伯伯去天坛祭天），原来是斩监候，立即处死。
怪异的是，魏逆死后，竟然被葬在碧云寺后面五山交会，所谓龙穴的地方。而那个被鞭死的客氏埋在田村（宫人葬地），并没有焚尸扬灰。
相对他们，镇守榆关的袁崇焕，竟然被一刀一刀割死，且死无葬身之地，真是太惨了。

那个写《酌中志》的刘若愚，经过大伴的疏通，不久被释放了。刘若愚千恩万谢，表示要把他在白塔下边一座小三合院送给大伴，大伴哪儿肯要？大伴说，都是宫里人、都是半拉人、都是同根的黄连苦人儿，有机会不帮衬还是人吗！
刘妈听后竖起大拇指说，同命相连，我就赞成大伴，大伴这个人厚道。

注释：

[1] 明朝北京皇城东西分别立有四座牌楼。皇城东部的位

于今朝阳门内大街与东四西大街、东四南大街与东四北大街之间。四条道路交错处竖立四座牌楼。南北牌楼皆有匾曰"大市街"。东边曰"履仁街",西边曰"行义街"。皇城西部的位于今阜成门内大街与西四东大街、西四南大街与西四北大街之间。四条道路交错处亦竖四座牌楼。南北亦曰"大市街"。东边曰"行仁街",西边曰"履义街"。

在明代,西四牌楼是行刑之处,称西市。刘若愚《酌中志》卷二十五记载魏忠贤的党羽李永贞:"十六日未时,缚赴正义街,临刑之际尚跪向监斩官诉冤,人多笑其不中用也。"李永贞自然是在西四牌楼下面被处死的。由此推测,正义街或在"行义"牌楼西侧,其称从"行义"衍发出来。

2

父皇册封大哥为太子的那天,天气格外好,而且天也亮得早。

大哥寅时三刻就起来了。他先去父皇那儿请安,随后去母后、太奶奶、田贵妃、袁贵妃处请安。去田贵妃的承乾宫,没有进入宫门便被内侍挡驾,说知道了,倒也简单。

在礼仪官引导下,大哥来到皇极门,刚站定,便走来一个引礼官,说:

"皇上已到谨身殿了。"

随着引领,大哥来到皇极门东门。刚迈进门槛,乐队便奏出迎宾曲,欢快温馨而使人感动。乐声中大哥来到皇极殿丹陛东侧,拾级而上,走到丹墀的拜位上,音乐便戛然而止。朝臣们依据身份各自站在丹墀上规定的位置上,大哥行再拜礼(双腿下跪,双手抱拳,低头到拳），音乐复奏，在他行再拜礼后起身站好，音乐再次停止。承制官从皇极殿中门走出来，对大哥说：

"有制命。"

大哥跪下听旨。承制官宣读制命：

"年月日，册立中宫元子朱慈烺为皇太子。"

大哥俯伏于地，之后站起来，这时音乐复奏。大哥再次行再拜礼，随着再拜礼的结束，音乐便止住了。

引礼官引领大哥从皇极殿东门进入大殿，这时音乐复奏，引礼官退下，由内赞官前来引导，引导他走到御座前面，音乐再次停止。大哥抬头凝望，父皇高踞金台之上，晶莹的冕旒纹丝不动，看见大哥微微一笑，父皇笑得很轻，仿佛蜻蜓的透明翅膀翕动轻飔掠过。

内赞官赞唱：

"跪下。"

大哥跪下。内赞官宣读册书。宣读完了，赞唱：

"插圭 圭，玉制，细长的方尖碑形状，有木质底座，表示身份的象征。贵族与皇室朝觐皇帝时双手捧圭，插圭即将圭插进底座里 。"

大哥插圭。

赞唱：

"授册书。"

大哥接过册书，转交给身旁的内侍。

赞唱：

"授宝玺。"

大哥接过宝玺，再转交给内侍。

赞唱：

"抽出圭。"

大哥抽出圭双手捧着，俯伏，起身，从东侧的殿门走出去。执事官执着节，内侍捧着册书与宝玺跟着大哥也走出皇极殿。大哥再次回到皇极殿外拜位，这时音乐复奏，大哥拜了四拜，之后站起来，乐声便止住了。大哥从东台阶走下来，音乐复奏。走出皇极门，音乐止住。执事官执着节，内侍们捧着册书与宝玺，在热闹的鼓乐声中来到文华殿后，执事官便执着节，返回皇极殿复命。礼部官员捧着父皇的诏书到午门宣读。朝官们也接到诏令，颁布执行。这时，侍仪上奏父皇，册封皇太子的典礼已然完成，父皇便离开皇极殿，返回乾清宫了。

但是，大哥的仪式还没有完，离开皇极殿，他又去交泰殿做朝谢礼，在母后升座后，拜了四拜，说：

"小子慈烺，兹受册命，谨诣母后殿下恭谢。"

说完这句话，大哥又向母后长跪，母后走下来，搂住他的头说：

"我的儿，你今后就是储君了，要好好跟师傅学习，谨听你父皇旨意。"

母后掏出手帕抹抹眼角，大哥凝视母后的眼睛有些红了，再次磕头，平身说：

"孩儿谨领母后教诲。"

离开母后，大哥来到文华殿，三弟、四弟，还有一些我不熟悉从外省赶来参加册封典礼的亲王早已在文华殿下面等候。大哥——不，他这时已经是皇太子，不能再像往常那样随便称呼，他已经是国之储君，父皇外出的时候，要代表父皇监国，行使国君权力。太子哥哥升座以后，三弟、四弟、亲王们从东台阶走上来，进入文华殿，各自站好，给太子哥哥拜了四拜。从湖北赶来的楚王慈炜堂兄代表大家说：

231

"小弟朱慈炫，兹遇长兄皇太子荣膺册宝，不胜欣忭之至，谨率诸弟诣太子殿下称贺。"

慈炫的鄂音很重，听不清他说什么，但都明白是祝福的吉祥话儿。慈炫说完，带领大家向太子哥哥拜了四拜，太子哥哥起身还礼，大家便依次走出文华殿，去交泰殿，给母后贺喜，也拜了四拜。楚王慈炫再次代表大家说了贺词，之后又拜了四拜，便离开交泰殿了。此时，叔叔辈的亲王们都聚集在武英殿里，太子哥哥来到武英殿，与叔叔们见面。叔叔们坐在西面，太子哥哥向他们拜了四拜，之后福王的世子朱由崧站起来，代表长辈即席说了一番祝贺的话，福王府的封地在洛阳，故而他一口洛阳腔。兄弟们这时也赶来，也站在西面，太子哥哥向他们拜了两拜，这些都是家人礼，喜气洋洋的一派欢乐气象。第二天，朝官上表庆贺，内外命妇向母后庆贺。过了几天钦天监选了一个黄道吉日，太子哥哥拜祭太庙，皇太子的册封仪式才算结束。

过了几天，对三弟、四弟、妹妹和我进行册封，三弟、四弟册封为亲王，我与妹妹册封为公主。在册封之前，父皇把三弟从凤阳释放回来，数月不见，明显感到三弟长高，变黑变瘦了，而且在他的上唇可以感到胡子的阴影，他对我说，他希望长出一部虎髯，像佘锋一样的胡须，硬扎扎犹如钢丝，这样才有男人风骨。册封亲王、公主与册封太子大同小异。册封的结果是三弟为定王、四弟为永王、妹妹为昭仪公主、我为长平公主。抚摸金版上的"长平"二字，我一瞬间感到父皇与母后的深情爱意，长久平安是多大的祝福！经过战乱的人才知道平安难求，在烽火连三月的日子里平安是最可宝珍的。写至此不禁泪水涟涟，父皇、母后、我的家人，他们都被干戈的铁轮残忍碾碎，零落如尘，我本是一个锦衣玉食、如花似玉、无忧无虑的公主，却要被父皇用寒光闪闪的利剑刺死！尊贵而为一国之君者，竟然不能保护自己的亲生骨肉，怎么想都是人间极悲极惨极痛之事而令人唏嘘。舞台上的亲情是人工演绎，世间的亲情则是人性的自然流露，老子云，天地不仁以万物为刍狗，亲情就是这样？应该是这样的吗？每当想到这个问题，我的头脑都要痛苦裂开。白乐天诗曰"霜轻未杀萋萋草"，秋霜之下，万物皆亡，我不过是侥幸偷生罢了，哪里有资格高谈阔论什么天地之道，性命之学！

那一天，太子哥哥册封的那天，我在上面说过，天气极好，真的是好得不能再好，有人说北京的天空是宝石似的蓝色，从清晨的浅蓝，到午时的深蓝、黄昏的粉蓝，再到月光之下苍黑的幽蓝，清纯的蓝色泛化为柔和的光线，组合为奇妙的蓝光。奇怪的是，那一日晴空万里，只有一朵云，端踞在皇极殿的金顶上，长久地一动不动。云朵的层次十分饱满，形状也很美丽，底部是平坦的，作浅浅的接近于白色的灰色，上部仿佛浪花翻卷，一层覆盖一层，浪花雪白，边缘上闪烁着好看的浅金与淡淡的绛色。皇极殿的丹陛白得不能再白，从金鼎里吐出清澄的香雾，仿佛在接受上苍的召唤，欢乐地向上飘升，而皇极殿金碧辉煌，比天上的宫阙还要瑰丽。数千位朝臣与将士们锦衣鲜明，秩序井然地站在各自的位置上肃穆不动，太子哥哥穿着庄严的冕服孤独地从空旷的广场上走过，登上皎洁的云石台阶，他那天穿了一双新的大红靴子，只有鞋底是黑色的，浅黑的靴底几乎没有沾染一丝泥土，不知为什么，那双靴子直到现在都在我的眼前生动地晃动。而那朵云，就像是上苍的眼睛，明澈地谛视我们这些可怜的哀哀众生。

一年以后，处死袁崇焕刚过一年，钱龙锡被从诏狱中释放了。本来是不放的，魏逆的余孽咬死了袁崇焕，接着咬钱龙锡，他们认为，钱龙锡是判定魏忠贤逆案的主要人物，此人不倒，逆党难以翻身。大伴曾经说，皇宫里有三千阴兵，就是指这些人吗？这些人时隐时现，我问大伴。大伴摇摇头，宫斗复杂隐晦，不是一句两句可以说清的。

父皇即位时，阁臣都是逆党人物，难以依赖。于是下诏让廷臣推举新的阁臣人选。廷臣推举了十个人，父皇仿照古时"枚卜"选官的典制，将被推举者的名字一人一张写在纸上，置于金瓯之中。父皇焚香肃拜后依次探取。第一个抽到的是钱龙锡，其次是李标、来宗道、杨景辰。新上任的阁臣认为天下多故，请求增加一二人，于是又增加了周道登、刘鸿训，一并授予礼部尚书兼东阁大学士。

没有多久，阁臣又发生了变动，只剩下李标、钱龙锡和刘鸿训。李标为首辅，钱龙锡和刘鸿训为次辅。钱龙锡后来加升为太子太保，改任文渊阁。钱龙锡协助父皇处理逆党，引起魏逆余孽的痛恨。吏部尚书王永光，在天启时被魏逆荐举为兵部尚书，但他在称颂魏逆时又为东林党说话，让魏逆反感而被迫辞职，父皇执政之初，他被东林党推举为吏部尚书，但此人又与东林党人不和，而与温体仁、周延儒联手向东林党发难。王永光在奏疏中颂美父皇把兵部尚书王洽、工部尚书王凤翔与督师袁崇焕系入狱中，是圣人睿智的雷霆之举；但又在会推天津巡抚人选时将逆党名单中的王之臣列为候选人中的首位，以此试探父皇意向。他认为袁崇焕已经伏诛，钱龙锡系在诏狱，父皇对逆党的态度或许有变。

逆党也嗅出了某种气味，先后推荐逆案中的杨维垣、贾继光、霍维华、徐扬光、傅櫆等人，试图将他们重新起用，继而诬陷钱龙锡和袁崇焕结党，这样便可以再定一个逆案，构陷更多的朝臣，与之前的逆案抵消，他们重新把持朝政。

一天，经筵之后，文震孟与黄道周迟延不走，父皇问：

"先生们可有话说？"

"最近有些怪风袭来。"文老先生说。

"怪风为何?"

"臣斗胆上奏,近日群小合谋,欲借榆关翻案。"

"请老先生著实奏来。"

"王之臣、杨维垣、贾继光、霍维华、徐扬光、傅櫆等人均为陛下钦定的逆案人物,今却被先后推举,何故?臣闻逆党余孽日夜相谋,以打破逆案,汲引群凶为要。尝言:不斩钱龙锡,此案如何能翻?"

"是这样?"

"群小蝇营,窥伺陛下多日,浮言陛下不过是白面书生毫无定见,旋转圣意易如反掌耳!"

听了这话,父皇原本白皙的脸霍地转为赪色。魏党是父皇与钱龙锡共同拟出的,准确说是父皇钦定的,让这些人重新站在台上自然否定了父皇,这怎么可以?父皇看看站在御案下边的黄道周:

"先生也有话说?"

黄道周趋前俯身道:

"臣奏:疆场之事难言胜负,今之阁臣以边事伏诛,后之阁臣必然顾盼踌躇,而不敢更任边事,边事颓毁,谁之过也?故臣不敢不奏,望圣上思之。"

"先生昨日奏谓,巷议悠谬,众口铄金,杀缧辅钱龙锡是为毛文龙报仇,是何人所说,确指何人?"

"臣本一介布衣,名貌不能动人,然心存古道,不敢随众卖声于市。缧辅钱龙锡一旦瘐死狱中,则圣主有杀辅臣之名,可不惕乎、戒乎!故冒昧沥血以进谏。"

父皇原以为他有什么准确说法,不料都是泛泛说辞,父皇最讨厌夸夸其谈，便让他退下。

第二天钱龙锡被释放了。黄道周降级使用，理由是"曲庇罪辅，诡辞支饰"。

钱龙锡走出诏狱，连带工部尚书王凤翔也被释放，只是可怜兵部尚书王洽虽然已经瘐死狱中，还是被父皇判了斩刑（从上任到被判斩刑恰好一年），而那三个被父皇廷杖的工部侍郎许观吉、周长应、朱长世因年迈体衰，廷杖没结束便丢了性命，此时早已是周年之祭了。

钱龙锡傍晚时回到煤市街家中，北房明间已经是灯火玲珑，烛焰浅红地掷出缃色暗影，一只蝙蝠猛地从敞开的风门冲出去，将钱龙锡吓了一跳。他在诏狱一年，家里已经没有心思过日子，早已经给他买好了棺木，只等哪一天接到诏狱收尸的告示，没想到钱龙锡突然回来了，家人又惊又喜，老妻自然是痛哭一场，钱龙锡让丫鬟搀扶她回到内室。这时，家人报内阁首辅周延儒到，钱龙锡慌忙走出来，周延儒已经进到院内。钱龙锡将他请进屋内坐定，说到出狱事，周延儒叹息说："此事难以言尽，挽回殊难。圣上本来怒甚，云：'可恶之处甚多，卿等岂能尽知。'老先生逃出生天，实属万幸了。"说罢摇摇头不再说话，钱龙锡听罢再三再四地感谢。周延儒刚刚离开，家人报，辅臣温体仁到，钱龙锡赶紧走出迎接，温体仁很客气，反而将钱龙锡让了进来 一种礼节。进门、升阶时，客人做出谦让不肯先走的姿态，表示客气 。进入堂屋落座，钱龙锡不由自主地将周延儒的话转述一遍："非公等力救，钱某何以再生？"温体仁嘿嘿一笑，摇摇头说："上固不甚怒也。"听了他的话，钱龙锡一时语塞，感到坐在冰桶里一般。

月光猫一样悄默声地爬上来，填满了北边的房屋，只是月光有些晦涩，一株乌黑的大树将月轮清冷地遮掩了一半，夜空灰蓝，浅碧的月光变得婆娑生动起来。

伐柯伐柯，其则不远。

送走温体仁，钱龙锡让儿子立即收拾行李，明天就离开京师回老家松江华亭。儿子说，房子的租金已经预交了半年，还差三四个月呢！钱龙锡摆摆手说："快走，快走！"说完，叹口气不再说话。

北京有许多同乡会馆，也有许多同乡义园。

有些旅京人士老了以后，无力还乡，便葬在同乡义园里。这些义园主要集中在广安门与广渠门内官道以南。广安门南侧最大的是老君地（也写作老军地），但这并不是外乡人的义园，而是宫中内侍老了以后的魂归之处。内侍大都信佛，也有一部分信道。信奉道教又有权势的内侍往往兴建一座道观，俗称老君堂，将来作为退养之地。崇奉佛教的则修建一座寺院，请皇上恩赐一个名称，即："赐建□□寺"。这些有权势的内侍亡故以后，单独埋葬在风光秀丽的地方。钱谦益说："西山诸寺，皆司礼大阉葬地香火院也。"没有能力的只能结伴寄宿在道观或者寺庙里，身故之后埋葬在老君地一类的公共坟园 不少内侍葬在京西田村，荒冢累累，绿草凄迷，内侍没有后人，坟塌了也无人培土，甚至露出地下棺木。老君地之外，广安门以南还有许多外省人修建的义园：贵州义园、山西义园、江苏义园、湖南义园、庐凤义园、登莱胶义园、直隶枣强义园，等等，荒凉极了。

广渠门南侧有大面积水泊，水泊周围也分布许多荒地和义园：镇江义园、江西义园、浙慈义园、绩溪义园、浙绍义园、石埭义园、春台义园、安庆义园、婺源义园、休宁义园和广东义园。婺源义园和休宁义园靠在广渠门内官道南侧，广东义园在北侧，西侧是著名的花市卧佛寺。

那天，三弟、安东尼奥、刘俊鼎结伴去广东义园给袁将军扫墓。

佘锋早在义园恭候，见到他们眼睛不禁红了，三弟的眼睛更是红了又红，极力控制不让泪水酸涩地流下来，但还是滴在坟尖新绿的草尖上，顺着草尖滑落在铁褐色的泥土里。太阳昏昏地拢着一个极大风圈，半夜下了一场暴雨，一声霹雳将皇极殿左后檐的十个蹲脊兽击打得粉碎。

原来，袁将军的头颅被装在木函里，由高起潜监押传首九边，第一站是榆关。高起潜心思缜密，悄悄挑选了五个锦衣卫高手在夜间偷偷上路，没料到刚离开广渠门关厢，便被一个黑衣人截住。黑衣人不说话，远远射来三支利箭，箭箭穿喉。剩下的两个冲上去，一左一右围着他砍，黑衣人左一刀，右一刀，不过两合便将他们斩于马下。高起潜起始并不慌，他的如意算盘是先让黑衣人和锦衣卫厮拼，如果黑衣人被杀，自然不需要他出马，如果锦衣卫被杀，他再出马，那时以逸待劳凭自己的体力和武功，自然胜算在握，但没有料到，锦衣卫早早丧命，仓促之间，黑衣人已经冲过来，举刀便砍，高起潜急忙招架，觑准漏洞对着黑衣人的颈项斫去，哪料却是黑衣人有意卖的破绽，把身体向后一仰，高起潜的刀便砍空了，身体不由自主向前冲，被黑衣人拦腰抱住，猛地用力将他扔在地上。黑衣人霍地跳下马，用刀尖指着高起潜的喉咙。高起潜闭上眼睛，等着刀光闪电落下来。

后面的事情就简单了。高起潜交出装有袁将军首级的木函，佘锋留了他一条命，只是将他左耳的上半截和右耳的下半截割掉，算是留个记号。高起潜不敢对父皇禀报此事，偷偷找个死刑犯，将他的头颅割掉，冒充袁将军的首级传首九边。

佘和袁都是广东人，佘锋把袁将军的首级换了一只樟木盒子，又找人刻了一个墓志铭埋在广东义园深处，请铁山寺的住持弘湛做了三天法事。弘湛问佘锋下一步打算，回榆关，还是回广东？佘锋说，就住在义园陪伴袁将军，而且发下毒誓，让后人世世代代给袁将军扫墓。

离开义园时，三弟留下五十两银子给佘锋作为祭扫之资。事情本来顺利结束了，谁知还是犯了事，而且是大事呢！

3

我在前面曾经介绍过东六宫的建筑布局。

我居住的景仁宫前面是一条甬道，东西两端设有街门，别的宫也是这样，可以说是一个模子里"磕"出来的。如果将两端街门关掉，便是一个独立的建筑单元。

也是活该有事，尚仪炜彤和"尚衣"绛雪，那天不知出于什么原因，两人不约而同在甬道里烧纸。她们两人关系密切，是你们现在常说的闺蜜，往往在同一时间同一地点做同一件事。今天也是如此，大概害怕失火，二人特意在地沟旁边烧，而且还从井里打了一桶水，放在身旁。照理，此时太阳已经落山，"烟光凝而暮山紫"，街门已然关闭。她们在甬道烧纸，外人看不到。但不知为什么，那一天街门没有关而敞开着，被路过的承乾宫的内侍田豫阶看到了。后来听说，那天田妃肚子疼，请太医诊治，因此田豫阶不敢耽搁，关门以后也要跑出来，恰巧撞见这两个宫娥烧纸，后果便可想而知。很快来了几名巡逻的内侍，人赃俱获，将她们押到司礼监经厂一座黑屋子里，等待明天禀告大伴发落。

次日早起，刘妈找不到炜彤和绛雪，慌得心里突突跳，难道宫里出了采花大盗？急忙去找大伴，大伴的掌家说，大伴不在，今天下午回来。说到炜彤与绛雪之事，掌家说，他也只知道她们在宫中烧纸，别的不清楚，如何处理也没有主见。刘妈便让掌家陪同去找到那间黑

239

屋子,这两个人一个站在窗前发呆,另一个蹲在地上幽幽哭泣。

发呆的是炜彤,哭泣的是绛雪。

"小祖宗们,你们怎敢在宫内烧纸?"刘妈单刀直入。

"我爹妈故世三年了,昨天是他们三周年忌日。"

"你呢?"

"给袁将军烧纸。"

"为什么?"

"袁将军为保卫大明被磔杀,冤屈死了,因此我要给他烧纸。"

"你呀!"刘妈看着她的准儿媳妇,不知说什么好,叹了口气,对掌家说,一定要等秉公回来再下定论。掌家说,那自然。可是,不知什么原因,大伴次日下午才回来,纸里包不住火,时间长了父皇也知道了。父皇问大伴,大伴如实相告。后来大伴转述,父皇听到绛雪的父母因为没有粮食吃,被迫吃观音土,肚胀而死,半天没有说话。听到炜彤给袁将军烧纸,气愤地问大伴:

"袁崇焕一案,你怎么看?"

"奴才认为……皇上英明,自然是……"大伴小心翼翼地掂词酌句。

"是什么?"

"皇上英明。"

处理结果是:绛雪罚俸半年,回景仁宫;炜彤发浣衣局戴罪一年,以观后效。刘妈把这事告诉了刘俊鼎。俊鼎抄起腰刀,就要向浣衣局奔,被刘妈拉住,不能丢了准儿媳,再丢了儿子,死死拉住俊鼎不放。大伴急忙赶来,对俊鼎说,这已是圣上从轻发落了。过几天,等这事消停了,再慢慢转圜。又让掌家陪刘俊鼎去浣衣局看望炜彤。我也要去,被大伴和刘妈劝止。大伴说:

"等着这阵儿风过了,过几天再去不迟。您是公主,是天上的星星儿,玉叶金枝的不比凡人。"

"不许赖账!"我对大伴不客气。

"奴才岂敢!"

刘妈收拾了一个大包袱,让俊鼎带给她的准儿媳。我收拾了一个小包袱,也交给刘俊鼎。

掌家陪刘俊鼎出北安门,顺皇城北街西折,再向北进入德胜门大街,来到浣衣局胡同。浣衣局俗称浆家房,在胡同东口北侧,里面很大,宫娥也很多,大都是老年人,无家可回住在这里养老。也有几个年轻的,不知犯了什么过失,发在这儿做惩罚性的活儿。

浣衣局是内府二十四衙门之一。浣衣局是唯一不在皇城里的内府机构,与司礼监虽是平级,但司礼监是中枢系统,其掌印与秉笔相当于外臣内阁的首辅与次辅,自然要高于其他内府衙署,浣衣局更是边缘化的等而下之,到浣衣局做印公,基本是日落西山做到头了。听说大伴的掌家来了,浣衣局的印公亲自到衙门口迎候:

"不知掌家大驾光临,有失迎迓!次相可好?"

"次相近日繁忙不能前来,他老人家忙得很,派遣咱家向印公致意。"那掌家也不客气大剌剌说,又介绍刘俊鼎:

"这是次相的义子,五军中军的百户长。"在掌家口中,俊鼎已经升为百户长了。听了这话,浣衣局的掌印太监说:

"果真是英雄出于少士!"

刘俊鼎躬下身子向他举了两个高叉手。掌印太监安排他与炜彤见面。炜彤见到俊鼎委屈地哭起来,哭得泪人一般,俊鼎再三再四赔不是。好不容易不哭了,分手时炜彤又哭起来,刘俊鼎的心肝儿都碎了。原来那天,三弟他们去广东义园给袁将军扫墓,本来说好了炜彤也去，后来三弟说带女人不方便，以后再说吧！轻飘飘一句话，带来这样一个严重后果！

自从掌家与刘俊鼎来了以后，炜肜的待遇一下变了。不仅不再参加那些惩罚性的活儿，还派了一个年轻的宫娥服侍她。刘俊鼎去了以后不久，我和刘妈偷偷地也去看望她，见到她，自然哭了一场。三个月后，浣衣局果真提前把炜肜释放出来，理由是藜藿有向日之心，忠于朝廷，已经改造好啦！

借掌家的吉利话儿，没过几天，刘俊鼎真的升为百户长了。刘妈喜极而泣，早起晚睡，做了两双布鞋，说大伴在宫里跑来跑去，既伤脚又费鞋，鞋做得好，脚也省力。又摸出二两银子，看了又看，让刘俊鼎请大伴喝酒。刘妈是个过日子人，从小穷，得病叫"穷怕了"，能够掏出二两银子，已经是太阳从西边出来啦。

那两个没有及时关闭景仁宫街门的内侍，那天在玄武门廊下家喝酒，喝的东路烧酒，喝高了，请他们喝酒的内侍一再提醒他们回去，已经快到关街门的时间了，但是酒壮夙人胆，烧酒一入肚子，天是老大，他是老二，结果是天塌了，每个人被责罚五十廷杖，轰到南海子挑粪种菜。

后来听说，那天田妃肚子疼是怀了小宝宝，但愿是个龙种。后来生下来，果真是个龙种。

炜肜回来以后，很长一段时间身体不好，食欲不振，心悸多梦，看着她俊俏的小脸黄黄的，刘俊鼎搓着手不知如何是好，几天下来，刘俊鼎也黑了瘦了。刘妈请了一个姓刘的太医号脉，开了一个方子，不过是两三味君臣佐使之类，喝下去并不起作用。又请了一个太医,开了一个很大的方子,但是也无甚疗效。拖了将近三个月,不见好转。刘俊鼎慌了,刘妈也慌了,请大伴帮忙,大伴从供应库取来一支百年老参,吃下好些,但依旧病恹恹的。

一天,大伴对刘妈说,鼓楼下大街什刹海火神庙最近来了个大夫,悬壶济世,口碑很好,不妨到他那儿看看。

第二天,我、刘妈、俊鼎带炜彤去看大夫。什刹海水态娇媚,飘逸着一痕西山的浅蓝。巧得很,那个大夫也姓蓝,借寓在火神庙前院西配殿右侧的朵殿里。蓝大夫看见我们呼地站起来,为了不引人注目,我们精心化装为市井小民,不知他看出了什么端倪:

"贵人前来,可有吩咐?"

"什么贵人不贵人的,找你看病,啰嗦什么!"刘俊鼎横了他一眼。武夫们都不会说话。

"俺每 即们 都是升斗小民,请大夫您看看这孩子的病。"刘妈指指炜彤。我与昭仁妹妹封为公主后,刘妈和妹妹的奶母也都受到赐封,刘妈被封为康宁夫人,官秩五品;昭仁妹妹的奶母为安平夫人,官秩也是五品,但是低了半级,是从五品。县太爷不过七品,刘妈比县太爷还高两品呢!在唐代可以穿绯色袍,佩银鱼袋,听她这样说,我掩嘴想笑,有这样的升斗小民吗?

蓝大夫有一个大大的红鼻子,是个酒糟鼻子的老者,他待炜彤坐下,看看她的舌苔,看正面看反面,也不号脉,提笔写一个方子:

山楂(三十六钱)、神曲(十二钱)、半夏(十八钱)、茯苓(十八钱)、陈皮(六钱)、连翘(六钱)、莱菔子(六钱)、酸枣仁(六钱)、朱获神(三钱)、青龙齿(三钱)、磁石(三钱)。

方子不大，很快写好了，又从蓝布袋子里掏出六粒淡红的药丸，两粒一份用白纸包好，三份再统包在一张大白纸内，连同药方递给刘俊鼎，说：

"这是'安神保和丸'，一天两粒，早起一粒，睡前一粒，连吃三天，方子是一天一服，连吃三服，姑娘就好了。"

"如果不好？"刘俊鼎问。

"不用贵人轰，火神爷就火烧屁股，轰我出去了！"蓝大夫淡淡地说。

"谢谢大夫！这孩子不会说话，大夫您别介意。"刘妈千恩万谢，我们留下诊金便离开了这位红鼻子蓝大夫。

遵医嘱，连吃了三天药丸和三服汤药，炜彤慢慢痊愈，小脸开始红润，睡觉也安稳了。

后来我和炜彤又去了一次火神庙，找到蓝大夫，炜彤从衣袖里摸出一个马蹄金送给他，他推脱不受，好说歹说接受了，说要把这金子给火神爷装金，这我们就不管了。

有一次我见到外祖父，说到火神庙里的蓝大夫，外祖父问是不是有一个大红鼻子，我说是。外祖父笑着说，我认识这个人，我和他曾在正阳门外摆卦摊，生意都不好，他后来去了火神庙，他祖上世代行医，故而懂得岐黄之术。我向他解释我和炜彤去火神庙的原因，外祖父呵呵笑起来，这个人大病治不了，小病是没问题的，而且擅长治疗积食，炜彤的病找他就对了。我曾经去火神庙访他，可惜他不在，错过了。

火神庙是唐代的庙，火神爷也是唐代的，比山门前的大石桥，——元代叫万宁桥，还要早六百年呢！火神庙里有不少神宗爷爷的御笔，灵官殿前檐的"隆恩"与后阁的"万岁景灵"匾上的字都是神宗爷爷的遗墨。那个"景"字不知什么缘故，将"日"中的"横"挪到"京"字的口里。

我和炜彤请了香，从王灵官开始拜，直到玉皇大帝、三清、斗姥、三十六天将，伏魔大殿里的关老爷都拜了，拜了不知多少次，拜得腰酸腿疼。火神庙里的楹联颇多，但最好的我以为是大殿檐柱上的那副：

钻燧木先春，功成既济，且自披星期赤帝；
观灯天不夜，序美惟修，何妨捧日待黄人。

殿内的值守是位上了年纪的老道，白袜子直抵膝下，用一根细麻绳系着，脏乎乎的蓝布袍与同样脏乎乎的胡子，我问他：

"这副楹联出自何人之手？"

"一个略有胡须的书生。"

"这个书生是哪里人？"

"自称是燕都大隐之人。"

父皇的书室名曰"大隐"，难道是父皇到民间私访，来过这里？

"就他一个人吗？"

"有一个俊俏的书生，自称姓田，同他结伴而来。还有几个白面无须的随从，说话怪腔怪调的。二位公子看看，这副楹联如何？"

"好！"我说。

"真好！"炜彤说。我是公主，我说好，炜彤自然只能说好，但也不是每次都这样。有一次，我对着菱镜画眉，自认为画得不错，得意地走到炜彤前面让她看，她看了不说话，我逼问她到底如何？她说

245

还可以，但是……但是什么？她不说话，拿起眉笔，蘸了一些颜色，将我的眉毛加粗，又将眉梢向鬓角的方向延伸，眉毛突然活泼好像长了翅膀，将我的脸变得生动起来。这就是炜彤，有主意的炜彤，并不因为自己的身份是宫娥而事事卑微。

回到宫里，我问大伴什么时候陪父皇去火神庙了？大伴说不知道。我说你是父皇的大伴，怎么会不知道？大伴说，真不知道，皇上和田妃外出从来不用我，只用承乾宫里的人。听他这么说，我也就无话可说，但心里很不高兴，父皇外出，为什么不与母后同行呢？心里堵得慌，吃晚饭时接连摔了两只碗。刘妈奇怪，问炜彤，凡是我不高兴时，刘妈从来不直接问我，而是问炜彤，炜彤笑了笑，不说话，事情也就过去了。

夜里下雨了。时令已是仲夏，雨声如同密集的砧声，狠狠捶打黄金的屋顶与没有黄金屋顶覆盖的褐色土地，听得叫人心惊肉跳，我为母后心碎而伤心，何遇人之不淑也！檐溜瀑布似的"哗哗"砸下来，把雪白的石阶冲刷得干干净净，金水河掀起旗帜一样的灰波浪，后浪推动前浪嚣张地向前翻滚。在雨的间隙中，遥远地传来猫的啼声，听声音十分纤弱悠邈，但很快被雨声遮住。

雨更大了，如同大河决堤，发出呼啸之声，怪吓人的。

雨啊，雨啊。

4

盼望着，盼望着，盼望着中秋真的来了。

母后后院里的玉簪一到黄昏，便开始递送幽寂的香气，我喜欢玉簪，每天黄昏，便带着炜彤来这里闻香，母后知道了，派两个小内侍挖出几株移植到景仁宫里，这样每天黄昏以后，景仁宫也弥散清幽的玉簪花香了。

因为过中秋，母后让老航指挥内侍，把一盆一盆的石榴摆在乾清宫与坤宁宫之间丹墀的两侧，也摆在乾清宫正面的石阶上。这些石榴，已有数百年树龄，老航说，是成祖爷爷朝，从哈密带回来的母本"分"出来的。硕大朱红的石榴把庄严的宫殿渲染得娇艳、亮丽。每次我从石榴树下面走过，难免不在心里想，红裙妒杀石榴花，云上的宫阙也有这么美丽的石榴树吗？

晚上，母后招呼我们去清望阁，母后她们今天是主要角色。我因为画眉，到得略迟，太奶奶、母后、张后、田妃、袁妃和几位贵人、才人已经到了。太奶奶坐在主位，母后与张后娴娴等人依昭穆坐好。我向她们行礼后坐在自己的位置上。太奶奶招呼宫娥搬过一把椅子，让我坐在她的右侧。父皇与太子哥哥、三弟他们在清望阁外面秉烛赏花。过了一会儿，太子哥哥进来说月轮已经升起来了，我搀着太奶奶走出去，内侍在清望阁前面铺好了一张红毡，在红毡的尽头安放一只精巧的百宝嵌楠木香几，上面放着月白色的长方形香炉，一侧摆着浅金色的香盒。

月亮好大好圆，杏黄叠印着浅灰的阴影，是桂花树吗？母后不喜欢桂花，她说桂花的香味甜浓，她喜欢清冷的香，因此坤宁宫花圃里见不到桂树的芳踪。依照母后的嗜好，月宫栽种的应该是茉莉而不是桂树。但这只是母后的偏好，不足为大众接受，大众喜欢的是桂树，因此杏黄色中的灰色树影肯定不是茉莉。正在胡思乱想的时候，炜彤提醒我，应该给月神上香，也就是拜月了。先是太奶奶拜，我搀扶着她拜过，回到清望阁，又走出来，站到自己的位置上。张后娴娴、母后、田妃、袁妃与几个贵人、才人都拜完了，炜彤点燃三支香递给我，我接过来，走到香几前凝望天空的月亮，拜了三拜。

大家又回到清望阁，父皇他们先我们回来，他们坐另一桌，但是都没有坐，等待太奶奶她们坐好，父皇走过来给太奶奶拜了四拜，太奶奶还了两拜，太子哥哥、三弟、五弟走过来也拜了四拜。之后是太子哥哥给母后、张后、田妃、袁妃等人拜，不必细述。

拜过了，内侍取来一只硕大的月饼，太奶奶让内侍切开，在座的每人一块，月饼是内府点心局制作，并不精彩，但也说得过去，放在嘴里软软甜甜糯糯的有一丝微微的桂花味。吃过月饼，太奶奶拉着我去西苑赏荷，张后婶婶与太子哥哥、三弟、五弟回到各自住处，只有父皇、母后、田妃、袁妃等人留下来继续赏月。

西苑最大水面是"金鳌玉𫠆"桥的北侧，那里不仅水域宽，而且水深可荡龙舟。太奶奶说，那年端午，熹宗伯伯乘龙舟，渡到对面的亭子，客氏与魏逆上岸到亭子里饮茶，伯伯游兴不减，和两个小珰换上小船，熹宗伯伯亲自划船，突然海面上掀起一股巨浪将小船掀翻。伯伯与两个小珰都落入水里，三人都不会水，岸上人吓坏了，管事谈敬等会水的都跳进水里救人，两个十七八岁的小珰溺死了，只有伯伯被救过来，但从此身体变坏直到宾天再没有好起来。伯伯宾天那夜，飞来一只麦黄色的大鸟，是一只大体量，像鹅或者鹳那样的大鸟，落到皇极殿的正脊上，"嘎嘎"地走过来，又"嘎嘎"地走过去，把扣脊瓦都踩碎了，频频发出"哈哈，哈哈"的鸣声，使人听了毛发竖立。昏厥之中，伯伯手指窗外对守候在身边的婶婶呶呶不清地说：

"上苍……西方……三圣、啖血鬼王、啖精气鬼王、啖卵蛋鬼王行病鬼王摄毒鬼王……千万亿那阎浮鬼神流沙牛首马面吃人心肝胸腔空洞、呃……冻云耸立、封蛇自啮终自陨颠呃、呃……你要照料好自己呃、无量香花天衣珠璎供养佛祖地藏……"

突然，栖止在皇极殿上那只麦黄色的大鸟猛地展开翅膀跳向天空，霍然物化，泯然于墨绿的夜色之中。

听了太奶奶的话，我不禁有些毛发竖立的感觉。在西苑，永安桥东面是荷塘，从永安桥到陟山桥之间种满荷花，暗白、浅粉的花朵袅娜绽放，犹如漫漫的妖姬在空明之中跳一种婀娜的舞蹈，月色绵远如银，静谧中似乎有人在曼声浅咏。

"何人在那里？何人吟咏？！"太奶奶厉声问。

我竖耳倾听，隐约听到一位女子踟蹰的跫音，仿佛月光下树叶敷设的影子，那样的微薄与幽明，真的是在低声吟咏：

> 西风夜半疏林晚，
> 月色沉沉碧水寒。
> 梦里流萤何处去？
> 芙蕖已老绛纱残。

下面听不真切了。几个胆大的内侍走过去，一痕人影也没有见到，只有一株树干被蛀空了的白杨，在夜空里迷茫地鬼魅般站立，发出窸窣骚动。过了几天，太奶奶派人把杨树砍了，从树桩里汩汩流出许多旺盛的黑血。

太奶奶谛听了一会儿，突然叹气说，"月色虽好"，只说了一句，便不再说，只是静静地观看荷塘里茂盛的花朵，细细飘来断续的清香。我问太奶奶：

"您在想什么呢？"

"人老了，想的都是过去的人和过去的事。你父皇是个好皇帝，节俭、勤谨，就是办事急。国家大事急不得呀！你太爷爷常说戒急

249

用忍，忍字心上一把刀，不忍怎么行，国家的事都是要忍，都是忍出来的。"

我看着太奶奶，点点头，太奶奶继续说：

"西北民变越来越厉害啦！领头的是榆林的一个驿卒，叫李自成，一只眼，外号'独虎'。还有一个叫张献忠，黄脸庞，绰号'黄虎'，这两只老虎把朝廷闹得不安宁。长平，你要记住，虽是祖训后宫不得干政，但是到了大明存亡之际，娇弱的花朵也要化为斩妖利剑！"

"记住了，太奶奶。"

"这个地方有妖气。"太奶奶摇摇头，"凉凉的妖气。人老了，自己和自己过不去。你们听不见有吟咏之声吗？"

月色早已变薄，并且开始倾斜，荷塘变得迷离苍茫，露珠摇摇坠坠地落下来，我把太奶奶送回慈宁宫，白露茫茫，银色的露水把我的衣裙清凉地濡湿了。返回景仁宫的途中，总觉得前面有个女性的人影沙尘一样飘浮，一时有些害怕。负责清除道路的内侍也看见了，喝道：

"公主殿下在此，何人敢在前方挡道？！"

"不得无礼！余乃大元不鲁罕氏，此是大元大内，尔擅闯吾家，尚敢如此不讲道理耶？！"

内侍挥起鞭子向前方狠狠抽打过去。

人影倏地没了，我后来回想那"没"的状态就像是烟一样飘散了。

我问炜彤看见了吗？她却摇摇头，哪儿有人影！内侍那么多拥簇在周围，有什么可怕！

一只黄眼珠的蓝猫摇动尾巴，在宫门口迎接我们。

在我们走了之后，内侍搬来西瓜、水果，母后她们吃了几块西瓜准备散了，但是父皇兴趣犹浓，让内侍取来"玉玲珑"放在案上。玉玲珑传于中唐，黑漆、桐木、圆形龙池、扁圆凤沼，龙池上方阴刻寸许"玉玲珑"三字行书。内侍将琴安放好，取来一只博山炉，将炉内的沉香爇开，眼看着那香块化作袅袅香雾，曲折的山峦似的蜿蜒飘升，方离案退后。父皇此时盥洗已毕，便走过来操琴。父皇喜欢，但是我不喜欢，总觉得那琴声沉闷而使人昏昏欲睡。母后说我孺子不可教也，父皇却笑笑，什么也不说。

父皇不仅精于操琴，而且制作了五首"访道"琴谱。父皇演奏了一首《广陵散》，琴声铿然，壮怀激烈，听得大家原本轻松的心情凝重起来。这首琴曲的背后是聂政为友人刺杀韩王的故事。聂政是战国人，他的好友被韩王杀掉，他为了替好友复仇，潜入深山学琴，学成之后担心被熟人认知，毁容易服，来到韩国首都，在市井中以操琴谋生，很快他的名声传入大内，而韩王也喜欢操琴，把他请到宫中，在他接近韩王时，突然从琴腹内抽出一把匕首，将韩王刺死，而聂政本人也被乱刀砍去头颅。父皇十分喜欢这首琴曲，但在中秋之夜演奏它，这话我不该说，我以为不妥，然而父皇并没有意识到，他喜欢就认为别人也喜欢，帝王就是帝王，独裁精神已经深入他的血液与骨髓了。

父皇请田妃操琴。田妃领旨，去后殿整理衣钗，将原来的衣裙与发髻上的金钗都撤掉，换了新装束的田妃相对于之前的田妃，增加了几分清纯的俏丽，而让大家一怔，父皇更是欢喜极了。田妃演奏了一曲《潇湘水云》，三弟后来对我说，听田妃操琴，觉得原来那么厌恶的人，竟然有些可爱，这是怎么回事？三弟想不明白。我也想不明白。

这是德国人里普斯的移情说,属于西洋美学范畴,长平和她的三弟想不通可以理解,毕竟和时代相隔得过于遥远,何况还隔了太平洋与大西洋!那年暑假,我和薇妮来到意大利的都灵,见到她的父母。薇妮的父亲退休后接手了家族的葡萄酒庄园,庄园的品牌酒叫"拖拉机"。我在那里喝了不知多少美酒,但在那里也尝到了失恋的痛苦。显而易见薇妮的父亲不喜欢我,他不希望自己的女儿嫁给一个中国的年轻人,而这时,薇妮的一个远房亲戚出现了,一个在微软工作的软件工程师,很会讨女孩子欢心。他的父亲也是一家酒庄的主人,两家酒庄正在考虑联手经营。要命的是薇妮父亲经营不善,迫切希望对方的资金注入,从而扭转局面。当然,这只是我的猜测,现实未必是这样。

大家高兴,父皇高兴,田妃也很高兴,对父皇说她要再给大家奉献一支曲子,说罢命内侍取来一支玉笛 谁家玉笛暗飞声,看见笛子,父皇很兴奋,这是暗示他要与她合奏了。两个人商量了一会儿,看着二人耳鬓厮磨的样子,三弟很不高兴,后来对我说,你看她浪的,我为父皇叹息,找了这个女人,竟然还这么宠着!看看母后,凝神端坐如同没有看见一样,而袁妃眼里充满了哀怨的火焰,大家都同情袁妃没有小皇子也没有小公主,可是父皇从来不去翊坤宫,你让袁妃有什么办法?照理,袁妃也是人上人的美人胚,可是在田妃面前,父皇却看也不看,白乐天有诗"六宫粉黛无颜色",在父皇眼里的那些贵人、才人、美人,更是卑贱如泥土,从来没有沾过一点神龙的雨露,长夜无眠,"耿耿星河欲曙天",你让她们如何挨过漫漫长夜呢?

父皇说,他要与田妃合奏《流水》。田妃拿着玉笛走出清望阁,她这是什么意思?大家一时懵懂,但也不好意思问。父皇自然明白。父皇慢慢操琴,从父皇的指尖流出溪水空灵的泛音,父皇幼时曾经接受高人指点,精熟滚、拂、打、进、退,以及对上下滑音处理的指法，而《流水》则为父皇提供了展示的机会。《流水》的姊妹篇是《高山》，抒写伯牙与钟子期的故事。伯牙操琴，志在高山，钟子期曰："善哉，峨峨兮若泰山。"志在流水，钟子期曰："善哉，洋洋兮若江河。"伯牙所念，钟子期必得之。钟子期卒，伯牙终身不再操琴。就是这么一个故事，钟子期的墓在湖北蔡甸，后来我们竟然无意中去过那里，那是一座青草萋萋的荒冢，前面有一座白石断碑，看到这座坟冢，我当时泪如泉涌，想到父皇，三弟也呜咽了半天而心如潮滚，这是后话，还是说中秋那晚的事儿。蓦地，从窗外飘来笛声——田妃原来端坐窗外的"澄瑞亭"里，笛音伴随月色，清泠泠地和着琴声缥缈而来，流水绕高山，他们真是心心相印、珠联璧合的一对玉人。大家都不说话，三弟也不说话，三弟的心，他后来对我说瞬间被软化，真的很喜欢田妃了。

"袁妃可谙此道？"父皇兴奋之余突然微笑着问。

"臣妾出身儒家，惟识蚕桑，怎及田妃？不知田妃从何人授此技法？"

袁妃一向沉讷寡言，没有想到竟然会这样冷冷回答，在朴拙中暗藏刀刃的机锋，而且不给面子——父皇和田妃的。田妃原本花一样幸福绽放的脸蛋，刹那僵化，父皇也一时无语，引起了对田妃的狐疑。

大家都很尴尬。

在母后的坤宁宫里挂有一幅姜后脱簪古图，画的是周宣王的王后姜后的故事。姜后是一位有美德的王后，周宣王一度贪图安逸，疏于朝政。为了规正周宣王，姜后摘下发簪、耳坠，以示自己有罪，在永巷等候周宣王惩治。见到这个情景，周宣王幡然改过，从此勤于政事，而使周室得以中兴。袁妃自从上次受母后之约，在坤宁宫采摘茉莉后彼此往来多了，袁妃询问这张图的故事，母后告诉了她，又说到国之根本，母后说我们的大明从来都是以农桑为本，告诉她洪武爷爷时有一首《题蚕妇图》的诗："蚕未成时叶已无，鬓云缭乱粉痕枯。宫中罗绮轻于布，争得王孙见此图。"诗，袁妃记住了，大明以农桑为本的话更是牢牢记住，刻在脑子里，用在昨晚与父皇的对话中。

中秋那晚，就这样过去了。

第二天，父皇问田妃琴、笛之艺，是从何处学来的，田妃笑笑，坦称是母亲吴氏传授。父皇下谕传吴氏入宫。吴氏很快来到皇宫，当着父皇的面演奏了一首《朝天》。父皇很高兴，说明年花朝节的时候请吴氏再来操琴。临走时，父皇赏给吴氏不少绸缎珠宝，有一颗合浦珠，一说是东珠，有栗子那么大，光芒炫目晃得人睁不开眼。吴氏来的时候慄慄忧惧，没想到却是这样叫人惊喜的结局，便高高兴兴地走了。母后闻听，笑了笑一句话没说，袁妃则气得眼里喷出了怒火。三弟饶舌道，田妃使了拖刀之计，回首一刀将袁妃斩于马下，厉害，厉害！

传言，吴氏操琴的指法传了多少代，传到九嶷宗的杨宗义，杨有个学生，叫管明湖，是琴学大家，常操之琴中，最负盛名的是"青溪猿啸"，便得之于吴氏之后。

姜后脱簪图悬挂在坤宁宫的清暇居内。在那张图的下方摆着一张小巧的金星紫檀几案，上面放着一只天蓝色的冰纹胆瓶，每当西苑黄梅绽放之际，母后便遣派宫娥前去采摘，但只折两枝小枝，一枝送给父皇，一枝簪于此瓶，那张图配着这瓶梅，真是古雅极了。

第八章　东林党的鸽子

1

我原以为，袁、田之争，就此结束了。没想到事情并不那么简单，那件事必须有人站出来做牺牲，而那个挺身站出来的就是承乾宫的田豫阶，此时他已经是承乾宫的副提督，从五品的内府官员了。关于他的事，我放在后面细细讲述，我在这里还是先说东林党，毕竟田豫阶是宫里人，他所犯的属于家事，秉持家丑不可外扬的理念还是不说、少说，如果一定要说，也是晚说为妙吧！

近日，有些不明事理的人说大明亡于东林，不知是从何说起。不能说他们不是读书人，多少读了几本书，然而读得不够多，以少博大，焉能不一叶障目乎？

介绍东林党必然要介绍顾宪成。

顾宪成，字叔时，江苏无锡人，万历八年庚辰科进士。太爷爷初年，内阁首辅张居正炙手可热，有一次张居正病了，朝官替他向上天祈福，为了向他表示忠心，朝官纷纷署名，友人也替顾宪成署名，但顾不同意，而是蘸饱了墨汁，将自己的名字抹掉。万历二十一年，顾宪成任吏部文选司郎中,掌管官吏迁升、调任事务。第二年,会推阁臣(内阁大学士),顾宪成提出的候选人,恰恰是太爷爷所厌恶的,便将他革职了。他推荐的那个大臣是王家屏,原来是大学士,由于为光宗爷爷争太子位而让太爷爷不高兴,王家屏也不高兴请求离职。有一次,太爷爷派内侍谴责他为何驳回皇上的谕旨,故意刺激皇上发怒?王家屏说:"臣只晓得为国家办事,有话直说,哪里会想到让皇上发怒!"又说:"人君之所以可以任意所为,是由于大臣贪图官爵俸禄,小臣害怕刑罚诛戮,这样皇上便产生了轻视臣子的意思。如果大臣不贪图官爵俸禄,小臣不害怕刑罚诛戮,皇上就不敢轻视臣子,国事才会走上正常轨道。"再次上疏离职,太爷爷同意了。王家屏入阁只有半年,没有发挥什么作用,人们都很惋惜。顾宪成推举在家闲居、让太爷爷不高兴的王家屏再次入阁,自然让太爷爷恼火。

顾宪成被罢官,但是声望更隆。回到无锡以后,他和弟弟顾允成在东林书院讲学。东林书院原是宋儒杨时讲学的处所,后来荒废了。无锡的地方官接受顾宪成建议将其修复,万历三十二年十月,顾宪成会同高攀龙、薛敷教、安希范、刘元珍、钱一本、史孟麟、叶茂才与其弟顾允成,发起东林大会,制定了《东林会约》,规定每月举行一次小会,每年举行一二次大会。一时间,持守孔孟之道的读书人,纷纷前来归附。

顾宪成资质超人,早年便有志圣人之学,他说,在朝中任职,用心不为君主;在地方任职,用心不为民生;归隐林下,用心不为当下之世,君子不足取也。顾宪成讽劝朝政,臧否人物,不少在京的朝官钦慕他的风致,与其遥相呼应,形成了一股很大的势力,时称东林党。为了相颉颃,在京的官员根据各自地域也形成了不同党派,山东的齐党、湖北的楚党、浙江的浙党、江苏昆山的昆党、安徽宣城的宣党。浙党声势最大，浙党的领袖人物沈一贯、方从哲先后做过内阁首辅，齐楚等党的重要人物也都官居要津，与东林党相互攻讦。

然而东林党并不都是江南人，不少重要的被目为东林党的，比如李三才是北直隶通州张家湾_{今北京市通州区张家湾镇}人，孙承宗是高阳_{今河北省保定市下属县}人，等等。东林党人反对宦官干政，但是坐在宦官背后的大人物是谁呢？这就注定他们斗争的悲剧性。我记得有位叫左光斗的大臣，因为反对魏逆在诏狱中受尽折磨而亡……

长平公主的记述在这里缺了两页，揣摩词义，应该是记述左光斗和其他被宦官迫害的朝臣之事。左光斗是我们熟悉的历史人物，记得读中学时，课本里有一篇桐城派方苞的《左忠毅公轶事》，我至今印象深刻，转录在这里，算是对长平公主阙文的补遗。

先君子尝言，乡先辈左忠毅公视学京畿，一日风雪严寒，从数骑出，微行入古寺，庑下一生伏案卧，文方成草。公阅毕，即解貂覆生，为掩户。叩之寺僧，则史公可法也。及试，吏呼名至史公，公瞿然注视；呈卷，即面署第一。召入使拜夫人，曰："吾诸儿碌碌，他日继吾志事，惟此生耳。"

及左公下厂狱，史朝夕狱门外。逆阉防伺甚严，虽家仆不得近。久之，闻左公被炮烙，旦夕且死，持五十金，涕泣谋于禁卒，卒感焉。一日使史更敝衣草屦，背筐，手长镵，为除不洁者。引入，微指左公处，则席地倚墙而坐，面额焦烂不可辨，左膝以下，筋骨尽脱矣。史前跪，抱公膝而呜咽。公辨其声，而目不可开，乃奋臂以指拨眦，目光如炬，怒曰："庸奴！此何地也？而汝来前。国家之事，糜烂至此，老夫已矣，汝复轻身而昧大义，天下事谁可支拄者？不速去，无俟奸人构陷，吾今即扑杀汝！"因摸地上刑械，作投击势。史噤不敢发声，趋而出。后常流涕述其事以语人曰："吾师肺肝，皆铁石所铸造也！"

崇祯末，流贼张献忠出没蕲、黄、潜、桐间，史公以凤庐道奉檄守御。每有警，辄数月不就寝，使将士更休，而自坐幄幕外，择健卒十人，令二人蹲踞而背倚之，漏鼓移则番代。每寒夜起立，振衣裳，甲上冰霜迸落，铿然有声。或劝以少休，公曰："吾上恐负朝廷，下恐愧吾师也。"

史公治兵，往来桐城，必躬造左公第，候太公、太母起居，拜夫人于堂上。

余宗老涂山，左公甥也，与先君子善，谓狱中语乃亲得之于史公云。

"先君子"是作者方苞的父亲"余宗老涂山，左公甥也，与先君子善，谓狱中语乃亲得之于史公云"。大意是：方苞的族祖涂山先生，是左公的外甥，与方苞的父亲交情很好，他说左公在狱中所说的话，是他亲自从史公那里听来的。史公就是史可法。中国的史学传统注重客观的真实性，文学家也深受影响，一定要把事情原委讲述清楚。从史可法，到涂山先生，到先君——方苞的父亲，通过可以信赖的转述，强调了可信的力度。

与左光斗同时受到魏忠贤迫害的还有一位著名的朝臣杨涟，时任左副都御史，愤恨魏忠贤乱政，上疏罗列其二十四大罪。魏忠贤探知消息后，阻止熹宗不临朝，后来熹宗不得不临朝，魏忠贤及其党羽数百人在衣服里穿着铠甲"夹阶而立"，一部分人站在台阶上面，一部分人站在台阶下面，敕令百官不得奏事，杨涟原想面奏，再次揭发魏忠贤的罪状，但是没有成功。魏忠贤恨苦了杨涟，天天谋划杀掉他。后来找了个借口，捏造杨涟贪污两万两银子，将他抓入诏狱偷偷杀死。同一天又杀害了左光斗。魏忠贤派人到杨涟家追赃，杨涟为官清廉，家产没入官府不到一千两银子。他的母亲、妻子住宿在城门上的瞭望楼里。两个儿子靠讨饭养活她们。追收赃物的消息传下来，乡里人同情杨涟竟相出资，下至卖菜的和打工的人也都出钱相助。

杨涟的气节道义感人到了如此地步！

左光斗和杨涟都是东林党人，在这样的人物面前，那些指责东林党的人有什么资格?

我曾经研究过东林党人的政治主张,主要有三条:一是开放言论,二是反对矿税,三是反对宦官干政。他们认为"天下治乱,系于人心",人心是天下治乱的根本。对于明朝北部的边寇,东林党人忧愤不已,屡屡提示朝廷,近日看到网上流传,说魏忠贤是抵抗后金的重要人物,他被长平的父皇杀死,导致了后金的胜利。说这种话的人不知是何居心,他们难道不知抵御后金的战略家、主持建立山海关防御体系的孙承宗便是东林党人,而罢掉孙承宗、主张拆毁山海关防御体系的人恰是阉党!

父皇初年,起用、昭雪了一批东林党人,东林党为之一振,然而东林老矣,父皇长久重用的温体仁与周延儒均不是东林党人。大明之亡与东林党有什么关系?支持东林党与反对东林党,那些人与那些事,功与过,我一时难以说清楚,只能说一些关于他们之间的纷争而已。

还是说宫内,说袁、田之争的故事。

在翊坤宫负责给鸽子喂食的内侍是小葛,每天清晨打开鸽笼上的门,在笼子里憋了一夜的鸽子便欢天喜地钻出来,啄食地上的食物。小葛是个精细人,每只鸽子都有自己的专用食盆,在他的训练下,每只鸽子只吃自己盆里的食物。小葛喂鸽子的饲料有小麦、荞麦、高粱、玉米、绿豆、豌豆、麻籽和花生米。每天两餐,每餐选择两种以上的食物混合饲喂。此外,小葛定期还要给鸽子喂一些贝壳粉(或蛋壳粉)、木炭粉、熟石灰与细黄沙,按比例碾碎配合加水搓成圆球,喂的时候打碎也放在绿釉的食盆里。

今天也是这样,门甫开,鸽子便轰隆一声飞出来,低头猛啄食盆里的玉米与豌豆。饿了一宿,这些大仙都饿坏了。但是,只吃了几粒,这些鸽子便东倒西歪,躺在地上不动了,从喙尖里流出细细的褐色血迹。小葛慌了,急忙禀告翊坤宫的提督老刘,老刘慌忙跑过来,见遍地都是死鸽子,一时也蒙了,问道:

"这,这,这是怎么回事?!"

"奴才不知,奴才……不知,奴才实……在……不知。"

小葛趴倒地上一动不动,只是鸡啄米不停磕头。看他这个样子,老刘一时也想不出办法,又不敢对袁妃说,坐在月台边上发呆。恰好,大伴找老刘办事,他们是同乡,又是一同进宫的,故而往来频繁。看到一地死鸽子,大伴也着实吓了一跳,再看老刘死人般僵坐在月台边上,一时也不禁愣了。老刘是懦弱老实之人,走在树下都怕树叶落下砸了头,没有任何历练,只是凭借谨小慎微爬上提督位置,死了鸽子对老刘就是天塌了。看见大伴,如同见了救星,慌忙站起来,呜呜哭起来。大伴让老刘找来两个木盒,一只装鸽子,一只装饲食。派内侍送到东厂查验,又让老刘将小葛押起来,待有了结果再处理。

结果很快出来了,东厂的仵作回报鸽子死于中毒,是用煮夹竹桃叶的沸水浸泡了饲料,夹竹桃是含有毒素的植物,据云,十片夹竹桃的叶子可毒死一个成人,何况那么小的鸽子!立即提审小葛,小葛哭着说,喂鸽子的豌豆是昨天托番经厂采买小杨(他们是老乡)买的,又把小杨抓来提审,小杨承认豌豆是他买来给小葛的:

"但是,但是,但是……"

"但是什么?"大伴虎下脸喝问。

"宗主爷饶命,宗主爷饶命!"宗主爷是对司礼监掌印太监的尊称,大伴是秉笔,不是掌印,称大伴为宗主爷自是高抬一级。但这时叫宗主爷不管用了,因为这不是小事,是关乎投毒大事,何况宫中无小事呢!大伴笑笑:

"咱家不为难你，你去东厂说吧！"

虽然现在的东厂不比从前抽筋扒皮的，但东厂二字还是够吓人。很快小杨就招了。原来，那些豌豆是田豫阶送给小杨的。田豫阶与小杨都是河南封丘人，关系很好，来往颇多。于是去承乾宫抓人。人没有抓到，反而惹了一肚子气。承乾宫说，抓承乾宫的人得父皇下谕，没有父皇谕旨谁敢抓人！第二天，父皇下谕，田豫阶早没了踪影。大伴气得肚子疼，但也无可奈何，有什么办法呢！

对田豫阶，大伴始终存有疑心，借这个机会，大伴把田的师傅请来询问。田的师傅原来是尚衣监掌印太监田流，早已退隐在什刹海高庙养老，在内府属于前辈，大伴对他十分客气。说到事情原委，田流说，田豫阶本名叫顾希贤，原是田府中人，随从田妃一同进宫，这个人有些来历，虽是他的徒弟，但也只是按宫中规矩寄名在他的门下而已，只在进宫时见过一面，此后再无来往。听田流如此说，大伴倒吸一口凉气，怪不得田豫阶傲慢无礼，原来背后的靠山竟然是田府！没有父皇谕旨，谁敢去田府搜查？

田豫阶的事情还没有着落，犯案的两个小内侍却先后出了事。先是小葛被毒死在监押他的房子里，后是那个卖给他毒豌豆的小杨上吊自尽，而且竟然吊死在翊坤宫东侧广和右门上。将一根惨白色的帛带搭在门簪上，挽了一个环，小杨的脖子就套在环里，发现时至少吊死了两个时辰，披头散发的红舌头伸出老长，吓死人了！

田豫阶不能到案，小葛和小杨却死了，事情到此也就没有了转圜的可能性。葛和杨死了，只能从田豫阶想办法，田府虽然进不去，但是东厂也不是好惹的。大伴自从接任东厂后，秉承父皇旨意一再削减东厂的权力和功能，尽可能不动用东厂的番子，但穿白靴的挡头还在，正闲得难受，听到大伴的指令，摩拳擦掌地只说了一句："印公，您擎好吧!"两天之后便把田豫阶鸡一样地抓进东厂。田府虽有能量,但侦缉功夫怎能和东厂比?待他们知道后,田已经在东厂竹筒倒豆子,把所有事情都说清,而且把所有事揽在自己的身上了。

后来,听大伴说,田豫阶本是田府小厮,从小和田妃在一起,伺候田妃,他喜欢田妃,田妃也喜欢他。如果他们身份相当,他们的关系可以说是青梅竹马。这当然只能说是可能,但天下事有多少可能呢?田豫阶束发以后不能进内院了,只能在内院之外做些勤杂性的活儿,田妃和田豫阶的主仆关系也就结束了。然而,任何人也想不到的是,听说田妃进宫,田豫阶竟然自宫,他说,他是田妃脚下卑微的尘土,他这样做的目的就是要终身陪伴田妃,服侍田妃至死。这个举动让所有人惊得掉落下巴,而田妃更是感动得哭了好几天。最后的结果我们都知道了,田豫阶作为田妃"陪嫁的礼物"被送进皇宫,再后面就是,大伴叹口气:

"田豫阶说,毒死袁妃鸽子是他的主意,起因于中秋那晚袁妃讥讽田妃。自己的主子被人讥讽,奴才自然要给主子出气。上次袁妃的鸽子之死,也是他通过小杨下毒,那次没出事,胆子就大了,便再次策划了这次投毒,没想翻了车。总而言之,所有事都是他自己所为,与任何人,与田府,更与田妃无关。"

"你给主子出气,为什么对鸽子下手?"

"袁妃没孩子,那些鸽子就是她的心头肉,所以对鸽子下手。还有,袁妃的哥哥是东林党,袁妃用鸽子给东林党传递信息,毒死鸽子,东林党便失掉一条信息的通道。"

"你这是什么意思?鸽子和东林党,你不是说梦话吧!"

听了他这句话,大伴将信将疑反问道。这时外面鼓打三更已是亥时三刻,月光西沉,乌云翻转地慢慢涌来,夜凉如水,更声显得迟钝起来,大伴看衙役们都累了,下令明天再审,哪儿想当晚田豫阶就爆出眼睛吐出舌头被勒死了!

又过了几天,也是听大伴说,田豫阶不是他杀,而是服毒自尽,因为在他衣缝里发现了一粒翠绿的药丸,仵作化验主要成分是夹竹桃,它的根、茎、叶,包括绚丽的花都是有毒的。

美丽的鸽子与夹竹桃呀!

鸽子与夹竹桃都是美丽的。

2

钱谦益无论如何也没有想到,天启元年的科场舞弊案,父皇御极不过一年,竟然被再次提及,而且彻底翻了车。

钱谦益,号牧斋,苏州常熟_{今常熟市,简称虞,苏州市代管的县级市}人,天启元年奉命去浙江主考乡试。没承想祸从天降,为了发财,时有金保元、徐时敏两个奸人,预拟字眼,假称关节。这两个坏蛋的思路是寻觅一个文采好,即便不走暗路也可以高中的,把关节卖给他,事成之后索取贿金。有个叫钱千秋的秀才,买到的关节是"一朝平步上青天",按照他们的指示,把这七个字置于每段文章末尾,以便考官识别。钱千秋中了举人后,日渐醒悟钻了圈套而拒绝给他们贿金。

这事纯属坏人牟利,学官与主考均不知情。

然而,这事不久就被揭露,由部、科查核。钱谦益闻之大惊,急忙上疏检举洗白自己。后来,刑部侦讯此案纯是金、徐二奸假冒考官名义出卖关节,法司定罪发往烟瘴之地充军,但这两个坏蛋,尚未充军便已然瘐死狱中;案犯中的钱千秋则被革去举人,依律戍遣至东胜右卫（今河北遵化市），后来遇到大赦。钱谦益虽不知情，但作为场屋主官，失于查察，也受到罚俸三个月的处罚。

此事本已了结，哪想到七八年后，竟然被温体仁翻出旧账，推翻了核桃车，闹翻了官场呢！

父皇元年，十一月初三日，根据父皇谕旨，吏部尚书王永光主持会推，增补内阁成员，计有：成基命、钱谦益、郑以伟、李腾芳、孙慎行、何如宠、薛三省、盛以弘、罗喻义、王永光、曹于汴。这些被会推的人物大都是各部的尚书与侍郎，唯独没有吏部尚书温体仁与礼部右侍郎周延儒。

温体仁，字长卿，湖州乌程 今浙江省湖州市。秦时以乌巾、程林两氏善酿得名，称乌程 人，万历二十六年戊戌科进士。此人外表曲谨而内心猛鸷，是有名的"心机"臣。周延儒，字玉绳，常州宜兴 今江苏省辖县级市，由无锡市代管 人，万历四十一年癸丑会试第一名会元与殿试第一名状元，在会试与殿试中获得两个第一，非常了得。可惜他不是乡试中的解元（举人的第一名），否则就是连中三元（解元、会元、状元）。此人生性机敏善于言谈，多次蒙父皇召对得体而深受赏识。这两人都自认为应该被列入会推名单，却都落空，自然愤怒，而将怒火引向了钱谦益。

钱这个人，也不是池中物，他是万历三十八年庚戌科的探花，太奶奶说，他本应是披红挂彩在京游街做万人空巷状元郎的，却在揭榜之时被韩敬顶替。韩敬这个人，我在前面已经说过，这里不再辞费。钱谦益早年在江南很有才名，进京后与东林党的叶向高、孙承宗、高攀龙、杨涟、左光斗、周顺昌等人交往密切。东林党有名望的人先后故去，钱便俨然成了东林党的领袖人物。照理，以他的名望、才学与资历，被列入会推名单是顺理成章的。然而，同为吏部侍郎的周延儒，近日颇受父皇器重，如果也列入会推名单恐怕对钱谦益不利。钱的同乡门生瞿式耜便出面为恩师活动，找到吏部尚书王永光（他当时正在杜门乞修），请他主持会推之事后再退隐林下，又恐惠王不推举周，而把钱放在推举名单中的第二位。

周延儒知道后心中恼怒，便散布流言："此番枚卜，皆为钱谦益等东林人把持，毫无公道可信。"这番话被温体仁听到，便找他商议对策，他们觇测父皇最担心的是朝臣结党，便由温体仁出面，于十一月初五日，给父皇呈上《直发盖世神奸疏》，旧事重提出，攻讦钱谦益人品卑下，竟然关节受贿，神奸结党，这样的人被会推入阁，天理何在，视君父、朝廷尊严何在？

父皇看到温的奏疏，感到事情严重复杂，次日便来到文华殿，先在暖阁与辅臣李标、钱龙锡、吏部尚书王永光密谈，之后召见群臣，召温体仁出班：

"卿参奏钱谦益受钱千秋之贿，以'一朝平步上青天'为关节，可是实在的吗？"

"字字俱真，句句是钉，均是铁板钉钉之事，都是实在的。"

"卿疏中云'欲卿贰则卿贰''欲枚卜则枚卜'，此话怎讲？枚卜大典谁人一手握定？！"

"此番枚卜，是钱谦益在背后操纵，钱千秋一事原未结案，有案在身之人 北京人常说的所谓"底潮"，如钱谦益者不应被会推入阁。"

听到他的回奏，父皇便召钱谦益出班问道：

"温体仁参卿之事，可是真的，卿有何话可说？"

"臣才品卑下，问学荒疏，滥与会推之列，温体仁参臣极当，但钱千秋一事早已结案，当时俱已经磨勘明白，现有案卷在刑部。"

父皇召刑部尚书乔允升出班，乔奏道：

"此案在天启二年已然结了,有案卷在刑部存档。"

"钱千秋未曾到官结案。"温体仁一口咬定再奏。

"其实到官,已经结案,岂敢欺蒙圣上。"钱谦益再次回答。

"他二人所说不同。据温体仁奏,不曾结案;据钱谦益奏,已经结案,此案究竟结否,众卿从速奏来!"父皇问道。在场的部臣与科道官员互相看看,王永光出班奏道:

"钱千秋之事,臣已经奏过圣上,钱千秋已经到官结案。"

"臣当日曾见过招供笔录,钱千秋到官结案是实。"吏科都给事中章允儒也出班奏道。父皇下谕将礼部卷子及刑部招供一并取来查验。温体仁见父皇认真,继续说:

"会推之事,臣本应避嫌引退,不当辞费。臣所以有言,不忍见圣上孤立于上,群臣慑服于奸党之下,而不得不说也。"

这话是将父皇引向另一个话题——朋党的话题,父皇听了不再问话,让诸臣暂退,自己也回到暖阁休息。少顷,再次御殿问温体仁:

"卿参'神奸结党',何为奸党,奸党是谁?"

"钱谦益之党甚多,臣不敢说。"

"卿直管说!"父皇又问,"钱千秋招供,有案卷否?"

"顷见温体仁参奏钱谦益,涉及钱千秋招供,冢臣 对尚书的敬称,此处指王永光 曾问此事,臣云家中有此刊本,因命下人取来与冢臣看,钱千秋招供记录的确是有的。"章允儒出班奏道。

"如此看来,可见诸人私议会推是实。臣虽愚蒙也能品出一二。何况圣上,岂能肆意欺蒙!"温体仁插话道。章允儒驳辩说:

"枚卜大典,诸公矢公矢慎,谁敢营私!天日临之在上,圣上临之在下,诸臣蒙昧也尽知这个道理!温体仁资格虽深,但名望甚浅,故而诸臣不肯会推。钱谦益既有秽迹,为何不在会推之前纠弹?今会推已上,温体仁突然横加指摘,是何意思?君子之风坦坦荡荡,明以直说为宜。会推之人,点与不点,唯听圣上裁夺。"

"科官章允儒所言谬矣!钱谦益未进会推名单之前,参他有何益处?不过是炒炒冷局,有何意思?纠于此时,正为在庙堂之上将此事公开,众人闻于耳入于心,清清朗朗;今圣上务求真才,此时此地不言,更待何时何地?望圣上慎用此人,有何不妥?!今参钱谦益,即见多人交相掩护,可见党人之势。"

"党人之辞,岂可滥云!从来小人陷害君子皆持此等言论。大抵小人为公论所不容,将公论之所归者,概指之为'党',当日魏逆便是以'党'加罪,将朝中官员尽行削夺,流传至今,为小人陷害君子榜样,可不慎欤!"

章允儒反应机敏,口才也好,是敢说敢做的科道,对温体仁的反驳不能说不到位,然而语境错位,或者说是孟浪了,如果温体仁是魏逆,父皇是谁,难道是熹宗?这对父皇是极大的侮辱,父皇不能容忍。父皇勃然大怒:

"胡说!御前奏事,怎能如此胡说!拿了!"

父皇怒斥得十分突然,诸臣一时没有反应。父皇更加恼怒,猛地站起来,喝道:

"锦衣卫何在?拿了!"

锦衣卫一拥而上,把章允儒夹扶出去。文华殿的气氛立即凝结,倏地,从描画金龙的梁栋上飘下一丝微尘,落在父皇已经发白的明黄色的右肩上,父皇没有察觉,身旁的内侍看见不敢声张,只是相互对对眼,便把眼睛错开。从铜鹤嘴里吐出的香雾缭绕地画着婉转的云朵模样,袅袅向上升起,飘到半空便凝然不动,里面的纹理,一丝一丝清晰旋转,有些纹理旋转着交织,拧在一起,呈现深郁的钴蓝;有些则孤独地泛出纤细的暗蓝色,两种蓝色夹杂的香雾游弋浮动,将梁上的金龙遮蔽得迷离惝恍,爪上的鳞片有碗口那样大,似乎要坚硬地跌落下来。

温体仁见父皇如此震怒,立即顺势撮盐入火:

"此事臣有话说,圣上可问冢臣王永光,屡奉圣上温旨,为何枚卜名单迟迟不出?直到钱谦益同乡门生瞿式耜找到他商议后,才提出会推名录,此事是圣上做主,还是钱谦益做主?"

"朕传旨枚卜大典,会推要公,如何推出钱谦益这等人,公还是不公?"父皇责问王永光。

"臣等从公会推,何来结党?至于结党,臣实在不知。"王永光出班奏道。河南道御史房可壮也随后奏道:"臣等皆是公议。何来结党,温体仁所奏是何居心?"

"岂有此理!推出钱谦益这等人还说公议!"父皇说。

"会推确是公议。科场关节确与钱谦益无关。"辅臣钱龙锡也出班奏道。听众臣如此说,父皇愈加恼怒:

"关节是真,钱谦益是主考,怎与他无关?"

"此事已经结案,此案为光棍骗钱,与钱谦益无关。"众臣道。

"是光棍做主考,还是钱谦益做主考?究竟谁是主考!"父皇的怒火冲翻了天灵盖。温体仁见父皇如此动怒,再次推波助澜,出班奏曰:

"钱谦益是何种人,还须辩白吗?满朝为一人辩白,难道不是结党?何人眼瞎,何人眼明,难道还需再辩!"

"温体仁,你这是从何说起,你虽然舌巧如簧,惯于计白当黑,难道庙堂之上,只有你一人说了算,他人不得说话,说话的便是结党?"钱龙锡实在气不过。但此时父皇的思维已经可怕地跌进了温体仁的烂泥塘：

"尔等皆为钱谦益一人辩解，是何道理？钱千秋一事是否招问明白？速奏！"父皇怒道。

"已经招问明白。钱千秋原本有才，不过是受奸人之计，误堕圈套，望圣上洞鉴。"乔允升回奏。

"招也闪烁，不可凭信。尔今日还为钱千秋辩护，是何道理？卿等下去与在外文武诸臣从公会议，不可徇私！"

说罢，父皇再次回到暖阁休息。

过了一刻，父皇从暖阁出来继续召对。李彪代表众辅臣奏曰：

"钱谦益既有议论，可回籍听勘。钱千秋确已结案，后来遇赦回乡，可下司法再问。"这是将钱谦益抛开，避免温体仁满朝都是钱谦益一党的策略。后来听说，这个策略还是钱谦益主动提出，大家也没有好办法，便据此上奏。听到诸臣回复，父皇追问：

"是公议的吗？"

李标奏曰：

"臣等确是公议，臣等共事尧舜之君，如何敢营私、结党！"

"朕岂敢为尧舜，只愿卿等为皋陶。"

事情到此本可结束，但是钱龙锡仍有话说：

"臣再奏，此次会推，各有不同，有才品好的，也有人品好的。然人人所见不同，人品好者，自然是清品，但有人谓之偏执；才品好者，自然是才品，又说他有党。这就让会推为难，哪有人人都说好的？还望圣上洞察睿裁，就中点用。"钱龙锡这些话一是为钱谦益解脱，一是希望父皇在会推名单中点用阁员，不使温体仁、周延儒因横出是非而入阁。可父皇不这么想，他的想法是彻底推翻这个名单，枚卜出他心仪的朝臣，故而尖刻地反问：

269

"通关节的是有才吗？"钱龙锡一时语塞。其实这话极易答复，钱千秋已经结案，钱谦益被无辜殃及，并未通关节，但在父皇的高压之下，群臣不敢纠缠，只能缄口不发。

"众卿还有话否？"父皇看了一眼周延儒。周延儒出班奏道：

"圣上询问再三。诸臣不敢奏者，一者惧于天威；一者碍于情面。钱千秋一案关节是真，既有招案朱卷，已经御览详明，不必再问诸臣。"

周延儒的话说得婉转而不得罪众臣，父皇对他的回话不满意，说道：

"朕著九卿科道会推，竟推出钱谦益此等人，可见不公。今后会推，必须要公，如若不公，可以不推，何必糜费光阴！"周延儒听父皇如此说，再次上奏：

"圣上所言极是。如若不公，何必会推？以往之事只是一二人把持，诸臣不敢开口，即使开了口也不济事，故而心都冷了。今圣人在上，岂可再行欺瞒，若惧怕一二人，逶迤于后，便不是做臣子的道理了。"

"卿这句话极是。"父皇夸赞道。温体仁见父皇夸奖周延儒，便再次上奏：

"臣孑身孤立，今满朝皆是钱谦益之党，臣疏既出，不唯钱谦益，且钱谦益一党也无不恨臣，臣一身岂能当众人之怒！臣叨列九卿之末，因见诸臣皆不以戒慎为念，不忍见圣上焦劳于上，故不得不挺身上疏，自然得罪众臣。恳请圣上罢臣归里，以避滔滔汹锋。"

"卿既为国劾奸，何必求去？望卿保重。"父皇笑道。

李标、钱龙锡等辅臣不甘心，再次出班为钱谦益、章允儒等辩护，都被父皇驳回，下谕道：

"钱谦益关节有据,受贿是实,且滥及枚卜,有党可知。祖法凛在,朕不敢私,著即革职。九卿科道从公依律会议具奏,不得徇私党比,以取其罪。又钱千秋者,著法司严提究问,拟罪具奏。"

说完,征询众辅臣意见:"卿等认为如何?"众辅臣不敢说_{这就是威权制度的结果,领导越精明,局面越腐败},只是敷衍道:"圣上处分自然至当。"

"卿等尽可直言,如何说朕的处分自然至当?"

"枚卜本是好事,望圣上再思。"

"枚卜且停,卿等不必再奏!"

这次由温体仁挑起的召对,从上午开始,到乙夜二鼓_{相当今之晚九点到十一点}结束,父皇、诸臣都累得要死。召对的结果是:钱谦益革职听勘,钱千秋重新提审,章允儒、房可壮各具疏认罪,瞿式耜降三级调用。

钱千秋一案重新审理的结果是:"钱谦益关节有据,受贿是实",查无实据,原审人员一致坚持原来的判决,也就不了了之。温体仁以钱千秋为突破口,打击以钱谦益为首的东林党人,已经达到目的也就不再纠缠。

过了些日子,父皇钦点周延儒、温体仁入阁做了阁员,原来的那些阁员渐渐被"沽清"了。

这次御前召对是崇祯最重要的御前会议,温体仁如果是良臣自然好,但恰恰却是奸佞之臣。温体仁做内阁首辅,有六年之久。这六年,温体仁既不为朝廷出一谋,亦不为国家设一策,只是取悦崇祯而孤身自保,搁误了朝廷与国家大事。在这次会议上,崇祯被温体仁牵着鼻子走而不自察,决定了他,最终是大明日后的悲剧。风起于青蘋之末,如果没有钱千秋之案,也就不会有温体仁发难的机

271

缘，历史也许会走向另外一条道路，也不是没有可能。

召对那天，天气晴和，袁贵妃晶莹的鸽群在璀璨皇宫的上空盘旋，有一只赤喙灰翅的，落于文华殿东配殿垂脊上凤凰美丽的头顶，一个官员将它引下来，据说从腿上取下一个小小纸卷，写的什么就不知道了。那个官员是袁贵妃的哥哥，吏部考功司五品主事，是钱谦益的属下。他这个举动被内侍的探子看见，立即密报父皇，父皇让内侍搜查却什么也没有搜到。说是搜，因为是袁贵妃的哥哥，仅仅是摸摸袖子，拍拍装潢精美的银钑花 刻镂花纹 腰带而已。然而，这事给父皇留下了浓浓的阴影，自此很少再去翊坤宫。上苍不降香美甘露，干涸的土地怎么可能绽放侥幸的妖娆花朵呢！

钱谦益被罢官回到故里，懊恼万分，也感慨万分，写了一组《十一月初六日召对文华殿，旋奉严旨革职，待罪感恩述事，凡二十》，第五首吟道：

事到抽身悔已迟，每于败局算残棋。
都门有客送临贺，廷辨何人是魏其？
杨柳曲中游子老，车轮枕畔逐臣知。
寒灯冷炕凄凉夜，不醉何因作酒悲？

诗中援引了两个典故。一处出自《新唐书·杨凭传》，杨凭曾为京兆尹 首都的最高长官 ，被贬官为临贺 今广西贺州市东南 尉，是个偏远处所。好友徐晦前来送行。宰相权德舆对他说："君送杨凭临贺诚厚，无乃为累乎？"难道不怕连累自己吗？徐晦说，他曾经厚待我，因此前来相送。再一处出自《史记·魏其武安侯列传》，西汉窦婴因为平定七国之乱有功，被封为魏其侯，后被武安侯陷害而亡。

上午还是会推名单之人，准备入阁做辅臣，夜晚便沦为罪臣遣回故里，一日之内变化之大，令人惊惧。与温体仁相比，钱谦益只是书生，不是纯粹政客，书生型的政客，在纯粹的政客面前不是对手。做政客要心思缜密，再有几分流氓、恶霸手段，钱谦益等人相比之下，差在没有手段，不够狠，尚存良知，良知未泯故而失败。中国的政坛历来如此，从此以后，东林党人告别了政治星空而逐渐陨落。至于复社继承了东林党的衣钵则是后话。

3

春天来了。

新糊的窗纸焕发洁白的微光，大殿里充盈着奶油色的太阳光泽。那一年，雨水格外殷勤，黄昏时从东南吹来飒飒作响的凉风，随风飘来薄雾似的微明细雨，很快便又随风而逝，灰白而干燥的泥土霎时变得乌黑温润了。甲夜，天空里弥漫着清凉银雾，巨甍后方初升的圆月，暗红朦胧而巨大。次日清晨，从绿槐残存雨水的滴落声中，飞来布谷清脆与斑鸠低沉的鸣叫。竹林发出簌簌微响，花香似乎迷了路而香得恼人。

中午，太奶奶召我带上炜彤——一定要带上，去慈宁宫吃饭。吃过饭，太奶奶让炜彤给她化妆。炜彤把她原来的妆洗掉，重新做妆。打粉、涂腮红、画眉、抹眼影、点口红。太奶奶让宫娥拿来一把红毛夷的琉璃镜子，左右照照，抿嘴笑了，让炜彤再把刚刚化好的妆卸掉。之后，让我和炜彤去后殿，太奶奶要自己化妆，她化妆的过程很慢，慢得像是蜗牛爬。等了很长时间，等到阳光开始发黄发毛，慢慢向西偏斜，宫娥叫我们到太奶奶那里，刚迈过门槛，只看见一个似曾相识的皇家贵妇珠光宝气地端坐窗前，这是谁呢？走近谛视，竟然是太奶奶！化过妆的她至少年轻了三十岁，从耄耋老者变成了一位美妇人，我和炜彤禁不住惊奇地尖叫。你们现在常说"惊艳"，我和炜彤当时的心态就是这样。太奶奶看见我们笑笑，那是一种得意又带些狡黠的笑。写到这里，我的眼前又浮现出当时的情景：梦一样的阳光，在金色与玫瑰色的宫殿里迷茫闪烁，描金的椅子，华丽闪光的帷幕，雍容华贵的太奶奶，看着我们进来，眼睛眨也不眨，专心等待我们的表情，而我们的表情正是她所期待的，还有美丽的宫娥，放在浅栗色梳妆台上各种颜色的粉盒，各种黄金细杆儿的画笔、眉笔，长柄的红毛夷镜子砂糖一般闪闪发光。

看见太奶奶，我和炜彤不禁下跪，刚要磕头，太奶奶站起来，伸开双手拦住我们：

"免了。"

"谢太奶奶。"我和炜彤边说边站起来。

"炜彤，你过来。"太奶奶说。炜彤走过去，跪在太奶奶膝下。"把手伸过来。"炜彤把手伸过去，太奶奶抚摸着她的手："可有多白多嫩。当时我的手……"炜彤的脸变红了。

"炜彤，你愿意做我的曾外孙女儿么？"听了太奶奶的话，炜彤一时愣住，在这从天而降的巨大惊喜面前，不知怎样好。我推推炜彤说："炜彤怎么会不愿意？""不让你说。"太奶奶嗔道。

"谢太奶奶厚恩，炜彤愿意。"炜彤木然地一连磕了九个头。

"起来吧，我的好孙女儿。"太奶奶把炜彤搂住，炜彤抽抽搭搭哭起来。"别哭了，我的心肝儿。"炜彤站起来，太奶奶拉住她的手不放，让宫娥取来一只镶金乌木函，打开木函，里面是一个嵌玉八宝锦盒，锦盒内裹着锦袱，太奶奶从里面取出一粒合珠，说："这是你太爷爷送我的，现在送给你。"炜彤接过，又跪下磕头谢太奶奶。那粒合珠有蚕豆那样大，在深绿的锦袱上静穆地放射精致白光。我突然意识到，炜彤也是一粒不可多得的宝珠，美丽的女人是世上的奇珍，比合珠还要珍贵而又珍贵吧！没有什么可以逆转岁月，而美可以，美丽的合珠可以，不是岁月雕琢她，而是她雕琢岁月。时间愈久，炜彤的美，在我的脑海里反而愈加深刻了。

太奶奶让炜彤到偏殿等我，她又要和我说什么宫中密帏呢？

她今天和我说的是爷爷与伯伯的往事，都是心酸往事，不说你们是无论如何也想不到的，爷爷作为太子，皇帝的储君；伯伯作为太子的长孙，国之储二，竟然饱受那么多的屈辱与磨难。根本的原因是郑贵妃，那个美丽而又蛇一样恶毒、狐狸一样狡诈的女人，内侍背后叫她郑狐狸。太爷爷宠爱郑贵妃，不喜欢奶奶，其实奶奶也是漂亮姑娘，如果不漂亮能够放在太后身边吗？放在皇帝、太后身边的女人犹如花瓶，都是具有可供主人欣赏品味的，有些野史小说胡编什么丑女人突然蒙受皇帝宠幸怀了龙种，纯是歪门邪道应该指斥。

那一年，在大臣与慈圣太后的护佑下，爷爷十三岁了，终于被立为太子。但是条件是严苛、残酷的：母亲必须与儿子分开，没有皇帝旨意不得相见。爷爷被迫移居到迎禧宫，后来又迁徙到慈庆宫居住，他的母亲——我的亲太奶奶，依旧住在景阳宫。儿子走了，宫里失去了往日的喧闹与生气，宫娥与内侍也都撤走，只留下一个年迈老奴在亲太奶奶身边，供应的食物日渐稀少。太奶奶知道后，派身边的内侍送去食物，不知被什么人告密，送去的食物经常受到拦阻，后来老奴也不许来了,这是要活活饿死亲太奶奶!太奶奶急得不得了,思前想后,让内侍去灯市口的鹁鸽市_{在今北京东城大鹁鸽与小鹁鸽胡同之间。鹁鸽即家鸽}买了两只鸽子,训了些日子,便开始放飞,在两宫之间传递信息,老奴不来了,景阳宫却不再那么缺少食物了。

然而,事情并没有结束。一天,锦衣卫百户王曰乾告发一桩大案。说是有一个叫孔学的人在家设筵,请妖人王三诏吃饭喝酒。酒足饭饱之后,二人来到后花园,孔学设下香案,王三诏在香案右侧摆设数份香纸,上面写着圣上、太后和太子的名字。左侧放一只粗黑瓷蒜头瓶,细颈鼓腹圈足,说是"摄魂瓶"。都摆好了,王三诏赤脚披发,举剑作法,走了一套禹步,便把那些香纸烧掉,将纸灰撮进瓶里,这就是"念咒收魂"。第二天,还是先吃饭喝酒,再到后花园作法。剪了三个纸人,上面依旧书写圣上、太后和太子的姓名。写好了,王三诏用四十九根铁针钉在纸人的眼睛上,七天之后焚化,把那些纸人的灰烬也撮进摄魂瓶里,这叫"焚化收坛"。到时候,圣上、太后、太子就要命赴黄泉,天下就是郑狐狸的宝贝儿子福王殿下——那时该叫陛下了。现在是第三天,望陛下赶紧缉拿归案。太爷爷看了王曰乾的上书不禁心惊肉跳,命锦衣卫立即将孔学家团团围住,将他和王三诏拿进诏狱严审,二人铁嘴钢牙先是不招,后来被打得一佛出世,二佛升天,招出背后的指使人是坤宁宫(郑狐狸其时住在坤宁宫)的副提督姜丽山。姜丽山与孔学、王三诏在西直门外白石庄一株银杏树下歃血为盟,约定事成之后,请福王——已经做新圣人,敕封三人每人一个爵位(至少是伯),黄金五十斤。

据说,太爷爷看到这张招稿,气得绕着御案走了三个半圈,大伴说——他不是当事人,也是听人说,三圈是太爷爷一人走的,后半圈由内侍搀扶,走了一半便瘫下来,一屁股坐在地上,气得浑身打战,把郑狐狸找来问话,她哪儿肯承认,指天画地赌咒发誓,推说是景阳宫那边的人作祟,太爷爷知道,景阳宫哪有这本事!太爷爷不知如何处理好,便召首辅申时行火速入宫,申认为此事牵连贵妃不宜声张,张扬开来置朝廷的颜面与尊严何在?申时行奏道:

"此事宜静不宜动,动则滋扰天下,上必惊扰太后,下必使太子惶怖,贵妃与福王也将处于不安之境。"

"卿的意思?"

"微臣的意思是不露声色,将孔学和王三诏秘密处死,姜丽山发凤阳做净军,告诫贵妃此事不可再做,如此则天下贴然无事矣。"

"王曰乾如何处理?"

"升为锦衣卫千户,条件是就此事封口。"

安静了几天,没过多久,在厌胜之术后,又发生了一件大事。有个叫张差的男子手持枣木棒,闯到慈庆宫门前,东宫的护卫始终薄弱,事发当天只有两个老内侍守门。一个年过六十,一个已逾七旬,头发斑白老态龙钟坐在台阶上,身旁是长把簸箕和竹条扫帚,仿佛孔明空城计里的扫地老军,看见他们,张差举棒就打,口中喊道:"先打东方甲乙木。"一棒子一个将两个内侍打趴在地,推到台阶下面。闯进宫,又喊:"再打宫中太子爷。"一直打上丹陛桥,冲至大殿檐前窗下。此时宫中已经乱成一团,呼叫之声不绝于耳,一个叫韩本用的内侍有些武力,招来六七个年轻内侍将张差控制,发到狱中审讯。张差招认本是蓟州人氏,平常以贩柴为生,不知何故来到京师,闯入慈庆宫混打。负责审讯的刘廷元是浙党成员,亲近郑狐狸,审后奏称,此人是疯癫之人,可按照疯癫处理,希图糊涂了事。然而,给事中姚永济、韩光佑,御史过廷训、牟志夔,户部主事张廷等科道官员坚持严鞫。过了几天,由提牢主事王来之复审,张差并不疯癫,而是受他

277

人指使，混进宫中闹事。指使他的人是马三道、李守才、庞保和刘成。马三道、李守才是红封教主，红封教说不清是什么教，混沌讲是一种当地的民间宗教；庞保和刘成是坤宁宫的内侍，上次王曰乾上书就涉及这两个人，只是碍于贵妃情面没有触动，哪儿想到这次又有他们。

王来之是东林党人，东林党人一贯坚持爷爷的正统地位，坚持"有嫡立嫡，无嫡立长"的原则，每当太爷爷在郑狐狸的唆使下准备让福王替代爷爷的时候，以东林党人为主体的朝臣便据理力争，把太爷爷放在火炉上烤得焦头烂额下不了台。近日看到一则言论，说是倘若一个富有珠宝的男人如果不能把自己的珠宝送给心仪者，而是被迫送给自己不喜欢的人，该有多么不甘，太爷爷就是这样吧！他把大明的天下当成了珠宝，他的内心怎么可能不崩溃？他几十年不上朝，和群臣不见面，原因就在这里！[1]

纸里包不住火，消息传开舆论大哗，东林党人坚持将案件彻查。弄得太爷爷惶惶然不知如何是好。但是，他仍然坚持做冷处理，期待大臣的愤怒慢慢平息，但是事与愿违。有个叫沈鲤的阁臣，在文华殿前面竖立了一块木牌，从清晨到晚间对着那块牌子低声诵读，念念有词，但听不清他说什么。是在念什么古怪的咒语吗？听到内侍报告，太爷爷很紧张，指示他们夜间将那个木牌偷偷从地上拔出来，送到太爷爷居住的地方，太爷爷看了不过是孔圣人的一些话，并没有什么可大惊小怪的，便斥责这些内侍不读书混说，制造谣言无事生非，让他们偷偷把木牌放回重新竖好，以免被沈阁老发现又枝节横生。但是，内侍忽略了一件事，那些天，在文华殿的上空经常有几只鸽子盘旋，时不时地落到沈鲤的木牌上，难不成是沈阁老在和鸽子对话？说到这儿，太奶奶得意地笑了，笑得步摇上珍珠串儿的光芒四散飘逸。鸽子是她亲爱的信使，将宫中的举动通过鸽子传递，而沈鲤是东林党的领袖人物。

实在没有办法了,太爷爷只好找王皇后商议——别忘了,太爷爷是有皇后的,只是从不往来而琴瑟生疏,太爷爷被郑狐狸迷住了魂。王皇后形容淡淡地笑笑,此事老妇也做不了主,还是要郑氏与哥儿当面说。哥儿是宫内对爷爷的昵称。于是把爷爷与郑狐狸找来当面对证。爷爷说:

"此事绝非平常,张差所为,背后必有主使之人!"

"谁是主使之人?"郑狐狸反问。

"张差已经招了,无需再辩!"

听了爷爷的话,狐狸精突然发飙,将鞋脱掉,光着脚,叉开十个脚趾在宫殿里跳掷,发狠道:

"奴家何尝知道?奴家倘知道,奴家万死,奴家赤族!"说罢摘下钗钿,低头俯身向朱红大柱撞去,被随身的内侍紧紧拉住。看她如此刁蛮,太爷爷怒了喝道:

"不得撒泼,此事朕家也管不了,谁稀罕尔家!"

郑狐狸见状不再吱声,爷爷听出弦外之音,也缓和态度:

"此事只问张差算了。"

"哥儿说的是。"太爷爷立时眉开眼笑。

数日后法司判决:张差磔杀,马三道、李守才发配远方戍守,

庞保、刘成在内廷秘密击毙。

又过了数日,我的亲太奶奶病重,蒙太爷爷恩准,爷爷带着伯伯和父皇前去探望。景阳宫的宫门紧闭,而且加了一道大大的铁锁。守门内侍根本不把爷爷放在眼里,告诉他,我们只负责看守宫门,并无钥匙,没有钥匙就打不开宫门,爷爷好说歹说,苦苦哀求才找来钥匙。爷爷脾气极好,能够忍受任何横逆,他虽然是国之储君,而且已

至而立之年，但是在太爷爷的威严下毫无脾气——有脾气也不敢发。我的亲太奶奶见到儿孙，拉住他们的手，不禁失声哭泣——她的眼睛早已经哭瞎，"儿孙如此，我死何恨！"说罢气绝身亡。

太奶奶说，景阳宫破烂得难以想象，檐柱斑驳倾侧，支窗脱落，屋脊上的吻兽早已碎裂，阳光穿过窗牖漫涌进来宛如褐色泥土，室内没有任何物件，只有一条洗脸手帕，稍微用力便碎成烂纸，窗下乌黑的半桌上放着一只黄釉碗，碗口的边沿碎成锯齿形状，里面放着半碗米饭，滋生的绿毛有三寸多长。

有一只灰色狸猫，看见众人便绿睛放光，挓挲胡须示威似的尖叫一声，从茂盛的青草棵里撅着尾巴匆匆跑了。

注释：

[1] 万历向臣下辩解不上朝的原因是头眩脚软，前者可能和血压有关，后者在挖掘定陵后，做过他的尸检，他有一条腿是变形的，这可能是脚软之因。1956年发掘定陵，在玄宫后室的棺床上放有三具棺木，中间是神宗，长平公主的太爷爷，左侧是他的原配王皇后，右侧是长平公主的亲奶奶。神宗临终时遗旨郑贵妃升为皇太后，其目的应该不仅是为郑贵妃，也是为了自己，生前故后二人都要厮守在一起的愿望。

郑贵妃为儿子争夺太子位，在宫内培植亲信，几十年一贯地监视光宗母子，对光宗的母亲王恭妃百般折磨。她曾约神宗到大高玄殿，拜谒真武大帝，行香之后，让神宗对神明发誓，许立福王为太子，又御书一纸，封箴在玉盒中由她保存。

神宗故后，光宗即位，在郑贵妃的珠宝美女的诱惑下，光宗竟要遵奉神宗遗诏，册封郑氏为皇太后，由于东林党人的激烈反对，此事才作罢。

郑贵妃故于崇祯三年（1630），按贵妃礼葬于银泉山（或作钱雀山）东麓，神宗的其他几个妃子也埋葬在这里。顺治三年（1646）三月，昌平县王科等七人盗发郑贵妃墓，事发后被捕弃市。诗人吴伟业在《银泉山》中吟咏其事，有句云："银泉山下行人稀，青枫月落鱼灯微。道旁翁仲忽闻语，火入空坟烧宝衣。五陵小儿若狐兔，夜穴红墙县官捕。玉碗珠襦散草间，云是先朝郑妃墓。"

4

不能说太爷爷是昏君，张居正辅佐时，政治清明，仓廪充足，这怎么讲？太奶奶说，太爷爷的转变，源于太子之争。太爷爷喜欢福王——他喜欢的女人的儿子，朝臣则坚持爷爷做太子，日后接班做君主，而这个人是他讨厌的女人的儿子。朝臣的理由是王皇后没有儿子，爷爷是长子，有嫡立嫡，无嫡立长，这是社会人伦之大理，为什么要破坏规矩？如果只是朝臣，有可能会按照太爷爷的心思做了，但慈圣太后也坚持传统，而太爷爷是孝子，不敢反抗，结果是以太爷爷的失败告终。太爷爷讨厌朝臣，便采取不上朝，大家毋相见的策略，许多官员的位置空缺了许久也不填补，少一个官员少一份烦恼，以致内阁最后只有一个申时行支撑，申时行病了公文便追到家中，申时行不堪其重，多次乞休退养，但是太爷爷不予准许，你回家躲清闲，我怎么办？

太爷爷不上朝与朝臣议事，自然是破坏了规矩，官员们便络绎不绝地上疏，弄得太爷爷不堪其扰。我们大明有许多恶政，但是"谏争"

制度则绝对是超级的好制度——科道言官,包括其他朝臣上疏议政,乃至批评皇帝,有执拗脾气的朝臣甚至可以把皇帝气死。

仁宗爷爷时期,有个叫李时勉的大理寺评事(是个七品芝麻官),性情骨鲠,一次上疏言事,提醒仁宗爷爷远离女色。那时,成祖爷爷刚刚宾天,还在居丧期间,这时自然不应该亲近女人,而太子又不在身边,李时勉你这话是什么意思?看到他的奏疏仁宗爷爷很不高兴,把他召到便殿,君臣之间辩论起来,仁宗爷爷说不过,喝命力士用金瓜打他,打断了三条肋骨,拖出去几乎死了。第二天,将李时勉改任交趾道御史,命他一天审一个案子,上一件奏章。李时勉一天上了三次奏章,仁宗爷爷依然不高兴,便把他关进诏狱。李时勉曾经对一个锦衣卫千户有恩,而这个千户恰巧来到狱中,看到李时勉,秘密召来医生,用海外血竭治疗而得以不亡。后来,仁宗爷爷病重,召对重臣夏元吉,对他说:"李时勉公然羞辱我。"说完,勃然大怒。夏元吉婉转劝说,消除了他的怒火,然而当晚还是驾崩了。宣宗爷爷即位后,听说李时勉的事异常震怒,命左右:

"把李时勉绑来,朕要亲自审问他,为什么侮辱先皇,一定要把他杀了!"

过了片刻,又令王指挥:

"将那厮立即绑到西市斩了,毋须朝见!"

王指挥奉旨从端西旁门出去,而先前奉旨的人押解李时勉从端东旁门进来,没有遇见。宣宗爷爷远远看见李时勉被押来,顿脚骂道:

"你这个小臣,好大胆子!竟敢触怒先皇!你在疏里写了什么,快快奏来!"

"臣说:'谅暗(居丧)中不宜近妃嫔,皇太子不宜远左右。'"

李时勉叩头道。听了这话,宣宗爷爷脸色温和起来,又问:

"疏中还说了什么？"

"臣惶恐不安，已记不清了。"

"稿本在哪里？"宣宗爷爷怒气慢慢消解。

"烧了。"李时勉轻轻地说。

听了他的话，宣宗爷爷长叹了口气，称赞李时勉为人忠诚，赦免了他，恢复他的官职在身旁侍读。等到王指挥从诏狱回来，李时勉已经穿好官服站在檐下阶前了。

类似李时勉事，在太爷爷朝也发生过，有个叫雒于仁的，也是大理寺评事，鉴于太爷爷耽于安逸，便呈进了一道《酒色财气四箴》，指责太爷爷贪酒、好色、贪财、乱发脾气，太爷爷看了大怒，召见首辅申时行，把雒于仁的奏本递给他说：

"先生看看这个奏本，试为朕评评理！"申时行展开奏本尚未及看，太爷爷便愤愤说道：

"他说朕好酒，谁人不饮酒？若酒后持刀舞剑，非帝王举动，朕岂有此事！

"又说朕好色，偏宠贵妃郑氏，朕因郑氏勤劳，朕每至一宫，她必相随，朝夕之间小心侍奉。恭妃王氏，她有长子，母子相依，朕命她小心调护，所以不能朝夕相处，何尝有偏？

"他说朕贪财，因受张鲸贿赂，所以用他。朕为天子，富有四海，天下之财皆朕之财，朕若贪张鲸之财，何不抄没了他？

"又说朕尚气，古语少时戒之在色，壮时戒之在斗。斗即是气。朕岂不知？还用他说！先生家中亦有童仆家人，难道从不责治？如今内侍宫人或有触犯及失误差事的，也曾杖责，然亦有疾疫而死者，如何说是杖死？先生看看这个奏本，像什么话，内阁要票拟重责！"

张鲸是太爷爷重用的一个内侍，担任东厂和内府供用库的掌印，有权有钱,势力很大,曾经被斥退,闲居在家,后来又被召入宫中,传言皇上收了他的贿赂。然而,太爷爷对内侍是有分寸的,绝不允许他们插手朝廷大事。

雒于仁的指责,并不句句属实,故而太爷爷很委屈,委屈得甚至要哭。申时行小心翼翼劝慰:

"此无知小臣,误听传言,轻率渎奏,皇上不必计较。"

"这个雒于仁,他是出位沽名!"

"他既沽名,皇上若重处之,适成其名,反而有损皇上盛德。以臣之见,唯宽容不计,乃见圣德之盛。"

说罢,申时行将雒于仁的奏本还置御前,太爷爷慢慢平和下来:

"先生说的也是,若处理了他,倒是损了朕的度量。也罢!"

"皇上圣度宽如天地,何所不容。何必为小臣生气?"

太爷爷复把雒于仁的奏本递给申时行,叮嘱他仔细认真地看。申时行看过,明白了内容大意。太爷爷突然发火说:

"朕气不过他,必须重处!"

"此本原为轻信讹传,若票拟重处,传之四方,反以为实。以臣愚见,皇上宜留中为是。容臣等载于史书,传之万世,使万世传诵皇上为尧舜之君。"

申时行复将雒于仁的奏本慢慢地置于御前。

"也好,奏本留中,雒于仁如何处之?"

"此本既然不可复出,此人自然也就无法处之。还望皇上宽宥。臣传谕大理寺堂官,使之离任可也。"

太爷爷同意了。颜色稍和,但还是有气,说:

"先生是朕的亲近之臣,朕有举动,先生自然知道,安有小臣所说之事?"

"皇上所言极是。九重深邃，宫中秘密，臣也不能详知，何况边远小臣。"

"人臣事君，就该知理，先前御史党杰，也曾奚落我，我也忍了，如今雒于仁亦然，只因不曾惩处，所以放肆无礼。"

"人臣进言，虽出忠爱，也须从容和婉，臣岂敢不与皇上同心，回护小臣？只是以圣德圣躬为重。"

"先生每尚知尊卑，他们小臣却如此放肆。近来小臣纷纷上奏，以正为邪，以邪为正，糊涂乱说，一本接一本，一本还没看完，又一本上来了，使朕应接不暇，朕如今精力衰减，张灯后看字，不甚分明，如何能一一遍览？这等殊不成个朝纲！先生每为朕之股肱，也要做个主张。"

最后的结果是：申时行传达太爷爷的旨意，对张鲸进行斥责训导，张鲸的宠幸就此消减了。雒于仁的事则不了了之。将奏本留中不发，不作处理，申时行算是开了先河。容忍朝臣上疏指斥圣上而不做任何处理，也只有太爷爷可以做到，因此太奶奶说，太爷爷脾气好，而那些朝臣，也看到这一点，不停上疏，虽然均是泥牛入海，但也还是得到了好处，不过花几文钱买些纸张，费些笔墨，这叫作"讪君卖直"，买一个谏诤的好名声。太爷爷明知这个道理，却也无可奈何，朝臣是四书五经浸泡出来的，一心要做皋陶，就要谏诤；皇上也是四书五经浸泡出来，以做尧舜之君为准则，这就要讲究圣德大度，如同申时行所说，这就是悖论。

太奶奶说，申时行是南直隶苏州府 今江苏省苏州市 人，善于弥缝，也就是抹稀泥，能够抹稀泥的人必然有狡猾的一面。有一年，工部主事张有德上疏，奏请太爷爷早日册立太子。太爷爷不高兴，下谕延期一年。内阁中也有奏疏呈上,当时申时行正在休沐(假期休息),次辅许国没有通知他,将他的名字列在第一位,司礼监内书房的内侍偷偷告诉了申时行,申立即秘密上了一道奏章,言:"臣正在休沐,不知此事。册立太子事,圣上已经确定,张有德不懂规矩,望皇上宸断圣裁,不要受小臣干扰妨碍大典。"给事中罗大纮弹劾他耍阴阳两面,表面上迎合群臣建议,暗地里却延缓此事而与宫内勾结。中书黄正宾也上疏申时行是两面派,回避首先发起册立太子的责任而让别人出头。太爷爷看了,笑笑,将这两个人罢黜了。

由于郑狐狸的缘故,光宗爷爷与熹宗伯伯都不受太爷爷待见。按照大明规矩,皇子十岁时必须出阁读书,然而爷爷十三岁才出阁读书。根据往常的安排,读书的时间是在巳刻 今上午九点到十点,而且寒暑免读,不知为什么,太爷爷却提早为寅刻 今凌晨三点到五点;读书的桌子也大大改小,小得不能正常在上面写字;讲官呢,也良莠不齐,有两个尤其不能让人理解,一个是江南人,满口吴语,举止烦急,令听者片语不晓,另一位则超级肥胖,讲完了书便依着柱子喘息,目之令人不快。

一天,雪骤风寒,爷爷到文华殿读书,殿中没有安放一只火炉,冷若冰窖,而内侍则聚在密室里围炉取暖,没有一个人前来侍奉,爷爷牙齿打战,两耳、两手通红,冷得在殿内跺脚。讲官郭明龙资深敢言,看到这个情景十分愤怒,走进密室,喝命内侍速将火炉抬到文华殿,围护在爷爷左右,这才慢慢感到炉火的温暖。郭明龙气极了厉声怒斥道:

"天寒地冻到了这个地步,抗寒的乌鸦都冻死了,不要说是皇长子,就是我们这些人,辛苦读书方得此一官,在宫内行走亦是天上人,你们这些阉人竟敢如此大胆,这样对待我们?这样对待皇长子?!"

内侍听了没有人敢吱声，但事后偷偷上报给太爷爷，太爷爷没有说话。

为了读书，爷爷受尽磨难，即便如此，也不敢对太爷爷说。但是没过多久又不让他出阁读书了。多年之后，再次出阁读书，然而也只是一次而不复举行。太爷爷读书有限，但相对熹宗伯伯还算好的，伯伯十五岁时仍未出阁读书，十六岁时仍是未授一书，不识一字，和贫家失学子弟无异。

太爷爷缺钱吗？为了福王，他不停地派内侍外出探矿，搜罗金银，增加江南赋税，以致激起民变，还说福王外出就国时要赏赐他四万亩土地，朝臣听后头都大了。

说到爷爷、伯伯，太奶奶叹口气说：

"都说宫中的哥儿过的是天上的生活，谁会想到他们过的却是这样的苦日子！苦啊，苦啊。"

太奶奶掏出手帕抹抹眼角，从她的眼角慢慢溢出泪水，泪水闪闪地浸湿了脂粉，露出黄黄的深深的皱纹。我的眼睛也湿润了，感到了泪水的咸味，我急忙掏出手帕揾住眼睛，不让泪水流出来。

"要不是杨涟、左光斗这些东林党的忠臣为你爷爷、伯伯拼死命争正统，天下就是另一个样子啦！你太爷爷临终时，留下遗诏，册立李侍选为皇太妃，郑贵妃为皇太后，这两个不知死的女人赖在坤宁宫，不许你伯伯离开，强迫你伯伯认可她们的地位。一个要做皇贵妃，一个要做皇太后，控制住你伯伯，这样她们好垂帘听政。但朝臣们誓死抵抗，联合王安 被魏逆和客氏害死的那个司礼监掌印，将他从乾清宫抢出来在文华殿即位，这才把那两个女人轰出去。可叹息的是，王安很快被魏逆与客氏害死，魏逆一伙篡夺了内廷大权。道不同不相谋，东林党人是正人君子，阉党是古今少见的奸佞，冰炭不同炉，你

287

伯伯哪儿懂得这个道理？你伯伯登基时才十六岁，还是孩子，糊里糊涂就登上大位了。在应该读书的时候，你伯伯没有机会读书，精力无处发泄，就做木工活，你伯伯的手可巧了，但没文化的小孩子怎么会治理朝政？这就中了魏逆这些人的奸计，被他们当傻子摆布，朝纲就乱了，亏得你父皇……"

说到这儿，太奶奶不再说了，烛光莹煌地从高处，麦粒般被一只看不见的手播撒出来。到吃晚饭的时间了，走来四个身着竖领白色短衫、绯色宫鞋、松花绿细褶马面长裙、梳棒槌髻的宫娥站在太奶奶两侧，太奶奶吩咐准备晚宴：

"今天是个好日子，我多了个曾孙女儿，加几个菜。"

太奶奶命内侍传炜彤从偏殿过来一同吃饭，她现在是太奶奶的曾孙女，吃饭时不再侍立我的身后，而是坐在我的右侧，当然是下手位置。

几个宫中女乐拿着笛、管、笙、箫、云锣等乐器，拖曳茜色销金圆领长裙施施而来，向太奶奶施礼后走到内檐深处，两个内侍抬来一只朱红雕花堂鼓放好，一位女乐拾起鼓槌，击打了两下鼓边，乐声便流水一般随之响起，演奏了一套宴乐。先是迎膳曲《水龙吟》，之后是进膳曲《凤鸾欢》，再后是进汤曲《上清歌》，最后是《庆丰年》，尾声是《太平令》。如此三奏。如果是正式宴会则是九奏，不少于三十支曲子而且还要有歌手。太祖爷爷是农家出身，深知稼穑不易，即便是筵飨之乐也要通过音乐表达出来，因此要将《庆丰年》这类曲子放在重要位置。父皇即位后，出于节俭，将宫廷的宴乐取消，今天太奶奶高兴，破例召来这些乐人，可见太奶奶喜爱炜彤之深。

我本来想在晚宴时问太奶奶鸽子和东林党的详细情况，但是碍于炜彤在座不方便，几次话至嘴边又吞回去，日后有机会再问罢。

第九章　绿水鬼

1

那年十一月，首辅周延儒没完没了地被言官弹劾。

陕西道御史余应桂上疏：周延儒为人贪鄙滥权，凡事关权位者，必攘臂裁决，凡与己无关者，必推诿模棱。其子弟家人横行乡里，占尽美田，江南人恨之入骨，故而焚其屋杀其仆；兄长周素儒冒籍锦衣卫，僭取千户之职，家奴周文郁亦滥夺副总兵之位。

山西道试御史 明代任命御史，第一年是试用期，故称试御史，也就是见习御史。一年后经过考核，人品与能力合格者转为御史 卫景瑗上疏：户部吴鸣虞，办事无方，却从户部调到吏部，且官升两级，原因是他把常州的五千亩良田拱手送给了周延儒。大同巡抚张廷拱、登莱巡抚孙元化，无能低劣，靡费军饷，导致士兵叛乱，周延儒却为之百般辩解、曲为护持。因为他们每月都有大批金银送至周府。

四川道试御史陆振飞上疏：周延儒营私植党，婪贿肥家，品行卑污，欺君误国，实为奸雄之渠魁。

户科给事中冯元飙上疏：周延儒阴毒而有机心，威，能钳人之口,夺人之魂;阴,能置人于死地,生不如死,故而大小朝臣无不缩舌哕口,明知其非而不敢奏报。

对这些奏疏,余应桂的,父皇斥道:"延儒清贞任事,不树私交,何得诋污!"卫景瑗的,父皇批道:"信口污蔑,应加切责。"陆振飞的,父皇指斥:"构党挟私,逞意求胜。"冯元飙的,父皇切责:"渎奏求胜,令人何胜其烦而已!"面对这些雪片般飞来的科道奏疏,父皇真的是不胜其烦。一天深夜,父皇批红时突然把毛笔抛掷,大伴这时捧着内阁票拟正欲进殿,看到这个情景便止步不前,父皇看到大伴,愣了一下,突然意识到自己失态,赶紧正襟危坐,大伴这才手捧内阁票拟走进来。大伴读书不多,但为人端直,有一次内阁票拟出现纰漏,将湖北的税银少算了两万两,票拟错了,父皇的谕旨随之错误,且已发回内阁。第二日,父皇发现了这个错误,派内侍去内阁取回那道少算了二万两银子的谕旨。大伴不赞成父皇的做法,赶到乾清宫对父皇说:

"上出言岂可反汗?!"

圣上说过的话岂能反悔,出来的汗怎能收回去呢?!

父皇感到惭愧,赶紧再派内侍跑到内阁收回刚刚发下的谕旨。

大伴说,父皇批票拟,往往批到夜半,而那时白银似的月色已经西沉,潜伏在东边的黑夜隐隐透出一丝淡红的曙光了。

大伴感到心疼。

周延儒是个水晶琉璃球,见到这样的情景便采取以退为进的办法请求父皇罢斥,父皇不允而温旨慰留。

那年正当辛未,全国的举子纷纷进京参加会试。按照惯例,内阁首辅阁务繁重,会试之事应交给次辅主持,次辅是温体仁。然而,周延儒为了扩大势力网罗门生,便越过温体仁做这次会试的主官,秘嘱分房考官在试卷弥封之前，偷看中式封号以便从中舞弊。江南举子吴伟业的本房老师李明睿仰承周的鼻息，将吴的考卷做些手脚安排在第一的位置上，周延儒便将其擢为冠多士 拔为会元，在众士之上 。温党薛国观侦知后立即将此事泄露，打算次日上疏参奏，周延儒觇知是温体仁在背后捣鬼，呵呵一笑不慌不忙，伸出手指掐算时辰，将吴伟业的卷子抢先呈给父皇御览，父皇阅后批了八个字：

"正大博雅，足式诡靡。"

薛国观立即泄了气。

然而，树欲静而风不止，这是你们现在常引用的话，周延儒那些日子对这句话体会得格外深刻。科道言官的奏疏刚刚消停，外出做监军的内侍奏疏又蝗虫般飞落到父皇的御案上。

本来，父皇御极以后，鉴于熹宗伯伯重用魏逆的教训，不再重用内侍，但自从皇太极入犯，父皇又开始重用这伙人，将他们委派边地做监军，但对内阁送来的票拟批红则坚持自己做，故而每天累得腰酸腿疼头脑发昏。按照当时的委派，曹化淳提督京营；王坤往宣府，刘文宗往大同，刘允中往山西，高起潜往榆关监督兵饷；张国元往蓟镇东协，王之心往中协，邵西韶往西协做监军；李茂奇往陕西监视茶马，张彝宪总理户、工二部钱粮。

一天，周延儒指示他的姻亲翰林院修撰陈于泰上疏攻击温体仁，温体仁则唆使被派往宣府的内侍王坤上疏弹劾陈于泰，而牵连周延儒。高起潜、刘中允等也接连上疏，直接参奏周延儒。给事中傅朝佑随即上疏指斥王坤身为内侍却妄干弹劾，且文辞练达，机锋挑激，非内侍可为，背后必有主谋之人险恶可知。都察院左副都御史王志道也上疏曰，近日内侍不知何故纷纷弹劾大臣，而首辅不敢发一言，岂非咄咄怪事，臣不忍轻开内臣擅议朝政之端，此为内臣越职，而流祸无穷,望圣上慎之,免为万世口实也。

第二天,父皇在文华殿召见群臣,问王志道:

"卿言内臣越职是何意思?"

"臣以为,内侍参奏朝臣乃至首辅,而首辅终不敢问一句,身被弹劾犹忍辱不言,实乃奇怪之事,此辈如何握得皇纲?"

"遣用内臣原非得已,朕已谕告甚明。尔等不自省察,只执着于王坤之疏,朕已责其污妄,却仍群臣举劾牵引内臣,岂处分各官皆内臣所作耶?"

"臣并无他心,只为纪纲法度担忧耳。内臣不得问政乃祖宗法度,非臣妄言。"

"内臣、外臣终是一体,岂可混说!卿于国家大计,不发一言,不设一策,独于内臣之疏喋喋不休,假借内臣要挟朝廷,诚巧佞之人也!"

"圣上所言极是,臣等辅理无状,表率无能。志道并非专论内臣,然不奏则臣等溺职。"

周延儒见父皇脸色难看,赶紧出班打圆场。父皇不理周延儒,继续对王志道说:

"尔执掌不修,立论沽名,何堪风宪之任!"又对周延儒说:

"卿辩王坤之疏,日后可入史书之中,也甚好看!"

父皇冷冷甩出这么一句话便去暖阁休息了。

王志道当即退下,引罪乞罢。周延儒也惶惶然,温体仁嗅到了扳倒周延儒的气息。

次日黄昏,夕阳还没有完全下山,阳光浮在西边天空银灰色的雾霭中,绽放出一种混杂灰尘气息的光线,温体仁突然到刑科给事中陈赞化家中拜望。

陈赞化住在东安门外澄清坊金鱼胡同,一座小小的三合院里,这几天正为房租犯愁,他已经拖了六个月,房东今早立着眼睛说,三天之后如再交不出,便将两个"山"字摞在一起,"请君'出'去!"温的来访,叫陈赞化吃了一惊,慌忙把他让进东厢书房。温体仁坐下喝了半盏茶,巡视四壁,说是书房,只是雅称,并没有什么书,只有几册不全的《靖节先生集》,胡乱摊在一只小巧的如意角牙平头书案上。北墙上悬挂一张平板黑漆横匾,阴刻涂银"梦陶簃"三字。下面中间是一张《三径就荒》图,两侧是一副对联,上联是"望云惭高鸟",下联是"临水愧游鱼",辑自陶渊明的《始作镇军参军经曲阿作》。匾小巧,字也小巧,温体仁站起来端详了一会儿:

"好好,好好。老先生雅兴。靖节常言'五六月中,北窗下卧,遇凉风暂至,自谓是羲皇土人。'朝廷之上的'羲皇上人'可曾听说?"

"这个么,……辅臣可有话讲?"陈赞化也不是省油的灯,温体仁来访便已揣知其意,但这事风险大,须慎重小心。温体仁笑而不语,叫家人提上一只暗青色的竹篮,放在桌上,指着篮里两只土色陶瓶说:

"这是吾乡的乌程酒,鄙乡虽为荒壤,然苕溪之水尚可酿酒。"

"辅臣厚爱,下官怎敢当此美酒。"

"'一瓶犹是乌程酒,须对霜风度泫然'。"温体仁捏捏东侧陶瓶的细长瓶颈,瓶口蒙着暗红的压花竹纸,便拱手而别。

将温体仁送走,陈赞化立即将两只陶瓶打开,西侧一只果然是乌程酒,东侧一只塞了二百两银票。第二天上午,陈赞化把房租交了。第三天一早(卯初三刻)便上了一道奏疏。奏疏的前半是周延儒滥权纳贿打击异己,后半则爆了一个惊天大雷:

293

"延儒尝语去辅李标曰：'上先允于放，余封还原疏，上即改留，余颇有回天之力。今上，乃羲皇上人也。'此系何语，岂非大胆小人无知妄言乎？"

羲皇上人是伏羲以前的远古之人，日出而作，日落而息，无所为而为，父皇是事必躬亲励精图治之人，怎么可以喻为无所为而为的羲皇上人？又，周延儒不过是辅弼之臣，怎么能自认为有回天之力？

看了这道奏疏，父皇立即召对陈赞化问："此话从何而来？"陈赞化曰："曾经听多人所说。"根据他的线索，又召来上林苑典簿姚孙渠、给事中李世祺、前湖广副使张凤翼等人为证，给事中朱又焕复参周延儒妄言托大辜负国恩。在铁证面前，周延儒虽然舌长擅辩，这时也无话可讲，只好以养疴之名躲在家中，听窗外大槐树上月光之下的乌鸦聒噪。过了几天，父皇委派鸿胪寺堂上官到他家中，敦促他尽快到内阁处理阁务："僵卧私第，殊非政体。"周延儒惊呆了，次日便向父皇引疾乞归，这次父皇没有慰留，很快派行人司 朝廷负责接待迎送官员的机构 的官员护送他回到宜兴故里。

然而，周延儒仍旧心存芥蒂，回乡途中便上疏力荐原大学士何如宠重回内阁做首辅，父皇认可何的能力与人品。何是南直隶安庆府桐城 今安徽省枞阳县 人，操行恬雅，与世无争，可是何深知内阁水深，温体仁鬼神机心，自己哪是对手，况且已安稳脱身，何必再蹚浑水？乃以疾力辞，但是父皇不答应。圣旨难违，只好上路，水滞风涩地到了临淮 临淮有多处，都在安徽 ，再次上疏请辞，这次父皇颔首了。何如宠高高兴兴掉转船头，凝视帆影透明漂浮，和着船橹摇出的绿色烟波，迤逦荡漾，融化在锡纸一样夕阳的光线里，不禁长长舒了一口气。

按规矩，东阁值房的第一间为首辅所居，没有取得正式首辅之称的，虽然按顺序排在第一，比如当下的温体仁也不可以进去办公。每天从那间房子走过，温体仁都憋着一口气，但也没有办法，这叫规矩。在这规矩的背后，他似乎看见周延儒双眼炯炯地看着他，呵呵笑着盯着他。然而，时间过得快，很快又到吃雄黄酒的端午节了，按规矩，这一天皇上对阁臣例有赐馔，中午时分，内侍搬来食盒（里面都是好吃的），阁臣照例谢恩。过了一会儿，大伴王承恩缓缓从殿外走来口传圣谕，改口称温体仁为首辅。温体仁向乾清宫的方向拜了三拜，又对他拱手道：

"深蒙次相照拂，感契之心何敢忘也！"司礼监相当于内廷的内阁，掌印者秩尊，视元辅；掌东厂者权重，视总宪兼次辅，也称次相，大伴掌东厂兼秉笔，故称次相。

"岂敢，咱家日后切望元老 内阁首辅的别称 提掖啦！"

众阁臣围拢过来，向温体仁庆贺，温笑道，今晚请诸位去登云楼饮酒，日后友爱精诚，勉力国是才好。说完，随大伴来到第一值室，大伴打开门，室内早已清扫擦拭得晶晶亮亮的。温体仁点点头便坐进里面。

也该他坐了。

周延儒走了，加之有的阁员请辞，内阁顿时缺了数名阁员。

七月，父皇举行了一场盛大廷试，父皇将根据考试者的成绩选拔入阁。

廷试那天热闹极了，穿绣金红袍、蓝袍、绿袍的，花团锦簇地耀人眼目。父皇那天穿了崭新的明黄九团龙袍，端坐在御案后面，内阁辅臣和各部尚书也都锦袍玉带立于阶上，廷试的官员则立于阶下，每人身旁放有矮凳几研。父皇笑吟吟道：

"廷臣才品，朕未遍知，今试写票拟，根据优劣以定取舍。"

说罢，命众内侍将一份奏疏与两张小柬，分送到几案之上。又说：

"众卿可将票拟写于柬上，一稿一誊。众卿成竹在胸，无需朕再说了。"

廷试官员谢恩落座，便埋头阅疏拟票。

那天，蓝天洗过一般，鸽灰色的磨砂云徐徐飘浮，花朵似的缀满天空，日光明媚地穿过云朵，投射到皎洁的玉阶上，闪动着叫人欣怵的光。大家都情不自禁地兴奋，但文震孟患病没有来，国子监祭酒倪元璐身体健康也没有来。没料到，七月二十六日内阁奉旨：

"文震孟、刘毓彤、张至发，俱升礼部左侍郎，兼东阁大学士，即行入阁，与首辅温体仁等协同办事。"

文没有参加廷试，却被父皇擢入内阁，属于皇帝特简，这是多大的殊荣！但是文却上疏乞辞，未被批准；八月二日复辞，父皇依旧不允；再欲坚以病辞，而被同僚劝住。我在这儿顺便诠释"阁称"与大学士的关系。在我们大明，阁称与大学士分为三个等级：初等是东阁大学士，中等是文渊阁大学士，高等是武英殿大学士。阁称之外，每位大学士还有实职，以周延儒为例：崇祯二年七月父皇特简他以吏部尚书兼东阁大学士，入阁参预机务；次年二月，加太子太保衔，改文渊阁大学士；六月，首辅成基命请辞，周延儒成为内阁首辅，改武英殿大学士。

成基命请辞，离不开周、温二位的"肤功" 重要功劳 。

先是，周、温联手倾覆钱谦益后，父皇特简周延儒入阁。周入阁后，推荐温体仁和姻亲吴宗达入阁，父皇认为温在朝中无党"孤忠可任"，父皇最忌讳朝臣结党，便降旨将他和吴以原官兼东阁大学士入阁办事。入阁后，温和周又唆使锦衣卫张道浚攻击首辅成基命，迫使成基命再次上疏请辞，这次父皇允准了，周便轻轻松松地升为内阁首辅。这是周、温的最后合作，之后便是二人恶斗，将内阁变成了名副其实的绞肉机。周延儒被"绞"走了，文震孟来了，对文，温体仁从来不当回事，书虫子而已，只要动动小手指，文就会坍台，而大不以为意。

按照规矩，新入阁的辅臣要持名帖、礼帖向宫内大珰致意。但是文先生是父皇特简，不在此例。

司礼监掌印曹化淳，是大伴的师傅，为人清廉，仰慕文的人品，托王安的侄子（曹化淳是王安的徒弟）持名帖拜见文震孟，传达致意，称印公有皈依文先生之意：

"若循例往来，老先生欲办何事，印公无不奉命。"

"极印公之力，使我不为宰辅耳。不为宰辅，于我何损？尔名帖既入，此辱岂能尽洗耶！"

文先生在心底厌恶阉人，认为大珰拜望是他洗不净的耻辱。

曹主动拜谒却被文坚辞拒绝，难免恼怒，自此与温呼吸相应，在父皇面前时吹冷风，父皇对文的态度逐渐冷漠了。文先生刚方贞介，有古大臣风，壬戌殿试后，有大珰以御批第一（文是那年的状元）持名帖报喜，接到人家的报喜总是要回复的，文却说：

"我是新进书生，不知如何写这样的回复，今姑以原帖奉复。"

有人说，这个大珰是司礼监当时的掌印王体乾，但是否如此也有不同说法，大伴说，文震孟是姜桂之性老而弥辣。

几乎与文先生入阁同时，父皇下了一道撤销边地各镇内侍监军的圣旨：

"朕御极之初，撤还内镇，举天下事悉以委之大小臣工。比者多营私图，罔恤民艰，廉谨者又迂疏无通论。己巳之冬，京城被攻，宗社震惊，此士大夫负国家也。朕不得已，用成祖监理之例，分遣内臣监视，添设两部总理，虽一时权宜，亦欲诸臣省咎引罪。今经制粗定，故将其监视总理等官，尽行撤回，以信朕之初心！张彝宪俟漕竣，即回监供职，惟关宁密迩奴寇，著高起潜削去总监字样，督理如故。"

诸臣传言，这是父皇采纳了文先生的建议而做出的决定。

入阁以后，他以为可以施展身手为民办事了。一天，父皇在平台和朝臣商议剿贼之事。文先生对曰：

"欲剿贼，臣以为应该先整顿官兵风纪。今调官兵剿贼，本以为民，乃官兵不能剿贼，反以殃民，以致民间传有：'贼兵如梳，官兵如栉'之谣。今唯严申号令，凡兵丁扰民为害者，必杀无赦！将官能钤束，秋毫无犯者，应破格优擢！"

父皇点点头，认为很有道理。文又说：

"民间合聚村堡，正是'人自为守，家自为战'的道理，官兵不得以索粮为名，肆行骚扰，违者斩！非如此则难解民之倒悬也！"

有一次，从杭州解来三万匹龙缎，内侍杜之秩在尚衣监 此人后来调到御马监做掌印，有人说是高起潜，但高那时在榆关做监军，不在京师 ，负责缝制御用衣服，这是个烂污坏蛋，假言龙缎不合格，其实是讹诈索贿，押解人认为质量很好，拒绝行贿，此事便纠缠起来。文先生对温体仁说：

"龙缎并无毛病，不能只凭内侍混说。即便如内侍所言不堪御用，然作为赏赐之物亦无不可，万万不可无端退回！何况三万匹龙缎，不是小数，不知耗费民材几十万者，若尽行驳回复造以进，则民力费尽,而民不堪命矣!"

"你的意见?"

"内阁不妨拟出一揭,上奏明主,乞行暂收。以后不得以不堪者塞责!如何?"

温体仁眼睛不眨地看着他。第二天内阁发出票旨,却是将这批龙缎尽数驳回。这三万匹龙缎若干年之后才补齐,但那时的大明已经湮没在苍晦的冥河里,早已物是人非,解来的龙缎堆在库房里无人过问(已经不适用于新朝),一天一天糟朽腐烂了。

文先生是状元出身,诗好法书也好,精于法度而痛快沉着,大伴曾经携来他的一首七律行书法帖供我临摹,至今保存在我的并没有什么服饰的衣箱内:

> 鸣珂新直上蓬莱,云海晶荧曙色开。
> 遂侍衮衣瞻日月,还亲仙杖拥风雷。
> 炉香不动南熏静,帝座高临北极回。
> 如觉天颜微有喜,充庭应见济川才。

这诗的题目是《鸣珂》,应该写于文震孟被父皇特简之后。

"济川才"援引《尚书》中的一个典故,意思是大臣辅弼君主渡过大河。文先生自信有这个才具。我在大朝会时见过他,但那时年纪尚幼,看人粗略,得不出深刻总结。有人描述他:生而奇伟,眉棱上指,目光射人,与世间所传文信国图像无异。他是大宋文丞相的苗裔,故而相近。

入阁后,温体仁拟旨每每征求他的意见,文先生认为这是尊重他,喜滋滋地对同僚何吾驺说:

"温公如此虚怀，为什么总有人说他奸诈？"

"此人伏机甚深，公要谨慎待之，莫要轻信被他耍了。"

不久，温体仁窥其疏误，认为文先生拟票有所不妥，让他改正。其实不改也可，无非是文风不同而已。文自然不改，温岂是好惹的？一言不发径自提笔抹去，文很是难堪，一时冲动，抄起一摞奏疏掷到温的面前。

不久，又发生了许誉卿事。许是袁将军的故交，前边已经说过。许誉卿，字公实，华亭（今上海市松江区）人，万历四十四年丙辰科进士，熹宗伯伯时，因为弹劾魏逆而直声满天下，凤阳皇陵被焚，他弹劾温体仁身为阁首有失戒备应该检讨，遭到温的嫉恨。这年，许誉卿按年限应该升职，但温体仁反将其降职外放。文先生与温体仁理论，反被倒打一耙，指斥文给许站台，许誉卿不欲外迁，是为了营求美官，留在朝中好把持要地。文先生说："说话要有凭证。"温体仁不回答，只是飞快地写出一张票拟："许誉卿大干法纪，著降级外用。"次日，又改为"大干法纪，著销籍为民。"文先生气愤地说：

"科道之官成为平民，是天下最光荣的事情，多人求之不得，敬谢老先生玉成之！"

许誉卿先后在礼科、工科任给事中、都给事中，不过是七品、六品的官儿，已有十四年之久，与他类似资历的早已经不乏堂上官，比如吏部尚书谢升为人慵懦，比他尚晚进两年，而他却还沉沦下僚，可见官场并无是非也无能力标准，往往是一锅杂拌粥，煮来煮去，这就要看师傅的厨艺。但父皇不是厨师，而且即便眼睛雪亮，毕竟不是火眼金睛，何况父皇又不是齐天大圣呢！

许誉卿离京时，给父皇上了一道奏疏，参劾温体仁希宠用事，凡正人君子必百计摧折，以至贤人解体，救过不遑。温体仁一面答辩，一面另上一疏，向父皇揭发文先生"科道为民，乃极荣之事"是大不敬：

"皇上所以鼓励天下者，是因为有这些官职、爵禄、封号，文某深荷上恩，以心腹股肱之臣，难道不知道这个道理，岂应作此悖论灭法之语乎？"

父皇果然震怒，同时殃及何吾驺，父皇批道：

"吾驺、震孟不宜徇私扰乱！"

二人立刻具疏引罪，父皇下旨：

"许誉卿削籍为民，何吾驺致仕，文震孟冠带闲住。"

从父皇特简入阁，到父皇下旨冠带闲住，不到三个月，文先生成了任期最短的阁员。

回到家中，黄昏如同沙子一般粗粝地飘落下来，文先生脱下冠带袍服与那双破旧的黑靴子，坐在椅子上愣了会儿神，请老妻端来一杯苦丁茶，饮了两口，便伏案疾书起来：

紫烟浮动蔚蓝天，定有祥云捧日边。
国士怀惭叨宠遇，家声遥接仰名贤。
光生御笔龙章焕，色映宫罗凤彩鲜。
报主正从今日始，雄文谁拟勒燕然？

这是他的一首旧作，题目是《胪唱纪恩》。不知今天如何涌上心头，随手抄录，不禁落下几滴清泪。月光昏沉地升上来，宛如融化的锡铅流动，和着泪光浸湿了他的白色衣襟。

报国有门槛，并不是你想报国就可以报国的！

2

罪己诏

帝德好生，降罚必有所致。久祈不应，乃朕躬之悃诚未能上达，朝廷之德泽不能下沾。如张官设吏，原为治国安民，今出仕专为身谋，居官有同贸易。催钱粮先比火耗，完正额又欲羡余。甚至已经蠲免，悖旨私征。才议缮修，趁机自润。或召买不给价值，或驿递诡名轿抬，或差派则卖富殃贫，或理谳则以直为枉。阿堵违心，则敲扑任意；囊橐既富，则解网念工。抚按之荐劾失真，要津之毁誉倒置。又如勋戚不知厌足，纵贪横于京畿；乡宦减弃防维，肆欺凌于闾里，纳无赖为爪牙，受奸民之投献，不肖官吏畏势而曲承，积恶衔蠹生端而勾引。嗟此小民，谁能安枕？似此种种，足干天和。积过良深，所以挽回不易。都着洗涤肺肝，共竭悃诚，仰祇天意。

元宵节之后，将近四个月，黄河以北没有落过一滴雨，原本应是绿油油的土地，现在却现出死一般的浅褐，皴裂出纵横交错的断纹。后苑花木，如果不是内侍从金水河里挑水灌溉，也早已枯萎。

父皇急得嘴上起了大白泡。

按照祖宗规矩，凡是遇到水旱灾异，皇帝或者独自祷告，或者在后苑露天之地祷告，或者在奉天殿的丹陛上祷告，或者派官员去郊庙祷告。嘉靖八年春，世宗爷爷祈雨，亲自撰写祝文，去南郊的山川坛祷告，次日又到社稷坛祷告。祷告的时候，一切从简，世宗爷爷没穿祭服，只穿戴了浅色衣冠，不陈设仪仗、不肃清御道、不设配祀，不奏乐。

那天，天气暴热，从南郊好不容易回到大明门，队伍刚刚解散，一位兵部主事，便从衣袖里抽出一把折扇拼命挥动。一位御史发现他这个举动，当即弹劾：祈雨的活动刚刚结束，便如此不能忍耐，仍然属于失仪。为此，这位兵部主事被罚俸半年。

后来，按照大学士夏言的建议，在天坛泰元门东侧修建了一座崇雩台，祭祀时主祭的对象是雨神，太祖爷爷作为配祭。夏言说："久旱不雨，就要做大雩之祭。古代做大雩时要奏盛乐、演皇舞，通过音乐和舞蹈，激发天地的阴阳之气而产生甘霖。祭祀时，要献三次酒，也就是三献（初献、亚献、终献），同时奏九次乐，最后演奏《云门》之曲。"

《云门》是帝尧时代的乐曲，取云出于天，雨出于地的意思。夏言建议，在《云门》的基础上，再增添数阕鼓吹之曲，让一百名身穿青衣手执羽毛的舞童，围绕崇雩台，边舞边唱新谱的有九个章节的《云门》之曲。

世宗爷爷听从了他的建议，十七年，亲自登上崇雩台祷告。那天他身穿青衣，宰杀了一头牛做牺牲，与若干熟食祭祀雨神。

翌日，果真油然而云，沛然而雨了。

父皇在《罪己诏》中，谴责自己，也斥责朝臣，斥责这些官员，将出仕作为牟利手段，辜负了上苍勤政爱民的嘱托。父皇在文华殿修省，下谕朝官们在衙门里修省，詹事府是一座冷衙门，在父皇的要求下，在那里供职的，平日不去衙门（经年不去一次）的官员，大小官员二十人挤在一间房子里，一时传为笑谈。他们为什么不分开在不同

303

的房间修省，不得而知。日后方便时问太子哥哥，兴许他会知道。_{詹事府是教导太子的衙门，基本无公可办}。

其实，父皇也不那么舒服。前三天不得吃荤，不得亲近女色（不能临幸承乾宫，这是好事），后一天在省愆居里修省。省愆居也不是好去处，那是一座木栅式的小房子，距离地面三尺，不与任何建筑接触，简单说就是一座木笼子。看到父皇身穿青袍，坐在里面闭目修省，我觉得父皇在那时变成了一只绿彩盈盈的大螽斯。说这样的话自然是大不敬，但我当时的确是这样想的，只能如实写在这里。

然而，这样可以求得上苍的垂怜吗？

祈雨那天，父皇穿了一件月白色的苎罗长袍，黑靴子、白头巾，像是一名进京赶考的俊秀书生，锦衣卫的将军们前后左右围住他，后面是文武大臣，年迈羸弱的在衙门留守，身强体健的跟在父皇身后，即便不陈设仪仗，队伍迤逦得也有一里之长。因为是父皇出行，正阳门箭楼的正门打开了（平日不开，百姓出入走瓮城左右两边之门），穿过正阳门，便是正阳桥，再前是一座有五个门洞的牌楼，俗称五牌楼，大小额枋之间，镶嵌一块长方形的汉白玉石匾，曰："正阳桥"。穿过五牌楼，便是正阳门大街[1]，酒楼歌榭，店幌飘拂，店面的冲天牌楼有高至三丈者，金绮珠玉堆积如山，白昼时目迷五色，夜晚则灯光烛天。按规定，这条大街两侧的商家不可以建明楼，只能够建暗楼——二楼前檐比底层的前檐要后退三尺。这种建筑形式，是出于防备刺客，但那天还是出事了，而且是大事，闹得沸反盈天。

那天，父皇刚刚走出五牌楼，牌楼西侧的喻明斋和牌楼东侧的登云楼底层前檐上，就是那后退三尺的地方，突然各自站出十数名强人，白衣白裤白色的靴子，每个人都扎赪色头巾，蒙着青布面罩，只露出双眼，张弓搭箭，每张弓都涂着红漆，向祈雨的队伍凶狠射来。锦衣卫的一个千户眼疾手快将父皇推向五牌楼夹杆石的侧面，说时迟那时快，一只白翎利箭"嗖"地射来，紧擦着父皇的右脸射了过去，刺进父皇身旁一个内侍的肩膀上，那个内侍应声倒下，如果不是那个千户将父皇向后推了一步，那支箭就射进父皇体内了。锦衣卫刹那之间围拢过来，将父皇团团围住，但是喻明斋和登云楼上的强人不住手射，一时真的是箭如雨下，牌楼的立柱与戗柱的侧面插满了箭，正楼和边楼的脊兽也都被射碎了。不时有内侍应弦倒下，父皇十分狼狈。突然，安东从队伍的后部跑过来——神机营作为殿后的部队，以夹杆石为掩体，举起鸟铳，瞄准射击，火光闪处，屋顶上的强人接连有人倒下，这就争取了时间，锦衣卫慌忙取来卤盾，纷纷躲在卤盾背后向屋顶上的强人还击。三弟和刘俊鼎带着五营的士兵也掉头跑过来（他们在队伍的最前面），将喻明斋和登云楼团团围住，但是没想到的是，那两家店里藏有不少白衣强人，很难攻进去。锦衣卫指挥使请示父皇用火攻，父皇坚决不允，此地商店毗连，屋檐相接，倘用火攻，岂不火烧连营，商家遭殃？锦绣般的正阳门大街岂不烧成白地！今天徒步求雨，本为救民，雨没求来，怎能再去放火伤民？！

父皇看看喻明斋和登云楼，命令安东带人用火器压制，火器凶猛，屋顶上的强人被迫退进底层了。

父皇与文武朝臣迅速掉头，后队变前队，退进大明门，在承天门里西侧的社稷坛举行大雩之祭。

喻明斋是一家做糕点的商店，前店后厂。门脸三间，进深五间，在寸土寸金的正阳门大街，是家大字号。老板姓徐，来自姑苏大柳枝巷，原是一个沿街叫卖的小贩，风里雨里走街串巷数十年，盘下这间铺面，雇了一个门里出身擅长烘焙做南点的师傅，一不小心火遍了京城。中秋前后，喻明斋一天生意可抵隔壁兰馨记半年买卖。兰馨记的老板恼得跺脚，但有什么用呢？

　　道东的登云楼，是温体仁请阁僚吃饭的地方，是一家闻名京师的热庄子，以煮白肉著称，尤以秋季的蟹宴最为老饕钟情，他家的蟹是关外两年生，不比江南的一年蟹而膏肥肉美，当然还有自造的露酒，号称"今夕玉露"，醇香可口。这两家老板做梦也想不到自己的店，有一天竟然会成为强人窝点！昨天下午那些强人就把他们控制了，换上伙计的工服在店里跑来跑去，以掩人耳目，今天一早便将店门紧闭，准备伏击父皇。

　　三弟、刘俊鼎与安东凑集一起，进攻喻明斋和登云楼，白衣强人虽然英勇，但毕竟寡不敌众，不久便失守了，但还是跑出两位。一位向南跑，一位向东跑。向东跑的那位跑到孝顺胡同 今仍存 后，便向南折，跑进鲜鱼巷[2]，再向东折，准备过河时，恰好有个送水的山东小力巴（才12岁），好不容易把水车推上桥，力气（洪荒之力）已然用尽，再也控制不住，那桥是白石的罗锅桥——下面是纤细蜿蜒的三里河[3]，两侧是招幌翻飞望衡对宇的店铺，连人带车滚下桥来，恰好撞到那个向东跑的强人身上，将他撞翻在地，被后面追赶他的刘俊鼎捡了便宜。

　　向南跑的强人速度飞快，接连跑过廊房头条胡同、二条、三条、四条。他在前面跑，三弟和安东在后面气喘吁吁追，心都要吐出来了，追到四条[4]路口，那个强人倏然不见。有个蹲在墙根的老翁，向他们眨眨眼，抽出嘴里（已然没牙了）的烟袋，向南边一指，南边是六必居做酱菜的园子，三弟他们闯进去，瞥见一只丢弃的面罩与赭色的头巾，掌柜的嘴唇哆嗦着说不出话，只是不停地把手向后指，后面一大片空场,蹲着几十只栗色陶瓮,上面覆盖尖顶的青色箬竹斗笠。三弟与安东带着士兵一只一只掀开,当掀开第十三只箬笠时,从陶瓮内蓦地冲出一个强人,白衣白靴早已被腌菜的绿色卤水浸透,仿佛绿水鬼,湿漉漉地挥刀向三弟砍来,打了两合,三弟与他便都呼呼喘气,龇牙咧嘴,各自把刀丢下,依着陶瓮虎视对方不说话。安东举起三眼铳,三弟喊道:

"不要开铳!"

安东让跟来的士兵把强人捆住双手押走。

后来知道了这个人诨号叫金眼雕,刘俊鼎抓获的那个叫卷毛忽律,他们的真实姓名都忘记了。

当天晚上,大伴在东厂大堂突击开审。

金眼雕、卷毛忽律与另外逮住的四个强人坚持不说,直到动了大刑方交代他们背后的主使是个红鼻子,在后门桥火神庙悬壶卖药,就是给炜肜治病的那个红鼻子蓝大夫。大伴命令锦衣卫与东厂联手立即抓捕,赶到火神庙时已经跑了。于是把火神庙当家的道长抓来审问,道长说这个姓蓝的是隆福寺住持圆融大和尚推荐来的,但是圆融说他也不认识这个姓蓝的大夫,把他推荐来的是广福观僧录司的长官,而这个长官的背后是曹化淳,事情到此没有办法追查下去了。

虽然如此,那个姓蓝的大夫还是要捉。金眼雕交代,蓝在九龙山有一处住所,于是众人又奔向九龙山。九龙山[5]在通惠河二闸深沟村南边,是一座不大的土山,东西有二里长,漫山是野蒿与酸枣棵子,雨水盛大之时,积水从山顶流下来冲出九道水沟,九龙山之称便由此而来。

山顶有一座观音阁。

大伴来到九龙山时夜色已深，月光颟顸地从东边天际爬上来，宛如一只朱红色大甲虫。观音阁是一座合庙，只有一座大殿、两间偏殿和几间堆房。偏殿分别供奉真武大帝与王三奶奶神像。观音阁的住持原是一位老尼，前几年突然亡故，换了一个异性道长。

却说大殿灯烛晻然，脊檩下方悬挂三块横匾，左边曰"常行六度"，右边曰"甘露普润"，正中曰"有求必应"。佛龛上面的金漆有些脱落，正中供奉四十臂观音大士，两侧是放金光的眼光娘娘与放霞光的送子娘娘。顶棚上灯花的贴金都黑了，浅红的柱子斑驳地露出灰色地杖。

住持是位矮个子道长，花白胡须，说话时眼光一闪一闪，一个小道童眉清目秀的搀着他的右臂，说前几天不小心跌了一跤。

大伴问他：

"仙客贵姓？"

"贫道姓宋。"

"宝山可有一位姓蓝的大夫？"

"有的。住在南山坡下。你们抓他时务必小心，此人通神会法术的。"

道长小心翼翼嘱咐。大伴谢过道长，急急奔下南坡，可惜迟了一步，蓝在一个时辰之前已经带着家室逃跑了。大伴愣在那里，突然想到矮个子道长，眼睛里有一闪的贼光，慌忙返回观音阁，大殿里灯烛荧煌依旧，但老道和道童已然不见踪影。众人冲出山门，北边山坡上的蒿草被压倒一片，贼道显然是从这里溜下山去了。

立刻发出海捕文书，三天后在三河捉住了蓝，而宋却从此在人间蒸发不见。据说缉拿红鼻子蓝大夫时，京师蹬白靴的东厂番子和三河县穿黑官衣的捕快，牢记宋老道的嘱托，向他和他的山妻淋了不少狗血猪尿一类法物，以防他用妖术逃遁。审讯时弄得大堂臭气熏天，大伴捂住鼻子，还没打屁股，蓝就交代了。指使他的是一位叫占役礼的军人，原在客氏手下当差。蓝与他相识是因为看病，每次诊金都是二两银子，时间长了成为朋友。前两天，占役礼突然请他帮忙去正阳门大街，看谁家的店铺距大街最近，走了一圈回来，蓝便推荐了喻明斋与登云楼，他听说行刺父皇后吓破了胆，慌忙带着家眷溜回三河老家，原想和山妻在乡间避祸，没承想却被连根端了。大伴问他：

"你可认识那些穿白衣的强人？"

"回堂上大人，小人不认识。"

"他们为什么认识你？"

"小人真的不知。"

红鼻子蓝大夫脸色茫然，用你们今天的表述是"蒙圈"，连连磕头，额角都沁出血，红鼻子更红了。

翌日，再提审金眼雕和卷毛忽律，他们的确不认识蓝，所以说认识，是因为占役礼让他们这么说（让蓝背锅），事成之后每人可以得到一两银子，没想到却落到这样的结局。他们也不知道占役礼去哪儿了，再打就是混说，真的打死也不知道，只有头儿和占役礼有联系，那个头儿人称巡海夜叉，已被官兵用三眼铳射杀。

金眼雕和卷毛忽律供：

"占役礼说，大明衰微，他们在大内有三千阴兵，只等首领号令，内外联手，江山就易主了。有功之臣都要封侯封伯的。"

"你们为什么要伏击圣上？"

"小人并不知晓，但教主差遣，谁能不来？（他们是白莲教）我们不知道是皇上祈雨，知道了打死也不会来！"

他们犯的是叛逆罪，根据大明律法要千刀万剐，知道了谁敢来！

309

这些人都是京畿一带定兴的穷户，依靠打零工谋生，定兴那个地方摇煤球的多，说起话来——"你这白菜木而卖滴"，有一股"怯"味。

父皇祷雨之后，依旧没有一丝云影，天空蓝得灼人，白色的丹陛迸射银光，而让人产生无名焦躁，父皇急得无可奈何。

右喻德黄道周上疏：

"求雨本为济民，即使今日下雨，庄稼已然枯焦。云行雨施，品物流行，以成德为行而日可见之行，圣人爱民，大德曰生，民感动则上苍感动也。"

黄道周建议减免今年河南、河北、京畿三地税收，父皇当即颔首允准。

第二天，突然乌云滚滚，从东南上空疾驰奔来，泥土色的雨点携来泥土的腥味，在雷电的悸动之中骤然而至，下了一场多年不见的透雨。父皇高兴地在乾清宫的丹陛上走来走去，龙袍下摆上的海水江崖，在飘落复跳起来的雨帘里寒冷地不停抖动 _{龙袍下摆斜向排列着许多曲折线条，称水脚；水脚之上是翻滚的波涛，正中立有一块山石，周围有祥云点缀。整幅图案的意思是：福山寿海，一统江山}，不一会儿，前胸背后的龙纹都湿透了，紧紧贴在身上，而绣在衣襟里面的那条小金龙却挣扎着跑出来，活泼地在雨水里嬉戏。父皇抑制不住伸出双手，高高地仰起脸，疯狂地向闪烁雨点的暴动的天空呐喊，放肆地不要任何颜面地大声哭泣，把长久压制在心中的委屈宣泄出来，一瞬间他突然感到自己真的是上苍之子了。

晚上，父皇着凉了。大伴传来太医，服了两剂药，渐渐平复，又在承乾宫里温存了两日，父皇的体温就正常了。

注释：

[1]今称前门大街，明代街宽大约120步，是现在的两倍。大街东侧有查楼（今广和剧院），西侧有六必居（酱园）。入清以后，在查楼和六必居前方沿线修建商店，从而把前门大街一分为三，即大街、东里街和西里街。西里街是珠宝市、粮食店；东里街是肉市街、布巷子。

[2]今称鲜鱼口街，在北京东城前门大街东侧，与大栅栏相对。

[3]三里河是一条为了泄水由人工挖掘的小河，北口在前门瓮城东南与内城护城河相接，沿着孝顺胡同东侧、长巷头条西侧、南芦草园东侧，蜿蜒流淌，流到外城南护城河内。

[4]今称大栅栏街，在北京市西城。

[5]九龙山在今北京市朝阳区西大望路以东，百子湾路以南处。曾经是那一带的地理标志。今已无存，原来耸立的土山已然削平，建设了高楼小区。

3

盼望着，盼望着，七夕终于来到了。

这一天，我们都换上了鹊桥补子，换了新补子，心情变得轻松愉快起来。与往常不同，往常换补子，内臣总是跟在宫眷后面，同时更换同样的补子：腊月祭灶，换葫芦景补子；元宵赏月，换灯景补子；端午节，换五毒艾虎补子；冬至节，换阳生补子。这些内臣总是跟在身后，讨厌得很！这次他们没的跟了。

关于补子，简单说就是在衣前衣后缀一方带有图案的织物，文臣是飞禽，武臣是猛兽，作为官阶标识。与官员的补子不同，宫眷的补子则与节令相对应，今天的鹊桥补子就应和了七夕故事。我这个补子的图案有一只大眼睛喜鹊、一条宽阔曲折的蓝色河流，河的这边是牛郎，另一边是织女。底色是大红的，与蔚蓝的天河相搭，既触目又柔和。我们皇宫西侧也有一条蔚蓝的小河，婉转流丽波动，绿柳飘飘遮掩一座红色栏杆的小桥；皇宫的东边也有一座桥，桥下生满了菀葧的绿色蒲苇，西边的称织女桥，东边的叫牛郎桥。我曾经走过这两座桥，当时心里很是兴奋，是一种莫名的兴奋，是小女孩将要成年之前的一种情绪波动吗？

为了迎接七夕，工匠们在坤宁宫前面搭了一座乞巧山子，缠上红丝带，喜气洋洋的。清晨，慈宁宫的女官指挥内侍，在山子的孔窍内放上盲盒，让未婚的小姑娘去摸，摸着什么就是什么。摸盲盒的小姑娘有数十名，她们是太奶奶慈宁宫、婶婶慈庆宫、母后坤宁宫、田妃承乾宫、袁妃翊坤宫、妹妹昭仁宫与我的景仁宫里的宫娥，当然还有我与昭仁妹妹。我过去觉得昭仁妹妹有些傻，而且不美丽，这次突然发现，小姑娘并不傻，精得很——至少比我精，而且漂亮起来了，这是后话，以后有机会再说。大家都换了新的鹊桥补子，在女官的导引下，来到乞巧山子前摸盲盒，每人只有一次机会，盲盒都一样，天蓝色的锦盒系着红帛带，看着就让人欢喜。

有什么好挑选的？我随便摸了一只就离开了。

摸过盲盒之后是乞巧。

内侍端来十几个水盆，放在乞巧山子前面，又有内侍端着十几只浅口的淡黄色木盒走来，木盒里放着乞巧针，这是一种特殊之针，所谓特殊就是分量轻，一只盒里放四支。针，由兵仗局提供。兵仗局是制造与存贮刀枪、弓箭、红衣大炮、佛朗机之类的内府衙门，但也负责制造一些精巧的日用器物，锤子、钳子、刀剪以及缝衣服的针之类，为什么这样安排，我至今想不明白。

宫中乞巧与民间没有什么两样，都是前几天在盆里注满水，放在太阳下面晒，等盆中的水生出一层薄膜，七夕那天中午，将一根细针，小心翼翼放在水膜上，谛视针在水下的倒影。影子是变化的（千变万化），或者如花如云，或者如椎如线，根据不同形状进行判断，如果像花朵、像鸟兽、像云彩、像弓鞋或者剪刀的，就是巧，小姑娘就高兴；如果粗得仿佛洗衣服的棒槌、细得宛如蛛网上的丝，那就是拙，小姑娘便不高兴。我从木盒里取出一根针轻轻放在水膜上——一定要平放，千万不要把水膜扎破，扎破了针就掉进水里了。放好了，针在水膜上打了个旋，安静地浮在水膜上一动不动，看水底下的倒影，隐约出现了一个白衣大士的面影，和蔼地展开笑靥，然而只闪烁了一下便消泯了。再看，针已经沉入水底。

我高兴得跳起来，这真是乞得巧！

下午，炜彤走过来，她被封为永昌公主后，搬到慈宁宫与太奶奶住在一起了。负责"尚仪"的宫娥一时还没有选上来，因此我身边暂时只有负责管理衣服的"尚衣"绛雪，负责管理膳食的"尚膳"柔莪，负责灯烛等工作的"尚工"思筠。说到盲盒内的礼物，炜彤是一只银色的大雁，绛雪是一双宫鞋，柔莪是一个香囊，里面放着一粒玫瑰红的珊瑚珠子，思筠则是两条金鲤鱼，都比我的好。我摸到的是一方手帕，裹着一支毛笔、一枚如意、一粒小金锭，所谓"必定如意"的意思，俗得很，我随手送给了刘妈。后来听说，昭仁妹妹的盲盒里是一枚古钱、一枚核桃，牛郎挑着担子绕着核桃走，两个筐里分别坐着男孩与女孩。昭仁妹妹并不喜欢，随手就撇了。

看到银大雁，大家都笑了，我们都知道她与刘俊鼎的故事，思筠

313

笑着说：

"要是喜鹊就好了，怎么不是喜鹊呢？"

"是喜鹊。"柔荑眨眨眼，抿着嘴说。

"是喜鹊，是喜鹊！"绛雪尖着嗓子喊。她皮肤雪白，五官精致，可惜个子矮了点儿，但嗓音尖亮，摸到了宫鞋令她兴奋异常，因为这是难得的高跟鞋（这种鞋女官可以，宫娥不可以，只有主子恩赐，或者七夕盲盒摸到的才可以穿），可以提升她的身高。她今天摸到的鞋，大红樱桃撒满了鞋脸和鞋帮，一只黄嘴鹦鹉扑棱着官绿色的翅膀，从云端扑下来，要叼走一颗最大的樱桃。最妙的是雪青色的鞋跟上也绣了一只鹦鹉，昂起头，与鞋脸上的鹦鹉上下呼应，只是这只鹦鹉的翅膀是大红官绿，在青翠的豆绿中加了一点黑。

"喜鹊头上没有羽毛，这个是大雁！"

炜彤的脸飞起红晕——喜鹊在七夕给牛郎织女架桥，脑袋上的羽毛被踩秃了。大家都笑了，这是我在宫里少有的开心日子，独对青灯，炜彤、绛雪她们俊俏的小脸，今晚想来还在我的眼前联翩浮动，桃李春风花开日，梧桐叶落秋雨时，狂风夹杂沙砾抽打瑰丽芬芳的宫阙，群山哭泣，逆流血一般的泪水，我们紫罗兰一样美丽的大明，就这样，花朵一般出人意料地陨落了，竟然过去了整整一个甲子！

七夕那天，刘俊鼎本应回来的，他前些日子去秦晋公干（剿匪），原本计划之前赶回来，可惜赶不回来了，他已然身不由己，他现在是中军的副指挥使啦！

晚饭后去西苑。

按照太奶奶的意思，原想去兔儿山 明代为西苑内的御园，有山称兔儿山，高五十丈，山上有借鉴亭、清虚殿等。其地后来称图样山胡同，位于惜薪胡同北

314

侧与石板胡同之间，已不存，内侍查看回来说，地方是不错，殿庑辽阔，游廊曲折，是赏月的好处所，可惜久无人去，过于荒芜，而且那个地方大仙多，晚间去怕不安全。

袁妃提议去广寒殿。

她说，元代大内有九引台，是当时后宫的乞巧之地，但现在说不清在什么地方了。高耸的万岁山距月光最近，但是山上没有大建筑，广寒殿华贵壮丽，又在琼华岛上，月色潋滟地在海水里波动，是个好地方。大家听了都很高兴，难得放一天假，为什么不找个好地方！

说到广寒殿，由不得令人想到月宫，想到姮娥与芬芳的桂树，想到玉兔、吴刚与桂花酒。有一位白头宫女（她有些糊涂了）说，仁宗爷爷朝，她曾经去过那里，真的见过一只白色的长耳朵兔子，一跳一跳地在桂树下跑，月光玲珑地从树上飘下来，满树都是硕大的花朵，仿佛滚了一层金粉，那天的月亮真白真大真圆，几乎把西苑的宫殿吸进去了，而桂花酒又稠又甜，没几口就醉了。老宫女曾是连续多年的穿针状元，眼睛昏花得已经七旬开外，但锐气不减，她说，如果太奶奶允许，她愿意借这里的月光再次穿针，不会输给那些晚辈的！她的话我相信，因为高手穿针并不用眼看，而是靠手指摸。听了她的话，太奶奶笑了，让内侍搬来一把嵌宝喜鹊石榴南官帽椅让她坐在阶下，又让内侍搬来一只带托泥的小几，上面放着白玉盏，盏内盛满了桂花酒。

关于广寒殿，我在这里要多说几句，民间相传是辽朝萧太后的梳妆台，其实不是，原先是金章宗为李宸妃修建的广寒殿，后来倾圮了，元代的忽必烈在旧址上袭用旧称重建。广寒殿里文石甃地，蟠龙矫蹇于丹楹之上，里面还构建了一座小殿，也就是殿中殿，内设金镶玉龙榻 据说，现藏中国台北故宫博物院，小殿外面摆着两行带有脚踏

315

的葫芦麒麟交椅，这是议政大臣的座位；前方陈设一尊黑色酒瓮，把一整块的溟山玉掏空，黑质白章，雕镌着鱼龙翻滚于波涛之间。父皇曾经在这里举办过一次宴会，把三十余担酒倒在里面，也依然没有倒满。

广寒殿太大了，收拾起来很不方便，太奶奶让内侍将桌椅摆在前檐下面，丹陛上放了数十张交机，也就是马扎，内侍端来木盒。里面放着一支七孔针与七根五彩丝线，女官坐过来让大家坐好，便安静地说：

"可以穿线了。"

听了这话，小姑娘们便一手拈针，将纤细的针孔对着月光，另一只手将五彩丝线向针孔里穿。这些针也是兵仗局制造的，十分精细，但是针孔也格外小，如果是在白昼的阳光之下，尚可以不太费力地穿进去，但现在是月下，虽然月华如洗，但毕竟不能和日光比，好不容易穿进三个针孔，手指已经扎破两处，抬眼看见承乾宫的一个宫娥已经走到女官那儿，将穿好了七根彩线的针交给她，这位就是今晚穿针的状元了。

太奶奶、婶婶、母后和袁妃先后离开了广寒殿，炜彤陪太奶奶、昭仁妹妹陪母后也都走了，宫女们慢慢散去，只有刘妈和思筠她们陪伴我，月轮逐渐变小，银汉似乎触手可及，丝带般瑰丽起来，树冠下的暗影开始浓重，墨绿的海波不时翻腾银色浪花，有一道恢弘万分，整齐地将水波"哗哗"切开，在广寒殿值守的一位老宫监说，这是一条蛟，三千年鱼化蛟，再过三千年就化为龙了。"我与春风皆过客""谁携秋水揽星河"？这是你们现在经常吟哦的两句诗，三千年之后，在月光的微尘之下，乱云飞渡，我将在何处眺望星河隐约？短发萧骚襟袖冷，肺腑早已化为冰雪，我，我曾经的所有亲人、仇人与陌生者，在大化沧浪的寥廓里早已不知所踪，如何不痛惜也！

刘妈轻轻走过来说，该回去了。我点点头。刘妈又说：

"太奶奶今天不高兴。"

"为什么？"

"早几天老太妃就通知田妃七夕乞巧，但她上午没来，晚间也没有来，这就失礼了。"

"不来也好，看着她怪堵心的。"

"不是这个道理，这是宫中礼仪。你母后是后宫之主，也该管管她，不能太骄纵了。"

回到景仁宫，炜彤在大殿里等我，拿出一个金脸尖嘴的魔合罗递给我，这是无锡惠山制作，一个精巧的小东西，掂在掌心里沉甸甸的：

"谁送你的？"

"刘俊鼎。"她白嫩的脸颊泛出微红。

在我们大明，七夕送魔合罗是有特殊含义的，男孩送给女孩便是定情物，难怪炜彤的脸有些红。我读过孟汉卿的杂剧《张孔目智勘魔合罗》，通过魔合罗，侦破了一桩杀人凶案。在那部杂剧中，魔合罗不过是一枚小小道具，然而却通过这枚小道具，诡异地挽救了无辜者的生命而使真凶伏法。当然，这些话与今夜无关，在今夜，男女应该在月下密誓，誓做比翼之鸟、连理之枝，不在身边却在心间，譬如炜彤之于俊鼎，可惜俊鼎不在，只有炜彤孤身一人在月光下徘徊叹息。

看着炜彤在月下踟蹰的身影，我突然心生妒意。前几天母后告诉我已经为我选了驸马，因为再过一年我就十五岁了。十五岁是女孩子要命的门槛，应该嫁人了。我下嫁的对象是周姓男士，比我大两岁，

317

母后说此人品行端正,脾气也好,然而这是母后说,我是不可能在婚前接触他的,因为订婚以后,男女再也不能相见,只有在揭下红盖头的刹那之间,才能看到对方,如同摸盲盒,这是大明的规矩,公主也不能例外,不比炜彤与俊鼎青梅竹马耳鬓厮磨的,那是例外而令人羡煞。 长平公主始终没有见到她的那位"看一眼便可以定情一万年的良人",大顺军攻进北京城后,姓周的青年随同全家自尽,为大明尽忠了。古今如是,怎么想,都是人生悲剧。

那晚,她穿了一件松江府白绫袄,外罩遍地金碾光玫红绢比甲。比甲上有描金宾雁葫芦四合如意纹,圆领与衣襟缝缀海蓝绦边,其上是彩色刻丝折枝花卉,有梅花、牡丹、玉兰,盛开的与含苞待放的,十分优雅富丽。比甲上的图案是浅金色的,绰约地在微蓝的月光下泛出若有若无的幽微光影。

过了一会儿,刘妈走过来与她轻轻说了几句话,自从炜彤被封为公主后,刘妈对她的态度变了许多,当然是向公主方向改变,刘妈不适应,炜彤也不适应,见面时双方有时竟然不知如何称呼对方,让我与绛雪她们觉得好笑。

月色绵绵,虫声唧唧,在唧唧的虫声里,月色婉约犹如雨中的泪水,冰凉而伤感,我后来再也没有领略过这样瑰丽的月色了。

翌日听说,七夕上午田妃的母亲吴氏来到宫中,带来许多节令食品,又给承乾宫的宫娥每人发一个装了巧果的盒子。民间的巧果和宫中无异,只是略显粗糙。但吴氏的巧果为田府自制,并不比宫廷差,而且是南味做法,这是宫廷所不及的。

那天深夜,父皇临幸承乾宫,他与她,推开袅袅珠箔,月色里的眼光,幸福而晶莹地闪闪流动,宛如风中的枝叶柔软触碰,田妃含情凝睇，父皇呢？我不知父皇会说什么。这当然是我的想象之辞，我又不在父皇身侧，怎么会知道，这样的叙述属于揣测性废话，"我问青山何日老，青山问我几时闲"，不说也罢。

4

刘俊鼎回来了。

他明显高了瘦了黑了。他原本就高，因为瘦而显得更高。见到他，炜彤眼圈红了。如果没有旁人，她会扑进刘俊鼎怀里，看到二人这样情形，我，包括刘妈都知趣地离开了。

第二天，炜彤中饭后来到景仁宫，她虽然已经搬到太奶奶的慈仁宫，但只要有空儿，她还是跑过来，帮助思筠她们做事，至少给我画眉的活儿，没有人可以代替她。今天她给我画了一道曾经在大唐流行的八字短眉，又将我的头发向上拢做了一只椎髻，在上唇点了一个近乎黑色的红点，这是大唐仕女的标配妆容：短眉、椎髻、朱唇。八字眉又短又粗，近乎直立，多少有些倾斜，立在眼睑上方白嫩的额头上。如果不是担心母后不高兴，我一定让炜彤把我额头上的头发，也就是额发剃光，将额头向上拉，拉长额头的宽度，又宽又白的额头，再将眉毛剃掉，在这白白的额头上描画我喜欢的眉形。一张白纸没有负担，好画最新最美的画图，该有多好！在梦境里我反复思忖这个问题，但现实是，那是不可能的。

一天，我对着菱花镜将额头涂成蓝色，是那种暮色渐浓时幽蓝的颜色，我又将眉毛描为金色，不是那种弯弯细细的小山眉，而是宽阔的，仿佛两道门杆横在眼睛上，嘴唇则涂抹成带有金粉闪烁效果的红唇膏，我得意极了，炜彤看见大吃一惊，低头沉吟了一会儿说：

"殿下现在是我的师傅，我应该拜殿下为师。"

"炜彤殿下才是师傅，是我向你学习。"自从她被父皇封为永昌公主之后，我便改口称她作殿下。而她总是不好意思，每当听到殿下就要摆手说，我永远是殿下的奴婢，听了她这话，我总是感动得泪水盈睫，搂住她，她也搂住我，刘妈看见我们这样吓了一跳。

"画眉本来没有固定画法，只要美观就好。"她说。

"我的眉毛我做主，女人画眉只是为自己高兴，怎能只为取悦臭男人！那个臭男人唐明皇，竟然对女人的眉形进行限制，制定种种规范。"我那时说到男人，总要加上"臭"作前缀词，当然父皇、太子哥哥除外，三弟也是臭男人，何况他真的曾经跌进粪塘呢！

"是的。只要高兴就好！唐代的女人喜欢画立眉，画得越高，身份越高贵。"

炜彤今天画了一道涵烟眉[1]，在眉梢的位置上分出细叉，由深到浅，逐渐消失在额头的脂粉里。脂粉的颜色当然是根据自己的喜好。炜彤的额头今天没有涂任何颜色，只是将本色示人，光洁的小巧的洁白的额头任何人看了都舍不得离开。"芙蓉如面柳如眉"，只是描绘眉形而已，并没有说明美眉的精髓，那样的精髓岂是臭男人可以理解？当然，不同时代有不同理解，在时代的滤镜下，女人有什么办法？"世事一场大梦，人生几度秋凉。夜来风叶已鸣廊，看取眉头鬓上。"《西江月·世事一场大梦》只有东坡（不在臭男人行列）识得美眉与人世间的关系。写到这里，我不禁流下泪水，想到炜彤，那么一个美丽善良的小姑娘却死得那么惨烈，她本是桂宫里的一枝娇嫩花蕊，却被一阵无情的罡风吹袭而玉殒香消，叩舷而歌，今夕何夕？中国的女人，翻来覆去都是滔滔泪水，泪水滔滔，上天何以如此之无情耶！

炜彤说——这是她听俊鼎说的，山西与陕西都闹灾了。而且不是一年，而是一年接一年地闹，灾民饥饿，这时本应赈济，官府打开粮仓救济灾民，但是有的地方反而催收租子，逼得饥民揭竿而起。刘俊鼎这次就是去剿匪的，他说哪儿有什么匪，几乎都是没饭吃的灾民，陕西的灾民流到山西，山西也没得吃，又流回陕西，这就是流民；回到家乡自然依旧没得吃，于是造反，抢官府与大户的粮仓，抢完了一处，吃完了，再跑到另一个地方，抢第二处，这就从流民变成了流寇。

一天，大伴携来一份奏疏，他认为重要，让我给他读。大伴识字不多，虽然他手下有不少识字的"无根"秀才，但他对他们并不完全信任，遇到他认为应该认真对待的奏疏，总是带到景仁宫，让我给他读。刘妈说大伴，日后长平出嫁了，你怎么办？大伴说，那时我已经到庙里养老去啦。

这封奏疏是马懋才上奏的。马是陕北延安府人，天启五年进士，在行人司任职，他在奏疏中写道，他在早些时候去关（榆关）外解赏，后来去贵州典试，再后去湖广颁诏，奔赴四载，往还数万余里，看到了许多悲惨景象，然而这些都不如他的家乡陕西的惨烈与灾异。他悲愤而心酸地写道：

> 臣乡延安府，自去岁一年无雨，草木枯焦。九八月间，民争采山间蓬草而食，其粒类糠皮，其味苦而涩，食之仅可延以不死。至十月以后，而蓬尽矣，则剥树皮而食，诸树惟榆皮差善，杂他树皮以为食，亦可稍缓其死。迨年终而树皮又尽矣，则又掘其山中石块而食，石性冷而味腥，少食辄饱，不数日则腹胀下坠而死。民有不甘于食石而死者，始相

聚为盗,而一二稍有积贮之民遂为所劫,而抢掠无遗矣,有司亦不能禁治。间有获者,亦恬不知怪,曰:"死于饥,与死于盗等耳,与其坐而饥死,何不为盗而死,犹得为饱死鬼也。"

最可悯者,如安塞城西有粪城之处,每日必弃一二婴儿于其中,有号泣者,有呼其父母者,有食其粪土者。至次晨,所弃之子已无一生,而又有弃之者矣。更可异者,童稚辈及独行者,一出城外,便无踪迹。后见门外之人,炊人骨以为薪,煮人肉以为食,始知前之人,皆为其所食。而食人之人亦不免,数日后面目赤肿,内发燥热而死矣。于是死者枕藉,臭气熏天。县城外掘数坑。每坑可容数百人,用以掩其遗骸。臣来之时已满三坑有余,而数里以外不及掩者,又不知其几许矣。小县如此,大县可知,一处如此,他处可知,幸有抚臣岳和声弭盗赈饥,捐俸煮粥,而道府州县各有所施,然粥有限而饥者无穷,杯水车薪,其何能济乎?又安得不相率而为盗也!

且有司束于功令之严,不得不严为催科,仅存之遗黎,止有一逃耳!此处逃于彼,彼处复逃之于此,转相逃,则转相为盗,此盗之所以遍秦中也。总秦地而言,庆阳、延安以北,饥寒至于十分之极,而盗贼稍次之;延安、汉中以下,盗贼至十分之极,则饥荒稍次之。

最后的结论是"天降奇荒,所以资自成也"。自成就是李自成,曾经是榆林驿站的小卒,驿站被裁撤后,丢了饭碗,只好为盗。没饭吃就造反,就从民变为寇,朝廷派兵镇压,在寇与兵的挤压之下,黎民只能在隙缝中求生存,当然哪边的隙缝大,就依附哪边。依附的人多了就成为一霸,成王败寇,已经成了规律,天下大势就是这样。

大伴说,父皇看完这道奏疏,在乾清宫宏阔光滑的丹陛上,一个人——内侍远远站着,低头走来走去,看着白皙的月光叹气无语。

直到月光变黑了才去休息。

几个月后,在中极殿举行策问,这是选拔进士的最后一道考试,也就是殿试,阁臣们在上奏的试卷中,写了两道策问,供父皇选择。父皇看了不满意,这两道策问大而无当,与目下国事基本无关,父皇将阁臣拟的策问涂掉亲自写道:

与朝廷共治天下者,士大夫也。今士习不端,欲速见小,兹欲正士习以复古道,何术而可正?

建虏本我属夷,却屡犯不已,其故何欤?榆关等处,各有重兵,防建虏也。敌不灭而兵不可撤、饷不可减,今欲灭敌恢疆,何策而效?

且流寇久蔓,钱粮缺额,言者不体国计,每欲蠲减。民为邦本,朝廷岂不知之、恤之,但欲恤民又欲赡军,何道可两济?

尔多士留心世务久矣,其逐款对答毋讳,朕将亲览焉!

过了几天,父皇在文华殿召见内阁与朝臣,商讨应对建虏与流寇策略。在这之前,父皇听说文震孟生病,派大伴去文震孟家中慰问,对于文,父皇还是有感情的,不比对黄道周从未亲近。说到目下局势,文震孟沉默不语,过了一会儿,从书房拿来一道奏疏,请他转交父皇。奏疏的大意是：自榆关边事开启以来，战火频仍；饥馑繁冗，西北流寇不减反多，对前者和还是战，对后者抚还是剿，需要尽快定下主意。他说，自万历以来，天灾不断，而兵饷日增，小民元气为之大伤；魏逆用事以来，今日追赃，明日削夺，屠戮忠良，死无完骨，士大夫元气亦为之大伤。方今之世，犹如重病之人虽经调理，但百脉未调，基础未固，风邪易入，故而当务之急在于培元养气，圣上当养之以静，图之以渐，切勿杀机横据，冲决齿牙逞一时之快意。父皇看了很是赞许，在奏疏后面批道："培养元气，乃今日要务！"

但温体仁却不同意，认为"国事纷拏，非书生养气之时"。他的意见也未尝不对，父皇在文华殿暖阁召见他，问他有何良策。温体仁说：

"臣本愚鲁，蒙圣上擢拔，今建虏益悍，盗贼日盛，臣诚万死不足塞责。"

"卿有何良策直说无妨。"

"臣鲁钝，但票拟勿欺圣上耳。且票拟多未中窾。每经圣上批改，无不中意，臣唯有颂服而已，兵戎之事，或和或战，唯圣上明裁。"

说罢，温体仁磕了三个头。听了他的话，父皇一时无话可说。这个人不结党不受贿，不说让父皇不高兴的话，但每到关键时刻，需要拿主意时，温体仁都是如此搪塞：国家大事岂是臣下可做，唯待圣上裁夺耳！父皇在位十七年，换了不少首辅，唯独温体仁在位八年，时间最久，温体仁为了保住自己的相位，将内阁稍有能力的大臣全部驱除而换上平庸之辈，对于民变毫不在意，以致盗贼蜂起局势彻底糜烂。现在父皇向他求策，他却以圣上明断塞责，我不知父皇听了这句话怎么想，如果是我，一定将他拖到午门外痛打一百板子，之后发配秦地，让他也尝尝吃观音土腹胀而亡的滋味！

然而，事情却恰恰相反，新安卫千户杨光先上疏弹劾温体仁，斥责自他柄国以来，建房猖獗，流贼延蔓，却毫无治平之策：

"国危于上，而不求所以安；民怨于下，而不思所以恤，扶持之责安在？忠告之言不受，睚眦之怨不忘，休休之量安在？三者无其一，唯有引罪以去，庶几不误国家也。"

父皇斥责杨光先恣意乱政，下谕将他廷杖发配辽东。

上疏之前，杨光先早已买好一副棺木，准备以死相搏，根本不在乎那廷杖的板子。那天清晨，杨光先叫棺材铺（桅厂）的四名伙计抬着一具黄色棺木，放在午门之外的红墙下面，朝阳红彤彤地照在棺木上煞是扎眼。但也无人过问，皇城太大，人也太多，生老病死何日无有？因此即便看到一副棺木，也无人关心。黄昏时，杨光先被力士推出午门（午朝门）[2]，那四个伙计赶紧将棺木抬过来，放在午门西侧的空场上，准备收尸（杨光先在京没有家眷，借寓在一家同乡开的棺材铺内）。温热的夕阳，紧贴着阙右门金黄的屋脊笔直地斜射过来，将那具棺木照耀得光芒四射，宛如一只闪烁的金船，顺着夕阳之光摇摇摆摆地漂浮而来。看到这具棺木，大伴怔了一下，多年的廷杖虽然早已将他的心底磨砺出坚韧厚茧，但看到今天这个情景，还是免不了动了恻隐之情，由不得高喝："着实打！"同时将两只脚大大地摆出八字，行刑的力士看到，拼命喊得惊天动地，将午门城楼上的鸟雀惊吓得乱哄哄石块一般跌落下来，却保住了杨光先的一条命。那四个戴着白色孝帽子的伙计看到活着的杨大人一时惊呆了，刹那发愣之后，赶紧跑过去将他搀扶着坐在棺木上，抬回了那家位于桥湾的棺材铺。

注释：

[1]《红楼梦》中描写林黛玉的眉形是"罥烟眉"，或与炜

彤的"涵烟眉"有近似之处。将眉与烟联系在一起令人很难理解。眉与烟是什么关系？我的感觉是烟是淡雅飘忽的，相对于春山浮动，应该更加轻浅缥缈，那样一种形态。眉毛在中国的历史上曾经是女性的代言，是吸引男性的一种手段，或者说是男人喜爱女人的属性之一，而今却渐渐淡忘了。

[2]午门处于紫禁城南北中轴线的南端，是紫禁城的南大门，南方为"午"故称午门。午门兼有朝堂作用，所以也叫午朝门，每年冬至，皇帝都要在午门向全国颁发新的历书，称授时。午门之前有两座石亭，一座放测时的日晷，代表授时；一座放官方颁布的标准量具"嘉量"，代表立法度量衡。中国在历史上以农业为主，代表时间的日晷与代表衡器的嘉量，便成为代表皇权与国家的建筑陈设。

午门因为具有朝堂作用，因此鞭笞朝臣放在午门西侧，同时午门和前面的广场也就成了举行献俘的场所。

第十章　烈火战车

1

父皇对戚畹优渥。对母后、田妃、袁妃，所谓的外戚都不错。但是，话虽如此，还是有所区别。探花陈芝台是苏州人，母后也是苏州人，有一天母后指着陈芝台的名字说：

"此吾府探花也。"

这话本来是母后无心说的，不过是表示与陈是同一个地方的人而已，没想到，父皇却起了疑心，对母后说：

"既是汝家翰林，莫想做朕的阁老！"

真不知父皇是如何想的。虽然太祖爷爷为了防备后党乱政，制定外戚不得与朝臣结党的祖训，但是要看谁呀！我那位外祖父，说来不怕诸位笑话，原本是个穷儒，不过识得几个字，在苏州混不下去来到北京，在大明门外的天街上摆个算卦摊子维持生计而已。这样的人有什么头脑？不像田妃的父亲田弘遇，无日不招摇过市而与朝臣结纳。按理说，父皇应该严防田这样的人，田与东阁大学士兼兵部尚书杨嗣昌交往甚深，依祖制，父皇不应该重用此人，但却恰恰相反，父皇对杨嗣昌充满好感与信任。外廷传言，这就与田妃有关，至于田妃向父皇吹了什么枕头风，就不得而知了。有一位山西籍的试御史看不下去，给父皇上疏云："杨嗣昌于内中取事，何也？"父皇阅后大怒，将那位试御史绑到午门外打了五十板子，人虽然没有被打死，却打折了一条腿。

杨嗣昌，字文若，号苦庵，湖广常德府武陵 _{今湖南省常德市武陵区} 人，父亲是杨鹤，官至兵部右侍郎、三边总督。杨本身也是官，他是万历三十八年庚戌科进士，曾任户部郎中，在魏逆时与其父杨鹤隐居林下，杨嗣昌将他在户部参与财政管理经验的文章编为《地官集》_{户部称地官} 二十卷，父皇读了十分欣赏，便将他夺情起复召见，其时杨父新死，正在家中居丧。杨嗣昌博涉文籍，知道许多前朝旧事，长于写作，有很好的口才，又曾在榆关整治军事防备，故而知兵。每次召对，父皇与杨嗣昌交谈时间都很长，大有相见恨晚之意。

一天，父皇在武英殿召见杨嗣昌，讨论西北民变之事，问他有何应对之策，杨嗣昌提出了"四正六隅，十面张网"的建议，他说：

"请以陕西、河南、湖广、江北四地，设为重点防御区，四地巡抚应分别围剿、专门防备，这就是'四正'；再以延绥、山西、山东、江南、江西、四川为六边地，亦以六地巡抚分别防守而协助剿杀，这就是'六隅'。'四正'加'六隅'便是'十面之网'。在此十网之内再由总督、总理二臣随贼所向，进行征讨。"

大明重视文臣，但是文臣大都崇尚空谈，遇到实际问题往往无应对之策，父皇只有一个头脑，哪能事事都应对得好？今天听到杨嗣昌的对策，不觉为之一振：

"卿之所言甚好。"

"这就是臣说的形势大略。但要将西北之匪剿净，尚需增兵十二万、军饷二百八十万两。"

"卿以为军饷如何筹措？"这是父皇最为头疼之事，连年的灾荒、民变、建虏的侵扰，国库早就空了。杨嗣昌胸有成竹地说：

"这个么，臣以为可以从四方面着手：一曰因粮、二曰溢地、三曰事例、四曰驿递。"

"请卿详陈之。"

"具体言之，第一因粮，就是依据旧日定额的税粮，酌加数量，每亩缴纳六合粮食 一合是0.18克，六合等于1.08公斤，2.16市斤，这是每亩增加上交朝廷的粮食，每石粮食折银八钱，遭灾的田亩不用缴纳，总计一年可得一百九十二万九千多银两，这是因粮；第二溢地，民间田地超出原额的人家，核实后补缴赋税，每年可多得四十万六千多银两，这是溢地；第三事例，此事简单，富有人家可以缴纳粮食，当然也可以上交银两，获得监生的身份，也就是纳贡，然而此事不可太久，一年即可，这是事例；最后驿递，将驿站裁撤后节省的银两，二十万充作军费，这便是驿递。如此算来，二百八十万两的军饷应该没有问题，有此军饷何愁不能供养十二万虎狼之师乎？"

杨嗣昌熟稔经济，说起来头头是道，父皇听后觉得很有道理。杨嗣昌又说，足食，才能足兵；保民，方能荡寇，建议父皇下旨令各府州县训练壮丁捍卫本土。一时说得父皇双眉舒展开来。又说到建虏，杨嗣昌呵呵笑道：

"臣以为攘外必先安内，天下之势犹如人之躯体，京师是头脑，宣、蓟为肩臂，黄河以南、大江以北的中原之地是大明腹心。如今之势，建虏现于肩臂之外，烽火连天；流寇乱于腹心之内，且中之甚深。外患不可图缓，内忧更不可忽视，何者？在其流毒腹心，如果听任腹心流毒，则脏腑溃痈，精血枯干，徒有肩臂又有何用？"

"卿的意思是？"

"对东北建虏与西北流寇要疾缓有序分别对待，对前者不妨议款（议和），取和亲之策，而稳定关外局势，对后者加紧绞杀，平定流寇之后，举我大明之力，殄平建虏，又有何难哉！"

杨嗣昌双目如炬，说起话来更是炯炯有神，黑色胡须与朱红袍服在射进殿内阳光的照射下一闪一闪的。那天，谈话的氛围好，阳光也好，透过贴金的菱花窗格透进大殿，泛着柔和、乳白的光彩，朱红的柱子使人感到静穆而温暖，梁枋上的金龙粉荷也分明、瑰丽地舒迟起来。看着侃侃而谈的杨嗣昌，父皇情不自禁说：

"卿言甚是，甚是，朕恨用卿之晚矣！"

次日召开内阁会议，父皇下旨：

"流寇延蔓，生民涂炭，不集兵无以平寇，不增税无以养兵。免从廷议，暂累吾民一年，除此腹心大患。由此布告天下，使知为民去害之意。"

我们大明与大汉不同，大汉虽然强盛，但自高祖伊始，便行和亲之策、细君、解忧、昭君，哪位不是美若天仙，哪位不是苦命的屈辱？想到不知哪天，父皇与建虏议款，如果将我作为和亲的棋子，我该怎么办？母后自然不同意，刘妈也不同意，田妃却认为杨嗣昌说的有道理，可以让父皇腾出手剿匪，因为她只有儿子，没有女儿。我们——我、母后、刘妈、炜彤则认为没有道理，大明公主岂能下嫁到蕞尔边鄙的肮脏小国！尤其是刘妈恨得牙根疼，好不容易找了个漂亮儿媳，却要骑在马上弹着琵琶穿戴厚重的狐狸皮的衣帽，去冰天雪地的关外和亲——炜彤此时是永昌公主，具备和亲资格。

我、母后、刘妈、炜彤怎能不厌恶杨嗣昌？

太奶奶更是切齿愤怒，痛斥杨嗣昌是卖国无耻的秦桧，田妃是妖媚偏能惑主的妲己!

我后来明白了,田弘遇贩马起家,如果议款成功,自然要开辟马市,田弘遇便可以参与而获得好处。难怪田弘遇与杨嗣昌交往得那么密切,只是我不明白,这样的事,难道父皇不清楚?

杨嗣昌要议款,总得有居中人,找来找去又找到了李端,自从袁将军被磔杀以后,李端心寒,再不过问榆关边事。辽东巡抚方一藻,一筹莫展不知何处觅人,还是高起潜赖皮厚脸,他此时是辽军总监,代表皇帝驻守榆关,带着礼物去李端家,第一次撞了个大钉子被李端轰出,虽然位高权重,但此时求人而只能服软,再大的火气只能忍在肚子里。后来不知怎的突然与李端攀上亲戚,认李端为表舅,而这个人又会说话,好意思地张口闭口"我一个人的亲舅舅",李端叹了口气,遂以国是为重,带着四五个家人,赶着两架(一架装礼品)三套马车直奔沈阳而去。

此时范文程的府邸比往日更加煊赫,门口的台阶修得更高,两侧的棍子竖得更多,究竟竖了多少棍子,李端数来数去没有数清。见到范文程,李端开门见山,范文程捏着胡须不说话,看看李端,看看他带来的礼物,沉吟了一会儿,再看看户外,此时金黄的阳光已经开始西斜,天地之间浅浅浮出一圈粉紫的暮霭:

"兄台既是奉旨,代表大明而来,可有出使文书?"

"文书自然没有,此事怎能声张?"

"兄台是密使了。"

"是的。还望兄台转告大汗。"

第二天,范文程拜见皇太极上奏李端之事。皇太极表示,如有确意,可以议款。舞动刀枪是为了抢掠大明的子女玉帛,通过议款同样可以得到，又何必舞动刀枪呢？皇太极深谙此理。然而，范文程并不马上答复李端，他要掌握节奏抻抻李端。三天后，李端带着放在驿站的另一半礼物再次拜谒范文程。看到李端，再看看礼物，范文程说：

"上次兄台已然送来礼物，何必再送？"

"上次是私交，是兄弟送与兄台的。此次是公事，是朝廷送与仁公的。两件事岂可相混！"

李端为人敏捷多智，措辞谨慎周详，前次是车笠交的私事，故而称范文程为"兄台"；此次属于朝廷间的公事，故称范文程为"仁公"，让他听了很舒服。李端与范文程是总角之交，而且交往甚多，深知此人好财好色，属于见财眼开、见色起意者。范文程收下礼物，请李端吃饭，李端哪有心思吃？范文程也不强留。次日，寅正四刻，李端便与家人匆匆起身顶着茫茫月色赶回榆关。

高起潜接到报告火速驰报父皇。此时，杨嗣昌也接到李端来信，立即上奏，说，如果议款成功，建虏将撤兵东归：

"建虏此意，是天之佑大明也！双方何时晤面，请圣上明示。"

"卿以为谈判地点设在何处为宜？"

"不妨设在宁远，不必转道宣府。如此一来，则我方运用稍闲，不致频年岌岌而有建虏之扰。如此便得以其暇，荡平流寇，得算多矣！请圣上许方一藻、高起潜便宜行事，如何？"

父皇点点头，不再说话。

然而，纸里包不住火，大明与建虏议款的消息像野火一样在朝廷上蔓延开来，兵部职方司郎中赵光忭痛斥杨嗣昌卖国求荣，这个赵光忭虽然是杨嗣昌属下，但对顶头长官毫不客气，在部内大堂论辩时，说得激动几次冲到杨嗣昌身边，要抓扯杨漂亮的黑胡须，幸亏有同僚拦住，否则杨的胡须会被他扯下一半。

六月十八日，父皇根据廷推名单，点用杨嗣昌、薛国观、蔡国用、程国祥、方逢年、范复粹等六人入阁参与机务，消息传开以后更是激起——主要是针对杨嗣昌的议款——朝臣的怒火，纷纷对其弹劾。詹事府少詹事黄道周愈加怒气填膺，一夜之间写好了三道奏疏，前一天（十七日）交给家人让他送到会极门守门的太监那里。

黄道周住在钱粮胡同六号，距离东华门不远，进东华门走不了几步便是大内的会极门，黄道周的家人即便步行，三刻之内也应赶到。然而，这个家人贪杯，穿过隆福寺，路经吉庆老店时，闻到从酒店里冒出"烧刀子"的泼辣香气，控制不住自己，走进店内便喝起来，这是个既无酒囊也无酒胆的人，半杯未了，便趴在酒桌上，等他醒来，赶到会极门时，守门的太监早已下班而将宫门紧闭，任你呼天抢地把宫门拍碎，也不搭理，这是大内规矩！回到黄宅，家人不敢实说便撒谎说，会极门值守的太监要红包，一只红包八两银子，小的没有银子，故而不能将大人的奏疏送进宫内。听了他的话，黄道周将信将疑，但信也好，不信也好，奏疏是送不进去了，只有等到第二天（十八日）上朝时送到负责传递奏疏的小内侍手里，哪儿想到这却点燃了父皇的万丈怒火呢！

七月初五日，父皇身着常服在平台召开御前会议。参加者有内阁大臣与五府六部的堂上官，杨嗣昌因为被弹劾避嫌没有出席，父皇命内侍催他参加，中午时才急急赶到。除此之外，父皇特意召来黄道周，黄是詹事府的少詹事，官阶四品，本无资格参加御前会议，今天召来，父皇问他：

"朕幼年失学，长而无闻，还望先生教之。夫圣贤千言万语，不外天理人欲。无所为而为，谓之天理；有所为而为，谓之人欲，人欲增之一分,则天理损之一分,卿十八日连上三疏,均在点用之后,可谓无所为而为之?"

父皇认为,钦点杨嗣昌等人入阁,触发了黄道周的嫉妒,在这次廷推名单中本来有黄道周,然父皇认为黄道周学问虽好,但性情偏执,难以胜任救时之相,故而没有点用。由此引起黄道周的怨恨而连上三疏,是动机不纯。听了父皇的质问,黄道周出班跪奏:

"臣并无多虑,只是为国家、朝廷着想而已。"黄道周坚持汉贼不两立的儒家思想而反对议和,对点用与否,是否入阁并不在意:

"圣学渊微,非臣所能及,若论天人,只是义利之分耳。所谓利者,以功名利禄,事事专为一己之私,此为私欲;所谓义者,事事皆为国家着想,便是天理。臣所上三疏,皆是为国家纲常名教,不曾为一己之功名利禄,所以自信其初之心是无所为而为之。"

"既然如此,卿何以不在点用之前上疏,偏于点用当天上疏?卿又当如何解释?"

黄道周遂将家人的话转述一遍。父皇立即命大伴查问有无索要门包之事:

"那天是谁值班?如有者,斩!"

大伴立即走出中左门,去会极门查问。这时杨嗣昌从家中急匆匆赶来,给父皇施礼后进班站立。看到父皇与黄道周辩论便忍不住插话:

"臣父新丧本应在家尽哀,黄道周知臣之情况,却妄言臣不如郑鄤,将臣比作猪狗、人枭,是何道理?"郑鄤,乃常州府武进县 今江苏省常州市武进区 人,天启二年进士,授庶吉士,被诬告"杖母蒸妾"(杖打母亲,奸污父亲的姬妾),而被绑到西市磔杀。杨嗣昌的质问,使父皇和黄道周的对话发生了转折,父皇接问:

"杨嗣昌被点用，原为时事艰危，故朕屡旨督趣，移孝为国，尔怎可比为郑鄤？肆口谩骂！"

听了父皇的话，杨嗣昌突然大放悲声，弄得父皇与朝臣，包括黄道周一时不知所措。杨嗣昌与父亲杨鹤的感情极深，父皇四年时，杨鹤由于剿匪失利论死，嗣昌三次上疏请求代父受罪，而使得杨鹤免死，发配到袁州 今江西省宜春市袁州区 戴罪，终老于袁州。朝廷之上最重礼仪，杨嗣昌又是极重礼仪之人，用兵之时，即便是战事危难之际，箭镞横飞眼睫，杨嗣昌都穿戴得整整齐齐，包括官服上的细节也丝毫不差，在他的大帐之中必然高悬一只黑色横匾，上书金色"盐梅上将"四字。古时有盐无醋，故用梅子代替酸味，用盐与梅（酸）调剂食品，朝廷上的官员相当于饭店里的厨师，老子云"治大国犹烹小鲜"，也是用烹饪比喻治国，这是古人对治朝理政的深刻理解，杨嗣昌是兵部尚书，悬挂此匾既说明身份又显示威严。父皇的话触发了杨的悲情，控制不住自己了，浑浊咸涩的热泪滚落下来，他那时已是望五之年，滴湿了红色的美丽朝衣，杨嗣昌用袍袖揩干泪水，忍住悲伤继续奏道：

"黄道周之言，使臣想起臣父。人言禽兽知母不知父，郑鄤杖母蒸妾乃禽兽不如，道周信口肆言，将臣比为郑鄤，臣非郑鄤，也非禽兽，请问满朝文武何人是禽兽，何人不是禽兽，难道黄道周是禽兽？！"

"服丧不足三年，即是不孝，天下即无人才，也不应起用此等人。自古有忠臣孝子无济于艰难者，决未有不忠不孝之徒而可进乎功名道德之门者。只有孝敬父母、友爱兄弟的人才能管理天下，此是根本，没有根本哪有枝叶，嗣昌岂不知之？朝廷之上，大臣闻言应当退避，而使人得尽其言，未有如嗣昌呶呶争辩，不容臣尽言者！"

黄道周立即反驳。

"你说了多时,辅臣才奏。"

父皇道。杨嗣昌接着父皇的话启奏:

"臣非生于空桑,岂不知父母?顾念君为臣纲,父为子纲,君臣固在父子之前。况古为列国之君臣,可以去此适彼。今则一统之君臣,无所逃于天地之间。且仁不遗亲,义不后君,难以偏重。臣曾四次上疏坚辞,道周岂不知之?吾闻道周人品学术为人宗师,今为纲常名教,故不得不与道周辨析耳。"

"圣人云:'春秋大旨,诛乱臣、讨贼子,内中国、外夷狄,尊王攘外而已。'华夷之辩,嗣昌岂不知之?榆关之事,望嗣昌教我。"

听黄道周这么说,触动了父皇的隐忧,由不得勃然大怒,但不好直言,便转弯厉声责问:

"古人之心无所为,今人之心则各有所主,故孟圣欲正人心,熄邪说。古之邪说另为一教,今人狡猾,附于圣贤经典之中,假借经典以售其奸。尔为大臣,何得假借经典肆口谩骂?"

看到父皇动怒,黄道周冷静下来:

"将嗣昌比为猪狗、人枭,是臣不对。所以如此,是幸遇明主才敢直言。"

父皇不接受他的辩解,说道:

"直言岂是谩骂?前以尔偏执,稍事裁抑,不图汝如此偏矫恣肆,本当拿问,念你系讲官,故著起去候旨!"

黄道周站起来回到班列。平静了一会儿,又出班奏道:

"古时三年居丧,君命不过其门,因为这是凶与不祥之事,故而军礼中居丧之人有凿门而出的规定。不在家中服丧而在边疆任职可以,在朝中不可以。故而嗣昌在边疆可以,在中央内阁不可以。在内阁尚可,在行政部门不可以。只有嗣昌一人尚可,却又呼朋引类,竟成一夺情世界，绝对不可以！"

"既已夺情，何分内朝外朝。少正卯其时亦称闻人，然心逆而险，行为邪僻，虚辞善变，故而难逃圣人诛戮。"

"少正卯心术不正，臣心没有一丝私念，岂可比臣！臣今日不尽言，则臣负陛下；陛下今日杀臣，则陛下负臣！"

黄道周仍然舌尖嘴硬。父皇被激怒了，怒喝道：

"胡说！你虚话一生，只学得佞口，下去！"

黄道周起身走回班列，走到一半，又俯身跪奏：

"臣敢将忠佞两字剖析言之，人在君父面前敢说真话为佞，难道在君父面前说假话，面谀谗谄为忠乎？"

"你说得不差，然不是朕强加于你，而是朕问你东，你却回西，非佞而何？"

父皇再次叱令他退下。让内侍端来瓜果点心，赐给朝臣，宣布休会。过了一会儿，复会，父皇对杨嗣昌说：

"人心如此刻薄，令人胆寒。黄道周放纵如此，能不纠正乎！"对朝臣说：

"朕无学故而不才、不智、不武，望众卿教我。今内外交讧，天灾地异，是朕不才；不能感发诸公为国之心，是朕不智；不能明辨是非，流布德化，是朕不武。凡此不才、不智、不武，皆朕之过。然朝廷才简用一臣，便党同伐异，百般诋毁，是何道理？贼寇易除而心贼难灭，以后再有此等之事，立置重典！"

会后，父皇降旨，将黄道周连贬六级，外调江西按察司做照磨，全称是"照刷磨勘"，正八品，掌管监察、审计等事务，其他弹劾杨嗣昌的官员也都降级使用，然而与建虏议款之事，父皇却犹豫了，未做详细安排，从而错过谈判时机（应该在八月谈判），使得局面大坏。

我补充的是，大伴在会极门找到昨日值班的内侍，问清原委，并没有索贿之事，但大伴可不愿意再激起父皇的怒火，便将此事压住，如果当日如实禀报，黄道周的八十板子恐怕就免不了了。

议款这事，被黄道周，以及那些讲究春秋大义的朝臣搅黄了。[1]

我、炜彤、母后、太奶奶与刘妈都松了口气安定下来。

太奶奶说，朝廷的大事由朝臣管理，如果他们失职，该杀头的杀头，该坐牢的坐牢，由父皇处理，我们宫中的女人当然无权过问，可是平心而论，如果为了平息建虏的嚣张气焰，把我们这些美丽的小姑娘送到关外和亲，怎么想都是耻辱，大明不是汉也不是唐，今上不会陷入这样的屈辱，因为我们是大明，今上是大明的圣明君主！

注释：

[1] 崇祯本意支持与建虏议和，但事情闹出来，只得作罢。明人李清《三垣笔记》云，"上因杨嗣昌请勉从款议，然犹欲隐其名。会黄翰林道周疏驳，中寝。北兵入犯，上抚膺叹曰：'大事几成，为几个黄口书生所误，以至于此！'道周之逮肇此。"崇祯在安内与攘外之间始终摇摆不定，而且攘外或许占有主要地位。崇祯九年，将卢象升从中原调往宣大，后又将洪承畴、孙传庭调往榆关，从而破坏了杨嗣昌十面张网的谋略，杨嗣昌力争北方之贼未绝，至少应留一人，但长平的父皇拒不接受，从而使得形势彻底失控。

2

九月，皇太极的弟弟多尔衮，率领数万名建虏联合西虏突破了密云墙子岭要塞，再次进犯京师。

理由是大明未按照规定的时间议款，故而进犯，怨不得建房了。墙子岭本是一道险峻关隘，奈何在后金军队攻击时，镇守墙子岭的总兵官吴国俊与他的上司兵部侍郎兼蓟辽总督吴阿衡正在石匣城 在今北京市密云区，为长城关隘之一。传说城内有石如匣，建于明弘治十七年（1504），周长四里余，原为土城，嘉靖四十五年（1566）改为石城。1960年后石匣成为密云水库淹没区，水位下降时还可以看到石匣城垣，为镇守内侍邓希诏祝寿。吴阿衡，河南人，娶的小妾——现在升为正室了，是田弘遇之妹，由于这个关系，做了蓟辽总督。每当说到这个人，太奶奶就摇头叹息。有御史弹劾他豪饮常醉，又多近妇人。吴阿衡知道了上疏自辩，大伴说，他在奏疏中竟然这样写："臣之妾即都督田弘遇胞妹，娶已多年。臣近得阳痿之症，如何可以亵玩妇人？臣有心而无力矣。"这是什么话！可见此人敢于邀宠、粗鄙，大无礼于君上矣！吴阿衡又在奏疏中说，近日山中走出一只黑熊，为臣之士兵所得云云。就是这么一个人——无知、无礼、无勇，竟然做到蓟辽总督，父皇一向精明，不知对他却何以如此容忍？可以想见田妃势力，同样是贵妃，袁妃的父亲袁佑，谨饬自谓，低调做人，不像田父高调赫奕，整日与朝臣往返交接而父皇也从不过问。

再说此刻的吴阿衡，斥候在向他报告后金攻打关隘时，吴阿衡正拉着吴国俊、邓希诏同饮百杯，喝一百杯酒，祝福邓希诏长寿百岁。只是那酒还没有喝到三分之一，后金的前锋已经冲过来，刀锋一闪，切下他的头颅，那头颅掉在地上，嘴里还衔着一只粉红色的精致酒杯，连连喊着"喝、喝、喝……"。吴国俊毕竟是多年武官，慌忙中骑上一匹没有鞍鞴的马，冲出酒席，但在半路上被后金的乱箭射中落马，被追上来的马队——马蹄飞举犹如万千铁锤砸下，践踏为肉糜。

邓希诏鬼得很，慌忙之中躲进茅厕，将茅厕里面的脚踏板掀开，蹲到粪坑里。后金的官员如厕，将屎尿屁崩到他的头上，他实在忍不住，将憋在腹内的酒肉都做粪尿喷出，惊动了后金官员，叱令他从粪坑爬出。被俘的明兵指认他是监军，于是押往多尔衮面前，喝问他姓甚名谁，他趴在地上叩头不止，自称是无根儿的苦人儿邓希诏儿，多尔衮哈哈大笑，范文程伏在多尔衮的耳畔说，此种人有用，押在猪圈里待用罢。

父皇听到谍报，立即下令京师戒严、各地勤王。宣诏辽东前锋总兵祖大寿率兵入援京师，监军高起潜随军前往；山东总兵刘泽清率兵至京师南郊守卫；宣府、大同、山西总兵杨国柱、王朴、虎大威率兵至京师北郊拱卫。各路人马纷纷前来，不仅有京师附近各地驻军，还有重庆石柱 <small>今重庆市石柱土家族自治县。石柱地处三峡库区腹心，古代以巴人为主体</small> 宣慰使女将军秦良玉率领的白杆军、广西南宁宣慰使率领的狼兵。没想到，那个南宁的宣慰使竟然是炜彤的二哥莫桂雄。

其时，卢象升正在家中居丧，父皇加他为兵部尚书衔、督率天下援军并赐尚方宝剑。卢象升接旨后，穿着麻衣草鞋向京师疾奔。卢象升，字建斗，号九台，常州宜兴 <small>今宜兴市，江苏省辖县级市，由无锡市代管</small> 人，天启二年进士，在大名 <small>治所在今河北省邯郸市大名县东北，是北宋时的"北京"</small> 任知府时，官声卓著。此人虽是一介书生，白皙清癯，但天生神力，使得一柄关王刀，又善于谋略，是难得知兵的读书人。在皇太极第一次突袭京城时，他招募了一万名乡勇与后金激战，单骑突阵，连斩后金数十名白甲军（应是正白旗），从而一战成名。越明年，晋升右参政兼副使，整顿大名、广平 <small>治所在今河北省邯郸市永年区广府镇</small>、顺德 <small>今河北省邢台市。今广东亦有顺德，或源于河北顺德，如同广东东莞，或源于山东东莞</small> 三府兵备，招募乡勇加以训练，号称"天雄军"。第三年晋升按察使。后又擢为兵部左侍郎，总督宣府、大同、山西军务。在那里，卢象升大兴屯田，粮食熟了，每亩征收一钟，积储粟米二十余万。父皇很高兴，下谕边防九镇效仿卢象升的屯田政务。

卢象升率领宣、大、山西三镇士兵赶到平谷的牛栏山，将一支后金的部队击溃，驻扎在安定门外的军营里，草鞋麻衣外罩银色布甲，站在演武台上将勤王兵马拢在一起举行誓师大会，之后上奏父皇说：

"臣只是读书人，非军旅才。然国家危难义不能避，臣誓以披肝沥胆之心尽忠国事。"又说：

"自臣的父亲去世后，心情惨淡，又远离家乡，内心督乱，况且以草野之身统帅三军，难有威严，深惧金鼓不灵。"

那天黄昏，卢象升看到高起潜黑色锁子甲里穿着麻衣，黄色头盔插管上的红缨摘掉了，额头上裹着一条宽宽的白色布带。原来他的父亲也在近期故世了。卢象升、杨嗣昌、高起潜，三个统帅勤王大军的最高领导都处于守丧期间，都是不祥之人，这些人麇集一起，卢象升不禁深深忧虑。没有来到京师之前，他就听说杨嗣昌与高起潜主张议款，便对参军杨陆凯说，这如何可以？我一定要当面指责他们。又忧心忡忡地说：

"吾三人皆不祥之人，枢辅夺情，大阉夺情，吾亦夺情，奈何！"

此刻见到高起潜，说到议款，高起潜分辩几句，便以戎机倥偬回到辽军的驻扎之地去了。

翌日，父皇在武英殿召见他。觐见后，父皇问他：

"建虏之态如何？"

"建虏恣肆凶恶，非有大力不能阻遏。臣深受国恩，唯恨死不得所耳！大明凛然天朝，何惧建虏，万万不可议款。"

"招抚乃外臣议论，请与嗣昌、起潜商议。"

说完这些话，父皇看着卢象升不再说话，卢象升磕头谢恩后回到朝房休息。这时，杨嗣昌红袍下穿着麻衣，穿了一双黑色朝靴（上朝不能穿麻鞋）走来，向他拱手道：

"九老戎机万里，风尘仆仆，辛苦，辛苦。"

"勤王之师，怎敢耽搁。文弱兄可好？"

"刚才召对，圣上主战还是主和？"

"圣上谓主和乃外廷议论。"

"这个么？我之愚计，始终是将'虏'与'寇'分别对待，先平流寇，后灭建虏，并非简单议款。京城横议，谓皇上允我秘发黄金十万、白银百万输榆，真不知从何说起，何其无理也！"

"建虏已然兵临城下，哪里还有言和之机！公等坚意就抚，独不闻城下之盟而《春秋》深耻之？国有既困之形，而人有无困之志，大明之臣赤胆忠心，勠力效死，有何惧哉！且长安之人口铦舌利，如锋如蛋，袁崇焕西市之祸，殷鉴不远其能免乎！公纵不畏祸，难道不念戴孝之身？大丈夫此时不移孝作忠，奋身报国，反缩颈而退，有何面目立于世间！"

杨嗣昌一时语塞，强颜笑道：

"九老要用尚方剑斩嗣昌之首了。"

"公既不能奔丧，又不能交战，何者？然齿剑者我 被尚方宝剑杀的是我 也，安能加之于公？"

晚间，卢象升感到言犹未尽，给杨嗣昌写了一封信：

"早蒙台顾，冒昧披陈，老年台圣贤之品，不罪狂愚，故不觉剖心以告耳。倘获朝廷封疆大事，即胸中有如许怪异之事，始终不肯向君父言说，如期闪烁奸欺，誓当沥血丹墀，言无不尽，伏乞老年台秉持忠心，除国之大害也。"

杨嗣昌复信：

"公身肩重任，果有危疑，自当直吐，谁得而挠之？但恐时贤局见，打算杀机以待吾辈，成功则已，否则挤之危祸以快宿心，非从国社封疆起见者也。"

写罢，杨嗣昌便急急给父皇上疏对军队进行分派，根据后金部队的分布，大明分兵抵御。议定：宣、大、山西的部队归属卢象升，关、宁的辽军归属高起潜，刘泽清等人，包括秦良玉、莫桂雄的白杆军与狼兵分别据守各城关厢外面。如此一来，卢象升名义上是总督天下各路勤王，实际上归他统御的军队只有宣、大、山西三镇不到两万人马。不久，云、晋报警，王朴率领山西部队离开，卢象升的部队更少了，而他亲自统率的天雄军不足五千人。

然而，父皇对卢象升还是寄托厚望，翌日派大伴送去内库银三万两劳军；第三天又送去太仆寺三千匹马、御厩一百匹良马。卢象升十分感动，抵御后金的意志更坚决了。送马的那天，杨嗣昌也来了，说到和与战，两人再次争执，分手的时候，杨嗣昌屏退左右，告诫卢象升"毋得浪战"，便拱手离去。

多尔衮把建虏的军队分为三股，一股留在京师，看住大明守城部队；一股向北，做机动部队；大部队则由他率领向京师西南方向的保定、大名一带进犯，接连攻破了十二三处县城，父皇十分不满，斥责卢象升前日敢战之言是沽名欺众，让他戴罪立功，迫使卢象升不得不孤注一掷，命令诸将分道出击，在庆都与后金决战。庆都即唐县 今属河北省保定市，是尧帝的祖籍之地，境内有庆都山，唐尧的母亲庆都，曾经在这里居住，因庆都山得名。庆都山是一座孤立小山，与周围的山峦没有任何联署而兀立在县城东侧。其南是望都县 今属河北省保定市，再南

343

是巨鹿县 位于太行山东麓，别称大麓。今属河北省邢台市，地处河北省中南部的华北平原边缘，再下是鸡泽县 今属河北省邯郸市，旧有大泽，且多养鸡鸭，故称、广平县、大名府，也就是畿（辅）南之地。后金的部队在唐县停了一天，次日便继续南下，卢象升与后金在庆都决战的愿望落空了。但是，卢象升没有退路，他现在已然成了过河卒子，只能向前不能退后，他统帅的部队虽然不足万人，然而敢打敢拼，其他勤王的部队只是远远观望，与后金甫一接触便退却。看到这个情况，翰林院编修杨廷麟上疏：

"南仲在朝内，李纲没有功劳；潜善主张议和，宗泽饮恨而亡。朝廷上有这种人，非守疆卫土执戈者之福。"

看到这道奏疏，杨嗣昌大怒，难道我是耿南仲、黄潜善，这两位都是宋朝的奸臣，主张降金之人？上奏父皇卢象升唆使杨廷麟妖言惑众，父皇看到也十分恼火，难道我是宋徽宗、宋高宗？恼怒中撤销了卢象升的兵部尚书官衔，以侍郎职位办事。又将杨廷麟改任兵部赞画主事，发往卢象升帐下效力，与其任尔在朝中摇唇鼓舌，不如你去前方杀敌好了！

不知什么缘故，也许有人暗示，有些府县的官员见到卢象升的部队，立即关闭城门，不给他的部队提供粮饷，卢象升没有办法只好派杨廷麟去孙传庭处借粮，其时孙传廷刚从山西勤王到真定，在真定暂歇。孙传廷的粮食虽然不多，但还是接济给卢象升三天军粮。卢象升将三天的军粮匀为五天，第六天又断顿了。恰好一支后金的辎重部队迷了路，从卢象升驻地巨鹿县贾庄经过，被斥候侦知，卢象升命参军杨陆凯率领一支部队截杀，获得了不少粮食而得以坚持，但是今天又断粮了。卢象升曾经在畿南三郡做过地方官，那儿的百姓听说卢象升的部队断粮了，纷纷前来将家中的粮食送到军营，有位白发苍苍的老伯，带来一捧红枣，说：

"我家中也没有粮食了，这把红枣请大军煮熟吃了吧！"

卢象升听了这话，俯身在老伯面前感泣不已，百姓见状，也都俯身低泣，敦请他移师畿南：

"三郡子弟喜迎公来，昔日如果没有公，我们将死于流寇之手；今天没有公，我们将会死于后金之手，如果公移师畿南，我们将组织十万子弟从军，与后金死战！"

卢象升大为感动而泣不成声：

"谢谢众老！我如果离开这里，将会使君父失望，我唯有以死抗敌以明忠心，死而后已！"

听他这么说，百姓都大放悲声。此时，高起潜监军的数万辽军驻扎在鸡泽县，距离卢象升的驻地不过五十里，策马半个时辰就可以赶到，卢象升派遣赞画杨廷麟联络，请他合兵一处，与后金决战。

高起潜不应。

秦良玉的白杆军与莫桂雄的狼兵被分到外城的广宁门 今广安门 与广渠门关厢防守。白杆军英勇彪悍，不仅有男兵，也有不少女兵，凶悍的建虏对他们也有几分惧怕。白杆军有三支女子马队，每支一百名，队长相当于百夫长，也由女子担任。这三支女兵，一支白衣白甲，一支黑衣黑甲，一支红衣红甲。每个女兵都手执秀銮刀，腰间悬挂一壶弓箭与三枚铁环，铁环的外部有锐刺，用作投掷的武器，唤作"了事环"，对阵时，采取集中打击的方式，十人一组对准一个方向集中投去，专一打击敌人的头颅。

这天，一支红衣红甲的女兵向建虏发起攻击，对方是蓝衣甲（应是正蓝旗），看到来了一支娇滴滴小娘子的队伍，内心不禁痒痒起来，哄然大笑，荷尔蒙升高，这不是驱羔羊进虎狼之口吗？果然稍稍接触，那些女兵不过投出几只铁环，便轰然而散，调转马头向回跑，跑过了达官营 现析为达官营一巷、二巷，跑进守备胡同 今手帕口南街，街道内胡同众多，有手帕口东一巷、二巷，西一巷、二巷等 便雾一样消散了。蓝衣甲紧追不舍，惊异之际，一声炮响，从胡同里涌出数千名白杆军，手持钩镰枪，三人一组对建房连钩带刺，将他们拉下马，刚才消失的女兵突然跑出来，也是三人一组，刀光闪处，伶俐地砍下建房的头颅。建房潮水一样慌恐地向后退，退到达官营，却被一群骑马的蒙古人拦住，一言不发挥刀便砍。原来永乐爷爷出征漠北时俘虏了不少蒙古兵，称达官 鞑子简作达子，是明朝对蒙古人的称谓，先是将投降的蒙古贵族或官员称鞑官（达官），后泛指降附的蒙古人，聚居在广安门外，多年来已经融合为大明子民。建房进犯京城，不问族类杀死不少达官，从而令达官恨入骨髓。

仅此一战，蓝盔蓝甲的建房死伤了数百人，领教了白杆军的厉害。

父皇惊喜异常，立即在平台召见秦良玉，优诏褒奖，发放帑金，又赋诗四首，我这里抄录两首，一首："蜀锦征袍自裁成，桃花马上请长缨。世间多少奇男子，谁肯沙场万里行？"再一首："露宿风餐誓不辞，饮将鲜血代胭脂。凯歌马上清平曲，不是昭君出塞时！"

秦良玉是重庆忠州 今重庆市忠县 之人，丈夫是石砫宣慰使马千乘，马千乘故世后，秦良玉接替了他的职务。认识她的人都说，这个女人有胆略善骑射，治军严峻，戎伍肃然，风度娴雅，通达诗文，是一位文武全能、美丽的女将军。可惜我没有机缘会见她，这是我平生最大的一件憾事。

不几天，父皇下令将白杆军的女兵移驻到南城之内一个叫棉花地的胡同里，以示优渥。

上面说到，广西南宁的宣慰使莫桂雄是炜彤的哥哥，这次也来到北京。我和炜彤就加入了这支队伍，我们都穿上了甲胄，我是黑色布甲，炜彤是灰色布甲，我们尽量穿得朴素实用，避免作为敌人的打击目标。我骑了一匹杂色马，炜彤骑了一匹黄色马，炜彤身材娇俏纤弱，但身着甲胄骑在马上又增加了几分飒爽之姿，叫男人更加爱慕了，而她现在又是公主，对男人而言不仅是爱慕，而是在爱慕中又融进了几分仰慕与敬畏。她的哥哥莫桂雄第一次与炜彤相见，为了礼仪费了几番心思，照理应该以土司觐见公主的形式相见，每进一道宫门，内侍都要高喊："南丹宣慰使莫桂雄觐见永昌公主殿下！"相见时，莫桂雄要行大礼。炜彤不喜欢这样，这样太生分了，太奶奶说，兵荒马乱的，以家人礼相见吧。莫桂雄虽然是南疆人，却身材魁伟，脸部线条坚毅，皮肤黧黑，见之令人为之一振。他率领的狼兵大都身量不高，却敦实有力，另有一种威武之态。他们善使弓弩，据说还是传之于诸葛丞相，每扳动一次，可以射出十余支利箭，而且箭头上涂抹南方森林中的一种毒液，沾上即亡。他们还善于使用一种吹筒，也可以吹出小箭矢，上面也涂满毒液，当然这是一种近战利器，在近身搏击时才有机会使用。他们擅长马战，更擅长步战，使用的武器是一种类似砍刀的腰刀，刀背厚重，刀刃锋利，每位狼兵还配有一张藤牌，缠斗起来，刀、牌并用。

与狼兵对峙的漠北西房，原本看不起狼兵，交了两次手领教了狼兵的厉害，便远远站在那毒箭不到之处鼓噪呐喊，反而是狼兵进前一步，西房后退一步，被狼兵耻笑了。有一支新来的西房小队，不过百十人，刚刚来到不知深浅，忍受不了这种耻辱，便拍马冲来，这正中了狼兵下怀，立即扳动弓弩，利箭带着红色毒液蜂群一样飞向天空，降落下来在西房的马群里盘旋，中了毒箭的战马喝醉了似的倒在地上，被马压住的西房挣扎着从马下爬出，然而不等他们爬出，狼兵已经冲过来，挥刀将他们的头颅砍下。我和炜彤便参加了这次小小的战斗，我们随着狼兵冲杀，杀到西房的马队前面，看见那些倒地的马、人抽搐的身躯与面孔，也跳下马拔出腰刀去砍一个西房的头，砍了几刀砍不到，眼看西房晃晃悠悠地站起来，挥刀向我们砍来，炜彤吓得紧紧抱住我，惊呆了。西房挥舞钢刀，划出一道弧形蓝光，带着飒飒风声将要砍到我们头盔的时候，却猛地扑地不动，像一面山墙倒下，那是个年轻的士兵，我们走过去，把他的脸扳正，一张五官端正洁白的脸，慢慢变黑，死神已然狠狠咬住了他。

那夜，我失眠了，倏忽醒悟战争并不是李谪仙那样快意恩仇，并不是在对谈风月中吟诵死亡的诗，而是对生命的野蛮剥夺，血腥的车轮从无数鲜活的生命中碾压过去。而这时，月光浩漫，一位农夫手持镰刀，注视南山下的麦田，麦子几近成熟，麦茎由青葱的颜色转为青黄相间，麦粒开始偷偷吐出暗金的光泽。过不了几天，那把新月形的镰刀便会挥舞闪闪银光，歆享割断麦茎的快感。几十株麦子被拢成一捆，戳在麦田两侧，等待被抱走、扬场、收进谷仓，从而开始新生命的无奈轮回。

我又梦见了那只橘猫，趴在宫殿的前檐上，勾着头凝视大殿内烛光明灭，从愁惨的土红转为惨淡的暗绿，无数个翠绿的飞虫围绕绿焰默默旋转，猛地闪出黑光，紫禁城顿时陷入无边黑夜的沼泽里了。橘猫冷不丁跳出来，幻化为无限大，趴在沼泽的边缘，"喵儿喵儿"漫声吟唱，它身边是一堆嫣红的碎肉，是建房的、大明兵的？抑或是袁大将军的？

我狂喊一声，惊坐起来。

3

卢象升寻找建虏,建虏也在寻找卢象升。

当卢象升的部队行至巨鹿县贾庄南边的蒿水桥时,两支部队相遇了。建虏的先头部队冲过来,"呀呀"喊着挥舞寒光闪烁的弯刀,卢象升的先头部队也高举雁翎刀迎上去,刀光迸裂,人头落地,鲜血火焰似的喷射出来,将绵远厚重的积雪浸红了。

建虏的先头部队只冲了一个波次便退走了。

卢象升知道,决战就在此时,命令战车营火速列阵,以蒿水为依托围成一个新月形状的营地。

自从"土木之变"后,我大明开始重视战车的研究与打造,到了父皇时代,战车已然成建制地出现在军队之中。尤其在步军,战车是必不可少的,在戚(继光)将军的设想中,战车的主体是偏厢车,一辆偏厢车二十人,设有正兵与奇兵各一队。正兵一队十人,设有车正(披坚执旗,专司进止)一人、狼几手(操作佛朗机铳,两架,每架三人)六人、大棒手(专管骡头)二人、舵工(掌管方向)一人;奇兵一队十人,设有队长一人、鸟铳手(车内放鸟铳,贼近用长刀)四人、藤牌手(车内放火箭,出车打石块,贼近用藤牌)二人、锐钯手(在车放火箭,出车亦放火箭,贼近用锐钯,锐钯即三股叉)二人、火工(管炊饭与火药)一人。十六辆战车为一司,四司为一部,二部为一营。每营两千五百六十人。

战车的正面、侧面、顶部装有厚木,上覆兽皮,用来抵御外部冲击,保护士兵在里面用佛朗机铳或者鸟铳射击。佛朗机铳的有效射程可达一里,鸟铳则不到三分之一。佛朗机铳射程远,威力大,但是准确度不够，鸟铳射程近，但是在准确度与贯穿力上超过佛朗机铳，射击时将眼睛、铳首后的照门、前面的准星，与目标保持一线，即可以达到八九成的命中率。佛朗机铳与鸟铳在战车内射击时，火光迸发，笼罩在一派红光之中。

卢象升的战车没有这么复杂，只是在车头与两厢装有坚厚的卤盾，用来保护士兵。他舍弃了佛朗机铳，改用了鹰扬铳——一种大鸟铳，将鸟铳的枪管加长加厚，采取后膛装填，每铳有三门子铳，轮流装放，这样不但保持了佛朗机铳的威力，还增加了两倍的射击速度。鹰扬铳采取子母铳结构，虽然射击速度提高了，但是发射时，子、母铳的接合部由于闭锁不严，火药往往熏灼射手的眼睛，为此，卢象升给每个射手配了一副面罩，多少可以起到缓冲作用。卢象升的每部战车设有十六名士兵，两架鹰扬铳，两架鸟铳，每支铳有三名士兵负责，两名负责装药，一名负责射击。鸟铳与鹰扬铳制造工艺复杂，铳管必须光滑笔直，火药也必须舂细，以提高燃烧速度。射手之外，其余三名负责驾驭与后勤事务，当然还有一名车正负责指挥。在战车上，卢象升还配置了大棒子、长矛和火箭（由驭手和后勤负责），火箭与铳交替使用。与鸟铳相比，火箭落伍，但是火箭飞翔时可以发出"呼呼"的吼声震吓对方，落到敌阵中还可以燃起大火，而且造价便宜，在箭杆装上火桶，发射时点燃引线（火绳）就可以了。长矛就不用说了，但战车上的长矛较一般的长矛要长，近战时可以和盾牌结合一起，在较长的距离刺伤对方的战马与骑在马上的兵。

卢象升的部队还配置了六门火炮，号称无敌大将军。这种火炮配有双轮车，前后有辕，可前可后，由健骡拉运，移动起来十分方便。无敌大将军配有三发子铳，作战之前预先装好，发射后即可凭一人之力取出，再装另一发子铳，以增进射击速度。火炮前后都装有铁环，利用车上的枕木调整射击角度后，将铁环固定，再将子铳的后端插入铁楔，用铁锤敲紧，使子铳与母铳紧密结合。

无敌大将军配有三十发炮弹、三百六十五枚铁子，火药由火药车载运输送。

列好了战车营，便构成了大寨，随后装上寨门，在外面挖壕堑、植鹿角，安放拒马后，步兵与骑兵便都进入营地，卢象升率中军，山西总兵虎大威将左，宣府总兵杨国柱将右，也各自扎下子寨，准备与建虏开战。

黎明很快来到了，霞光挣脱了黑夜的羁绊逐渐变红，今天的霞光不比往日而红得凝重，仿佛鲜血从天上滴落下来。卢象升只休息了不到两个时辰，便早早起身，将士们也都早起列队，卢象升走出大帐，俯身向将士拜谢，再俯身向北方（京师在北方）拜了两拜，说：

"建虏入侵，辱我妻女，掠我黎民，夺我财物，焚我房屋，我等大明将士，此时不战？何时再战？！知耻者方可言勇，岂可言退？与建虏唯有一战耳！象升与汝等同受国恩，患不得死，不患不得生！"

"誓同大司马与建虏决一死战！"

"大明万岁！万岁，万万岁！！"

喊完这句话，将士们便放声大哭，他们要用这哭声感动上苍，卢象升也哭了。哭了几声，呼喊道：

"汉贼不两立，我等身为大明将士，当为大明社稷死战，为我大明黎民百姓死战，死于此地即死得其所，卢某深谢众位了！"

说毕，命令众将士各就其位，准备迎战。

自从萨尔浒战败后，建虏获得了明军的战车与火器，因此建虏也拥有了战车与火器,包括红衣大炮一类的重火器,只是与大明相差一代,大明的火器射得更远、更准、更有威力。

那天的大战是从建虏营地开始的,只见一团红光裹着黑烟向明军大寨射来,随即明军的火炮也开始还击,炮声隆隆,火光闪闪,黑雾弥漫,将原本清新洁白的原野变成了肮脏血腥的泥犁地狱。建虏的火器射程近,只能射到明军外围壕堑,而明军的火炮则可以射到建虏营地,很快建虏营地内响起了爆炸声,有一枚炮弹击中了建虏的火药车,火光爆裂,火焰四射,营地内的白色帐篷燃起了熊熊大火。火焰与霞光狂乱地纠缠在一起,在夹杂黑烟的红光闪动中,建虏的骑兵开始冲锋了。离开营地时,他们只是一枚一枚跳跃的黑点,黑点迅速增大,很快就可以看清甲胄的颜色与形状。汹涌而来的是黄色甲胄与黄色的五边锐角旗。在他们即将冲到明军大营的壕堑时,参军杨陆凯挥动红旗,传令兵吹起天鹅(唢呐),听到这个号令,铳手齐射;很快,传令兵又吹起一声天鹅,战车营的士兵开始放射火箭了。在铳与火箭的射击中,有不少建虏倒下,但是仍有不少跳下战马拔出鹿角,同时还涌来不少建虏的战车,停到壕堑边上,撒豆一般跳出虏兵,将战车里的土倾倒在壕堑里,将壕堑填平了不少。也有不少建虏趴在壕堑里,用鸟铳射击,很快明军出现了伤亡。

天鹅第三次响起,步兵列队向前,在擂鼓声中冲出营寨与建虏拼杀。卢象升的步兵或持大棒,或持长矛,或持长柄大刀,长矛与大刀的攻击目标是虏首,大棒则猛击马头,而建虏也凶狠得很,用弯刀砍杀,很快堆满了战死者的遗体,鲜血播洒在雪地里凝固成褐色斑块,被纷乱的马蹄踏进泥土。在步兵和建虏缠斗时,卢象升的骑兵上马整队。天鹅再次(第四次)响起,卢象升的步兵霍地闪开,骑兵从营地里冲出来,与建虏的骑兵缠斗在一起。马蹄杂沓如雷,刀光闪灼迸射,一阵狂风突然袭来,搅起刺骨的雪尘,眯住双方将士的眼睛,只能眯着眼睛挥刀向对方的身体砍。狂风扬起的雪尘,被朝阳染成深邃的铁锈色,将生死相搏的将士滚动着笼罩在里面。

建虏丢下不少残缺的尸体退却了。

明军也有不少死伤。明军将死伤的战士抬进营地,伤员抬到医官那里包扎,遗体安放在西南角的一座帐篷里。后来,建虏又冲击了两次,都被明军击退。第三次冲击时,不再是黄色甲胄,而是镶嵌红边的黄色甲胄和旗帜,这是镶黄旗的建虏了。明军斗志高昂,但是粮食早已吃光,火工班的班正老刘将所有粮食口袋都翻转开来,抖了多次,将抖出的小米凑在一起,还不到一斗,分出四份,一份给战车营,一份给骑兵营,一份给步兵营,一份留给后勤。这时,卢象升走来,送来一捧红枣,见到红枣老刘不禁流下眼泪。这是那位白发老伯送来的,卢象升哪里肯吃,留到了今天。

战车营"甲字号"车的士兵每人分到一碗几乎没有米的粥,火工老吴的碗里,除了可以数清的几粒米,还有一颗红枣漂浮在清水上面(同乡老刘特意留给他的)。看到红枣,"甲字号"的士兵都不说话,大家明白,如果没有援军,今天的战斗将是今生最后一战。老吴端详那颗枣子,皱褶细致地泛出殷红的光与淡淡的枣子才有的香气,老吴舍不得吃,只是将清水喝光,将清水里的几粒米吃掉,将那颗红枣放进自己的口袋里。手指在口袋里碰到了那三两银子,这是部队驻扎在安定门外时,皇上送来劳军的帑金,老吴分到的。老吴是大名府赵口村人,闹匪那年,被卢象升招募为天雄军,多年征战,老吴已经成长为敢杀敢打经验丰富的老兵,只是因为年龄大了,做了一名火工,负责"甲字号"兄弟的饮食与火药保存。他原本以为追击建虏会路过大名,到时把这三两银子,和几年积攒的二两银子送到家里,给儿子娶媳妇,儿子早到了娶媳妇的年龄,只是因为没有钱,拖延至今,没想到这个坚强的不容反驳的意愿走到巨鹿,便止步了!

暮色慢慢降临,暗银色的天空散布着铅灰的云缕,一缕一缕平行分布,将辽阔的天空切割成深浅间隔的条纹。已经低垂的阳光粗糙而寒冷地从山后泛射出来,惊慌地散落在积满冰雪的辽阔土地上,远处的原野还是白茫茫的,建房和明军之间的积雪已然被马蹄践踏成乌黑的雪泥,那上面趴着几个黄色的斑点,是建房还没有运走的尸体。

很快,建房冲锋了,而且海潮似的奔涌而来,六万名建房将卢象升的营地紧紧围了三层。建房吹起觱篥,吹得叫人心慌,明军的火药早已耗尽,只剩下几支残缺的火箭与零散的火药桶,战车营的士兵纷纷操起长矛,将长矛架在卤盾上,准备做最后搏斗;老吴将那五两银子用油纸(原本是包火药的)包好,藏在贴身的衣袋内,随后操起一根大棒子,准备与建房拼命。

明军的天鹅猛烈而急促地尖叫起来,卢象升挥刀、虎大威与杨国柱挺枪跃马冲在前面,只一个照面,卢象升便将当面的一个建房斩于马下,三个建房见状立即围上来,参军杨陆凯和亲兵围在卢象升左右。几个回合下来,卢象升原本银色的衣甲染成了血红的颜色。

建房退回去,卢象升回到营内,喝了一口亲兵端来的水,赞画杨廷麟拖着伤腿走过来,对卢象升说:

"君乃国之栋梁,岂可玉碎于此?"

"国难之际,大丈夫只能向前,岂能退缩!"

虎大威与杨国柱也力劝卢象升突围:

"为社稷计,大司马千金之躯,不可再战,吾等当保护大司马溃围而出!"

"君子危不忘义,七尺男儿不战死疆场,杀身成仁,乃死西市耶!"

卢象升断然拒绝。

这时,建房又冲过来,卢象升戟指顶在前面的建房喝道:

"谁为我取下这厮?!"

虎大威挺枪骤马,只一枪将建房刺于马下,而他也被建房砍了一刀,赖有重甲保护不曾伤到筋骨。卢象升招呼众将奋力向前疾冲,高声呐喊:

"壮士断头,马革裹尸,以死报国,在此时矣!"

"以死报国,杀!杀!!杀!!!"

月亮升起来了,吐出忧郁的紫红光芒,原本铅灰的云缕,颜色更加浓重,而且连成一片,将天际完全遮蔽,成群的难以计数的乌鸦发出瘆人怪叫,在紫月下面飞来飞去,准备降临鲜血覆盖的土地,大快朵颐地享受这难得的饕餮盛宴。

半个时辰以前,"甲子号"战车的士兵,将长矛架在卤盾上,还在和建房抵命厮杀,虽然也扎死了几个建房,然而毕竟处于劣势,很快只剩下老吴一人,被砍伤了腿躲在车厢下面,一个建房清扫战场发现了他,将他从车底下拉出来,举刀就砍,老吴侧身一滚,碰到一只装火药的桶,喊道:

"别砍,我这里有五两银子!"

听到有银子,建房瞬时双眼放光而放下闪光的刀,不错眼珠地盯着老吴从内衣口袋取出,将银子远远丢在地上。趁着建房取银子的当口,老吴掏出火镰,引燃火绳,猛地插进火药桶,火药"砰"地燃烧起来,不仅将"甲字号"战车点燃,附近的建房也都被殃及,那个抢银子的建虏被烧成了光芒四溢的火人,发出撕心裂肺的吼叫,疯狂奔跑,很快烧成了一堆灰。

4

冷月高悬。

寒冱的月光投射在厚重的雪原上,自西北刮来的大风咆哮地卷起烂银 即沙银,在银子里掺上锡一类金属,故而相对银子坚硬,而且洁白发光 似的雪雾,从枯干的黑魆魆的树丛里扭着股儿呼啸穿过,天气冷得蜇人,不时有栖在树上的红腹灰雀,冰块一般跌落下来,寒风把它们的羽毛吹透,把它们娇小的心脏冻僵了。

眺望躲在城壕后面并不巍峨的城垣,多尔衮叹了口气,不由想到八哥皇太极的嘱咐,遇到孙承宗务必谨慎,没想到这么一座叫"高阳"的小城,却被孙承宗防守得铁桶一般,狠狠地"咬"了多尔衮一口。昨日,暮霭沉沉之时,多尔衮来到北门下面,指挥攻城,没料到突然一支火箭厉声锐叫向他飞来,亏得一个亲兵从自己的马上飞扑过来,将他遮住,即便是这样,他的胡须与眉毛也被燎着了。原本漂亮的胡须被烧秃了,眉毛被烧掉了一根,白嫩的脸颊被火药熏成了锅底,而那个扑救他的亲兵则被烧成了黑炭。

高阳是颛顼(五帝之一)的初封之地,是保定府的属县,旧城在龙化乡,由于水患迁徙到丰家口。高阳县城池不大,周长不过四里,人口也只有四千。孙承宗致仕后,回到高阳,便过上了耕读习武的日子,原以为可以安稳度过暮年,没有想到建虏再次攻来,而且把高阳县团团围住。孙承宗率领家人与合城百姓登陴防守,他守卫北门,几个儿子分别守卫其他三座城门。虽然兵力严重不足,只有一百多个跟丁、家人，县里的土兵、乡勇和青壮年加起来不过千余人，但是大家明白如果城破了，将是家毁人亡，因此人人用心，个个尽力，加之孙承宗指挥有方，多尔衮围攻了三个昼夜也没有得手。想到后面还有重要的军事活动，多尔衮对参将说，撤兵吧。参将点点头，令传令兵吹出收兵的号角。

六万建房不分昼夜连续三天攻城已经很累了，而且这么座小城，即使攻进去，能抢到什么？因此建房兵并不十分热心。现在多尔衮下令撤兵正好应了大家的心思，建房不禁欢呼起来。但是就这么走了，多尔衮实在不甘心，命令建房围着高阳县城走三圈——绕城三匝，边走边喊，向守城的人示威。守城的士兵百姓，看到建房撤退，也不禁高兴地呼喊起来。

这时，范文程急匆匆从后队赶来，对多尔衮说：

"此城哭矣，现在可破，大兵毋撤！"

"为何？"

"吾听守城人呼唤之声，透出疲乏，我军疲乏，对方焉能不疲乏？现在攻城，成功在此一举！"

多尔衮认为有道理，立即召集各旗统领前来议事。多尔衮让范文程将再次攻城的理由重复了一遍，大家也觉得有道理，立即杀了回马枪，守城之人大吃一惊，重新拿起武器，只是滚木礌石、火药炮弹、弓弩箭矢已然告罄，抵抗到次日下午终究寡不敌众而力不能支。有家人跑到北城城楼，禀报孙承宗，孙承宗哎了一声，对周围的人说：

"我是大明阁老，理当为国尽忠，在此效死，汝等百姓逃生去吧！"

众人环泣不肯离去，正在僵持之际，次子孙钥匆匆赶来，让家人保护孙承宗突围，孙大怒，一脚踢翻他：

"你是大明的尚宝丞，食君之禄，忠君之事，岂可如此混说！"

尚宝丞是五品衙门，负责掌管宝玺、符牌、印章。下设三名六品职衔司丞，常以恩荫寄禄，但上面的那些事由内廷负责，尚宝丞并没有具体事情可做，只是一种名分而已。孙钥见状，不再劝说父亲，家人也都不肯离去。这时，建虏群狼似的嘶吼着冲上城楼的台阶，孙承宗挺身向前手持加钢银枪，对准打头的建虏刺去，孙承宗身材魁伟，故而他使的枪比一般枪长出半尺，建虏用刀拨开，顺势砍来，孙承宗侧身躲开，挥动长枪扎进建虏腰部，那人惨叫一声倒在地上。孙承宗瞅见孙钥被两个建虏围住，怒吼一声先是将一个建虏挑翻，再一枪搠进另一个建虏心窝，接连杀死三个建虏，毕竟老了，孙承宗不禁有些气喘吁吁。

建虏洪水般漫进城楼，儿子孙钥与家丁基本战死，只剩下一个叫路珉的家丁伴随在孙承宗左右。这个路珉原本没有名字，是孙承宗镇守榆关时遇到的一位流浪汉，诨名叫路二，后来追随孙承宗成了他的跟丁。路珉不会什么武艺，但是有一股蛮力，作战时使一把铁蒺藜，多次出生入死保护孙承宗。孙承宗让他溃围出逃，他哪儿肯听！在建虏的簇拥下，范文程与多尔衮走过来，将孙承宗与路珉围住，孙承宗靠在红色的中柱上，路珉站在他的左侧，手里提着那柄铁蒺藜。

范文程身着葵花色布甲，戴红缨兜鍪，小胡子黑黑、尖尖的，紧趋两步，对孙承宗俯身拱手：

"学生拜见阁老。"

"尔有何话，快说！"

"阁老忠心大明，路人皆知，叵耐大明如今不明，朽木为官，奸佞当道，阁老饱读诗书，岂不闻'夫灶一人炀焉，则后人无从见矣'。

望阁老思之。"

"范文程,尔本是大明万历四十三年乙卯科沈阳县学生员,尔曾祖范鏓曾为大明兵部侍郎,尔祖范沈曾为沈阳卫指挥同知,尔之祖祖辈辈皆食朝廷俸禄,理应匡君辅国,何期助纣为虐,认贼作父,甘做敌国帮凶,尔所读圣贤之书、春秋之义,读到何处去了?"

"这个么……"

范文程一时语塞。

"范文程,尔世世代代身为汉人,不思为汉人抵御外辱,反而带领异族,引狼入室屠戮本族之人,以致苍生涂炭血流如渠,潘家口一战,尔便杀汉人数万,是何道理?尔本汉人却嗜血汉人,尔之罪为天地不容,大明之人恨不能食尔肉、寝尔皮!百年之后,尔有何颜面见尔父尔祖于黄泉之下?尔岂不知,尔乃不忠不孝之奸徒,只可潜身缩颈,苟活世间,有何面目在此哓哓饶舌?与尔交谈,吾甚耻之,何不退下!"

"阁老勿恼。君不闻天命靡常,神器更易,唯授有德之人!尔大明昏君当道,残虐子民,我后金吊民伐罪,有甚不可!"多尔衮笑嘻嘻走过来说。

"尔本是我大明东北藩属,却恃强叛乱,有何德可言?尔据我铁岭、辽阳、沈阳,数千里之地,是一德也;淫我妇女,掳我良民数十百万为奴,是二德也;焚我庐舍、毁我城池、抢我财物,是三德也!有此三德,可谓无德,上天必殛之!何来吊民伐罪?尔说此话,有羞耻乎!"

"我后金乃上上之国,我后金之人乃上上之人,我后金神文圣武应天合人,尔大明气数已尽,阁老岂不闻顺天者昌,逆天者亡,今阁老蕴良材、抱大器,何不归顺以应天数?如是则我后金必厚处之!"

"我大明只有断头阁老，岂有投降阁老！！"

孙承宗摘下头盔，将头盔翻转，倒出里面的汗水，随后将头盔掷于脚下，雪白的头发与雪白的胡须纠缠在一起。一股寒风吹来，吹乱了他的须发，瞬间飞舞把他的脸遮住，孙承宗理顺须发，怒视范文程与多尔衮，范文程垂下头，感到一阵凉气从指尖向全身蔓延。黄昏的落日垂下来了，阳光混沌地灌进城楼，将飞舞的灰尘染为青铜色，多尔衮回头看看昏黄的落日，摇摇头，随即挥手，建虏刀枪并举，冲向孙承宗，路瑉挡在前面，挥动铁蒺藜，打死了几个建虏，旋被刺死，建虏齐刷刷伸出长枪，用枪尖对准孙承宗，几十枚枪尖蛇芯一般，吐出渴血凶光，孙承宗抽出腰刀雪亮砍去，砍断不少长枪，但仍有不少长枪"噗噗"地穿过土黄色布甲，刺进他的身体，孙承宗须发奋然，怒目圆睁，用尽最后力气高呼：

"三百年后，上苍垂顾，大明必复！有孙氏一人在，大明必兴！！"

喊罢，依在柱子上一动不动，建虏兵惊呆了，再没有人敢向前一步。

那年，孙承宗七十六岁。

孙承宗的儿子孙铨（举人）、孙钥（尚宝丞）、孙䥽（官生）、孙鉿（生员）、孙镐，侄子孙炼，孙子之沆、之滂、之澋、之洁、之瀗，侄孙之澈、之渼、之泳、之泽、之涣、之瀚，在高阳保卫战中全部战殁殉国。

第十一章　蓝色妖姬

1

天雄军几乎全军覆没。

这些畿南子弟将对家乡满腔钟爱的鲜血洒在大明的土地上了。

卢象升身负四箭三刀而殁，参将杨陆凯为了保护他的遗体伏尸于卢象升的背后，身中二十四箭而故。宣府的参将张岩与卢象升的仆人顾显也都阵亡。山西总兵虎大威、宣府总兵杨国柱与兵部赞画杨廷麟溃围而走。

三天以后，已经突围的副将刘钦返回战场寻找卢象升的遗体。战场血腥惨烈，乌黑的雪原上到处是残缺的尸体，血污斑驳难以辨认，有两具遗体重叠在一起，刘钦仔细辨认上面是杨陆凯，下面的虽然血肉模糊，但是从甲衣内的白色丧服与随身携带的总督印信，可以断定是卢象升。刘钦不禁大恸，将卢象升与杨陆凯的遗体迎入附近的新乐县_{今新乐市，河北省辖县级市}，杨廷麟闻讯赶来将其转移到真定府_{治所在今河北省正定县}东关，为他们洗面梳发，卢象升犹怒目嗔视，凛然如生。由于顾虑杨嗣昌的淫威，真定府的官员竟然假装不认识卢象升，杨廷麟大怒，脑门都气红了，把当地的百姓、兵丁召集来，让大家辨认，看到卢象升的遗体，人们都放声痛哭说："这就是卢公呀！"畿南一带的百姓听说卢象升阵殁了，"皆雨泣曰，卢公死，谁恤我者！"有的人甚至因为卢象升阵殁，哭得不想活了，发狂疾而亡。

卢象升的幕僚许德士，由于患病没有随军征战而滞留保定，闻知卢象升死讯立即飞马赶到真定，看到卢象升的遗体还没有入殓，于是买来一副棺木，攀棺大哭，哭得甚至不能起身，周围之人也被感动得哭泣不已。真定府的守臣畏惧杨嗣昌，不敢为卢象升大殓，许德士眼睛愤怒地立起来，斥责他们：

"卢公已然战殁两月，尚不能入棺，尔等这样做还是人吗？"

真定府的官员装聋作哑，死鱼不张嘴。许德士明白是杨嗣昌捣鬼，抗声道：

"杨嗣昌追究，请他找我好了，与尔等无关！"

二月八日，许德士为卢象升举行大殓，将他的遗体装进棺木，盖好棺盖，钉上崭新的铁钉。当地的百姓怀念卢象升，建立祠堂纪念他。

然而，事情并没有结束，盖棺也无定论，杨嗣昌仍旧纠结卢象升是否已经阵亡。他的想法是卢象升最好没有阵殁，而是兵败逃跑了，这样就可以将明军失利嫁祸到卢象升身上。为此，他派遣中军百户王贵升，也就是乐勇的师傅，到贾庄一带查看，王贵升回来报告，卢象升的确已经阵亡了。杨嗣昌不相信，诱导说，"有人见到卢象升未死，临阵脱逃了。"王贵升坚持说，"卢公真的战死了。"杨嗣昌大怒，将他关进监狱，折磨三天，皮肉都打烂了，将死时，王贵升睁开眼睛说：

"上苍不可欺，下民不可虐；天道神明，毋枉忠臣！"

乐勇知道后痛哭了三天，眼睛哭出了血。

但是，关于卢象升之死，并没有结束，有一位叫张国栋的千总将真相报到兵部，杨嗣昌不肯接受这个真相，强迫张国栋造谣卢象升"逗留不战"，张国栋愤怒地反问：

"卢公已经战死，为什么还要抹黑他？"

杨嗣昌喝令大刑伺候，张国栋毫不屈服：

"刑则刑矣，死则死矣，任京堂大人由之！坚守以为逗留，力战以为退却，是非混淆，是何缘故？苍天在上而苍天难欺！卢公死都不怕，吾又何惧焉！"

天下人知道了这件事，莫不抽泣扼腕，无不痛恨杨嗣昌丧尽天良。

然而，岂止杨嗣昌一人！

统领数万辽军的高起潜，拒绝卢象升乞援后，立即移军西行，不知什么缘故，却错误地向东走，遇到建房的骑兵一触即溃，四处散逸，高起潜秘而不宣，将战败的消息隐瞒下来。

建房继续向东南劫掠，攻陷了山东济南府 今山东省济南市 ，致使封地在济南的德王被俘，高起潜拥兵不动，一支箭也没有放，反而诬陷自杀殉难的守城御史宋学朱惧怕建房，弃城逃走，真相暴露后，高起潜却没有受到任何责罚，而恩宠如故。田府的邻人说，一天深夜，青褐夹杂的断云，低沉浮动，将原本不甚明亮的月光遮蔽，在寒凉夜幕的遮掩下，高起潜潜回京师，去铁狮子胡同田府，送了四马车的礼品，是什么礼品邻人就不知道了。只知道田府的马院里突然增加了许多良马，人欢马叫的，有一匹马，通身乌黑，鬃毛却是白色，跑起来四蹄不沾地，犹如一团黑云掠过，美丽的白鬃雾一样飘散。识马经的人说，这匹马价不会少于千金。三弟知道以后气愤得不得了，但是没有办法，他又长了几岁，积攒了不少社会经验，变得"油条"了，而且知道涉及田府的事说了也没有用，既然没用何必让父皇不愉快呢？

社会经验难道是这样积累？

应该是这样的吗？

与田府不同，田府的马是用来游乐的，卢象升的马是驰骋沙场的战马，父皇知道卢象升喜欢马，在他出征前特意从御厩里挑选了几十匹好马送给他，卢象升十分高兴。卢象升有一匹马叫"五明骥"，在南漳追杀贼寇时，卢象升被打败了，被贼兵追赶，追到沙河左岸，其时正是盛水季节，水阔数丈波浪如山，相互挤压、撞击、撕咬，发出牸牛一样的吼声，卢象升双腿紧夹马腹，勒紧缰绳仰天长啸一声，擦着浪尖飞跃而过，贼兵都惊呆了。事后卢象升写了一首诗，赞道：

历尽江山几万重，渥洼神骏喜相从。

五明共道非凡品，百战先登果异踪。

卢象升战殁后，五明骥始终在战场上徘徊，寻找它的主人，副将刘钦先是看到它，才找到卢象升的遗体，其时已届黄昏，暮云鱼鳞似的开始向夜色靠拢，吐出铁红的颜色，落日用金色与绯红的火焰点燃它们的边缘，五明骥被夕阳照得熠熠发光，拉出乌黑漫长的身影，悠远地投射在茫茫的雪原里。

寒风骤起，雪尘如沙亦如梦，五明骥炭黑的鬣毛飞扬起来，尾巴也蓬松地披散开。

这是一匹紫红毛色的战马。

太奶奶身体开始变坏，那年她八十六岁了。

午后，炜彤到景仁宫找我，说太奶奶要去太素殿，太素殿在西苑太液池北岸，是英宗爷爷建造的。太素殿前面有五座临水的亭子，有一座称"浮翠"。太素殿是一片宫殿区，里面有一座锡殿，锡的保温性能好，因此暑天时，锡殿凉爽。太奶奶说，锡殿是太爷爷特意为她修建的，因为太奶奶年轻时身体丰美，人胖怕热，每年夏天太奶奶都要到那里居住。六十岁以后，太奶奶变瘦了，太奶奶高兴周围的人也高兴，有钱难买老来瘦，但是太奶奶却从怕热变为怕冷，就很少去锡殿了。今天太奶奶说要去锡殿，难道她有什么心事？我问炜彤，她摇摇头。

太奶奶已经打扮好了在慈宁宫等我们。我问她：

"去太素殿？"

"是的。"太奶奶点点头，抚摸我的头：

"好丫头，又长高了。"

太奶奶坐在暖轿里，八个内侍抬着走，我和炜彤也各坐在一项四人抬的暖轿里紧随其后。我们从西苑南门进去，沿着东岸绕到北岸，进入太素殿，径直走进锡殿。锡殿内冷飕飕的，我和炜彤搀着她在明堂里徘徊许久，锡殿的内檐上悬有一块横匾，粉底金字写道："爱兹在兹"，太爷爷御笔。宫里人说，这是太爷爷写给太奶奶的，因为宠爱太奶奶，故而送给她一座宫殿，封她为昭妃，掌管皇帝宝玺，又因为是赠送美人的，太奶奶那时是官秩四品的"美人"，因此将匾额漆成粉红颜色，写出"爱兹在兹"叫小姑娘脸红的话，年轻的太爷爷风流倜傥，为了心爱的女人什么事不可以做，什么疯话不可以说呢？

365

我曾经问太奶奶这方匾背后的故事，太奶奶不说话，陶醉在幸福的静默里，我感觉在她浓重的脂粉下面，被脂粉掩盖的脸颊一定会发红发热。

太奶奶又进到东暖阁，细细抚摸床上的银红撒花锦被，久久不肯离开。我和炜彤担心耽搁的时间长了，而这里寒冷，不利于老人家，太奶奶点点头，扶着我和炜彤的手离开锡殿。

经过西天禅林时，太奶奶的暖轿在大红牌楼前方停下，我们赶紧下轿。搀着她从牌楼下面走过去，穿过山门、天王殿，进入真如殿，在佛祖前面拈香静思。我和炜彤搀着她，感觉她的胳臂微微有些发抖，赶紧搀着她走出大殿，在一处暖和的偏殿里休息。休息了一会儿，唤内侍把轿子抬到偏殿的台阶下面，我和炜彤把太奶奶扶进暖轿，便回慈宁宫了。

在西苑，西天禅林是一座大庙，山门前面的牌楼博大宽厚，洋溢雄浑、端丽气派，后面的真如殿通体用金丝楠木构成，不施任何色彩，而以珍贵的本色示人。金丝楠是棕红色的，时间长了，蜕化为棕褐色，焕发一种自信的高贵与典雅。我至今记得，我、炜彤和太奶奶上香那天，皎洁闪亮的白云从海面淡蓝的波涛上推送过来，聚拢在真如殿上空，犹如一柄璀璨的华盖，而大殿内佛祖的金身静穆发光，蔚蓝的发髻有一种说不清的神秘感。

我有一次做梦，梦见和太奶奶上香，突然太奶奶不见了，炜彤也不见了，内侍说她们去真如殿了，我跑到真如殿，真如殿也不见了，只剩下那三尊庄严的佛像，裸露在慵懒的阳光下面，在树荫的浓密遮蔽下，阳光是浅墨色的，发光的金漆都剥蚀了，只有发髻的蓝色没有脱落，蓝得可亲，蓝得使人追忆往昔甜美芬芳的日子而产生一种堕泪感。我真的希望这个梦能够长久做下去，然而好梦自古空遗恨，突然被闹春的猫惊醒了。

那是两只绿眼睛的黑猫，我知道你们欧罗巴人也不喜欢黑猫，认为它充满沸腾的妖气，我也这样认为，黑猫总是给我以不祥之感。因为我不喜欢猫，所以猫也不喜欢我，只要我走过去，无论什么颜色的猫便倏地消失，不像田妃，养了一只可以荡秋千的白猫。猫是通灵的动物，因为我不喜欢猫，故而猫也不喜欢我，双方充满敌意，举凡猫季（闹猫），景仁宫红色的围墙与金色的屋顶上必然少不了猫的长呼短嚎，黑猫、白猫、橘猫、灰猫、蓝猫、黑白猫、杂色猫，是刻意前来报复我吗？讨厌死了，当时哪儿想得到，那只趴在前檐窥视大殿的橘猫后来竟然救了我的命呢！

说来你们可能不信，那只橘猫有很长时间没有来景仁宫，突然有天又出现了，瘦骨伶仃地在大殿风门外面不停地哀叫，叫得让人心烦。我让绛雪走出去，不一会儿，她回来说这只橘猫带她来到一处偏僻地方，在墙角地沟里畏缩着一群小奶猫——那时已入秋季，细雨连绵冷飕飕的，雨夹持风拧着身子从西北顺长巷扫荡，至少有五六只湿淋淋的，看见她"喵喵"叫，可怜极了。刘妈说，这应该是橘猫的崽儿，找咱们要吃的呐！说完看着我，我点点头，让绛雪找来食物和一只空箱子拿过去。佛说，万事皆有因缘，哪儿想到我和橘猫居然有这样的因缘！

过了两天，父皇去慈宁宫看望太奶奶，太奶奶在东暖阁午休，父皇端坐在明堂等候。国事繁忙，父皇昨夜没有休息好，坐在椅子上不觉睡着了。太奶奶醒来，小心叮嘱内侍不要惊醒圣上，又要尚衣晚翠儿取来被子盖在父皇身上。片刻之后，父皇猛地醒来，站起来整理衣冠，向太奶奶赔礼，说连续两夜批阅奏疏不曾合眼，因此在太妃面前如此不能自持，太奶奶听了父皇的话心疼得不禁落泪。

说到国事，父皇说：

"增兵要增饷，向农户增税，向工商增税，已然增加不少，但依旧不足以养兵。如若再增恐怕发生民变。"

"有句老话'开源节流'，既然开源无法，不妨从节流上斟酌。"

"如何节流？"

"按照祖宗家法，后宫不可以干政，但我今日所说乃是后宫之事。"

"请太妃赐教。"

"请从膳食入手：

"皇上每日膳费是36两银子，每月以三十天计，是1080两；

"皇后每日11两，每月330两；

"承乾田贵妃、翊坤袁贵妃两宫，每月各164两；

"皇太子每月154两；

"皇三子、四子两宫，每月各120两；

"长平、昭仁两宫公主同之。

"每月总计2372两。每年合计28464两。一名兵饷以每年12两折色银子计，两万多两的膳费可以供养两千三百多个兵。节俭一半也可以供养一个千户所的兵。如果内戚、勋贵、朝臣，家家节俭，地方官员也奉行之，何愁无饷养兵！"

既然不能开源，那么节流总是应该的吧！

第二天，父皇下谕内阁：

"修省应有实政，庶几挽回气运，仰希天慈。如贼寇失事各案应速结，战守有功应速叙，此二事全赖先生们秉公担当。如钱粮不足，极宜节俭，先自朕躬始。若祀典丰洁，仍旧不敢议减外，朕久服浣濯之衣，此无可议，唯日用膳品减去一半，各宫分减去十分之四，宫女内员桌银减去十分之三，通俟平定之日照旧。在外衙门有可节裁者，亦著照此推行。载入兵火焚杀之酷，灾变死亡之惨，朕皆不能拯救消泯，殊愧君师之位。今又添嫔御之奉，乃是增过增惭之举，其选择之事，竟宜停止，此亦节俭之一事。其章疏沉压过多，朕不能朝上夕下，稽误政几，皆朕之过。当极力批阅发行，先生每即拟旨来行。"

内阁很快拟好上谕，父皇允准后便颁发了。但是并没有任何效果。父皇的膳费减半施行了不到半月，光禄寺便向大伴哭穷，说请不到好厨子，好厨子是要高价的。朝廷的朝官与地方的官员本来薪俸便低得可怜，京官如果没有地方官员夏天的"冰敬"、冬天的"炭敬"，只能做乞丐在街上讨饭！洪武爷爷时，一个正一品官员，月薪不过75石大米，年薪900石，以一两白银购买2石大米计算，折合450两白银。正七品的县官，月薪7.5石，年薪90石，折合45两白银。些许银两让他们如何节流？

说来诸君可能不信，洪武初年，弘文馆学士罗复仁为人清廉，无钱在城内租房，只好借居郊外。太祖爷爷，仰慕他的名声，跑到他家看望，看到两间东倒西歪的破房外面，一个光脚打赤膊的民工提着桶刷墙，太祖爷爷问："罗复仁住在哪里？"没想到这位民工立即下跪对太祖爷爷说："臣就是罗复仁。"太祖爷爷的尴尬与惊讶，我实在难以想象，真的难以用笔写出来！纯粹的清官，那日子是过不下去的，大名鼎鼎的海瑞做县令，穷得自己在院子里种菜；他也养不起衙役，只能由自己的老仆兼任。他给老母祝寿，买了二斤肉，一时成为满城轰动的新闻，乃至惊动了浙江总督胡宗宪，聚会时与幕僚玩笑，曰："昨闻海县令为母寿，市肉二斤矣。"

他们怎么撙节？

如果有一枚金手指呢？记得刘妈讲过北京的沈万三，诸位可能会问，沈万三是江南富豪，与北京有什么关系？江南的沈万三我这里不说，只说北京的沈万三。沈万三是个穷老头子，但他有一根金手指，指向哪里，哪里就有银子。沈万三有个怪癖，只有挨打的时候，他的手指才有灵验，家里人知道他这个怪癖，然而谁下得了狠手？成祖爷爷修建北京城，没有银子，便把他抓来，狠狠打，打得皮开肉绽，拉着他四处走，走到一片洼地边上，又是一顿打，沈万三实在忍不住了，便把手指向那片洼地，一连指了十次，兵爷们按照他手指的方向，挖出了十窖银子，那个地方就是今天的什刹海。

北京城就这样修好啦！可惜，沈万三也被打死了，据说他住在鼓楼西侧稻田清虚仙院 后称清虚观，尚存残址，在北京西城，所在之地称清秀巷 附近。如果有他，父皇还用发愁吗？

为什么要把他打死呢？

勉强支撑了几天，太奶奶终于支撑不住了，她勉强坐起来，让炜彤给她化妆，画好了，让炜彤拿过镜子左看右看，又颤栗着眉笔将眉梢向上提了半分，眼窝的粉红涂得更艳一些，这是太爷爷喜欢的样式，她要去见太爷爷了。听她这么说，炜彤哭成了泪人。

午夜三刻时分，太奶奶薨逝了。她留下了两份遗嘱，一份是给父皇的，她将多年积攒的两万两私房钱留给父皇做军饷；一份是留给母后等人的，她将首饰分成八份，一份给母后，一份给婶婶，一份给袁贵妃，一份给炜彤，一份给昭仁妹妹，一份给我，一份留给慈宁宫人，还有一份竟然是留给田妃的。我当时不理解，为什么要留给自己讨厌的人？我现在也到了老身不计人间事的年纪，明白了人之将亡，其言也善，在死亡面前一切怨恨都无足轻重了吧！

2

壬戌<small>洪武十五年</small>，太祖爷爷的皇后马奶奶薨逝了。

太祖爷爷下谕在京官员与候选官员参与葬仪。户部发给这些官员每人一匹白麻布，让他们自己制成丧服，做成斩衰<small>读"崔"，"五服"中最重的丧服。用最粗的生麻布制作，断处外露不缉边，称"衰"。以示不做修饰以尽哀痛</small>的样式，二十七天以后除服，之后再穿一百天素服<small>没有补子与任何装饰的衣服</small>。

三天以后，在京官员身穿素服来到右顺门外，换上丧服进入宫内哀悼，之后再换上素服举行奉慰礼。三天以后停止。第四天，武官五品以上、文官三品以上有封号的命妇，除去首饰，擦掉脂粉，以麻布盖头，穿麻衣、麻裙、麻鞋，进入乾清宫哭临。

外地的官员、命妇与在京官员、命妇一样，也要穿三天丧服。全国军民百姓则穿三天素服。京师四十九天、外地三天，禁止宰杀牲畜；一百天之内，禁止音乐、祭祀；禁止出嫁婚娶，官员一百天，军民一个月。

发引的前一天，到太庙祭告，祭祀金水桥、午门以及钟山诸神。太祖爷爷到几筵殿<small>陈设几筵的宫殿。几筵是安放神主的座位</small>祭祀，百官齐聚朝阳门举行告别礼。在这一天发引，马奶奶的棺椁安厝到孝陵的墓室后，太子再一次进行祭奠，将神主的牌位请回宫内时，百官依旧站在朝阳门外等候迎接，太祖爷爷也在宫内守候，在几筵殿设酒馔祭奠，称"虞祭"，如此这般，要陆续举办九次。之后，再次告祭、拜谢钟山神灵，举行哭祭礼后，便将神主的牌位送到太庙举行附祭礼了。

一百天以后，太祖爷爷在几筵殿祭奠马奶奶，这次祭奠，太祖爷爷只敬不拜，太子以下的亲人烧帛献酒，百官则穿素服行奉慰礼。之后，太子、亲王、妃子、公主去孝陵用牲畜与美酒祭奠，公侯等人跟从在后面，而命妇再次去几筵殿祭奠。此后，每逢节令和马奶奶忌日，太子、亲王都要在几筵殿和孝陵举行祭祀活动。

一周年，举行小祥礼。小祥时，太祖爷爷辍朝三天，在灵谷寺与朝天宫设醮各三天，禁止在京城屠宰、奏乐。太祖爷爷率领皇太子以下等人到几筵殿祭奠。百官再次身穿素服到宫门进香，再到右后门举行奉慰礼。命妇则进入几筵殿进香。两周年，举行大祥礼，把神主牌位放进奉先殿，百官行奉慰礼后，马奶奶的丧仪便终止了。

太奶奶薨逝，父皇十分伤心。但是囿于礼制，太奶奶的丧仪不可能办得像马奶奶那么风光。也不可能像李太后，李太后那时，神宗爷爷下谕全国各地寺庙，要叩钟三万响。太奶奶自然不会了。先是，父皇身穿丧服去慈宁宫给太奶奶行奠祭礼，随后辍朝三天。母后、田妃、袁妃、太子哥哥、三弟、五弟、昭仁妹妹和我，还有炜彤都穿上白色麻衣，在太奶奶的灵前守夜。看到放在几筵上写着太奶奶名讳的神主，炜彤哭得昏死过去，女官赶紧把她搀扶到偏殿将息。母后、婶婶、袁妃伤心落泪自不用说了，没料到的是，田妃竟然也哭得稀里哗啦，泪水将胸前的麻衣湿透了。看到她泪眼婆娑的洁白面庞，我突然涌起梨花一枝春带雨，白乐天的那句，只有在这时才深刻感悟的诗，美女无论在任何场合，穿戴任何服饰都是美丽的，那是上苍的赐福，是女人几辈子也修不来的福分。多年以后我逐渐晓悟了，女人的美固然在乎颜值，在乎白、瘦、修长、窈窕、娇嫩、千娇百媚而沉鱼落雁，眼睛像星辰一样亮丽俊秀，乌黑的长发宛如瀑布落下，但那只是相貌之美，对于女人，不过是春波易逝而花开一瞬，真正的美不只是单纯的倾国倾城，而是即便满头盈雪，在岁月的激流中，也要像太奶奶那样，保持女人之为女人温婉的智慧与定力，躲过郑贵妃、魏逆与客氏的凶焰，而得以颐养晚年。想到前几天陪太奶奶去锡殿、真如殿的情形，依旧历历在目，我的心如同刀割一般，从此天人两隔，再也不能相见，而太奶奶茕独一人在长夜墨色里走向茫茫旅途，太爷爷会在哪里迎候她呢？这时，繁密的经声响起来，宛如秋虫亿万在耳畔爬行，经声中白幡飘拂，风动、幡动、心动，哭丧的唢呐 也有吹管子的 随着白幡的飘拂也升腾到半空。哀声中，忽然，那唢呐透出调皮的欢快，父皇知道太奶奶生前喜欢音乐，因此特意命鸿胪寺在太奶奶的灵前安排了二十四名女乐。然而，我无论如何没想到这些女乐竟然吹出这样的乐曲，炜彤告诉我，那曲子是太奶奶生前钟爱的，临终时特意嘱托安排。我后来听说，这是一曲在保定附近十分流行的吹歌《放驴》，太奶奶幼年曾经在那里生活。杜诗圣有言，人生七十古来稀，太奶奶薨逝那年已是八十六岁，早过杖朝之年，在这个年纪辞世，属于老喜丧。这么想着，在神秘的经声与这样的乐声交响中，太奶奶的丧仪无论如何显得与众不同了。

发引的前一天是点主。

之前，讲书官讲书，讲经官讲经和童子诵诗。讲书官在前，讲解《论语》中关于"孝"的章节。先是朗读原文，之后进行阐释。这种活动，对今天诸君而言肯定是生疏的，我在这里做些简单解说。在那晚的丧仪中，翰林院派来一名讲书官与一名讲经官，讲书官是侍讲学士，讲经官是侍读学士。这两位学士都是从五品，名字我忘记了，只记得讲书官姓刘，讲经官姓司徒。

讲书要讲三讲。第一讲是"孟懿子问孝"：

孟懿子问孝，子曰："无违。"樊迟御，子告之曰："孟孙问孝于我，我对曰无违。"樊迟曰："何谓也？"子曰："生，事之以礼；死，葬之以礼，祭之以礼。"

此段章节出自《论语·为政》。讲书官说《论语·为政》是阐释孔子为政以德的思想。德之基是孝，故而讲德要从孝开始，古人云以孝治天下就是这个道理。孟懿子，姬姓，谥号懿，是孟僖子的儿子，孟子的六世祖。孟懿子问孔子什么是孝，孔子说："孝就是不违礼。"樊迟给孔子驾车，孔子告诉他："孟懿子问我什么是孝，我回答他说不违礼。"樊迟问："不违礼是什么意思？"孔子说："父母活着时，要按礼侍奉他们；父母去世后，要按礼埋葬他们，祭祀时要依据礼祭祀他们。"做到这三点就是无违，就是侍亲不违礼。简单说，就是让父母活着时，享受生活的快乐，故世后选择一处好茔地安葬，按照年节时令上供，所谓春秋致祭，以时思之，陈其簠簋而哀戚之，这就是孝。

讲到这儿，第一讲结束了，刘讲书官站起来，向左右致意。赞礼官唱道："诵经、奏乐！"

之后是第二讲"子游问孝"、第三讲"子夏问孝"，都讲完了，鼓乐大作，讲书官退下，讲经官上位，开始讲《孝经》，当然不是全本，也只是片段。这两位讲官的口才都很好，阐释得也深入浅出，只是时机不对，深陷哀痛之海的我们，怎么会集中心思认真谛听呢？

这时，四个身穿青衣的童子走上来，用金子一般的声音吟诵《诗经》中的《蓼莪》：

蓼蓼者莪，匪莪伊蒿。哀哀父母，生我劬劳。

瓶之罄矣，维罍之耻。鲜民之生，不如死之久矣。

莪 今称莪蒿，是一种水边植物，绽放黄绿颜色的琐碎花朵，叶细如针，嫩时可食，我曾经把莪采摘下来，放进花瓶，然而莪如今已然不在，只剩下那只花瓶，没有莪的依伴，花瓶就空了，没有花的花瓶还有什么意义呢？听到这里，我、炜彤、三弟、太子哥哥，我们无不大放悲声，泪水涟涟如同浅蓝色夏日的银色骤雨倾盆而下，我这是第一次参加亲人的丧仪，第一次体会失去亲人的内心是如何痛苦，"南山律律，飘风弗弗。民莫不穀，我独不卒！"我在内心呼喊，让我也随太奶奶去吧！

文震孟老先生登场了，他是点主官，襄主官是吴梅村，还有一位鸿题官是翰林院的梅翰林——以书法见长。我记得在前面讲述朝官弹劾周延儒时，提到过吴梅村，此人是江南太仓 今江苏省辖的县级市，由苏州市代管，位于江苏省东南，长江口南岸 才子，张溥的弟子，复社成员，父皇四年，中了一甲状元 也有人说是探花，他的老师张溥也参加了这次大比，但只中了三甲第一名。吴梅村那年二十三岁，给假归娶，光华满路，荣动一时。因为意趣近，吴梅村与文震孟双方便走得近，但是无论如何，二人也不会想到会在太奶奶的丧仪上共事吧！

文震孟、吴梅村，还有梅翰林都面容肃穆，吴梅村与梅翰林春秋鼎盛，而且面容比实际年龄娇嫩，文先生则显得苍老，额头与两腮的皱纹透出深刻，他高中状元那年因为上书而被廷杖，太奶奶派大伴偷偷给他送去海外婆罗洲的一个仙方，接连喝了三十九剂，虽然被打伤了一条腿，却保住了一条命。

大伴说，文震孟是东林党人，东林党人当时拼尽身家性命为爷爷争得太子之位，之后又为熹宗伯伯保住帝位，而当时宫内只有太奶奶支持东林党，因此东林党人对太奶奶尊敬有加，这次请文老先生做点主官是太奶奶的遗嘱，请吴梅村与梅翰林则是鸿胪寺做主，因为他们是有文化声望的朝臣。

题主时，文老先生居中，吴梅村居左，梅翰林居右。他们身后是赞礼官，分大赞、副赞——也就是襄赞，再下是副赞甲与副赞乙。

大赞朗声唱道："发酹！"三弟从太奶奶灵柩的左侧走出来，内侍给他斟满一杯酒，三弟俯身倒在奠池内（太奶奶没有儿女，父皇指派三弟做孝子）。襄赞唱道："严鼓！"鼓声响起来，但很快止住。副赞甲唱道："鼓再严！"鼓打两遍，止住。副赞乙唱道："鼓三严！"鼓打三遍，止住。大赞唱道："奏乐！"乐起，止住。襄赞唱道："大吹，掌号！"号声起，止住。副赞甲唱道："细吹，鸣金！"打三声锣，乐起，很快止住。副赞乙唱道："合吹！"鼓、号、笙、笛、管、箫、唢呐、九音锣等合奏。很快音乐止住，三弟走到文先生等三人面前，行俯身礼，文先生等三人起立还礼。三弟将装有神主的神盒放到神案上，在赞礼官的唱声中，襄主官吴梅村打开主盒，取出里面的神主牌位。只见上面写道：

"大明宣懿康昭太妃刘氏讳　昶　神主之位。"

神主中的"神"缺"竖"，"主"缺"点"。吴梅村用墨笔将这两个缺笔补上，这是墨笔增辉。过了一会儿，文先生在刚才吴梅村的补笔上用朱笔再补一遍，谓之"盖主"，这就可以辟邪了。又过了一会儿，鸿题官将神主装入盒内，交给三弟，三弟捧回放到几筵上，复回到公案前，俯身致谢，文先生等三人站起来俯身还礼。大赞唱道："礼成！"几乎在唱声的同时，鸿题官梅翰林将墨笔与朱笔掷于身后，据说，这种笔，题过神主之后便具有了神奇的魔力，用它们写文章便神思泉涌而锦绣生花。尤其是今天这两支笔，格外不同，因为这是两个状元（文震孟和吴梅村）题过神主的笔，而文震孟和吴梅村又分别是东林党和复社成员，他们在这方面的合作是难以想象的，自然这也是太奶奶在天之灵的撮合吧！

这两支笔后来不知被何人拿走，据说一支流传到曲阜，一支停留在金台，后世这两个地方产生的惊天动地之文，圣洁的桃花与红楼里年轻的春梦在仙乡飘浮，便得庇于这两支笔的绵延福泽。

第二天发引。

太奶奶与其他皇室的发引，没有什么大的不同，灵柩前面无非是开路神、铭旌、花幡、仪仗、乐队（设而不奏），后面是骑马执豹尾枪的后扈，唯一引人注目的是雪柳 以细竹条裹上带穗子的白纸，插进三四尺长的竹筒里，使之下垂如柳，故称雪柳 之多，白色的雪柳浩浩荡荡、轰轰烈烈、纷纷扬扬、哭天抹泪，撞人心旌，京师的街道仿佛飘了一场彤云密布的漫天大雪。

3

爆炸了！

西直门内北边安民厂 今桦皮厂胡同以西至西直门立交桥一带 的火药局爆炸了。

景仁宫天花上的金凤凰惊慌地向四处逃逸，但是很快又聚拢回来。我深切的感觉是大殿里的柱子、梁枋扭动了几下，但瞬间便恢复了原位。刘妈与绛雪等宫娥冲进殿内时我已经跑到门口，我们一起冲出去，刚刚冲出殿门，左侧飞檐仔角梁上的彩色套兽甩了出来，擦着我们的头跌落在月台上，摔得粉身碎骨，套兽上的一颗眼珠，在我的脚下滚来滚去。那颗眼珠是立柱形状的，半截黑色，半截白色，镶嵌在套兽的眼窝里时只能看见它的黑眼珠，如果没有这次爆炸的冲击波，我永远看不到这颗眼珠雪白的后半截。这颗眼珠在我们脚下怪异地滚来滚去，发出粗粝刺耳的响声，伴随着隆隆的震动，云端撒下细密的黑色颗粒，散发刺鼻的血腥气息，阳光被这些颗粒与气息包裹，天色顿时暗下来，黄昏倏忽来到了。

夜间，那只橘猫又爬上前檐，勾着头向大殿里看，厚重的帷幕华丽眨动，杏红的烛焰吐出明亮的灰色阴影，将赤色宫烛一寸一寸吞噬。橘猫突然打个哈欠，不小心从前檐跌下，打个滚抖抖毛上的土走进宫殿，向我走来。我从小害怕猫、犬一类小动物，从心里嫌它们脏，但是自从有喂养它与它孩子的那次经历，我对那只橘猫就不再那么讨厌，而那只橘猫也和我混熟了，也不像往昔那样高冷，反而时常趴下来贴近我，让我抚摸，但我一次也没有摸过，我还是从心底里惧怕它们，而且我是金枝玉叶怎能轻易抚摸一只野猫？橘猫看我没有抚摸的意思，懊恼地离开我，重新跳上宫殿前檐，回头瞅了我一眼，惘惘然，消失在肮脏的茫茫夜色里了。

火药局是工部制造火药的处所，原本在王恭厂 今光彩胡同一带，位于宣武门内，京城的西南角，天启六年五月，王恭厂发生了爆炸，便将火药局从宣武门迁徙到西直门，京城的东北角，那次爆炸波及的范围比今天安民厂大多了，东起顺承门大街 今宣武门内大街，北至刑部街 今长安街西单路口以西，周围十余里尽为齑粉，房屋数万间全部倒塌，无从辨别道路门户，死伤数万人，僵尸层叠，秽气熏天，城中屋宇无不震裂，京师若狂，百姓发疯似的在胡同里跑来跑去。当时，熹宗伯伯正在乾清宫进膳，冲出来向交泰殿跑，内侍俱不及随，只有一个近侍搀着他，临近交泰殿时，一块屋瓦飞落下来砸在那个内侍头上,立即被砸死了,而熹宗伯伯则丝毫无损。其时正在复建皇极殿,脚手架有摩天高,数千名工匠在上面做活,一个人也没有受到损伤。皇城里面,只有搀扶熹宗伯伯的那名内侍恰恰遭遇了不幸。

皇城外面,那天发生了许多怪异之事,王恭厂西边的圆弘寺街_{今尚存,称园宏胡同},一名女子坐在轿子里由两名轿夫抬着走,轰隆一声巨响,轿顶没了,女子身上穿的衣裙、头上戴的首饰也都没了,只是赤身坐在轿子里,两名轿夫的衣服也都不见了,却精赤条条地还在抬着轿子走。如同这个女子,所有受伤的女人,俱是寸丝不挂。一个姓项的夜役,被倾圮的山墙压住腿,不能走动,只能眼睁睁看着仓皇地络绎行走于街道的妇女,有用瓦片遮住阴户者,有以半条脚带掩住下体者,有披半边被子者,有以一副被单裹住全身者,没有物品遮挡的索性把头发披散开来遮住自己的脸,俊俏的与丑陋的,洁白的与昏暗的,放开脚步疾走,却不知到哪里去。

女人是这样,男丁也是如此,有一名长班,走在路上,蓦地一声巨响,帽子、衣裤、鞋袜,刹那之间消失得无影无踪,只能光着身子在路上走。这些衣物有的飘到西山,挂在树梢上,有的落到昌平的校场里,衣服堆积宛如彩色山丘,金首饰、银首饰熠熠生辉地无所不有。石驸马大街上有一只五千斤的石狮子飞上天空,竹蜻蜓似的在云端里旋转,久久不肯落下来,突然砰的一声,倾斜地向南面飞去,慌慌张张跌到宣武门外,把惊恐万状的行人砸成肉酱。更可怕的是,西安门外飘落血色的霏霏铁雨,遥望云色,或如乱丝扰动,或如怒涛恣睢,或如蘑菇升天,或如恶魔争斗。西单牌楼一带,从浑浊腥臭的天空,飞堕下不少人头,带胡子与不带胡子的,男士与女子,也有单独的鼻子、眼睛、耳朵、眉毛、胡须、牙齿、脚趾、手掌,还有紫色的嘴唇。这些天空坠物,先是匆忙地乱糟糟地向地上掉,后来逐

379

渐放慢了节奏，最后下了一场瓢泼的血雨伴随隐隐的幽泣之声。有一位从漳州来京述职的官员，在长安门外遇见友人，双方拱手行礼，轰隆一声巨响，对面行礼的朋友，总计是六个人，头颅全部不见，而身体依旧保持躬身行礼的姿态，把这个漳州人惊吓得跌倒于地而昏厥过去。

这还是人间吗？！

东厂是成祖爷爷时设立的，负责侦缉各处情况，凡中府等处会审大案、北镇抚司拷讯重犯，东厂都派人前去监听记录装订成册，于当晚，或次早奏入宫中；东厂的人每天要去兵部，查看有无塘报、有无人员进部；京城各门、皇城各门关防出入，或地方失火，或雷击何物，亦奏闻之；每月晦日（每月的最后一天），将京城的杂粮、米、豆、油、面的价格汇总进奏。目的是"欲九重之上览物价之多寡，即知农岁之丰歉；以商贾之通塞，即知道路之险夷，总留意民岩第一义也。"

东厂设有提督太监一员（由最亲近的太监担任），其下设有掌刑千户、理刑百户各一员，由锦衣卫的千户与百户担任，称贴刑官；再下设有掌贴、领班、司房四十余名，由锦衣卫拨给，这些人穿直身（没有下摆的长袍），戴圆帽、蹬皂靴；再下是十二伙管事，也是圆帽、皂靴、但不穿长袍而改为裰褶；再下是挡头办事百余名，分为子丑寅卯十二伙，圆帽、白靴、裰褶。最下是一千余名番役。

东厂设有内外两处衙门。内署在皇城东上北门，混堂司南边，外署在皇城外东侧的东厂胡同_{今尚存，在北京东城}。外署坐北朝南，里面是一座大厅，大厅左侧是一座小厅，供奉一轴岳武穆的画像。大厅后面有一座砖影壁，上面雕刻狻猊等瑞兽与狄公断虎故事。大厅西侧是祠堂，供奉历来执掌东厂的提督太监牌位。祠堂的前面有一座牌坊，横额写道："百世流芳"。稍南是一处监狱，关押重犯，罪行轻的则关押在东厂围墙外的牢房里。东厂的南门是正门，平常不开启，进出办事走西南的边门。

我记得在绿水鬼中回忆，说到红鼻子蓝大夫与白莲教的金眼雕、卷毛忽律等几个蟊贼，虽然都是小人物，却犯了谋杀天子的大罪，被判了三千六百刀的剐刑，等待秋后处决。然而想不到的是，这些人虽然微渺却处于繁密的人世网络之中。他们进了东厂大狱，外面的人千方百计地要把他们营救出来。找来找去，找到一个牢头，先是送酒，后是送女人，当然是三等下处的女人，再后是拜把子，便结为死党了。

这个牢头叫曹钦程，江西德化（今江西省九江市）人，进士出身，授吴江知县，为人贪婪滥刑，被巡抚周启元弹劾，贬官改任顺天府学（今存，在府学胡同西口北侧）教授，不久调国子监助教，没有实权了。后来他又谄附东林党人汪文言，调为工部主事。东林党垮台后，曹钦程立即反戈一击，揭发汪文言与东林党种种罪行（大都是编造的）。很快，投到魏忠贤门下，像对待父亲一样侍奉魏忠贤，成为十狗之一，被提升为太仆寺少卿。曹钦程卑谄无所不用，以致受到同伙的鄙夷，魏忠贤认为影响了自己声誉，指责他是害群之马，革去他的官职，把他赶出朝廷，辞别时曹钦程对魏忠贤说：

"现在，国君与臣子的礼仪已经断绝了，但是您和我——父亲与儿子之间的恩情却难以忘怀。"絮絮叨叨地说着流泪离去。魏忠贤望着他远去的背影，不知说什么好。

魏忠贤覆没后，把他抓进诏狱，入逆案首等当死，逆案中人一个一个都被正法了，不知什么原因他却无人过问，时间长了，家人以为他已经瘐死狱中，不再提供食物，曹钦程便去抢其他囚犯剩余的食物，每天吃得醉饱。就是这么一个人现在混成了牢头。只要有朝臣入狱，他必然万端索取。别人被抓进监狱，必然散尽家产，而他却大发其财，终其大明三百年，也仅此一例。他的事，我们留在后面再说。

也是活该有事，安民厂爆炸那天，恰好曹钦程值夜，混乱之中将红鼻子等人放出去，原本这几个人跑走就算了，但这些人哪儿是省油的灯，不仅自己跑了，而且有意识地将死牢的牢门打开，躲在死囚后面。死囚们呐喊一声冲出去，与狱卒拼杀，这些人都是判了死刑的"鬼"，不拼杀必死，拼杀或者还有升天之机，故而无不拼命向前。狱卒们虽然手持利刃，但心无斗志反而不是对手，被死囚占了先机抢下利刃，剁翻了几个，发声喊四散了。冲出牢门，死囚们便各奔东西，熟悉京师道路的不少跑了出去，但大半只是在城里东藏西躲，次日京营派出兵丁将他们大部分抓回，此时不再等候秋审了，而是就地正法迅速将头颅砍去，尸体扔到路边，丢给大兴与宛平二县处理，头颅则被京营的士兵挽在手上提走请赏，据说一颗人头可以请到二两银子。安民厂爆炸后的无名死尸，也被兵丁们砍下人头取走请赏，官府收到请赏的人头数量比死囚多了数十倍。

再说红鼻子蓝大夫，越狱后溜出京城，不敢回三河，而是与金眼雕、卷毛忽律结伴回到定兴，转身去河南投奔了李岩与红娘子的贼军。红鼻子做了军务，那两个蟊贼做了伍长。后来这个红鼻子蓝大夫跟随李岩的军队汇入大顺军，风云际会成为大顺朝天佑殿大学士，而那个九龙山的矬子道长叫宋献策，被他（不知道自己曾经被宋出卖）引荐做了大顺军师。但也有人说，那个红鼻子蓝大夫在逃跑时被杀死了，与牛金星不是一人，牛金星是河南卢氏县（那个地方出葛根）的举人，不是直隶三河的大夫。这是后话，我这里只说温体仁，也是在那年，被父皇罢黜，起因还是钱谦益。

钱谦益被贬谪回到常熟故里后，断绝了做官念头，但发财念头还是有的，为了争夺一块良田与乡绅陈履谦发生争执。陈履谦与温体仁友善，二人合谋唆使常熟县衙书手张汉儒告御状，攻讦钱居乡不法，侵占地方钱粮、勒索地方大户、侵占官地营造市房，等等，等等，总计二十五条罪状，经手赃银三百五十余万两。张汉儒的御状送到内阁，温体仁立即拟出阁议，将钱谦益逮入京师拘询。父皇对钱谦益，本来印象极坏，见此人如此横行乡里，不禁怒火冲上脑门，当即批准将钱谦益下法司治之。钱谦益被押解进京，囚禁在刑部大牢内。巡抚张国维等人接连上疏，为钱鸣冤，但无济于事。钱谦益也接连上疏申辩，自然更是于事无补而心境低沉，天愁地惨之中写下了三十首狱中杂诗，其一曰：

支撑舌剑与枪唇，坐卧风轮与火轮。
不作山中长醉客，除非绛市再苏人。
赭衣苴履非我病，厚地高天剩此身。
老去头衔更何有？从今只合号罢民。

《左传》记载宣公八年春，秦国的一名间谍被晋人处死在绛城的街市上，却在六天之后死而复生。钱谦益在诗中采用了这个典故，企望自己能够像秦国的间谍在厄运中逆转。在此诗的末句，钱谦益叹息自己现在是身穿红色囚衣的犯人，即便释放出狱，过去旖旎的荣光也将一笔勾销，而成为不从教化、不事劳作的疲困之人。钱谦益的申辩，转到内阁便石沉大海，这是自然的，而且绝对不会让父皇看到。

钱只有等待三法司会审了。言官章允儒——如今已是礼部仪制司的郎中（正五品），怜悯他，又痛恨温体仁，夜间去牢里看望。关押钱谦益的那个地方叫南所 在西新帘子胡同南侧，二十世纪九十年代拆除 。北京的胡同基本是东西走向，从而为坐北朝南的四合院提供地理环境，但南所却是南北走向，东部也有一条胡同叫吕祖阁，也是南北走向，这座吕祖阁是北京内城最大的道观，占了整整一条胡同。刑部的这处监狱与吕祖阁相邻，位于胡同东侧，进入大门绕过二进大堂，便是黑压压的牢房，章允儒去的时候，钱谦益正扒着栏杆探头探脑地向外张望，不知在看什么，见到他，钱谦益顿时哭了起来：

"允儒兄救我！"钱谦益白润的脸，在摇晃的烛光下，显得飘忽肮脏。章允儒劝住他说：

"谦益兄可曾为已故司礼监掌印王安写过行状？"

"是的。"

一句话提醒了钱谦益。我在前面说过，当下的司礼监掌印曹化淳是王安门下，钱谦益向曹化淳求助，自然会引起曹的同情心。这真是绝路逢生！烛光下，钱谦益迅速写了一封辩白信，请章允儒交给大珰。据说，也是听大伴说，曹化淳看后，知其冤情而不由得为之泣下。很快出现了转机，也是温体仁利令智昏，在他知道钱谦益写信给曹化淳后，立即指示陈履谦写匿名揭帖，造谣钱谦益用四万两白银对曹化淳行贿，而将大珰彻底激怒。大珰请求父皇彻查此事，将陈履谦拿入东厂，曹化淳指示大伴突击审讯，从而将事情的原委弄清楚了。温体仁却还蒙在鼓里，以为胜券在握，一如往常每兴大狱之时便谎称生病休假，待大局定后又谎称病愈复出，造成此事与其无关的假象，此次仍然如法炮制，又住进湖州会馆——他是湖州府乌程县人，静候佳音，同时又上疏乞休，以为父皇必然温旨慰留。然而，让他没有想到的是，父皇了解全部情况后，厌烦了他，毫不犹疑在他乞休的奏疏上批了三个大大的红字：

"放他去！"

接到父皇圣旨时，温体仁正在吃饭，看到这三个大红字，惊慌得将筷子掉在地上，原来夹在筷尖上的猪肉丸子滚下来，下人赶紧捡起，放在身后备桌的盘子上。温体仁节俭，掉在地上的食品，也不轻易扔掉。被父皇罢黜，温体仁无论如何没有料到，他以为父皇糊涂得完全可以听他摆布。他应该知道，在我们大明，对内臣的信任从来超过外臣，因为内臣是自己的家人而外臣不是。京城的百姓听到这一消息后欢声雷动，有的甚至燃放了花炮。

温体仁做了八年内阁首辅，以陷害钱谦益始，又以陷害钱谦益终，天地幽眇，星海旋转苍茫，有什么鬼神在冥冥之中操弄他们呢？

4

母后的祖籍是苏州，后来随父亲迁居到京师大兴。天启时，入选父皇的信王府邸。当时太奶奶代管太后宝玺，而宫中的事务要向婶婶禀告。依据宫中规矩，宫中择偶，由两名贵人陪伴皇后，中选的，由皇太后用青纱盖头，用金玉跳脱（臂环）系在手臂上。未选中的则将年月帖子放进淑女的衣袖里，赐予钱财放还。婶婶担心母后身体娇弱，太奶奶说："眼下虽然娇弱，日后长大了定会强壮。"于是将母后册为信王妃，父皇即位的次年，册为皇后。

与母后同时嫁进信王府的还有田妃与袁妃。田妃是山西人，后来落户到扬州。父亲即位那年封田为礼妃，后来晋为贵妃。田妃纤妍美丽，多才多艺，沉默寡言，然而心机很细。我在前面说过，景仁宫、承乾宫与太子哥哥居住的钟粹宫前面都有一条东西走向的道路，宫中称为夹道。夏天时，赤日当头热得很，田妃命人在承乾宫前面的夹道上搭建席棚，又用宫婢替换小黄门抬轿，父皇感到体贴，认为田妃知礼。她又在承乾宫内堆了一座小山，在山顶上修建了一座玲珑的亭子，月色皎洁之时，与父皇在其上并肩玩月，而小山上的太湖石是从西苑里的废园辇运来的。这样的心思，袁妃无论如何料想不到。如果没有母后，父皇肯定要将田妃册立为后。

我前面说过，田妃的父亲田弘遇出身贩马世家，因为女儿显贵，官拜左都督。我们这个田大都督，轻率侠义，喜欢游乐，遇事张扬，说话随意，而且与朝臣交往甚密，要知道，这是父皇最戒备的，但不知为什么父皇的戒备在田弘遇那儿完全失效，背后的原因还用说吗？如果不是父皇宠幸田妃，怎么可能！我有一次与三弟路过田府，看到他家的门口立着两只巍峨的铁狮，据说是元代遗存，几百年过去了，依旧光润精整，竟然没有一点锈迹的污浊。府门里面是绵延高峻的华屋丽栋 _{田府尚在，位于府学胡同以南，张自忠路以北；中剪子巷以西，交道口南大街以东} 占了整整一条街。相比之下，外祖父的府邸就寒碜多了，只是空阔而已，不过是地主庄园，丝毫没有辉煌的贵族气派。

袁妃的父亲叫袁佑，谨饬自畏，轻易不见人，与田弘遇的风格恰恰相反。自从袁妃的鸽子被田豫阶毒杀后，父皇对袁妃的态度改变了不少，有时也驾临翊坤宫了。翊坤宫里近日做了一樘紫檀纱橱 _{紫檀做的隔扇}，花了七百两银子。管事的内侍对袁妃说：

"奴婢为娘娘节省了三百两银子，如果万岁爷临问，要说是一千两银子，不可言少，如果再用七百两恐怕做不出来。"

父皇见后果然问到工价，袁妃按照内侍的嘱咐回答，父皇端详那樘紫檀纱橱，说：

"做工精良，的确值一千两银子。以前中宫一千两做一扇还没有这个做得好！"

这件事很快被田妃知道，她觉得太靡费了，国家多事之秋，内帑都快空了，袁妃竟然如此浪费，便给父皇写了一封规谏信，父皇读后沉默无语，次日写了一封回信："久不见卿，学问视昔大进。此事祖宗朝皆有之，既非朕始，卿何虑焉？"父皇给田妃的信后来落到了田府，田弘遇经常拿出来示人，让和他走得近的朝臣观赏。

天下哪有不透风的墙，宫里的红墙尽管高峻，然而在流言与谣诼的冲击下，也不过是透风的篱笆。田妃的话，很快传到袁妃耳里。一天午后，其时已是小寒天气，天高云淡，大雁开始列队南下，喜鹊将巢上的门改在向阳方向，后苑的树叶纷纷飘落，在地上刮来刮去，发出金属一样沙沙的声响，袁妃来坤宁宫看望母后，甫见母后，便大发悲声说：

"姐姐救我！"

"妹妹何说此话？"

袁妃哭得抽抽搭搭的：

"承乾宫欺人。皇上最近给我做了一樘紫檀纱橱，用了七百两银子。承乾宫竟然说国家正当多事之秋，内帑都快空了，袁妃却竟然如此浪费！姐姐您说，大库里的银子成千上万的，七百两银子算得了什么！"

"竟有这事？"母后吃惊道。母后一般不过问妃嫔之间的是非，尤其是袁、田之间，二人历来不和，但为了一樘隔扇竟然要与国家大事相连，而且还要给父皇写信规谏，这就未免有些过分。

"杨松焕，姐姐知道吧，就是承乾宫负责衣物的那个提督，因为密报袁崇焕是皇太极的卧底，而受到皇上赏识，被委任到赃罚库做掌库,那些罚没的衣物金银器皿,尽是昂贵值钱的好东西,可是这些好东西进了库就踪影全无了。去哪儿了?当然是田府。这事谁人不知,何人不晓?只瞒住皇上一人罢了。我花七百两银子是误国,她半夜运走国家成千上万的银子是什么?真是快刀不削自己的柄,丈八灯台,照得见别人,照不见自己!"

"妹妹别气坏了身体,妹妹说得是,赃罚库的确该管管了。"

我们皇宫西北是处荒凉地方,那里有十座内府仓库:甲字库、乙字库、丙字库、丁字库、戊字库、承运库、广盈库、广惠库、广积库、赃罚库,收贮衣物、器械、香料、朱砂、药材、布匹、绸缎、胖袄、盔甲、弓矢、刀剑、硫磺等物。甲乙丙丁戊是天干,但"戊"字后不采用了,因为后面是"己",己者止也,是以改用别名。从甲字库到广积库,位于西安门里,由南向排列直到皇城北部,甲字库最北,那一带称后库。赃罚库与另外九座库没有排列在一起,而是在甲字库东侧,北边便是皇城的城墙了,地点十分隐蔽。这十座仓库 简称西什库,其所在的街道称西什库大街 各设一名掌库、数名贴库与数十名金书。与其他九座仓库不同,赃罚库收贮的是罚没官员的财宝器物,比方说,严嵩与他儿子严世蕃的财物,单是金子就有几万两,银子二百多万两,还有金器、银器、瓷器、琉璃、玉带、象牙、犀角、玳瑁、玛瑙、檀香、珍珠、宝石、堆漆、墨迹法帖、晋唐典籍、宋元名画,等等,核算起来,比金银之值还要贵若干倍,九库加起来也没有这一库值钱。罚没的赃物说出口的是进了大内大库,进了大库不假,但具体下落,却从来没有具体交代,杨松焕做了赃罚库的掌库,田府陡然发了大财,对外说是贩马,与蒙古人做交易,这话有人信吗?田府没有一天不大兴土木,车水马龙得热气腾腾,外公的周府、袁妃父亲的袁府,冷冷清清很少施工,为什么?都说父皇精明勤勉警惕奋厉殚心国事，怎么在田府上就糊涂了呢？

"妹妹不要多虑。我闻听皇上给田妃复信，并不同意她的说法。弄得她怪没劲儿的。"

"姐姐说得对。皇上是英明之主，圣明之君，怎么可能受她的魅惑！"

袁妃与母后那天说了很多话，袁妃说，都是掏心窝子的，母后也认同，母后是后宫之主，却从来没有在袁妃面前摆出皇后架势，不像是对田妃，在田妃面前，总端着皇后姿态。我知道，田妃自恃受宠，在母后的面前总是摆出猫一样高冷颜色，母后如果不压着她更不知天高地厚了。从信王时代，田弘遇便散布流言，说本来父皇是要纳田妃为正，就是那个"老龟"坚持——田弘遇痛恨太奶奶，故而称其为老龟，才改变了他女儿本当皇后的命运。这话母后听多了，脸容淡淡的，往往一笑而过，她气度宏大，从来不把这些话当回事，但是今天袁妃再度说起，尤其是说到赃罚库，不免有些心动。现在内外交困，养兵要饷，赃罚库到底收有多少罚没的赃银倒是应该认真查点了。

在坤宁宫吃过午膳，袁妃高高兴兴回翊坤宫了。

那天，阳光很白，很亮，但是很薄，很凉。

风从西北方，猫一样，蹑手蹑脚吹来。

人老了，容易回忆往事，我在这里说些旧话。

我们家本不是北京，而是湖广安陆州_{今湖北省钟祥市}人。

辛巳_{正德十六年}，武宗爷爷驾崩无嗣，遗诏兴王爷爷嗣位，是为世宗。这年夏天，世宗爷爷从安陆来到北京停在郊外，朝廷派来的礼官上奏，请如皇太子即位礼。世宗爷爷回顾兴王府的长史袁宗皋说：

"遗诏命我继承皇帝大位，非皇子也。"

大学士杨廷和等人督请他按照礼臣所备的礼仪,从东安门进宫,住进文华殿,之后再择日登极。就是说先晋太子之位,再以太子的身份继承皇帝之位。世宗爷爷那时虽然只有十五岁,但是很有主意,坚持己见。恰在这时,张太后派人催促群臣上笺劝进,于是世宗爷爷便在郊外受笺,当天中午,从大明门进入皇宫,遣官告祭宗庙社稷,谒大行皇帝几筵,朝觐张太后,出御奉天殿即皇帝位,以明年为嘉靖元年,大赦天下 当天便做了皇帝 。

世宗爷爷坚持不从东安门进宫是有原因的。因为东安门靠近太子居住的毓庆宫,是专供太子出入之门,所以朱色的门扉上只安装了七十二颗黄金的门钉,世宗爷爷是即皇帝而不是太子位,因此拒绝从东安门进入大内的原因就在于此。

这些都是老话。自从世宗爷爷迁来北京,我家经历了世宗爷爷、穆宗爷爷、神宗爷爷、光宗爷爷和熹宗伯伯,已经有五代人一百多年,完全是北京土著了,说来诸位可能不信,我们从来没有回过故乡安陆州,说到南边只是说南京,我们是南京人,母后常说,我们南边还有一个家,是指南京的皇宫,与安陆州王府没有一毛钱关系。

今天,不知为什么,也许因为天气阴冷,我突然想到我的那些爷爷伯伯,他们身边曾有的皇后妃嫔,那些后宫女人,脾气秉性不同,命运也不同,最不可理解的是孝宗爷爷的张皇后,她是兴济 今河北省沧县兴济镇 人,父亲张峦,母亲金氏梦见月亮掉入怀中而生下她。孝宗爷爷对后党优厚礼遇,追封她的父亲张峦为昌国公,弟弟张鹤龄为寿宁侯、张延龄为建昌伯。武宗即位张后被尊为太后,武宗驾崩后,江彬等人心怀叛逆,全赖张太后与大学士杨廷和在宫中制定对策,挫败江彬,才迎立了世宗爷爷。但世宗爷爷对她并不好,她的弟弟张延龄被告发谋反罪被判处死刑,冬月提审囚犯,世宗爷爷要将他杀掉。

大学士张孚敬上奏为其求情，世宗爷爷下手诏说：

"天下是高皇帝打下来的，孝宗皇帝遵守高皇帝的法令，你顾虑伤害伯母的心，难道不怕伤害高皇帝与孝宗皇帝之心？"

"陛下继承皇位之时，听信某些臣下的建议，将太后改称伯母皇太后，朝中大臣认为陛下是不对的，至今大家依旧如此认为。现在朝臣不再说话而沉默无言，是因为害怕太后不能善终，从而加重陛下的过错。谋反是要灭族的。太后难道不是张家人吗？太后难道也要凌迟处死？陛下何以处之！"

看到张孚敬的上疏，世宗爷爷无可言对，此事遂作罢。不久，奸人刘东山告发变乱，借此又把张太后的另一个弟弟张鹤龄关进诏狱，张太后没有办法，只好穿着破衣，睡在草席上，为他们求情，乞求皇帝哀悯，但世宗爷爷无动于衷。后来张鹤龄在狱中病死，张太后死后，立即把张延龄杀掉。我至今不理解，世宗爷爷本是湖广安陆州的一名藩王，类似的藩王有数十位，只有他被张太后迎立为帝，是何等恩德！世宗爷爷何以这样薄情？民间有一句俗话："一斗米养一个恩人，一石米养一个仇人。"简单说就是"斗恩石仇"，为什么是这样呢？有一种说法是世宗爷爷的生母兴国太后以藩妃入宫时，张太后仍以旧例对待她，让她不高兴，世宗爷爷朝见的时候，张太后对他也很傲慢，让世宗爷爷不高兴。三弟说，张太后毕竟是女流，头发长见识短，不晓得人是会变的，他的权力虽然是你赋予，但是被赋予者得到了权力以后，心态是会发生变化的。所谓潮起潮落，此一时彼一时，哪儿有那么多知恩图报的君子！我说这话并不是存心贬斥世宗爷爷，而是说张太后糊涂，相对李太后，真的是一个凤凰一个麻雀。

李太后，也就是我的祖奶奶，北直隶通州漷县 _{今北京市通州区漷县镇} 人，以宫女身份入宫，在穆宗爷爷时被册封贵妃，她的儿子（神宗）即位后，按照旧例，天子即位要尊皇后为太后，如果有亲生母亲称太后的，则加徽号以示区别。大珰冯保一心要讨好贵妃，故而以皇后并尊的意思暗示大学士张居正交朝臣商议，尊皇后为"仁圣"皇太后，贵妃为"慈圣"皇太后，仁圣皇太后住在慈庆宫，慈圣皇太后住在慈宁宫，这样就没有区别了。贵妃很满意，皇后也无话可说，母以子贵，谁让皇后没有肚子痛诞育儿子呢！

祖奶奶教导皇帝十分严厉，皇帝有时（刚刚五岁）厌倦读书，立即召来让他长跪。遇到上朝的日子，五更天便来到皇帝寝所，喊道："皇帝起床！"令内侍扶皇帝坐起，取水盥面，然后带着他乘辇出宫。祖奶奶性格刚强严明，万历初期，将朝政委任给大学士张居正，从而国力强盛，这是与祖奶奶分不开的。前面说过，如果没有祖奶奶，光宗爷爷的太子地位不可能确立，当然也不会有我们这些人的任何事情，我在前面已经说过，这里不再浪费列位看官的宝贵光阴。祖奶奶不仅对皇帝严厉，对家人也很严厉，父亲李伟虽然贵为武清伯，家人犯有过失，祖奶奶依然派遣内侍出宫数落并依法处理。祖奶奶喜欢拜佛，在京城内外修建了不少寺庙，所耗金钱动辄数以万计，皇帝帮助的施舍更是无法计算。著名的有长椿寺，至今悬挂一轴九莲菩萨画像，据说就是祖奶奶。父皇对祖奶奶十分尊重而有孺慕之情，难以想象的是，祖奶奶过世多年，对父皇的政策居然还有影响。

这是后话，留在后面叙述吧。

眺望窗外，鲑红的夕照已然消融，铅色的雾霭，从西山深处的山谷里慢慢升腾，仿佛乌鸦的羽毛，摇摇地向京城飘来，丰泰庵逐渐陷入没有阳光的暗紫色的暮霭之中。思筠走上楼梯端来一盆赤红的炭火，室内明亮地立刻温暖起来。

甲申 崇祯十七年 那年，炜彤与绛雪投进景仁宫后院的井里，绛雪先跳下去，跳得匆忙，将一只鞋丢到井口外面，炜彤在她之后跳下去，落在绛雪的身体上，由于井水浅厌，绛雪被淹没了，炜彤被大顺军的兵用钩镰枪钩了上来，最后自尽而终，那个过程十分惨烈，说起来实在忍不住落泪，泪水都流成河汇成海了。有两个宫娥，负责管理膳食的柔荑与负责灯烛、薪炭与清洁的思筠侥幸逃到南堂，后来随我来到丰泰庵投奔了玉娥师傅。不久，柔荑嫁给了俊鼎，思筠陪伴我做了西窗冷月持斋诵经的尼僧。再后来，柔荑和俊鼎有了孩子，而此时玉娥师傅已经往生多日，我则成了丰泰庵的住持。说是住持，其实只有我和思筠二人，二十年流光就这样错综斑斓浮着溪水，刻骨铭心地漂流过去了。噫！阶上苔青依旧，镜中朱颜消磨，红尘白马嘶风过，鬓已星星也！

今天是冬至，南边人吃馄饨，北方人吃饺子。清早，俊鼎与柔荑二人带着四个孩子与菜蔬肴肉来到丰泰庵，思筠将他们迎进来，共同在厨房包饺子，俊鼎与孩子吃的是晚菘猪肉馅，我、思筠与柔荑吃的是青韭（洞子货）鸡蛋馅，热热闹闹大家吃了一顿冬至饺子。在往昔，宫眷与内臣在这一天要换上阳生补子蟒服，冬至这天，阴气最盛，但是阳气已经开始上升，因此要换阳生补子。补子是这样的：在婉约的云端里有一只美丽的绵羊，张开嘴吐出祥瑞之气。与民间一样，这一天，在宫中室内也要张挂绵羊太子年画：一个美少年头戴大毛帽子，骑在洁白的绵羊上，肩上扛着红梅，梅枝上挂着鹊笼，喜鹊在笼子里欢快地叫。

吃过饺子，柔荑与思筠将买来的绵羊太子年画，贴在我们居住的室内。

冬至过去了，日子突然加快脚步，从腊月初一开始，年味便开始涌动，在民间，家家户户买猪、腌肉，吃灌肠，吃油渣卤煮猪头、爆炒羊肚、清蒸牛白、酒糟蚶、蟹、醋熘鲜鲫鱼、鲤鱼。宫中也是如此，忙忙碌碌就到了腊八。鸿胪寺先期数天把红枣捶破做汤，厨师们在腊八那天早起把粳米、白果、核桃仁、栗子、花生、桂圆、菱米倒进红枣汤里煮粥。粥煮好了，第一碗供在佛、圣之前，之后是列祖列宗，门、窗、殿、井、灶台、树木诸神。父皇还要将腊八粥赐给勋贵、朝臣，这是每年必做，而勋贵、朝臣引以为荣之事。再后，便是祭灶、守岁。宫中从腊月二十四，到来年正月十七日，在乾清宫的丹墀上扎鳌山，放花炮，极一时之盛。到了大年初一也就是新正，朝臣要到皇极殿朝贺皇帝，妃嫔与命妇则要到坤宁宫朝贺皇后。

按照规制，朝贺皇后的礼仪是：

内侍在坤宁宫的明堂内陈设皇后宝座，在坤宁宫门外陈设女乐，西侧靠北的地方设立贵妃帷帐，以东靠南的地方设立公主帷帐，再向南陈设命妇的帷帐。宫殿外的仪仗由内侍负责，宫殿内的仪仗由宫女负责。礼仪准备好了，皇后身穿礼服，走出阁门，在仪仗的簇拥与音乐的伴奏声中，登上宝座，之后音乐便停止了。这时，司宾引导命妇走出帷帐从御道的东侧行进，在接近坤宁宫时，在御道的东西两侧分班排列。命妇们站好了，司宾再引导贵妃、妃子走出帷帐亦在东行进，在台阶的行礼位置上站好，引导官宣唱：行礼、奏乐，拜四拜，起身。音乐止住后，再引导她们从坤宁宫的东门进入宫内，这时又开始奏乐。内赞官引导她们到宫内行礼的位置站好，乐声便停止了。内赞官唱赞：

"跪下。"

妃子们都跪下。皇贵妃代表致辞：

"妾某氏，遇此履端（新正）之节，恭诣皇后殿下称贺！"

致辞完毕，贵妃与妃子们都俯身行礼，之后便起身、奏乐，回到原来的位置，音乐便停止了。内赞官再次赞唱：礼毕、奏乐，拜四拜，起身。音乐再次停止，便从东门出来，从东边的台阶走下去，然后离开坤宁宫。

之后，公主拜贺皇后，礼仪一如皇贵妃，最后是命妇朝贺，她们在班首（带头的命妇）的带领下从坤宁宫的西门，不是东门进入宫内，站在行礼的位置上，等待众人都跪下后，班首说："某国夫人妾某氏等人称贺皇后殿下。"拜贺之后，便走出坤宁宫回到原来的位置。这时，司言官跪下接受皇后懿旨，从坤宁宫中门出来，站在丹墀东侧说：

"有懿旨。"

命妇们都跪下接受懿旨。司言官宣读懿旨：

"履端之庆，与夫人等共享之。"

命妇们在赞唱声中起身。皇后这时也从宝座上站起来，音乐同时响起，皇后回到阁内后，音乐便止住了。命妇们也结束了新正朝贺，离开坤宁宫。

新正朝贺皇后的礼仪就是这样。

那一年，也就是己卯 崇祯十二年 新正，暴雪骤然而至，噬人的寒气透过锦袜咬人脚趾。雪太大太厚了，车轮深陷雪中难以转动，母后取消了命妇朝贺，只让贵妃与妃子们前来，而且将礼仪大大压缩，哪位先到哪位先入宫内朝贺。说话间，田妃摇摇地来了，提督宫桂滋看看她，视如空气如同没看见一样，任由她站在丹陛之下，而这时袁妃姗姗地来了，宫桂滋立即朗声请她进入宫内，欢迎的乐声当即奏响，过了一会儿，在暖洋洋的乐曲声中，袁妃从东门走出来，扫了田妃一眼便走开了。又过了半响，雪花愈大而恣睢横飞，白茫茫的，田妃成了雪人，眼睫几乎冻住，司宾这才将她引导进入宫内，在唱赞声中，田妃行礼、奏乐、起身、乐止，母后面色冷峻端坐金台一言不发，而田妃，面色铁青如牵线木偶一般，在唱赞之中行礼如仪，之后离开了坤宁宫。

第十二章　绛河绿雾星明灭

1

月牙儿终于迟缓地爬上来了，弯弯细细宛如小偷丢在雪地上的刀子，看着瘆人，叫人心里发冷。

父皇将母后召到交泰殿。

交泰殿是一座攒尖的方形建筑，顶部（四脊的接合处）是一枚鎏金宝珠 象征天圆地方，通俗说是一座大型方亭子。殿内正中是金台，其上是宝座，宝座后面是屏风。金台前面陈设景泰蓝香筒、瑞兽。西侧是西洋人进贡的自鸣钟，东边是仙人手捧时辰牌的铜壶刻漏。

交泰殿前方是乾清宫，后面是坤宁宫。母后从坤宁宫来到交泰殿时，父皇已经站在金台前方，自鸣钟下面，见到母后，开门见山质问：

"汝为何让田妃难看，让她哭回承乾宫？"

"如何让田妃难看了？"母后不解反问。

"袁妃后来，却反而先进入坤宁宫朝贺！"

"这个……"母后一时发蒙，听了一会儿说：

"臣妾只是按照礼法行事，不问谁先谁后的。"

"按照礼法行事？何为先何为后，懵懂儿童皆知，汝难道不知？！汝这是以礼法为名羞辱田妃！！"

"臣妾岂敢！臣妾岂敢羞辱皇帝宠妃？臣妾只知道赃罚库的管家姓田！！"

一句话惹恼了父皇，猛地将母后推了一掌，便气哼哼地走出交泰殿。母后被推得跌倒在地，宫人赶紧趋前将母后扶起，虽然没有摔伤，但父皇的这一掌却彻底推醒了母后，在父皇心底，田妃是在母后之上的。原来烛光隐秘的连理誓言，窈窕月光下的甜言蜜语，现在只会说给田妃，不会再说与母后了。在父皇心底，母后不再是风景里面的人物，而是人物外面的风景了。母后的心情（伤心与复杂），我那时年幼不懂，现在懂了，女人与男人的区别是，女人永远是软弱的，好像你们有谁说过，眼睛为他落着雨，心却为他撑着伞，如此而已。爱一个人，闭上眼睛的每一瞬间都是那个人，女人可以，男人能够做到吗？

从乾清宫到坤宁宫有一条汉白玉御道。父皇住在乾清宫，母后住在坤宁宫，每日夜晚父皇批完奏疏，便沿着御道从乾清宫走到坤宁宫。母后总是在坤宁宫这端迎候父皇，有时夜色深沉，白冷的露水打湿了衣带，母后依旧蠹立凝视乾清宫的方向。母后、婶婶、袁妃与田妃都喜欢自己设计服装。婶婶追慕唐风，用素色与黄桑色的绫子做了一套霓裳羽衣；袁妃做了水天一碧颜色的衣裙，田妃的我忘记了；母后缝制了一套月白色纱衣，衣角上坠了几粒裸粉色的珍珠，父皇欢喜极了，拉着母后的手在乾清宫与坤宁宫之间漫步，从乾清宫走到坤宁宫，又折回到乾清宫，他们走近御路边上的汉白玉栏杆，肩并肩伏在栏杆上眺望遥远的如梦星辰，那是母后，也是母后与父皇最幸福的日子。然而，绿雾绛河，星空明灭，鬓丝凌乱早已物是人非。我至今还在回想那时的情景，巍峨的宫阙蜷缩在星光苍茫的暗影里，汉白玉栏杆迢递地泛出从沧海升起的贝壳似微光，母后淡蓝色纱衣在明亮的夜风里微微浮动，父皇对着母后偷偷细语，母后轻轻笑了，那是母后最幸福的时刻，她那时的心曲充满了清脆、甜美的光辉。

回到坤宁宫，母后伤心地垂泪不已。我翌日清晨知道了这件事，赶紧跑到坤宁宫给母后请安，母后一夜没有合眼，乌发凌乱，眼睛有些红肿。内侍端来的晨膳一筷子也没有动，宫女们大气不吭，垂手侍立，宫桂滋远远跪在母后前方的大红柱子下面，一下一下抽打衰老苍白的脸颊。三弟这时赶来，他已经知道昨晚的事了，一脚踢翻宫桂滋，都是你这奴才惹的事！宫桂滋顺势趴在三弟膝前伏地不起。三弟不理他，走到母后前面，太子哥哥与昭仁妹妹也纷纷跑来，跪在母后面前，宫人也都跪下，黑压压一片，齐声说：

"请皇后用膳。"

"请皇后用膳。"

"请皇后用膳。"

母后理也不理，大家一时不知所措。

凉薄的阳光缩手缩脚溜进，阴沉得似乎可以滴下水来，茄皮色的暗影在大红柱子之间迷离地闪来闪去。

正在为难之际，父皇派来一个小御前牌子，就是上次演武场门口那个叫小璠的，抱着一张黑色貂皮褥子气喘吁吁疾步走进来，说是传达皇帝旨意，天寒地冻，请中宫珍摄万金之躯而注意加衣。母后让宫人接过貂皮褥子，让小御前牌子转达对父皇的谢意。小璠走了，宫桂滋一骨碌爬起来，注射了鸡血一般，兴奋地指挥宫人们赶紧伺候母后梳洗，我和太子哥哥、三弟伺候母后用过膳后慢慢散去，只有昭仁妹妹留下来陪伴母后，留在坤宁宫里。

399

后来，后来的事情诸位就知道了，第二天，田妃被贬斥到启祥宫思过，三个月不召见，再见面就是吐蕊桃红翩飞黄鹂的春天了。

后苑居中的地方有两座亭子，西边的叫千秋亭，东边的叫万春亭。万春亭前面有一株绿叶蓁蓁的大桃树，据说是成祖爷爷手植，已经有二百多年了，花开时娇红绚烂仿佛一树锦绣，结果时却永远只结九个，但是个儿大，比平常的桃大一倍。宫人说，这株树来自王母娘娘云中桃园，吃了这树上的桃，可以长寿安康。因此只有太后（太奶奶）、皇帝、皇后与受宠的妃子可以吃，旁人则只能享受眼福。有一年，母后把桃切成若干片分给我们，也没有什么特殊之处，只是肉质细腻，味道鲜美一些而已。

每年三月初三，父皇与母后都要在树下赏春。父皇让内侍将数张锦褥接连铺在树下，放上锦墩，坐在锦墩上慢慢饮茶（他们饮的是安徽霍山黄牙，也有内侍说是韭山一种不知名的藤茶，都是高祖爷爷喜欢而流传下来的），品味桃花的颜色与清纯香气。有时花瓣飘拂，落到母后的衣襟、父皇的衣领，更多是落到华丽的锦褥上，只有坐在锦褥上，贴近大地，父皇说，才能歆享天地之清气，领略桃花之为万花之端的道理。

这天，父皇又携着母后的手来到树下，刚刚坐定，母后便对父皇说：

"久不见田妃，臣妾欲请她一同赏春，陛下以为如何？"

父皇看着母后，嘴角嚅动了一下，没有说话。母后立即派翟车（车身两侧画有美丽的鸟）去启祥宫迎请田妃。田妃来到后，向母后施礼：

"谢皇后春日锦绣的殷殷之约。"

"与贵妃共同赏花，也是妾身幸事。"母后微笑着说。看到二人和好如初，父皇很高兴。

母后就是这样雅量大度而且善解人意。

有一个细节，我在这里补充几句，不知道诸位来大内参观时注意过没有，从皇极门，到皇极殿，到乾清门、乾清宫，梁枋檐柱斗拱天花山尖上的彩绘只有龙，直到交泰殿才出现凤，而且无处不在，龙在上，凤在下，龙在左，凤在右，龙是金色的，凤也是金色的，龙游凤舞，凤蹈龙翔，即使是交泰殿的裙板上也雕刻着龙凤图案，龙离不开凤，父皇自然离不开母后，天、地交泰，天下方可祥和；男欢、女乐，屋润、家肥，才能国泰民安，难道不是这样吗？

利玛窦是位洋和尚，那只硕大的自鸣钟就是他进贡给太爷爷的。他同时还进贡了一只小的，可以放在桌案上，太爷爷很喜欢，大伴说，太爷爷的母亲李太后，我的祖奶奶也很喜欢，让太爷爷送到慈宁宫。太爷爷是孝子，怎能不答应？但实在喜欢舍不得，便让内侍将发声发条的钥匙藏起来，祖奶奶看到不会报时的钟，便又送回来了。

由于自鸣钟的缘故，利玛窦被太爷爷允许在京城传教。据西洋人的记载说，听到这个消息，利玛窦兴奋极了，认为这是上帝为传播福音打开了一个小小入口，他被内侍引导进入皇宫觐见太爷爷，但是他并没有见到圣颜，内侍只是把他带到一座壮丽的宫殿前面——看上去足可以容纳三万人，大殿很宽而且更长，殿顶辉煌高耸，皇帝的宝座就在这高耸的殿顶下面，利玛窦在门口向里面的黄金宝座致敬。

利玛窦是意大利人，信奉天主教。壬午 万历十年 ，来到我朝传教，为京师二百多人洗礼，著名的有徐光启和李之藻。徐光启做过内阁次辅，李之藻做过南京工部员外郎。我的父皇也曾经接受洗礼，做了一名天主教徒。说来你可能不信，然而信不信由你，父皇真的曾经受洗,做过一名吟诵福音书的天主教徒。我曾经向大伴询问,大伴笑了笑,过了会儿说,有空时他去问那个被平反的刘若愚,刘若愚应该知道,之后却再无音信了。我后来知道,大伴和刘妈也曾经入教。刘妈说她入教是被小璠引进去的。洋和尚用指尖沾水在额头画一个十字,画过十字后,就算入教了。

"这么简单?"我不信。

"就这么简单。"刘妈说。

徐光启、李之藻与利玛窦合作将中国不少典籍译为西文,流传到西洋,也将西洋的不少典籍翻译过来,最著名的是《几何原本》。徐光启建议在军事中运用红衣大炮,宁远大捷,红衣大炮便发挥了重要作用,可惜他去世过早,后世史家说如果徐光启不死而长平的父皇又重用他,明朝的命运或者走向另一条道路也不是没有可能。

徐光启是上海徐家汇人,此地本名法华汇,为了纪念徐光启改为今名。徐光启墓位于徐家汇南丹路光启公园内。墓地有十个墓穴,葬有徐光启与夫人吴氏及后人等。墓前立有石碑、石人、石马、华表、石牌坊。徐光启住宅尚存七间后楼,原是九间,淞沪战争中被日寇炸毁了两间。

令我惊诧的是,徐光启竟然编译过亚里士多德的《灵魂论》,译为《灵言蠡勺》。亚里士多德在书中讲述的灵魂,徐光启用汉语中的魂魄,与 Anima 相配。Anima 是拉丁文,称灵或者神。亚里士多德讲植物有生魂、动物有觉魂、人类有灵魂,中国人讲魂与魄。魂者,向上飞升;魄者,散布于地下。我们在上坟时,浇一杯酒,是将魄引上来;烧一把香,是将魂迎下去。一升一降,二者对冲相交,魂、魄就会通了,这种现象西文称 communicate,指交流沟通。

魂魄之事,今天仍然还在影响我们,成为一种下意识存在,然而上坟时酹酒于地被城里人大多数忘记,只剩下敬香、烧纸。如今,烧纸也不被允许了。

自从温体仁被罢黜以后，内阁的首辅便如同走马灯般换来换去，换到了薛国观。薛国观是温体仁留在内阁的钉子，遵奉没有温体仁的温体仁策略，便是一事不做，用现在的话是"躺平"，而且表面上不结党，只讨好父皇。皇帝是天子，只对天子一人负责，这是温体仁离开内阁时对他的隐秘忠告，如此方可以得到父皇信赖。可是此人却没有温的本事。温虽然不作为，但是此人长于心计，凡阁中票拟，每次遇到刑名钱粮，其名姓之繁多，头绪之纷错，阁僚们皆相顾攒眉，只有温一看便晓，从不认为是舛误而驳改，故而大家都佩服他，而且此人在贪风弥漫的官场，廉谨自律、不纳苞苴也委实难得。父皇长期任用他不是没有道理。薛国观就没有温的本事了。他任首辅时，西北、东北用兵孔殷，急需兵饷，可是国库已经空虚，父皇求计于他，他也没有办法，只是建议父皇向朝臣勋贵求款，这个主意太奶奶早已对父皇说过，当时只是针对朝臣，不涉及勋贵，薛国观则是两者都包括了。"朝臣的事，"薛国观对父皇说：

"包在臣身上，外戚勋贵，则非圣上独断不可。"

外戚勋贵中武清侯李国瑞最富有，在京师中拥有不少房产，号称李半城，这个李国瑞是祖奶奶的侄孙，影响甚大，如果他肯做头羊而带头捐款，这些人则无话可讲。父皇认为可以，薛国观于是拟旨向李国瑞秘借四十万两白银。李国瑞捐献了四万两白银，薛国观认为太少，拟旨追要，李国瑞索性拆了府邸变卖，又将一些破烂的朝靴牙笏摆在大明门外的天街上贩卖，弄得父皇很丢面子，便下旨夺去他的爵位，年迈的李国瑞惊悸而亡，但是朝廷依旧追比不已。见到李国瑞悲惨结局，外戚勋贵人人自危，不得不多少捐出些许银子。父皇希望他的老丈人，我的姥爷能够带头，派内侍徐高去周府劝捐，姥爷哭丧着

403

脸说没钱。徐高愤然哭泣：

"连大明的国丈都这个样子，国家完了！"

姥爷被迫认捐一万两，母后觉得没有面子，将自己历年积攒的私房钱（三万两）交给他，凑成四万两上交朝廷。捐款最多、最爽快的是田弘遇，当天便捐出六十万两，父皇不禁眉开眼笑。你说，诸君，父皇怎么可能不宠爱田妃！

有了田弘遇捐出的六十万两白银打底，薛国观逼款的底气更足了，弄得不仅勋贵惶惶不已，朝臣也不免兔死狐悲。而恰在这时，薛国观办了一件蠢事，行人司吴昌时适逢考选，通过门人打通薛国观的关节。薛国观假意敷衍，允诺其为吏科给事中，但却给了别人。吴昌时大怒，便和东厂好友理刑吴道正揭发丁忧在家的侍郎蔡奕琛行贿薛国观，父皇痛恨官员行贿，下旨罢掉薛国观的首辅之职放归故里。但是，吴昌时依旧不解恨，勾结吴道正将薛国观的亲信王陛彦逮捕，由此株连十几名朝廷官员，说他们结党营私，国事糜烂全在于此，父皇最痛恨官员结党，下旨将王陛彦处死，令薛国观返回京师，监押在闲置的王府偏殿里候命，没有交给吏部，薛国观自认为不会被处死。

明成祖时在今王府井大街东侧兴建十王府，其南是会同北馆。王府旧称外邸，与会同北馆位于今金鱼胡同、王府井大街、东单三条与校尉胡同之间。崇祯时期，这些王府大都闲置，薛国观被监押在哪座王府待考。

到了八月初八那晚，嵖岈的树影绿森森的，虫声唧唧，钴蓝色的月光曲折升起，在黑洞洞的王府蔓延开来，使者与监刑者来到了卧房门口，薛国观仍在酣睡，当他听说宣诏的使者穿绯红色衣服时，禁不住矍然惊叹：

"余死矣!"

仓皇之间找不到闲居时的帽子(高筒帽),只得将苍头的黑色小帽(瓜皮帽)胡乱戴上,听使者宣诏。听过宣诏,薛国观伏地顿首不能做声,只是连连说:"吴昌时杀我,吴昌时杀我。"说罢走进内室徘徊不已。

慢慢地,东方的曙色发亮了,带有吻兽的屋脊,乌黑的轮廓开始透出迟钝的红色,薛国观仍然在室内彷徨,监刑者在门外等不及了,频声催促:"请薛大人上路。"薛国观不答,只听得室内的脚步走得更急。过了一会儿,蓦地寂然,监刑者闯进去,薛国观已经自缢身亡。

使者立即回去禀报,过了两天,才允许收殓尸体,此时悬挂在房梁上已经两天了。

2

薛国观死后,收没赃银九千两、田地六百亩。朝臣冤之。有位叫杨士聪的官员(左春坊喻德兼翰林院侍讲)为其鸣不平而上疏曰:

"韩城 薛国观是陕西韩城人 之死止坐赃九千,将何以处夫严分宜 严嵩是江西省分宜县人 也!韩城之阴贼险狠,死有余辜,但不正明其罪,而以悬做之赃杀之,何以服人?刑政之不平,无甚于此者矣。余非为韩城之讼冤也。如此做法,分明杀得手滑!吾甚忧之。"

薛国观不过受贿九千两银子就被处死,如果是严嵩,贪污百千万两,应该处以何罪?指斥父皇擅杀朝臣,没有节制。父皇看到杨士聪的奏疏中"分明杀得手滑"不由得大怒,将奏疏掷于地上,命大伴拿人,然而大伴不去,跪在地上磕了一个头,之后挺直上身说:

"杨士聪上疏,非杨士聪一人之事,据东厂侦知,目下朝臣蜩螗羹沸,望陛下熟思。"

父皇看了一眼大伴,大伴继续说:

"这杨士聪也是有才学之人,奴才幼时读过几天私塾,至今记得一篇颂扬孟母之文:'孟夫子幼有淑质,非生而有之,乃孟母三迁之教也。一迁者,以邻居凶猛,儿童相詈,孟子见而习之,孟母乃迁,此一迁谓也。'"说到动情,大伴竟然摇头晃脑起来:"后面尚有四句,时间迢递奴才驽钝,记不住了,但还记得这文章是杨大人写的。可怜这杨大人四十几岁才中进士,济宁家中现在还有八十岁老母,如今为这事拿了,岂不……"

不待大伴说完,父皇便止住他:

"伴伴尚有孔孟之仁,朕岂无有。杨士聪算了,只是这薛国观委实可恶……"

薛国观死因比较复杂。

有一次,父皇召见薛国观谈及朝臣贪婪之事,这本是内阁应该监察的,谁知薛国观却将责任一股脑儿推给厂卫:"倘厂卫对朝廷诸臣监督到位,朝臣岂敢贪婪放纵?"如此推诿,厂卫岂能接受,厂卫听说后,人人恨之入骨,东厂理刑吴道正所以甘心勾结吴昌时,除了私交,这是一个重要原因。而且,在诛杀薛国观之前,京师便传出流言,说父皇对外戚无情寡恩,九莲菩萨(我的祖奶奶在上苍的眷顾下化身为九莲菩萨)此庙今存,在长椿街9号 发怒了,责备父皇过于刻薄,上天的责罚将落到皇子身上。

也是事有凑巧,自从田妃迁回到承乾宫以后,虽然再度获得父皇宠幸,但是由于五皇子身体不佳,而且久治不愈,田妃的心情不好,身体也随之患病,而且也是久治不愈,父皇十分担心。这天听说五皇子病危,连忙赶到承乾宫,田妃哭得泪人一般,五皇子直挺挺躺在病榻上，见到父皇突然睁开眼睛："老祖说父皇寡恩……寡……无……"说罢便西归了，田妃哭晕了过去。父皇既痛心又懊悔，次日便敕封李国瑞的七岁儿子李存善承袭武清侯之爵，并悉数退还李家上交的银两，由此痛恨薛国观，而且恨得咬牙切齿，认为是他害死了五皇子，只是不便明说而已。

关于薛国观之死，有史学家评述："薛国观者，其身为大臣，不以正道辅助君上，而以搜籍进主，害人者徒自害耳！至武清虽富，亦应量酌三四万金，而遽加十倍，毋乃过乎？况悉罄所有，亦可已矣，犹而追比，能毋寡恩之议？"

献金之举就此止住，哪儿想到却是以五弟的生命为代价！不仅是五皇子，还有李国瑞、薛国观，总计是三条性命。

五弟故后，不上两个月，田妃也薨逝了。薨逝前她将四弟托付给婶婶，请她照料，婶婶含泪答应了，劝她安心养病不要多思，原以为她至少可以拖到九月，不料七月就远行了，父皇痛不欲生，辍朝多日，很长一段时间只穿白色袍服，而且将她手绘的一幅水仙置于袖内，一幅群芳谱置于御案，每当劳累之时便捡起这两幅画细观不已，人一下子消瘦了，看人时眼睛总是茫茫然焉。有内侍告诉母后，母后忧心父皇身体。袁妃恨恨地说："真是个狐狸精，死了还纠缠不已，皇帝的清誉是彻底被她葬送了。"

我记得在前面几次提到一名叫吴梅村的人，他在父皇时做过状元（也有人说是榜眼），诗也写得好，做过太子哥哥的侍从官（左庶子），大明亡了以后，他写了一首《永和宫》，吟咏的便是田妃：

扬州明月杜陵花,夹道香尘迎丽华。旧宅江都飞燕井,新侯关内武安家。雅步纤腰初召入,钿合金钗定情日。丰容盛鬋固无双,蹴鞠谈棋复第一。上林花鸟写生绡,禁本钟王点素毫。杨柳风微春试马,梧桐露冷暮吹箫。君王宵旰无欢思,宫门夜半传封事。玉几金床少晏眠,陈娥卫艳谁频侍?贵妃明慧独承恩,宜笑宜愁慰至尊。皓齿不呈微索问,蛾眉欲颦又温存。本朝家法修清谨,房帷久绝珍奇荐。敕使惟追阳羡茶,内人数减昭阳膳。维扬服制擅江南,小阁炉烟沉水含。私买琼花新样锦,自修水递进黄柑。中宫谓得君王意,银环不妒温成贵。早日艰难护大家,比来欢笑同良娣。奉使龙楼贾佩兰,往还偶失两宫欢。虽云樊嬺能辞令,欲得昭仪喜怒难。绿绨小字书成印,琼函自署充华进。请罪长教圣主怜,含辞欲得君王愠。君王内顾惜倾城,故剑还存敌体恩。手诏玉人蒙诘问,自来阶下拭啼痕。外家官拜金吾尉,平生游侠多轻利。缚客因催博进钱,当筵便杀弹筝伎。班姬才调左姬贤,霍氏骄奢窦氏专。涕泣微闻椒殿诏,笑谭豪夺灞陵田。有司奏削将军俸,贵人冷落宫车梦。永巷传闻去玩花,景和门里谁陪从?天颜不怿侍人愁,后促黄门召共游。初劝官家伴不应,玉车早到殿西头。两王最小牵衣戏,长者读书少者弟。闻道群臣誉定陶,独将多病怜如意。岂有神君语帐中,漫云王母降离宫。巫阳莫救仓舒恨,金锁凋残玉筯红。从此君王惨不乐,丛台置酒风萧索。已报河南失数州,况经少子伤零落。贵妃瘦损坐匡床,慵髻啼眉掩洞房。豆蔻汤温冰簟冷,荔枝浆热玉鱼凉。病不禁秋泪沾臆,裴回自绝君王膝。苔没长门有梦归,花飞寒食应相忆。玉匣珠襦启便房,薤歌无异葬同昌。君王欲制哀蝉赋,谁笔词臣有谢庄。头白宫娥暗颦蹙,庸知朝露非为福?宫草明年战血腥,当时莫向西陵哭。穷泉相见痛仓皇,还向官家问永王。幸免玉环逢丧乱,不须铜雀怨兴亡。自古豪华如转毂,武安若在忧家族。爱子虽添北渚愁,外家已葬骊山足。夜雨椒房阴火青,杜鹃啼血濯龙门。汉家伏后知同恨,止少当年一贵人。碧殿凄凉新木拱,行人尚识昭仪冢。麦饭冬青问茂陵,斜阳蔓草埋残垅。昭丘松槚北风哀,南内春深拥夜来。莫奏霓裳天宝曲,景阳宫井落秋槐。

吴梅村笔下的永和宫便是承乾宫,原叫作永宁宫,他的诗一向以歌行体见长,圈内人说这诗写得明艳苍凉,有一种微吟高节神鬼惊的韵味。然而,玉娥师傅看后却撇在案上不置一词。她读诗注重人品,自从建虏入主中原以后,她便不再下楼。丰泰庵后面有一座两层小楼,底层供奉白衣观音大士,楼上藏皮经书,放在东西山墙之下。玉娥师傅把经书聚拢在东墙下,在腾空的西墙下放了一张丹漆暗淡的风车纹架子床,悬挂玉色帐幔,南窗下放一张曲式夔龙榆木方桌,上面散放几卷泛黄的经书和一页"观音心咒",下面有一只用荆条编的篮子,里面装满了褐色泥土——还是在建虏进入北京之前掘来的。她说,这是故国的泥土,每天伏案读经时,她都要脱掉鞋袜,把脚踩在冰冷的泥土上。她说,我是女流有心杀贼却无力杀贼,只能以此表示对故国月明的思念,除此以外还能做什么?!我现在写下这句话,眼泪又禁不住开河,唰唰地流淌下来了。

那天下午准备送库,送库之前是封库。我在这里做个简单解释。所谓库,是楼与库的合称。楼和库都是纸糊的,属于为亡人所用的冥品。楼分三段，楼基、楼身、起脊的楼顶，库是房子形状相当于仓库，一座楼，两座库，谓之一楼二库，算是一堂。此外还有四只箱子，合称一楼二库四杠箱 有人抬的叫杠箱，无人抬的叫墩箱 。内府请宫外杠房为田妃糊的纸活，除了楼库与杠箱之外，还有一艘法船，我后来隐约听说是父皇交代大伴特意糊的。

法船巨大，分三节运来，在现场安装好，送库的时候再分开运走。法船的舱板上糊了一座大院子，仔细看竟然是承乾宫！有宫门、大殿、后殿、东西配殿，每座宫殿上的斗拱数量都与承乾宫的数量一致，而且匾额上字体的形状与原匾的字体也一模一样。还有宫娥、内侍，打头的有人说是那个为田妃死去的田豫阶，但三弟说是赃罚库的掌库杨松焕。几十个宫娥热热闹闹簇拥一个美貌的妃子。想到再也见不到，那样骄傲与那样美丽的女人从此远离我们，心里怪不是滋味，复杂得很！蓦然看见瘦弱的四弟，夹在宫娥与内侍丛中，步履踉跄地抱着冥钱与用金纸、银纸糊的金银锞子向楼库里送，我不禁有些心酸。田妃养育了三四个孩子都夭折了，现在田妃已逝，只有四弟一人形影相吊，有多么可怜！大概三弟和我产生了同样感想，几乎与我同时走到四弟身旁，和他一块搬运那些闪光的冥币。

"这个法船糊得真好，但是缺了一样东西。"三弟突然说。

"什么东西？"

"田妃宠爱的那只叫晴雪的白猫呀！"

是的，应该有那只猫。

然而，那只猫在田妃薨逝以后便渺无踪影了。

它去何处了？

夕阳轻叹一声，遁入槿紫色 木槿花一样的蓝色 的西山背后了。

如花的晚霞倏然绽放，辐射出笔直的道道光芒，将蟹青色的云朵照耀得万千辉煌。过了一会儿，裹着光芒的云朵开始滚动沸腾，犹如大海怒波令人震慑骇然。又过了一会儿，不知什么缘故，霞光蓦地消失，天空立即昏暗下来仿佛辽阔的黑色熔岩，云朵飘来荡去的，宛如深邃的移动光斑。

焚库的地方在大高玄殿西侧，那儿有一片空场，周围没有树木，是处烧纸的好地方。现在，那些纸活被送到这里，早有行里人将僧道写的"圣"送过来，放在楼库前面，随即用最快的脚步向回跑，还没跑回来，负责烧活的人早将楼的后身捅了一个窟窿，瞬间点燃了里面光辉闪闪的冥币，大火呼啸着蹿上苍穹，几乎与此同时，一只白猫，不知从什么地方冲出来，发疯似的"嗷"的一声把自己"扔"进烈焰奔腾的火焰里，火光灼灼，在辣人眼睛的通红中立即冲出一道黑烟，直抵云霄散出皮毛烧焦的刺鼻气味。

是那只叫晴雪的猫吗？

在秋千的画板上自由自在、荡来荡去的那只猫吗？

3

辛巳　崇祯十四年　四月，父皇下旨，召周延儒入朝。周延儒奉诏，九月入京复为首辅。父皇加封他少师兼太子太保，进吏部尚书、中极殿大学士。

进京之前，周延儒做了一个可怕的怪梦，梦见死去十年的夫人吴氏竭力阻其出山，周延儒不听。吴氏带他走到一处迷雾沉沉的深山古刹，看见颓败的大殿檐下——飞檐跌落了，老檐的椽子基本烂掉，一个老衲看守一只被圈在木栅里的狗，颈圈上挂着一块木牌，上面写道:"大明罪人周延儒",周延儒惊叫一声,骇醒了。

然而,门生张溥却力主其出山。其时东林党人基本凋零,复社继东林党之后而出,张溥则是复社领袖人物,在朝中任庶吉士,他认为周延儒此次入京执掌内阁是天赐良机,只要吸取历史教训,必将得到东林党人支持,他在给周延儒的密信中提出十余条挽救时局的建议,周延儒看后慨然允诺,复信道:"吾当锐意行之,以谢诸公。"张溥的建议主要是:**释放白粮** 明朝在江南五府所征供宫廷和京师官员用的漕粮 欠户、减免民间多年拖欠与兵燹之地赋税、宽宥戍罪以下人犯、扩大取士名额、召还因言事被贬谪的官员,以及撤中使、罢内操,等等。周延儒入京后,父皇设宴款待他,君臣之间相见甚欢,周延儒多喝了两杯,脸色赪红地将这些建议娓娓说出,父皇听了很高兴,认为有道理是妥帖举措,退入宫中还情不自禁,面带喜色地说:

"毕竟是周延儒,心胸清晰,头脑明白,首辅还是他做!"

此时周延儒胸中所激荡的澄清之志也当是真诚的。

过了几个月,到了来年新正,那天日丽风和,虽然天气尚冷,但是明媚的阳光亮闪闪的,大殿内蟠龙金柱明晃晃的,美丽的蓝色雾霭香喷喷的,父皇、朝臣、内侍、乐工站在内檐下面,大家脸上都是喜滋滋的。父皇端坐在金台的龙椅上接受群臣朝贺,目视群臣纷纷走出殿门后,走下金台吩咐内侍:

"召阁臣来。"

在内侍的引导下,阁臣由东门重新进入殿内,按照惯常的排列秩序分东西两边站立。父皇说:

"阁臣西班来!"父皇的本意是以师席之礼对待阁臣,众人有些发蒙,不知如何排列。父皇又朗声说:

"阁臣西班来!"内侍走过去,他明白父皇的意思,引导他们并

排站在殿内西侧,也就是师席的位置上。父皇走到阁臣面前说:

"古来圣帝明王,皆崇师敬道。今之日讲称先生,正是古之遗意。众卿即朕之师也,敬于元旦端冕而求之。"

阁臣听到父皇如此说,一时反应不过来。还是周延儒反应机敏,立即下跪,说:

"圣主在上,臣等岂敢应之。"

其他阁臣也随之下跪。父皇见状急忙向前将周延儒等人一一搀起,长揖道:

"众卿勿谦,自此而后:道德唯众先生教诲之,政务唯众先生匡赞之,调和燮理奠安宗社民生,唯众先生是赖也。"

阁臣再次下跪,惶恐地连连逊谢:

"陛下乃圣明之主,臣等菲薄之才,岂能做圣人之师。"

"经云:修身也,尊贤也,敬大臣也,朕之礼只是循经而已。执掌在部院,主持在朕躬,调和在众卿。自古以来,君臣一心而天下治,朕于先生们有厚望焉!"

父皇诚恳地说。一位年老的阁臣感动地举起袖口抹眼泪,喃喃说道圣主呀,圣主呀。

"先生每是朕应该敬重的!"说完这句话,父皇慢慢道:

"先生每请起。先生每请起,请先生每起!"

周延儒带领阁臣缓缓站起,复俯身行礼,恭送父皇还宫。还宫后,父皇意犹未已,立即将刚才所说之话写成御旨颁发内阁。春节过后,父皇便接受周延儒的建议,将一些被罢弃的老臣重新起用:郑三俊、刘宗周、范景文、倪元璐、李邦华、张国维、徐石麒、张炜、金光宸等人分掌各部,布满九卿之列,一时气象斐然。一些逝去的名臣比如文震孟老先生(他为太奶奶点主后不久辞世了),也都被追赠荣

413

誉，朝廷内外一时翕然称颂了。

一天，大概是八月二十四日，日讲完毕，父皇在文华殿后殿召见阁臣，待周延儒、陈演、蒋德璟、黄景昉、吴甡等人落座后，父皇拿出一本奏章问道：

"张溥、张采何如人也？"

"读书的好秀才。"周延儒奏曰。

"张溥已故 张溥四月过世，张采小官 张采天启四年与同里张溥同创应社，后在临川创立合社。崇祯元年进士。其时为礼部员外郎，科道言官如何都说他们好？"

"张溥胸藏锦绣，文章斐然可诵，科道言官做秀才时便读其文章，受其影响，故而以其用未竟而惜之。张采文章亦好，亦是读书的好秀才。如今张溥已故，说亦无用了。"说到张溥这个门生，周延儒忍不住悲上心来，声音竟然有些哽咽，父皇听后继续说道：

"虽然是个好读书人，然做事亦不免有偏。"

"圣主所言极是，不仅是张溥，就是黄道周做事也未免有偏颇之处。这二人都是书生，只会读书，所以天下人可惜他们。"周延儒有意转到黄道周身上。

父皇默然不语。蒋德璟见状接过话道：

"黄道周蒙圣上放他生还，已经极感圣恩，只是永远充军，家贫子幼，还望皇上天恩放回，或量改附近之地也好。"

父皇微笑不语。黄景昉附和道：

"永远充军，子孙要世世承当，也极可怜。"周延儒是何等精明之人，见父皇这个神态立即补充说：

"道周在狱中还书写了许多书，比如《孝经》……"

"道周是书家，字写得好，总计一百本，每本都不一样，每本之前各有一篇文字，皆是感颂圣恩的。"蒋德璟说。

"皇上表彰《孝经》，所以道周写一百本。"黄景昉接着说。

"顷皇上问知乐 礼乐之乐 之人，即道周便知之。"蒋德璟说。

"道周学问该博，不止知乐，而且生活亦极清苦。"吴甡亦说。

"臣与道周同年，他登第后多徒步往来，至今尚唯未有住屋，最是清苦，且子方十岁，但得免其永戍便好。"蒋德璟说。

"道周虽然气质少偏，然其学问与操守皆可用，也不在永戍不永戍的，就是读书，亦还用得。"周延儒最后说道。

父皇看着周延儒笑了笑，便回宫了。

次日，父皇给内阁发去手敕：

"昨日先生每面奏，永戍黄道周清操博学，现今戍远、子幼，朕心不觉怜悯。彼虽偏迂，然经此一番惩创，想亦改悔，人才当惜，宜作何释罪酌用，先生每秘议来奏！"

周延儒率领众阁臣当即回奏：

"照得黄道周原职系詹事府少詹事，今即蒙恩赦用，当还其故秩以备朝廷储才之用。"

第二天，父皇批复准赦罪复职。

此时，黄道周正在遣戍辰阳的途中，滞留在大江边上的九江城内，远望戍地尚在三千里云烟之外。在九江，黄道周患了疟疾而就医萧寺，沉绵病榻六十余日不见起色，又误服截疟止痢之药，两膝俱枯，使得恹恹病体愈加摧颓。不料十月初一日，有人从南京来，告诉他邸报刊载了皇上赦罪复职的谕旨，黄道周惊得从床上跌下来，随即找邸报看清楚了，请僧人搬来香案，向北顿首谢恩，便应召北上。抵京后，父皇在文华殿召见他，见到父皇，黄道周感动得哭泣不已，说："不意今日复见陛下！"自己是"智不如葵，忠不如曝，徒逢仁恻，得遂首丘，无以为报"，但愿陛下"力行仁义之方，徐收忠信之效"，以使"尘氛早清，苍赤永赖"。父皇也很动感情，嘱咐他好生养病。

让黄道周重新回到朝廷，召周延儒出任内阁首辅，说明父皇是有雅量有期许的，而周延儒也一改旧日之风不负重托，大明一时出现了中兴景象。

大哥被册封为太子后，准备壬午 崇祯十五年 成婚，从钟粹宫迁到慈庆宫，而婶婶原本住在这里，遂搬到后面的仁寿宫，慈庆宫作为太子的东宫便改称端本宫了 清时将慈庆宫拆掉建南三所，仁寿宫拆掉，改建慈宁宫 。

话虽如此，太子哥哥虽然搬到慈庆宫，但是皇妃并没有落实，据刘妈说，至少有三家勋贵的女儿备选，貌相人品都是好得不得了的，然而母后不认可，说还是从民间选，这事便延宕下来。因此偌大的慈庆宫只有太子哥哥一人居住，十分冷清。同样，三弟与四弟既然都已经封王，也应该搬出去，按照祖宗家法，应该到京外就藩，但是时局如此凌乱，父皇哪儿顾得上，而且就藩又需要一大笔金银，内帑已经空虚，哪儿还支撑得住？这事就拖延下来。后来有内臣建议，不是大伴，也不是曹化淳，而是那位被特赦的刘若愚，向父皇建议东华门外的十王府多年空虚，殿宇虽有残破，但大体完好，不如找两座靠近金鱼胡同的进行修缮，作为皇子的府邸，待海晏河清之后，再去外地就藩。父皇与母后认可这个主意，让大伴做这事。然而，父皇须臾离不开大伴，大伴便转交给刘若愚，刘高兴得很，马上便做起来。按照大明的宫室制度，王府的主体也是前朝、后寝两组宫室。从南向北，前朝有：承运门、承运殿 即民间俗称的银銮殿 、圜殿 圜殿位于承运殿后，圆顶重檐，圜殿之称应由此而来 、存心殿。从承运门到存心殿围绕庑廊。同样，后寝亦有宫门与三座宫殿。大小宫室计有八百多间。王府四周构筑城墙，开辟四座城门。南曰"端礼门"，北曰"广智门"，东曰"体仁门"，西曰"遵义门"。城门用红漆，贴金铜钉。大殿用斗拱，覆盖绿色琉璃瓦，彩绘金龙云纹。十王府囿于环境没有修筑城墙，但是依旧构建了很高的围墙。三弟说，维修时他看了看，没有什么可说，不过是一座缩小了的紫禁城而已。

明洪武时期，前朝是：承运殿十一间，圜殿与存心殿各九间。弘治八年改为承运门五间、承运殿七间、穿堂（相当于圜殿）五间，后殿七间。后寝是：宫门三间、前寝宫五间、穿堂七间、后寝宫五间、宫后门三间。

既然给三弟他们准备了王府，公主府呢？公主府是不是也应该准备？母后说是的，而且也是利用十王府的旧宫殿，按照大明宫室制度比照正一品的府邸增减修缮：正门五间，油绿色，铜门环，彩绘不能用金，房屋不能称宫，也不能称殿，只能称厅、称堂。我与昭仁妹妹很不高兴，都是皇家儿女，凭什么我们不能涂红颜色？不能称宫称殿？父皇说这是祖宗传下的，而且是太祖爷爷定下的制度，二百多年的制度，岂是说改就改的。今天想来我那时多么无知，不过两年以后就天翻地覆，鲜血逆流成河，命都保不住，还争什么红色绿色？父皇在那种危局下还在为子女张罗婚事与府邸，有多么不易，而我又是多么不懂事！

在修缮三弟的王府时，发生了一件怪事，在后寝西朵殿里盘踞着一窝黄鼠狼，工人们不敢动，说它们是大仙，轻易不要招惹，都绕着朵殿走，但是工期摆在那儿，这是皇上的工程，误工是要治重罪的。刘若愚好不容易接了这个工程，急得不知如何是好，让工人轰走那些黄大仙，然而工人稍微趋近朵殿，便从里面喷出一股恶气，水雾般沾人便倒。刘若愚急得没有办法，上报大伴。大伴认为内阁辅臣都是有文化有谋虑的，便去请教周延儒，他也不知如何处理这等事，只是以子不语怪力乱神搪塞，被追问急了，便将他支到僧录司。僧录司派了一位姓谢的高功法师前来作法。谢法师带着一干弟子，被招待了一顿好饭，便穿着绣金法衣，在朵殿门口摆上香案，亮出天蓬尺、拷鬼棒、令牌、令旗、桃符、桃剑诸等法器。待弟子们围拢，步罡踏斗四处站定，谢法师便猛拍一声天蓬尺，唱了四句定场口号：

"白云仙鹤道人家，一符一剑一杯茶。羽衣常带烟霞色，不染人间富贵花！"

唱罢伸出双手，十指合拢，掌心向上，双眼紧闭口中念念有词，曰：

"噫！统天三十六，无为在三清。手攀云霄九，脚蹑万层冰。披发飙麒麟，啸风掣雷霆。三发召将符，摄伏诸妖精。太上老君急急如律令，敕！"

举起天蓬尺，把香案拍得山响，手持桃木剑舞动一番后，猛地向殿门一指，喊声："虐畜还不出来！"说来不由你不信，只听殿内隐约腾起一派丝竹之音，冷不丁一声亮锣响，有青葱女子尖声喝道："歪道何不倒也！"谢法师"哎呀"一声猛地向后倒地，法冠跌落了，锦绣法衣滚了一层泥。弟子们发声喊，筋头轱辘跑了，不知跑丢了多少鞋。

外祖父知道了这事呵呵大笑，让门丁老王请来一位养鹅的老农，老农看看不说话，第二天赶来一群大白鹅，放在王府大门口，大鹅们高傲地走进去，伸长脖子"哦""哦"鸣叫，在朵殿外面高歌半夜，从月亮在黛紫色的天际升起，到曙光在微红之中诞生，就在金光四射即将绽放的刹那，突然刮起一阵黄风裹挟浓烈刺鼻的腥臊之气冲出朵殿向南方飘去。工人们慢慢打开殿门轻手轻脚蹭进，一位大仙也没有了，大殿内干干净净，飘拂一缕微微发腥的香雾。

我原来对外祖父十分不屑，通过这件事，不禁对他另眼相觑，他还是有些本事，尽管这本事上不得台面，但是上得台面又当如何？怪不得外祖父有一个绰号，人称"草地圣人"，像他这样的人往往游走于江湖之间，在国家存亡之际，说不准会做出什么惊天动地之事，那个矮个子的道长宋献策与那个红鼻子大夫牛金星，难道不是类似人物？

4

还没有离开洪承畴的大帐，大同总兵王朴便打定主意先跑了。王朴跑路，洪承畴的十三万人马立即崩溃。

洪承畴，字彦演，号亨九，福建泉州人，万历四十四年丙辰科进士，他在担任三边总督时，与孙传庭在潼关之战中击溃了李自成的造反大军，自成仅以十八骑遁入商洛乱山丛中，洪承畴在父皇的眼睛里顿时光辉起来。建房第一次侵扰京师时洪承畴从陕西勤王，后来被父皇任命为蓟辽总督，驻守榆关。而高起潜在榆关做监军，对洪承畴的到来十分警觉，他的每只耳朵都伸长了（幸亏只有两只耳朵），天天向父皇密报洪承畴举动，包括洪承畴早饭吃了什么（洪承畴是福建人，与我们北方人不一样，喜欢吃放有海鲜煮的粥），等等，虽然没有什么重要内容，父皇却也重视。大伴说，高这个人成事不足败事有余，他这种做法洪承畴早晚会知道，而且可能早就知道，这对父皇而言不是好事，他曾经鼓足勇气提醒父皇，父皇横了他一眼，看父皇这个神态，大伴也就知趣地闭住嘴。

在父皇的天平上，建房和西北流寇，孰重孰轻，是心中有数的，前者属于春秋大义，汉贼不两立没有退让余地，而后者属于内部事务，攘外重于安内，而建房也明白直捣燕京必须突破锦、宁防线，只靠偷袭是不行的。有一个叫祖可法的大明降将，给皇太极出主意，建议在义州（义州卫）今锦州管辖的义县 驻军，逼临锦州，迫使明军废弃在锦州的屯田策略，而从锦州退守，退回宁远，再从宁远撤回榆关。这样榆关以外的土地便都是建房的了。皇太极认为这个主意极好，便派兵进驻义州，也采取明军的策略且耕且战，把锦州团团围住。

父皇听到这个消息与群臣商议对策后，命洪承畴兵出榆关 事在崇祯十三年五月，以解锦州之围。这时洪承畴的手下有八镇总兵，即：

榆关总兵马科；

宁远团练总兵吴三桂；

宣府总兵杨国柱；

大同总兵王朴；

密云总兵唐通；

蓟州总兵白广恩；

玉田总兵曹变蛟；

前屯卫总兵王廷臣。

总兵力十三万，云集宁远。皇太极知道以后也不断向义州增兵而与明军对峙。两军当时的态势是：松山所城（广宁左卫的松山中左千户所）广宁城即今锦州市下辖的北镇市，当时下设广宁卫、广宁中卫、广宁左卫、广宁右卫。锦州市南山公园附近有松山城，松锦之战后被皇太极拆掉仅余城基 驻有明军，位于锦州东南十八里，而皇太极的军队距离锦州五六里。皇太极的意图是通过包围锦州的姿态吸引明军前来增援，从而发挥建房长于野战的优势，在松山一带消灭增援的明军，也就是"势所围锦，实乃窥松"。

对此，洪承畴看得十分清楚，便采取且战且守的战略。坚守锦州的祖大寿也向洪承畴传话：

"我每城内的粮食足以支持半年，请制军大人放心好了！"

照这样坚持下去，假以时日，以大明的国力对抗建虏，大明坚持的时间应该更长。然而，兵部尚书陈新甲却不认同这个策略，鼓动父皇与建虏速战速决。父皇征询洪承畴，洪回复父皇说：

"今本兵议战，安敢迁延？不若稍待，使虏自困为得。"

不妨稍待，让建虏自己陷于困局。父皇认为有道理。但是陈新甲再三再四地向父皇耳畔吹风，父皇又改变了注意，而建虏也散布即将南下的谣言，陈新甲信以为真，致信洪承畴，斥责他出兵一年有余，战事毫无进展，耗费银钱数十万两，却未解锦州之困，如果建虏再度南下，使内地烽烟顿起，如何对圣上交代？当此主忧臣辱之际，清夜扪心能有所不安乎？！

为了贯彻与建虏速战速决的主张，陈新甲先是任命兵部职方郎中张若麒到洪承畴行营赞理军务，后又推荐前任绥德知县马少愉以兵部职方主事的身份任赞化军务，张若麒率躁喜事能说善辩，马少愉更甚，可以把死汉子说翻身。二者一唱一和鼓噪"我军可战""不战待和"，而这时洪承畴又接到父皇密敕，要求他"刻期出兵"，洪承畴进退维谷，思来想去，自然不能违抗圣意，便于七月二十六日 崇祯十四年 在宁远誓师，两天后出兵，将粮草囤积于杏山 是一座孤立小山，为杏山驿所在地，在松山西南三十里之处 与塔山 在杏山西南二十里 之间的笔架山 在海中，形如笔架，落潮时与陆地接壤 上。次日，亲率六万人抵达松山 今锦州城南的乳峰山，俗称罕王殿，因为位于锦州之南故名南山，南山之南即松山，当地俗称长（虫）山，见建虏屯军于乳峰山东侧，洪承畴便传令登上乳峰山西侧，下令兵分两路分割建虏使其腹背受敌，设立车营，环以木城。建酋十四王多尔衮见状上报皇太极，皇太极听说明军大部队已到，便带了三千骑兵，流着鼻血（身体有病），从沈阳星夜兼程赶往松山。皇太极本意是围点打援，见洪承畴的主力团聚在松山周围，便将主力部署在松山与杏山之间，将松山与杏山、塔山之间的通道全部隔断，袭击了笔架山，断绝了明军的退路与粮道，并在通往宁远的要道上预设伏兵，专等明军通过。据说，皇太极赶到松山后观察明军部署，见明军大众集中于前而后队却兵力不足，猛地醒悟：

"此阵有前权而无后守，击之可破也！"

看到皇太极如此部署，洪承畴在大营商议对策，谋士张斗提醒他应该防备建虏抄袭我军后方，洪承畴听后不语。马少愉上前说：

"我方可主动出击，乘锐出奇而击。"_{明军刚打了两个小胜仗}

洪承畴本来就厌恶这个人物，立即反驳道：

"我十二年老督师，尔书生，何知耶！"

我是征战十二年的督师，还用你这个书生教诲！听他这样说，众将领也就无话可说。正在这时有探马报，笔架山被建虏偷袭了，听到这个消息，大家立即慌了，随军粮草只够支持三天，三天以后如何？张若麒说：

"松山之粮仅够维持三日，粮为军心之重，无粮何以作战？不如趁现在有粮，返回宁远支粮后再战，如何？"

听他如此说，总兵官们一时议论纷纷，大多赞同张若麒的主张。洪承畴沉吟了一会儿，决议突围回到宁远，遂下令：

"明日三更造饭，五更突围，望各位总镇按照本兵部署统一发兵。"

哪里想到大同总兵官王朴一更造饭，三更便开始行动，引起连锁反应，吴三桂看王朴跑了，也慌忙带着本镇人马逃跑，王朴与吴三桂的兵马逃到杏山，榆关总兵官马科、宣府总兵李辅明_{宣府总兵原是杨国柱，他在崇祯十一年（1638）清军入关时追随卢象升参与了贾庄之战，死战之后与虎}

大战突围而出。据《明史·杨国柱传》，此次跟随洪承畴出关，杨国柱率领部队在松山外围遭遇清军埋伏，奋力冲杀，中流矢而亡。李辅明便替补他做了宣府总兵，带着本镇残兵逃到塔山，密云总兵唐通、蓟州总兵白广恩的部队也纷纷溃散，各镇兵马相互践踏，丢盔弃甲，被建虏打得一败涂地。

玉田总兵曹变蛟、前屯卫总兵王廷臣、巡抚邱民仰与洪承畴率领没有逃出的一万余名士兵，被困守在松山所城里。洪承畴连续向朝廷发出十八封求援羽书，都被高起潜扣住不发。

月弯如钩。

壬午 崇祯十五年。二月。松山所城。天空黑漆漆的，夜风夹杂海风，刮来湿漉漉的盐的粗糙气息，壕沟里浸满了浑浊春水，有些地方已经塌陷，水波漫溢出来，泛滥成一小片松软的褐色沼泽。远山的黑松林遥遥传来"簌簌"声响，壕沟附近的银白杨不时发出浪声大笑，树丛黑洞洞的，在诡秘的月光下不时闪出斑驳白光，若许野花的青涩香气逡巡地扩散开来。

几个乌黑的人影从松山所城的南墙挽着绳子缒下，可以分辨是五个成人与一个少年，他们是松山所城副将夏成德的亲信与儿子。昨晚，夏成德与建虏密谋献城，松山所城曾让建虏吃过大亏，担心上当，因此让他的儿子夏仁寒做人质，那五个人就是护送夏仁寒做人质的。他们悄悄走到壕沟边上，发出三声模仿斑鸠的鸣叫：

"咕咕""咕咕""咕咕"。

对方也回应了三声，随后伸出三块木板搭在壕沟上，将这几个人接过去。

次日城破。建虏涌进来，曹变蛟、王廷臣与邱民仰战死，洪承畴被生擒绑成粽子形状，被夏成德当作礼物，驮在马背上急急送至沈

阳。但是消息传到京师却是洪承畴阵亡,他的一个逃回京的家丁绘声绘影地说:

"家主被执,骂贼不屈,唯向西磕头,称皇帝圣明,臣已力竭,死之。"

举朝震动,父皇下谕在朝天宫 今北京西城宫门口以北 设坛祭祀。父皇在谕旨中说:

"已故蓟辽总督、尚书洪承畴赠少保,荫中书舍人,祭故总督洪承畴九坛,故巡抚邱民仰、总兵曹变蛟、王廷臣各六坛,予祭议谥,合祀京师。"

父皇临轩垂泣,双眼红红的,悲怆地说:"我不曾救得承畴。"他还准备亲临祭祀,以示悼念、激励。

九月。

洪承畴在三官庙已经关押半年了。押到三官庙的当晚,建酋多尔衮便匆匆赶来,说是大清国十四王爷多尔衮拜望大明国督师洪承畴。见到洪承畴,多尔衮命人解去绑在洪承畴手腕上的绳索,建房喝命:"跪下。"洪承畴凛然道:"吾乃天朝堂堂大臣,岂肯拜蕞尔小朝之王!"多尔衮也不计较,对洪承畴说:"吾与尔也算是旧交,多次交手从未谋面,今日一见,督师果然器宇不凡,失敬,失敬。"喝命左右为他更衣梳洗。过了几天,从俘房中找来一名洪承畴的家丁洪余生,来到三官庙照顾他的起居饮食,便再无人过问了。

据说,洪承畴被押到沈阳以后,他的部下悉数被斩,只留下洪承畴,众房不解,纷纷问为何不杀此人,皇太极笑道:

"吾侪所以栉风沐雨者,到底为了什么?"

"当然是入主中原啦!"众房回答。皇太极笑道:

"中原之路尔等知之？譬之行者，尔等皆瞽目，今得一引路者，安可杀之？"

众乃服。

日子就这样一天一天挨着过去了。

三官庙建于唐代，唐太宗东征时命令大将军尉迟恭修建，是一座道观。前殿是灵官殿，供奉王灵官，大殿供奉天地水三官，后面是两层的三清阁，供奉三清之神。洪承畴被软禁在三清阁西侧的朵殿里。这本是一座湫隘的道观，不过有三四位羽士，自从洪承畴被押来以后，突然热闹起来，羽士不再是三四位，而是三四十位（建虏兵套上道袍），在小观里挤来挤去，洪承畴看了觉得好笑，我不过是一介书生，手无寸铁，有必要安排这么多兵吗？前些天听洪余生说大明准备和建虏和谈，条件之一是将他释放，后来又说和谈并未进行，而建虏突破长城饱掠一番后已经回到沈阳了。洪承畴原本寄希望于和谈，庶几有望返回中原，现在彻底绝望，因此从前天开始绝食，准备以死抗争，为大明尽忠。

"大人，大人，范文程范大人看望您来了！"洪余生喜盈盈跑进来对洪承畴说。

"洪大人安好！"人未到，范文程浑厚的带有磁性的声音已经传进来了。洪承畴本来坐在椅子上，看见范文程立即站起来，指着范文程的鼻子说：

"尔来何事？"

"听说洪大人近日食欲不佳，范某特意前来拜望，望洪大人多加珍摄。"说罢命下人抬来食盒，将一碗绿莹莹的食物放在桌上，洪承畴的鼻腔内立即飞来一阵逗人食欲的味道。洪承畴挥挥手，让洪余生撤下去，随后又瘫坐在椅子上，不再说话。范文程也不说话，巡视室内的桌椅板凳与炕上的棉被皮褥，再看看洪承畴身上的衣服，果真是破烂不堪，他穿的还是大明督师的战袍，朱红颜色已经蜕化为酱色，但依旧很洁净，只是下半截不像模样，趿拉一双破棉窝，竟然光着脚，脚后跟的黑泥有半寸厚。范文程不禁笑笑：

"洪大人这是何苦？"

"干尔何事？你若劝降，请范大人自重，休要徒费口舌喋喋不止！"洪承畴突然翻转面皮，"尔还记得尔是大明子民吗？尔之原配三品夫人被建酋蹂躏数月，尔不思抗争，反而甘心做狗，摇尾乞怜，男儿堂堂七尺，有何颜面存活于世？"

范文程自投奔建虏之日起，为了出人头地，已将人间羞耻置之度外，但被人当面揭短妻子被辱之事还是头一遭，由不得不恼火，禁不住要动怒，说来也巧，房梁上蓦地飘下一缕茶色的灰尘落在洪承畴左边衣襟上，洪瞥了一眼，用右指轻轻地把灰尘掸下去。就这么一个不经意动作，被天杀的范文程看见，他不再说话，拱拱手离开了三官庙。

酸风射眸，"唏溜溜"吹进窗缝，在室内打个旋儿，又钻出去，在朵殿前面的空地上"淅淅沥沥"掠过，檐下的铁马"叮叮咚咚"乱响了一阵，两只神鸦在半空里鸣叫着飞走了。洪承畴双手插进袖口闭上眼睛，瘫坐在椅子上一动不动。

下午，朝见皇太极。皇太极问洪承畴投降之事，范文程笑眯眯地将上午所见述说一遍：

"洪承畴必不死。此人尚惜其衣，况其身乎？"

皇太极呵呵大笑起来。

又过了两天，洪承畴绝食的第五天，黄昏的神鸦在观内的山杨树上聒噪不已，突然磬响三声，套着道袍的兵丁们开始在灵官殿前撒下黄灿灿的豆子，树上的神鸦立即扑棱棱冲下，远处的神鸦也结队飘来，天空顿时变成乌黑的颜色。洪承畴昏软地瘫在炕上，洪余生站在炕沿边上搓着双手，不知如何是好。这时袅娜地走进一位红粉美人，带着一股异香，从茜色的袖口伸出一双纤纤玉手，捧住洪承畴的脸颊，洪承畴被香气冲开双眼，看了一眼美人的脸又闭住眼睛，饿了五天，他委实没有力气细睹这女人的脸，只觉得那香气直冲肚腹，挖开一条大路，陡然产生一种什么东西皆可以吞咽的感觉。美人让婢女端来一盏琥珀色热汤，用汤匙放在洪承畴的嘴边，洪承畴委屈得不由自主地张开嘴唇，婴儿一般慢慢啜饮下去。喝了两口参汤，洪承畴有了些精神，美人再让婢女端来一盆热水，把洪承畴的双脚浸泡在热水里，用白净的手将洪承畴脚后跟上的黑泥一点一点抠下去，接连换了三盆水，才勉强将洪承畴的脚清洗得有些模样，昏沉中洪承畴只觉得僵冷麻木的身体竟然慢腾腾地热起来。

五天以后，落了一场沙砾似的小雪，气温陡然下降，皇太极来到三官庙。洪承畴正在室内徘徊，看见皇太极并不说话，反倒是皇太极笑道：

"先生可好？"

皇太极看看洪承畴单薄的还是那件已然蜕为酱色的红袍，便脱下自己的石青银鼠披风覆盖在洪承畴身上，说：

"先生不冷乎？"

洪承畴看着他，瞠视久之，想到高起潜"无微不至"的监视，不由得长叹了一声：

"真命世主也。"

不由自主地俯身下跪。

窗外传来一派嘹亮的鸣叫，高远的最后一群雁阵整齐地向温暖的南方飞去。

第十三章　桃花你就红来杏花你就白

1

南堂在宣武门内东顺城街。

刘妈陪我去的那天，正是天主教的"礼拜日"。

那日，蓝天白云，然而天蓝得很浅，浅浅的蓝色仿佛少女的梦；云白得很淡，阳光在白云边上隐约逗留描了一圈金，羞涩的东风噙着青草飘忽的香气，现在回忆这段往事，我依然禁不住涌起一阵兴奋的小小波澜。

南堂有一片很大的院子，一座很高的教堂，女墙顶上竖立一具镀金的雕花十字架，还有一排白色画着红十字的诊室。我们去的时候，里面正做弥撒，一名神职人员带刘妈和我走上二楼包厢俯瞰。他不知道我是公主，如果知道了会增加许多不必要的麻烦。参加弥撒的人很多，人头攒动仿佛集市一般，但又静悄悄没有一丝声息地聆听神父在祭坛上布道。祭坛后面有一座很大的橡木屏风，镌刻"圣母无染原罪像"，左右是两行字。左行是"吁玛利亚无原罪之始胎"，右行是"我等奔尔台前为我等祈"。前面立着一个金色十字架。祭坛上面是高耸的穹隆，四周装饰彩色玻璃，阳光从外面照射进来，将祭坛装点得光怪陆离，将近结束的时候，管风琴悠扬奏响，唱诗楼上随之响起优美的歌声。汤若望神父头戴高冠，套一件松绿绣金百合祭披，手持权杖从祭坛上走下来，不停地给教徒们祝福，频频对周围的信徒说："愿主的平安与你同在。"信徒们纷纷回应："也与你的心灵同在。"

他曾经来到皇宫朝觐父皇，故而我认识他。有一次他向父皇敬献了十多幅《耶稣行迹》图，父皇下谕悬挂于中极殿，请外戚、勋贵与朝臣观赏。后来他又敬呈父皇一本羊皮纸的书，有一百五十页，既有图画也有文字，斑斓精美，昭仁妹妹看见很喜欢，父皇便送给她。收了人家的礼物总要回报，应许汤若望的请求，父皇赐以"钦褒天学"四字，意思是天主教不是邪教而是正教中的天学，汤若望高兴极了，很快制成匾额分送到各地天主教堂悬挂，看到这方匾不少人纷纷受洗，不仅有宫外人，宫内也有不少人入教，袁妃便是，几年前由于小产身体孱弱久治不愈，汤若望问清状态，派人送来一瓶药，吃了一个月就好了，那是一种白色小圆药片，具有镇疼止血作用。当时宫内设立了两处小教堂，一处在东安门内，一处在咸安宫后身，都是利用闲置的宫殿，在宫殿内布置祭坛，安放一个十字架，每天由信教的内侍负责打扫而已 据《基督教与北京教堂文化》统计，崇祯九年，奉教者有亲王140人、皇族40人、诰命夫人80人 。

汤若望领洗入教的人很多，有一个御马监的内侍叫庞天寿，他的徒弟就是乾清宫的小璠和徐高，由于小璠，刘妈入了教，庞天寿和小璠、徐高都有西洋名字，庞天寿叫亚基楼 光明磊落 、小璠叫安吉尔 天使 、徐高叫伊桑 强壮 ，刘妈叫什么我忘记了，也许根本没有。刘妈很想发展儿子与准儿媳受洗，可惜这两人都没有兴趣，甚至反感，只好作罢。

429

望过弥撒，我和刘妈准备回宫，刚走出教堂大门，汤若望匆匆走来，向我行礼，我急忙止住他，又请我和刘妈吃饭，刘妈问我，我点点头。吃过中饭，汤若望领我们到教堂参观，在教堂西侧的一处耳堂里，悬挂着一幅年轻母亲怀抱婴儿的画像，汤若望说母亲是圣母，婴儿是基督，基督诞生在伯利恒夜空下的一处马厩里，是上帝派来拯救人类的神。许多年过去了，许多事情已经模糊依稀如同飘逝的远烟，但是基督与圣母的画像，却至今浮现在我的眼前：蔚蓝的海洋一样辽阔天穹，闪烁着繁密的瑰丽星辰，慈祥的母亲深情地凝视怀抱中熟睡的婴儿……我当时无论如何没有料到，在这里，我竟然获得了第二次生命。

上面说到，洪承畴在沈阳投降了皇太极，不久消息传到京师，父皇听后愣了一会儿神，随即让大伴传谕工部：将在正阳门左侧修建的庙拆掉，那座庙原本是准备祭祀洪承畴，以作招魂之地，但是庙已经修好，有大臣建议，拆了反而劳民伤财，不如将庙里的神主改为观音大士，作为观音庙而与右手的关帝庙相互对应 两庙各只有一座大殿，背依城墙，坐北朝南，位于正阳门东西两侧，一九六五年北京修建地铁时被拆掉 。修这座小庙，原是父皇对洪承畴寄予希望，试图树立一个抵抗建虏的典范，没想到竟然是这样的结局！很长时间父皇变得寡言少语，憔悴了许多。洪承畴降清，标志着"松锦之战"落下帷幕，辽河以东的全部和辽河以西的大部分土地，已被建虏控制，榆关以外只剩下宁远一座孤城。

自太爷爷己未 万历四十七年 之年始，大明与建虏缠斗了二十余年，展开了"萨尔浒之战""辽沈之战""松锦之战"，杨镐、熊廷弼、孙承宗、袁崇焕、卢象升、洪承畴，要么战殁，要么被斩，要么投降,大明的将星渐次凋零,大明灿烂的星空慢慢黯淡了。

松锦之战失败后,南京山西道米寿图上奏父皇请诛杀张若麒(兵部职方郎中)以谢天下。奏曰:

"督臣洪承畴孤军远征,以当积强横跳之虏,关外之存亡,神京之安危,决于一战,此何等事?忠臣义士,心胆俱裂,子当虚心与督臣商酌,动出万全,相机破贼,以宁八城,以全十万之众,以抒圣明之虑。何乃贼臣若麒攘臂奋袂,挟兵曹之势,收督臣之权,纵心指挥,致使三军但知有张兵部,不知有洪都督,而督臣始无可为矣!夫朝廷以十万付督臣者,以其能起三军之事。督臣且战且守,催战必败,三尺童子亦知,而若麒一味催战,视国事如儿戏,驱死地如恐后,不过欲侥幸一掷,胜则揽功于己,败则移罪他人,而致封疆被执,数万健卒转于刀锋沟壑之间,如此之罪,何可赦也?自当立斩,以谢天下!"

奏上,没有下文。

张若麒和一同催促洪承畴出战的马少愉(兵部职方主事)早已溜回京师,好官我自为之,继续在兵部任职。

辛巳年 崇祯十一年 十一月,辽东飘起了茫茫大雪,据说深达丈余,建虏粮草断绝,便通过蒙古人向明廷发出议款意向。

兵部尚书陈新甲密奏,被父皇认可。此事本来是秘密进行,无奈陈新甲办事荒唐疏漏,竟然将双方往来信件放在书房的桌子上,他的仆人错以为是塘报,随手交给塘报官传抄,本来是机密的事情遂流传于外,引起了轩然大波,朝野上下立时掀起滔天波浪,认为是奇耻大辱,要求父皇严惩陈新甲。父皇下旨切责,陈新甲不肯承担这个责任,认为是按父皇的旨意办事,并非自作主张,将父皇推向舆论的前台。这等于是出卖了父皇，父皇大怒将陈新甲逮捕入狱，在舆论的压力下将其处死，连带处死了张、马二贼，还有那位不按军令率先逃跑的大同总兵官王朴，不仅将他处死，而且传首九边。

在当时的形势下，明与清媾和不失为权宜之计，是可以接受的，但是朝臣们却用传统的春秋大义僵化地否定了这个难得机会，而思宗在春秋大义面前，亦不敢坚持而怯懦退缩，诿过陈新甲，这样在攘外的道路上便进入了死胡同。

在议款的问题上，父皇原本希望得到周延儒的支持，周却害怕承担责任，只是反复说遵从圣上的旨意，采取溜肩膀态度，让父皇十分失望，怒火憋在胸里一缕一缕向上蹿。这是在龙德殿的一次夜谈，更声辽远，深红的宫烛慢慢将夜色的浅墨咬出一片浅白，父皇压住怒火，君臣不欢而散。但是父皇实在憋不住，转天说到周延儒，父皇不禁说："此人太使乖！"大伴次日转告周延儒，没想到周却说："事如此英主，不使乖不得也！"大伴本是好意，希望首辅与父皇共度时艰，没料想得到这样的答复，从此改变了对他的态度，对他有所提防了。

建房原本想通过议款从大明不战而获，以解救他们的粮食危机，既然议款不成，翌年十一月便再次越过长城墙子岭，进入京畿腹地烧杀抢掠，虽然各地勤王陆续到达，但是都惧怕建房，能够与建房抗衡的将军一个也没有了，只是远远围观。作为内阁首辅的周延儒，一筹莫展，为了应付局势竟然请了一百名僧道——五十名僧人、五十名道士，据说原来还准备请五十名尼僧，后来有阁臣反对，在西单牌楼北面他居住的石虎胡同　今小石虎胡同　西口举行一坛法会，请这些僧人诵《法华经》，道士念往生咒、超度经等，说是护佑大明打败建房，他脑袋进水了吗？

在京畿腹地，建虏犹如春天的野火无人敢挡，据说抢了一万多两金子、二百多万两白银，几十万百姓如同牛羊，被缚住双手络绎于途，哭声震天动地惨不忍睹。在北撤的途中，建虏遣使者给父皇送来一封信：

"大清国 原称后金，有江湖术士建言：清者水也，明者火也，金怕火，但水可以灭火，遂改国号为清 皇帝致书明国皇帝：予嗣位以来，蒙天眷佑，自东北海滨至西北海滨无不臣服，蒙古、朝鲜悉入版图，乃昭告天地，受号尊称，国号大清，改元崇德 公元1636年。我大军每入尔境，辄克城陷境，然予愿和好者，特为亿兆生灵计耳。尔既不能战，又不能和，有何颜面端踞庙堂！尔如意议款，当遣使前来，每岁尔国馈大清国黄金万两，白金百万两，大清国馈尔国人参千金，貂皮千张。以宁远双树堡为尔国境，以塔山为大清国境，连山适中之地为两国互市之处。尔倘愿和好，速遣使臣赍'和书'及'誓书'来，予亦赍书以往，否则再勿遣使致书也。"

第二天，父皇在平台召见阁臣说：

"朕欲亲征。"

听父皇如此说，阁臣一时愣住。

"目下建虏深入京畿腹地，将近数月，朕既不能御之于外，又不能胜之于内，以至畿甸震惊，黎庶涂炭，朕甚愧之。"说着，父皇忍不住流下泪来。

"圣上乃万金之躯，岂可亲征！臣愿代圣上视师。"

周延儒出班跪奏。父皇看看他又抬头仰视，银灰色与铅灰色的流云相互纠缠，从西边重叠宫阙的华甍上缓缓涌起，朝着东边青玉色的天际舒卷翻滚，父皇的内心应是悲哀无助的，眼下这些人有谁可以抵御建虏，为父皇分忧？父皇不由得频频摇头。阁臣见状纷纷跪请视师。看着他们，父皇再次摇头，勇士何在？这些阁臣哪位有驱驰战场的经历？都有满腹经纶却都无杀敌本事。周延儒再次跪请视师。父皇冷笑道：

"先生既然愿去，自是好事，朕已经在宫中卜下一卦，吉时正在此刻。先生一出朝门即向东行，慎勿西转。务期断敌归路，无令生还！"

命周延儒以阁部督师，周延儒奉旨后立即启行，迅速赶到通州 今北京市通州区 ，当他站在烟灰色的雉堞后面眺望远处的烽火——此时建虏的铁骑东起津门 今天津市 ，西至涿鹿 今河北省张家口市涿鹿县 ，冻云似的横亘天际三百余里，饱携抢来的财物，浩浩荡荡向北撤退，脸都吓得变了颜色，只是下令守城的士兵日夜不停地向建虏鸣炮恫吓，一个兵也不敢出城。布置好了，周延儒便与同来的幕僚、随从、统兵将领在通州城内饮酒作乐。勤王的四位总兵刘泽清、黄得功、周遇吉与唐通轮流在绛色大帐内宴请周延儒，日子过得好不快活。大家都很高兴，说督师体恤下情，为人通达不强人所难。为了应付门面，督师衙门每日下午开门办公收受文书，之后编造文书诡称连战皆胜，向宫中飞送附有三枚赤色羽毛的塘报。

周延儒再度出山与门生张溥、吴昌时有关，张溥是君子，文震孟的公子文秉说周延儒的早期政绩离不开张溥，可惜此人早亡，而吴昌时不是君子，张溥亡后，周延儒便完全被他左右了。这次在通州，周延儒的幕僚长便是吴昌时。他给周延儒谋划的策略便是待在通州城里以静制动，耗到建虏北归便是胜利，父皇自然无话好说。然而，父皇是有眼线的，锦衣卫指挥使骆养性有个卧底是周延儒的厨师，每天抄一份食单（包括宴请的人）给骆养性，骆养性便将这份食单与其他刺探的情报密报父皇，父皇勃然大怒，下旨将周延儒发到三法司议处,但周延儒也有眼线,接到密报后立即上疏自请戍边,以赎百罪之身。看到周延儒的上疏,父皇的心又软了,想到君臣之间曾经的许多好处,次日便下谕道:"卿报国尽忱,终始勿替,许驰驿归,赐路费百金,以彰保全优礼之意。"又对言官说"延儒功多罪寡",不要再弹劾了。

周延儒坐着朝廷的驿车,由行人司派人护送,体面地回到了宜兴养老。事情本来就过去了,但是他的门生吴昌时依旧不安生,勾结司礼监数名内侍,妄想继续把持朝政,但这怎么可能呢!靠山倒了,弹劾吴昌时的奏本便络绎而来。父皇看到吴昌时与司礼监内侍交结,这是最不能容忍的,便召来五府六部九卿科道言官于平台会审吴昌时,厉声喝问:

"尔与内侍如何交往,窥视宫中内情?"

"臣实无有,祖宗之制,交结内侍者斩,臣虽不才,安敢犯此?"

父皇立即召来一位叫蒋拱辰的小臣上前对质。蒋是一个绿豆粒小官,虽然在弹劾的奏本中说得头头是道,但是从来没有见过这种场面,吓得趴在地上一句话也说不出来,父皇只好把蒋拱辰斥退,看到蒋拱辰退下,吴昌时立即强硬起来:

"陛下如欲加罪于臣,臣何敢抗违圣意?陛下若欲屈招于臣,则臣实不能!"说罢,吴昌时猛地挺身站起来,吴虽是佞臣,但是颇有傲骨,父皇看他如此蛮横,吩咐锦衣卫用刑。阁臣陈演、魏藻德出班劝阻,对父皇说:

"殿陛之间绝无用刑之例,伏乞圣上开恩,将吴昌时交付法司究问。"

"此辈奸党,神通彻天,若离此三尺地,谁敢据法从公勘问?"

"殿陛之间用刑,实三百年未有之事。望圣上法外开恩。"

"吴昌时这厮，亦三百年未有之人！"

说罢下谕锦衣卫将吴昌时褫夺衣冠动用大刑，把两条腿都打断了，哀号之声响彻殿陛上空，朝臣们吓呆了，再无人敢说话，锦衣卫把昏死的吴昌时押进诏狱，没几天传谕刑部、都察院、锦衣卫，以"勾结内侍，把持朝政"的罪名，将吴昌时推到西四牌楼一刀斩了。又过了几天，父皇心中的恼怒仍未平息，命锦衣卫差人将周延儒押解来京勘问。

被押进京城的第一天，周延儒被囚禁在正阳门外的五道庙里。

关于五道庙，我这里做个简单阐释。五道庙通常是一人高的小庙，在乡野建于村口，在城镇建于路口。五道庙内不塑神像，只张贴五种轮回图片，根据亡人生前行善还是作恶，决定其亡后下地狱、做鬼、做畜生、转人，或者升天的五条道路。每逢人故，家人便把亡人的姓氏名号写在纸上张贴在五道庙墙上，俗称"报庙"。与通常所见的五道庙不同，正阳门外五道庙不是小庙而是体量正常的大庙，处于五条道路 今樱桃斜街、铁树斜街、韩家胡同、五道街与南新华街 的交会处 是从宣武门至正阳门，通往观音寺与大栅栏商业区的重要通道，所谓交龙要道。五道庙内有一座石碑，镌刻兵部尚书王象乾撰记的碑文，王做过蓟辽总督，素有威名，故世已经十多年了，据说他躺在（卧治）关城上都可以把建房吓退，这当然是夸张，但却说明他的神武。那一晚，大殿里黑沉沉的，王象乾的石碑在月光之下却白得柔软发飘，夜风阵阵带来吼声的冰凉尖利，天上的寒星似乎都被吹落下来。那年，他从西单石虎胡同寓所 后来被吴三桂的儿子吴应熊占用 去前门观剧，路过这里，那是一个温暖的蓝色夜晚，没想到今天竟被囚禁在这里！在押解进京的路上，听锦衣卫的力士说，吴昌时已经被绑到西市斩了，周延儒心里涌起了无限惊疑，他是不相信怪力乱神的，但是那一晚，却在石碑下面徘徊许久而不能入睡。

第二天，周延儒被转移到宣武门外的铁老鹳庙。这是座关帝庙，大殿内有一尊关帝斜披绿色战袍，夜读《春秋》的塑像，身后右侧是捧刀的周将军。大殿的鸱吻上立有两只铁制的鹳雀，随风旋转，有风即转，发出"哗唧哗唧"的声响。燕京多辽金古槐，亦多玄色老鸦，唯独铁老鹳庙内的槐树（那是一株唐槐）没有老鸦，据说是畏惧大殿上不停旋转的铁鹳，而望影避之。

在五道庙，周延儒给父皇上疏请求哀怜，虽然至今没有消息，但到了铁老鹳庙，对周延儒的看管松懈了许多，他的心情不禁也放松了许多。他哪里知道，对他的处罚正在抓紧进行，十二月初二日，父皇下旨：着法司议罪。刑部、都察院、大理寺会商的结果：周延儒罪大不赦，应发烟瘴地面终身充军。父皇不满意，亲自拟了一道圣旨："周延儒为人狡诈百端，滥用匪人朋比为党，顾念系首辅一品大臣，着锦衣卫会同法司官员，于寓处勒令自裁，准其棺殓回籍。"看到父皇的这道谕旨，阁臣们不免兔死狐悲，上奏道：

"周延儒奉诏之初，一切奉扬圣德，如蠲租、起废、解网、肆赦诸大政，中外人士欣传有太平之兆，即我皇上亦曾说此人'功多罪寡'。然此人赋性宽疏，以至门客宵小之徒乘机假借其声名，纳交通贿，延儒不能尽知，即使知之也难杜绝，故而贿事彰闻，疵诟多端，天鉴炯然，罪责难逃！部院建议遣戍烟瘴之地，诚当其辜。至于视师诏旨一出，奉命即刻起行，似亦慷慨图报；其驰驱通州一带，也不无微劳可悯。乞求皇上法外开恩，俯从部议。"

请求父皇俯从部议，将周延儒遣戍烟瘴之地算了。然而，父皇批道：

"周延儒罪犯深重，前谕已明，如滥用匪人、误遣封疆、比昵奸党、营私纳贿，及亲履行间，回朝面询，应将兵情据实陈奏，极力挽救，庶几收效桑榆，而乃欺骗机械，较前愈甚。若律以祖宗大法，当在何条？念系首辅，姑从轻处，勒令自裁，已有旨了。"

过了几天，十二月初九，周延儒五十五岁的生日，骆养性前来庙内宣旨，当宣读的内侍读到"姑念首辅一品大臣"时，有意停顿了一下，周延儒以为父皇犹念旧情而免去他的死罪，再三磕头连称"圣恩。"哪里想到后面却是"于寓处勒令自裁，准其棺殓回籍"，周延儒立即瘫坐地上，不能自持，坐了一会儿，爬起来绕着大殿内斑驳的红柱子狂走；走了一会儿又跪在关帝像下高声祷告，乞求伏魔大帝佑庇。骆养性催促他赶紧上路，周延儒哪里肯听？由此僵持至夜半，烛焰已经昏残，不时爆裂惨淡灯花，关将军的莺歌绿战袍被忽闪得明灭闪灼，而周仓手捧的关刀却始终隐匿在浅棕色的暗影里。骆养性见他不能自裁，便命力士将他拉起来，抱住他的身体，将他的脖子放到从房梁垂下的紫色绳套里，但是周延儒拼命把头向后仰，骆养性又叫来两个力士，站在周延儒前面把他的头向前拉，拉进绳套，四个人便都松开手，随后关上殿门。

据说，周延儒养生有方，气绝之后躯体温润如生，骆养性担心未死，乃以铁钉钉入他的脑门，之后方回宫向父皇复旨。

不久，温体仁也病死家中。父皇看到讣文后突然伤感，星空之下，在乾清宫雪白的平台上站了半晌，次日传旨，赠温体仁太傅，谥文忠。

2

杨嗣昌死了。

自从卢象升战死畿南，杨嗣昌便成为众矢之的。杨嗣昌无时无刻不寻找脱身机会。按照杨嗣昌十面张网的计划，洪承畴督剿西北，卢象升督剿东南，东南西北合网将流寇彻底殄灭。洪承畴确实能打，最著名的是潼关南原之战。战前，洪承畴预先侦知，李自成将从潼关突围进入河南，便命令孙传庭：

"李自成必走潼关南原，公当设伏待之，如此如此，将使此贼匹马无逃。"

孙传庭领命后，立即在潼关南原设立埋伏，每五十里安排一队伏兵，专等李自成入彀。

洪承畴又命曹变蛟从后面奋力追赶 为丛驱雀之计，李自成边战边走，很快便遇到了孙传庭的伏兵。赶走伏兵后，李自成向前疾走，奔进一片柳林，每一株柳树都有怀抱之粗，绿色纷披的，刚欲埋锅造饭，伏兵再起，队伍顿时大乱。好不容易整好队伍，跑到一处有溪水的处所，士兵饿得跑不动了，李自成复命埋锅造饭，才将柴草引燃，尚未下米，只听得一声炮响，伏兵又起，刀光剑影地杀来，士兵惊慌得不得了，仓皇迎战自相践踏无数。如是者三，李自成头也不回地向前跑，恰恰跑到一处山口，静悄悄不见一兵一卒，而后面追兵如同潮水一般，实在无路可走，只得弃马进入山谷，正在庆幸逃出网罗，却不料突然间无数锦旗招展，孙传庭头顶金盔斜披暗红战袍，站在山梁上，戟指李自成呵呵大笑：

"果然不出督师妙算，吾在此候尔久矣，逆贼还不跪地投降！"

李自成大怒，指挥士兵进攻，奈何地势在彼不在此只能仰攻射箭，而孙传庭则一箭不发，指挥士兵将堆在山梁上的巨石一块一块推下来，沟底的士兵们抱头鼠窜，大部被压死了。李自成被迫丢下妻女，惶急之中与刘宗敏、田建秀等十八人逃入商洛山中。

一时烽烟静默了。

然而,自从洪承畴调离榆关、卢象升战殁之后,流寇复起,杨嗣昌便推荐熊文灿总理南直、湖广、山西、陕西、河南、四川六省军务。熊文灿在福建任职时,曾经招抚海盗郑芝龙,他认为这个策略也适用张献忠,也就是太奶奶曾经说到的那只"黄虎"。

张献忠,字秉忠,陕西定边人,与李自成齐名。李自成,就是太奶奶说过的"一只虎",初名鸿基,小名黄来儿、枣儿、硗生,陕西米脂人。这两个人都曾经做过驿站的兵,都因为裁撤驿站,没有了活命的饷银而造反,并不是土里刨食的农民,而多少有些文化。李自成幼时读过私塾,塾师以"雨过云收"为题出联:"雨过月明,顷刻顿分境界。"李自成对曰:"烟迷雾起,须臾难辨江山。"秋日吃螃蟹,塾师命他作一首咏蟹诗,李自成看着螃蟹吟道:"一身甲胄肆横行,满腹玄黄未易评。惯向秋畦窃稻谷,偏于夜簖暗偷营。双螯恰似钢叉举,八股混如宝剑擎。只怕钓鳌人设饵,捉将沸釜送残生。"塾师说:"尔此诗端的是螃蟹写真。但异时虽有好日子,终是乱臣贼子,不获令终。"相对而言,张献忠的诗就是顺口溜了。但是,相对李自成,张献忠残忍狡诈,熊文灿哪儿是他的对手!过了几个月,张献忠的队伍恢复了元气,在谷城 今湖北省谷城县,属湖北省襄阳市 复叛,在谷城的十字路口张贴自熊文灿以下官员索贿名单,其中熊文灿接受金珠宝瑰"累万万",不接受献金者,唯有襄阳道王瑞旃一人而已。

结果不说自明,熊文灿被捕入狱,杨嗣昌就是在这个背景下离开京师督军。九月初六日,杨嗣昌进宫向父皇辞行,父皇在平台设宴执壶为他斟酒,又命朝臣为他敬酒。三巡过后,乐声大作,一名小内侍手捧黄封走过来,父皇让他打开,取出一幅锦笺,说:

"卿外出督师,朕甚念之,今写数字为卿壮行。"

杨嗣昌听罢俯身下跪,接过锦笺随即站起来朗声读道:"盐梅今暂做干城,上将威严细柳营。一扫寇氛从此靖,还期教养遂民生。"

然而,此时的局面早已不是杨嗣昌所能控制,很快寇氛复炽,李自成攻陷了洛阳,而张自忠又攻陷了襄阳,使得福王与襄王被杀。福王就是那位与光宗爷爷争太子位,郑贵妃的宝贝儿子,离开北京到洛阳就藩时,神宗爷爷恨不得把半个朝廷的内帑都送给他,就是这么一个王爷。福王被捉住时,拼命向李自成磕头求饶。李自成痛斥:

"尔为亲王富甲天下,当今饥荒如此之甚,尔却一分一毫不肯掏出赈济,目睹饥民一个个饿死于前,尔却毫不愧疚,尔是何等心肝也!"

当即将其绑起来丢进厨房,剥洗干净,切成碎段,加上葱姜八角黄酒与鹿肉放在一只铜鼎里煮,在西关周公庙内举行了一场"福鹿(禄)宴"。据说福王爷爷重达三百六十斤。福王的世子朱由崧,在黄调鼎的护持下,逃到安国寺躲藏,半夜跑到怀庆,到了南京被迎立为南明的皇帝。

杨嗣昌本已重病,听到这样惊悚的凶闻,又惊又吓,自觉无颜面见父皇,在荆州沙市请监军万元吉代理军务,又召来家属安排后事。万元吉问他:

"为何不上报皇上?"

"不敢。"杨嗣昌闭上眼睛说,过了一会儿,又说:"愧对圣上嘱托。"夜间,他挣扎坐起给湖广巡抚宋一鹤写了一封信:"天降奇祸,突中襄藩,仆呕血伤心,束身俟死,无他说矣!"写完了这封信,杨嗣昌便闭上了眼睛。

那一晚,沙市一带的江水十分盛大,往来的船只都碇下来,绿波如山,风高水疾似箭,苍灰的月光躲进疯狂摇摆的芦苇滩中,涌出一

441

派"轰轰隆隆"的涛声。

起初,杨嗣昌认为襄阳城防守严密,郧襄道张克俭提醒他切勿大意,注意城防,杨嗣昌却不以为然,在四川,杨嗣昌追击张献忠,杨的部队距张的部队有三天距离,就在即将追上之时,张献忠突然掉头出川,奔袭他在襄阳的督师衙门。我后来听大伴说,张献忠在玛瑙山战败时,他的两个妻子敖氏、高氏与军师潘独鳌(谷城秀才)被抓,囚禁在襄阳狱中。知府王承曾好色,每晚借口审讯流贼内情,将敖氏和高氏提出调笑。一天,王将这两个女人提出来:

"听说黄脸虎喜欢女人的小脚?"

"是的。"敖氏说。

"如何喜欢?"

"将女人的脚砍下来,堆成一个尖堆。"高氏说。

"最上面放着刘氏的小脚。"敖氏补充道。

"刘氏是谁?"

"大王最喜欢的女人,一双狐狸眼,平日张狂得很!没想到结局是这样。"高氏撇撇嘴。

狱吏也都接受了流贼的金银,时常将潘独鳌带出牢房,找一家酒店脱掉枷锁饮酒作乐。杨嗣昌闻说派人送来公文警告,但是王承曾不以为然,嘲笑道:"流贼能飞到这里吗?"然而,就在这晚,潘独鳌突然从狱中动手,与张献忠混进来的士兵里应外合,遍地举火,漫天喊杀,攻陷了襄阳城,张克俭等人战死,王承曾却乘机逃走。事情上报朝廷,下令逮捕治罪,但是此时一派混乱,哪里去找王承曾?有人说他回到山西老家夏县,可是山西已经是流寇的天下,也就没有了下文。

杨嗣昌死了,张献忠与李自成的军队,如同洪水没有了堤坝,眼看一寸一寸上涨,即将轰然而出。而此时,父皇已经没有什么可以依赖的将师与军队了。

今年是甲申年 公元1644年,按照原先的设想,明年四月父皇为炜彤与俊鼎举行婚礼。为了让婚礼办得堂皇,父皇特意将刘俊鼎擢升为游击将军(四品级别),原本为昭仁妹妹修建的公主府亮晶晶的也赐给炜彤,昭仁妹妹年龄尚小,先给炜彤用吧。那一段日子,景仁宫,炜彤已经离开慈宁宫,搬回来了,大家都是喜气洋洋,只有当事人炜彤反倒异常冷静,躲在自己的房间,绣一条花腰带,她说这是家乡习俗,结婚的当日新娘要把这条腰带送给新郎。炜彤虽然擅长化妆,但在刺绣上与绛雪相比,差得不是一星半点,她们二人关系本就亲密,在炜彤向绛雪学习的过程中,二人的关系愈加亲密了。

在那些日子,刘妈整天笑嘻嘻得合不拢嘴,就要娶儿媳妇了,而且娶的是公主,还有什么不高兴的?刘妈高兴,大伴也高兴,因为刘俊鼎是他的义子,刘妈高兴,他当然也高兴了。一天,大家说到炜彤与俊鼎结婚以后,二人如何相处,大伴说,要是在过去,俊鼎见到炜彤要行四拜礼,炜彤坐在那里还二拜礼。俊鼎给炜彤送东西时自称"臣",炜彤送东西给俊鼎称"赐",炜彤吃饭,俊鼎要在旁边侍立照顾,等等等等,礼数多啦!现在好了,今上御极以后,将这些不近人情的礼仪都取消了,这才是正常的夫妻生活。

就这样,日子一天一天向前走,炜彤刺绣的腰带慢慢有点模样了。

自从建房的皇太极故世以后,榆关的战事处于平静状态。但是西北的战事却越发紧张。父皇想把镇守榆关的辽军调来拱卫京师,在乾清宫西侧的弘德殿征询首辅陈演与阁臣魏藻德意见。这两人互相看看不说话，父皇与他们交谈的时间很长，但是只要说到辽军之事，二人便装聋作哑，再问便说以圣意为准，气得父皇推翻了椅子，君臣不欢而散。陈、魏二人都是玻璃珠琉璃球，乖滑得很，从来都是从父皇身上寻觅利益，何时为父皇朝廷着想？关键时刻一定掉链子，我至今不明白，父皇何等精明，怎么会选中了这两块料！左中允李明睿向父皇密奏南迁，父皇认可，叮嘱他千万不要外泄，但还是被泄露了出来，朝臣们纷纷反对。陈演反对最为激烈，甚至扬言"不斩李明睿，不足以谢天下"。拖来拖去，南迁之事也就作罢。父皇在这事上得不到大多数朝臣的支持，母后也曾经对父皇说"吾家在南边尚有一家"，父皇听了一言不发，母后看父皇这个态度，也就不再说话了。这些朝臣为什么反对南迁？他们难道不知道京师陷落后，他们的下场将会十分悲惨吗？后来，我与三弟讨论这件事，三弟说，这些朝臣的家眷基本在京师，父皇南迁不可能将朝臣（包括家眷）全部带到南京，父皇走了他们怎么办？说来都是忠爱父皇，父皇其实不过是这些朝臣的人质而已。他们这些自私的小心眼，既害死了父皇也害死了自己。父皇平时办事乾纲独断，但在大事上却优柔寡断，结果……三弟长叹一声，不再说话。

松锦之战失败后，八镇总兵逃回榆关，建制基本完整的，只有吴三桂的辽军，俗称关宁铁骑。之所以如此，一是吴三桂英勇善战，二是辽军是本地人，熟悉地理环境，逃起来自然轻车熟路。吴三桂逃回榆关，监军高起潜向父皇建议，将榆关、宁远与前屯统交给吴三桂管理，得到了父皇的认可。现在战事孔亟，李自成的军队已经攻下太原，而另一支偏军也已经占领了大部分河南，窥伺畿辅，甚至在真定一带游弋，京师危在旦夕了，父皇再次商议调动辽军。然而，要调辽

军进京,势必撤出榆关前面的宁远与前屯二城,朝臣们各持己见,陈演与魏藻德私下议论:

"上有急,故行其计。无故弃地三百里,吾等岂能任其咎?事定后,上以弃地杀我辈,吾等奈何?"

吏科都给事中吴麟征听到二人的私语,立即斥责道:

"此何时,尚说此等无君父之语?尔等尚有良心否?"吴麟征主张速调吴三桂入关,屯宿京郊以拱卫京师。

二月十二日,为了调吴三桂进京,父皇在平台召见吴三桂的父亲吴襄。吴襄是绥中军籍,做过宁远总兵,因战败去职,住在京师江米巷。父皇命他担任中军都督府提督,协助守城。说到撤出宁远,吴襄说:

"祖宗之地,一尺一寸不可放弃。"

"并非让卿弃地。此乃贼势所迫,不得已而为之。此是朕为国家大计所作,与卿父子无关。辽军有多少兵?"

吴襄不说话,朝父皇磕了一个头后说:

"臣罪万死。臣兵按册八万,核其实三万。因为只有几名兵的粮饷才能养一兵,并非始于关门。"

"三万人都骁勇善战吗?"

"三万人如果都是战士,成功何待今日?臣兵实不过三千。"

"三千人何以抵挡百万之众?"

"此三千人都是臣父子之死士。自受国恩以来,臣只吃粗粮,这三千人皆吃细酒肥羊;臣只穿布衣,三千人皆穿纨罗苎绮,故而可得死力。"

"征调这三千人入关,需多少粮饷?"

"百万。"

"如何这么多？"

"这三千人都有几千两银子的庄田，今舍弃入关，拿什么补偿？关外还有六百万百姓，随同入关，安插在何处？准此推算，百万尚恐不够，臣哪敢妄言。"

二月二十七日，京师的形势越来越危急，父皇在文华殿召开紧急会议，讨论京师战守事宜，朝臣、内阁大臣依旧意见不一，谈到吴三桂勤王京师时，陈演反对最激烈，借口"一寸山河一寸金，弃地三百里何人负责？"吴麟征抗言道，寇氛日炽，不征调吴三桂勤王，还有什么可以仰赖的？京师危难，难道等着李自成进京吗？陈演说征调吴三桂需要蓟辽总督、辽东巡抚同时签署意见，父皇立即派遣使臣索取回奏，陈演这才不得不拟旨，就这样，父皇才得以通过内阁下达吴三桂撤出宁远支援京师之旨。

三月四日，父皇下诏，封辽东总兵吴三桂为平西伯，蓟镇总兵唐通为定西伯，平贼将军左良玉为宁南伯，凤庐总兵黄得功为靖南伯。两天以后，父皇下旨放弃宁远、前屯，征调蓟辽总督王永吉、辽东总兵吴三桂率兵入卫。吴三桂遵旨将宁远的五十万人口陆续撤进关内，然而行动甚慢，每日之行不过数十里，直到十六日才进入榆关，而此时李自成的先锋部队已经抵达居庸关 在今昌平区 了。据说这期间，吴三桂曾经带着几名亲兵偷偷回到京师，看望他的父亲，不知怎的被田弘遇知道了，派人请他去田府赴宴。吴三桂本不愿意去，但吴襄让他去，说虽然田妃亡故以后，田府的气焰大不如前，但毕竟是皇亲，而且田弘遇为人豪迈，与他结识也是难得，为何不去！就在这次晚宴上，吴三桂遇见了陈圆圆，后面的事史籍多有记载，我不再细述了。

说到田弘遇，我在这里补充几句。不久前他去南京，酒食征逐地游乐了一番，说是在那里做一笔马的交易，将关外的马贩到江浙，再把江浙的丝绸带回京师，狠赚了一笔。后来传闻，他是奉父皇密旨考察从京师到南京的沿途状态，回京后给父皇上了一道密折，力主父皇迅速南巡。田弘遇回京师后的某一天，我在千秋亭与琼苑西门，两次遇到一位美丽女子，后来知道那就是陈圆圆。她的美，我记得坡仙有诗"素面翻嫌粉涴，洗妆不褪唇红"，总之是天生丽质，见一面还想再见的美女而难以忘怀！

田妃故后，为补充九嫔之缺，田弘遇将他在江南访到的陈圆圆送到宫里，然而此时寇警与虏警交织，父皇哪里顾得上，复把她送回田府了。田弘遇这个人，为人大气好交往讲究排场，凡是能拉上关系的朝臣都去过田府，吃过他的酒席而相处甚欢。我后来明白了，田弘遇请朝臣吃饭表面上是豪迈好客，其实田府具有特殊作用，那儿是父皇侦知朝臣的重要场所。父皇对田弘遇采取放纵态度，这是一个重要原因，而田弘遇也利用父皇发了财，这是一个双方皆赢的局面，何乐不为！但是天地盈缩自有定数，田弘遇的辞世便具有戏剧性，就在京师被攻破的前两三天，田弘遇突然病故，与他的小舅子吴阿衡一样死在酒席上，只是后者死相难看，脑袋被砍掉了，嘴里还噙着粉色酒杯，而他却手举酒杯倏然山一样向后倾倒，将杯中的酒全部倾覆在身后描金的琉璃屏风上，一只银色的黑鹧鸪苦闷地栖在枯树上"嘎嘎"地叫。

军情紧急，但吴三桂统率的辽军却走得慢腾腾的，父皇几次下旨催促，都无下文，也不见回复。

十七日，三弟向父皇请命，携带父皇手谕去吴三桂处，催他从速发兵。父皇本不愿意，但迫于形势也实在没有好办法，次日三弟辞别父皇母后，带着安东、刘俊鼎与五十名死士出城直奔榆关而去。

他们哪里知道，这一去便是天高地远，生离死别两茫茫了。

3

我记得在文震孟先生做阁臣时,曾经提议撤销派到军中做监军的内侍,父皇认为这是对的,除了由于榆关的地位特殊,高起潜继续做监军外,其他边镇的都撤销了,一时为人称颂。然而,随着军情孔亟,父皇又恢复了监军制度。我至今记得两名杜姓的心腹内侍,一是御马监掌印杜勋,一是乾清宫打卯牌子<small>皇帝身后捧剑的内侍,身份仅次于司礼监的秉笔太监</small>杜之秩,分别被派到宣府与居庸关,这些都是京师北方门户。尤其是居庸关,作为京师的最后一道屏障,如果陷落了,京师将完全处于敌军的锋芒之下。

对父皇这个举措不少朝臣反对,认为这样做将使将帅贰心,而与朝廷离心离德,但父皇哪儿肯听!而且不仅不听,还把他认为可靠的内侍派往各处城门把守,任命曹化淳提督内外京城,但是曹化淳力辞,最后只得由大伴担任,大伴摇摇头捏着鼻子接受了。大伴说,我不懂军事却要提督军事,这个仗还能打吗?

父皇每次召开御前会议,询问御寇方略,都没有任何结果,阁老们要么说些没有兵饷之类的废话,要么口称戴罪,气得父皇顿足痛斥,兵部尚书张缙彦不服气,认为事情闹到这个地步,并非自己无能,索性摘掉纱帽,乞求罢官,首辅陈演以身体为由请求回乡,父皇看着他趴在地上觳觫的样子发了同情心,命行人司护送他离开京师。陈演入宫辞别,对父皇说:"没有协助好圣上,罪当万死。"父皇怒斥他:"你一死也不足以掩盖罪过!"此时军情紧迫,吴三桂开始用海船渡辽民入关,但是才往返几次,而贼寇已经攻陷宣府、大同。如果早下决心,局面或者还有转圜机会,现在是基本无望了。陈演家财甚多，世道不宁，不能立即起程，便滞留在京城里，直到李自成进京也未能走脱。

陈演辞职后，父皇将魏藻德擢为内阁最高长官。事情就这样一天一天混，每次召对完毕，父皇都痛哭回宫。

母后见父皇这个样子，也陪着痛哭，又说南边有家的话，父皇叹息说半个月前还有可能，现在四郊多垒，到处都是烽火，已经走不了了。又说到三弟，不知他现在如何。在景仁宫最被关心的是刘俊鼎，刘妈关心，炜彤关心，我和绛雪也都很关心，关心中相当部分是他与炜彤的婚事，每当说到俊鼎，刘妈都哭天抹泪，炜彤只是默默地不说话，躲到自己的房间里绣那条腰带，几次把手指刺破将腰带染红了。一天夜晚，炜彤来到我的房间，刚说到刘俊鼎三个字，便哭起来，她是真的爱他，她说现在懂了，什么叫心惊肉跳，担心亲人时身上的"肉"真的会颤动起来。我们那时还天真地认为，凶蛮的建房都没有攻破京师，流寇又能怎样，难道比建房还厉害吗？我们有红衣大炮，有三大营的军人，城墙又高又厚，怎么也可以坚守到三弟带来吴三桂的援军，哪儿料到形势瞬息万变，大明朝三天便灰飞烟灭了！

三月十五日，李自成的大军逼近居庸关。再早，七天之前，大顺军进攻宣府时，士兵倒戈，巡抚朱之冯拔刀自刎，而父皇派去的监军杜勋却带头投降。那个红鼻子蓝大夫（现在是大顺军的宰相牛金星），给李自成提出一个口号："吃他娘，穿他娘，迎闯王，不纳粮！"李自成不解："百姓不纳粮，我们吃什么？"牛金星笑道："这不是我们眼下考虑的，现在有大户可吃，怕什么？等我们打下江山，自然还是要百姓纳粮。"总而言之，只是口号而已，但这个口号有很大的欺骗性，天下黎庶苦赋税久矣，自然欢迎不交税不纳粮的军队。杜勋投降了李自成，而派到居庸关做监军的杜之秩也不是好东西，在前来勤王驻守居庸关的唐通与大顺军鏖战时,偷偷将关门打开,逼得唐通不得不下马投降。

十六日,塘报传入大内,大顺军已然攻破昌平,总兵李守缑自尽,十二座皇陵内的松柏被砍,享殿被焚,当夜大顺军越过并不十分湍急的沙河,兵临城下了。

那一夜,京师之外遍地烽烟,城内不少地方也燃起大火。五城兵马司的兵丁们跑东跑西,但是灭了东边,西边又冒出大火恣睢的红舌,整座京城红光点点,烟雾蓬蓬。事后,我们才知道,新正前后,不少京城外的人进城观看鳌山烟火,总是进来的人多而出去的人少,守门的士兵当时很奇怪,现在明白了,有不少大顺军的探子,利用新正之机,混进城后潜藏起来以便到时起事,故而城里有了不少卧底,那个叫占役礼的便是其中一个。本来占役礼是客魏党羽,不知什么原因与大顺军搭上了关系,近日也潜进城,现在舔血隐忍多年终于等到复仇机会,当晚便指挥数十名手下在南线阁放火。

这南线阁是大辽南京城垣的东南角,上面有一座角楼,那角楼修得结实,历经数百年岿然不倒。占役礼在上面放火是为了呼应彰义门 今广安门 外面的大顺军。看到南线阁上红光闪闪的火焰,彰义门外立即燃起三堆蹿动蓝烟的篝火,在火光闪动中冲出数百名黑乎乎的人影扛着飞梯,向彰义门飞跑过来。占役礼见状立即带着手下冲向彰义门,砍翻了几名守门的士兵,正要打开城门时,住在附近榴街 今牛街 的回民百姓与东厂的番子赶过来将占役礼击溃,乘着夜色,占役礼逃走了。

十七日,大顺军将京城团团围住,守城的士兵却十分稀疏,仿佛缺了牙的梳子,而且面黄肌瘦,他们从昨天起便没有饭吃,为什么会是这样?据说,昨天一名兵部的下层官员遇到一个高级官僚的长班,

二人站在兵部路口 今兵部注 说到大顺军攻城，那个长班从袖口取出一张传单，上面写着"开门迎贼"公约，领衔的内侍是父皇最倚重的曹化淳，而大臣则是兵部尚书张缙彦。

这一天，父皇照例在早朝上召对群臣询问对策，没想到这些人却面如死灰相向而泣。看着这些惘然无措的群臣，父皇气愤地在御案上写下几个字旋即抹掉，大伴后来对我们说，是这样六个字："文臣个个可杀"。然而，即便都杀掉又能怎样？我、炜彤和刘妈都急得不得了，我和太子哥哥、四弟、昭仁妹妹，去坤宁宫看望母后，大家面面相觑，每个人的心里都如同沸水滚动，但是也没有任何办法。最后，母后说，真的到了那个地步，她要陪父皇共存亡，而我们，母后命宫娥取出四个包袱，分给我、太子哥哥、四弟与昭仁妹妹，每件包袱里有几件旧衣服和五两碎银子，让我们逃难用，母后说只有这么多的银子，多余的早已捐出去了，可是捐出去又怎样，大明朝真的要断送在父皇之手？这样一个励精图治、克勤克俭的皇帝竟然会是亡国之君，无论如何让我想不通。

在景仁宫，大伴匆匆走来，刘妈看见他立即哭了，说担心刘俊鼎，大伴说：

"他一个年轻力壮的军人怕什么！他和三皇子、安东在一起，肯定没事！说不准儿明儿一早儿与三皇子，带着关宁铁骑杀到京师了！"说完这话，大伴突然俯身给刘妈磕头道：

"我的老姐姐，流寇要是攻进皇城，那就真真的没法儿了，三十六计走为上吧。我是皇上的人，死生都要跟着皇上，您到时保护两位公主逃命吧！"

"向哪儿逃？"

"南堂。您不是教徒吗？到时让小璠带你们去找汤神父。"听他这么说，刘妈哭得更厉害了，边哭边呼喊刘俊鼎。

"我的老姐姐，俊鼎不会有事，炜彤也不会有事，到时您把炜彤'一块玉儿'处女 交给俊鼎就是了。"

大伴站起来，又向我磕头：

"我死生是要跟着皇上的，望公主殿下保护好自己。"说着站起来，从袖子里掏出一张房契呈给我：

"这是刘若愚的房契，他昨天交给我的，他说这房契对他没用了，他是要跟大明朝走的，让我交给殿下，必要时可以躲那儿去。小院儿在白塔寺西岔儿，是一条很隐蔽的小胡同，不熟悉的人进不去。小璠去过，到时让小璠带公主殿下去就是了。"

他又跪下来向我磕了一个头说：

"殿下保重，万千保重，奴才走了。"

十八日，微雨不绝夹杂沙砾似的雪花，大顺军冒雨攻城，守城的士兵虽然频繁向城外放炮，但是从炮口里只喷出红黑的火焰而没有铅子，大顺军的士兵站在壕沟外面哈哈大笑。这时，李自成头戴毡笠，身穿淡青色布甲，乘一匹乌驳 毛色青白相杂 马缓缓走来，站在彰义门外向城头喊话，襄城伯李国桢回曰：

"我到汝营为质，汝当遣人入城与皇上面谈，如何？"

"何用尔为质，让杜勋进城传话！"

杜勋小鬼一般（他本来个子小，面相丑陋，通过贿赂曹化淳，坐上御马监掌印的椅子）从李自成马后转过来，俯身向李自成磕头后，渡过壕沟走到城根，李国桢命士兵放下一个荆条编的圆筐，杜勋坐进去，被拉上城头。进入城，杜勋骑马向大内急奔，见到父皇呜咽不已：

"贼寇人强马壮，锐不可当，皇上当自为之。"

"贼人如何说？"

"贼渠李自成说，愿退兵西北，裂土为国，皇上封其为秦晋之王，并犒赏百万金银，自成即可为朝廷内遏群寇，外御建虏。"

"此议如何？"父皇问站在御案左手的首辅魏藻德 今北京市通州区人，崇祯十三年庚辰科状元 ，但魏藻德不说话。

"今事已急，可一言决之。"父皇再三询问，魏藻德惧怕担责，始终一言不发，只是一味地俯身鞠躬，如同木偶一般。我至今想不明白，父皇为何在关键时刻不自己做主，一定要征询阁臣意见，难道父皇也害怕担责？

"朕自有计。另有旨。"父皇让杜勋退下，魏藻德面如僵尸依旧一句话不说。父皇气愤地回到宫内，写了一道亲征诏书，随后召见驸马巩永固。三天之前，父皇便召见过巩永固，命他护送太子南下监国，巩永固说，此事若早尚有可行，如今贼寇逼近京师，人心已然瓦解："臣不敢负陛下之托。"今天，父皇再次命他护送太子出京，巩永固回奏："臣不敢私蓄家丁，无力护送太子，城破后臣只能以死殉国而已。"

在父皇书写亲征诏书之时，杜勋退出宫，回到彰义门，对守城的内侍说："只要打开城门，吾辈可保富贵。"听到杜勋的转达，李自成下令攻城。让父皇无论如何想不到的是，他所信任的大珰曹化淳根据"开门迎贼"公约，却率先打开彰义门，外城立即陷落了。很快负责守卫正阳门的兵部尚书张缙彦、朝阳门的成国公朱纯臣、宣武门的内侍王相尧，纷纷将内城的城门打开，穿土色布甲的大顺兵，潮水般涌进内城。权将军刘宗敏（此人是铁匠出身）身披浅赭色甲胄，玄青的披膊与护肩，头盔上插着红缨，脚穿黑色铁网甲靴，率领一支马军，军容甚肃，进入宣武门，而此时父皇尚在殿陛之间彷徨，问内侍：

"大营兵安在？李国桢安在？"小璠在父皇身侧回答：

"皇爷目下哪儿还有兵？大营兵已散，李国桢不知去向，今唯有劝皇爷走耳！"

父皇不相信，不过几个时辰，局势就变得如此不可收拾？这时，大伴慌忙跑来，告诉父皇内城已被贼寇攻陷，父皇听他这样说，便命大伴召集年轻内侍与锦衣卫的将军力士，登上宫城做最后坚守。

父皇说，自从太爷爷时代，大明的气候就变坏了，用你们现在的科学说法是进入了小冰河期。三月中旬应该是牡丹盛开的季节，可是今年即便是桃花也不过刚刚绽放，而且花朵弱小，颜色也不那么嫣红。那天晚上，父皇与大伴来到煤山顶上俯视京城，往常此时正是万家灯火，家人团聚一派祥和可亲，现在却是烽火烛天，浓烟刺鼻滚滚遮蔽京师上空，隐约之间可以听到战马嘶鸣。父皇顿足叹息道：

"小子凉薄，致黎庶遭殃，朕之罪也。"说罢，不禁滴下泪来，用袖边抆了抆眼角。

"圣上无罪，都是那拨无能腐败的贪官之罪！"大伴愤懑地说。

"贪官污吏，乘机取巧，加耗鞭扑，朕深居九重，不能体察下民之苦，实乃尸位素餐，朕之罪也。"

说完这句话，父皇抑制不住又说：

"将懦兵骄，莫敢用命，焚烧淫掠，视民如仇，朕任用非人，而不能纠察，朕之罪也！"

停了一会儿，父皇眺望乌洞洞的城市，长长叹息：

"朕自承天御宇以来，十有七载，建虏猖狂，流寇跳梁，调兵措饷，实不得已，且年年征战，加派日多。朕本欲安民，却反而虐民，朕之罪百死莫赎焉！"

从清晨开始洒落的微雨，现在变成了冰碴似的雪花，虽然轻薄，但是格外冰凉，凉得入心沁骨。大伴劝父皇回宫再做主张。后面的事我就不说了，史家多有记述，再写心都要淌出血了。

4

乾清宫里灯烛荧煌，白昼时金碧辉煌的天花，此时变得黑压压的，内侍与宫娥们大气不喘地侍立周围。父皇坐在御案后面，命内侍取酒来。小璠很快端来酒，还是父皇平常使用的赤金壶与赤金杯，放在一只赤金盘里。父皇端起酒杯饮了一口，随即召母后与袁妃前来。看到母后，父皇含泪说：

"大事去矣，贼将入宫，朕将殉国，汝为天下母，不可受流寇凌辱。"

"妾身事陛下十八年，卒不听一语而致有今日，今日同死社稷，有何可言！"

对于围城，母后虽然知道得不很详细，但听周围侍从谈论也大体清楚，可是无论如何没有想到局势竟然发展得如此迅速，没有丝毫挽救余地了，听父皇如此说不啻晴天霹雳，然而事已至此有什么办法？贼寇进宫必然受辱，以母后的性格自然不能接受，历史深处北宋皇室蒙受的凌辱，目下福王与襄王的遭遇，人生到了这个地步，还有什么可以依恋？听母后这样的哭诉，父皇的内心如同打翻了五味瓶子，内疚、悲怆得不能与母后对视，宫娥环列周围也都哭泣不已。母后向父皇俯身行礼，离开乾清宫回到坤宁宫，袁贵妃也哭着向父皇辞别。过了一会儿，内侍回来奏报：

"娘娘宾天了！"父皇哭着连连说：

"好，好。"

父皇看着御案上的赤金杯，残酒微微波动，纤细的银色涟漪一个圈套一个圈，不知何时落进一只惨绿颜色的蠓子，在酒里挣扎，父皇随手将酒泼洒出去，随之飞出一只小蠓子，在御案上濡湿地爬了一会儿飞走了。父皇命内侍再取酒，连饮了十数杯，小璠与内侍们趴在地上，仰视父皇一杯接一杯地喝，一动也不敢动。大伴见状，走来劝父皇不要再喝了，再喝误事了。父皇停住酒杯，让宫人传旨给婶婶，告诉她贼寇即将进宫，请她自裁，莫要坏了皇兄颜面。不久，内侍从仁寿宫回来复命婶婶已经领旨，父皇端起刚才放到御案上的酒杯，又饮了一口，说：

"传主儿来。"

太子哥哥与四弟急忙赶来，父皇看见他们还穿着平时服装，责问道："此何时也，怎么还不换服饰？"命宫娥取来旧服，父皇亲手给他们换上，嘱咐道：

"汝二人今日是太子、王爷，明日城破，即为普通小民，汝二人逃生去吧！"

太子哥哥与四弟听父皇这样说不禁放声痛哭，连连向父皇叩首。父皇看他们这样，说：

"汝二人不必恋朕，朕为大明国君是必死社稷的。汝等如能逃脱，则是祖宗荫庇，如能寻到你们三弟，搬来救兵，毋忘光复社稷，为父母报仇！"

太子哥哥与四弟听到父皇如此嘱托，难过得呜咽不已。大伴瞅瞅殿外，龟青色的天空已经微微有些泛白，雪花不知何时止住，但是又开始落下大雨，雷声远远地在天边殷殷响起，天色阴惨，空气的湿度更加浓厚，便对父皇说：

"皇上，时间不早了，赶紧护送太子、王爷出宫吧！"

听了他这话，父皇再三高声叮咛：

"汝二人要切记，逢人做事要谨慎小心，遇到做官的，老者呼老爷，幼者呼相公；遇到平民，长者唤老爹，幼者唤老兄；文人称先生，军人称户长，切记、切记。"说完这些话，父皇也不禁呜咽起来。

文震孟之子文秉的《烈皇小识》记载，当天夜里，思宗手持三眼铳，带着几名手持利斧的内侍骑马出东华门至朝阳门，"托言王太监奉出城，守者请以天明请验，扈从者夺门，守者反炮击之，不得出。朝阳系朱纯臣所守，急诣纯臣第，阍人辞以赴宴未回。上叹息而起，复走安定门，门闸坚不可举，天将晓矣，乃返厚宰门，散遣内丁，随以永王、定王分送外戚周田二家，手携王承恩入内苑。是夜，阁臣方岳贡值宿精微科，四鼓，中涓口传圣谕：'内阁诸先生速赴行在。'巫叩之云：'倘圣驾已同巩驸马王太监出宫矣。'太子叩嘉定门，周奎高卧不起，门役不纳，乃走匿内阁某外邸。"

后面的事情诸君都知道了，在景仁宫，父皇刺伤了我，他原本是要将我刺死的，不知什么时候那只橘猫闯进来，在他刺我时，撞了一下他的右腿，使他那持剑的右臂抖动了一下，逼得那剑锋向上滑动一寸，从我的左臂刺过，我当即昏死过去。五天以后我睁开眼睛，躺在南堂二楼一间密室的床上，两名穿白衣的嬷嬷站在我面前，见我睁开眼睛，连连在胸前画十字说上帝保佑，很快汤若望神父跑过来，他披一袭白色长服，蓝眼睛看着我发出慈祥的微笑。

刘妈、炜彤、绛雪，你们在哪儿呢？

大顺军的士兵波涛般向皇宫奔涌过来。与此同时，内侍与宫娥们向皇宫外面逃跑，东华门、西华门、神武门、承天门，四处都是向外逃难的人流，向内冲来的士兵与向外逃难的宫人在承天门轰然碰到一起，撞出一派高耸的浪花。从东华门与西华门逃跑的宫人比较顺利，很快逃出宫城，再跑离开了皇城。可是逃离皇城后又到哪儿藏身呢？许多宫人茫然地站在胡同里不知所措，很快便被进城的大顺军发现掳走了。那晚，乾清宫的内侍徐高在父皇没有来到昭仁殿之前，便领着昭仁妹妹与昭仁殿里的宫人一溜烟跑出皇城，跑到西郊的藤公栅栏 利玛窦墓地，后来的法国教堂，今北京市委党校，北京最早生产葡萄酒的地方 避难。小璠与刘妈等父皇走后急忙给我包扎伤口，小璠早已找好一辆驴车，炜彤、绛雪、刘妈把我抬上车，那只橘猫也追着跳上车，安静地蹲在我的脚下。自从那件事情以后，这只橘猫便喜欢围在我的腿边转，有时扬起头向我"喵喵"叫，希望我抚摸，但我从小怕猫从来没有摸过它。对这只猫与它的孩子，我曾经有过一饭之恩，原本算不得什么，不过是一些剩饭剩菜而已，没想到这只橘猫今天却救了我的命！橘猫跟我来到南堂，又随我到丰泰庵，终老在那里，安葬橘猫时，天边突然迸射一道霞光，玉娥师傅说它往生海天佛国去了。后来听说，大顺军进入大内后，猫咪都逃走了，只剩了一窝"子神"老鼠精，在溟濛的夜色里放肆地啃啮金色宫殿里的大红柱子。

刘妈催促小璠拉着驴快步向东华门外跑，刚跑出门洞，炜彤发现那条新婚时要送给刘俊鼎的花腰带忘拿了，与刘妈说了一声便向回跑，刘妈一把没有拉住，绛雪也跟随她向回跑，她们以为，一来一回用不了多久便可以赶上我们，哪儿料到刹那之间便成了生者与死者的分界线呢！

宫内已经乱成了麻。伶俐的宫娥跑出一部分，大部分仍在宫内转磨磨不知怎么办。而这时,从宫门外面传来海浪似的呼啸,大顺军的兵将要闯进宫门了。宫娥们晕头转向地向宫门外冲,迎头撞见大顺军的兵,掉头又向回跑。有一名魏姓宫娥大声喊道:

"贼入大内,我辈必然遭到侮辱,我辈岂能受此侮辱!有志者需早为计!"

喊罢,跃进金水河,随着她的呼声,"扑通扑通"不少宫娥也跳进去,一瞬间金水河里满是跳水的宫娥。此时,刘若愚正在神武门外护城河边上徘徊,看到冲来的大顺军,一狠心跳进去,很快被冰冷苍碧的河水吞没了。

炜彤与绛雪跑回景仁宫,炜彤找到那条花腰带,二人正要跑出宫门,大顺军迎头冲上来,绛雪慌忙往回跑,炜彤跟在她后面跑,大顺军高喊着在后面追,追到后院实在没地方跑了,绛雪狠心扎进井里,不小心将一只鞋落在井口外面,炜彤也随着向里跳,一名大顺军拉住她的衣袖,但是向下跳的力量大,袖子"哗"的一声裂开,炜彤跳了进去。井内十分狭小,井水很浅,绛雪头冲下溺死了,炜彤落在绛雪的身上,没有任何损伤,听到井口上面有士兵对话。一名士兵说有两个宫娥跳进去了,一名士兵说把她们钩上来,说罢用钩镰枪将炜彤钩上来,再将绛雪钩上来,见到绛雪已经亡故,一把又推下井。这两个士兵见炜彤如此美丽,立即争执起来(谁应该得到她)。炜彤看着他们说:

"我乃永昌公主,尔等不得无礼,若乱做,必告尔主!"

这两个兵为人老实,果真将炜彤押送到一个叫罗虎的副将帐下,罗虎是位年轻将军,山西晋中辽县 今山西省晋中地区左权县 人氏,见炜彤眉目如画天仙一般,眼睛都直了,立即搂住炜彤求欢。炜彤愤怒地推开他说:

459

"我真的是永昌公主,尔不可以胡来!"

罗虎立即押来一名老宫娥辨认。那名宫娥见到炜彤立即下跪称"公主殿下",罗虎惊异得眼珠都快要掉下来,旋即以端庄的态度对待炜彤。次日,罗虎将此事禀报李自成,李自成对炜彤说:"汝为公主,罗虎是吾义子(第一百个),吾当封其为王,也不辱没了汝!"旋即封其为晋中王,当晚在景仁宫为二人举办婚礼。

月光冰冷地扔了下来,大殿前面合欢树的叶子已经合拢,灰灰地泛出一派惨淡的绿色,那两只被剪短翅羽的仙鹤,在树下焦躁地走来走去,不停发出战栗的鸣声,听着叫人心里发寒。大殿里罗虎与部下喝酒正欢,在后殿,两个宫娥伺候炜彤化妆。大殿里的欢笑声、喧闹声与酒杯的碰撞声交织传来,炜彤听着不禁流下眼泪,为了一条腰带害死了绛雪,自己也落到匪人之手,而且还要被迫做匪人的妻子,俊鼎知道了会如何想?如果不去找那条腰带……炜彤犹如困在笼子里的鸟儿,不知如何才能破笼而出。正在她痛苦地悔恨时,前面大殿突然爆出高亢的歌声。先是一个略显嘶哑的年轻人忧伤地领唱:"桃花花你就红来,杏花花你就白,翻山越岭寻你来呀,啊格呀呀呔。"后面的"啊格呀呀呔"是与众人合唱,唱得最带劲的是那两个将炜彤押到罗虎帐下的兵,他们的年纪都在四十开外,是罗虎的叔叔辈,子侄结婚,他们当然高兴,而且娶的是大明公主,他们与有荣焉,脸上也光彩。合唱部分杂沓而雄壮,这是军营的歌声。"桃花花你就红来"是辽县民歌,罗虎的部下都是辽县子弟,故而都会唱,只是好坏不同而已。年轻人接着唱"榆树树你就开花,疙节节你就多,俺的心眼没你多",众人接唱"啊格呀呀呔"。原本伺候炜彤的一位宫娥偷偷溜出去,过了一会儿回来对另一位宫娥说:"大王长得挺俊,唱歌呢,吼着嗓子唱。""是吗?我也去看看。"这名宫娥也溜到前殿。"锅儿里你就开花，下不上你这米，不想旁人光想你，啊格呀呀呔。"宫娥溜回来说："大王哭了，哭得挺伤心。"是的，歌声在伤感里透出颤抖的哭腔，而且打着卷儿向上翻。在"啊格呀呀呔"的吼声里，罗虎脚步踉跄地歪进后殿。他原是辽县的放羊娃，早些年闹灾，父母都饿死了，李自成路过那里，饥民纷纷参加了大顺军，罗虎年纪幼小，负责招兵的让他过几年再来。过几年？这些年吃什么，不早就饿死了！罗虎跟着部队跑，跑了一天感动了招兵的人，就将他接收了。没想到，一个放羊的娃，今天新婚而且竟然娶的是公主，罗虎高兴得不知道天在上地在下了，然而父母都不在了，不能够将这喜事告诉他们，自然难免伤悲，而且那民歌的旋律本来就有些凄凉，想到已亡的父母，罗虎凄怆的伤感愈加厚重了几分。

罗虎酒喝深了，身上的披红挂彩，早已经揉搓得不成样子，看了一眼炜彤，歪歪斜斜走来，将她抱起，扔到暖阁的炕上，随即拉上帷幕，向炜彤身上爬。炜彤立即躲开，罗虎又向她身上爬，爬了三次都没有爬上去。再爬爬不动，呼呼睡着了。

炜彤走出暖阁，整整衣裳，打开妆奁，对着镜子重新化妆，镜子里慢慢浮出刘俊鼎的眼睛，看着俊鼎，炜彤哭着卸掉刚才的妆容重化新妆。

炜彤曾经对我说，俊鼎喜欢她的醉妆。那是一种醉酒微醺的状态，脸腮红红的十分迷人。化醉妆要有些技巧，底妆不要敷太多粉，眼妆和唇妆不要太突出，要制造隐约的朦胧感；眉毛要涂上浅浅的咖色；腮红先涂柔和的橙色，再将胭脂的红色一层一层叠加上去，胭脂的颜色可以深也可以浅，深是酒晕，浅则是桃花妆了。俊鼎更喜欢深红的酒晕妆，想到俊鼎，炜彤流着眼泪将胭脂放在掌心里细细揉开，在腮上一遍一遍揉，一层一层揉进肌肤里，仿佛酒后泛起的潋滟红晕呈现于妆面之中。

"美人……娘子,公主、公主……"

罗虎突然在暖阁里高喊起来,炜彤下意识走过去,罗虎睡得正深,年轻的脸庞上发出幸福的微笑。罗虎突然伸手将炜彤牢牢抓住,一使劲,将炜彤搂在怀里,再翻身将炜彤压在身下,疯狂撕扯炜彤的衣服,炜彤挣扎不已,却哪里挣扎得开?罗虎喷着酒气的脸"山"一般倾压下来,炜彤一激灵拔下脑后的金钗,猛地向罗虎的脖颈刺去,鲜血立即汹涌出来,喷射在酡色的帷幕上,罗虎的身体慢慢酥软了。

看到罗虎这样,炜彤吓坏了,浑身战栗,瘫坐在暖阁里。

第二天,罗虎的部下发现罗虎已死,死在暖阁里,是被女人金钗刺死的;炜彤亦死,在暖阁外面,依在大红柱子上,拔剑自刎,人虽然死了,手里却横着宝剑,剑锋锐利闪动,比活人还威严、美丽。那两个将炜彤押送到罗虎帐下的兵吓坏了,趴在地上连连磕头:

"公主殿下恕罪,公主殿下恕罪!"

部下慌忙上报李自成,李自成听了大惊,叹息一会儿,说这真的是烈女子,下令以公主之礼厚葬。

然而,我至今不知道炜彤葬在金山口 金山口四周山峰环聚,其南是玉泉山,二者原本一脉相连,被五环路隔断了。玉泉山东面是万寿山,金山口东面是红山口。进入金山口便进入香山、卧佛寺与八大处一带的西山浅山地带 的哪条山谷里,不知道去何处祭拜她,只能每年在北风袭肘的中元节,在杂沓的街口给炜彤烧纸,但愿炜彤每年都能够收到。

棠棣：不是结尾的结尾

1

父皇嘱托的内侍护送太子哥哥与四弟逃离了皇城，但最终还是将他们出卖，为了把他们换成金子，送到李自成那里。这两位都姓吴，一个叫吴皇恩，一个叫吴忠良。见到太子，李自成厉声命令哥哥下跪，太子哥哥怒曰：

"我是大明太子，岂肯跪汝？"

"汝父何在？"李自成问。

"已殉国矣。"

"汝家何以失天下？"

"汝问百官自知。汝要杀便杀，何必多问？"

"汝无罪，我岂能妄杀汝？"

"既然如此，望听我一言：一、不可惊动我祖宗陵寝；二、速以帝礼葬我父皇母后；三、不可妄杀百姓。"

李自成听太子哥哥这么说，沉吟了一会儿颔首道：

"汝说得是。"

二十二日，在煤山东麓的槐树上发现了父皇的遗魄，对面是大伴，与父皇相对而缢。父皇以发覆面，穿白袷（白色的交领）黑边蓝色短衣，外罩白绵绸子背心，下面是白绸裤子，左脚光着，右脚穿绫袜、赤方舄 红色双层底鞋，下面的鞋底木质，上面的皮质，古代只有帝王与贵族可用 。衣服前面有一道御笔血诏：

"朕自登极十七年，至虏叩内地四次，逆贼直逼京师。朕虽薄德匪躬，上干天咎，然皆诸臣之误朕也。朕死无面目见祖宗于地下，去朕冠冕，以发覆面，任贼分裂朕尸，勿伤百姓一人。"

大伴挂在父皇对面，白色青缘中单，也没有戴帽子，披散头发，双脚光着，两只薄底黑靴子丢在草丛里。父皇的另一只赤方舄却不知丢到哪里了。很长一段时间，甲夜以后大内不时传出走路的"橐橐"声响，有内侍偶尔看见在芒草的连绵起伏中，白茫茫的隐约有一只红色鞋子，在遥远的星光下一闪一闪的，仿佛在寻找主人的脚，或者在寻找另一只红色的鞋。

那一夜，天空是墨缁色的，无数只乌鸦惊慌地没有任何声息（不知为什么没有聒噪的叫声）从大内后园的丛林里烟似的飞起来，浓雾一样向遥远的京城北部巍峨的山岭飞去。

李自成命内侍将父皇与大伴的遗魄从树上解下，置于门板抬下山，随即将父皇与母后的遗魄停在东华门外施茶庵的院子里，上面搭设席棚。内侍买来两具柳木棺，成殓父皇母后，并排放在一起，一具狗头碰成殓大伴，放在他们侧面。坤宁宫的提督宫桂滋与内侍乐勇跪在席棚里，两个极老的僧人在席棚里诵经 《地藏菩萨本愿经》第七品 。当天晚上，那位曾经被父皇下令廷杖的新安卫千户杨光先带着几位伙计，抬来三副柏木棺，将父皇、母后、大伴的遗魄换进新棺木。杨光先抚棺大恸,许久方缓缓离去。

李自成闻说,下令改葬父皇母后,第二天抬来两具梓宫,父皇的涂上红漆,母后的涂上黑漆,为父皇换上翼善冠、衮袍与渗金靴,母后也换上凤冠袍带,尊称他们是大行皇帝、大行皇后,设祭一坛,将乾清宫与坤宁宫尚在的内侍与宫娥派过来守灵。李自成带着太子哥哥与四弟前来祭拜,太子哥哥与四弟哭拜于地,李自成也四拜垂泪,下令在京的胜朝官员前去哭拜。有人统计,哭拜者三十人,拜而不哭者六十九人,其余斜着眼睛睁睨匆匆而过,最可恨的是魏藻德,立在梓宫前面非但不哭不拜,反而嬉笑指斥,看护梓宫的大顺士兵看不过去,挥鞭子打过去,系着红穗子的鞭梢拧着旋儿抽在他的右肩上,他惶惶然溜走了。此人一向好说大话,十八日晚,吴麟征在午门外遇见他,问他军情如何?他随口诡称:"朝廷大福,援兵旦夕即到,公何必惊慌!"就是这么一个随时随地可以扯谎的人,不知父皇出于何种理由擢其为内阁首辅。

崇祯十三年,魏藻德考中庚辰科进士,为了得到优秀人才,殿试之后思宗又在文华殿召见四十八人问:"今日内外交困,如何才能报仇雪耻?"魏藻德说:"知耻!"随即陈述自己十一年守卫通州之功。崇祯欣赏他,在安排职务时破格任其为修撰。两年后京师戒严,魏藻德上疏陈述军事。次年三月,魏藻德召对称合旨意,五月崇祯又破格将他提为礼部右侍郎、兼东阁大学士,入内阁辅助政务。十七年二月,陈演辞职,思宗下诏他为兵部兼工部尚书、文渊阁大学士总督河道、屯田、练兵等事,驻守天津,同时命令方岳贡驻守济宁,崇祯可能是想让太子去南京,而让他们先扫清道路。但是有人说不可让他们出京,出京后这些人包括魏藻德会立即潜逃,遂罢。

黄昏时，天气突然变晴了，夕阳浮沉，几朵银灰间杂透明的浅金色云霞冉冉飘浮，突然奔来一位穿白色粗麻直身的生员，在父皇与母后梓宫的前面以头触地，哭了很长时间。他就是李端，宁锦之战后，从榆关迁到京师，居住在灯市口一带，今天听说祭拜父皇匆匆赶来，他与袁大将军千方百计维护的大明江山，未亡于东北却亡于西北，这是他无论如何没有料到的。

四月初三发引。

那一天，大风扬沙，风裹着沙子吹在脸上刀割一般，蛮横地吹走了天空深湛的蓝色，树叶几乎被吹光，河流变得浑浊滞涩，太阳犹如一张白纸贴于天际，只有太子哥哥与四弟送灵，来了几名内侍，没有一个官员前来持绋。来了八十名杠夫，四十名抬父皇，四十名抬母后的梓宫，出了德胜门，走不远杠绳就断了，换过杠绳继续前行。走了一段时间，杠绳又断了，换过杠绳再向前行。又走了一段路，杠夫们说，梓宫突然变重，根本抬不动，于是将梓宫放在一处高地上。过了一宿，风平沙静，乳白的晨雾逐渐散开，银灰色的天空冰冷地飘起了零星微雨，黎明时再抬，梓宫变轻了，抬起来一路轻松，直到鹿马山南麓。宫桂滋与乐勇自愿留下来做父皇没有粮饷的奉祠内侍。

后来，那两处断绳的地方，一处叫头拨子，一处叫二拨子，另一处叫回龙观。

按：

《日下旧闻考》卷一百三十七转《肃松录》载：

顺天府昌平州署吏目事祭官赵一桂，为开圹捐葬崇祯先帝及周皇后共归田妃寝陵事：恭照明陵，坐当昌平州天寿山。卑职于崇祯十七年正署州捕，遭际都城陷没，故主缢崩。至三月二十五日，顺天府伪官李纸票：为开圹事，仰昌平州官吏即动官银雇夫，速开田妃圹，安葬崇祯先帝及周皇后梓宫。四月初三日发引，初四日下葬，毋违时刻，未便。彼时州库如洗，监葬官礼部主事许作梅因葬主限迫，亦再三踌躇。卑职与好义之士孙繁祉、白绅、刘汝朴、王政行等十人，共捐钱三百四十千，雇夫启闭。其圹中隧道长十三丈五尺，阔一丈，深三丈五尺。督修四昼夜，至初四日寅时，始见圹宫石门。用拐钉钥匙推开头层石门入内，享殿三间，陈设祭器，中有石香案，两边列五色绸缎，侍从宫人生前所用器物衣服俱在大红箱内盛贮。中悬万年灯二盏。殿之东间石寝床一座，铺设栽绒毡，上叠被褥龙枕等物。又开二层石门入内，通常大殿九间，石床长如前式，高一尺五寸，阔一丈。田妃棺椁即居其上。

初四日申时，候故主灵到，即停于祭棚内，陈猪羊金银纸扎祭品，同众举哀祭奠下葬。卑职亲领夫役入圹宫内，即将田妃移于石床之右，次将周后安于石床之左，后请崇祯先帝之棺居于正中。田妃葬于无事之时，棺椁俱备，监葬官与卑职见故主有棺无椁，遂将田妃之椁移而用之。三棺之前各设香案祭器毕，卑职亲手将万年灯点起，遂将二座石门关闭。当时掩土地平，尚未立冢。

至初六日，率捐葬乡耆等祭奠，号泣逾时方止。卑职差人传附近西山口地方拨夫百名，各备掀掘筐担，舁土筑完。卑职同生员孙繁祉亦捐资五两，买砖修筑周围冢墙，高五尺有奇。幸大清定鼎，特遣工部复将崇祯先帝陵寝修建香殿三间，群墙一周，使故主不至沦没于荒郊，君后犹享血食于后世，虽三代开国不逾是也。

计开：刘汝朴钱六十千、王汝朴钱五十千、白绅钱三十千、徐魁钱三十千、李某某钱五十千、邓科钱五十千、赵永建钱二十千、刘应元钱二十千、杨道钱二十千、王政行钱二十千。

关于《肃松录》的记述，朱彝尊有一段按语，我也抄录在这里：

思陵葬日，仁和龚光禄佳育流寓昌平。地宫例书某帝之陵，合以石板，奉安梓宫之前。时仓促不及砻石，以砖代之，钤之以铁，乃光禄所书也。光禄尝为余言：圹始开，入石门，地甚湿，其中衣被等物多黰黑，被止一面是锦绣，余皆以布。长明灯油仅二三寸，缸底皆水。其金银器皆以铅铜充之，当时中官破冒，良可憾也！

又《肃松录》还有一段记述，也是难得的史料，也抄录于下：

甲申四月，密云副将张减，率所部兵至昌平城下，系血书于矢，射城中。于是生员孙繁祉同乡官王廷绶、举人杨春茂、监生白绅、生员杨应震、毛应元、乡民白希颜等，倡义减于五月朔日攻城，城中响应。自卯至午与贼战，斩级百余，生擒贼一百二十名，坠城死者无算，夺骡马六十四。随于次日同赴长陵祭奠，缚贼渠李道春、周祥，磔之，以伪官刘恺泽等四人献俘于崇祯皇帝陵墓之侧，亦磔之，具文哭奠焉。

京师沦陷了,朝臣纷纷寻门觅路试图改换门庭。

外戚也是这样,我的外祖父周奎不知怎的听说牛金星就是曾经混迹于火神庙的红鼻子蓝大夫,而他们都在大明门外摆过卦摊,所谓的"卦友",自认为是贫贱之交还有面子,便换了一身旧衣服,带着仆人挑着担子去访蓝。牛金星还真是不忘贫贱之交,在父皇的外祖父,我的曾外祖父瀛国公(城破时阖家自尽)府里接见了他。这时的牛金星不再是火神庙里的红鼻子,而是大顺朝的大学士了,见到外祖父也不客气,坐在大厅里,玉带方领蓝袍_{大顺将圆领改为方领},指指仆人挑来的担子,大剌剌说:"你我老友,何必客气。"外祖父说:"此一时彼一时,时也,运也,命也。大学士如今不比往常,些许薄礼,万望笑纳。"听他这么说,牛金星摇着宝石蓝色的洒金折扇,上写内阁二字,呵呵大笑。其时天气并不热,但是牛金星喜欢,认为这是太平宰相必有的姿态。

送过礼,外祖父心里消停了,便向牛金星告辞。那担子里有一千两黄金。迈出牛府的那一刻,阳光明媚,焕发金子般的光辉,外祖父的心一时明亮起来。

魏藻德的心却一片暗淡。昨天,他带领几位阁僚进宫拜见李自成说:

"微臣今日拜见圣主,不比往昔,如拨云见日,心情顿时开朗。"

"此话怎讲?"李自成坐在交椅上感到奇怪。

"臣新进三载,叨任宰相,然故主不听臣言,致有今日。"

"尔既新进,三年即负特宠身任首辅,此乃一人之下万人之上,宠信逾于百官,却为何说出此等大不敬言语?汝自当谢故主、死社稷,为何靦颜偷生至今?"

"圣主应运而兴,实乃天意,臣顺应天命,愿留余生以事圣主。"

"尔负故主,我何用为?误国贼尚望求生耶?!"

听到李自成的训斥,魏藻德与阁僚们大惊失色,慌忙俯身叩首离去。退至殿门时,有一个广东籍的阁臣抬头,不经意间与李自成的目光交织了一下,他叫苏观,李自成见其面相忠厚便让他留下,命内侍搬来交椅,苏观诚惶诚恐坐下,又惶急站起来,李自成再请他坐下,苏观再向李自成行礼后,方在椅子边上坐下。

说来说去说到父皇,苏观说:

"先帝其实并无甚失德,只是刚愎自用,故而君臣血脉不通,以致万民涂炭,灾害并至耳。"

"吾只为几个受苦百姓,故起义兵,救民水火。"

"是的,是的。圣主顺天而行,吊民伐罪,自秦入晋,直抵都城而兵不血刃,故百姓箪食壶浆以迎之。圣主直可比隆唐虞,汤武不足道也。今适逢圣主,敢不精白一心,以答知遇之恩哉?"

苏观的一番话让李自成很高兴,乃命内侍端上茶来,苏观看日色已经退出殿外,便向李自成俯首告退。李自成站起向他拱拱手,在袍角落下的瞬间,苏观不经意看见,李自成穿的居然不是靴子而是鞸鞋 缠上绑腿的鞋,"鞸"指靴筒子,明代叫"皮扎鞸",通常只有干体力活的人穿,不敢再看,赶紧垂下双眼,倒退到殿门附近,抬头见李自成依然站在那里目送,便赶紧拱手行礼,李自成也向他拱手行礼。

今天,魏藻德鸡未鸣即起,按照大顺军的榜示穿戴青衣小帽 圆形的黑色毡帽,仅能箍住头,即瓜皮帽 急急奔向会极门,原以为来得早,没想到会极门前面的广场上早已挤满了过去的同僚,不再是锦绣辉煌的冠带袍服,而是和他一样黯淡的青衣小帽,一排一排蹲在地上,萝卜白菜似的,等待大顺官员收割。魏藻德赶紧找个空当蹲下。慢慢地,太阳从东安门外二郎庙大殿吻兽上空爬起来,气温渐渐升高了,然而直到日上三竿,也不见一位大顺官员,只有百来名大顺的士兵手持长矛在广场周围巡视。日中时分,伙夫抬来粥桶与冒着热气的蒸笼,给士兵分发热腾腾小米粥与热腾腾的肉包子。粥与包子自然没有这些降官的份儿。太阳落山了,仍然不见召见。这些平日养尊处优的人饥渴疲惫至极,累得蹲也蹲不住,顾不得形象,索性卧倒,横七竖八,躺在会极门的台阶下面。虽然躺着,也不舒服,而且肚中无食,降官们难免不发出些许牢骚,尽管都是低声,但毕竟人数众多,还是泛出"嗡嗡"之声。突然,从广场北侧走来一个大顺官员,洋洋洒洒的,手持枣木短棒,对着广场里的降官,不分青红皂白举棒便打,打得那些官员屁滚尿流。有认识他的,居然是曹钦程!原来大顺军进京后,狱里的犯人趁乱全部跑路,曹钦程也跑出来,听说红鼻子蓝大夫就是牛金星,赶紧换了一身干净衣帽,前去牛府口称老学生,见到他,牛金星大喜,他正愁找不到合适之人管理这些降官,曹钦程这时赶上门,岂不是上好人选?立即委任他一个职位,还是主事,只是改在刑政府任职罢了。

曹钦程围着会极门广场绕了两圈,打了无数人,棍子都打红了,仍不解气,气哼哼的,他要寻找一位叫成德的官员。成德是山东嵫阳县 今兖州市 令,受温体仁诬陷入狱,曹钦程依惯例向他滥索,成德身体强壮脾气倔强,本来冤枉入狱已经憋了一肚子火,见曹钦程如此无耻蛮横,一句话不说,冲上去就是一顿暴打,打了他一百来拳,打得他鼻歪嘴肿,还掉了两颗门牙,人曰狗窦大开,犯人无不称快。成德被捕入狱,他的母亲也跟到北京,在长安街拦住温体仁的轿子大骂,又拾起瓦砾砸温体仁的轿子。温体仁大怒,上奏父皇,父皇下谕五城御史将成德的母亲驱逐出京,又将成德绑到午门外打了六十板子充军戍边。后来将成德赦免,放到如皋县做知县,不久又调回北京,在李自成攻陷北京时,全家都尽忠自尽了。

曹钦程哪里找得到!

又过了许久,牛金星足蹑珠履_{履尖上的南洋金珠有蚕豆那样大,泛出香槟似的光},脚穿赤色长绫袜,轻摇洒金折扇,从会极门里慢慢踱出,命士兵清点人数。两个极老的白胡子兵,用他们粗糙的搂惯了锄柄的手,摸着这些降官的头,一边摸一边用浓重的绥德口音高喊:

"一双、两双、三双,……'鹅'的爷!还有秃、秃、秃驴,……这两位也是,……瓜皮子!"

十数位削掉头发的降官,原本是为了削发明志,不与新朝往来,不知什么原因却鬼使神差来到这里_{还是有官瘾},听到这番话恨不得找个地缝,哪怕里面是粪是尿也要钻进去。核对了三遍,总计一千二百八十名。随即走出一个头戴黑色毡笠——顶上撒着红色璎珞,穿黑色短布甲年轻的精悍小吏,站在会极门的台阶上,手持"缙绅名录",喊着降官的名字,喊到谁,便站起来自报姓名籍贯职衔,报过后再蹲下。终于喊到魏藻德了,魏藻德急急站起,牛金星厉声喝问:

"尔是何人?"

"顺天府通州人氏魏藻德。前明文渊阁大学士,兵部尚书兼工部尚书,总督河道、屯田、练兵等政事。"

"原来是魏大人,呵呵,魏大学士!久仰久仰,汝主已故,尔有何颜面尚立于此?"

"卑职不才,深望大人方寸海纳,卑职当洗心革面,赤心以报新朝之德、宰相再造无量之恩。"

听他这么说，牛金星拈着稀疏的斑白胡须心满意足地笑笑，放光的鼻头更红了，挥手让他蹲下。魏藻德蹲下后，顺势跪下望着牛金星连磕了三个头，柔声细语地问道：

"恩相在上，卑职斗胆敬问，圣主爷爷何时临朝？"

"狗奴才！尔尚想分享新朝红利耶？！"

牛金星一声断喝，曹钦程迅疾走来抡起短棒兜头便打，魏藻德被打怕了，双手捂住头，撅起屁股，将屁股耸得高高的，宛如一座肉山堆在曹钦程目下，使那木棒打不到头，只能落到屁股上。曹钦程见状恨其狡诈而打得愈发密集，短棒雨点一般打下来，而且打滑了手，越打越快，魏藻德被打得哭爹喊娘，屎尿齐流臭气熏天，周围的降官们纷纷躲避。牛金星怕打死不好看，吼了一声，也不知吼的是什么，曹钦程立即止住，踹了一脚，拎着沾满屎尿的短棒，臭烘烘走到牛金星身后。

大明后期全国文官总数约有两万名，京师大概有十分之一，也就是两千名，京师陷落之前，以各种理由走了一些，李自成进京后，藏匿了一些，殉国了一些，还有各衙门里的官员原本不是足额，因此在会极门报到的一千二百八十名，应该是留在京师的所有官员了。

清点过人数，月光黄黄地也升起来了。那个小吏又开始点名，被念到之人答"到"后，便走出人群站到会极门广场的左侧，大概有九十余人，排成两队拔正步被送到宋献策那里听命派遣，不入选的一千多人便被兵丁们五人一组，串上铁链，叮叮当当地驱赶到刘宗敏住处。到了田府——田弘遇在沦陷前已然病故，他的夫人（吴夫人）鸡贼得很，早早藏匿起来，偌大的田府变成了一座空府，而今被刘宗敏占据。押解人员向刘宗敏禀报：

"前朝犯官各个押到。"刘宗敏正搂着三四个青楼女子饮酒欢乐，看也不看说:"都押到马院去。"于是在这些人的青衣外面再套上赤色囚服,轰到田弘遇养马的院子里,还是五人一组,拴在马槽上。从鸡未鸣到月升起,魏藻德粒米未进、滴水未饮,饥肠辘辘,实在忍受不了,看到地上的马粪恨不得也捡起来。因为是首辅,魏藻德一个人被关进马夫的房子里,而且破例给了他半碗残茶。喝了几口,魏藻德精神好起来,从窗户缝隙里向外喊:

"为什么拘押我?如果用我,无论什么官都可以的!"

月光僵冷地愣在迷茫的奶白色夜空里,大树高峻地投下铁青的暗影,幽明的马圈里传来寂寥的马嘶,马槽上空横梁上的灯碗,黑黢黢眨动油腻腻板栗一样颜色的光亮,鬼魅似的晃动,哪有人肯搭理他!

2

刮了一夜的大黄风。

蒙古高原粗粝的沙子乘着呼啸的狂风,来到京城上空便陡然降落下来,恣睢地将京城变得一片混沌,院子里、胡同里铺满了松软厚重的黄沙。人们"猫"在家中,将窗缝用高丽纸糊住,但即便如此,那靠窗的桌子上,仍免不了留有黄沙跋涉千里之后的足迹。

那一夜,狂风吹折了午门的门闩,大门蓦地被吹开,犹如洪水般顺着门洞涌进大内横冲直撞,奉先殿里似乎有人幽幽哭泣,皇极殿高耸的正吻发出"苦苦"响声,左侧垂脊的垂兽与右侧檐角骑凤的仙人跌落下来,摔成一地碎片。

第二天,李自成在武英殿召见宋献策与牛金星,向宋献策询问天象,宋献策说,昨夜的大风来自蒙古,属于过境之风,京师每年春夏之际都要刮几天大干风,不足为虑。他在京师居住多年,深谙此地风土人情。至于当下大事,宋献策说荧惑守心帝星不明,名不正则言不顺,望李自成速正大位。李自成笑笑没有回答,又对牛金星说,驻扎在安外黄寺的老营情绪颇大,原因是相对住在城里的待遇低了许多。牛金星说多给他们银子就是了。李自成问银子从何而来?牛金星说前明的大库、内库里的银两还不够多吗?李自成苦笑着说,我原以为多得很,核查只有一千两金子、四万两银子而已,这点钱哪够发兵饷!听李自成这么说,牛金星一时无话可说。养兵之饷源于百姓纳粮,明之亡在于百姓纳粮太多而官逼民反,大顺之兴在于不纳粮,如今再要百姓纳粮,自己也觉得不好说。思来想去,牛金星蓦然计上心头:

"从皇帝身上扒不出,就从大臣身上扒!"

"如何扒?"

"这个么,"牛金星鼻子红红地摇着洒金扇子说,"先立名目,自然是腐败了,根据官阶定出追缴数量,内阁大员十万两、部院堂官七万两、御史五万两、翰林三万两、部曹三千两。勋戚无上限,有多少扒多少。"

"这个行不得!"宋献策连连摆手。李自成看看牛金星,牛金星合拢折扇,用扇骨轻敲自己的手心,瞄着宋献策狠狠说道:

"不这么做,养兵的饷银从何而来?宜早不宜迟,今夜即做。不给即夹,用夹棍夹!"所谓夹棍,是两根有棱的木棍,用铁链连缀起来,从头到脚,可以夹住身体的任何部分,没有谁可以扛得住!

魏藻德在马夫房里扯着嗓子喊话当口,两个兵丁踹开门将他押到刘宗敏坐堂的地方,用夹棍将他夹住。魏藻德当场认下一万两。兵丁押着他去府里取出,后来又交出二万两,但是距十万两还有七万两差额,于是用刑,先是夹脚,再夹手,将十个手指夹掉了,魏藻德高喊:

"吾有小女愿侍奉将军。"家人把小女送来,不过是个九岁被吓得只会哭的小女孩。到了第五天,夹住他的头,逼他交剩余的钱,但魏藻德实在没有钱了,两个兵丁便合力夹,结果夹裂了他的头。又把他的儿子捉来追缴,儿子说,家中真没钱了,"父亲活着,还可以求门生故交,现在父亲死了,我去哪儿借钱呢!"听他这么说,刘宗敏挥刀将他断为两半。魏藻德的惨死,震慑了被关押的降官,那个没有来得及走脱的前首辅陈演也被关在田府,当天便主动上缴了六万两白银,刘宗敏很高兴,说他识相,请他饮了一杯酒释放了他。

我的外祖父由于和牛金星的特殊关系,没有被拷掠,但是有一天突然跑来数十名大兵横在府门外面,说是奉宰相之命保护周府,不许府内人员外出,外祖父明白那一千两金子已然过时,于是又给牛金星陆续送去三十万两白银。

一千两金子、三十万两白银,外祖父的周府基本空了。外祖父视财如命,银子就是他的命!现在银子没了,精气神也就没了,可以眼见地消瘦下来,他身材本来颇高,现在突然变矬了。外祖父很快搬出周府,重回没有发迹前居住的斜街都土地庙——不搬也不成了,哪儿还养得起府中的那些下人。实在没有办法,他又去天街卖卦,但此时不是大明而是大顺,刚支上摊子便被大顺兵打折腿,哀号着爬回了家。

我后来才知道,三弟他们奔到永平府时 明时管辖今秦皇岛、山海关、唐山一带,府治在今卢龙县 ,被吴三桂扣押了。其时吴三桂正在与李自成讨价还价,这时三弟赶来要吴三桂勤王怎么可能?牛金星让吴三桂的父亲吴襄写了一封劝降书,其中有这样几句:"昔徐元直弃汉归魏,不为不忠;伍子胥违楚适吴,不为不孝。"又说:"以二者揆之,为子胥难，为元直易"，希望吴三桂投降李自成，这样可以"不失通侯之赏，而犹全孝子之名"。唐通带着这封家信（其实是牛金星找人打的底稿，吴襄抄的）与四万两劳军的白银来到吴三桂大营，将这封信交给他说，李自成对老将军优礼有加，专待将军共襄大业以做开国元勋。

然而，第二天，吴三桂派往京城打探情报的细作飞马陆续返回，报告李自成拷掠朝廷官员，吴三桂问他们：

"我家无恙乎？"

"已被贼寇抄家，追缴了五万两白银，仍未完结。"

吴三桂颔首不语。

"我老父如何？"

"老总兵大人已被贼寇关押五日了。"

吴三桂听后眼皮跳了一下，急切问道：

"我那人（陈圆圆），还在府内否？"

"哪里还在！吴府已被贼寇占据，夫人五天前就被贼渠刘宗敏抢走了。"

吴三桂听了这话不由得怒发冲冠，蹶然而起，拔出腰刀扔在帐内的案子上，怒吼道：

"逆贼竟敢如此无礼！我吴三桂堂堂伟丈夫，岂肯降此腌臢猪狗，而受万世唾骂？自古忠孝不能两全，我贵为伯爵，尊为将军，尚不能保一女子，有何颜面立世！"

吴三桂立即找来唐通，请他解释，期期艾艾地说不清楚，只是不停地施礼请求宽恕，他深谙吴三桂虽然年轻但做人阴狠，惧怕三桂翻脸剁了他，再以叛国之罪将他的头切下来悬于城头示众。他是真的冤枉，出京之前局面静好，怎么没过几天就坏成这样了呢！吴三桂将四万两白银留下，逐出唐通，释放了被扣押的三弟与安东、俊鼎等人，一起返回榆关。在祭祀父皇与母后的灵堂上，三弟痛哭了三天。吴三桂很快以"钦差镇守辽东等处地方团练总兵官平西伯"的名义发出兴兵讨贼檄文。开头写道："闯贼李自成乃幺麼小丑，诱骗流民纠集草寇，长趋犯阙，荡秽神京，弑我帝后，禁我太子，刑我缙绅，戮我士民，污我子女，掠我财物，戮我士庶。豺狼突于宗社，犬豕踞于朝廷，人可忍天亦不可忍也！"末尾写道："汉德可思，周命未改，义旗所向，锐不可当。"最后的结语是："请看今日之域中，仍是朱家赤帜之天下！"最后的话是三弟力主加上，那是"必须的"，其意义不说自明。

很快，李自成率领二十万大军来了 四月十三日李自成出京，十五日至密云、十七日至永平，十九日抵达榆关内侧，吴三桂整顿人马准备应敌。吴三桂对三弟始终存有戒心，不给三弟一兵一卒。吴三桂说，他的兵就是三弟的兵，三弟的仇就是他的仇，没有必要细分你我，而且军队是讲究派系的，辽军只听辽人指挥，非辽人指挥不动，他说的这个有道理，宁锦之战失利，辽人不听指挥便是原因之一。三弟懂得这个道理，不给兵就算了，那就给饷吧！吴三桂也不愿意给。三弟说，那四万两白银本身就是内库的，每枚银锭上都刻有"内帑"二字，那是父皇的钱，自然就是儿子的钱，吴三桂不好辩驳，便将此事推到管银库的库丁身上。库丁见到三弟先是磕头，之后推说还没有见到那四万两银子。三弟不和他废话，让小校把他绑起来，一只手与双腿绑于后背，一只手向前伸出，取仙人探海式，用铁链吊到房梁上，从他的衣袖里掏出钥匙，取走一万两，随后锁好银库大门，复将钥匙放回库丁袖内。三弟虽然从小顽劣，骨子里有一股流氓气，但毕竟受过儒家教育，因此做事讲究原则，不肯做过甚之事。他打开银库的时候，看到存放银锭的木箱何止数百只,但他只打开靠门的一只,取出里面的银子,而且只取一万两。有了银子,三弟立即给那五十名士兵发饷,每人五十两,拿到银子士兵们欢呼起来,高喊三弟千岁千千岁。这些人虽然都是死士,是向死而生的人,不以银子为目标,但他们总有父母家眷,那些人的生活怎么可能没有银子?父皇的军队所以不肯死战的原因就是粮饷不足,没有粮饷士兵吃什么,士兵的家眷吃什么?而粮饷的来源是百姓纳税,纳税多了,百姓自然与朝廷离心离德,但是不纳税就没有粮饷,没有粮饷就不能养士兵,没有士兵怎么荡平贼寇?这是一个死结,任何一个王朝陷进这个循环,会有什么好结果!

四月二十一日,李自成下令投降的原密云总兵唐通与蓟州总兵白广恩穿过九龙口(一片石水关),绕到榆关正面也就是关外,而他本人统领大部队在榆关里面,合击吴三桂。三弟与安东、俊鼎带领五十名死士参加了关外战斗。唐通与白广恩的部队系明军旧部,参加过宁锦之战,与驻守宁远与榆关的明军原是袍泽兄弟,现在突然要自相残杀,脑袋还没有转过弯儿来,因此毫无斗志,沙似的一触就散了,而且居然还有不少士兵坐在战场上等着做三弟的俘虏,大概有二三百名,三弟很高兴将他们收编,立即给这些兵每人发了十五两银子,自然又换来一片欢呼之声,三弟很是得意。有了这二三百人加上那五十名死士,三弟的队伍有些规模了。

之后是双方决战。在决战之前,我介绍一下榆关的状态,榆关北倚燕山(角山),南连渤海(老龙头),榆关之外,筑有东西罗城与南北翼城,城高墙厚,与前方的宁远城,构成一个完整的防御体系,建虏的马蹄从来没有践踏过榆关城下苍莽的野草,只得采取老贼范文程的建议从长城薄弱处突入大明腹地。吴三桂见李自成势强兵多难以争锋,便派副将郭云龙、杨坤、孙文焕向建虏借兵。此时黄眼睛的皇太极已故,他的儿子福临刚刚嗣位,年龄尚幼,便由叔叔多尔衮摄政。建房原拟绕过榆关再次突袭大明腹地,行军到蒙古贞 今辽宁省阜新蒙古族自治县 时遇到吴三桂的使者,多尔衮不相信竟有这样天上掉馅饼的好事,怀疑吴三桂借兵是个陷阱,此人诡计多端,都说猴精,吴三桂长了毛,猴子都嫌弃他!便与部下商议:

"吾等尝三围明都,均不能克,而李自成却一举克之,其人、其智、其勇,必有过人处,吾等不及也!李自成不好生在北京做他的皇帝,却统领大军,劳师动众,亲至榆关是为何意?难道有窥我建州之意乎?!"

听了他的话,帐内一片阒然,只听到大帐外面有夜鸟飞过翅膀扇动的微响。过了许久,在尴尬的沉寂中,老臣(他现在已经是老臣了)范文程走过来深深一拜说:

"明廷虽已倾覆,但情况尚不明朗,奴才以为不如分兵据守,以观动静。"

多尔衮捻须沉吟,看着他不说话,众人也皆沉默不语。去年皇太极暴病而亡,多尔衮与嫂子 顺治皇帝的母亲孝庄 联手辅佐六岁的侄子福临继承大位,多尔衮从此独揽朝纲,以摄政王的名义君临群臣,狠狠整治了几个闹事的黄带子包括正蓝旗主豪格,那些原本争吵不息张牙舞爪的诸王贝勒领略了他的锋芒,一下便偃旗息鼓了。多尔衮慢慢踱出帐外,看看天,看看地,正是四月天气,虽然是榆关之外,但毕竟到了节令,应时而开的花朵都已经次第绽放,北斗七星的蓝色勺柄也已经开始指向南方。深夜之间,在绚烂的星空里,似乎隐约可以听到有一组光闪闪的齿轮徐缓而精细转动。

多尔衮掐掐手指,仰天叹了口气,那年他三十二岁,正当而立,而这时他恰恰收获了偌大权力,权力是个好东西,但是权力也让人心累。多尔衮揉揉胸口,松锦之战时,他从马背摔下来,顾不上救治,便落下这个病根而时有发作,但是在权力绞肉机的狞厉旋转里,多尔衮哪敢松懈?即便是看大夫,也难以遵医嘱静养,稍好几天便又陷入繁重的政务之中,何况多尔衮沉溺女色而不能自拔,身体沙堤似的慢慢被掏空了。

多尔衮从帐外走进来,招范文程走到身侧。范文程趋步向前,多尔衮与他耳语几句,说:

"范先生所言甚是。我刚才看了看星象,星象不明,还是以稳重为是。尔等以为如何?"

众人都表示遵从多尔衮的命令。多尔衮于是将部队驻扎在欢喜岭,静候吴三桂与李自成争斗的结果,而坐收渔人之利。吴三桂得不到建虏消息,三天后只好亲自跑到欢喜岭面见多尔衮。

听说吴三桂来了,多尔衮走出帐外,彼此施军礼后进入大帐分宾主落座,多尔衮吩咐摆酒,吴三桂慌忙站起说:

"军情孔亟,三桂此次拜见摄政王乃为国之大事,待大事定了,再与摄政王酒叙,闻听摄政王海量,而三桂也颇有酒力,如何?"

吴三桂生于大明万历壬子年(公元1612年),与多尔衮同年,只有三十二岁 这一年,崇祯故世,不过三十三岁。李自成也只有三十八岁,与多尔衮、吴三桂均属于年轻人。三个年轻人逐鹿中原,最后是多尔衮胜利,而李自成、吴三桂失败了 ,属于年轻气盛的人生阶段,但此时是求人,在人家屋檐之下,说话自然委婉客气。听了吴三桂的话,多尔衮细细打量他一番,说道:

"将军所言也是,酒改日再饮,今李自成兵临榆关,将军何以教我?"

"李自成弑我帝后,残我黎民,与三桂有血海之仇而不共戴天,三桂必然要与此贼拼个死活。然三桂兵寡,故而向摄政王借人马讨贼耳。"

"尔国之事与我何干?今日突然借兵,却是为何?"

"这个么?"吴三桂一时语塞,两国本是仇敌却突然向其借兵,如何说服他?

"摄政王所言甚是,向贵国借兵的道理,"不给好处是不行的,吴三桂转了转眼珠道,"三桂以为贵国所以屡屡发兵进犯大明,无非为了土地子女财帛,如果我与汝方联手击败李自成后,我方愿以黄河为界,黄河以北归大清,黄河以南归大明如何?彼时三桂奉先帝太子嗣大明皇帝位,汝方亦不能干预。"

"此是国家大事,本王不能擅自做主,容我与众王商酌之后禀知。"

多尔衮说罢走出大帐,过了一盏茶工夫,走进来说,众王害怕吴三桂反悔,三桂须按满洲习俗髡首,而大清为了表示诚意,将皇太极的女儿建宁公主嫁与吴三桂的儿子吴应熊 吴应熊的府邸(前身是周延儒府)在西单小石虎胡同,至今尚存。吴三桂在云南造反后,康熙将吴应熊斩首。吴三桂小眼睛眨眨,愣了一会儿同意了。于是在大帐外面,锥青牛宰白马,折箭为誓,歃血为盟,定下进攻李自成的日子。返回榆关的路上,在马蹄踏起的滚滚飞尘中,吴三桂摸着光滑冰凉的头皮突然觉得不是滋味,然而事已至此,前面即便是万丈火坑也只能向里跳了。

次日,多尔衮升帐发兵,与英王阿济格、豫王多铎率数万劲旅,从南北水门与关中门进入榆关。为了以示区别,多尔衮命令吴三桂部肩系白布以为标志。三弟知道后,痛斥吴三桂忘了春秋大义是饮鸩止渴。吴三桂却说当务之急是报君父之仇,顾不得许多了。

三弟再骂,三桂不答。

第三日,李自成从角山到海滨,摆出一字长蛇阵与吴三桂决战。

多尔衮命吴三桂做先锋，在李自成的右翼迎战，把建虏潜伏在滨海之地，位于李自成的左翼，而左翼正是李自成的薄弱环节。多尔衮下令，此番交战，七禁令五十四斩，建虏的将士无不凛然生肃。李自成与吴三桂从上午辰时鏖战到下午申时，十开十合，双方渐渐疲惫，辽军虽然勇猛善战，但李自成凭借人数优势还是逐渐占了上风，多尔衮见时机已到，急令阿济格与多铎率数万精骑，向大顺军的左翼冲来。此时，东风狂野，突然从大海的方向袭来，在海面上湿漉漉的飓风登上陆地，便将裸露的沙石裹挟着飞扬起来，遮天蔽日宛如天公暴怒发出呼呼声响。大顺军处于逆风之地难以睁眼，已然处于劣势，何况建虏以逸待劳，正当生猛之时。建虏先是吹了三通号角，随后发出三声呐喊，射出三巡箭矢，便挥动白色旗帜，万马奔腾地直冲过来，人凭风势，马借风威，刀锋斑驳地闪烁着渴望鲜血的凶光，两个回合下来，大顺军便阵脚大乱了。

　　李自成原本立马在一座不高的山岗上督战，突然看到黄埃滚滚横卷过来，士兵惊慌溃散，正在惊异，一位随军的僧人<small>为战死将士做安魂仪轨</small>惊慌跑来高声呼喊："来的是鞑子，鞑子兵参战了，大王赶快回避！"亲兵们忽地簇拥过来，挺起长枪，擎起大刀围绕在李自成身边，保护他冲下山岗。

3

　　四月二十六日，李自成回到京师。

　　李自成召见牛金星说，北京不宜久留，吴三桂难打，鞑子更难打，还是退回关中吧！牛金星认为应当先在京师正位，不称帝如何号令全国？此时如不在京师正位，以后就没有机会了。李自成认为有道

483

理，便于二十九日在武英殿称帝。同时将六部改称政府，翰林院改称弘文阁，御史改直指使，给事中为谏议，主事为从政，巡抚为节度使，按察为防御使，以及大明门改称大顺门，皇极殿改称天佑殿，文渊阁改称文谕院，等等。又下令兵丁运草，布满大内、钟楼、鼓楼与内城的城楼上，到时一把火烧成白地，只留大明门、正阳门、五牌楼与东西江米巷一带不烧，作为大顺军撤退之路。

据说，李自成准备称帝时，原来的内阁首辅陈演与勋戚朱纯臣率百官劝进，特意凑足一百名以取祥瑞之意。有一个叫周钟的庶吉士 选馆 按照牛金星的意旨写了一篇《士见危知命论》，称颂李自成是"比尧舜更多武功，较汤武尤无惭德"。父皇呢？父皇是"独夫授首，四海归心"。牛金星很欣赏这几句话，亲热地拍拍他的肩膀，周钟也洋洋自得，从此自命是牛金星的入室门生。但是兵科给事中龚鼎孳 崇祯七年甲戌科进士，李自成进入北京时任直指使。清军入京后迎降，后累官礼部尚书，被乾隆划为贰臣之列 说这两句话出于他，周钟哪想得出！这些人便是这样无耻！

然而，相对那些投降的内臣，他们的无耻又差得远了。李自成进大内时，大珰曹化淳与杜勋、杜之秩率领三百名没跑的内侍作为前导，看到这三个人，李自成心生厌恶斥责曹化淳，背主忘恩当斩。曹化淳说，奴才识天命，不敢死，故在此迎候。杜勋与杜之秩利令智昏，自认为立有不世之功应获重用，抢上前要为李自成捧剑、牵马，却不料被厉声叱骂，尔主已故，尔等为何不死？二杜惊吓得出了一身冷汗，牙齿捉对打战，紧张得说不出话，还是曹化淳牙齿伶俐代替他们说，尔等为迎新主故而不死。牛金星走过来痛骂，这些奴才个个该杀，念其献城有功，饶他们不死算了，命士兵将他们乱棍打出。看到这些被逐出的内侍，京城百姓也纷纷拿棍子痛揍，揍得他们抱头鼠窜，一时哄传"打老公"。

父皇从来认为内侍是家生孩儿的自家人，信任他们重于外臣，我记得，客魏余孽曾说过大内有三千阴兵，现在我明白了这些内侍就是阴兵，在关键时刻出卖了父皇、太子哥哥与四弟。内臣本是身体不全之阉人，怎能指望他们忠心为主！说来诸君可能不信，就是那些饱读孔孟之书的文臣，在京的两千名文臣之中，竟然只有二十一人殉难，令我惊诧委实想不明白。说起那些殉难的大臣，我在这里一一写下，我知道的，他们的尊讳，他们是轰轰烈烈的君子，不应该被历史模糊淡忘：

大学士范景文、户部尚书倪元璐、左都御史李邦华、副都御史施邦曜、大理寺卿凌义渠、兵部右侍郎王家彦、刑部右侍郎孟兆祥、左谕德马士奇、左中允刘理顺、太常寺少卿吴麟征、右庶子周凤翔、简注汪伟、户科给事中吴甘来、御史王章、御史陈良谟、御史陈纯得、太仆寺丞申佳胤、吏部员外许直、兵部主事成德。

范景文，北直河间府吴桥县_{今河北省沧州市吴桥县}人，万历癸丑科进士。范为人正直，为救黄道周曾经给父皇上疏："道周乃国家有数人物，用之犹惧其晚，弃之何得其益？"父皇震怒，将他落职为民，后来复思，特起为大司空，拜东阁大学士。京城陷落时，哄传父皇已经南迁，范景文听说后望阙痛哭，回到家中悬梁自尽，被仆人解救下来。范景文一心殉国，一人潜身走到龙泉胡同，在那儿，有一口很深的古井，渊深的井水平静得没有一丝波澜，翻身跳了下去。

倪元璐，浙江绍兴上虞_{今浙江省绍兴市上虞区}人，天启二年壬戌科进士，在京城陷落的那天，他穿上公服，向北拜阙，哭道："臣为大臣，不能保国，臣之罪也！"又掉头南拜："孩儿有罪，不能侍奉老母，儿之罪也！"随后换上便服，在伏魔大帝（关帝）像前说："国家已亡，吾倘生存，有何面目对君！"遂投缳而绝。大顺军传令箭到他的府门曰："此忠义之门也，勿行骚扰。"他的儿子倪会覃也是忠义之士，在父皇成殓之后，遵守父亲遗命，才将倪元璐的遗魄，放进棺内盖上棺盖。

李邦华，江西吉安吉水 _{今江西省吉安市吉水县} 人，万历三十二年甲辰科进士。甲申三月，蒙父皇召对，建议父皇在京坚守，送太子哥哥南迁监国，三弟四弟也分封江南，以壮东南之势。三月十五日，大顺军逼近京师，他又走到内阁奏请发出内帑，召集朝绅乡衮 _{乡绅} 居民，不问大小老弱，悉令守城保卫京师，内阁首辅魏藻德不以为意，说："事情没那样急，你着急作甚！"李邦华声色俱厉、痛哭流涕地反复强调局面危急，但魏不为所动。李邦华没有办法，便带着一帮御史准备登上城墙守城，却被内珰矢石交集地拒之城下。十九日听说父皇有变，李邦华携带册印、冠带走进吉安会同馆，题了四句绝命诗，在文天祥的神主前面拜了又拜，悬梁殉国了。

吴麟征，浙江嘉兴海盐 _{今浙江省嘉兴市海盐县} 人，天启二年壬戌科进士。三月十五日，被任命防守西直门。守城的人大多没有军事常识，既不熟悉火器，也不具备守城能力，是一些没有经过战争的素人而相顾失措。吴麟征则安静如常，摆甲短衣，向老兵学习如何发炮，立下以死报国的誓言。吴麟征是一位有胆识的大臣，支持将关宁铁骑调至京师，却遭到以魏藻德为首的朝臣攻击，待父皇下定决心为时已晚了。一天晚间，城外突然打来一炮，被打碎的砖瓦倾覆在吴麟征前面的桌子上，吴麟征神色不变，安抚士卒如故。十七日，吴麟征督促守城的士兵用砖石将城门阻塞，但是内侍不同意，阻挠士兵，欲擅启闭，又不许守门的外臣登上城墙，吴麟征将他们推开，登上城头，看到城下一群大顺军人突然换上红色衣服，城头上一名守城的内侍也换上红色衣服,吴麟征怒斥他,这名内侍匆匆跑了 此时大明的首都处于无兵无饷、中官当政、奸细满城,哪有不陷落的道理 。

深夜,一名内侍密令两名士兵手持令箭,请求从西直门出城,被吴麟征严词拒绝,然而很快那名内侍就从德胜门出去了。十八日,吴麟征看见不少大顺军的士兵聚集城下,都是羸弱之人,便把士卒召集过来说:"能杀掉一个贼兵的,重赏五十两白银。"于是一百多名健卒缒城而下,将贼兵杀退,杀掉一百多人,生擒十余人。翌日大顺军攻势更加猛烈,吴麟征来到西长安门 即长安右门 外,请求面见父皇,但是没见到父皇。回来的路上来到李邦华家,说到当下之事,李邦华也深有同感,不禁相对哭泣。二十日黎明,大顺军从德胜门攻进来。仆人拉着吴麟征跑到路边的三元祠里,吴麟征看着高高的青黑色屋梁说:"吾终此矣。"又对仆人说:"吾受恩列卿寺,国亡贼入,虽君父消息未真,亦何颜面自立!今山河破碎,不死何为?"于是投缳逝去,故世的吴麟征颜色凛凛,白髯戟张,仿佛依旧活着一样。

马士奇,南直无锡 今江苏省无锡市 人。他在给父皇的奏折中指出:"用兵以人心为本,人心乐为之用,虽寡亦强;人心不乐用,虽众亦弱。今闯、献并负滔天之逆,而治献易,治闯难。盖献,人之所畏;闯,人之所附。非附闯也,苦兵也。一苦于杨嗣昌之兵,而人不得守其城垒;再苦于宋一鹤之兵,而人不得有其室家;三苦于左良玉之兵,而人之居者、行者,俱不得安保其身命矣!贼知人心之所苦,特借剿兵安民为辞,一时愚民被惑,望风投降;而贼又散财赈贫,发粟赈饥以结其志,遂至视贼如归,人忘忠义,其实贼何能破各州县,各州县自甘心从贼耳!"马士奇认为,最好的办法是从收拾民心做起,而收拾人心应从督府、镇将约束部伍,"令兵不虐民、民不苦兵始"。这样,人心就会慢慢转向朝廷这边,而贼势慢慢削弱,剿抚并行便好做了。

从十六日起，京城便炮声隆隆昼夜不绝，十九日蓦地寂然无声了，马士奇说："城破矣。"家人走出大门看，大顺的马队果然布满道路，百姓哭声动地在胡同里跑来跑去。马士奇先是向北拜："臣深愧未能报国，是不忠也。"又向南拜："儿不能养母，是不孝也。"他尚有八十余岁的老母生活在南方。拜罢，马士奇痛哭失声，全家也跟着痛哭起来。这时有两位大顺军的兵手持刀枪闯进来，看到他们，马士奇端坐不动眼睛眨也不眨，这两个兵看看马士奇，环顾四壁萧然无一长物，也就离开了。大顺军刚走，又来了数名换了衣服的同僚，礼科都给事中陈赞化——已然将头发剃掉，扮成僧人模样，开导马士奇说："皇上南迁，吾辈以此故而偷生，君是词臣，不过是东宫的左谕德，不掌权又没有实职可以不死。"马士奇看一眼陈赞化说："吾意已决，君勿再言。"送走他们后走进书斋饮药自尽。

忠臣都殉国了，而那些懦夫却依然苟活，不知羞耻地做了降官，不仅是大顺而且是大清，甚至无耻地自称是"三朝老臣"，不知这些人的心肝是什么东西制造的！

五月初三。

黑森森的夜影，横覆在京城上空，雄鸡初啼，东边的天际绽开了一丝隙罅。虽然已经进入夏季，但是今年气温低得很，本应是枝繁叶茂的盛夏景象，却仍是初春模样，有些地方的冬雪甚至没有消融，晚生植物的叶子还没有长圆，依旧有些冻手冻脚。

锦衣卫指挥使骆养性与吏部侍郎沈维炳、户部侍郎王鳌永，备好了法驾、卤簿，恭恭敬敬地站在朝阳门外，他们的右侧是百姓排列在道路两处。突然有人兴奋喊道："太子来了！"在闪灼斑斓的曙光中，从赤色混融墨色的天边走来一支马队，没有任何声响地疾步前行。骆养性与沈维炳、王鳌永激动地迎上去，然而抬头看哪里是太子，分明是金钱鼠尾的建虏！骑着高头大马，举着缠着豹尾的长枪，挎着腰刀，身穿石青色铠甲从他们身旁疾驰而过，在这支队伍里有三驾銮舆由亲兵护卫，进入朝阳门，直奔大内而去。

看到来的是建虏，在道路两旁，引颈迎候太子的百姓惊吓得一哄而散。

两天以后，在京城主要路口张贴了一张大清皇帝福临的告示，揭出为父皇报仇的旗号：

"夫天下者，非一人之天下；军民者，非一人之军民，有得德者主之。朕今居此，为尔朝雪君父之仇，非杀百姓也。官来归者复其官，民来归者复其业，今所诛者惟闯贼，一贼不灭誓不返辙。"

过了一天，五月初六，福临下谕在帝王庙 在北京市西城区阜成门内大街北侧 为父皇设置灵堂，允许在京的前朝大臣前去哭灵。哭灵那天，骆养性哭得最凶，突然激动起来对着大殿的红柱子一头撞去，立即脑浆迸裂气绝而亡。骆养性一死，锦衣卫的大汉将军们慢慢星散，有一部分跑到炎热的南方抗清，有一部分流落江湖成为刀客，大多数重返民间回到普通百姓的生活圈里。

福临看到百姓思念父皇，为了赢得民心，下谕工部为父皇立碑，阐颂父皇是："英姿莅政，志切安民，十有七年，励精靡懈。向使时际承平，足称令主。讵意寇乱亡国，身殉社稷。朕恒思及，悯惜良深。是故特制碑文一道以诏悯恻，立帝陵前以垂不朽。"安排奉祠内侍二人、陵户八人，每年清明、霜降之时备以猪羊二牲，在大红门外与诸陵合祭，到了正旦、元夕、中元、冬至，则举行素祭，即荐酒一卮、燃烛数寸、献茶三瓯。大清朝对大明朝的皇帝，这就很有礼啦！

一天清晨，福临没有通知任何人，孤身一人带了两名侍卫跑到父皇陵前，摆上牲醴祭品，拈香拜了四拜，失声而泣，高声呼喊："大哥大哥，我来迟了，我与汝皆有君无臣！"说罢，再次哭拜于地。父皇就是这样有感召力。时至今日，我们北京的百姓都不在正月理发，说是"正月剃头死舅舅 思旧的谐音 "。专家说，实质是怀念父皇的曲折表现。

原来，李自成退得快，吴三桂也追得快，夸张说是后面的马首几乎碰到前面的马尾巴，就是这样，马和马几乎在一条直线上奔跑。跑到永平，李自成跑不动了，吴三桂跑不动了，多尔衮也跑不动了。李自成派人与吴三桂议和。吴三桂让他交出太子哥哥与四弟，回京后速速离京，"吾便罢兵不追"。李自成没有办法，只得将哥哥与四弟送到三桂大营，三弟知道了，跑来与他们相见，兄弟三人抱头痛哭了一场。但是兵不厌诈，敌对阵营哪有诚信？当天夜里，李自成迅速跑路，次日吴三桂见自成的大营静悄悄的，派前哨查探，只见营盘内乱插旗帜，一地黄马粪，一匹马的影子也不见了。吴三桂立即整军向北京疾驰，一路以大明的名义颁发文告：

"我义兵不日入城，凡我臣民者均应缟素，为先帝服丧，迎候东宫，光复大明。"至于降官，也给了一条活路，"许其反正，立功自赎"，为大行皇帝素冠者不杀。吴三桂的马军跑得快，三弟的部队都是骑兵，也跑得比风还快，太子哥哥与四弟骑不得快马，吴三桂便将他们交给监军高起潜，作为后队跟在后面。多尔衮的八旗军则跟在后面等待吴三桂兑现诺言。恰在这时，范文程闻知此事，从榆关（他在榆关留守）风急火燎地赶来晋见多尔衮说：

"三王政异，五帝殊风，天予神器而不受者，天必殃之！天道轮回，大清当立，此时不受更待何时？何不顺势而受之！"

说完这些话，范文程俯身叩首。多尔衮急忙将他扶起，拱手说："受先生教！"

多尔衮本来没有占领全部大明的心思，范文程这番话，爆雷般点醒了他，野心迅速膨胀起来。立即派兵将高起潜控制，太子哥哥与四弟随之被软禁。吴三桂与三弟还蒙在鼓里，奋力追击李自成，临近北京时才听说此事，三弟听说太子哥哥被押往沈阳，便勒兵掉头，疾风骤雨地向回赶，当然是一无所获。真相是，高起潜并不是蠢物，他寻找机会摆脱建虏，带着哥哥与四弟从另一条路向江南跑，此时福王的世子朱由崧已然在南京称帝，然而见到太子非但不认，反而将他关入天牢，诬称哥哥是伪太子，四弟是伪王爷。册封太子时，朱由崧来过京师，参加过册封仪式，认识哥哥，但现在形势变了，他已经登基成为弘光皇帝，生怕哥哥和他争夺皇位。看到这个局面，高起潜的态度也发生了变化，对太子哥哥不那么关心了。三弟后来对我说，他在南京捉住高起潜，本欲一刀斩了他，高起潜跪在地上泪眼婆娑地说：

"奴才该死，奴才虽百死难赎其罪。殿下将奴才杀掉，奴才自然没有什么好说！"

说罢将脖子伸直，请三弟砍他。但是，他又说：

"奴才不辞万难，千辛万苦地跑了几千里路，将太子与四皇爷护送至江南，痴心以为过江就好了，都是高皇帝的血胤，是叔叔与侄子的关系。哪料到会出现这种不近亲情之事？非要将太子除掉不可！奴才虽然不是人，但身受先帝如山厚恩，对太子哪敢不忠心？奴才实在不明白弘光皇帝为何如此忍心，我等内廷小臣有什么办法？"

高起潜闭上眼睛，单等那雪亮的刀锋砍下来。然而，就是这么一些话，让三弟起了反思的慈悲之心，没有杀他，将刀掷于案上而大放悲声。高起潜哭得更凶，眼泪都变成了粉红色，给三弟连磕数头说：

"奴才实在无脸再见殿下。"后来听说,他隐身在南京清凉山菩提庵里,不久在那里终老。

在南京的那些日子,三弟发疯似的寻找,却无论如何找不到太子哥哥与四弟。

吴三桂赶到北京城下时,多尔衮已抄近路进了城,命令他继续追击李自成,此时太子哥哥已经丢失,再进北京已然没有任何意义,何况阿济格与多铎的重兵在后面逼压,吴三桂已经成了过河卒子,只能向前与李自成拼命。李自成一路狂奔,从真定退到关中,再从关中退到武昌,与吴三桂和多铎、阿济格恶斗了一路,大顺军虽然勇猛,然而军心已懈,再而衰三而竭,屡战、屡败。权将军刘宗敏和李自成的一位伯伯、一位叔父都被清兵抓住,绑在铁柱上,一刀一刀地脔割而亡。宋献策与牛金星见形势不对而仓皇逃匿:宋献策在李自成最后的筵席上,假借撒尿——尿遁了,潜回京师,又回到九龙山吃斋念佛,同时给新朝的新贵们占卜 不知真假;牛金星则跑到其子牛佺处 牛佺降清,任黄州知府,后来亡于家中,濒死的那天飞来许多怪鸟围着他家凶狠狂叫,叫一声,他身上就掉一块肉,疼得在地上打滚。有人说是那些被他拷掠的亡灵在向他索命,而他的红鼻子却更红了。

李自成在武昌,兵力日渐困蹙,而且粮食也日渐不继。一天,李自成率领二十八名亲兵去九宫山找粮,对山民说是借粮,可以写借条日后归还重谢云云,山民哪里相信!于是双方拼杀起来。山民站在山坡上,用石头砸李自成与他的兵,把亲兵打散,只剩下李自成一人独行至小月山牛脊岭。此时天降瓢泼大雨,山路莘确泥滑难行,李自成拉马登岭,马背上驮着抢来的一袋稻谷,山民程九伯为自家的稻谷,追来与其搏斗,两人抱在一起滚来滚去,滚到一片泥淖里。程九伯不是对手,被李自成压住,坐在他的屁股上,准备抽刀将他砍死,但刀沾着血渍，又被泥水裹住难以抽出，程九伯高声呼救，他的外甥跑来用锄头猛击李自成的头部，将其打死。程九伯从泥淖中牵出李自成的战马，搜出龙衣和金印，看到死者是一只眼睛，有人说是李自成，把程九伯他们吓坏了。清军与南明的军队听说后分头派人察验，尸体已经高度腐烂难以辨认。三弟也前往九宫山，一名年老的山民带他去寻找，尸体早已不见，三弟在泥淖里挖了一块泥，封存在木函内疾驰北还，放在父皇的陵寝前面，哭了三天，不吃不喝，夜晚也睡在露地里。第三天夜里，三弟后来对我说，听到父皇轻声唤他，他一骨碌站起来，只听到阵阵舒缓的松声，看到父皇的背影冉冉消融在漫天的星光里，问安东与俊鼎却说没有看到。安东与俊鼎陪着他，三天内也不吃不喝，第四天把三弟劝住，将部队留在鹿马山下密林中休整，便驰回北京。

4

汹涌的巨浪比山还高。

无数个巨浪肩并肩手挽手地在大海里翻滚，我这时才真切体会到在愤怒的大海里，我们的船，那么大的一艘船只不过是沸水里的一粒米，在波涛旋转的大海里颠簸颤抖，所有人都紧紧抓住船舱内可以抓住的任何东西，尽量使自己与船舱融为一体，然而无论怎样，我们还是颠来倒去，不停地呕吐，胆汁都吐出来了。

半年前，我决定离开大明，此时距父皇殉国已有二十年，二十年光阴似箭，渐渐扎进我的心扉而血流不已。在这里，我要补充交代一下刘妈和俊鼎的故事。当时，三弟与安东、俊鼎来到南堂，寻找我与刘妈。见到俊鼎，刘妈放声痛哭，说没有保护好炜彤对不住俊鼎，俊鼎也放声痛哭，刘妈哭得昏死过去。之后，刘妈便有些迷糊，不久便辞世了。俊鼎没有将她安葬在教会墓地，而是葬在金山口北侧的一条山谷里。他知道炜彤葬在金山口（尽管不知道具体地点），因此将刘妈也葬于此地，相互照应彼此做伴吧！送葬的那天我与三弟等人都去了，天空阴沉沉的，云朵有两种颜色，桃灰色与乳灰色间杂交互，仿佛要下雨，所谓殷殷欲雨的样子，但是始终没有下。看着插在褐色坟头上招展的白幡，我的眼泪止不住流下来，想到刘妈将我从小带大，是仅次于母后与我亲近的人，她的"奶"变成了我的"血"，以后再也不能相见，那种伤心真的是难以言传的切肤之痛。刘妈落土为安后，俊鼎又向山谷北部跪拜了三次，他坚信炜彤的魂魄就栖在山谷北边某个地方。

不久，我们离开了南堂。

导火索是三弟。三弟在南堂住了九天，第十天与俊鼎、安东去广东义园看望佘锋，邀请他南下抗清。佘锋摇头说：

"我心已死，不能为殿下前驱效命。"

"你果真要待在这里终生不动？"

风声飒飒从东南飘来，几株老槐的叶子茂密地翻飞不已，将暗青色的背面翻转，发出霏霏骚动，坟墓上已经长满茸茸绿草，祭拜时插在香炉里的红色线香，寂静地吐出灰蛾一样颜色的烟缕，慢慢地在风声里漫散了。

"我已经立下毒誓，岂可反悔？"

三弟自然记得，当时这些人都在场，只是今天少了铁山寺的住持弘湛大和尚。佘锋立誓不仅自己要为袁将军守墓，死后葬在将军坟侧，而且子孙也要在此守墓，当他说出这句话时，原本晴朗的天际泛起了隐隐雷声 他的后人果真继承了他的誓言，在此守候了十七代，三百九十年 。

誓言岂可反悔!

祭拜袁将军后,三弟他们去查楼饮酒。三弟愚蠢,以为事过多年,伙计们不认识他了,哪儿想到人家早认出了他,从他进门就认出了,尽管他下巴上长出一部漂亮的黑胡子,只是人家不声张不说而已,暗地里早传开了,而且很快传到提督衙门捕快的耳朵里。虽然清廷发布公文保护基督教保护南堂,但是绝不保护三弟这样与类似这样的反清人士,南堂周围很快出现了可疑人影,白天有,甚至夜间,在迟钝更声的断续中,也有刀光的暗影浮动。汤若望神父提醒我们注意。我们感谢他的好意,做了撤退准备。很快,三弟先走了,我与思筠、柔荑也离开南堂,投靠韩玉娥师傅去了丰泰庵。次日清晨,太阳粉红围绕一圈粉紫的日晕,捕快闯入南堂时俊鼎正要离开,看见他们从前门进来,赶紧跑到后门,然而后门已经有捕快把守,他刚迈出门槛,两把冰冷的刀锋便飞雪似的猛劈过来,俊鼎闪过后退两步,顺势将门关上,那两把刀恰在这时砍在门板上。俊鼎纵身跃上墙头,掀开两块砖将捕快砸倒,顺势跳下来,向胡同西口跑,有一个身材高大的捕快在前面拦着,俊鼎看他眼熟,那捕快看他也眼熟,正在愣怔之际,俊鼎倏忽想起这是发小儿的朋友,后来做了大汉将军,那人也认出了他,猛地将身子转过去,俊鼎向他拱拱手,跑到护国寺(他认识那儿的知客)后院一间堆房里躲了两天。

第三天深夜,冷月幽黄,石灰色的潮雾在乌黑的树丛里流荡,星空暗蓝,飘流斑驳的深紫色浮云,在鸡声将鸣未鸣之际,俊鼎翻过城墙,来到金山口找了一间民房居住,为刘妈守墓去了。

比我们早走一天,三弟、昭仁妹妹、安东、小璠、庞天寿、徐高回到昌平,带上乐勇(宫桂滋老迈,走不动了,三弟给他留下十两金子养老)与那支小部队南下。抗清失败以后,他们从云南退入缅甸,辗转进入印度,在孟买乘东印度公司运香料的船到了意大利,安东与昭仁妹妹、庞天寿、徐高留在威尼斯;三弟与小璠、乐勇在威尼斯住了三两个月,便带着手下那些兵(已经不足百人)转去西班牙,在西法战争中救了菲利普四世而被封为公爵,居住在托莱多。

我和昭仁妹妹睽别已有二十余年,分别时,她只有十三岁,再见面已近不惑,她和安东在十多年前结婚,育有三个宝宝,都是窈窕健美的金发姑娘,年龄都相差一岁,最大的已经十七岁,却依然待字闺中。看着昭仁妹妹,我一时不知说什么,正在发愣,安东走过来对我行了一个单腿跪的西洋礼,口称"公主殿下",他的话还没说完,昭仁妹妹早已扑过来,搂住我不停地叫姐姐,在宫中我与昭仁妹妹从来没有如此亲密,那时怎样也想不到我们会有这样的曲折遭遇。过了一会儿,庞天寿、徐高走来行礼,我赶紧还礼,他们哪儿肯接受,最后还是昭仁妹妹请他们不要客气,他们才接受了站起来。之后是柔荑、俊鼎、思筠与孩子们和安东、昭仁妹妹、孩子、庞天寿、徐高相见,大家都不禁喜极而泣。晚间,安东与昭仁妹妹设宴请客,讲述他们这二十年的经历。安东是威尼斯人,当他们回到威尼斯时,携带的那点银子很快就花光了,为了生存,安东、庞天寿、徐高做了贡多拉船夫,后来昭仁妹妹也放下身段做了贡多拉船娘,大家苦干几年积攒了一些银子,将银子凑在一起开了一家贩卖茶叶与丝织品的贸易公司,日子好过多了。想到娇滴滴的昭仁妹妹竟然做过贡多拉的船娘,我真不敢相信这是真事,而现实就是如此"骨感",摸着昭仁妹妹的手,她手上的茧子有蚕豆那样厚,泛出一种透明的黄色微光,至今没有消除,我不禁滴下眼泪。

第二天,安东与昭仁妹妹陪我们参观圣马可广场与大教堂。教堂前面广场宽阔,周围都是蓝澈的海水,阳光晃得人睁不开眼,仿佛投下一层热辣辣的金沙,盐粒一样洁白的海鸥也像盐粒一样飘洒,纷纷扬扬在人群头上飞。钟声悠扬敲响,召唤教徒望弥撒,在此之前,我在一家琉璃制品的作坊里逗留了一会儿,买了一尊耶稣被钉死在十字架上的琉璃镀金雕像,在瞻拜圣马可大教堂时把它送给穿黑色长袍的本堂神父。我始终感恩汤若望神父救了我的命,向他询问汤若望原先所在的教堂,他说汤是德国科隆人,距离威尼斯很远,然而天主教不分国界,送给他们如同送给德国教会。

听他这么说,我的心宽慰了许多。当然所谓的宽慰只是相对而言,自从父皇用利刃刺杀我以后,我就已经死掉了,虽然我还活着,但这种活着是在每一天痛苦的吞噬之中,所谓生不如死,我理解就是这种状态。在离开大明故土之前,我曾经去思陵哭祭父皇与母后,我记得三弟说他在思陵祭拜的夜晚,曾经听到父皇轻声唤他,似乎要对他说什么,他慌忙俯身向父皇施礼,磕了三个头,松涛阵阵,再抬头父皇却已经消失不在了,而我却既没有见到父皇也没有见到母后。奇怪的是,就在我准备离开的前晚,突然看到一队身穿大明禁军服装的将军端肃地走来,把守在山门与大殿门外,他们衣甲鲜明但脸色苍白宛如冰雪一样寒冷,随后父皇与母后牵着手在内侍的陪同下走进来,依次向弥勒、韦陀、天王与观音大士参拜。我惊喜地冲过去高喊"父皇""母后",他们转过身,母后哭着要把我揽进怀里,然而这中间却有一张透明的屏风把我们阻挡,我拼命地向对面钻,却怎么也钻不过去,慌忙之际突然有一只巨大的手把我推过去,父皇与母后却不在了,我不禁号啕痛哭,柔荑从偏殿跑出来,把我搀上大殿后面的阁楼。

那一晚,月色凄迷,云朵有黑有白,盲目地在夜空飘荡,小楼里充满了——搁放经书的书架投下,黏腻的铅色暗影,想到即将告别生存了几十年的大明故土,我又不禁悲从中来,柔荑也随着我哭泣。在我曾经的四个宫娥中,柔荑年龄最小,如今也已将近四旬,她的身体向来柔弱,想到我们即将奔赴万里之途,不知道她能否经受得住,我再次劝她留在丰泰庵做住持,她坚决不肯,一定要陪我同行,哪怕把骨头扔进大海的汹涌波涛里!听她这么说,我的眼泪又滴下来。记不清哪位诗人说过,夏日的雨是冰凉的泪,冬天的雪是凝固的泪,一年四季都是悲苦的泪。

人生应该是这样的吗?

离开故土之前,我扔掉了一切可以扔掉的东西,只带了几件随身物品,一件是文震孟先生的手卷,书写的是南宋遗民刘辰翁《柳梢青·春感》:

  铁马蒙毡,银花洒泪,春入愁城。笛里番腔,街头戏鼓,不是歌声。 哪堪独坐青灯!想故国、高台月明。辇下风光,山中岁月,海上心情。

仿佛是专为我写的一般。祥兴二年,崖山海战失败,南宋最后的一位宰相陆秀夫抱着八岁的小皇帝蹈海而亡,用生命的终结保存南宋王朝的尊严,海上的心情就是这样,每次读到这里我都不禁泪奔肠绝,故国在心里的痛,和血液一样伴随我而永不消亡。

在安东与昭仁妹妹家住了几天,我们表示要去西班牙看望三弟,安东与昭仁妹妹愿意同去,他们把这个想法告诉了庞天寿和徐高,他俩也希望同去,昭仁妹妹还要携带女儿一同去,这样就更热闹了。

准备了几天,在一个上帝休息日后的第一天,我们便出发了,男人骑马,女人分坐在三辆骡车里。安东与俊鼎走在前面,再前是两名向导与公司里的五位伙计（有一个是托莱多人），徐高等人殿后，人马虽然不多竟然也有一种浩浩荡荡的感觉。我们先去法国——安东有一个叔叔在法国，看过他的叔叔后，便翻越比利牛斯山来到西班牙一个叫马德里的地方。马德里是西班牙国都，安东说，马德里周围有熊、狼和树莓。民间传说，熊妈妈带着熊宝宝采摘树莓，熊宝宝在树上看见附近有狼群出没，立即大喊："妈妈快跑！"马德里就是这个意思。听他这么说，我的眼泪骤然涌上来，想到母后，那么美丽的女人与那么善良的皇后，我今生今世最亲的亲人，死得那样悲惨，竟然用自己的手结束了自己的生命，命运的琴弦应该这样被上苍拨弄么？

离开马德里，我们去托莱多，经过一片叫拉曼却的荒原，辽阔、荒凉而冷漠，但也间杂松树、橡树、橄榄林、葡萄园，溪流澄澈与绿色芊绵的草地，散落着棕色牛群与孤独牧人，偶尔也会看见一列漫长的骡队，在天边的山岗上缓慢移动，仿佛黑色剪影，在充满阳光的云彩笼罩下，而有一种山河壮丽的感觉。这个地方民风强悍，时有强盗出没，因此途经此处的人都要携带武器。向导、伙计、安东、俊鼎与徐高他们的鞍鞯上都横着火绳枪和腰刀。我们乘坐的骡车内也放了四五支火绳枪和几把腰刀。

在接近托莱多的路上有一道红色砂岩的山岗，矗立着一座圆筒形状的白色建筑，上面是黑色的圆锥尖顶，尖顶下部与白墙之间有四扇风叶（每扇风叶用木条钉成栅状），在风中徐徐转动，向导介绍那是风车，利用风力吹动风叶转动石磨从而磨碎谷粒。风车左侧有一座废弃的碉堡。向导笑着说，在这里，曾经有一个乡绅骑在瘦马上，手持长矛向风车挑战。结果他的长矛被风车挑起，把他也挑起来，扔在地上，摔得七荤八素。

时间已过下午，天色苍茫，群山的轮廓逐渐湮没，铅灰色的云团滚滚翻卷,虽然没有惊涛骇浪的感觉,却也将青草吹得瑟瑟发抖匍匐在紫铜色的土地上,不时飘来一点两点冰凉雨滴。突然从我们侧面响起一排枪声,几缕白色烟雾从草丛升起。我们遇到了强盗!安东指挥大家赶紧下马,女眷也跳下骡车,躲在车辆侧面向那座碉堡奔跑过去,在接近碉堡时,枪声连续响起,一名向导和一个伙计倒下来。向导当场就亡故了,伙计被打伤腿走不得路。安东指挥我们女眷钻进碉堡,把那名伙计也抬进去,男人则散布在碉堡外围抵御,强盗围成弧形向碉堡逼近,形势很紧张。昭仁妹妹的三位千金忽地冲出碉堡,手持火绳枪,各自寻找有利地形向强盗射击,我和昭仁妹妹也跑出来,帮助他们装填火药。坚持了一个时辰,太阳落山了,星光开始交集闪耀,大家都躲进碉堡,在进入碉堡前,安东指挥另一名向导和那个托莱多的伙计乘机溜出去,向三弟求援疾驰而去。进入碉堡后,安东他们各自据守一个射击孔,强盗距离我们更近了,但是他们也不敢贸然进攻。陡地一个强盗从草丛里站起来,挥舞一条白色毛巾高喊,大意是:

"我们知道你们队伍里有一位大明公主,携带不少宝物,只要把她携带的宝物交出来,我们就撤走不为难你们。"

"不是一位,而是两位大明公主,但是宝物却没有,你们如果愿意让条道交个朋友,在下日后定有重谢,怎么样?"安东哈哈大笑说道。

强盗不愿意交朋友,继续射击。突然从射击孔里飞进一颗流弹,击中庞天寿头部,徐高冲过去,抱住他,庞天寿的身体慢慢滑下去,躺在地上一句话没说便故去了。徐高痛哭失声,他是庞天寿的徒弟,感情如同父子,但是现在顾不了许多,他忍住悲痛,飞快地回到自己的射击孔,而这时,让我没想到的是昭仁妹妹飞快捡起庞天寿的火绳枪据守住他的位置,一枪一枪向外面打,我也赶过去蹲在侧面帮她装弹药。

就这样，坚持到戌夜 五更 之末 将近五点 ，我们携带的火药快没有了，火力开始减弱，强盗试探性地向前进攻。安东与俊鼎、徐高等人拔出腰刀，准备肉搏。就在这时，山岗下传来骤雨般的马蹄声，交织火爆的枪响，围在碉堡外面的强盗惊慌地遽然溃散了，混乱中听到三弟冲上山岗高喊：

"长平姐姐，昭仁妹妹！"

"是三弟！"昭仁妹妹激动地说。

"三弟，三弟！"

我与昭仁妹妹齐声奋力向他呼喊，他很快跑进来，和我们紧紧拥在一起。我无论如何没有料到，分别二十多年后，我们竟会在这样的场合 血与火交织 下重逢！

托莱多建在一片岩石的高地上，塔霍河在此拐弯，水湍流急，不舍昼夜将两侧山谷淘洗得深峻陡峭。

托莱多曾经是西班牙国都，至今是红衣主教驻地，有三座城门，最古老的是太阳门，是摩尔人修建的。据说此门居于子午线零度，终日被阳光照射，故以太阳名之；第二座是坎布隆门，又称犹太门，门里是犹太人聚居区；第三座是比萨克拉门，是托莱多正门，门内有一尊金属雕像称"堂吉诃德"，就是那位挑战风车的拉曼却乡绅，他就是从这座城门走出去，骑着瘦马提着长矛而闯荡世界。

托莱多是座石城，道路用石头铺筑，高低错落的房屋也是用灰色或者浅白石头构建，大街小巷七拐八弯，有些小巷之窄，甚至一辆满载橘子的手推车都难以通过，橘子圆润地焕发黄色光泽，现在说来，那种诱人的微酸而甘甜的香味还充满了我的口腔。

501

昨天，来到托莱多的次日，我们将庞天寿与那名牺牲的伙计埋葬在教堂墓地里，神父念了一段《圣经》后，送葬的亲友便陆续将鲜花扔到棺木上，随后把泥土一锹一锹抛进墓穴，很快将墓穴填平，竖立了一个木头十字架，等石头的做好再将它替换下来。

在辞别故国之前，我、俊鼎、思筠与柔蘘去了南丹，见到炜彤的哥哥莫桂雄，说到炜彤之死，大家不禁唏嘘落泪。次日是当地鬼节，晚间莫桂雄带领我们来到龙江河畔，河面上浮漾着一盏盏送亡人下船的河灯，时而灿烂，时而阑珊萧疏，时而泪光点点寄托亲人的哀思。我们每人做了一盏河灯，捧在手心上放进河里，目送"她"摇摇摆摆荡走，漂进灯火深处而逐渐远去，被乌黑的波浪起伏吞噬直到终结。我躲开众人，在一处僻静的岸边痛痛快快哭了一场，为炜彤、刘妈、父母，也为我自己。多少年来，怀念亲友总仿佛心里扎有一根尖刺，时时刺我疼痛，使我不敢淡忘，而这种疼痛随着岁月的流逝，非但没有衰减，反而愈来愈深愈来愈痛。夜深了风声渐次萧索，河里的灯火已然远遁，只剩下星光里的水波微明地寂寥闪动。我止住泪水，掏出炜彤送我的香囊和手帕——裹着我从金山口挖来的泥土，将手帕塞进香囊，奋力掷进龙江河里，我终于将炜彤送回了家乡！……前尘如梦而流水桃花不再，炜彤，炜彤，就此别矣。

第三天，三弟为迎接我们，举办了一场盛大晚会。晚会前，三弟带我们参观他的府邸，府邸很大，有城堡式的宫殿、美丽的树木，还有一处辽阔的湖泊，蔚蓝发光的湖水浮满红色睡莲。三弟的生活很幸福，妻子的家族是王室成员，育有一位女孩和两位男孩，女孩金发碧眼，男孩老大是黑头发黑眼睛，老二是棕色头发蓝眼睛，身材都比三弟高许多，三弟虽然身高八尺，但是在高峰的孩子面前立即变成了低谷，可以看出，三弟更喜欢长子，也许长子的长相更接近他。给我的感觉是三弟已经乐不思蜀，不再做复国的春秋大梦了。

晚会时，托莱多的贵族与乡绅能够来的都来了。一方面是三弟的名望与权势，另一方面是托莱多的人要瞻仰大明公主风采，既然他们怀揣这样目的，我与昭仁妹妹便尽量打扮自己，以免丢了大明与父皇的颜面。晚会分三个阶段。先是觐见，托莱多人觐见时，小璠与徐高分别站在大厅门口，拉长嗓音高呼："某某爵士（或某某乡绅），觐见大明长平公主、昭仁公主！"随后在仆人的带领下走到我们面前，乐勇按照大明的礼仪——当然是简化了的，引导他们施礼，我与昭仁妹妹徐徐站起来，端庄地一一向他们还礼。

之后是晚宴。仆人将葡萄酒倒在每位宾客面前的玻璃盏里，我不喝酒，给我倒了一杯红颜色的茶。随后三弟从主位上站起致辞，说了一通欢迎我们的客气话，大意是欢迎从故国来的大明公主姐姐、大明将军刘俊鼎，从意国来的大明公主妹妹与她的先生安东，以及随同他们前来的旧日伙伴；欢迎诸位托莱多的勋贵与乡绅，我尊重的朋友们，等等。又说为了表示此刻心情，他要吟诵一首中国的古诗以助酒兴。三弟本不读书，属于刘项一类人物，他吟诵的诗不过是东摘西引，但倒也合辙押韵，听来可喜，反正在座的都没有什么文化，何况托莱多人不懂汉语，只要听着高兴就可以了。三弟吟诵的诗我已经记不清，只记得这样几句：

"我有金樽君有酒，白云漠漠风吹柳。人生得意须尽欢，醉到明年九月九。"长平公主记述之诗，最近流传在网上，不知是何人所作，我只是照抄下来。倘若作者见到，敬请联系。我在这里预先致意，以示感谢。第三句自然是青莲仙翁的佳句了。

最后是舞会。一位年轻绅士不住脚地邀请昭仁妹妹的长女爱丽丝跳舞，看着他们翩翩起舞的身影，三弟呵呵笑道，看来堂吉诃德的

503

后人要做大明公主女婿了。三弟说,堂吉诃德没有儿子,但有一个侄子,故世后,他的侄子继承了他的遗产,侄子很能干,不几年便将叔叔的财产翻了十几倍而富甲一方。目下这个年轻人叫劳尔,是堂吉诃德侄子的重孙,听他这么说,我不禁认真端详劳尔,一头金发,脸颊虽然瘦削,但是身高而坚韧,与爱丽丝恰是一对璧人。三天以后劳尔的父亲前来提亲,安东、昭仁妹妹认可,三弟与我们大家也都认可,我把太奶奶赠我的那枚祖母绿戒指(神宗爷爷送给她的,她那年也是十七岁)送给了爱丽丝,祝福她觅到如意郎君,祝愿她"执子之手,与子偕老",烛光温暖,爱丽丝幸福得闭上眼睛。

晚会后,三弟与我彻夜长谈,讲述他南下经历。

他说他率领那支小部队南下抗清,沿途吸收了不少被建虏打散的部队,包括李自成的将士,最多时多达万人,大家立志驱除鞑虏,光复大明,可是天不佑明,最终还是失败了。有一次,在湖广行省的咸宁 今湖北省咸宁市 与建虏恶战,队伍被打散了。天降大雾,三弟迷了路,被建虏捉住受尽酷刑,逼问他是不是朱三太子,三弟坚决否认,建虏欺骗他只要承认立刻将他送到北京,封王授爵,享受富贵生活。然而三弟知道,只要承认必死无疑。太子哥哥与四弟就是被建虏欺骗承认了身份而被处死的。连续审讯了三天,三弟被折磨得奄奄一息,丢到马圈里,依赖喝马溺活了下来。后来,失散的安东与俊鼎把溃散的队伍聚拢,把三弟救出,向福建方向撤退,退到江西广信 今江西省上饶市广信区 时,遇到了黄道周的学生军。

黄道周是福建漳浦 今福建省漳州地区漳浦县 人,被父皇赦免后回到北京,不久回到家乡养疴。建虏南下后,被唐王朱聿键任命为吏部尚书兼兵部尚书、武英殿大学士,但这都是虚职衔,没有一兵一卒。为挽救颓败的局势，黄道周成立了学生军。这些人大多是福建与江西一带的诸生，没有战争经验，只是感于黄道周的人格，基于春秋大义而入伍。学生军没有后勤支援，只能就地取粮，他们缺少甲胄，甚至兵器也残缺不全，但是大家意气昂扬，不少人身穿白色长袍，脚踏草鞋，手持木棒，凭着为国尽忠的锐气，竟然打了几场胜仗。然而，最后还是失败了。黄道周被执，押送到南京狱中，洪承畴——此时任清廷对江南的招抚都督<small>顺治元年（1644）任秘书院大学士，次年南下总督军务，招抚江南诸省</small>，与黄道周是故交，又都是福建人，前来劝降，黄道周写下一副对联，贴在牢门上：

史笔流芳，虽未成功终可法；
洪恩浩荡，不能报国反成仇。

将降清的洪承畴与殉国的史可法对比。洪承畴羞愧难当，无脸和黄道周见面。洪承畴走后，黄道周开始绝食，不久清廷下令处决他。临刑时，他因为绝食身体虚弱跌了一跤，刽子手是个遍体黑肉的胖子，胳膊比腿粗，讥笑他怕死。黄道周不屑地瞥了他一眼，抗声道：

"天下岂有畏死的黄道周？！"

刽子手给他搬来一个木凳，让他坐着行刑，挥起大刀砍下去，头颅虽然离开了身体，但身体却兀立不仆。死后，人们从他的衣服里发现了一张细长纸条，上面写有"大明孤臣黄道周"七个血色大字。

在他被囚禁时，学生军里不少诸生请求代他去死，黄道周坚辞拒绝：

"我是朝廷命官，食君之禄忠君之事，理所当然。现在山河破碎，国家有难，正是我以死报国之时，诸君岂能替代？诸位不是命官，只是诸生，可以不死，但是不能忘掉春秋大义！"垂着眼泪将这些人劝走。诸生没有办法，只好饮泣而退。

门人赖继谨、蔡春溶、毛玉洁、赵士超自愿与之殉难，时称"四君子"。刽子手惊异地端详那四张清俊皎洁像纸一样洁白的脸，举起钢刀，又霍地扔下，一时竟不能下手。有门生高呼：

"吾等自愿赴死，尔何不刑之？！"

围观的百姓听了这话无不泪如雨下，"呼啦啦"一齐跪下，刽子手也不由自主地向他们跪下，磕了三个头，方狰狞地举起刀。

"忠臣都故去了，大明焉有不亡之理！"

说完这句话，三弟痛哭失声，哭得身体都颤抖了，这还是我熟悉的三弟，骨鲠磊落光明，并没有忘记故国，悲声中，三弟似乎要把他经历过的所有耻辱、委屈、痛苦、愤怒与不解都宣泄出来。他并没有忘记光复故国，但是光复无望，天运已经流转，三百年一变，上苍不再眷顾大明，想到这里我也不禁大放悲声。安东、俊鼎与昭仁妹妹听到哭声纷纷走来劝解，而这时已过子夜，劝住我们，大家便各自回到自己的房间安歇了。睡了一会儿，心里难受极了，我的心似乎被丢在石磨下面反复碾压，痛苦得实在睡不着，便再次穿好外衣走出门外，站在石阶上，遥望那沙洲似的流云，不禁悲上心头。流云的颜色介于灰蓝之间，似乎有一种润泽的微光，云母似的飘忽闪烁，在茶墨色的天穹里缓慢浮动。一颗流星惊异地划过流云，下垂到天边幽然寂灭，夜色更加苍暗浓重了。想起父皇、母后、太子哥哥、四弟，以及那些和我亲近与不亲近、熟悉与不熟悉的人，都已经远离我不可复见，而现实是大明已亡，如同天际的流星化为终点，但哪里是我的终点？昨天三弟说他曾经随西班牙商船去过新大陆一个叫秘鲁的王国，那里的人类似大明之人，人民平和山川瑰丽物产富庶，我为何不去那里寻觅归隐之地？你们兴许会说，此地距离故国实在过于辽远，然而天地庄周马，江湖范蠡船，抟扶摇而上者九万里，有什么近远之别！

这么想着，回到自己房间。时间已近黎明，苍青的天际泛起一丝白色，很快又转为金色，府邸外面零星响起马（或骡）蹄踏在石头上的清脆声响，间或也传来车轮的辚辚之音，丛林里的鸟儿开始振动翅膀，抖掉羽毛上银色的夜露，准备起飞觅食，蓝湖泊冉冉睁开惺忪梦眼，城市逐渐苏醒，而我这时却袭来了浓浓睡意。

再见了，朋友！

再见。

在长平公主的回忆中，她是否去了秘鲁没有记载，只是在一张纸上写了这样几行文字，是关于中国、西洋与阿拉伯船帆的比较，我抄录在这里：

"大明的船帆是直的，一根桅杆只挂一张帆，升降通过滑轮操作；西洋的船帆是横的，一根桅杆上张挂若干帆，升降船帆通过水手爬上桅杆操纵；阿拉伯人的帆可以转动。西洋人向阿拉伯人学习，将移动船帆的技术学会了，从而可以在任何风向中航行。"

我没有研究过航行中的船帆，不知道长平公主说得是否准确，但是本着保持历史记录的真实原则，还是将它抄录下来。

有一点，顺便啰嗦几句，我与薇妮分手多年后，没想到竟然在 2018 年，于南美的热水镇与她重逢，她那时已经是为人妻为人母了。她的长平公主研究基本已经做完，此次去南美的目的和我一样，就是搜集资料，讨论长平公主在秘鲁的可能性。而且，她开始将研究重点转移至昭仁公主，追寻昭仁公主在意大利的谱系传承，她怀疑自己是昭仁公主的苗裔，但愿薇妮的猜想能够早日从空想变成现实。

2021 年 12 月—2023 年 2 月 25 日

图书在版编目（CIP）数据

丰泰庵 / 王彬著 . -- 北京：作家出版社，2024.2
ISBN 978-7-5212-2574-7

Ⅰ.①丰… Ⅱ.①王… Ⅲ.①长篇小说—中国—当代 Ⅳ.① I247.5

中国国家版本馆 CIP 数据核字（2023）第 205511 号

丰泰庵

作　　者：王　彬
责任编辑：杨兵兵
装帧设计：奇文雲海 Chival IDEA
出版发行：作家出版社有限公司
社　　址：北京农展馆南里 10 号　　邮　　编：100125
电话传真：86-10-65067186（发行中心及邮购部）
　　　　　86-10-65004079（总编室）
E-mail:zuojia @ zuojia.net.cn
http://www.zuojiachubanshe.com
印　　刷：河北鹏润印刷有限公司
成品尺寸：147×210
字　　数：404 千
印　　张：16.375
版　　次：2024 年 2 月第 1 版
印　　次：2024 年 2 月第 1 次印刷
ISBN 978-7-5212-2574-7
定　　价：78.00 元

作家版图书，版权所有，侵权必究。
作家版图书，印装错误可随时退换。